BLEU DE SÈVRES

Jean-Paul Desprat, né en 1947, est historien est romancier. Il est notamment l'auteur du cycle romanesque *La Fougère et les Lys*, ainsi que d'ouvrages sur Henri IV et Mme de Maintenon.

Jean-Paul Desprat

BLEU DE SÈVRES

ROMAN

Éditions du Seuil

TEXTE INTÉGRAL

ISBN 978-2-7578-0482-7
(ISBN 2-02-88151-9, 1re publication)

Gustave Flaubert, dans *L'Éducation sentimentale,* Jacques Chardonne, dans *Les Destinées sentimentales,* Michel Chaillou, dans *Rêve de Saxe,* ont déjà accordé brillamment les sentiments et les rêves à la porcelaine. Ce roman leur est dédié, ainsi qu'à Antoine d'Albis, qui, lorsqu'il apporte sur ce même sujet, et avec quelle autorité, un éclairage scientifique (*Traité de la porcelaine de Sèvres,* Éd. Faton, 2003), n'en reste pas moins lyrique.

Tous mes remerciements également à David Caméo et à Barbara Tassin de Montaigu, à Geneviève et Roger Pilhion qui ont guidé mes pas à Sèvres, pour les premiers, dans l'actuelle Manufacture nationale, et pour les seconds, tout à côté, au Centre international d'études pédagogiques, installé dans les bâtiments construits primitivement par Louis XV, en 1756, pour accueillir la Manufacture royale de porcelaine de France.

PREMIÈRE PARTIE

Le secret des Chinois

(décembre 1759-avril 1764)

CHAPITRE PREMIER

Les œufs au miroir

Le 6 décembre 1759, Madame Élisabeth, la seule des huit filles de Louis XV à avoir été mariée, était morte à Versailles, en quelques heures, de la petite vérole, au cours d'un voyage qui lui avait permis de quitter sa petite principauté de Parme où elle se morfondait, pour revoir une fois encore la France et sa famille.

Dans l'esprit de ses quatre sœurs survivantes, l'indomptable Adélaïde, titrée Madame, que son père appelait Torche, la douce Victoire, dont le petit nom était Coche, Sophie, surnommée Graille – celle-là presque muette à force de timidité –, Louise, enfin, rebaptisée Chiffe, qui passait à bon droit pour la plus fantasque du quatuor, le fait de n'être pas morte en Italie, auprès de son mari bègue était presque un bonheur pour leur pauvre aînée – Babet, dans leur langage affectueux. Elle avait pu s'éteindre en jetant un dernier regard sur les lambris du plus beau palais de l'univers, le seul qui, de leur opinion, fût digne d'une princesse de la lignée des Bourbons. Cette pensée avait fortement contribué à consoler le chagrin des quatre « filles de France » qui, pendant les vingt années qu'avait duré ce mariage, n'avaient eu de cesse de plaindre la pauvre Élisabeth, victime, à leurs yeux, de la raison d'État, contrainte de se soumettre à un mariage qu'elles regardaient toutes comme peu reluisant.

Mesdames, compatissant sans relâche au triste sort de Babet, avaient appris à se dire les plus heureuses princesses de la terre, persuadées qu'il n'y avait aucun homme, de par l'Europe et tout le vaste monde, qui fût digne d'épouser une fille du roi de France. Elles avaient même fini par en oublier les larmes amères de Madame Henriette, la jumelle de Babet – Madame Seconde –, morte sept ans auparavant sans avoir cessé de songer chaque jour avec douleur à ses fiançailles, rompues pour de sordides motifs politiques, avec son cousin, le duc de Chartres, qu'elle aimait.

Adélaïde – appelée Madame Quatrième, à cause d'une autre fille, Madame Troisième, morte au berceau –, qui, à vingt-sept ans, à la suite de la mort de la duchesse de Parme, devenait l'aînée des filles de France, avait toujours été la préférée du roi. En 1752, afin de lui aménager un appartement contigu au sien, il avait fait casser pour elle l'une des merveilles du palais de Louis XIV, l'escalier des Ambassadeurs. C'est à son seul usage également, lui conférant le titre de « Madame », qu'il avait composé une maison particulière avec dames, chevaliers d'honneur, aumôniers et écuyers, quand ses sœurs, elles, devaient se partager leurs officiers.

Elle était vive, enjouée, garçon manqué, carrée de visage et de corps, avec des joues rouges et pleines, un nez à la fois rond et pointu que l'on eût pu croire modelé à l'aide de cette poche dont se servent les pâtissiers pour orner leurs gâteaux d'un tortillon de crème. Elle bouillonnait d'ardeur, s'essayant à tout en confusion mais avec la plus grande application. Elle apprenait l'italien avec Goldoni, l'horlogerie et la harpe avec Beaumarchais, la peinture avec Drouais, le dessin avec le jeune Saint-Aubin, le clavecin et la danse avec Marguerite-Antoinette Couperin, la guitare et le chant avec Pierre Mareschal-Paisible. Elle montait à cheval aussi bien qu'un mousquetaire et, le matin, dans son cabinet, en culotte de droguet blanche et gilet matelassé, tirait l'épée avec les plus fameux maîtres d'armes de la Cour.

Adélaïde était toujours restée près de ses parents, alors que ses trois cadettes, ainsi qu'une autre de leurs sœurs qui y était morte, avaient été expédiées à Fontevrault pendant dix ans pour y être élevées par les religieuses, sous le fallacieux prétexte d'économies à réaliser. Elles en étaient revenues vraies demoiselles de province, toutes prêtes à tomber sous la coupe de cette aînée qui n'avait respiré que l'air de la Cour, qui en connaissait les usages et qui, par-dessus tout, aimait commander. Adélaïde avait d'ailleurs aussitôt embrigadé ses cadettes pour en faire, sous sa houlette, des vestales enjouées et zélées, prêtes à immoler leur propre bonheur pour servir le culte de leur père.

La vie de ces quatre grosses filles était un tourbillon, nourri d'occupations futiles et de joies factices : changer de robe dix fois par jour, se trouver à point sur les lieux où passerait le roi, ne manquer ni messe, ni sermon, ni concert, ni, non plus, loterie, bal, chasse ou réception d'ambassadeur. La plupart des femmes de la Cour se seraient éreintées à soutenir ce rythme, mais la bonne santé de Mesdames, sans doute fortifiée du sang polonais de leur mère, les rendait increvables.

En ce 31 décembre 1759, moins de quatre semaines après la mort de Babet, elles étaient là, tout en noir, alignées sur un même rang de larges chaises, leurs petits chiens pelotonnés sur des coussins à leurs pieds, caquetant et riant aux éclats, s'impatientant de l'approche de minuit.

Pour rien au monde elles n'auraient renoncé à la petite cérémonie qu'avait instituée leur père, neuf ans auparavant, lorsque l'on avait installé, dans le long cabinet attenant à la chambre royale, la pendule de l'horloger

Passemant : il s'agissait de vérifier en famille que le chiffre de la nouvelle année s'inscrirait bien, à l'heure dite, sur le cadran doré de la merveilleuse machine. Cette mécanique, fameuse dans toute l'Europe, donnait en effet non seulement le détail de la course des astres mais aussi le quantième des années jusqu'en 9999, date à laquelle, selon les savants calculs faits par Madame Adélaïde elle-même, devrait régner le roi Louis CCCXLVII, Louis le trois cent quarante-septième.

La reine Marie Leckzinska se tenait au premier rang, carrée dans un vaste fauteuil à châssis qui voisinait avec celui resté vide du roi. Coiffée d'une mantille de dentelle noire, ajustée à sa chevelure grise par des aiguilles à tête de nacre, elle était enveloppée dans plusieurs épaisseurs de fourrures et d'étoles à grands ramages, empilement de vêtements qui ne parvenait toutefois pas à l'empêcher de paraître transie. Elle égrenait, en le dissimulant dans sa bourse d'or, son chapelet de cristal, prêtant une oreille discrète aux jacasseries de ses filles dont les saillies les plus imprévues ou les plus hardies faisaient par moments glisser sur ses lèvres l'amorce d'un sourire.

Derrière elle, le dauphin et la dauphine. Lui, pour le moins aussi timide que son père ; une timidité qui, chez l'auteur de ses jours, se traduisait par de la froideur mais qui, chez ce gros garçon, résidait en un embarras qui faisait peine à voir. Marie-Josèphe de Saxe, son épouse, montrait, sur sa grosse figure plate et gercée, un air de soumission et de bonté qui la rendait touchante. Elle méritait d'évidence bien peu, ainsi qu'il advenait souvent, de subir l'animosité de ses quatre belles-sœurs, remontées contre elle, pour des vétilles, par l'impérieuse Adélaïde.

À minuit moins cinq, la porte donnant du côté de la chambre du roi s'ouvrit à deux battants et Louis XV parut. Jamais sans doute en France, ni sur aucun trône de l'univers, personne n'avait été plus capable que cet homme, resté à cinquante ans étonnamment droit et svelte, de donner une idée aussi saisissante de la majesté royale. Le voir entrer ainsi, d'un pas lent, en habit d'argent à ganses noires dont l'une des manches était nouée d'un brassard de deuil, la poitrine barrée du cordon de moire bleue du Saint-Esprit, c'était à peu près surprendre Jupiter tombé au débotté dans un cercle de divinités repues et endimanchées.

Malgré la dureté d'une guerre qui trois ans auparavant, pour la première fois depuis un demi-siècle, avait mis la France à deux doigts d'être envahie, il faisait parade d'un air de gloire proprement ébouriffant. Louis XV, ainsi qu'il le disait de lui-même, était « un homme inexprimable ». Passé maître dans l'art d'entendre avec le même visage placide les critiques ou les louanges, tout ce qu'il faisait de petit ou de grand portait la marque de la perfection de la grâce et du néant du sentiment.

Il tapota en souriant la joue de ses quatre filles, pinça doucement le lourd menton de la dauphine, puis caressa la main de la reine, avant de prendre place à son côté. Il se tourna vers son fils pour lui demander des nouvelles d'un gentilhomme blessé à la chasse, puis, voyant la plus fine des aiguilles de l'horloge entamer le décompte de la dernière minute de l'année, il se leva, fit les gros yeux pour faire cesser le babil de Mesdames et pointa sa canne vers le cadran à l'instant précis où le chiffre 1760 apparaissait.

– Voilà ! une nouvelle décennie commence ! annonça-t-il tel un magicien qui vient de réussir un tour de sa façon.

Mesdames applaudirent en riant bruyamment, tandis que le dauphin, qui avait depuis toujours le goût des raisonnements techniques, expliquait à sa mère et à sa femme tout ce qu'on se devait d'attendre très bientôt des prodiges de la mécanique.

Le roi, pendant ce temps, était revenu vers la porte de sa chambre afin de faire entrer sept de ses laquais, ceux qui se tenaient derrière toutes les portes de ses appartements privés et que l'on appelait communément garçons bleus, parce qu'ils étaient tous revêtus d'un habit de ton lapis à petit galon d'or. Précédés d'un huissier portant le tabard brodé aux armes royales, ces jeunes gens s'avancèrent sur un rang, chargés de paquets enveloppés dans du papier crépon de différentes teintes de pastel qu'ils déposèrent précautionneusement sur un guéridon. D'un simple claquement de son éventail, la reine fit paraître à son tour sept demoiselles de sa maison. Les présents qu'elles apportaient ne se distinguaient des précédents que par la couleur bouton-d'or de leurs rubans, quand ceux du roi étaient d'un beau rouge nacarat. Le dauphin, la dauphine, Mesdames firent entrer pareillement leurs gens et, en quelques minutes, le vaste cabinet, éclairé *a giorno* par les deux ou trois cents bougies blanches des lustres et des girandoles, fut empli de ces boîtes qui, répandues jusque dans les moindres recoins de la pièce comme dans la caverne d'Ali Baba, gardaient encore tout leur mystère sous leurs emballages rutilants.

Tous savaient pourtant d'avance en quoi consistaient ces cadeaux, puisque Louis XV, depuis quinze ans qu'il était devenu l'actionnaire des manufactures de Vincennes puis de Sèvres, avait établi l'usage, rapidement tourné en obligation, de n'offrir et de ne se voir offrir pour étrennes que des porcelaines. Leur grande vente annuelle, à laquelle tous les courtisans depuis 1748 étaient priés d'assister et de faire leurs emplettes, avait eu lieu deux jours auparavant, le 29 décembre, jour de la Saint-Thomas, à quelques pas de là, au bout de l'appartement royal, dans le salon dit « aux Salles neuves ».

Le monarque, qui n'imaginait pas un seul instant que

l'on pût lui faire présent d'autre chose que des plus belles pièces de sa vaisselle, complimenta par avance sa famille :

– Vous vous êtes tous montrés bons patriotes en faisant travailler la Manufacture… « Ma » manufacture, appuya-t-il, puisque – vous serez ce soir les premiers à l'apprendre – je vais en devenir, sous peu de jours, l'unique propriétaire. L'annonce en sera faite au prochain Conseil… Mais, en attendant, examinons toutes ces merveilles qui sont le fruit du génie conjugué de nos meilleurs artistes et de nos plus éminents savants !

La reine commença la première à faire sa distribution, puis ce furent les princes, dans l'ordre du protocole et, en dernier lieu, celui qui venait de se présenter lui-même comme le maître absolu de Sèvres.

Chacun se délesta de sept paquets pour en retrouver sept aussitôt, puis le roi, comptant jusqu'à trois, mais s'y reprenant à quatre fois pour faire monter de quelques crans l'impatience de ses filles qui trépignaient toutes et dont les imposantes poitrines se soulevaient comme des soufflets de forge, donna le signal de l'espèce de curée qui, en un instant, dans un violent froissis, transforma le long cabinet en une jonchée de papiers. Aussitôt, chacun brandit un pot, un vase, un sujet ; criant, exultant, prenant à témoin son voisin de la finesse d'une couleur, de la délicatesse d'une forme, de la transparence d'un glacis ou, sur un simple détail montré du doigt, de la légèreté du toucher d'un peintre de fleurs ou de sujets. Ces porcelaines étaient en effet magnifiques. Elles représentaient la quintessence de ce qu'était parvenue à produire, depuis trois ans qu'elle avait été transférée de Vincennes à Sèvres, la Manufacture du roi.

Seule dans son cas, ce soir-là, Madame Adélaïde s'était distinguée en apportant pour les membres de sa famille de grands plats et de grands vases de table, appelés pots à oille, sortis de la fabrique de faïence que son grand-père, le roi Stanislas, entretenait à grands frais dans son château de Lunéville.

Le roi, qui avait d'abord froncé les sourcils en découvrant cette nouvelle fantaisie de sa fille préférée, s'attarda par jeu à détailler une petite soupière ronde à grosses joues. Parmi toutes ces formes sculptées et ciselées d'une manière étourdissante, ces décors et ces arabesques d'or déposés par des pinceaux célestes, cette soupière chargée d'énormes fleurs apparaissait comme un objet rustique et incongru :

– Décidément, Torche, vous ne faites jamais rien comme tout le monde ! s'exclama-t-il sans pouvoir contenir un accent où l'étonnement le disputait au reproche.

– La Lorraine, Sire, fera un jour, grâce à vous, partie du royaume... répliqua la princesse en se fendant d'une révérence dans laquelle pointait de l'effronterie. Il est juste que nous soutenions ses productions, comme nous le faisons de celles de toutes nos provinces.

– Ah ! que voilà une bonne sujette ! répliqua le roi, partant pour le coup d'un grand rire.

En vérité, si Madame Adélaïde avait été la seule à ne pas acheter des pièces de Sèvres, deux jours auparavant, à l'exposition de Versailles, c'était pour une tout autre raison que celle qu'elle invoquait : elle n'avait pas pu se résoudre à verser son obole à l'organisatrice de cette manifestation, Mme de Pompadour, protectrice toute-puissante de la Manufacture royale, passée depuis dix ans du statut de maîtresse à celui de « bonne amie » du roi. Il faut dire que malgré ce glissement subtil et bien négocié de la passion à la raison, ce changement de la carte du Tendre rendu public autant qu'il avait été possible de le faire – à Bellevue, au cours d'une fête demeurée fameuse, on avait remplacé la statue de l'Amour par celle de l'Amitié –, le ressentiment des filles du roi restait profond. Aucune des princesses de

France, encouragées en cela par leur aînée, n'avait pu par exemple se déshabituer d'appeler la marquise autrement que « maman Putain ».

Pour ne pas déplaire au roi, l'avant-veille, Adélaïde, ses trois sœurs et la reine n'avaient toutefois pas pu se dispenser de faire un tour aux Salles neuves. Marie Leckzinska, qui savait depuis longtemps qu'elle n'avait rien à gagner à affronter la favorite – elle s'y était, dans les débuts, quelquefois brûlé les ailes – n'avait fait qu'y passer pour acheter des babioles, se contentant de saluer la « dame » d'un petit mouvement de la tête. Mesdames, sous la conduite de leur aînée, avaient longuement promené sur les vitrines et les tables où s'accumulaient les porcelaines un air de condescendance et de dégoût. Ostensiblement, Adélaïde n'avait rien emporté, tandis que ses cadettes, bravant son regard réprobateur, s'étaient contentées de menues emplettes, restreignant leur dépense sous prétexte de deuil. Elles en avaient d'ailleurs tant rajouté dans la modestie que la marquise, assise derrière un grand pupitre pour tenir elle-même les comptes de la vente, assistée de la duchesse de Brancas – l'ancienne Diane de Mailly, l'une de ces quatre sœurs de Nesle qui avaient été l'une après l'autre autrefois les maîtresses du roi –, avait eu l'effronterie de leur faire un rabais, cette réduction de deux deniers par livre qu'elle consentait couramment aux femmes de la Cour dont on connaissait la gêne.

Le roi, déjà informé par le mot bref et spirituel que lui avait fait porter, le jour même, la marquise, s'amusait des raisonnements que continuait d'entrelacer Torche, tandis que des valets, entrés par plusieurs portes à la fois, présentaient sur des plateaux des pots de blancmanger, des galettes et des petits pâtés chauds, des gobelets d'argent ciselé remplis de vin de Bouzy, ainsi que des verres de cristal, déjà sablés de sucre, pour recevoir le saute-bouchon de Champagne.

Louis XV porta un toste :

– Je bois à la paix, au rétablissement de notre marine et de notre commerce. Que 1760 nous éloigne des orages !

La reine, qui égrenait toujours son chapelet dans son sac, poussa un petit soupir en dodelinant de la tête :

– Oui, Louis, appuya-t-elle, la paix pour la France, pour l'Europe et pour notre famille !

Tout en faisant semblant de grignoter et de boire, ce père comblé et adulé, qui, à son habitude, s'était mis un peu à l'écart, observait sa famille.

C'était chaque fois la même chose. Dès qu'il se trouvait en présence de cette femme douce, de ce fils obéissant, de ces filles aimantes, il éprouvait une impression étrange, un sentiment inavouable dans lequel, irrévocablement, la tendresse le disputait à de l'agacement. Sans doute était-ce parce qu'il avait été élevé par les serviteurs de son arrière-grand-père dans le culte de la belle apparence et du maintien guindé qu'il avait du mal à se reconnaître dans cette progéniture où l'épaisseur du physique avait, peu à peu, fini par rejoindre celle de l'âme.

Comme dans chacune des occasions où il devait soutenir, trop longtemps à son gré, l'effort de se trouver avec les siens, il ferma les yeux, songeant à une compagnie autrement plus agréable, celle de ses rares intimes et de sa bonne amie qui, à quelques pas de là seulement, piaffaient d'impatience à l'idée de le voir enfin paraître.

La voix mal assurée de son fils le tira de ses rêveries. Le dauphin n'avait jamais eu l'art de choisir son moment pour aborder les sujets graves :

– Il faudra bien cette année que M. de Choiseul…

– Ah ! non, pas ce soir, Louis ! Respectons la trêve du jour de l'An… Mais, rassurez-vous, dès demain, je serai de nouveau sur le dos de mes ministres…

Ayant ainsi protesté, il tira sa montre de son gousset pour remarquer, sur un ton parfaitement simulé de surprise :

– Mon Dieu ! déjà minuit et demi… Et j'avais promis à Meuse et à Biron de faire avec eux la dernière partie de billard de l'année.

Nul ne fut dupe. Le roi, qui n'était resté avec sa famille que trente-cinq minutes en tout, sortit après avoir de nouveau pincé le menton de ses filles, puis baisé la reine et la dauphine au front.

– Ne prenez pas froid, Louis ! lui glissa Marie Leckzinska, ainsi qu'elle faisait chaque fois qu'elle le voyait de la sorte « disparaître ».

Il traversa le cabinet des Chiens pour gagner le petit degré construit autrefois sous Louis XIV, lorsque Mme de Montespan, dans le plus grand état de sa gloire, occupait un appartement de vingt pièces réparties sur deux étages. Ce modeste escalier, aux marches de carreaux de terre rouge, bordées de nez en bois de chêne, donnait directement dans le vestibule de l'appartement que la marquise de Pompadour occupait au rez-de-chaussée du palais. Ce fut toute une histoire, en 1749, quand elle était encore regardée comme la maîtresse en titre, que de la faire descendre des mansardes où le roi, depuis toujours, cachait ses amours furtives et de l'installer là, à la face de la Cour, en place de la comtesse de Toulouse et de son fils Penthièvre. Grand problème de cartographie palatiale que feu Madame Henriette, très opposée à ce changement, avait résumé ainsi : « Que la marquise soit logée en haut ou en bas, le roi mon père n'y ira pas moins, il faut autant qu'il monte pour redescendre que de descendre pour remonter, au lieu que moi, fille de France, je ne puis loger qu'en haut, dans les cabinets. » Fort bizarrement, la reine, devenue jalouse de la tendresse du roi pour ses filles, avait soutenu les prétentions de sa rivale à descendre et à parader à la vue de tous, de plain-pied avec les jardins du palais.

On avait donc relogé la marquise à grands frais : neuf fenêtres, tout l'étage inférieur de l'appartement royal, depuis le salon de Diane jusqu'à l'angle des terrasses. Il avait fallu travailler vite, faire du feu pour sécher les plâtres, enflammer des terrines de suif pour permettre aux ouvriers d'œuvrer la nuit. Le grand Verberckt avait dormi sur un lit de camp en plein chantier, attendant un par un les panneaux de bois que le menuisier Guesnon lui apportait de Paris. Les Penthièvre avaient été resserrés ailleurs et Mme de Pompadour, qui avait toujours eu de ces parfaites naïvetés qu'elle s'entendait à assaisonner d'un air de candeur, avait même fait semblant de croire qu'ils se trouvaient ravis de leur délogement.

Changeant d'étage, Louis XV avait le sentiment de changer de monde. Le cabinet qu'il venait de quitter, bien qu'il n'ait été décoré que vingt-cinq ans auparavant, par les plus fameux artistes du temps, paraissait déjà, à cause de la course effrénée des modes et de l'humeur volatile et changeante du caractère français, appartenir à un monde aussi révolu que celui des majestueuses et pesantes marqueteries de marbre du règne précédent.

L'appartement de la marquise, tout au contraire, représentait le *nec plus ultra* du décor dans le goût de l'époque. Aménagé « à la grande », il comportait une majestueuse enfilade de pièces lambrissées de bois clairs, retaillées, pour être plus intimes, dans l'immensité des anciens vestibules de Jules Hardouin-Mansart et doublées tout du long d'arrière-cabinets conçus pour faciliter le flux incessant d'une domesticité plus nombreuse là qu'ailleurs. Cet espace réaménagé était surmonté partiellement d'un entresol, desservi par deux escaliers, où vivaient Mme Du Hausset, femme de chambre et confidente de la maîtresse des lieux, et, à l'autre bout, François Quesnay, son médecin, connu par ses écrits comme philosophe et physiocrate, surnommé par ses partisans le Confucius de l'Europe, un sectataire des idées nouvelles installé dans le sérail même de l'absolutisme.

Les vernis bleu tendre, vert d'eau, jaune cédrat, déclinés en camaïeux de divers tons, les fines arabesques des trumeaux et des stucs, les mousseuses soieries à fond blanc ou pastel, zébrées de grands ramages vifs dont les teintes se fondaient dans celles des boiseries et des plafonds, procuraient immédiatement une impression de mouvement et de joie. Tout cela paraissait virevolter et frémir comme au souffle du vent artiste que faisait lever la fantaisie et le goût d'une maîtresse de maison capable d'assembler mille contraires : cheminées de marbre griotte, de brèche violette ou de sarrancolin, frises et trophées dorés de diverses formes qui enlaçaient de leurs rinceaux des paysages ou des amours joufflus, cabinets chinois de laque rouge, papiers des Indes représentant des forêts et des lacs, paravents à feuilles d'argent ou de point de Beauvais, sièges aux garnitures, à la canne, chenillées ou brodées, tapis du Caucase ou de la Savonnerie, rideaux et tentures de soie brodés d'oiseaux de paradis qui s'égaillaient dans des végétations exubérantes, meubles de palissandre, de ronce de noyer, de bois exotique ou cérusé, marqueteries noyant leurs nuances de miel dans l'obscurité de l'ébène. Le subtil scintillement des ors, rouges, verts et acier, exposé au ressaut des flammes d'une forêt de belles bougies blanches piquées sur des flambeaux et des girandoles, produisait mille étincelles de couleur que reflétaient à l'infini le tain des miroirs et le chatoiement des porcelaines disposées partout à profusion.

Mme de Pompadour se tenait sur le seuil de cet élégant capharnaüm, dans une robe de soie blanche imprimée de rameaux de houx, dont le brodeur, en les grêlant d'une multitude de petites baies d'un beau rouge sang, avait su rendre de manière saisissante l'aspect vernissé et le contour acéré du feuillage. Un petit casaquin de moire verte, lacé par une chaînette d'or, dessinait le galbe de ses épaules et de sa gorge qui, sous les nappes de lumière répandues par les stalactites de cristal d'un lustre festonné de gui, resplendissaient comme de l'opale. Elle attendait ainsi l'arrivée du roi, depuis plusieurs minutes, tenant la pose entre deux rangs de ses valets, trois pas en avant du petit cercle compact que formait la dizaine de ses invités.

– Sire ! Que les années soixante vous soient douces et prospères ! annonça-t-elle de sa voix chaude et traînante en se lançant dans une triple révérence qui découvrit ses souliers à talons curvilignes dont l'empeigne était brodée de perles.

Le roi lui prit la main pour la baiser. Son élégance était à son comble lorsqu'il s'appliquait de la sorte aux gestes de la galanterie. Il s'empara du bras de Mme de Pompadour pour l'accompagner jusqu'au premier cabinet et, masquant le mouvement rapide de ses lèvres d'une des pointes de son tricorne qu'il finit par jeter sur un guéridon, lui murmura quelque chose de gai. Il prit le saute-bouchon de Champagne qu'elle lui présenta dans un fin cristal gravé, pouffant de rire de ce qu'elle venait de lui répondre et, alors qu'il s'était évertué en famille à faire semblant, lampa d'un trait ce breuvage qui prédispose à la joie, croquant à la suite deux ou trois gougères et tendant aussitôt son verre pour qu'on le serve de nouveau. Il ne pouvait décidément mieux marquer qu'il n'éprouvait de bonheur que là.

Les yeux tout brillantés de joie, il répondit alors publiquement aux souhaits de bienvenue de son hôtesse :

– Oui, madame, et vous aussi, mes amis, que l'année nouvelle vous soit bonne et qu'elle le soit pour le royaume !

Il fut applaudi et rendit grâce par des petits mouvements de la tête appuyés d'un franc sourire. Tandis que la marquise disparaissait un moment pour donner, « en vraie bourgeoise », d'ultimes « ordres aux sauces », il se mêla à la petite compagnie qui formait le cercle étroit de ses peu nombreux amis : le maréchal de Richelieu, le marquis de Meuse, les ducs de Luxembourg, de Duras et de Biron, Mmes de Sassenage, de Lauraguais, de Bellefonds et d'Amblicourt. Il était enjoué, méconnaissable pour qui n'eût pu le voir que dans son personnage de monarque, et il allait de l'un à l'autre en montrant une humeur ravissante.

Brusquement, depuis le fond de l'appartement, parvinrent quelques accords égrenés sur une mandoline. L'hôtesse revenait en chantant pour donner le signal du souper :

– Venez, venez, suivez-moi tous !

Elle les conduisit ainsi jusqu'à une grande table ronde autour de laquelle elle pouvait disposer tout le monde sans embarras de protocole. Chaque convive, en s'asseyant, découvrit sur son assiette une grande boîte de carton blanc entourée d'un ruban de soie bleue. C'étaient, encore et toujours, des porcelaines, puisque faire ce cadeau, dans le moment précisément où le roi achetait toutes les parts de l'unique société détentrice du plein privilège de fabrication, était un acte hautement patriotique.

La marquise avait été l'inspiratrice du déménagement de la manufacture de Vincennes à Sèvres, presque à portée de voix de son magnifique château de Bellevue qu'elle avait récemment revendu au roi tout en en restant l'occupante. Elle avait par la suite veillé sans relâche au maintien du très haut niveau artistique des productions, apportant un soin jaloux à choisir elle-même les meilleurs peintres et sculpteurs, empêchant les compagnies rivales de se développer en leur faisant interdire l'usage de l'or ou des couleurs autres que le bleu, déployant son énergie de femme de tête à organiser des ventes publiques sur place ou à Versailles, fixant elle-même le montant de ce que chacun de ses familiers devait lui acheter en fonction de ce qu'elle se figurait être l'état de sa fortune. Sa propre collection de porcelaines était considérable, estimée à 250 000 livres, l'équivalent en valeur d'un vaisseau de cent dix canons.

Il n'était donc pas concevable qu'elle pût offrir autre chose que ses « belles vaisselles » en cadeau à ses amis. Tous s'y attendaient, et tous s'apprêtaient, comme les membres de la famille royale quelques instants auparavant, à feindre la plus parfaite des surprises.

La marquise d'Amblicourt, plus impatiente que les autres, avait la première posé ses jolies mains sur son paquet. Elle fut arrêtée par la maîtresse de maison jouant de son œil le plus noir :

– Ma salope ! – c'était le petit nom délicieusement poissard que la marquise lui donnait depuis toujours en public – voulez-vous bien ne pas être si goulue ?

Cela fit rire, les deux protagonistes plus que les autres. Mme de Pompadour réclama à nouveau l'attention de la tablée, en frappant du manche d'un petit couteau de vermeil et d'ivoire sur la branche d'un des candélabres :

– Mes amis ! Le présent que je vous fais cette année est une pièce unique, l'œuvre du génie de nos meilleurs ouvriers de Sèvres : une marronnière, c'est-à-dire un petit service destiné à conserver les marrons glacés dont nous raffolons tous.

– C'est vrai, dit le roi en riant, la marquise aime les gros marrons, mais elle s'agace à la longue de voir ses jolis doigts collés dans la mélasse... Elle a donc conçu ce projet et a su me persuader de son utilité, tant et si bien que j'ai fini par l'inscrire au rang des priorités de la Nation.

– Nous sommes bien gouvernés ! s'exclama Meuse dont tous, autour de la table, goûtaient l'insolence légère.

La marquise ouvrit la première sa boîte afin de faire une démonstration. Elle découvrit un magnifique pot ovale, muni d'un couvercle, déposé sur un plateau chantourné répliquant exactement les contours de la pièce. La matière en était extrêmement fine, presque transparente, d'un fond couleur de lapis. Les flancs de la marronnière étaient ornés de quatre cartouches, ourlés de rinceaux dorés, représentant des oiseaux et des fleurs. La nouveauté consistait dans ce que ces rinceaux, du moins ceux qui étaient verticaux, se trouvaient percés, tout au pourtour, de minces échancrures par où le trop-plein de sucre pouvait s'écouler.

Afin que ses hôtes ne perdissent rien de ce prodige, la favorite renversa un bref instant sa porcelaine sur la flamme d'une bougie, faisant apparaître ainsi les ouvertures presque invisibles dissimulées avec art dans le décor lui-même.

Ce n'est qu'alors que Mme de Pompadour autorisa ses invités à satisfaire leur curiosité. Les marronnières des dames étaient blanches à décor d'osier tressé en trompe-l'œil, celles des hommes de deux tons de vert. Celles du roi et de sa bonne amie étaient les seules à être revêtues du précieux fond lapis à rehauts d'or.

Mme d'Amblicourt, toujours elle, s'émerveillait plus que les autres de son cadeau. Elle laissait glisser ses longs doigts couverts de bagues sur le glacis soyeux qui, tel un givre invisible, semblait emprisonner les couleurs en leur conférant un étonnant éclat. Elle voulut à son tour, tout comme son hôtesse, admirer la lumière au travers de la porcelaine qu'elle approcha de la flamme d'une bougie. Mais à peine eut-elle esquissé son geste que l'on entendit un bruit sec, pareil à un coup de fusil : le beau présent de la marquise explosa en répandant cinq à six gros morceaux sur la table.

– Brelan, ma belle ! s'écria la maîtresse de maison d'un ton suffisamment courroucé pour réprimer le rire qui commençait de gagner la compagnie. Voilà cent heures de travail perdues !

La belle amie du roi, pourtant grande fricasseuse elle-même des deniers de l'État, n'aimait pas le gâchis.

La mine défaite de Mme d'Amblicourt, gardant le bras tendu et tenant entre le majeur et l'index un petit tesson, prêtait à rire.

Ce fut le roi qui vint à son secours :

– N'êtes-vous pas blessée au moins, marquise ?

– Blessée... Non pas, certes... Du moins, je ne crois pas, articula la pauvre femme, mais je suis confuse et surprise... Cela est fragile, si fragile vraiment !

L'hôtesse, voyant la prévenance du monarque pour sa maladroite amie, consentit à reprendre son bon sourire :

– C'est de la porcelaine tendre, ma chère, incomparablement belle, mais délicate comme tout ce qui est beau... Mais nous n'avons pas dit notre dernier mot là-dessus, et nous aurons un jour prochain, à Sèvres, une porcelaine dure comme celle de Saxe, aussi résistante que le marbre et plus magnifique encore, s'il se peut, que la porcelaine tendre que nous fabriquons aujourd'hui avec succès... Voilà en effet la seule chose existant en Europe que le roi n'ait pas dans son royaume et qu'il se doive d'obtenir rapidement !

Louis XV approuva d'un petit hochement de tête, montrant par là qu'il faisait sien le programme de la marquise.

Le maréchal de Richelieu, que son caractère portait toujours à tracasser et à fracasser, entreprit d'émettre des doutes.

– Mais enfin, madame, trouverez-vous des gens assez hardis pour violer le secret de Saxe ? Depuis plus d'un demi-siècle, le prince électeur de ce pays, en menaçant de mort ceux qui le divulgueraient, est à peu près parvenu à en protéger l'impénétrabilité… Beaucoup d'audacieux, depuis 1709, s'y sont cassé les dents et ont parfois payé leur audace de la liberté ou de la vie.

– Monsieur le Maréchal, renchérit Meuse toujours persifleur, la marquise veut peut-être, beaucoup plus simplement, nous dire que le génie français, sans nécessité de voler ou de copier qui que ce soit, percera bientôt par lui-même le mystère de la porcelaine d'Orient.

Celle que l'on interrogeait ainsi se tourna du côté du roi, avec la mine de quelqu'un qui n'est déjà plus le maître de retenir le fin mot d'un mystère. Ayant recueilli l'autorisation de poursuivre, qui lui fut donnée par le monarque d'un simple battement des cils, elle se leva, alla reprendre la mandoline qu'elle avait posée sur un guéridon et entonna de nouveau le chant qui attachait immanquablement ses amis à ses pas :

– Venez, venez, suivez-moi tous !

Elle entraîna ainsi ses invités dans le petit chauffoir où une dizaine de valets en tablier s'affairaient à préparer les vol-au-vent et les gibiers du premier service. À leur grand ébahissement, elle leur fit tout remporter dans les cuisines et ordonna de disposer, sur une desserte de brèche, un chauffe-plat d'argent qu'elle fit remplir d'esprit-de-vin et enflammer.

Elle alla ensuite elle-même, dans un cabinet attenant, chercher un plat à fleurs, de médiocre facture mais dont le fond était d'une blancheur éclatante.

– Voici l'un des premiers plats de porcelaine dure fabriqués hors de Saxe ! C'est un sujet du roi qui a fait cela. Un homme qui a eu l'opportunité de connaître nombre des secrets de Meissen et le génie de retrouver par lui-même les informations qui lui faisaient défaut pour parvenir à son but… Je réponds d'avance à vos questions, messieurs… Ce chimiste, du fait du privilège de Vincennes, puis de Sèvres, n'a pas pu continuer d'exercer ses talents à Strasbourg où, il y a dix ans de cela, il a effectué ses premières mises au point. Aussi, tout en conservant sa fabrique d'Alsace où il produit des pipes à tabac et une belle faïence de table, s'est-il établi près de Mannheim, à Frankenthal, chez l'Électeur palatin, Carl-Théodor... Le contact est aujourd'hui rétabli avec cet homme dont les recherches ruineuses ont dérangé les affaires mais qui, au bout du compte, n'oublie pas qu'il est né sujet du roi de France.

Elle fit passer le plat de main en main et, comme un bonimenteur, le tourna et le retourna pour le montrer et le faire ausculter par tous avant l'épreuve. Tandis qu'il circulait, elle le frappait d'une grosse louche d'argent, produisant un son clair et cristallin. Ensuite, résolument, ayant requis un supplément d'attention par un regard impérieux qui se porta tour à tour sur chacun de ses hôtes, elle posa la pièce de porcelaine sur la plaque du chauffe-plat, déjà bleuie par le contact de la flamme. Elle y jeta quelques noisettes de beurre qui se mirent à fondre.

– À vous, Sire ! Montrez à nos amis que vous êtes bon fricasseur !

Elle présenta à Louis XV un petit panier empli d'œufs que celui-ci cassa les uns après les autres, à même le plat, d'un mouvement plein d'aisance.

Les hôtes curieux, qui approchaient leurs museaux poudrés et emperruqués de la petite desserte, n'en croyaient pas leurs yeux : outre que c'était la première fois qu'ils pouvaient observer le roi plongé dans une occupation ménagère, ils étaient médusés de voir la glaire frire et blanchir à même la céramique.

Lorsque le tout fut à point, ce maître queux d'un soir, qui venait de tailler des mouillettes et de les disposer sur les bords d'une grande assiette d'argent, s'empara d'un torchon et fit glisser le contenu du plat au centre de la couronne de mie bien blanche qu'il venait de façonner. Il n'y avait qu'un œuf par convive, mais cet hors-d'œuvre imprévu paraissait brusquement beaucoup plus fabuleux que les préparations de truffe et de homard qui figuraient au premier relevé du souper de Nouvel An ordonné par la marquise.

Celle-ci, à peine assise, demanda au roi la permission de porter un toste.

– D'ici à dix ans, la France produira en série, à Sèvres, une porcelaine de Chine aussi dure et résistante que celle que nous venons d'éprouver ce soir... Et, grâce au génie de nos peintres et de nos sculpteurs, cette vaisselle sera la plus belle du monde !

Tous se levèrent et applaudirent pour sceller ce pacte.

CHAPITRE DEUXIÈME

Les frères Masson

À cent vingt lieues de Versailles, aux confins des territoires pierreux du Limousin et de l'Auvergne, Bort est l'un des bourgs qui fait le mieux sentir l'espèce de répulsion qu'il faut tout d'abord vaincre pour trouver de l'agrément aux cités pétries de lave, bâties sur les anciens volcans du centre de la France.

Venant d'Ussel ou de Neuvic, descendant du plateau qui, comme un balcon du Limousin jeté au-dessus de l'Auvergne, domine les fameux orgues de basalte, on a l'impression de contempler une sombre Gomorrhe ; une tempête de roches noires qui, tantôt empilées et menaçant d'effondrement, tantôt arrêtées à mi-pente des collines, paraissent n'avoir fait que suspendre leur course folle jusqu'au fond des vallées. Dans les lointains, disposés en un vaste amphithéâtre, le Mont-Dore sur la gauche, le puy Mary et le plomb du Cantal sur la droite forment à perte de vue un fouillis couleur de rouille et de grisaille, plus inextricable qu'un océan de ronciers. L'hiver, ces lointains hérissés, qui semblent avoir été disposés là par quelque génie malveillant, se perdent en s'éblouissant de neige, mais lorsque le soleil d'été daigne enfin les caresser, il leur arrive de se fondre dans un léger glacis bleuté, fait de brouillard et de ouate, que diapre le plumet jaune des genêts et des gentianes.

Près de la Dordogne et passé les remparts de cette ville grise, tout devient plus riant. D'étroites bandes de terre, fertilisées du dépôt des cendres d'anciennes éruptions, bordées de quelques pampres de vigne, d'oseraies et de chènevières, paraissent au voyageur brusquement aussi vertes et opulentes que la plaine de Canaan. La campagne alentour est pimpante, quadrillée de vergers et de potagers. Les ruisseaux descendus des montagnes s'étagent en chapelets de laçs retenus par des barrages de lave qui reflètent, sur le tain de leurs eaux obscurcies par les fonds de basalte, la clarté d'un ciel toujours plus pur et lumineux qu'ailleurs.

Au matin de ce 1er janvier 1760, qui avait vu la bonne amie de Louis XV s'engager à donner sous dix ans à la France une porcelaine plus belle que celle de Saxe, une trentaine de personnes, emmitouflées et pourtant grelottantes, se resserraient autour d'un pauvre cercueil posé sur deux chaises de paille dans la sombre église de ce bourg – bâtiment ramassé et massif, surmonté pour tout ornement de quatre gros épis de pierre émoussés.

Au premier rang se voyaient trois garçons, très pâles, livides même, d'âges et de complexions différentes. Chacun dans son genre, ils étaient d'une beauté qui, dans cette contrée surtout peuplée d'êtres trapus et de petite taille, surprenait et attirait le regard.

L'aîné, Anselme, qui devait avoir un peu plus de vingt ans, surpassait d'une tête toute l'assistance. Des cheveux longs et noirs, un œil charbonneux et pénétrant, l'air sérieux et méditatif, des traits fins mais énergiques, de longs membres bien découplés, et enfin une allure athlétique que lui avaient conférée ses longues courses par les montagnes de son pays, destinées à assouvir le goût qu'il avait depuis l'enfance de partir à la recherche des vieux volcans éteints et de minéraux prodigieux. Son cadet, Mathieu, qui pouvait avoir dix-huit ans, était par opposition presque blond, svelte, d'une taille également élevée et d'une grâce toute féminine. Il fallait l'avoir observé longtemps pour se rendre compte qu'il était né aveugle. Ses yeux en effet, à force de bouger et de s'émouvoir au plus petit son et à la plus légère vibration, d'attester en lui le passage des orages de l'âme, avaient gardé toute la fraîcheur de la vie, sans rien du voile opaque qui emprisonne généralement le regard de ceux qui ne voient pas. Ses mains longues et fines avaient la délicatesse de celles qui se sont longuement exercées au toucher des claviers. Le plus jeune des trois enfin, Eustache, huit ans à peu près, mariait la finesse de traits de ses deux aînés à des joues pleines et rebondies que couronnait une pointe de rose. Il portait sa cape d'écolier, son bonnet de laine noire glissé sous l'épaulette que rabattait par-dessus sa manche un gros bouton de corne.

Ces garçons qui se blottissaient l'un contre l'autre, plus pour soutenir leur courage que pour se protéger du froid, en étaient rendus ensemble, ce matin-là, très tôt, presque dans leur enfance, au moment le plus triste de la vie d'un homme : ils enterraient leur mère.

Dans le chœur, le curé de Bort, l'abbé Cordelier, assisté de deux garçonnets qui sautaient sur place pour se réchauffer et qui promenaient l'Évangile sans quitter leurs mitaines, achevait de bâcler l'absoute. Près de lui, sur le banc des anciens vicaires, un vieil abbé, cassé en deux, dont les cheveux longs et blancs s'échappaient d'une haute barrette posée sur un bonnet de laine, répondait aux prières d'une voix forcée, avec un visage au moins aussi baigné de larmes que celui du jeune Eustache. C'était l'abbé Vayssière, le premier maître d'Anselme et, depuis la mort de leur père, sept ans auparavant, le véritable tuteur des trois frères Masson.

La messe terminée, il n'y eut que quelques pas à faire, dans le vif éclat de la neige fraîchement tombée, pour gagner le cimetière. Là, près d'un grand cyprès, se trouvait la tombe de famille, simple tumulus de terre, bordé de quatre madriers, que surmontait une croix ancienne de pierre noire. Dans ce pays avare et pauvre, où le moindre signe distinctif se mérite et se décline par des usages immémoriaux résultant de longues patiences, cette croix de pierre levée, parmi une multitude de petits crucifix de bois, témoignait de l'humble dignité des Masson. À mi-chemin entre les pauvres et les puissants, clercs de notaire de père en fils, ils étaient, dans le pays, regardés comme de modestes bourgeois.

L'ultime détenteur de cette modeste charge judiciaire avait été le géniteur des trois orphelins, disparu beaucoup trop tôt pour persuader l'un de ses fils de lui succéder. En effet, quand Pierre Masson était mort, en 1753, Anselme n'aimait déjà plus que les sciences et en particulier celle des roches. Mathieu était disqualifié par sa cécité, incapable à jamais de pouvoir tenir le registre des testaments et des codicilles du bailliage et, par là, de connaître les secrets des familles de la haute Dordogne, mieux parfois que les confesseurs eux-mêmes. Quant à Eustache, il venait de naître et criait encore dans son berceau. Il avait fallu beaucoup de courage, après la mort de son mari, à celle que l'on portait en terre pour faire aller la maisonnée, en particulier pour permettre à ses trois fils, qui en avaient le goût et la capacité, d'entamer des études. Elle n'y était parvenue que grâce au soutien moral de l'abbé Vayssière, venu tous les jours faire réciter leurs leçons aux trois garçons, et parce que maître Catugier, le notaire, ami de longue date du défunt, n'ayant pas d'enfants lui-même, avait traité les trois orphelins comme ses propres fils.

C'est chez les jésuites de Mauriac qu'Anselme avait été définitivement saisi par la passion des sciences de la nature dont l'abbé Vayssière lui avait inculqué les premiers rudiments tandis qu'il était encore enfant, au cours de leurs longues promenades au travers des puys. M. Malafosse, le maître qu'il avait eu à son arrivée dans le collège, géographe qui, par passion, s'adonnait à l'astronomie et à la minéralogie – discipline nouvelle dont ces messieurs de l'Académie venaient tout juste de former le nom –, avait trouvé en lui le prodige de sa classe, tant pour l'observation de la terre et du ciel que pour l'algèbre, la trigonométrie, la chimie et la physique. Tout cela avait à jamais éloigné le jeune homme du métier de ses aïeux et, ses études terminées, tout en continuant de s'instruire par la lecture des publications savantes qui parvenaient jusqu'à Clermont-Ferrand et Limoges, il était venu en aide à sa mère en allant à son tour enseigner les sciences à Saint-Flour et à Aurillac.

Mathieu, dès ses cinq ans, avait reçu du père Comblat, sacristain chargé de la musique dans la paroisse, ses premières leçons d'épinette et de hautbois. Il avait montré une volonté extraordinaire pour surmonter une infirmité qui empêchait à peu près tous ceux qui en étaient affligés d'entreprendre quelque étude que ce fût. Dans son âge le plus tendre, il s'était en effet entraîné à exercer sa mémoire, devenant ainsi capable, dès la première lecture, d'assimiler les partitions que lui lisait son frère. Les jésuites, esprits curieux et admiratifs de toutes les prouesses de l'esprit, n'avaient donc fait aucune difficulté pour le recevoir à Mauriac. Il s'y était même distingué en étant, dans sa classe d'humanités, le répétiteur d'une petite bande de dix collégiens auxquels, malgré sa cécité, il savait imposer le respect par sa douceur et son inlassable penchant à vouloir faire aimer la connaissance.

Tel était le génie particulier de ces deux frères, que le goût partagé du savoir tenait liés comme les doigts d'une même main et qui, pendant la longue maladie de leur mère, profitant des heures passées tête à tête à son chevet, avaient pris ensemble la décision de partir à

Paris tenter leur chance dès que celle qu'ils veillaient aurait rendu son âme à Dieu.

La dernière pelletée de terre grasse jetée sur le cercueil parut aux deux aînés, qui venaient de s'emparer chacun au même moment d'une main d'Eustache, marquer irrévocablement l'instant où se refermait le premier chapitre de leur jeune existence. Ce fut d'un coup comme si leur vie studieuse et laborieuse, confinée jusque-là entre les croupes usées de ces volcans devenus paisibles, se trouvait exposée au réveil simultané de tous ces cratères, aux flammes et à la lave brusquement ressurgies.

– Alors, vous vous êtes décidés ? leur demanda à cet instant maître Catugier à qui ils avaient annoncé la veille au soir leur projet de départ.

Le notaire, dont les bajoues se marbraient de gerçures, paraissait anéanti par l'annonce de cette décision, et ses gros yeux à fleur de tête, toujours pleins d'eau, qu'ourlaient des paupières au bourrelet retourné et rougi, étaient, ce matin-là, plus brillants encore qu'à l'ordinaire. Cet être ancré dans la matière, dont l'horizon le plus lointain s'étendait à Limoges et à Clermont, où il allait quelquefois pour ses affaires, ne pouvait évidemment pas comprendre les deux jeunes gens dont l'impatience frémissait. Pour lui, l'amitié de cinq générations de Masson et de Catugier paraissait inexorablement devoir se briser là, au bord de cette fosse, et, parce qu'il n'avait pas su imaginer ni concevoir le moyen d'infléchir autrement le cours des choses, il se figurait être responsable de cette séparation qui ajoutait le poids du déchirement à celui du deuil.

Il réitéra sa question, à laquelle Anselme, accaparé par la vue de la fosse où avait disparu le cercueil, n'avait pas répondu.

– Oui, finit par répondre l'aîné des trois garçons, il le faut !... Grâce à vous, grâce à l'abbé Vayssière, il nous est possible aujourd'hui de rompre avec l'enchaînement des malheurs… Mais ce n'est plus ici que nous pouvons nous accomplir.

– Paris est un gouffre, mes pauvres enfants !

– Nous aurons la force nécessaire ! intervint Mathieu de sa voix douce en posant délicatement sa main sur l'épaule du vieil ami de son père.

Mme Catugier, qui s'était montrée admirable de dévouement tout au long de la maladie de la défunte, embrassa les trois frères, les couvrant de ses larmes avant de disparaître précipitamment dans l'allée.

– À demain pour les adieux ! lança le notaire s'éloignant à son tour.

Il se retourna aussitôt pour ajouter par manière de bravade :

– Je vous promets de n'être ni triste ni raisonneur car je tiens trop à ce que vous emportiez de moi un souvenir aimable !

Lorsque les jeunes gens eurent salué tout le monde et remercié les fossoyeurs, ils gagnèrent le prieuré, belle bâtisse du siècle précédent ramassée sur un terrain jouxtant les anciennes fortifications de la ville.

Le curé Cordelier et l'abbé Vayssière, qui vivaient là tous les deux avec leur vieille bonne, Octavie, avaient fait accommoder par cette dernière un modeste dîner composé d'une omelette au lard baveuse, d'un peu de jambon bouilli, de pain frotté d'ail et de châtaignes, qui, retirées des braises, avaient été mises à « coufir » sous un linge, dans un pot de terre posé à même la pierre brûlante de l'âtre. La table était dressée dans le vestibule, petite pièce d'angle lambrissée de noyer, garnie d'une cheminée mais qui bénéficiait en plus de la chaleur de la cuisine attenante.

Les trois frères ne se firent pas prier. Ils enjambèrent d'un même élan le banc de bois et, s'étant placés côte à côte, dévorèrent d'un solide appétit. Les émotions, les veilles accumulées des dernières semaines auprès de la mourante avaient trop longtemps noué leur estomac.

Cet entrain les rendit sourds aux mornes paroles de l'abbé Cordelier, brave homme, mais sans esprit ni science, qui n'avait jamais bougé de Bort et qui surtout n'avait pas su, comme son collègue Vayssière, voyager dans les livres. À l'instar de maître Catugier, mais avec en plus une croyance bien ancrée dans les maléfices démoniaques, il regardait Paris comme l'antichambre de l'enfer. Aussi, tandis que les jeunes gens se rassasiaient, entreprit-il de les mettre en garde, pêle-mêle, contre les femmes, les jansénistes, les philosophes, les joueurs de cartes, les poètes et les beaux esprits.

L'abbé Vayssière, tout en s'agaçant secrètement des vitupérations de son confrère, observait un profond silence. Pour lui, sans aucun doute, les heures à venir allaient être les plus douloureuses : depuis plus de dix ans déjà qu'il n'avait plus charge d'âmes, Anselme et Mathieu remplissaient presque exclusivement sa vie. Ils étaient même devenus les êtres nécessaires au renouvellement de son énergie, or, tout à trac, il réalisait qu'il devait se préparer à les perdre pour, sans doute, ne plus les revoir.

C'était son lot, pensait-il. Quinze ans auparavant, un autre de ses disciples, Jean-François Marmontel, avait quitté Bort, à peu près à l'âge d'Anselme, sans un sou, n'ayant en poche que la lettre de félicitations que Voltaire lui avait adressée après qu'il avait participé à un concours de poésie. Entré dans l'entourage de Mme de Pompadour, il était à présent un homme reconnu qui, à moins de quarante ans, lorgnait du côté de l'Académie française.

– Marmontel vous recevra dès votre arrivée, assura Vayssière. Il est toujours fier d'accueillir les gens du pays venus le visiter. Je pense surtout qu'il sera heureux de faire votre connaissance, car, dans ses lettres, il me demande régulièrement de vos nouvelles, m'assurant plaisamment jalouser l'affection que je vous porte… Il vous traitera en frères.

L'abbé Cordelier tint à tempérer l'enthousiasme de son confrère :

– N'y a-t-il pas bien du péril à confier ces garçons à l'auteur des *Contes moraux* ?… Parce que, maintenant que vous vous êtes décidé à me les donner à lire, je vous avouerai volontiers que ces contes me paraissent parés de toutes les qualités, à l'exclusion de celle d'être moraux.

Les *Contes* qui dataient de 1758 venaient d'assurer le renom du poète. L'abbé Vayssière en conservait près de son chevet l'exemplaire que celui-ci lui avait fait parvenir avec sa dédicace. Prêtre décidément étonnant, à son âge et dans le lieu retiré où il vivait, il avait pour ce petit livre presque plus de vénération que pour son bréviaire. Il ne pouvait donc que prendre la défense de cet ancien disciple dès lors qu'on l'attaquait :

– Marmontel, c'est ce qu'il y a de meilleur dans notre temps ! Un garçon honnête et – parce qu'il n'a pas renié sa foi comme beaucoup de ses nouveaux amis encyclopédistes – un chrétien des Lumières, un chrétien de la raison…

C'était donner beau jeu à Cordelier :

– Mais enfin, mon ami, c'est avec déraison qu'il faut aimer Dieu !

– La réflexion ne doit jamais être absente des mouvements du cœur et de l'âme !

– Nous regarderons Marmontel comme votre autre fils, assura Mathieu en s'emparant, sans donner l'impression de la chercher, de la main de chacun des deux hommes ; de celle de l'abbé Cordelier comme s'il voulait le retenir de s'enferrer davantage, de celle de son vieux tuteur pour le dissuader de pousser sa pointe contre l'obscurantisme de son successeur.

La dispute se termina à l'ordinaire : le plus jeune des prêtres fit son signe de croix, le plus âgé souleva sa barrette et ils se sourirent l'un l'autre.

Vayssière alla chercher dans sa chambre des confitures sèches de figues et d'abricots. Il paraissait soucieux. Une question lui brûlait les lèvres :

– Combien avez-vous en poche avant d'entreprendre votre voyage ?

– 215 livres en tout, annonça Anselme, mais nous n'avons pas encore réglé l'année d'études d'Eustache à Mauriac.

– Cette scolarité sera notre écot, à l'abbé Cordelier et à moi, répliqua le vieux prêtre qui força le ton pour aller jusqu'au bout de sa phrase… M. Malafosse, le régent des petites classes, me consent un prix qui ne vaut que si je le paye moi-même… Il ne vous restera que le logis en ville à régler à Mme Salvy, chez qui vous avez été vous-mêmes si longtemps pensionnaires. Je me suis arrangé avec elle. Elle ne vous demandera qu'une livre et demie par mois. Quant à l'habillement, Mme Catugier tient à s'en charger… De plus, je crois bien que notre brave notaire, de la façon dont il se penchait vers vous tout à l'heure au cimetière, a réussi à votre insu un miracle digne de la multiplication des pains… Anselme, va donc vérifier le contenu de tes poches !

Intrigué, l'aîné des Masson alla jusqu'à la porte derrière laquelle il avait accroché sa grosse houppelande de laine. Il en extirpa une petite bourse de velours qui produisit le son clair du métal précieux : dix louis d'or, 240 livres, une somme qui doublait d'un coup son pauvre pécule.

– Dieu sait encore faire des prodiges ! s'exclama Anselme, héritier spirituel de l'abbé Vayssière et pourtant l'esprit le moins religieux qui fût.

– Dieu est bon prince, railla l'abbé Cordelier… Il soutient la philosophie et les idées nouvelles !

Le lendemain, de très bonne heure, les trois frères se rendirent à Mauriac dans la petite calèche que leur avait prêtée le notaire. La route défoncée et sinueuse qui serpente, tantôt à flanc de montagne, tantôt au fond de la vallée de la Sumène, était poudreuse de neige, bordée d'arbrisseaux parés d'une ganse cristalline, surplombée d'énormes blocs de rochers ourlés de stalactites givrées qu'un grand soleil blanc d'hiver faisait étinceler. Cette vaste étendue de dômes émoussés qui, dans les lointains, en direction de Riom ou de Salers, paraissaient se bousculer pour assaillir les pentes du puy Mary, ces étroites vallées, celles du Mars, du Marilhoux, du Mardaret, qui sont autant de tranchées sombres dévalant de l'ancien volcan, formaient un paysage saisissant qui, d'ordinaire, tenait les voyageurs en extase. Mais, ce matin-là, les trois frères, trop accaparés par leurs tristes pensées, ne le contemplaient pas vraiment.

Anselme, ménageant la vieille jument du notaire, rendue craintive par la succession des fondrières et des flaques glacées, s'attachait à ne pas perdre la route des yeux. Mathieu et Eustache, sans dire un mot, se serraient l'un contre l'autre. Le plus jeune des Masson avait déposé à ses pieds son maigre bagage, un baluchon dans lequel il avait entortillé les nippes qui avaient appartenu autrefois à ses frères, et un sac de toile où il avait jeté tout ce qu'il possédait de plus précieux : sa *Grammaire* de Port-Royal, sa bible, ses souliers du dimanche, deux jabots de batiste qu'il conservait pour les messes ou les cérémonies du collège, enfin les quatre chemises de gros chanvre que lui avait confectionnées, en cousant tout de travers, la vieille Octavie. Dans un immense torchon à carreaux rouges, il avait entassé ses provisions, une sorte de butin de guerre composé d'un grand morceau de « ventrèche » rancie à point, conservé entre deux feuilles de papier huilé, de trois saucissons bien bossus, d'un pot de crème épaisse et d'un sac de châtaignes.

Si Bort se love et s'étage au fond d'un trou, Mauriac campe au bord d'un immense plateau basaltique. Cela ne la rend pas forcément plus gaie, car, ici aussi, comme dans toute l'Auvergne, il faut sauver le premier coup d'œil pour trouver des délicatesses et des grâces à une architecture indéniablement austère.

Mauriac, qu'aucun confluent ou aucune intersection de routes ne destinait à être autre chose qu'un gros bourg, recelait toutefois d'étonnantes beautés : une vaste église romane, Notre-Dame-des-Miracles, massive dans son corps mais élégante dans le foisonnement de ses détails, l'une des plus remarquables d'Auvergne ; une abbaye, Saint-Pierre, fondée selon une légende tenace par Théodechilde, fille de Clovis, sur l'emplacement d'un temple de Mercure, et dont la salle capitulaire ainsi que le cloître s'ornaient de colonnes taillées dans un étonnant marbre local. Le bourg comptait aussi une prison, la plus sombre mais sans doute la plus paisible de France, une sorte de palais patricien, l'hôtel d'Orcet, siège en 1760 de la subdélégation de l'Intendance de Clermont ainsi que de la recette des tailles, enfin, juste en face, le collège des jésuites, bâtiment des temps flamboyants, pourvu d'un porche majestueux en forme d'arc de triomphe datant de Louis XIII. La pierre des volcans, si rugueuse et si difficile à sculpter, se parait dans ce monument, comme dans quelques autres éléments d'architecture disséminés tout alentour, des plus fins ornements du Moyen Âge et de la Renaissance : chapiteaux d'acanthes, bâtons écotés, bucranes, fleurs de toutes sortes, écloses sous des mains habiles et qui paraissaient tomber en pluie sur la cité ; ornements que le grain épais de la pierre semblait tout d'abord absorber et qui ne livraient leur délicatesse qu'après de longues et patientes observations.

Les habitants de Mauriac ont au premier coup d'œil un abord sans aménité qui s'accorde à l'austérité de leur bourg, une rudesse soulignée par la noirceur de leur mine et ce côté presque asiate qu'ont parfois les paysans descendus des cézalliers ou des puys : sourcils épais, cheveux noir d'encre, pognes velues des hommes, souvent petits et taillés en forme de foudre, œil charbonneux des femmes, dont les cheveux drus et épais ne blanchissent presque jamais.

Mme Salvy, veuve d'un sacristain de Notre-Dame-des-Miracles, qui subsistait en louant à des étudiants trois chambres et quelques lits perchés dans le grenier de sa maison de la rue du Balat, aurait pu fournir à un peintre ou à un moraliste le portrait achevé de l'Auvergnate. À Mauriac, Anselme et Mathieu avaient toujours vécu chez elle, d'abord dans le grenier, puis, lorsqu'ils avaient pu gagner quelques sous, dans une chambre qu'ils s'étaient partagée. La vieille femme, qui n'avait jamais pu avoir d'enfants et dont c'était le désespoir, avait fini par regarder ses pensionnaires, et les Masson en particulier, comme sa seule famille.

Elle était ridée comme pomme en carême, ratatinée, la tête toujours couverte d'un curieux bonnet mi-laine, mi-feutre, pourvu de deux longues oreillettes qui se nouaient par un lacet sous le menton, gantée de mitaines été comme hiver et chaussée de galoches toujours bien beurrées dont la seule fantaisie consistait dans un dessus de cuir gravé de fleurs et de soleils.

Elle ne parlait que le patois auvergnat, assaisonné çà et là de quelques bribes d'un français parfois très relevé que lui avaient inculquées ses jeunes hôtes, familiers de Cicéron, Montaigne et Descartes. Ainsi, tous ceux qui étaient passés chez elle, issus de milieux assez éclairés pour ne parler que le français, en étaient ressortis en maîtrisant une langue de plus, l'auvergnat. C'était à tel point que Mathieu, gagné par l'encyclopédisme du temps, y avait pris l'idée d'un dictionnaire dans les deux langues dont il avait presque complètement rédigé la lettre A.

– Voici donc le troisième ! s'exclama Mme Salvy dans sa langue en découvrant Eustache. Il fera un fameux gaillard !... Il le faut bien d'ailleurs, puisqu'il en aura deux à remplacer.

– Il ne vous décevra pas, promit Anselme. Eustache unit nos qualités...

– Je prie Dieu qu'il n'additionne pas également vos défauts, reprit la bonne femme dans son charabia... Qu'il ne se mette pas à manger comme vous deux réunis, qu'il ne soit pas bagarreur comme toi, Anselme, et aussi distrait que toi, Mathieu, sinon maman Salvy y perdra le peu qui lui reste de sous et d'énergie.

– Ne craignez rien, protesta Mathieu, depuis Paris nous aurons l'œil... Pour les yeux, ce seront ceux d'Anselme, bien sûr, mais pour la « sympathie » – un mot on ne peut plus savant qu'il avait appris à sa logeuse –, j'aurais quelque chose à dire, moi que les vibrations du cœur n'ont jamais trahi.

Avant de montrer aux garçons le lieu qu'elle destinait à son nouveau pensionnaire, la vieille femme leur fit, ainsi qu'elle en avait l'habitude – c'était même là sa marotte – le compte détaillé des réserves et des ressources de bouche avec lesquelles elle faisait « aller la maisonnée » : les terrines pleines de saindoux dans lesquelles se perdaient les couennes, le lard ourlé d'un liséré rance couleur de jaune d'œuf qui le rendait à point, le jambon pendu à la poutre de la resserre, le coffre à compartiments où se trouvaient rangées les farines – la blanche, celle de bon froment ; celles de seigle et de blé noir –, la jarre d'huile de noix qui au 1er janvier se doit d'être pleine et à la Saint-Jean tout juste à moitié, les pommes et les poires délicatement posées et alignées sur les clayettes du fruitier qui pourraient, sans lumière ni courant d'air, se conserver jusqu'à la fin de l'hiver. Elle déposa dans des paillons, avec des gestes précautionneux, tout le contenu du grand torchon à carreaux rouges que venait de lui tendre Eustache.

– Tout cela ira au pot commun ! annonça-t-elle.

La règle d'or de Mme Salvy était celle des couvents charitables : pas un des pensionnaires ne devait savoir d'où provenait ce qui se trouvait le soir sur la table commune. Les ressources des pensionnaires les plus fortunés, ceux des chambres, étaient mêlées à celles des garçons du grenier, augmentées çà et là de la générosité de quelques habitants de la ville, flattés d'avoir chez eux un collège de jésuites comme il ne s'en trouvait que dans les grandes métropoles. La bonne femme accomplissait ainsi tous les jours des miracles et jamais aucun des redoutables gaillards qu'elle hébergeait, tous pourtant dans l'âge de la croissance, ne s'était mis au lit avec la faim au ventre. À la différence des autres logeuses, elle ne regardait pas non plus sur les bûches qu'elle disposait dans la cheminée devant laquelle chacun des neuf pensionnaires avait sa chaise rangée dans un demi-cercle parfait, ni sur l'huile de noix qu'elle versait elle-même, sans en perdre une goutte, dans les petites lampes de terre – les *calelos*. Chacun en détenait une à son usage, qu'il pouvait emporter à son chevet pour lire. Mathieu, le seul à n'en pas avoir, pour cause de cécité, avait eu droit pendant longtemps, le soir, au moment de la distribution de ces lumignons, à quelque chose qui avait beaucoup plus de prix pour lui : un bonbon de gentiane accompagné du baiser que la vieille femme lui déposait sur le front.

La mère Salvy était aussi, malgré ses yeux fatigués, « maîtresse rapetasseuse » des fonds de culotte, des poches, des accrocs, et surtout parfaite consolatrice, en dépit de ses manières plutôt frustes, de tous ces garçons, privés définitivement ou temporairement de l'affection d'une mère. Elle était même irremplaçable lorsqu'ils se trouvaient dans l'ennui d'une dispute ou dans l'angoisse d'un examen. Elle avait la sagesse des vieux paysans du puy Mary sur les flancs duquel elle était née. Sa philosophie, la plus simple et la plus efficace par le ton d'évidence sur lequel elle était professée, tenait dans ces deux simples phrases :

– Après un temps, en vient un autre !... Tout passe, tout lasse !

On ne pouvait d'emblée qu'aimer une telle femme.

La chambre qu'elle montra à Eustache était celle qu'avaient occupée jusque-là Anselme et Mathieu. Elle devança leurs protestations :

– Cela me fait plaisir ! Il la partagera avec le gros Alric, fils d'un fermier d'Allanche à qui je compte double part... Il est juste que les riches payent pour les pauvres.

– Maman Salvy, vous êtes une fée ! s'exclama Mathieu.

– En tout cas pas la fée à la robe couleur du ciel des sornettes que tu me racontais pendant tes premières années de collège, répliqua la bonne femme en tournant sur elle-même comme si elle avait voulu faire admirer son tablier noir.

Elle faisait allusion au conte de *Peau d'âne* que le jeune aveugle lui récitait quelquefois, lorsqu'ils se tenaient ensemble près de l'âtre, devant un grand feu clair, tandis que les autres garçons jouaient au « rampeau » ou au ballon sur le foirail.

Brusquement, depuis le clocher de Notre-Dame-des-Miracles, s'égrenèrent les lourdes ondes de bronze marquant l'heure de midi.

– Mon Dieu, mes enfants, il faut aller !... M. Malafosse vous attend. Il reviendra ici avec vous à 4 heures, car il tient à ce que nous partagions ensemble le dernier repas que vous prendrez à Mauriac. J'ai mis dans la braise des couennes et du haricot, et il apportera un flacon de vin du Fel.

Les trois frères gagnèrent le collège des jésuites qui était à deux pas. On y accédait par le porche dont nous avons déjà mentionné l'existence. Cette entrée monumentale, composée de deux paires de colonnes plaquées sur une maçonnerie grossière, n'était que d'apparat. Elle écrasait et assombrissait une cour étroite sur laquelle ouvrait une simple porte bâtarde surmontée d'un crucifix par où se faisait la circulation tant des professeurs que des élèves. À gauche du porche, longeant la courte rue descendant vers le rempart, se trouvait une modeste chapelle ne pouvant contenir que cent personnes à peine. Sur les trois autres côtés de la cour, la façade et les deux ailes en retour n'avaient que deux étages, mais dans la carapace grise de la haute toiture de lauses, qui paraissait sous son poids faire mugir la construction, se superposaient quatre niveaux de lucarnes, de plus en plus étroites à mesure que l'on atteignait la ligne faîtière, hérissée d'épis de fer rouillés et de poteries de grès.

L'unique escalier de bois, à rampe de noyer, partait du minuscule vestibule qui jouxtait la bibliothèque. Anselme et Mathieu, en y entrant, tournèrent d'un même mouvement la tête vers la petite porte vitrée de cette salle sans chauffage où était précautionneusement rangé le millier de livres que possédait le collège. Emmitouflé, usant ses yeux à la lueur d'un quinquet, Anselme était demeuré là, pendant d'innombrables heures, à lire et à faire la lecture à son frère. Tous les volumes qui s'alignaient sur ces planches de chêne à peine équarries, il les avait lus et relus, l'un après l'autre, jusqu'à en connaître certains par cœur, surtout les récits de voyages et d'aventures, d'Homère à La Condamine, en passant par Marco Polo et Gulliver.

La marque extraordinaire des maisons d'éducation des jésuites était que la lecture ne se limitait pas aux ouvrages de théologie et aux auteurs anciens ; on y trouvait aussi l'essentiel de la littérature du temps, c'est-à-dire les poésies, les romans, les pièces pour le théâtre, le meilleur de ce qui avait été écrit en France depuis Louis XIII et, souvent même, les ouvrages d'auteurs encore bien vivants comme l'abbé Prévost, Marivaux, Voltaire et, bien sûr, à Mauriac, Marmontel et l'abbé Chappe, les deux anciens élèves du collège devenus célèbres dont les révérends pères étaient à juste titre les plus fiers.

Le régent des petites classes, de la cinquième à la troisième, M. Malafosse, passait ses journées dans un minuscule bureau presque sans jour, badigeonné à la chaux, décoré seulement d'une gravure représentant saint Ignace. Outre la chaise et la table de bois blanc, le mobilier de la pièce ne comportait qu'un vaisselier transformé en bibliothèque, sur lequel s'alignaient quelques dizaines de livres. C'était là tout ce que possédait le bonhomme, avec ses quatre culottes, ses deux paires de souliers et cinq chemises de chanvre. Malafosse était un personnage de haute stature, à la figure cloutée de verrues, toujours coiffé d'une toque de ratine, dont la voix douce et flûtée – peu accordée à cette carcasse de géant – communiquait d'emblée la sympathie. Il paraissait faire corps avec sa petite table de bois blanc sur laquelle étaient entassés en grand désordre les copies des élèves, les registres de présence, mais aussi un grand carton plein de papiers qu'il noircissait tout le jour et qu'il refermait en grand mystère dès que s'annonçait un visiteur. Mathieu, pour l'avoir percé malgré sa cécité, était le seul à connaître son secret. Caressant sans avoir l'air d'y prêter attention les dos crevassés par l'usage des livres – toujours les mêmes – qui traînaient sur le bureau du régent lorsqu'il entrait et que celui-ci ne retirait pas, croyant que l'infirmité de son disciple le mettait à l'abri d'être trahi, il avait identifié, tour à tour, la *Géographie* de Strabon et le *Guide géographique* de Ptolémée. Il en avait conclu que son maître travaillait à la traduction de ces auteurs en auvergnat, ce que celui-ci avait aussitôt reconnu, ajoutant qu'il s'adonnait depuis plus de dix ans à ces travaux, probablement destinés à périr avec lui. Mathieu lui avait fait en retour l'aveu de son projet de dictionnaire dans les deux langues et cela les avait grandement rapprochés.

Malafosse était le fils d'un pauvre cultivateur des environs de Salers, envoyé au collège par la charité d'une vieille demoiselle du village de Besse. Il n'avait jamais fait d'autre voyage que celui du lac Pavin et pourtant il connaissait le vaste monde en détail et mieux, sans doute, que les plus intrépides voyageurs de son temps. Toute sa science, il la devait aux jésuites à qui il avait, par reconnaissance, voué sa vie sans toutefois prononcer ses vœux, ne prélevant sur son modeste traitement que de quoi subsister, réservant tout le reste aux locations de livres, que Daval, le libraire de Mauriac, vieux garçon comme lui, son meilleur ami, faisait venir de Clermont et quelquefois de Paris ou de Lyon où il avait des correspondants. L'essentiel des connaissances auxquelles pouvait prétendre accéder un esprit éclairé de 1760 était ainsi arrivé à Mauriac par l'industrie de ces deux fous du savoir, et, par ricochet, les frères Masson avaient, à leur tour, pu en faire leur miel.

– Voilà un gars ! s'exclama le vieux savant en redécouvrant Eustache qu'il n'avait aperçu qu'à l'âge de six ans, à la faveur d'un séjour de Pâques, à Bort, chez son vieil ami Vayssière.

– C'est en tout cas quelqu'un qui ne vous fera pas regretter votre estime ! ajouta Anselme.

– De la bonne graine, je le sens…

Et, prenant un ton sévère qui ne parvenait pas vraiment à convaincre, il poursuivit en s'adressant au futur collégien :

– Savez-vous, mon petit monsieur, que rien n'est jamais acquis d'emblée, qu'on ne vient pas ici pour user ses fonds de culotte mais bien plutôt ses yeux ?...

Eustache reçut l'algarade sans broncher.

Depuis qu'il était entré dans cette maison, son visage, qu'une expression de profonde tristesse n'avait pas quitté depuis la mort de sa mère, rayonnait d'une joie confiante. À bientôt neuf ans, il montrait déjà quel homme il serait : aussi vif que ses frères, prenant d'Anselme la facilité des déductions, de Mathieu celle de l'intuition, empruntant au regard de braise du premier l'énergie des grandes réflexions, et à celui, absent, doux et éperdu, du second la propension aux rêves fertiles.

– Je viens ici pour que vous soyez content de moi, reprit fièrement le plus jeune des Masson, je remplacerai mes frères en étant à moi seul ce qu'ils ont été pour vous, tous les deux ensemble...

– Rude tâche ! Rude tâche ! opina M. Malafosse, piqué d'un vif sentiment d'exaltation...

Retournant ensuite tous trois rue du Balat, chez Mme Salvy, ils passèrent par Notre-Dame-des-Miracles, à la demande de Mathieu. Ce dernier, davantage assailli par les interrogations de la foi que son aîné, confronté par moments aux brusqueries et aux impatiences de ses compagnons de classe, avait plus d'une fois trouvé dans ce sanctuaire l'apaisement de ses tourments d'adolescent infirme. Il y était venu jusqu'à peu, selon les besoins de son cœur, tour à tour chercher le silence ou tirer quelques notes ébréchées du vieil orgue. Chaque fois, il avait commencé par caresser le lutrin à l'aigle au bec terrible comme pour éprouver le tremblement des damnés puis, sitôt après, pour se rassurer, frôlé de ses doigts longs et fins la Vierge couronnée à la longue chevelure frisée tenant dans ses bras l'Enfant, porteur lui-même d'une colombe. Il ne manquait pas non plus, à chacune de ses visites, de faire une station devant le buste-reliquaire de saint Mary qui, parce qu'il est le saint des volcans, confère un peu de son énergie et de sa flamme à tous ceux qui le prient. Enfin, il ne ressortait jamais sans avoir passé sa main sur la cuve du baptistère, sculptée dans du trachyte, granite brut et rugueux que l'attouchement des pèlerins, tout au long des siècles, avait rendu plus doux que le plus soyeux des velours. Anselme, plus que lui encore, était fasciné par cette pierre. Elle l'attirait à Notre-Dame-des-Miracles plus invinciblement qu'un aimant et, lorsqu'il la touchait, il la considérait avec autant de fascination que s'il avait eu sous les yeux un diamant surgi des entrailles de la terre.

Mathieu avait son idée en passant à Notre-Dame-des-Miracles. Il désirait une dernière fois monter à la tribune, caresser les claviers et enfoncer doucement le pédalier de l'orgue. Il savait, en ne la brusquant pas, telle une malade paisible et douce, avec laquelle il ne faut ni mentir ni tricher, soutenant ses poumons ruinés, gommant son souffle cornard et le cliquetis de ses mille pièces de bois disjointes, tirer de cette antique machine et de ces tuyaux d'étain que dévorait le salpêtre des accords d'une beauté insoupçonnable.

Flanqué de ses deux frères accoudés à son pupitre, il fit sonner brillamment une chaconne de Louis Claude Daquin, l'organiste du roi, dont les partitions imprimées circulaient jusqu'en Limousin.

Le vieux curé Pradel, que la musique avait fait accourir, le prit dans ses bras :

– Mon petit, plus personne après toi ne saura tirer un son de cette mécanique !

Le repas qui suivit chez Mme Salvy, en compagnie de Malafosse, fut en grande partie employé à des protestations de se retrouver vite, destinées surtout à faire bonne figure. Ils savaient pourtant tous, bien évidemment, qu'ils avaient fort peu de chances de se revoir à brève échéance et même, compte tenu de l'âge du régent et de la vieille logeuse, aucune chance de se revoir tout court. Mme Salvy avait, là-dessus, la sagesse que confère le fatalisme aux esprits simples ; Malafosse, la résignation venue de ses méditations stoïciennes et chrétiennes, et les jeunes gens, instruits par leurs malheurs récents, la pleine conscience des lois imprescriptibles de la nature.

– Je suis voué depuis toujours à voir mes meilleurs disciples prendre leur envol pour ne pas revenir, finit même par marmonner sombrement Malafosse, la joue rougie par la digestion, à l'instant de prendre congé… J'ai ainsi perdu Biron qui est aujourd'hui médecin à Montpellier, Astruc qui est juge à Clermont, Chaput qui est colonel, Léotoing qui vit à la Cour, Marmontel, qui n'était pas doué pour la géographie ni pour les chiffres, mais que cela n'a pas empêché de devenir célèbre. J'ai surtout vu s'éloigner Chappe d'Auteroche, celui qui, avant toi, Anselme, est allé le plus loin dans les sciences exactes parmi tous nos collégiens et qui, l'an dernier, est entré à l'Académie des sciences, dans la classe d'astronomie, comme adjoint des fameux Cassini et Le Monnier… Je n'ai jamais revu aucun de ces garçons, mais je reçois de temps à autre leurs lettres qui montrent qu'aucun d'eux, malgré tout, ne m'oublie tout à fait…

Puis se reprenant brusquement, parce qu'il voyait les visages s'assombrir :

– Quant à vous, c'est différent, vous me laissez un otage… Vous serez bien obligés de revenir le chercher ici, tout comme Regulus, lié par son serment, a dû retourner à Carthage !

Mathieu, qui était doué de l'inlassable patience des

pédagogues, raconta à Mme Salvy l'histoire de Regulus, accueillie aussitôt d'un haussement d'épaules :

– Tes Romains nous prouvent, une fois de plus, qu'ils n'avaient pas le sens commun… S'il est reparti se faire écorcher vif dans ta Carthage alors qu'il avait le moyen de faire autrement, c'est qu'il ne connaissait pas dans son foyer les joies simples que nous avons nous autres : un bon feu, de belles châtaignes, de joyeuses veillées. La gloire, mon petit, ça ne se mange pas en salade !…

Telle fut la dernière phrase qu'échangèrent les dîneurs au beau milieu de cet après-midi de janvier. Ce n'était nullement de la part de la vieille femme une condamnation de la chevauchée qu'allaient entreprendre ses deux plus anciens pensionnaires – elle n'avait pas la morgue des donneurs de leçons et elle était d'ailleurs secrètement plutôt fière de les voir s'émanciper pour faire bientôt, ainsi qu'elle n'en doutait pas, des « messieurs » –, mais plutôt un conseil de tempérer en toutes occasions leur impatience ou leur appétit de gloire en se souvenant des choses simples de leur enfance.

À cet instant, M. Malafosse, après avoir remis aux voyageurs des lettres de recommandation pour Chappe et Marmontel, quitta la maison en poussant Eustache devant lui dans l'escalier. Il avait enfoncé sa vieille toque d'un coup de poing, pour se garder du froid mais surtout pour ne pas montrer qu'il pleurait.

Revenant vers Bort sans leur frère, aussi tristes que le père du petit Poucet après qu'il eut égaré ses fils, Anselme et Mathieu se serraient l'un contre l'autre sur le banc de la calèche sans dire un mot, tandis que les vapeurs du soir se glissaient entre les arbres sans feuilles. Arrivés en vue du bourg de Bassignac, dont l'église se trouve juchée sur une éminence face à d'impressionnantes ruines féodales plantées sur l'autre rive de la Sumène, ils furent interrompus dans leur progression par une violente tempête de neige et contraints de se réfugier dans ce sanctuaire, juste à l'instant où la nuit tombait.

Mathieu, entré seul dans l'édifice tandis que son aîné attachait la jument à l'un des anneaux scellés dans la maçonnerie du porche, s'avança jusqu'à l'autel pour s'y agenouiller. Son frère l'y rejoignit.

– Anselme, lui murmura l'aveugle dont les joues étaient baignées de larmes, là où nous allons je te serai à charge… Ne vaudrait-il pas mieux que je reste ici pour m'occuper d'Eustache en continuant à vivre, comme je le fais à présent, de cours de musique et de latin ?

– Tais-toi ! ordonna sèchement Anselme.

Et comme son cadet poursuivait ses raisonnements, il lui asséna une gifle, une gifle magistrale. C'était la première fois qu'il en usait ainsi, si bien que Mathieu en demeura stupéfait.

– À deux, nous serons plus forts ! protesta l'homme de science, sans toi je ne ferai rien de valable, je le sais. Tout ce que je n'ai pas, tu l'as… Mes yeux seront tes yeux, ta finesse sera ma finesse !

Il bouscula son frère et le poussa jusque devant la chaire où, dans la demi-obscurité, était planté le cierge de la Nativité éteint. Il sortit son briquet d'amadou, le battit, alluma la mèche qui produisit aussitôt une faible lueur.

Il retourna la manche de sa chemise, fit de même pour son frère, joignit leurs mains et, les tenant emmêlées de toutes ses forces, les exposa pendant une bonne minute à la morsure du feu. Anselme, qui serrait les dents, vit Mathieu grimacer mais toutefois sans broncher.

– Voilà ! conclut-il en soufflant la flamme avant de déplier et de libérer leurs deux bras, nous voici unis… Inséparables et endurcis dans une même épreuve. Aucun feu désormais ne pourra nous atteindre davantage que celui-là !

Ce n'est qu'alors qu'il réalisa que ce modeste supplice avait beaucoup plus profondément entamé leurs chairs qu'il ne le pensait. Il alla au-dehors prendre de la neige qu'il appliqua sur la blessure de Mathieu puis sur la sienne.

L'aveugle, lorsqu'il sentit le froid apaiser sa brûlure, voulut à son tour déposer un peu de neige sur le poignet de son frère.

– Je ne te décevrai pas ! promit-il.

Ils s'embrassèrent et remontèrent en voiture, sous une lune toute ronde et couleur d'ivoire. La neige ne tombait plus qu'en rares mais plus gros flocons, que leur taille même semblait ralentir, lorsqu'ils entrèrent dans Bort, à l'instant où retentissait le premier coup de 8 heures.

Toute la journée du lendemain fut consacrée aux adieux.

Mathieu devait aller prendre congé de Margot, sa vieille nourrice, qui, sans se lasser, lui avait appris à faire ses premiers pas dans un monde qu'il ne pouvait pas observer. Il avait également rendez-vous avec le père Comblat, le sacristain, pompeusement rebaptisé par l'abbé Cordelier « maître de musique » de l'église de Bort, qui, depuis sa plus tendre enfance, avait été son premier et son seul professeur de solfège. Enfin, il avait prévu de faire une dernière visite jusqu'à l'ancien rucher de son père, sur la colline, à mi-chemin des Orgues, pour dire au revoir, malgré l'hiver et le froid qui les tenait endormies, aux abeilles avec lesquelles il entretenait d'étonnantes complicités depuis sa plus tendre enfance. Quant à Anselme, avant de faire, l'après-midi, une dernière promenade au bras de l'abbé Vayssière, il devait, dans la matinée, accomplir le plus pénible des devoirs : se séparer de Lucile, la jeune fille qui occupait ses pensées et qu'il aimait depuis bientôt deux ans.

Lucile était une grande et svelte beauté, à l'œil et à la chevelure noirs, nièce à la mode d'Auvergne à la fois de maître Catugier et de l'abbé Vayssière. Son visage avait quelque chose de celui de la Madone tenant l'enfant à la colombe de Notre-Dame-des-Miracles. Il unissait le sérieux à la grâce. Depuis le début de sa liaison avec Anselme, elle se savait menacée de le voir s'en aller, sans crier gare, pour Paris où, dès l'âge de douze ans, il avait annoncé qu'il vivrait quelque jour. Elle avait tout autant conscience que, s'il quittait Bort, elle serait empêchée de le suivre, retenue au pays par les soins à dispenser à une mère malade et surtout à une sœur plus jeune, prénommée Marthe, si sauvage et si difficile de caractère qu'elle était presque seule à pouvoir l'approcher. Depuis la mort tragique de leur père, Joseph Séguier, piétiné sept ans auparavant par son troupeau rendu subitement furieux par une nuit d'orage, Lucile était devenue l'âme du foyer, celle sur qui tout reposait et qui ne parvenait pas à s'éloigner du logis familial plus d'une heure sans craindre quelque catastrophe. Or, malgré les mises en garde que lui dictait sa raison, elle s'était attachée à Anselme avec passion.

Ce premier amour avait immédiatement pris toute la consistance et toute la couleur du grand amour. Il en est ainsi presque toujours lorsque deux êtres sérieux se plaisent. Tout ce qu'ils ne jettent pas d'emblée dans les effusions spectaculaires qui remplissent les romans, ils le placent dans une connivence qui leur permet d'aller très loin, ensemble, dans les labyrinthes du sentiment. Ces amants-là entrent dans une sympathie si profonde qu'ils sont capables de dire, à tout moment, sans avoir à se livrer à de longues supputations, quelles pensées les agitent l'un l'autre, ce qui les tourmente et ce qui les rend joyeux. Lucile et Anselme éprouvaient tout cela depuis la première heure. Leurs baisers n'en étaient pas moins ardents et leurs caresses n'ignoraient aucun des vertiges de la sensualité. Chaque soir, Anselme tenait sous la menace de la morsure de ses dents longues et bien plantées l'aréole dorée des seins blancs de Lucile, avant de les effleurer de ses mains larges et de laisser courir ses lèvres sur chacune des courbures de ce corps parfait en en respirant l'odeur de miel. Elle appelait fiévreusement ces caresses et, aux derniers jours du dernier printemps, dans le cratère d'un ancien volcan, sur un tapis moelleux d'herbe et de fleurs sauvages, elle s'était donnée à lui avec des larmes de bonheur, tout en sachant parfaitement, pourtant, qu'il s'en irait bientôt.

Avait-elle espéré un miracle ? S'était-elle tout au contraire, dans le secret de son cœur, s'affermissant chaque jour un peu plus avec l'espèce d'héroïsme tranquille dont sont capables les femmes d'Auvergne, préparée à le voir s'éloigner brusquement ? En tout cas, cette séparation, désormais certaine par l'indication du jour et de l'heure où ils cesseraient de se voir, l'avait anéantie, et c'est plus morte que vive qu'elle l'attendait, son cœur frappant dans sa poitrine comme de grands coups de bélier, pour ce dernier rendez-vous qu'ils s'étaient donné, au milieu de la matinée, au bord de la Dordogne.

Parvenu devant elle, Anselme avait senti, à son tour, son courage l'abandonner. Il fut d'abord incapable d'articuler un mot. Il ne tremblait pas, c'était plutôt une paralysie qui l'empêchait du moindre mouvement, une impression de vertige qui le vidait de son énergie. Il finit par lui prendre la main pour l'aider à s'asseoir sur une roche plate qui formait une sorte de banc sur lequel, chaque soir, depuis des mois, ils s'étaient accoutumés à se blottir l'un contre l'autre pour parler.

Isolés sur cette pierre qui s'avançait au-dessus de l'eau, environnés de toutes parts des flots de la rivière dont le bruit les coupait du monde et sur lesquels la lumière encore rasante de l'aube tardive glissait comme sur un marbre, nimbés du vaste paysage où, dans un dégradé de nuances allant du plus sombre au plus clair, s'étageaient des éboulis de roches, les restes des feuillages des alisiers et des merisiers cuits par le froid et, dans les lointains, de grands à-plats de neige, ils paraissaient, à cet instant précis, s'inscrire tous les deux dans une sorte de gloire.

Ils se considérèrent longtemps sans parler tandis que la tendresse de tous leurs tête-à-tête des derniers mois leur revenait au cœur.

Ce fut elle, entre-fermant les paupières, qui trouva la force de dire les premiers mots :

– Moi, je t'attendrai… Je ne fréquenterai quiconque que tu m'aies d'abord annoncé clairement que tu renonces à moi… Mais, je t'en supplie, Anselme, réserve-moi ton amour et jamais ta pitié… Vis ta vie, là-bas, et ne reviens vers moi que par la vérité du sentiment !

– Cœur admirable ! C'est bien sûr ton amour que je désire par-dessus tout… répliqua-t-il sans pouvoir contenir ses pleurs. Je t'écrirai tous les quinze jours au moins. Je serai toujours sincère… Je te le promets…

Ses paroles s'arrêtèrent sur ses lèvres.

– Ne parlons de rien d'autre ! commanda-t-elle avec une force désespérée en posant un doigt sur sa bouche. Chaque soir, à 6 heures, notre heure, soyons ici par la pensée, tout comme nous nous y trouvons, exceptionnellement, ce matin.

Il s'émerveilla de l'énergie qu'elle déployait, de ses yeux restés secs et il eut honte de ses larmes. Forçant un sourire, il se leva et monta sur une petite éminence avec l'agilité d'un écureuil. Il recommençait ce manège tous les jours. Il se baissa et, pivotant sur lui-même plusieurs fois, lança des cailloux pour faire des ricochets. Les cinq qu'il lança rebondirent dix-sept fois en tout, avant de s'engloutir dans un tourbillon… Ce chiffrc, selon leurs conventions, fixait le nombre des baisers qu'il devait lui donner à la suite sans reprendre haleine. Il redescendit près d'elle, avec la même stupéfiante agilité, et la prit dans ses bras.

Elle eut un mouvement inhabituel de pudeur :

– Delolm ! dit-elle en s'écartant, il est là, sur la rive, derrière un chêne… Il nous observe.

Ce Delolm était un brave et gros garçon du bourg, le fils de l'huissier, autrefois ami d'Anselme mais sur le pied de guerre avec lui depuis qu'il fréquentait Lucile, car il en était lui aussi secrètement épris depuis toujours.

– Je pars, il aura bientôt toute la place ! répliqua Anselme en se croyant plaisant.

Lucile s'assombrit. Il se mordit la lèvre de dépit de sa maladresse mais elle revint vers lui :

– Tu me taquines, dit-elle, mais tu sais bien que jamais je ne serai à ce pauvre Delolm !

Il l'embrassa de nouveau, et jusqu'à leur séparation ils ne firent que répéter les gestes qu'ils accomplissaient presque rituellement chaque jour. Ils burent un peu d'eau à la fontaine de la Cadène, à la même cuillère de bois qui était accrochée à la margelle par une chaîne. Ils entrèrent dans l'église pour dire un *Pater* à l'intention de leurs parents disparus, allèrent acheter un demi-pain bis chez la boulangère, Mme Margouillès, et ce n'est que lorsqu'ils croisèrent la grosse Augusta, l'une des langues bien pendues du bourg, qu'ils durent brusquement cesser cette espèce de jeu pour revenir aux pensées qui les obsédaient.

La bonne femme, les voyant passer, s'était en effet écriée en patois :

– Alors, monsieur Anselme, c'est du peu !

Ils décidèrent alors, sans s'être concertés, de précipiter le mouvement de leurs pas, et le dernier baiser qu'ils échangèrent sur le seuil de la maison de Lucile fut même plus bref qu'à l'ordinaire. Elle le quitta en lui glissant dans la main un petit médaillon, une miniature maladroite, son portrait, qu'un peintre ambulant, venu à la foire de Bort, avait fait d'elle au dernier printemps.

Il se retourna ensuite à trois ou quatre reprises, ce qu'il ne faisait jamais, alors qu'elle-même demeurait plus longtemps que les autres jours, immobile et forçant un sourire, dans l'encadrement de sa porte.

La dernière fois qu'il jeta un regard derrière lui, ce fut pour apercevoir Marthe, la jeune sœur, qui poussait le volet de l'étage et qui battait des mains en riant comme si elle se réjouissait très fort de la séparation des amants. Lucile disparut alors tout à fait, se précipitant à l'intérieur de la maison pour faire taire sa cadette.

L'abbé Vayssière attendait Anselme dans sa chambre, cette petite pièce éclairée d'une unique fenestrelle aux vitres jaunies par les mouches, encombrée de livres et de feuillets posés à plat sur des étagères, où le jeune homme avait assimilé les premiers rudiments d'à peu près tout ce qu'il connaissait à présent. Il y avait appris par cœur des pages entières de Cicéron et de Salluste, séché sur des problèmes de morale, matière qui lui avait toujours été d'une plus grande difficulté que l'algèbre ou la géométrie dont il venait à bout avec aisance. Souvent et longuement parfois, dans l'aridité de ces longues heures d'études, l'aîné des Masson avait détaillé les moulures sombres des lambris de noyer, les planches grossièrement jointes du plafond, ainsi que les poutres maigrelettes, restées par endroits chargées de leur écorce. L'odeur de cette pièce était si particulière qu'il n'aurait pu la confondre avec aucune autre. Elle mêlait celle du papier qui moisissait, de la poussière que personne ne venait déplacer, de la vieillerie et parfois même d'un fromage de chèvre ou de Salers oublié quelque part, mais il y flottait aussi, par-dessus tout le reste, le parfum délicat d'un pot-pourri que Vayssière – c'était là son seul raffinement – composait en mélangeant lui-même les fleurs de son jardin, des roses, des pivoines, des œillets, après les avoir fait méticuleusement sécher.

Dans un angle, se trouvait un secrétaire de poirier noirci, pourvu d'un secret qui avait toujours excité l'imagination d'Anselme. L'abattant incrusté de corne de ce meuble de château, dont l'abbé avait jadis hérité d'une riche paroissienne, découvrait quatre colonnettes à chapiteaux de feuilles d'acanthe. L'une de celles qui se trouvaient au centre était amovible et il suffisait, pour laisser apparaître un tiroir, d'enfoncer une fine pointe de métal sur le tailloir de cette architecture en miniature. L'aîné des Masson s'était toujours livré à ce jeu depuis l'enfance, depuis qu'il avait reçu là ses premières leçons, un jeu qu'il n'avait jamais différé de recommencer par la suite, chaque fois qu'il était revenu dans cette petite chambre. La première chose qu'il fit d'ailleurs, après être entré, fut d'actionner le secret de ce meuble, tout comme s'il avait absolument voulu montrer à l'abbé que cette dernière visite n'était pas différente des autres.

Anselme n'aurait sans doute pas pu partir pour Paris sans être revenu dans ce lieu auquel l'attachaient des souvenirs qui occupaient plus de la moitié de sa jeune vie. Il paraissait vouloir remplir ses yeux et ses poumons de tout ce qui s'y trouvait contenu, caressant longuement le compas et l'équerre de bois avec lesquels il avait tracé ses premières figures géométriques, s'attardant à effleurer la reliure du *Syntagma* de Gassendi qui lui avait donné très tôt, dès l'âge de quatorze ans, l'espèce d'éblouissement qu'il faut, en même temps que la liberté de l'esprit, pour accéder pleinement à l'exactitude mais aussi à la poésie des sciences. Il y avait là quelque chose de préservé dont il tenait à s'imprégner pour se rendre plus fort.

Mais, parce que l'abbé le fixait d'un œil qui menaçait de s'attendrir et que l'espèce de ronde des souvenirs qu'il accomplissait depuis deux jours l'oppressait, il éprouva brusquement le besoin de changer d'air :

– Allons, j'ai un cheval, une voiture, nous passerons prendre un panier à l'auberge, dit-il de ce ton décidé mais affectueux dont il usait couramment pour secouer la torpeur de son vieux maître. Partons au grand air ! Montons jusqu'au-dessus des « Orgues » !... Là-haut, vous me parlerez une fois encore des minéraux.

Le vieil homme parut un moment effaré à l'idée de sortir dans la froidure, mais il vit tant de détermination dans le regard de son disciple qu'il n'osa arguer ni de la faiblesse de ses jambes ni de la brièveté des jours d'hiver. Il alla, avec mille précautions, décrocher de la patère son gros manteau noir, luisant sous les coudes, effiloché en bas, son bonnet de laine « qui le gardait d'attraper froid à la cervelle », son chapeau à large bord qu'il enfonçait par-dessus, enfin ses foulards et ses châles qu'il entassait les uns sur les autres comme les peaux d'un oignon sec.

Une heure plus tard, chargé d'un panier garni de vin, de fromages et de grattons, Anselme prêtait un bras solide au vieux prêtre tandis qu'ils s'approchaient du rebord de la montagne dont la paroi verticale était plaquée, sur toute sa hauteur, de hautes colonnes de roche volcanique.

L'abbé Vayssière qui, tout comme son ami Malafosse, avait voyagé dans les livres jusqu'à connaître l'univers entier, regardait le pèlerinage aux Orgues de Bort comme l'un des plus étonnants que l'homme puisse accomplir. Son grand plaisir, en se postant sur une sorte de belvédère naturel qui permettait, en contrebas du plateau, d'approcher sans vertige la paroi de la montagne, était de faire sonner la pierre – que ses propriétés acoustiques faisaient d'ailleurs dénommer phonolite. Il utilisait dans ce dessein un petit bout de fer qu'il glissait dans sa poche dès lors qu'il entreprenait cette excursion.

Cette fois encore il ne manqua pas de frapper en divers points dont il connaissait le secret pour faire entendre la musique de *Frère Jacques*.

C'était l'une de ses malices et ce par quoi il étonnait son monde. Les notes qu'il produisait étaient cristallines, longtemps tenues et renvoyaient leur écho sur les plis de ces propylées qui de Madic à Saint-Thomas – où Marmontel avait passé son enfance – formaient le dernier obstacle que la nature opposait à la Dordogne, jaillissant à gros bouillons de l'étroit corridor de ces gorges, toujours fermées d'une brume légère.

– Anselme, n'oublie jamais que les merveilles de la nature sont ce par quoi Dieu se manifeste le plus clairement à nous et ne te lasse jamais de redire avec Gassendi : « Dieu est géomètre quand il contemple et qu'il agit, principalement quand il crée le monde et le gouverne ! »

– Je n'oublie pas non plus que les hommes, par leur intelligence et leur industrie, sont capables d'améliorer cette nature et d'en tirer le meilleur parti possible, ajouta le jeune savant que les idées généreuses et optimistes de son temps avaient gagné.

– Puisses-tu avoir raison ! Ce que je crois, moi, surtout dans mon vieil âge, c'est que l'univers, tel que l'a disposé le Créateur, reste une source inépuisable d'émerveillement... Un jour, grâce aux progrès des machines, l'homme pourra voyager jusqu'au cœur de ces montagnes. Qu'y trouvera-t-il ?... Je donnerai bien un peu de mon âme au diable pour le savoir... Mais toi, Anselme, qu'en dis-tu ? Qu'est-ce qui se trouve dans les entrailles de cette terre : d'autres cailloux, de plus en plus durs ou de plus en plus tendres ? De l'eau ? Du feu ? Du vide ?

Anselme, prenant un air inspiré mais sans pouvoir réprimer un sourire, récita quelques vers de Bernis, le cardinal-poète :

Cieux inconnus au télescope,
Et vous, atomes échappés
À l'œil du microscope,
Vos mystères développés
Brillent aux yeux de Calliope.
La vérité, fille du temps,
Déchire le voile des fables.
Je vois des mondes innombrables
Et j'aperçois leurs habitants…

– Gassendi décrit les *atomes* du froid comme des triangles aux pointes acérées, poursuivit-il en restant dans le registre de cet « atomisme naïf » qui faisait imaginer poétiquement aux savants du temps la configuration des particules infimes ou des corps mystérieux… Boyle conçoit ceux du mercure comme des châtaignes dans leurs bogues, accrochées l'une à l'autre par l'interpénétration de leurs piquants… Moi, je fais quelquefois un rêve, je m'enfonce, derrière les Orgues, au cœur de ce tumulte gris, pour y trouver une poudre plus blanche que la neige.

– La primitive nature, celle du paradis dont ont été chassés Adam et Ève, reprit le vieux Vayssière, n'était probablement faite que de marbre, d'eau pure, d'or, de diamant et de feu. Ce sont les péchés des hommes qui ont convulsé cette harmonie, transformé ce paradis en boue, en lave et en cendres… Il m'est avis d'ailleurs que les Auvergnats et les Limousins, lorsqu'on voit le chaos qui s'est installé tout autour d'eux, ont dû pécher plus que les autres… Pourtant on peut penser que sous ces croûtes infâmes, sous ces magmas calcinés et noués, gisent des merveilles… Heureuse la jeunesse qui, par la pureté du cœur et l'ingéniosité de l'esprit, parviendra à en percer le mystère !

– Si je découvre un jour quelque chose, l'abbé, c'est à vous que je le devrai !

Ils restèrent silencieux un long moment, contemplant à leurs pieds, depuis leur petit observatoire qui faisait comme un nid d'aigle accroché dans le ciel, ce pays fortifié par les montagnes dont l'énigmatique beauté les avait toujours, l'un et l'autre, davantage émus que s'ils s'étaient trouvés par magie au pied du Parthénon.

Anselme fit asseoir le vieux prêtre sur un rocher taillé en forme de fauteuil. Il déplia devant lui une serviette à carreaux rouges et se mit en devoir de lui préparer une première liche de pain qu'il tartina de grattons. Tandis qu'il s'affairait de la sorte, agenouillé près du panier, l'abbé s'ingéniait à lui dresser, ainsi qu'il avait toujours aimé le faire, un ultime plan de vie :

– Employé, puis conservateur, puis démonstrateur au jardin des Plantes, dans le cabinet de minéralogie du roi… Tu tiendras ainsi dans tes mains les plus belles pierres du monde : les lapis, les améthystes, les topazes et surtout les fossiles dans lesquels tu liras, plus sagace observateur que tous ceux qui t'ont devancé, les méandres de la Création…

– Et je mettrai au nombre des trésors du roi la phonolite dont personne, vraisemblablement, n'aura encore entendu parler là-bas ! railla Anselme en suscitant un haussement d'épaules de son vieux maître.

Redescendant vers le bourg comme le jour baissait, ils rencontrèrent Mathieu. Ce dernier, après avoir enchaîné pendant une bonne partie de l'après-midi marches et fugues sur le petit orgue positif de l'église, assis sur le même banc que le père Comblat à qui il avait fini d'apprendre à jouer *La Poule* de Couperin, était monté jusqu'aux ruchers qu'avait autrefois installés son père, dans un endroit désert de la montagne.

– Miracle ! Miracle ! Les abeilles en me sentant près d'elles se sont réveillées de leur sommeil d'hiver… s'écria-t-il en reconnaissant le bruit des roues cerclées de la voiture que son frère avait empruntée à maître Catugier. Elles ont couvert mon visage et mes mains… Elles m'ont caressé du battement de leurs ailes et m'ont assourdi d'un bourdonnement interminable. C'est un signe immanquable, mon frère, de la bénédiction du Ciel sur nos entreprises !

CHAPITRE TROISIÈME

Le chaudron infernal

Après sept jours d'un voyage exposé à la froidure et aux secousses des ornières d'une route sans cesse raboteuse, la diligence de Clermont jeta les frères Masson dans le quartier de la Poste à Paris, au soir du 10 janvier, juste comme minuit sonnait.

L'un des passagers, Jean Rigal, jeune marchand de toiles, de trente ans, disert et déluré, qui doublait la faconde du Midi de la ruse des camelots et qui les avait pris en sympathie dès la table d'hôtes du relais de Moulins, s'offrit à guider leurs premiers pas en ville. Il les conduisit jusqu'à l'*Hôtel du Cygne,* rue des Fossés-Montmartre, où un employé malgracieux, qu'ils avaient tiré de son sommeil, leur lança la clef d'une chambre sous les toits, contre laquelle il leur demanda la somme qui leur parut exorbitante de dix deniers.

– Vous n'aurez rien à moins ! estima Rigal qui avait observé la mine sidérée des jeunes gens. Si vous voulez trouver moins cher, il vous faudrait aller loger au quartier Latin… Or, à cette heure, avec vos bagages à la main, vous vous feriez détrousser dix fois avant de pouvoir seulement atteindre la Seine.

Cette première nuit, pour les deux Limousins, fut entièrement blanche. Une sourde rumeur montait continûment de la ville qui mêlait aux sonneries de bugle des postillons et aux hurlements des cochers la longue stridulation des roues cerclées des équipages, déversant à toute heure, autour de la Poste, des voyageurs venus des quatre coins de France.

De quart d'heure en quart d'heure, de grandes volées de cloches ou la note grêle de quelque carillon ponctuaient le mouvement nocturne des couvents et l'annonce des premières messes comme si, pour la plus grande gloire de Dieu, ses fils eussent dû absolument ne jamais pouvoir s'abandonner au sommeil.

Au petit matin, bien qu'ils ne se fussent assoupis qu'avec l'aube naissante, Anselme et Mathieu étaient fin prêts à affronter la ville. Le cadet solidement accroché au bras de son aîné, ils allèrent du côté des Halles, s'enfonçant dans le labyrinthe des rues étroites, restées plongées dans une demi-obscurité et s'y faisant aussitôt happer, bousculer, injurier par des passants, des portefaix, des crocheteurs pressés. Anselme, immédiatement entraîné dans ce tourbillon, mais se refusant à céder à la panique, enveloppa de son bras puissant son frère pour le protéger et, tout en continuant de marcher, lui fit, avec toute la précision d'un esprit scientifique, la description de ce qu'il pouvait observer de neuf ou d'étrange. Aussi impressionné que s'il avait pu par lui-même contempler ce spectacle, Mathieu se serrait contre lui et écarquillait les yeux.

Ils entrèrent dans l'église Saint-Eustache dont le jeune aveugle, frappé de la profondeur que venait de prendre brusquement le silence par-dessus la sourde rumeur du dehors, mesura d'instinct les vastes proportions. Ils avançaient dans le bas-côté, intimidés par la majesté du lieu, lorsque s'éleva d'un coup le souffle puissant des grandes orgues, vibration si pleine et si majestueuse qu'elle saisit immédiatement le disciple du père Comblat d'un haut-le-corps qui, l'espace de quelques secondes, inquiéta son frère.

– Mon Dieu ! murmura Mathieu qui avait cessé de

marcher, une telle splendeur, une telle plénitude, c'est presque insupportable pour une oreille aussi sensible que la mienne… Comme nous avons eu raison, Anselme, de venir jusqu'ici !… Tout y est excessif. Mais ce que nous avons connu jusqu'à présent était sans doute beaucoup trop insignifiant, et nous ne nous en rendions pas compte.

Ils se dirigèrent alors du côté du Marais et firent un grand tour par l'île Saint-Louis et Notre-Dame, demandant vingt fois à des gens essoufflés, qui ne leur répondaient que par bribes ou qui se moquaient de leur accent, comment revenir jusqu'aux Halles. Lorsqu'à la fin de la matinée, après s'être frayé un passage au travers des labyrinthes populeux de la Cité, ils voulurent s'engager sur le Pont-Neuf, ils se trouvèrent brusquement entravés dans leur marche. La chaussée était entièrement encombrée d'estrades de bateleurs, devant lesquelles des badauds, amassés par pelotons, stationnaient en gênant l'écoulement des équipages et des gens ; un peu plus loin, devant la statue d'Henri IV, dans un charivari obsédant de cris, d'invectives et de hennissements, on ne faisait plus que piétiner ; enfin, aux abords de la pompe de la Samaritaine, ce n'était que folie et convulsion.

Engagés dans cette bousculade sans en pouvoir ressortir, empêchés d'avancer ou de reculer, roués des coups que distribuaient tout autour d'eux dix bâtons brandis et tout autant de coudes repliés, cinglés au même moment par une bourrasque d'air glacé qui venait de balayer la Seine, les deux frères commençaient à reculer, à perdre l'équilibre, à suffoquer. D'un seul coup, Mathieu, qui venait d'exhaler une faible plainte, devint tout pâle ; sur le point de tourner de l'œil, il se sentit soulevé de terre et emporté dans les bras puissants de son aîné, bien déterminé à le hisser par-dessus la multitude pour lui éviter d'être piétiné. Bandant son énergie au point que de grosses veines lézardèrent soudain ses tempes, opposant toute sa force musculaire à la spirale de ce tournoiement, jouant des poings, Anselme parvint à asseoir son frère sur l'une des banquettes en demi-cercle du pont.

Il avisa alors une frêle jeune fille qui, sans pouvoir couvrir le tumulte alentour, s'époumonait à crier : « La joie ! La joie ! Voilà des oublies ! » Pour deux sols, tendant un cornet de bois rempli de papiers pliés, elle fit tirer au sort sa marchandise ; ils obtinrent une part chacun. Il héla ensuite un gaillard, coiffé d'un grand chapeau de futaine, qui portait un tonnelet de cuivre sur les épaules et qui leur répondit dans le patois des Normands, incompréhensible pour eux. Leur ayant réclamé trois sols, d'un signe de la main qui se comprend dans tous les sabirs de la terre, l'homme leur servit un cidre d'une belle couleur d'ambre. Mais ils durent boire prestement : d'autres clients, se bousculant, s'impatientaient de leur ôter leurs bols de terre des mains pour être servis à leur tour.

Tandis qu'ils restauraient ainsi leurs forces ébranlées par la violence de ce premier contact avec la ville et que Mathieu reprenait peu à peu des couleurs, Anselme, encore tout à la frayeur d'avoir vu son cadet sur le point d'être englouti, raisonnait âprement. De sombres pensées l'assaillaient, tandis que la foule, sous ses yeux, ne relâchait pas sa fureur compulsive.

Après tout juste quelques heures passées dans ce chaudron infernal, l'aîné des Masson se sentait plus vulnérable que le Lilliputien de M. Swift débarqué au pays des géants. Considérant tour à tour sa faiblesse et son isolement, envisageant la pauvreté de ses atouts et son dénuement, se voyant sur son banc de pierre, apeuré et transi, tuteur d'un cadet plus fragile encore que lui, il éprouva, pour la première fois et jusque dans ses veines, la brûlure du terrible poison du découragement.

Les recommandations qu'avaient en poche les deux

frères, à l'intention de leurs brillants prédécesseurs du collège des jésuites de Mauriac, étaient leurs seuls passeports. Mais, dans ce creuset où tout paraissait immanquablement voué à se dissoudre et à se fondre, que pouvait signifier l'idée de protester de plus d'affinités avec un inconnu, pour avoir été comme lui élève des révérends pères ou natif du même coin du Limousin ou de l'Auvergne ? Quelle pouvait être encore, dans un lieu où la fortune tournait visiblement si vite et où le sentiment avait ostensiblement si peu de place, la force des liens contractés envers cette chose autrefois sacrée qu'était l'amitié ou l'attachement qu'on portait durant toute sa vie à des maîtres vénérés ?... Ne valait-il pas mieux abattre tout de suite ses faibles cartes, monter sur une borne cavalière et crier à la foule : « Je suis le meilleur des minéralogistes, demandez-moi tout ce que vous voulez savoir sur les pierres, les chaux et les marbres qui ont servi à construire cette ville ! », ou bien : « Je suis le plus accompli des musiciens, asseyez-moi au pupitre d'un orgue ! »

Mathieu, ayant retrouvé tout à fait ses joues roses et son air angélique, posa ses longs doigts sur les mains puissantes mais brusquement amollies par l'anxiété de son aîné :

– Tout ici est excessif, disions-nous ce matin, or, cet excès – si nous pouvons déjà nous risquer à formuler une première impression – réside tout autant dans la laideur que dans la splendeur... Ne concluons rien encore et ne faisons surtout pas, par peur ou par précipitation, l'erreur de sauter dans la prochaine voiture en partance pour le Limousin et de rentrer chez nous... Décidons plutôt d'appliquer toute la force de notre volonté à tenter de nous adapter à ce monde nouveau... Au fond, nous sommes un peu comme des musiciens arrivés de leur province qui n'ont pas encore le diapason d'ici et qui doivent l'acquérir sans délai s'ils veulent être dans le ton de la partition qui se joue en bord de Seine… Commençons par chercher Marmontel et nous verrons déjà comment à Paris la fortune transforme un homme de chez nous !

Anselme embrassa son frère :

– Tu vois qu'il fallait être deux. C'est toi qui me rends tout mon courage !

Pour mettre en application leur plan, les deux frères n'avaient que de bien faibles pistes. Par l'abbé Vayssière, ils avaient appris que Marmontel recevait son courrier chez l'un de ses protecteurs, le fermier général Le Riche de La Pouplinière et, par M. Malafosse, ils savaient que Chappe écrivait sur un papier à lettres timbré d'une sphère et d'une équerre, à l'adresse de l'Académie, au palais du Louvre.

Afin de retrouver l'auteur des *Contes moraux,* Anselme et Mathieu durent commencer par lier connaissance avec l'espèce très particulière des concierges parisiens dont celui de l'hôtel de La Pouplinière était le parangon.

C'était un grand échalas, roux comme Judas, qui portait un haut béret à panse et des bas de laine blanche, tire-bouchonnant sur de grosses chaussures noires à boucles de cuivre.

La mine de nigaud de ses visiteurs donna immédiatement beau jeu à ce drôle.

– Il n'y a pas d'emploi dans la maison ! protesta-t-il avec morgue sans même leur avoir laissé le temps d'ouvrir la bouche. D'ailleurs notre maître, qui tient à être bien servi, ne prend plus ses gens qu'à la Cour !

Anselme eut beau s'escrimer du nom de Marmontel. Rien n'y fit.

– Le nombre de gens qui entrent et sortent ici fait qu'on ne se souvient d'aucun nom… De plus, il n'y a personne céans… Monsieur est dans son château de Passy, en compagnie de sa nouvelle épouse.

Alexandre Le Riche de La Pouplinière, quoique bien vieux alors, continuait de défrayer la chronique, ainsi qu'il le faisait depuis trente ans, par le fracas de ses amours tumultueuses et le luxe de ses réceptions réunissant toujours les esprits les plus brillants du moment. Comme beaucoup de fermiers généraux, trop vite enrichis, sans avoir laissé déposer la patine que le temps confère à l'opulence, l'ancien M. Le Riche, le bien nommé, avait l'argent voyant, défaut rédhibitoire aux yeux du chagrin poète Piron qui lui avait un jour renvoyé un carton d'invitation avec pour toute réponse : « Monsieur de La Pouplinière, allez donc cuver votre or ailleurs ! »

À presque soixante-dix ans, après avoir rempli Paris des clameurs de ses démêlés conjugaux avec sa première épouse – il l'avait quasi assassinée à coups de tisonnier sur la poitrine après qu'elle l'eut trompé et surtout qu'il eut découvert la fameuse cheminée tournante qui lui permettait de recevoir dans sa chambre ses amants venus de l'immeuble voisin –, il venait d'épouser une beauté d'un demi-siècle sa cadette. La vie brillante, après ce remariage, n'avait fait que redoubler. Tout comme les frelons agacent la ruche pleine de miel, les profiteurs de haut parage, dans leurs équipages étincelants, les parasites au petit pied, dans leurs atours loués ou empruntés, avaient continué de hanter jour et nuit les demeures du fermier général, assaillant ses buffets inépuisables et tourbillonnant sans reprendre leur souffle dans ses bals sans fin.

La Pouplinière, absent, avait emmené tout son monde à ses basques, et son hôtel de la rue de Richelieu offrait aux regards le spectacle du calme inquiétant qui succède à un terrible saccage. Quelques valets désœuvrés, retrouvant un court instant les insolentes postures de ceux qui ne doivent de comptes à personne, discutaient, assis, jambes ballantes, sur le piédestal des statues qui s'alignaient dans le vestibule. Les portes des écuries et des remises, vidées de leurs chevaux et de leurs voitures, étaient grandes ouvertes.

– Marmontel écrit pour le théâtre, insista Anselme, piqué que le nom de l'enfant prodige de Bort ne fût pas mieux connu.

– Oh, pour ça ! On fait ici quantité de vers et de musique que Monsieur a le grand tort de payer grassement... Si votre Martel fait du théâtre, allez donc le chercher à la Comédie !

Et sur cette insolence, cet homme mal emminé regagna sa loge et sa bouteille en maugréant.

Anselme, que rien d'ordinaire n'effarouchait, n'osa pas aggraver son cas en demandant où se trouvaient les théâtres.

Il entraîna son frère du côté de la Seine où la première salle de spectacle qu'ils rencontrèrent, à l'intérieur du Palais-Royal, fut celle de l'Opéra. L'huissier qui se tenait à l'entrée du péristyle de la galerie des Proues, dans une étroite guérite, n'était guère plus avenant que le concierge de M. de La Pouplinière et cela conforta les deux garçons dans l'idée que les emplois subalternes à Paris n'étaient donnés qu'à des gens irascibles et grincheux.

– Ici, mes petits messieurs, nasilla ce bonhomme, ne se trouvent que les vrais artistes... Ceux qui chantent ! Vos bateleurs d'estrade, vos écorcheurs d'alexandrins sont passés de l'autre côté du fleuve, depuis que le grand Lully nous a délivrés de la lie des chats miaulants qui osent se parer du titre de comédiens-français.

Sans répondre, mais commençant très fort à douter de la civilité des Parisiens, les deux frères retrouvèrent le chemin du Pont-Neuf et passèrent sur l'autre rive où, après avoir redemandé leur chemin plusieurs fois et emprunté la rue Dauphine, ils atteignirent enfin la rue des Fossés-Saint-Germain où, depuis presque un siècle, était établi le Théâtre-Français. Du dehors, ce n'était qu'un grand mur traversé d'un bandeau portant quelques vases et statues dont la porte cochère était assaillie en permanence d'une nuée de gens qui se harpignaient pour entrer : acteurs et figurants en quête d'un rôle, spectateurs donnant l'assaut aux guichets pour la représentation du soir, mais surtout amateurs qui ne pouvaient subsister ailleurs que là et auxquels le règlement peu farouche de l'ancienne maison de Molière permettait presque continûment l'accès aux répétitions ou aux loges des artistes.

Anselme et Mathieu, après s'être approchés avec précaution, comme s'ils avaient craint l'irruption de quelque nouveau cerbère, pénétrèrent dans le vestibule à la suite du commis d'un traiteur qui, dans une petite mannette d'osier recouverte d'un torchon, apportait des victuailles et du vin destinés sans doute à des comédiens.

Les portes de la salle étaient grandes ouvertes, laissant filtrer le gros brouhaha d'un public peu docile, composé surtout de commères et de pauvres hères entrés là pour se protéger du froid. On pouvait voir également, installés un peu partout, de petits apprentis et des trottins, venus se reposer cinq minutes, chargés de leurs paquets et de leurs paniers, les uns juchés jusque sur la scène, les plus délurés à califourchon sur la balustrade des loges. Spectateurs impitoyables, ils donnaient leur avis tout haut, apostrophant méchamment ceux qui ne partageaient pas leur opinion. Ils faisaient un terrible vacarme que s'essayait à dominer la voix enflée et grossie des acteurs répétant, cet après-midi-là, *La Seconde Surprise de l'amour,* comédie qui avait déjà trente ans, chef-d'œuvre de jeunesse de Marivaux, aussi fêté et adulé dans la capitale en 1760 qu'aux premiers jours de ses triomphes.

Les frères Masson, qui n'avaient eu jusque-là d'autre

expérience du théâtre que celle des saynètes morales et édifiantes que les jésuites montaient dans les grandes occasions à Mauriac, demeurèrent en extase au milieu du parterre encombré des lustres de bois que l'on avait descendus sur le plancher pour pouvoir les charger du luminaire indispensable à la prochaine représentation. La salle, dont les galeries dorées étaient aux trois quarts dévorées par la pénombre, n'était éclairée que par une dizaine de grosses chandelles de suif dissimulées par la rampe. C'était, derrière un rideau de fumée grise, une lueur à la fois blafarde et crue, projetée sur le fond du plateau resté vide, qui transformait en de grands pantins blancs les comédiens, ficelés dans de vieilles robes de chambre qu'ils ne quittaient qu'à l'instant de jouer leur rôle de bout en bout.

Sans cérémonial, sans presque aucun public autre que ces garnements et ces spectateurs de hasard, sans accessoire ni décor, la féerie théâtrale était déjà là, tout entière. Ainsi qu'un aimant, elle fit aussitôt son effet sur ces deux âmes neuves, occasion pour Anselme de s'avouer secrètement que le merveilleux n'appartenait pas qu'aux créations de la nature et pour Mathieu, qui n'avait pourtant entendu que des voix qui lui étaient parvenues amplifiées et vibrantes, comme soufflées dans le bois d'un violon, de se persuader, un peu plus encore, que Paris était bien le lieu où il saurait donner corps à ses rêves d'artiste.

Au terme de la répétition, tandis qu'une vive discussion s'élevait, près de la cantonade, entre les membres de la troupe, devant le rideau refermé, sur la façon de prononcer certaines répliques, Anselme et Mathieu furent poussés dehors par les valets qui devaient apprêter la salle pour la séance du soir.

Ils emboîtèrent le pas à quelques jeunes gens qu'ils avaient repérés comme les plus enthousiastes, parce qu'ils s'étaient mis, dès la cour du théâtre, à entonner des vaux-de-ville à la mode. C'étaient des garçons simplement vêtus, sans perruque, et des filles aux robes dépourvues de corps dont le visage n'était que légèrement poudré. Les frères Masson, à leur suite, passèrent d'abord devant la devanture du café *Procope*, le temple à Paris, depuis presque un siècle, des douceurs sucrées à la mode d'Italie, du café, du chocolat et des glaces, endroit d'évidence beaucoup trop brillamment illuminé pour être à la portée de la bourse de jeunes gens sans le sou. Toujours noyés dans cette joyeuse cohue dont l'entrain se communiquait aux passants qui reprenaient après eux leurs refrains, ils parvinrent au *Petit Maure*, connu de tout temps comme le cabaret des poètes et des esprits forts ; en particulier depuis 1661 que le poète Saint-Amant y était mort, étendu sur une table, après avoir été battu par les laquais du prince de Condé auquel l'une de ses épigrammes avait déplu.

Le service s'y faisait par grandes tablées autour desquelles les clients étaient priés de s'asseoir dans l'ordre de leur arrivée. Anselme et Mathieu entrèrent ainsi en liaison plus vite qu'ils ne l'avaient imaginé avec trois Parisiens de leur âge.

– D'où venez-vous ? leur demanda celui qui paraissait être le chef de cette bande, un grand jeune homme aux manières de prince dont Anselme et Mathieu apprirent rapidement qu'il brossait tout le jour des fonds de couleur ou de verdure chez un peintre de tableaux religieux du pont Notre-Dame et qu'il répondait au nom de Boutefeu, patronyme qui s'accordait parfaitement à la vivacité de ses manières.

– De Bort, entre le Limousin et l'Auvergne…

– Et arrivés de ce matin ? demanda en souriant avec indulgence un autre garçon du nom de Poitevin qui était étudiant en décret à l'École de droit.

– De cette nuit ! rectifia Anselme avec un air de supériorité comique.

– Et déjà au théâtre ! Vraiment, voilà qui se fête, reprit Boutefeu, dont le prénom était Pierre, en commandant du vin d'Orléans, du gris meunier, le moins cher de ceux débités à la pinte par l'établissement.

– Et que venez-vous faire à Paris, cette ville qui dévore tous les pauvres enfants sans sou ni parrainage ? s'inquiéta Poitevin.

– Je suis savant en sciences et mon frère en musique…

– Beaux passeports ! se récria le troisième de ces garçons qui apprenait la médecine et se nommait Blanchot… Mais des recommandations, en avez-vous ? Puisque c'est ici la règle implacable : la bougie allume la bougie et ainsi de suite… À Paris, pour se faire connaître et briller, il est toujours nécessaire d'aller prendre son feu à celui d'un maître déjà reconnu ou d'un homme au crédit indiscuté qui accepte de se faire votre guide et votre protecteur.

– Nous sommes introduits auprès du poète Marmontel et de l'abbé Chappe d'Auteroche ! lança fièrement Mathieu.

Sans s'être donné le mot, les trois jeunes Parisiens firent entendre un sifflement admiratif.

– Jean-François Marmontel ! L'auteur de *Denis le tyran* et d'*Aristomène* !

– Le traducteur de Pope et en particulier de sa *Boucle de cheveux enlevée*, renchérit Poitevin… Ce poème est comme le chant de reconnaissance de notre petite société.

– Excusez du peu ! reprit l'étudiant en médecine, Louis Blanchot, celui des trois garçons qui semblait le plus réservé et dont le visage blond, empreint d'une expression de douceur, s'encadrait d'un petit fil de barbe.

Ce fut lui qui donna le signal à la tablée de réciter en chœur la première strophe du joli poème de Pope.

Mathieu, emporté par ce qu'il venait d'entendre, applaudit le premier, louant à la fois le poète et son traducteur. Anselme offrit à boire, faisant du même coup redoubler les bravos.

– Mais comment diantre connaissez-vous Marmontel, ainsi que l'abbé Chappe dont le nom commence à s'inscrire dans les étoiles ? demanda le jeune peintre.

– Nous avons eu les mêmes maîtres au collège, répliqua Anselme, ce sont eux qui nous recommandent à leurs anciens disciples… Or, nous voici déjà bredouilles, puisque, chez M. de La Pouplinière, rue de Richelieu, où ces messieurs adressent habituellement leurs lettres à Marmontel, le concierge nous a renvoyés, prétendant ne pas le connaître…

– Malheureusement, reprit Boutefeu en prenant un air grave, ce n'est pas à Paris que vous le trouverez. Il vous faudra faire le voyage à Versailles, vous rendre là où règne cette faveur sans laquelle l'intelligence ou l'esprit seuls n'autorisent plus aujourd'hui qu'à mourir de faim… Même lorsqu'on a du génie, il faut entrer dans les emplois serviles pour survivre, et Marmontel n'échappe pas à la règle. Le récent succès des *Contes moraux* ne l'exempte pas de devoir se trouver ponctuellement, chaque matin, au lever de la marquise de Pompadour.

– Il vit donc à la Cour ?

– Pas exactement ! Les fils de paysans, heureusement pour eux, s'avilissent beaucoup moins que la plupart des « muguets », nés avec une cuillère de vermeil dans la bouche. N'étant pas venus au monde pour recevoir les grâces et les pensions du roi, ils ne peuvent subsister qu'en travaillant et, d'une certaine façon, cela les rend libres… Vous trouverez Marmontel à la Surintendance des Bâtiments, où il occupe l'emploi de premier secrétaire du marquis de Marigny, chargé de cette administration. C'est là, à l'ombre du palais des rois, nanti des solides écus que lui rapporte son labeur administratif, qu'il compose, entre deux piles de dossiers, ses tragédies et ses contes…

Les deux Limousins parurent aussitôt troublés. Une même pensée venait de les effleurer et de les effrayer à la fois : ils allaient devoir se rendre à la Cour beaucoup plus tôt qu'ils ne l'avaient imaginé.

Lorsqu'ils furent rentrés à leur hôtel, fourbus de cette première journée employée tout entière à fouler le pavé de Paris, Anselme trouva encore la force d'écrire sa première lettre à Lucile :

Paris, le 11 janvier au soir

Ma tendre Lucile,

Nous sommes arrivés la nuit dernière. C'est grand, c'est incroyable, c'est assourdissant. Tout court, tout tremble. C'est à la fois l'enfer et le paradis. Nous avons pu prendre les premières mesures du théâtre de nos exploits. Cette scène, Lucile, est également digne de toi. J'attends que tu m'y rejoignes.

Mathieu a entendu ce matin la musique des orgues. Il est au ciel. Quant à moi, j'ai eu le temps d'entrapercevoir ce que le génie des hommes peut apporter de plus accompli dans le domaine des techniques et de l'architecture. Paris, c'est vraiment tout ce qui nous manquait pour employer pleinement les belles connaissances que nous ont inculquées nos maîtres de Bort et de Mauriac et j'y atteindrai bientôt, lorsque je t'aurai ici à mes côtés, la perfection du bonheur.

Nous sommes descendus à l'Hôtel du Cygne, rue des Fossés-Montmartre. Écris-moi, écris-moi tous les jours si tu veux. J'aurai toujours assez d'argent pour recevoir tes lettres.

Ton petit médaillon ne quitte pas la poche de ma brassière. C'est en ta compagnie, fier de porter ton image sur moi, que je me promène dans Paris.

Ton Anselme.

Un provincial n'avait que deux solutions pour se rendre « à quatre lieues d'ici », comme disait dédaigneusement d'Alembert qui, à l'instar de tous les hommes des Lumières, n'aimait pas Versailles. Pour 30 sols, il pouvait prendre le risque de se hisser sur le « pot de chambre », petite caisse bringuebalante tirée par deux chevaux, normalement faite pour deux voyageurs payant plein tarif, mais qui en acceptait souvent six : deux en supplément près du cocher et deux autres que l'on baptisait du nom curieux de « lapins », en surnombre, sur le toit. L'avantage du « pot de chambre », c'est qu'il allait vite, l'inconvénient, c'est que l'on ne savait jamais quand il partait, ni surtout quand il arrivait. S'il n'avait pas le goût de l'aventure, ce même voyageur choisissait plutôt le carabas, longue cage montée sur six roues, attelée de six chevaux, qui, dans un vacarme épouvantable, deux fois par jour, à heures régulières et pour 25 sols, emportait vingt à vingt-six voyageurs, en un peu plus de quatre heures, de la rue Saint-Nicaise jusqu'à la grille du palais du roi. Anselme et Mathieu retinrent ce dernier moyen et se présentèrent, dans la nuit encore noire, en vue des grilles des Tuileries, chargés du modeste baluchon qui devait leur permettre de passer une nuit ou deux hors de Paris.

Leurs compagnons de route étaient tous des provinciaux : de jeunes couples qui, au lendemain de leurs noces, faisaient le voyage au palais du roi tout comme les jeunes mariés romains font celui des basiliques de la Ville éternelle, des chevaliers ruinés et des artisans sans ouvrage que l'espérance d'une pension ou d'un travail attirait vers l'épicentre des grâces et des faveurs.

Le château, tel qu'il apparut de loin à Anselme, dans un resplendissant soleil blanc d'hiver, figurant la châsse de plomb, de marbre et d'or du corps royal divinisé, était en parfait accord avec l'objet que lui avait assigné son concepteur. Il était assiégé d'un ramas d'hommes, de bêtes et d'équipages, bondissant dans des mouvements obliques, convulsés de ruades soudaines et qui s'essayaient tous, dans le plus grand désordre, à se rapprocher des portes livrant passage aux vestibules du palais ou aux terrasses du parc. Cette bousculade ressemblait à s'y méprendre à celle des Halles de Paris. Elle était aussi vertigineuse, aussi impitoyable et il n'était que le clinquant, la dorure, le luxe du costume et du harnais pour la colorer différemment.

De jeunes gardes-françaises, en faction dans les cours, s'employaient à contenir les débordements de la multitude. L'un d'eux, un jeune homme au regard doux, fraîchement débarqué de sa province et qui n'avait pas encore adopté les façons rudes des autres gardiens de ce nouveau temple, prit le temps de montrer aux visiteurs les fenêtres du roi, celles de la reine, ainsi que le cabinet du Conseil tout éclairé, en plein jour, de ses grands lustres de cristal chargés de bougies blanches. Répondant ensuite à leurs questions, il leur indiqua le chemin de la Surintendance, en contrebas du Grand Commun, dans la rue qui descendait du côté du Potager du roi, ainsi que l'accès aux terrasses qui permettait d'aller jusqu'au bassin de Latone, pour avoir, depuis là, la vue sur les jardins.

Anselme, dont l'admiration allait avant tout à la flore et aux paysages sauvages, mais qui avait tout de même pu admirer en Auvergne et en Limousin quelques parcs de châteaux ou jardins de curé assez remarquables, fut immédiatement ébloui du vaste spectacle qui s'offrait à son regard. Aussi brossa-t-il à l'usage de son frère, à mesure qu'il s'avançait entre les Parterres d'eau et leurs figures de bronze couchées, un tableau enthousiaste de la nature parfaitement peignée qui semblait s'étirer à l'infini sous ses pas.

– Tu en parles toutefois, remarqua Mathicu, avec

moins de flamme que lorsque nous nous trouvons face aux Orgues de Bort ou sur les croupes du puy Mary !

– Oui, sans doute !... C'est peut-être parce qu'il manque à tout ce paysage grandiose la folie du hasard... Imagine toutefois un océan de verdure ciselé dans les délicates figures d'une marqueterie de pierre, des frondaisons sculptées en formes d'architraves, des charmilles taillées comme des lambris destinés à dissimuler entièrement le tronc des arbres, des îlots de marbre blanc peuplés de monstres et de nymphes, des bassins tapissés de plomb doré ou émaillé. Transporte tout cela en été, avec des broderies fleuries disposées parmi la dentelure des buis, l'eau jaillissant de toutes parts pour dessiner des chandelles, des couronnes et des arcs de triomphe de cristal, et tu auras, à tes pieds, ce qui est sans doute le plus beau décor par lequel l'homme a su montrer le génie qu'il s'entend quelquefois à déployer pour domestiquer la nature... Mais voilà ! tout cela ne monte pas jusqu'au ciel et ne plonge pas au centre de la terre comme font nos volcans dont la beauté, à mon goût, reste incomparable !

Tout en continuant à évoquer leur pays natal pour se donner du courage, ils se dirigèrent d'un pas résolu vers la Surintendance.

La Direction des Bâtiments – que l'on appelait encore communément Surintendance bien que cette appellation ait été supprimée par Louis XIV en 1708 – était confiée depuis 1751 à Abel Poisson, devenu depuis peu marquis de Marigny. Abel était le frère unique et chéri de la marquise de Pompadour, à laquelle le roi, admiratif de son goût parfait, avait, dès son arrivée à la Cour, en 1745, laissé exercer une sorte d'empire sur les beaux-arts. La favorite, pour ce faire, avait à peu près recréé le système de tyrannie que le Roi-Soleil, au travers de Colbert puis de Louvois, avait exercé sur la production artistique de son temps. Elle s'était servie des Bâtiments pour mettre au pas les créateurs, commençant par les architectes, en particulier Jacques Ange Gabriel, le premier d'entre eux, puis elle s'était attaquée aux peintres, faisant son possible, en 1752, à la mort de Coypel, le peintre ordinaire, pour qu'il ne lui fût pas désigné de successeur. Ce magistère, la marquise l'avait tout d'abord exercé en faisant donner cette direction à son oncle, Le Normant de Tournehem – secrètement, sans doute son véritable père –, puis, au décès de ce dernier, en soufflant à Louis XV le nom de son frère pour lui succéder.

Abel était le metteur en scène scrupuleux des folles mais souvent géniales inventions par lesquelles sa sœur avait, depuis quinze ans, fixé le goût de son siècle, non seulement en France mais par toute l'Europe. La marquise, habile à toujours mettre en place ses projets de longue main, avait d'ailleurs élevé et instruit son cadet pour qu'il puisse un jour tenir honorablement cette charge, lui faisant accomplir le *Grand Tour* en Italie, accompagné des meilleurs précepteurs et d'artistes fameux, lui faisant en même temps apprendre à dessiner et à sculpter auprès des plus grands maîtres. Né sans génie particulier, mais plein d'intelligence pratique et d'application, Abel avait comblé ses espérances et servait à présent parfaitement ses vues. Les architectes, les peintres, les décorateurs passaient par lui et se fondaient sur son opinion comme sur l'exact reflet des désirs et des caprices de la toute-puissante première muse du royaume.

Pourtant, le grand défaut du nouveau marquis de Marigny, que tout le monde connaissait au point qu'on en faisait des chansons, était la paresse. S'il n'eût écouté que lui, il eût traité ses affaires depuis son lit, au milieu de ses petits chiens anglais parés de rubans dont la couleur changeait chaque matin, buvant tout au long du jour son chocolat. Il n'aimait pas s'occuper des comptes

– l'oncle Tournehem s'en était trop parfaitement chargé et pendant longtemps –, aussi avait-il toujours deux ou trois garçons scrupuleux pour tenir ses registres ; il n'aimait pas marcher, aussi avait-il à sa disposition, pour faire les quelques pas qui séparaient son bureau du palais, toute une armée de porteurs de chaises, de tireurs de vinaigrettes ou de cochers. Il n'aimait pas non plus écrire, aussi avait-il Marmontel.

L'enfant prodige de Bort, qui, en 1760, entrait dans sa trente-septième année, se trouvait bien chez Abel où, profitant du manque d'énergie de celui qui l'employait, il avait usurpé quelques manières de maître de maison. Il faut dire que son prestige était déjà considérable et que cela favorisait grandement cette indépendance. Auteur de tragédies à succès comme *Denys le tyran* et *Aristomène,* mais aussi de fours retentissants comme *Les Héraclides* et *Hercule* – l'un ne va jamais sans l'autre à Paris où le public est versatile –, collaborateur de l'*Encyclopédie* pour laquelle il avait rédigé, à la demande de Diderot, des articles de tonalité joyeuse et optimiste tels que *Grand, Grandeur, Fête,* directeur depuis deux ans du journal français le plus connu d'Europe, *Le Mercure galant,* auteur de nombreux livrets d'opéra qu'il avait donné tant au pontife de la vieille école, Rameau, qu'aux ennemis que s'était faits celui-ci depuis 1753 – depuis qu'avait éclaté la fameuse *Querelle des bouffons* ; Marmontel était, en plus de tout cela, l'un des grands séducteurs de son temps. Ses amours fracassantes avec des actrices à la mode, les demoiselles Clairon, Navarre ou Verrières – qu'il avait toutes peu ou prou volées au vieux maréchal de Saxe –, faisaient la fable de la capitale. Il savait à la fois attacher ce qu'il fallait de scandale à sa réputation d'homme libre, ainsi cette *Parodie de Cinna* dans laquelle le duc d'Aumont, gouverneur des spectacles de la capitale, s'était reconnu, et, en même temps, se montrer sérieux, comme avec sa

Poétique française, grâce à laquelle il comptait bien frapper très bientôt à la porte de l'Académie.

Cet heureux homme occupait, au premier étage de l'hôtel de la Surintendance, un vaste appartement plein de lumière, de soieries et de meubles délicats, que ce fils de paysans, qu'il était dix-huit ans auparavant encore, dans ses rêves les plus fous, ses rêves féconds de poète, eût sans doute eu beaucoup de mal à seulement pouvoir imaginer.

Le travers de Marmontel, comme celui de beaucoup de gens ayant réussi trop vite, résidait dans une terrible soif de reconnaissance qui, le succès venant, n'avait fait que s'exacerber. C'est pour cela, par exemple, qu'il faisait toujours bonne figure à ses compatriotes du Limousin en visite à Paris, les regardant comme autant de hérauts chargés de célébrer sa gloire lorsqu'ils s'en retourneraient au pays. Et l'abbé Vayssière, qui avait su discerner tôt cette faiblesse de caractère du futur poète et qui connaissait bien les fragilités du cœur humain pour avoir passé sa vie à entendre tout un village de paysans madrés en confession, avait pu assurer sans trop de doute à Mathieu et à Anselme que Marmontel serait immanquablement « fier » de les voir.

De fait, sitôt se furent-ils fait annoncer, remettant les lettres de leurs anciens maîtres à trois jeunes gens élégants dont l'office était de tenir le registre des visiteurs, qu'il leur fut répondu, après le bref aller et retour d'un huissier, que le premier secrétaire des Bâtiments « leur donnerait incessamment audience ». Dans ce vestibule où des académiciens passaient parfois des demi-journées entières à ronger leur frein, c'était déjà un prodige.

Or, même ce faible délai, qui au demeurant ne devait pas durer un quart d'heure, parut aux deux jeunes gens, tant ils étaient à cran, préluder le décompte de l'éternité. Anselme était le plus impatient. Raidi sur sa banquette, sans perruque, avec ses beaux cheveux « au naturel », le visage resté hâlé malgré l'hiver, il pouvait mesurer du regard toute la différence qu'il y avait entre son accoutrement et celui des gardiens de ce temple des élégances, muguets que l'on eût pu croire, tant ils étaient pommadés et poudrés, destinés à être plongés dans le bain de quelque friture. Se sentant observé par eux avec mépris, agacé dans sa vanité de paysan fier, il tirait sur ses bas de batiste pour les faire apparaître aussi lisses et exempts de plis que ceux de soie que portaient ces jeunes huissiers et il s'efforçait, dans le même temps, de faire disparaître à l'intérieur des manches de sa veste de droguet les poignets à gros volants de sa chemise dont il venait tout juste de s'apercevoir qu'ils étaient hors de proportion. Mathieu, à ses côtés, impavide et calme d'apparence, s'attachait, selon son habitude, à scruter l'obscurité de son regard éperdu d'aveugle, réussissant, par un prodige immanquable chez lui, à imaginer assez exactement la disposition des lieux alentour et à en prendre les mesures.

Marmontel, ainsi qu'il l'avait promis, les fit bientôt appeler. Charmé de leur prestance et de leur jeunesse, il quitta aussitôt l'air d'importance qu'il avait voulu se donner en se mettant, à l'instant précis où sa porte s'ouvrait, à parapher une grosse pile de plans d'architecture. Il avait une vraie tête de Limousin ou d'Auvergnat, avec des joues rasées du matin mais déjà ombrées de barbe, un front haut, des pommettes larges et rondes, un nez fort dont les ailes se prolongeaient par deux profonds sillons, un regard mobile et malicieux que couronnaient des sourcils aussi noirs que la queue d'un rat, réunis en une barre épaisse et broussailleuse. La perruque blanche à quatre marteaux, qu'il portait par nécessité quand il était à la Surintendance, paraissait lui peser et le contraindre. En vérité, à cause de l'obsession des gens des pays froids qu'il partageait avec Malafosse – cette crainte d'« attraper froid à la cervelle » au premier vent coulis venu –, il n'affectionnait rien tant, lorsqu'il se trouvait seul, que les turbans de soie chamarrés qui lui gainaient complètement la tête.

Le premier secrétaire des Bâtiments paraissait songeur. Le petit mot de l'abbé Vayssière l'avait troublé.

– Notre bon maître vous a-t-il montré sa lettre avant de la cacheter ? demanda-t-il d'un ton plein de gravité.

– Pas le moins du monde ! répondit Anselme.

– Eh bien ! voici ce qu'il écrit… Malheureusement, vous allez sans doute le découvrir par ma bouche, reprit le poète en se levant pour prendre par les épaules les deux garçons qu'il n'avait pas encore fait asseoir. Il m'annonce qu'il est malade, gravement malade – d'après lui, un chancre à l'intestin dont il ne reviendra pas. Il me dit aussi qu'il est parvenu à vous cacher la gravité de son état jusqu'à l'heure de votre départ. Il prie pour nous et nous supplie de faire la même chose pour lui… Il nous conjure de vivre ensemble comme des frères et me demande de vous mettre le pied à l'étrier, se portant fort de vos talents, vous, Anselme, dans les sciences, vous, Mathieu, en musique…

Marmontel se recula, et avec un accent de gravité :

– Ce sont là les prières d'un mourant… J'aime le vieux Vayssière comme un père et vous m'êtes déjà chers… Je ferai tout pour exaucer ses vœux !

Anselme et Mathieu, effondrés de ce que venait de leur révéler le premier secrétaire des Bâtiments, n'eurent même pas la force d'acquiescer ou de se réjouir à l'annonce de cet engagement qui, cinq minutes auparavant seulement, les aurait sans doute fait sauter de joie au plafond.

Ils se laissèrent entraîner sans dire un mot dans un salon voisin où étaient disposés en cercle de confortables fauteuils tendus de gros de Tours à fleurs. Ils purent ainsi reprendre peu à peu leurs esprits, écoutant le long monologue du poète qui, leur tenant la main l'un après l'autre, les entretint d'un accent presque chuchoté, sobrement mais brillamment, du difficile passage de l'enfance à l'âge d'homme dont les deuils et les ruptures étaient l'inévitable tribut.

Ils devisèrent ensuite, à bâtons rompus, se tutoyant au bout d'une heure, du même ton confiant que s'ils s'étaient connus depuis toujours, racontant Bort et Mauriac, ces bourgs que les frères Masson venaient à peine de quitter et qui ne ressemblaient déjà plus à ceux que l'auteur d'*Aristomène* avait magnifiés dans ses rêveries. Ils évoquèrent surtout celui qui les réunissait, d'abord gravement, à cause de la nouvelle de sa maladie, puis, bientôt, presque joyeusement, mêlant à son souvenir celui de M. Malafosse, riant de la feinte sévérité de ces deux maîtres, de leurs manies, et louant pardessus tout l'originalité et la solidité de leur savoir.

Marmontel était visiblement heureux de parler du pays de son enfance et d'entendre redire le nom de gens qu'il n'avait pas revus depuis plus de quinze ans. Le vernis de l'homme du monde se lézardait insensiblement et les souvenirs déferlaient sur lui comme une vague bienfaisante. Quelques expressions de patois de Mme Salvy fusèrent même bientôt dans de grands éclats de rire, et l'auteur des *Contes moraux,* passé maître en mimiques depuis qu'il faisait répéter lui-même ses pièces sur le théâtre, dessina en deux gestes le bonnet à mentonnière qui n'était qu'à elle, puis imita sa voix haut perchée lorsqu'elle se désolait de la neige ou de la froidure s'abattant sur Mauriac, de la « toupine » aux couennes dont la graisse rancissait pendant l'été ou encore du blaireau qui « moudillait » son jardin en gâtant ses légumes.

C'est au beau milieu d'une de ces tirades, alors que le premier secrétaire monté tout chaussé sur un siège s'essayait à prendre l'intonation de leur vieille logeuse, que la porte s'ouvrit, laissant paraître le marquis de Marigny.

– Ah ! s'exclama celui-ci étonné, c'est ici qu'on rit de si bon cœur !

– Oui, monsieur, voici mes frères ! répliqua Marmontel qui avait, on l'a dit, usurpé avec le frère de Mme de Pompadour un air de liberté.

– Ça, par exemple ! Je ne savais pas que vous en eussiez, et de si jeunes en plus !

– Ils me sont tombés du ciel, il y a une heure à peine !... Voici Anselme qui connaît les minéraux à merveille et Mathieu qui touche l'orgue et le clavecin.

Ce n'est qu'alors, en se tournant vers celui-ci pour le saluer, que le marquis de Marigny remarqua sa cécité. Il avait là-dessus la frilosité des gens qui n'ont jamais connu les accidents de l'existence, aussi s'embarrassa-t-il et ce fut Mathieu, sentant instinctivement sa gêne, qui, sans même donner l'impression de la chercher, trouva sa main pour la serrer.

– Marmontel s'occupera bien de vous ! assura le directeur des Bâtiments avant de disparaître pour cacher son trouble.

Le poète, renvoyant implacablement tous les secrétaires qui se présentaient à sa porte pour affaires, fit alors rasseoir ses visiteurs et les entretint fort avant dans l'après-midi de sujets nouveaux pour eux : Paris, la Cour, les combats artistiques, politiques et religieux du temps, la grandeur et la servitude de ceux qui, comme lui, servaient de près le pouvoir.

Les quittant, alors que la nuit tombait, il promit de leur donner de ses nouvelles sous un mois, les encourageant toutefois à prendre contact avec l'abbé Chappe auprès de qui les recommandait également Malafosse. Il précisa qu'il le voyait rarement, « de loin en loin pour parler l'auvergnat », et qu'il avait appris récemment que son nom était avancé pour prendre la tête d'une mission astronomique française dépêchée en Russie par l'Académie des sciences.

L'autre ancien disciple des jésuites de Mauriac, Jean Chappe d'Auteroche, allait avoir trente-deux ans. Plus jeune de cinq années que Marmontel, il n'avait fait que le croiser au collège. Ils n'avaient véritablement lié connaissance qu'à Paris. Le poète, qui, en 1753, commençait à devenir célèbre dans l'entourage du cardinal de Bernis et de Mme de Pompadour, avait favorisé les premiers contacts de son compatriote avec des membres de l'Académie des sciences. C'était l'application de la règle, explicitée par Blanchot quelques jours auparavant, dont allaient à leur tour bénéficier les frères Masson, qui voulait que, dans la capitale, les gens arrivés les premiers d'une même province aident et soutiennent ceux qui y parvenaient juste après eux.

L'abbé était un aristocrate sans morgue, fils d'un gentilhomme auvergnat qui, comme nombre de ses pairs, avait ruiné sa santé et gâté ses finances au service du roi. Né second garçon de sa famille, il avait été destiné à l'Église dont il avait pris très tôt le petit collet qu'il n'avait pas quitté par la suite, plus comme une marque de sa soumission aux décisions de son père que par véritable témoignage de vocation.

Brillant, curieux, il avait d'abord étudié à Riom avant de venir, à l'âge de dix ans, au collège de Mauriac. Le goût de Jean Chappe depuis toujours était celui des astres. Élève de M. Malafosse, alors ingambe, il escaladait avec lui les volcans et, tandis que son maître ramassait des cailloux, il braquait la vieille lunette de cuivre du collège, qu'il avait hissée jusque-là sur ses épaules, vers la lune et les étoiles. L'idée qu'il exprimait dès cette adolescence studieuse, alors qu'il n'avait fait que le tour du puy Mary, était de parcourir un jour le vaste monde pour vérifier si le ciel et ses planètes se pouvaient observer de la même manière depuis l'Asie, l'Amérique ou l'Europe et si, des éventuelles différences qu'il relèverait d'un point d'observation à l'autre, on ne pourrait pas inférer une méthode pour perfectionner l'appréciation de la distance des différents points du cosmos entre eux.

Avec son vieux maître qui n'était jamais sorti de son bourg mais qui avait lu à peu près tout ce qui s'était imprimé de science depuis Gutenberg, il en parlait chaque soir jusque tard dans la nuit. De ces conversations à bâtons rompus jaillissaient des idées originales qui les faisaient regarder comme des fous par le reste du collège. Ils avaient réussi à établir une carte des endroits de l'univers les plus propres à observer le ciel et dessiné, sur les quatre murs chaulés du petit bureau du régent, une espèce de cycloïde sur lequel ils faisaient se mouvoir de grosses boules de bois qu'ils approchaient ou qu'ils éloignaient les unes des autres, à mesure qu'ils affinaient leurs calculs d'algèbre et de trigonométrie. L'étonnant était que, dans le pauvre grenier de leur collège d'Auvergne, le vieux maître disait à son élève : « Lorsque vous serez en Russie... Lorsque vous serez en Amérique... » Le prodige, c'est que l'abbé Chappe allait accomplir ces deux périples mais chaque fois, hélas, pour son plus grand malheur.

Début 1760, il vivait dans un petit logis de trois pièces, rue Dauphine. Il n'avait que le Pont-Neuf à traverser pour se rendre quotidiennement aux séances de l'Académie des sciences dont il était depuis deux ans l'adjoint astronome, puisque cette auguste compagnie, tout comme l'Académie française, sa grande sœur, était installée au rez-de-chaussée de la cour Carrée du Louvre, dans les vastes salles du palais abandonné depuis plus d'un siècle par ses rois.

Chappe, par opposition à Marmontel dont la carrure était celle d'un paysan et le visage plein celui d'un marchand de bœufs ou de toiles du plomb du Cantal, était tout en maigreur comme sont souvent les nobles d'Auvergne, si pauvres, sur leurs volcans, qu'on a l'impression qu'ils ne se sustentent que des brumes de leurs lacs noirs. Ce moderne don Quichotte, comme fréquemment les gens d'Église, portait les cheveux longs, de beaux cheveux soyeux qu'il couvrait depuis l'enfance, à l'instar du vieux Malafosse, à cause de la frilosité native de sa race, d'une calotte de velours. Avec cela le visage le plus avenant du monde, un visage fin, avec un regard plein d'expression et qui s'était mis à pétiller de joie lorsqu'il avait vu paraître chez lui ces deux garçons qui lui portaient des nouvelles fraîches de ses anciens maîtres.

Anselme, grâce à cette rareté qu'était encore la science en 1760 dans la culture d'un jeune homme qui venait d'achever ses humanités, se sentit d'emblée plus d'« atomes crochus » avec Chappe, dans son petit bureau mansardé, qu'avec Marmontel, sous ses lambris dorés ; aussi fut-il plus disert qu'il ne l'avait été, quatre jours auparavant, à la Surintendance. Il parla avec enthousiasme, pêle-mêle, de ses propres excursions au Mont-Dore ou au puy Mary, avec son vieux professeur, à la recherche de roches fabuleuses, mais aussi de l'envie qu'il avait, après avoir observé depuis quelques jours tout ce qui bougeait dans Paris, de participer au développement d'une ou de plusieurs de ces techniques nouvelles qui, par le peu qu'il avait pu en juger, bouleversaient alors, presque à vue d'œil, le champ de la connaissance et la condition matérielle des hommes.

– L'avons-nous usé, ce vieux bonhomme ! s'exclama l'abbé en songeant de nouveau à Malafosse sans pouvoir se retenir de sourire.

– Je pense aussi que nous lui avons procuré ses plus grandes joies !

– Quant à moi, je lui dois mon éveil et tout ce qui m'a passionné par la suite, ajouta l'adjoint astronome de l'Académie.

Mathieu intervint pour dire qu'il lui devait également

une grande partie de la rigueur qui lui était nécessaire pour être musicien, mais aussi beaucoup de son âme d'artiste et de poète, puisque à force d'heures passées tête à tête, il lui avait appris, lui mettant un compas et une équerre dans la main, à imaginer la plupart des figures géométriques qu'il ne pouvait pas observer.

– Voilà qui mettrait de l'eau au moulin de Diderot dont la *Lettre sur les aveugles à l'usage de ceux qui voient* a alimenté la controverse au point de lui valoir la prison à Vincennes.

– Je connais cette lettre par cœur, intervint Mathieu, vous concevez certainement combien le sujet me touche… Tout comme l'illustre Saunderson, ce mathématicien anglais, privé lui aussi de la vue, j'ai appris à « voir par la peau » ; je ne crois pas aux opinions irréligieuses que lui prête Diderot dans son *Rêve de Saunderson sur son lit de mort,* en particulier lorsqu'il prétend que le doute découle fatalement de l'impossibilité de voir le monde créé. Je suis le vivant exemple du contraire…

– C'est en effet mon frère, affligé par cette *Lettre* de toutes les raisons de ne pas croire, ironisa Anselme, qui soutient ma foi chancelante !

– L'homme de l'*Encyclopédie* serait à la fois surpris et content de vous entendre tous les deux. Vous pourrez lui parler quand vous voudrez… Car Denis – ainsi que le nomment familièrement tous ses amis – est un homme accessible !

Là-dessus, Chappe exposa à ses visiteurs son projet de voyage en Russie dont Paris commençait à se faire l'écho. Il comptait être en Sibérie le 6 juin 1761, date exacte du passage de Vénus devant le Soleil. Il espérait à cette occasion, comparant ses observations à celles qui se feraient au même instant en France, affiner les calculs de distance de la Terre au Soleil, sur la base des théories qu'il avait mises autrefois au point avec Malafosse.

Cette visibilité de Vénus était un phénomène exceptionnel. Elle ne se produisait que tous les cent vingt-deux ans, les prochains passages étant calculés pour avoir lieu en 1882 et 2004. Les Anglais, toujours plus prompts à saisir les occasions, avaient déjà mis sur pied trois expéditions pour profiter de cette rencontre des deux astres : Cook, dans le Pacifique, Maskolin en Alaska, Harrison à la Barbade – qui devait pour l'occasion expérimenter son fameux garde-temps, un chronomètre qui, dans les conditions les plus terribles de navigation, réussissait le prodige de ne varier que de quelques secondes sur plusieurs mois. C'était en raison de la rareté du phénomène, mais surtout de la surenchère de projets des savants d'outre-Manche, que l'adjoint astronome avait déjà pratiquement reçu du bureau de sa compagnie l'autorisation de quitter Paris en octobre.

– Je n'en suis encore qu'à la préparation de cette expédition, mais j'imagine de m'y faire accompagner par un jeune assistant endurant aux fatigues et déjà débrouillé en sciences.

Tout en disant cela, l'abbé s'était mis à fixer l'aîné de ses hôtes dont l'imagination, au seul nom de Russie, s'était immédiatement échappée dans des rêves de découverte de terres et de minéraux inconnus.

Le silence qui suivit fut éloquent, mais Anselme, devinant les pensées inquiètes de son frère dont le visage était pourtant resté impassible, se reprit.

– Celui qui vous accompagnera sera un homme heureux ! dit-il en s'efforçant de conserver un certain détachement... D'ailleurs, il vous faut quelqu'un qui soit déjà versé dans la connaissance des constellations et, moi, je ne reconnais même pas l'étoile du Berger...

– Mon projet n'est pas mûr, ajouta l'abbé, mais je vous en reparlerai avant la fin du mois de février... J'en userai avec vous comme fait Marmontel. Le premier d'entre nous deux qui sera parvenu à vous procurer, à l'un ou à l'autre, quelque établissement ne fera qu'éprouver le sentiment de s'acquitter un peu de la dette qu'il a contractée envers ses maîtres de Mauriac.

CHAPITRE QUATRIÈME

Le petit tonneau à parfum

Anselme et Mathieu, mis en transes par les perspectives que leur ouvraient ces premiers entretiens, employèrent le délai de quelques semaines que leur fixaient Chappe et Marmontel à parfaire leur connaissance de Paris.

Mathieu apprit ainsi à connaître les heures où jouaient les orgues de Saint-Roch, de l'Oratoire, de Saint-Eustache et de Notre-Dame-des-Victoires. Il s'appliqua surtout à s'y rendre seul, devenant plus habile chaque jour à cheminer dans les venelles étroites et populeuses, à éviter d'y être bousculé et de s'éclabousser les pieds dans le ruisseau. Anselme, de son côté, visitait les monuments, les machines comme la pompe de la Samaritaine, les bibliothèques, en particulier celles de Louis-le-Grand et de l'Académie, au Louvre. Chappe pria les deux frères à souper deux ou trois fois chez lui, et grâce à lui Anselme parvint à se faire connaître, en sa qualité d'ancien élève des jésuites, du révérend père La Caille, académicien et astronome. Celui-ci lui montra pendant tout un après-dîner les trésors de l'Observatoire et le présenta à son directeur, le fameux Thury, membre de la dynastie des Cassini, qui, depuis un siècle, régnait sur l'astronomie française. Thury était alors connu dans toute l'Europe pour la carte de France qu'il venait d'achever et qui donnait pour la première fois, en cent quatre-vingt-deux planches magnifiquement gravées, une vue détaillée et complète du royaume.

Le père La Caille était bonhomme, une sorte de Vayssière perdu dans la capitale, toujours chaussé de gros souliers, portant une soutanelle déformée par tout ce que contenaient ses poches et ses goussets, un rabat qui autrefois avait dû être blanc et qui rebiquait toujours, enfin un grand chapeau dont la pluie avait rougi le bord et qu'il tenait toujours vissé sur ses longs cheveux blancs dont les pointes jaunissaient. Dans cet accoutrement, qui aurait pu être celui d'un sacristain, il vaquait tout le jour entre l'Académie et l'Observatoire, montant et redescendant à pied la rue Saint-Jacques, perdu dans ses pensées, insensible au vacarme des séances de sa compagnie qui se tenaient au Louvre et s'attachant, à l'Observatoire, à concilier les deux adjoints du directeur, Lalande et Le Monnier, qui passaient leur temps à se quereller, rarement pour la science, mais plus souvent pour des vétilles.

Le jésuite, qui possédait le sens aigu qu'ont beaucoup de disciples de Loyola pour démêler les talents et bien juger des caractères, fit revenir Anselme trois jours après ce premier entretien. Il l'emmena dîner chez un pauvre haricotier de la barrière d'Enfer qui était devenu son ami. Celui-ci améliorait l'ordinaire de son potager ravagé par l'hiver en servant, dans une cabane de planches au fond de son jardin, un succulent « pot-au-feu perpétuel ». La Caille s'était fait accompagner d'un jeune homme venant d'entrer à l'Observatoire, François Le Gentil de La Galaisière, garçon bien né et fortuné, dépourvu de morgue, assez fin pour avoir reconnu dans ce vieux prêtre négligé le meilleur des maîtres.

Le sujet capable de réunir les astronomes et les minéralogistes s'imposait, c'était celui, plein de mystère, des météorites. Il s'agissait en vérité de la marotte du révérend père La Caille qui avait de ces « cailloux tombés du ciel » partout ; dans son bureau, sur le parquet et, à ne plus pouvoir bouger, dans sa petite chambre juchée sous les combles de l'Observatoire. Il en avait constitué ce qui devait être la plus belle collection d'Europe.

Dès le début du repas, à l'étonnement de ses deux commensaux, il en avait tiré une dizaine de ses poches pour les étaler sur la table.

– Mes enfants ! annonça-t-il, Dieu, qui a organisé si parfaitement l'univers pour que les hommes puissent y trouver leur subsistance, nous envoie le superflu du firmament !

La Galaisière sourit de toutes ses dents, qu'il avait fort belles. C'était un magnifique garçon, grand, svelte et racé. Il s'approcha de l'oreille d'Anselme pour le prévenir que La Caille s'apprêtait à sortir de la sphère de la raison raisonnante :

– Gare les suites !

– Oui, oui ! reprit le jésuite contrefaisant la fâcherie, parce qu'il venait de remarquer le manège des jeunes gens. Dans ces temps où la religion se perd, nous refusons d'envisager les miracles du ciel comme constitutifs de notre monde physique.

– À quoi pensez-vous ? demanda La Galaisière en faisant un réel effort pour retrouver son sérieux.

– Tenez, par exemple, ce kaolin dont on nous rebat les oreilles à l'Académie ces temps-ci !... On ne sait qu'une chose certaine à son sujet, c'est qu'il y en a en Chine et en Saxe, ce qui permet, dans ces pays-là, de faire de la porcelaine blanche et dure. Pour le moment, personne n'a pu en trouver une once en France... Eh bien ! je vous dis, moi, que c'est un superflu dont Dieu nous enverra les semences dans notre sous-sol si nous savons le mériter.

Parlant ainsi, La Caille ne faisait que reprendre l'idée, partagée par les savants de son temps, selon laquelle les roches et les minéraux provenaient tous de l'effet de germinations souterraines.

– Le kaolin ! répéta Anselme, qui n'avait rencontré ce nom qu'une fois, dans un article publié par une revue savante.

– Oui, une roche terreuse et friable, dans laquelle se trouvent des traces de silice et d'alun. Nous la connaissons bien en France depuis le voyage que mon confrère, le révérend père d'Entrecolles, a effectué en Orient au début de ce siècle. À son retour, en 1727, il en a remis des échantillons à notre Académie qui les a fait examiner par feu M. de Réaumur…

– Vous ne m'avez jamais montré cela, mon père ! s'étonna La Galaisière avec une pointe de reproche dans le ton.

– Je n'ai pas encore eu le temps de tout vous dire, mon garçon, reprit l'académicien qui n'était pas fâché de rendre la monnaie de sa pièce à son disciple, pour ses moqueries légères… Quand j'avais encore un peu de temps à moi – c'était avant de vous connaître –, j'ai examiné à plusieurs reprises le kaolin : c'est une argile pure, et si réfractaire que l'on ne parvient jamais à l'altérer, même par un feu d'enfer. Elle provient de la décomposition de terres feldspathiques, de la transformation de granites soumis aux effets des sels et de l'eau, aux respirations mystérieuses des entrailles de la terre…

Anselme ne put se retenir de poser la question qui lui brûlait les lèvres :

– Décomposée, transformée, dites-vous, mais comment ?

– Ah ! ah !… Ça vous intéresse ? ricana le jésuite. Un feldspath appauvri pour avoir perdu ses alcalis et sa silice… Voilà ce que j'en ai conclu autrefois avec mes amis Réaumur et Hellot.

– Mais pourquoi voulez-vous que cela tombe du ciel ? demanda La Galaisière, que l'intrusion du merveilleux dans les sciences laissait sceptique.

– Et ça ! se récria vivement le vieux savant en déplaçant les cailloux qu'il avait alignés de part et d'autre de son assiette. Où trouverez-vous ailleurs des roches aussi denses, aussi dures, aussi implacablement calcinées ?… Et, en ce qui concerne le kaolin, si votre nature n'obéissait qu'à des lois mathématiques, tous les granites ne se décomposeraient-ils pas partout et toujours de la même façon ?… Entre deux granites provenant de graines identiques, pourquoi y en aurait-il un plus réfractaire que l'autre ? De la même façon que Dieu a fait la nature, il lui est possible d'en faire varier les lois !

Il reprit dans sa main la plus grosse des météorites pour conclure :

– L'homme ne peut même pas avoir idée du degré de chaleur qu'il faut pour obtenir ces concrétions ! Tout ce qu'un feu aussi puissant transforme de la sorte et, à plus forte raison, tout ce que ce même feu est incapable de détruire, ne trouve pas son explication dans l'*Encyclopédie* mais dans la foi !

Le père La Caille, qui comptait parmi les esprits les plus éclairés de son temps, incarnait ce moment où la science – en particulier la chimie et la médecine – s'attachait encore, à défaut d'explications plus satisfaisantes, à des superstitions ou à des croyances. Admirateur de l'*Encyclopédie,* à l'instar de nombreux jésuites, correspondant des sociétés savantes de Berlin, Londres ou Padoue et, par là, à la pointe du savoir scientifique, il acceptait par fidélité à sa foi – une foi ignatienne, optimiste, pleine de confiance dans les œuvres de l'homme – que tout ce qui ne recevait pas d'explication objective puisse être, par défaut, attribué à l'action de Dieu. Ainsi, comme tous les médecins de France, croyait-il fermement à l'influence de la lune sur le caractère ou sur les phases d'une maladie et restait-il persuadé, avec le grand La Peyronie, que la foudre et surtout le tonnerre empêchaient la cicatrisation des blessures.

Le lendemain, La Galaisière, sur la suggestion de La Caille, qui lui avait remis une courte lettre d'introduction à l'intention de Jussieu pour pouvoir visiter son cabinet de minéralogie, amena Anselme au jardin des Plantes.

Cette remarquable fondation avait été placée par Louis XIII hors de la tutelle de l'Université. Tous ceux qui désiraient s'instruire des curiosités de la nature y étaient les bienvenus, sans nécessité de s'inscrire ou de « prendre des grades ». En un peu plus d'un siècle, les collections de ce jardin, que Buffon décrit comme une « suite complète de coquillages, de gommes et résines, de sucs des arbres et des plantes, de pierres fines, de pétrifications et de plantes marines », étaient devenues les plus riches d'Europe. Il se faisait tous les jours, dans les amphithéâtres, des « démonstrations » de botanique, de chimie, d'anatomie ou d'histoire naturelle. Chacune de ces quatre sections avait son professeur, assisté d'un ou de plusieurs démonstrateurs en titre. L'intendant général du jardin des Plantes était alors le célèbre Buffon, secondé, pour la botanique et l'histoire naturelle, des non moins fameux Jussieu et Daubenton.

Le jour où Anselme parut pour la première fois au « Jardin » – comme disaient alors simplement les savants de Paris –, la démonstration annoncée était celle de chimie. Elle était confiée au docteur Guillaume-François Rouelle, médecin attaché à l'hôpital de la Charité, puisqu'on ne connaissait alors pratiquement aucune exception à la règle qui voulait que les chimistes fussent tout d'abord des médecins.

Une affichette apposée à l'entrée de l'amphithéâtre annonçait une « expérimentation des fluors ». C'était une nouveauté – le mot en effet ne datait que de 1723 et désignait des acides minéraux fluides et fusibles.

Anselme le connaissait à peine, faute d'avoir pu dénicher une littérature exhaustive sur la question; ce fut pourtant brusquement comme s'il entendait une musique séraphique. Pendant les trois quarts d'heure que parla Rouelle, il demeura bouche bée, sans bouger, presque sans ciller, au grand ébahissement de La Galaisière :

– Ah ça ! vous êtes vraiment bon public ! s'exclama ce dernier, lorsque la séance fut finie.

Le Limousin paraissait s'échapper d'un songe :

– De ma vie, je n'ai jamais rien entendu de si brillant ni de si clair !

– Et vous avez tout compris ?

– Oui, je l'avoue sans gloriole. J'étais de plain-pied avec tout ce qui m'intéresse le plus au monde !

– Oh, ce n'est pas un reproche mais, moi, je n'ai pas saisi la moitié de ce galimatias… À présent, pour nous détendre un peu, je vais vous inviter à combler le plaisir des yeux !

La Galaisière guida alors son compagnon au travers de la galerie où étaient exposés par roulement les minéraux les plus extraordinaires des collections du roi : des porphyres sculptés à l'époque de l'ancienne Égypte, des cristaux de roche, des calcédoines, des lapis, des agates, des sardoines, des jaspes, de l'ambre, des onyx et des camées, mais aussi des porcelaines d'Orient, serties de montures de bronze doré. Anselme flotta plus qu'il ne marcha entre les vitrines, dans un état d'enchantement qui lui faisait retenir son souffle. Lorsqu'ils sortirent pour traverser le jardin des simples ravagé par l'hiver, il était en extase, plus ébloui par ce qu'il venait de voir que par le grand soleil pâle d'hiver qui l'aveuglait. Passant sous les arceaux d'une roseraie sans feuillage, ils gagnèrent une maisonnette aux colombages de bois, peints d'un vert tendre, à laquelle s'adossait une grande verrière à usage d'atelier.

Au milieu de ce puits de lumière, une femme d'environ quarante ans se tenait devant son chevalet. Elle portait l'ample blouse grise des peintres, ses cheveux gris moussaient dans un énorme chignon qui venait, en s'échappant par épis, couronner une grosse figure pleine et aimable.

– Mlle Basseporte, peintre et dessinatrice du Jardin du roi ! annonça le jeune astronome d'un ton à la fois plaisant et cérémonieux.

– Bonjour, François ! Bonjour, mon garçon ! Que me vaut l'honneur de recevoir d'un coup tant de si belle jeunesse ?

– Je voulais montrer vos chefs-d'œuvre à M. Masson !

– Oh ! Moi, je ne peins que des choses que les vrais artistes méprisent : des oiseaux, des poissons, des squelettes et quelquefois même des pierres… se récria la vieille fille de sa voix joyeuse qui sonnait comme un carillon.

– Mais comment peut-on peindre des pierres ? demanda tout à trac Anselme.

Mlle Basseporte partit à nouveau d'un rire sonore.

– Venez voir ! commanda-t-elle en entraînant ses visiteurs vers de grands cartonniers… La représentation des minéraux et des fossiles n'est effectivement pas, j'en conviens, ce qu'il y a de plus gai dans mon travail.

Elle leur montra plusieurs coupes de charbon, exécutées à la mine de plomb et dont les arêtes brillantes étaient rendues par un rehaut de craie.

– Magnifique ! s'enthousiasma Anselme.

– Mais si vous me demandez ma préférence, je vous dirai que j'aime beaucoup mieux peindre les fleurs que m'apporte M. de Jussieu… Voyez, j'en ai mis sur les murs de l'atelier pour oublier que nous sommes en hiver !

– À quoi travaillez-vous aujourd'hui ? demanda La Galaisière.

– Un canard, un canard sauvage, que l'on m'a donné empaillé… Une macreuse.

– Une macreuse !

– Oui, un nouveau triomphe de M. de Buffon qui vient de démontrer à tous ces ânes de l'Académie que ce n'était pas parce que cet animal venait du Pôle qu'il avait le sang froid… On progresse tous les jours, n'est-ce pas ?

– Assurément ! Je sens bien, depuis que je suis entré dans ce jardin des merveilles, qu'ici on découvre chaque jour quelque prodige ! reprit Anselme qu'illuminait encore une expression de ravissement.

Les deux jeunes gens longèrent la Seine, marchant le long du quai Saint-Bernard jusqu'à la Tournelle, petit bâtiment sinistre que La Galaisière désigna à son nouvel ami comme le lieu où l'on entassait les forçats avant de les faire partir à pied, enchaînés, pour Marseille.

Toujours sous la vive impression de ce qu'il avait vu au Jardin du roi, Anselme n'eut pour ces malheureux qu'une fugitive pensée de compassion. Les sectateurs de la modernité sont ainsi : habités par la certitude d'un progrès qui doit soulager tous les maux de la terre, ils en oublient les malheurs plus immédiats. En fait, l'aîné des Masson, depuis qu'il avait entendu la démonstration de Rouelle et parcouru la galerie des minéraux, semblait transfiguré. Il devisait gaiement des perspectives du développement continuel des sciences que favorisait en particulier le vaste rassemblement des connaissances opéré dans l'*Encyclopédie*. Cela le rendait presque exubérant. Il était au comble du bonheur, décrivant de grandes enjambées comme s'il dansait, lorsqu'il s'engagea avec son cicérone sur le Pont-Rouge, ainsi nommé du fait du minium couleur de sang dont il était badigeonné – tout comme l'étaient aussi à Paris les roues des carrosses – pour protéger le bois du pourrissement.

Il ressassait son idée, celle d'un innocent ébloui de la chimère de mettre le monde en équations :

– Demain, grâce à l'avancée des techniques, il n'y aura plus ni famine, ni maladie, ni analphabétisme. Les gens vivront centenaires et heureux !

– Ne parlez pas de malheur ! ironisa La Galaisière. Où trouverait-on assez d'écoles et de maisons pour instruire et loger tant de monde ?...

– La richesse va s'accroître, par l'extension du commerce et l'amélioration de l'industrie ! s'obstina Anselme qui ne démordait pas de ses certitudes.

– Rêveur ! sourit La Galaisière. Il y aura toujours de la misère et de l'emploi pour les gens charitables !

Par coïncidence, il termina sa phrase à l'instant où ils atteignaient la petite église de Saint-Jean-le-Rond, lovée contre l'une des tours de Notre-Dame, dans le tourniquet de laquelle, quarante-trois ans auparavant, le futur d'Alembert avait été abandonné âgé de quelques jours.

Parvenu à l'*Hôtel du Cygne*, n'y trouvant pas son frère retenu par quelque concert d'orgue, et désireux de confier sa joie à quelqu'un, Anselme s'assit à la petite table de bois blanc de sa chambre pour écrire à Lucile.

Paris, le 31 janvier 1760

Ma tendre Lucile,

Presque trois semaines depuis ma première lettre qui, j'imagine, à cette heure, se trouve en ta possession. Beaucoup d'événements et, même s'il n'y a encore rien de précis ni de certain, il semble que les clefs que messieurs Vayssière et Malafosse nous ont glissées dans la poche, au moment de notre départ, ouvrent les bonnes portes. Marmontel et Chappe, les enfants prodiges de Mauriac, nous ont pris sous leur aile. Nous attendons de leurs nouvelles, dans un état de fébrilité qui ne se peut dire.

Nous avons lié connaissance avec trois garçons de notre âge, l'un peintre, les deux autres étudiant le droit et la médecine, qui paraissent aussi désireux que nous de croquer la vie à belles dents. Mathieu fréquente les églises. Il aime Dieu plus que moi, c'est vrai, mais il est surtout attiré là par l'amour de la musique et par les concerts d'orgue qui se donnent à toute heure du jour dans la ville. Un jour prochain, je le sais, c'est lui qui montera à la tribune d'une de ces grandes machines et qui remplira l'une de ces vastes nefs des accords qu'il plaquera sur leurs claviers. J'ai passé toute cette journée au Jardin du roi et j'en reviens plus émerveillé que si saint Pierre m'avait fait visiter un recoin de son paradis.

Je te confie un secret qui ne sera qu'à toi. Notre pauvre Vayssière est bien malade. Nous l'avons appris par la lettre qu'il adressait à Marmontel. C'est un chancre dont il ne reviendra pas. Il t'appartiendra donc d'être près de lui à notre place, puisqu'il faut sans doute que Mathieu et moi nous fassions à l'idée de ne jamais le revoir. Je t'aurai une reconnaissance éternelle de tout ce que tu feras pour rendre sa fin plus douce. Tu sais que je ne suis pas fervent, mais pour lui, parce que je sais qu'il aimerait m'entendre les dire, j'ai retrouvé les mots des prières de mon enfance.

Donne-moi vite des nouvelles de toi et de tous ceux que nous aimons, en particulier d'Eustache.

Je t'aime plus follement encore depuis que je suis ici et les baisers que j'ai envie de te donner sont plus ardents que ceux que nous échangions naguère, au bord de la Dordogne.

Je te rappelle encore notre adresse, rue des Fossés-Montmartre, à l'Hôtel du Cygne.

Ton Anselme.

Le soir, au terme de ces journées qu'ils employaient déjà si bien l'un et l'autre à découvrir les ressources de la ville, les deux frères se retrouvaient à 7 heures, à leur hôtel, où ils occupaient toujours la même chambre qu'au soir de leur arrivée.

Après s'être raconté par le détail ce qu'ils avaient fait depuis le matin, ils n'hésitaient jamais à affronter les bourrasques de l'hiver pour traverser la Seine et gagner la rue Dauphine qui, avec ses éclairages – les seuls qui fussent permanents à Paris –, ses cafés où se réunissaient les philosophes, l'agitation de ses cabarets et de son théâtre, les guérites où se vendaient les gazettes, leur parut très vite être le lieu où soufflait l'esprit dans la capitale.

Au *Petit Maure,* ils retrouvaient Blaise Poitevin, Pierre Boutefeu et Louis Blanchot. Ce dernier, le futur médecin, s'était rapidement découvert de profondes affinités avec Mathieu, tant à cause de la musique – il déchiffrait bien et tâtait de deux ou trois instruments – que par l'intérêt qu'il manifestait depuis toujours pour les infirmes, aveugles et sourds-muets, réfléchissant sans désemparer aux moyens de les désincarcérer et de les faire accéder pleinement au monde de l'intelligence.

Blanchot connaissait presque par cœur les deux lettres de Diderot qui avaient posé le problème de l'intelligence du monde par les infirmes, celle *Sur les aveugles* qui datait de 1749 et celle *Sur les sourds et muets* de 1751. Il avait d'abord adopté les conclusions de Diderot, pensant comme lui que l'absence d'un de ces cinq sens, que l'on prétendait alors être reliés chacun à une conscience centrale, ne permettait pas d'accéder pleinement à la compréhension de l'univers et, du même coup, à la révélation divine. Il tenait pour assuré le principe de Molyneux, sur lequel Diderot avait fondé ses théories, à savoir qu'un aveugle, recouvrant brusquement la faculté de voir et mis en présence de formes géométriques ou d'œuvres artistiques qu'il n'aurait jamais au préalable touchées, serait incapable d'en concevoir la structure et d'en estimer la beauté. Or, après seulement quelques semaines de discussions avec Mathieu, il était sur le point de changer radicalement d'avis.

Ils ne cessaient d'en débattre tous deux au cours des grandes promenades qu'ils avaient commencé de faire ensemble, l'après-midi ; Mathieu, qui n'éprouvait déjà plus aucune difficulté pour traverser la Seine, passait le prendre à la sortie de ses cours à l'hôpital de la Charité.

Les deux Limousins, grâce à leur habileté à avoir su se faufiler en quelques jours auprès de Chappe et de Marmontel, puis à découvrir tout aussi promptement les lieux où se brassaient les idées du moment, furent vite intégrés au petit cénacle de ces jeunes gens qui mettaient la débrouillardise au nombre des premières qualités d'une jeunesse ambitieuse. Un certain soir, il y eut même une espèce d'adoubement qui leur fit quitter le bout de la table qu'ils occupaient depuis quelques semaines au *Petit Maure* et les plaça, sous une salve d'applaudissements, au centre de la tablée, incontestablement la plus gaie et la plus bruyante de celles fréquentées par les habitués de ce cabaret, pourtant tous fort dissipés.

La réponse de Marmontel arriva plus vite que prévu à l'*Hôtel du Cygne*. Le petit mot qu'apporta spécialement un employé de la Surintendance ne comportait que six lignes, des indications encore pleines de mystère mais qui semblaient ouvrir un champ de possibilités fabuleuses :

> Qu'Anselme aille, de ma part, chez le tailleur Antoine, rue de la Sourdière. Des ordres y sont déjà donnés pour qu'il fasse lever, à mes frais, un habit à ses mesures. Qu'il soit ensuite le mardi 12 février, à 9 heures, à la Surintendance.
> Que Mathieu soit le lundi 11 février, à 7 heures, à la sacristie de l'église Saint-Louis, chez les jésuites de

la rue Saint-Antoine et qu'il demande M. Merlot qui est prévenu de sa visite.
Votre grand frère, Jean-François Marmontel.

On était le 1er février et ces instructions du poète, que les deux frères auraient regardées comme inouïes s'ils les avaient reçues en tombant de leur diligence, constituèrent paradoxalement pour eux un nouveau motif de trouble, tant à cause de leur caractère sibyllin que du terme de huit jours qu'elles assignaient encore à leur impatience. Lorsque l'on a pris la cadence et le rythme de la vie de Paris, il en est toujours ainsi des délais que la succession des événements impose à ceux qui caressent la fortune. Un temps marqué, qui paraîtrait normal à tout autre homme de la terre, prend dans la capitale le caractère de quelque chose d'interminable et d'injuste.

Anselme et Mathieu employèrent la semaine à de nouvelles promenades, plus inquiètes, plus compulsives, qui les menèrent jusqu'aux confins de la ville, à Montmartre et Vaugirard. Avec leurs trois nouveaux amis, ils allèrent au Théâtre-Français, au parterre, à dix sous, parmi les « chevaliers du lustre », voir la pièce de Marivaux qu'ils avaient entendu répéter. Ils assistèrent également à la première représentation d'une tragédie destinée à tomber dans l'oubli, *Zulica,* œuvre d'un jeune mousquetaire de vingt-cinq ans nommé Dorat. La pièce était si mauvaise qu'elle faillit crouler sous les sifflets dès la première chute de rideau. Le second acte, entamé au bout d'une heure d'interruption, après d'interminables cris et palabres, allait fournir l'occasion à nos deux provinciaux de découvrir ce qu'était à Paris la puissance des coteries. Les partisans de l'auteur, tous soldats comme lui, se tenaient au-devant du parterre, tournant le dos à la scène, la main sur la garde de leur épée, tandis que les pauvres hères de la claque, dont l'entrain avait été fouetté à l'entracte par quelques monnaies de cuivre, ponctuaient chaque tirade de leurs bravos. Le finale se passa en hurlements, en invectives, en empoignades. Comme devait le noter le soir même, dans son *Journal,* le dramaturge Collé qui, jour après jour, tenait la chronique des théâtres, « L'auteur fut assez plat pour se laisser traîner sur la scène par cinq ou six mousquetaires de ses amis… ». Il ne sauva cependant pas sa pièce, et à cause du tohu-bohu qui se poursuivit jusque dans les rues avoisinantes, tous les soldats de son régiment firent l'objet d'une ordonnance du duc d'Aumont qui leur interdit l'accès aux spectacles de la capitale pour le restant de la saison. Ce duc était premier gentilhomme de la Chambre du roi et exerçait à ce titre une tutelle sur les représentations des troupes bénéficiant de la protection royale.

Quelques jours plus tard, Marmontel amena Anselme et Mathieu, en compagnie de Chappe et de La Galaisière, à l'Opéra, occuper la loge réservée à la Surintendance, qui se trouvait la plupart du temps vide, puisque le marquis de Marigny, à qui elle était destinée, ne goûtait guère la cohue de Paris. Dans la grande salle construite par Richelieu, on donnait ce soir-là une création éreintée avant même d'être jouée, puisque la critique, qui avait pu se procurer la partition de l'œuvre, intitulée *Les Paladins* et sous-titrée « ballet héroï-comique sur des paroles anonymes », après l'avoir passée au crible, l'avait déclarée par avance mauvaise. C'était pourtant l'ouvrage d'un très grand musicien, le plus grand de son siècle en France, Jean-Philippe Rameau, que la nouvelle école regardait comme un barbon parce qu'il allait entrer dans sa soixante-dix-huitième année, mais surtout parce que sa gloire durait depuis presque un demi-siècle.

Comme on pouvait s'y attendre, ce ne furent que cris et sifflets ponctuant chaque air ou ballet. Marmontel avait été à trois reprises le librettiste du maître, pour

Les Sybarites, *Lysis et Délie* et *Les Surprises de l'amour*. Cela avait scellé leur amitié et c'est pourquoi, à la moindre manifestation hostile contre ce musicien, il s'évertuait toujours à applaudir plus vigoureusement que tous les autres.

Au plus fort de ce chahut, pourtant, il se tourna vers ses invités avec un air de panique parfaitement simulé :

– On dit en toutes lettres, sur les affiches, que l'auteur du livret est anonyme… Je n'ai qu'une peur, c'est que mes ennemis ne veuillent me l'imputer.

– Qui est-ce à votre avis ? demanda Chappe.

– Quelqu'un qui a plus faim que moi ou qui ne « s'entend plus écrire » comme l'abbé Fusée ou le vieux Gentil-Bernard.

Mathieu ne tenait plus en place :

– Mais Rameau, le grand Rameau est-il là ?… Est-il dans la salle ?

– Dans sa loge, répondit Marmontel, mais il ne bougera pas et il ne saluera pas ce soir. Il sait bien, lui, car les grands artistes sentent parfaitement les moments où ils sont inférieurs, que ce qu'il nous a donné là ne mérite qu'un pieux oubli.

Comme pour appuyer ses dires, une recrudescence de fracas, des trépignements, des huées, un roulement de tonnerre tombèrent à cet instant des galeries. Ces clameurs étaient celles des étudiants de l'École de musique, auxquelles répondirent aussitôt, venus du parterre et des balcons, soutenus par une claque maigrelette, les bravos des partisans indéfectibles de Rameau, surnommés depuis longtemps, par leurs détracteurs et à l'instigation de Voltaire, « ramoneurs ».

Marmontel, qui avait pu observer le trouble de Mathieu au bruit de ce tumulte, sa déception perceptible de ce qu'il venait d'entendre et en même temps la sorte de transe qui s'était emparée de lui à la pensée de respirer ce soir-là le même air que l'un des hommes qu'il vénérait le plus, décida de lui procurer ce qu'il savait devoir être pour lui le plus grand des plaisirs.

Après avoir prié ses autres compagnons de l'attendre dans la galerie du Palais-Royal sur laquelle s'ouvrait le vestibule du théâtre, il prit le jeune infirme par le bras et l'entraîna vers l'un des escaliers ménagés de chaque côté de la scène. Descendant, montant, circulant au travers d'un dédale qu'il avait l'air de connaître à la perfection et avec l'art de fendre la foule qui est la marque des courtisans accomplis, le poète poussa bientôt une petite porte en signalant à Mathieu la présence d'une marche. Le plus jeune des Masson, entendant cette porte se refermer brusquement comme par le mouvement d'un ressort, se sentit poussé au beau milieu de gens silencieux qui occupaient un espace, selon toute apparence, restreint :

– Ah ! Marmontel, vous venez vous aussi me présenter vos condoléances… s'exclama avec un zeste de malice un personnage dont l'âge faisait trembloter la voix. Mais, de vous que j'estime, je sais que je puis au moins attendre la vérité…

– Oui, maître, c'est certain, vous avez fait mieux !

– Le puits se tarit, Marmontel… La pompe ne trouvera bientôt plus que du vide… Depuis *Zoroastre* je suis passé de mode, j'ai trop duré !

– Rassurez-vous, maître, personne ne vous a encore dépassé et nul n'est en passe de le faire… Dites-vous que Fontenelle n'a jamais eu les idées plus droites qu'à cent ans !…

– Mais son oncle Corneille a eu le grand tort d'écrire *Agésilas* et *Attila* !

Et s'emparant fébrilement du bras du poète, le tutoyant ainsi qu'il ne l'avait jamais fait :

– Ah ! Marmontel, si tu me donnes un livret, je m'appliquerai… J'irai chercher l'or qui doit stagner sous la vase de cette source qui s'épuise.

– J'ai là un musicien qui brûle de vous connaître et qui, parce qu'il ne peut pas vous voir, vous demande la permission de vous toucher...

– Comme l'idole dans le Temple ! s'amusa Rameau.

Mathieu, surmontant la paralysie qui le gagnait depuis qu'il savait se trouver en présence de l'auteur de *Castor et Pollux,* enchaîna :

– Oui, monsieur, parce que vous êtes véritablement pour moi comme un dieu. L'ouverture et l'air de la folie de *Platée,* que j'ai pu me procurer au fond du Limousin, m'ont enchanté !

Le musicien se laissa impassiblement caresser le visage par son jeune admirateur et même, par jeu, lui mordilla le bout des doigts. Il le fit ensuite asseoir près de lui et lui parla, posant l'une de ses mains maigres et déformées sur son genou.

Mathieu raconta alors sa jeunesse, les cours reçus du père Comblat qui avaient été sa seule formation, enfin son rendez-vous à Saint-Louis prévu pour le surlendemain

– L'orgue, c'est par là que j'ai commencé, moi aussi, à Dijon, puis à Clermont-Ferrand... Travaillez, travaillez, jeune homme, je viendrai vous écouter !... Je vous aurai à l'œil et, quand vous le voudrez, je vous montrerai quelques-uns des tours que j'ai encore dans ma besace...

Rameau s'accrocha de nouveau au bras de Marmontel :

– Votre visite m'a fait du bien... Mais, souvenez-vous, il vous appartient désormais d'opérer ma résurrection en me donnant un bon livret ! C'est sur votre ami que je compte pour me prouver, comme vous l'avez fait tous deux ce soir en venant me réconforter, que j'intéresse encore la jeunesse !

– L'auteur du *Traité de l'harmonie* et des *Pièces de clavecin en concert,* que je sais toutes par cœur, est immortel ! s'enthousiasma Mathieu qui embrassa le vieux maître avant de s'enfuir, stupéfait de son audace.

Marmontel le rattrapa à la sortie de la loge. L'apprenti musicien pleurait :

– Voilà la plus grande émotion de ma vie à ce jour, grâce à vous !

Le lendemain, veille du jour où Mathieu avait son rendez-vous aux Jésuites, les deux frères, pressentant que des changements considérables allaient bientôt se produire dans leur vie, décidèrent de saisir la fortune aux cheveux en se l'attachant par une sorte de « libation propitiatoire ».

Tel est paradoxalement le genre d'ostentation, beaucoup plus d'ailleurs pour se rassurer eux-mêmes que pour éblouir, dont sont capables les gens d'Auvergne ou du Limousin lorsqu'ils sentent frémir la chance. Après avoir compté et recompté leur maigre pécule, estimé le temps qu'il faudrait laisser passer avant de toucher les premiers gains d'un emploi stable, ils décidèrent de commettre la folie d'inviter toute la petite société de leurs nouveaux amis au café *Procope*.

L'après-midi, Anselme était allé prendre son habit fait d'un beau drap de couleur vert amande, à petit revers de velours gris, agrémenté d'un gilet de soie mille-fleurs. Faute de pouvoir se faire admirer pleinement par son frère, qui n'avait pu que caresser, en y faufilant ses doigts, la fine ganse de ses boutonnières et éprouver le toucher délicat des différents tissus, il avait décidé d'étrenner ce soir-là sa nouvelle tenue, vanité de provincial désireux d'éprouver le regard de ses amis sur sa transformation. Il faut dire qu'il était magnifique dans ses habits neufs, changé, non comme un paysan qui s'est déguisé, mais plutôt comme un preux qui vient de revêtir l'armure d'un combat. L'habit à la mode qui soulignait implacablement le ventre des gros, l'inconsistance des maigrichons, lui allait à la perfection. Il mettait en valeur à la fois sa sveltesse, sa taille bien prise, la largeur de ses épaules, l'impressionnant volume de son torse, tandis que la culotte et les bas de soie épousaient l'impeccable sculpture de ses cuisses et le galbe bien dessiné de son mollet. Le vert fondu du justaucorps adoucissait la noirceur du regard, et la conventionnelle perruque aux quatre marteaux blanchis venait compléter ce tableau parfait, non comme une incongruité, mais comme une espèce d'insolence qu'appuyait son sourire plein de malice, puisque la nouveauté de ce qu'il regardait encore comme une sorte de déguisement le mettait en joie. Chose tout à fait extraordinaire, puisque jamais, depuis la maladie de sa mère et la difficile décision prise de quitter le monde de son enfance, il n'avait encore véritablement souri.

Ce qui le persuada tout à fait qu'il n'était ni ridicule ni grotesque fut la mine charmée des demoiselles dès qu'elles le virent paraître. Cette fanfaronnade de jeune homme ne doutant plus de sa fortune, ces manières de prince sorti d'un conte de fées ne pouvaient que plaire à des filles que les lumières et les quinquets du *Procope* éblouissaient pour la première fois. L'une d'elles, petite danseuse de l'Opéra, qui avait dans son aumônière une boîte à fard, s'approcha de lui et, avant de lui déposer un baiser sur le front, lui passa un peu de poudre claire sur les sourcils, ainsi qu'elle l'avait vu faire aux élégants qui ne grisonnaient pas encore.

– Les gens à la mode en usent ainsi, dit-elle. Il faut toujours ménager une subtile transition entre la noirceur du poil et la blancheur du crin !

Tous approuvèrent ce surcroît de raffinement qui n'était qu'aux divettes ou aux petits rats, et Anselme, en rougissant, lui rendit son baiser.

Au lendemain de cette fête, les deux frères quittèrent de bonne heure leur hôtel pour rejoindre l'église des jésuites de la rue Saint-Antoine.

M. Merlot, d'allure sévère, coiffé d'une calotte de velours et vêtu d'un habit de drap noir sans fioriture, était depuis plus de vingt ans le maître de musique du chœur de cette église et le titulaire en second des grandes orgues ; rompu, par une dextérité tout empruntée à la souple dialectique des révérends pères, à s'acquitter des deux missions contradictoires que lui fixaient ceux-ci : apporter du faste dans les offices, mais aussi une dignité pleine de retenue.

La lettre de recommandation signée du marquis de Marigny, qui lui demandait d'éprouver les talents d'un jeune musicien né sans voir, n'avait suscité chez lui qu'un haussement d'épaules car Merlot, comme tous les gens de son temps, pensait que les aveugles de naissance ne pouvaient apprendre quoi que ce fût de compliqué. Il avait bien entendu parler de vieux maîtres, comme le fameux Haendel, mort tout récemment, qui avaient perdu la vue à force d'écrire ou de déchiffrer leurs partitions et qui avaient, en dépit de cette infortune, continué à toucher brillamment le clavier. Il estimait toutefois que ce ne pouvait être que le fruit du génie d'artistes exceptionnels qui, ayant appris les techniques de leur art dans un temps où ils pouvaient lire la musique, en avaient acquis définitivement toute la mécanique et les réflexes.

– Nous jouerons sur l'orgue de chœur qui sonne bien, avait prévenu Merlot, je ne veux pas vous imposer de monter l'escalier de la tribune des grandes orgues !

– Menez-moi au pupitre, lui avait répondu doucement Mathieu, peu impressionné de la rudesse de cet accueil. Laissez-moi seulement un instant pour prendre les dimensions de la machine, voir l'emplacement des registres… Je réponds du reste !

– Mais les notes, jeune homme, les notes, comment les apprenez-vous ?

– Il suffit que mon frère, qui sait déchiffrer la musique, me lise une ou deux fois la partition. Cela se grave dans ma tête.

– Ah ! vraiment ! répondit machinalement le maître de chœur.

Il n'avait pas la morgue de ceux dont le doute se traduit par de l'ironie, mais sa figure restée sévère disait pourtant toute son incrédulité.

Ils allèrent de la sacristie au transept, sans dire un mot. Anselme paraissait plus soucieux que son cadet dont le visage portait un air angélique soutenu d'un grand calme. Le jeune aveugle prit place sur le banc, effleura les claviers, ausculta du bout des pieds l'état du pédalier, tira quelques registres.

– Daquin ? Couperin ? Rameau ? demanda-t-il à Merlot qui s'était assis à côté de lui et commençait à être décontenancé par son aisance.

– Un air que vous sentirez accordé à ce lieu !

Mathieu leva les yeux vers la voûte, comme s'il avait voulu en apprécier la hauteur et en calculer la résonance.

Il attaqua un prélude de Daquin, s'étonnant lui-même et se grisant des prodiges que déchaînaient ses doigts lestes. Ses attaques étaient nettes et précises, son toucher d'une délicatesse qui rendait les plus petites inflexions de cette musique pleine de nuances. Le maître de musique, scrupuleux technicien de son instrument, fut tout aussitôt parcouru d'un haut-le-corps admiratif. Son visage, de prime abord impassible et sans la moindre expression aimable, se changea brusquement. C'est son regard surtout qui, à la vitesse d'un rayon de soleil balayant des nuages chargés de noir, s'emplit de bienveillance.

Pourtant le compliment n'était pas son fort. Il adopta le jeune musicien, mais à sa manière, qui était toute bourrue :

– Non ! Non !... Plus doux dans la reprise !

Il le bouscula pour occuper sa place.

– Plutôt comme ceci ! dit-il en faisant courir ses doigts tordus sur les touches.

– C'est plus mordant en effet, concéda Mathieu, mais si je puis me permettre, c'est ainsi que je finirais...

– Oui ! Oui ! pas mal ! Mais la partition est ici plus explicite !

– Et qu'y a-t-il écrit ?

Le maître de chœur se lança dans une explication technique qui déchaîna de nouvelles tempêtes de sons.

– En ce cas, je vous propose ceci !

– Très bien ! Mais rejouez-moi toute la partie et je vous ferai entendre à mon tour comment je la conçois.

M. Merlot se retourna alors du côté d'Anselme pour lui dire qu'il s'apprêtait à retenir son frère une partie de la matinée, mais ce dernier s'était déjà esquivé, redescendant les marches de l'église, un large sourire aux lèvres.

Ils se retrouvèrent avant d'aller déjeuner. Mathieu, malgré l'affreux mal de tête que venait de lui procurer le vertige des deux dernières fugues, était sur un nuage. En dépit de cette douleur, il avait tout au long du retour, attirant sur lui des regards amusés qui n'étaient pas en mesure de le troubler, chantonné et mimé dans de grands gestes quelques-uns des accords qu'il comptait essayer le lendemain. M. Merlot en effet, l'embrassant avec un transport dont il n'était pas coutumier, lui avait donné rendez-vous au petit matin, au pied des grandes orgues sur lesquelles il désirait le faire jouer sans plus attendre. Les deux frères ne firent que friper une omelette baveuse dans un cabaret proche du Louvre, après quoi Anselme, tenant sur son bras une housse de satinette lustrée qui protégeait son bel habit vert, gagna le carabas du Pont-Royal pour rejoindre Versailles.

Le lendemain, à 9 heures précises, l'aîné des Masson entrait dans le bureau de Marmontel, salué d'un sifflement admiratif :

– C'est ce qui s'appelle au théâtre un changement à vue. Tu es passé en un clin d'œil des chaumières de la Dordogne aux salons à la mode !... Mais il n'y a pas un instant à perdre ! Nous allons au lever de la marquise puisque te voilà déjà, malgré toi, au cœur d'une affaire de grande conséquence... Une question artistique dont la Surintendance est déchargée au profit du Contrôle général des Finances, car il y va des plus hauts intérêts de l'État !

Le protecteur du jeune savant ne lui laissa pas le temps de s'asseoir ni de poser des questions. Il le prit par l'épaule et lui fit descendre quatre à quatre le grand escalier de la Surintendance. Une petite chaise attelée d'un cheval nerveux les attendait au bas du perron et les emporta en un éclair vers le château.

Dans son rez-de-chaussée, la première antichambre de la favorite ressemblait assez à la place d'un marché : même foule se poussant de l'épaule, mêmes vociférations, mêmes marchandages. Et, s'il ne se traitait point là de salades ou de canards, mais d'objets plus relevés tels que des privilèges pour le percement de canaux, la création d'une manufacture de toiles, de bougies ou de plaques de cheminée, il s'y trouvait la même proportion de filous, de vauriens et de chevaliers d'industrie, tous prêts à pousser des affaires dont aucune n'avait véritablement la limpidité de l'eau de roche.

Marmontel montra à Anselme comment fendre la presse en se projetant en avant et en avançant sans crier gare. Il y eut bien, de-ci, de-là, quelques protestations, quelques grands airs de frayeur, quelques injures même, mais en trois secondes ils atteignirent leur but, se trouvant devant la double porte du premier vestibule qu'un majordome, à la vue du poète, ouvrit à un battant.

Dans la seconde pièce se tenaient d'autres visiteurs, moins nombreux, moins bruyants. Leur calme trahissait sans doute la satisfaction d'avoir passé le premier barrage opposé à la cohue des vestibules. Marmontel en salua quelques-uns de la tête, ce qu'il n'avait pas fait dans la pièce précédente, puis il alla directement à la porte suivante qui s'ouvrit, cette fois comme par magie, sur le franc sourire d'un second valet, car il en était des salons de Versailles comme des montagnes, la politesse, à l'instar de l'air pur, y devenait plus délicieuse à mesure qu'on s'y élevait.

L'antichambre qui se présentait à la suite n'était qu'à traverser. Trois dames se tenaient assises, cinq ou six messieurs élégants leur faisaient la conversation avec la mine la plus aimable et la plus détachée du monde. Le poète alla à eux et présenta Anselme avant de les nommer :

– Les duchesses de Mirepoix et de Choiseul, Mme de Sassenage !

Anselme, qui avait été prévenu par son protecteur de tout ce qu'il aurait à faire et à dire, s'inclina avec une économie et une retenue, fruits de son inexpérience et de sa réserve naturelle, qui intriguèrent et amusèrent ces dames, déjà tout émoustillées par sa belle prestance et par sa beauté mâle.

– M. Masson nous vient d'Auvergne... Les roches, les minéraux et les métaux n'ont pas de secrets pour lui et bientôt, grâce à ses talents de pédagogue, ils n'en auront pas non plus pour la marquise.

– L'or, monsieur, l'or, connaissez-vous le secret de l'or ? demanda à brûle-pourpoint la très enjouée Mme de Sassenage.

– Je n'en ai jamais vu que quelques grossières pépites dans mes rivières d'Auvergne... Le cent-millième assurément de ce que j'ai pu observer, brillant sur les corniches et les lambris, depuis que je suis entré ici.

Cette ingénuité malicieuse fit rire.

– Mais quelle roche avez-vous étudié plus particulièrement, monsieur Masson ? s'enquit à son tour la duchesse de Mirepoix.

– Celles des volcans, madame, celles que le feu a produites, tout comme il a produit le diamant…

– Mme de Pompadour songerait-elle à agrémenter son parc de Bellevue d'un cratère et de jets de flammes ? reprit avec sarcasme Mme de Sassenage.

– La marquise, mesdames, intervint Marmontel que ce bavardage agaçait, s'intéresse aux ressources inexploitées de la nature, et M. Masson lui sera là-dessus d'un grand secours.

– En ce cas, reprit Mme de Sassenage vexée, parlez-lui davantage du diamant que du charbon… Cela la distraira certainement beaucoup plus…

– Notre amie, reprit encore plus vivement le poète, sera charbonnière s'il faut du charbon à la France, diamantaire s'il faut des diamants pour soutenir le crédit du royaume, meulière s'il faut des meules pour moudre le blé du peuple, poncière s'il faut poncer et polir le mauvais esprit de cette Cour, et enfin cendrière, mesdames, s'il faut nettoyer ce pays des médisances que l'on y jette.

Il assaisonna tout cela d'un franc sourire qui fit passer son audace, déclenchant même quelques rires, et il pénétra directement avec Anselme dans la chambre de la divinité.

La favorite avait repris la mode de recevoir dans son lit, qui avait été autrefois celle des ruelles à l'époque des précieuses, mais elle l'avait agrémentée des manières canailles des grisettes, en se faisant servir son chocolat en public. Elle était inimitable de grâce dans ses grands peignoirs de soie à ramages de trois tons de vert, beurrant elle-même et tartinant de miel ses rôties, roulant entre ses doigts fins le mousseur de la chocolatière avant d'en verser le liquide d'ambre odorant dans sa petite tasse de Sèvres.

– Bonjour, Marmontel ! Bonjour, jeune homme ! s'écria-t-elle joyeusement en voyant paraître ses visiteurs.

– Bonjour, Marquise ! Voici le garçon dont je vous vante les mérites depuis une semaine…

– Avec enthousiasme ! beaucoup d'enthousiasme vraiment, Marmontel… La difficulté pour lui à présent, c'est qu'il va devoir se montrer digne de vos compliments.

Anselme venait de saluer son hôtesse avec autant de réserve et de retenue qu'il en avait usé avec les dames dans l'antichambre. Mme de Pompadour n'avait jamais été dévorée par la sensualité, mais, plus encore que le luxe, elle aimait la beauté et l'élégance, surtout dans son état natif et naturel, chez les humains comme dans les créations de l'esprit. Elle fut immédiatement séduite par les manières discrètes et sans apprêt d'Anselme, sa stature de mousquetaire, l'air d'intelligence et de calme qui s'accordait à la régularité de ses traits.

– Anselme, annonça Marmontel, la marquise a depuis trois jours, te concernant, une idée qui se trouve, à cet instant, sur ses lèvres…

– Précisément ! s'amusa la marquise en continuant de boire à petites gorgées son chocolat.

Le jeune savant afficha une impassibilité de sphinx, souriant à demi parce qu'il sentait l'humeur de ses interlocuteurs tournée à la malice. Ce n'était en tout cas pas avec l'air d'un nigaud de province, mais avec la mine de quelqu'un capable d'entendre la finesse.

– Pour le moment, madame, je ne vois sur vos lèvres qu'une belle porcelaine, répliqua-t-il, s'adressant à la marquise animé du même ton d'évidence qu'un entomologiste qui viendrait de détailler les mouvements d'une fourmi.

La favorite, de saisissement, faillit laisser tomber sa tasse et sa soucoupe :

– Marmontel ! Vous avez vendu la mèche !

– Je vous jure bien qu'il n'en est rien, Marquise, protesta le poète d'un accent qui portait témoignage de sa plus parfaite candeur.

– Oui, monsieur Masson, c'est pour l'un des travaux d'Hercule de ce royaume que j'ai songé à vous : c'est pour la porcelaine.

Anselme, qui ne s'attendait pas à cela, en parut aussitôt transporté :

– J'ai lu quelques articles sur les frittes de Vincennes et sur le peu que l'on sait des pâtes à kaolin… Ils m'ont passionné…

– Eh bien justement ! il nous faut le secret des pâtes dures de Saxe. Le roi le veut ! appuya la favorite d'un ton qui, rompant avec les chatteries, s'était fait péremptoire. La véritable porcelaine est la seule chose qui manque au complet bonheur de la France. Je veux la voir fondue et cuite avant de mourir !… Je pense que des jeunes gens, doués d'un œil neuf comme votre ami, en remontreront à ces messieurs de Sèvres qui se sont installés dans leurs habitudes et regardent leur vaisselle tendre comme le *nec plus ultra* de ce qu'il est possible de réaliser dans ce pays.

– C'est la même routine, madame, reprit le poète, que celle qui fait qu'en matière de tragédie, moi le premier d'ailleurs, nous n'en soyons toujours qu'à refaire et copier les grandes machines de Corneille ou de Racine.

Mme de Pompadour reposa sa tasse sur son plateau et dévisagea Anselme.

– Alors, jeune homme, que pensez-vous de mon idée ?

– C'est inespéré, je vous réponds tout de suite oui. J'ai même envie de vous embrasser ! répondit avec flamme le jeune savant qui venait immédiatement de saisir tout le champ qui s'offrait à lui par l'imbrication de la minéralogie et de la chimie, les deux sciences dans lesquelles il excellait.

– Voilà qui sort du cœur ! releva avec plaisir la favorite, peu accoutumée à des élans si spontanés. Je pressens même, dans l'instant où vous me parlez, que vous êtes celui qui m'apportera un de ces prochains jours la nouvelle de l'obtention d'une pâte blanche et dure en France.

Elle prit sur son chevet un délicat tonnelet de porcelaine blanche dont les cerceaux et les feuillards étaient soulignés de filets d'or :

– Voici un petit tonneau à parfum… Je vous charge de me rendre le même d'ici à cinq ans, fondu avec du kaolin !

Anselme s'inclina pour recevoir de son hôtesse ce petit bijou étincelant qu'il trouva immédiatement doux, lisse, frais, d'un contact presque sensuel. Il le porta à hauteur de ses yeux pour l'admirer avant de le plaquer contre sa poitrine, le maintenant parfaitement en place de sa main large et puissante.

Là-dessus, la marquise replia ses jambes sans renverser son plateau qui penchait pourtant dangereusement. C'était l'adresse et l'élégance de celle qui était montée sur le théâtre et avait aussi longtemps dansé en public que de ne jamais être maladroite.

Elle essuya sa bouche délicate d'un recoin de son drap avant de s'adresser de nouveau à Anselme :

– Soyez lundi matin prochain à 9 heures à Sèvres. M. Boileau, le directeur, vous y attendra.

Pour prendre congé de son amie, Marmontel avait une technique bien à lui qui, pensait-il, lui évitait la bassesse des révérences. Il allait à reculons tout en continuant de parler, grossissant même sa voix pour qu'elle parvienne à l'autre bout de la pièce aussi distincte et claire que lorsqu'il se trouvait près du lit. Arrivé sur le seuil, il portait trois doigts à ses lèvres pour accompagner un petit baiser aussi irrévérencieux qu'amical, puis il glissait de côté, entre les portes, à peine s'entrebâillaient-elles.

Revenu dans les salons, il les traversait d'un pas plus assuré qu'à l'aller, tâche d'autant plus aisée que, dès que l'on ressortait de ce sanctuaire, la foule s'écartait avec respect.

Ils retrouvèrent leur petite chaise en contrebas de la chapelle.

– À Trianon ! commanda Marmontel à son cocher, chez Laurent ! Laurent, précisa-t-il aussitôt à l'intention d'Anselme, tient un estaminet dans les bosquets du roi. On peut y parler calmement à cette heure matinale et les femmes, s'il s'en trouve déjà, y sont toujours belles.

L'équipage fila le long des réservoirs puis se présenta à la première entrée du parc ouverte aux particuliers. Ils étaient presque seuls, tant dans les longues allées bordées de peupliers sans feuilles qu'une fois arrivés chez Laurent où, dans une vaste salle tout en bois, décorée de pilastres dorés, des gardes en uniforme et des valets en livrée, qui venaient de finir leur service, jouaient aux cartes en se soutenant de grands bols de vin chaud.

– Alors, la porcelaine ? s'amusa Marmontel. Tu ne t'attendais certainement pas à ça !

– Non, bien sûr ! Mais plus je la considère depuis une heure, plus je la regarde comme le comble de tout ce à quoi je pouvais prétendre et aspirer.

– C'est le sujet du jour, repartit le poète. Celui qui fait rêver, pêle-mêle, les princes d'Europe épris de gloire, les esthètes fascinés par l'incomparable beauté des objets venus d'Orient et les savants acharnés à percer le secret d'un matériau dont, seuls, les Allemands de Meissen, il n'est pas si longtemps, ont su démêler l'arcane… Mais je laisse à M. Boileau le soin de t'initier dans toute cette matière, plus savamment que je ne saurais le faire moi-même…

– Non, supplia Anselme, j'ai trop d'impatience !… Dis-moi, je t'en prie, dès maintenant, tout ce que tu sais sur le sujet !

– Je ne suis ni chimiste ni alchimiste, s'excusa Marmontel, je sais seulement que la porcelaine des Chinois et des Japonais est l'un des plus étranges paradoxes de la nature domestiquée… Elle résulte de la combinaison de minéraux des plus communs : des feldspaths et des quartz, dans différents états de leur décomposition… Ces graviers, pourtant des moins friables, contraints par l'ingéniosité des hommes de s'agréger, produisent un matériau sublime qui donne l'idée de la beauté dans ce qu'elle a de plus rare et de plus insaisissable…

L'auteur des *Contes moraux,* tout en parlant de la sorte, s'était mis à faire les yeux doux à la petite serveuse en robe couleur de feuille morte et petit tablier blanc qui agitait sous son nez, par un va-et-vient rapide de ses deux mains posées à plat, le mousseur d'une chocolatière de cuivre, libérant ainsi progressivement les effluves du cacao.

– Regarde bien cela ! dit le poète, en s'emparant des fins poignets de la jeune fille pour les baiser avec grâce. C'est à toi, Anselme, qu'il appartiendra bientôt de faire que ces jolis doigts, lorsqu'ils serviront le chocolat, n'aient plus à caresser que des objets fins comme des coquilles d'œuf.

Le poète était aux anges. Le breuvage à la couleur d'ambre, les jolies filles et les bravos d'un public constituaient trois des fondements de son bonheur. À cet instant précis, il avait à peu près tout à la fois, puisqu'une jolie fille venait de lui servir la boisson qu'il préférait et que son jeune ami, déjà posté comme au premier rang d'un parterre, attendait impatiemment de lui une tirade sur un sujet qui promettait de le tenir en extase.

– Ce doit être l'odeur qui flotte au paradis ! ajouta Marmontel, les paupières à demi closes, humant une fois encore son breuvage avant d'en déguster la première gorgée.

– Tel que tu me vois là, je nais au chocolat, dit Anselme qui venait de tremper ses lèvres en s'illuminant d'un sourire de plaisir.

– Des sensations nouvelles comme celle-là, crois-moi, puisque je suis passé, comme toi, directement des chaumières du Limousin aux salons de Paris, sont celles que l'on n'oublie pas... Elles portent chance à qui sait les apprécier. Ferme les yeux, fais un vœu !... Il s'exaucera forcément !

– Fort bien, s'amusa le nouvel initié, ravi de prendre au mot son commensal.

Il avala d'un trait le contenu de sa tasse, ne faisant que cligner des yeux pour faire passer une légère sensation de brûlure, puis il croisa les jambes :

– Eh bien !... Parle-moi de la porcelaine !

Marmontel s'amusa de la malice, puis il s'exécuta :

– Vaste sujet, mon jeune ami, et qui, d'entrée, baigne dans une atmosphère de magie, puisqu'il faut te représenter quelle profonde énigme a constitué pendant longtemps en Europe, pour les hommes du Moyen Âge, l'examen des premières céramiques à base de kaolin venues d'Orient. Dans cette fascination, il entrait à la fois de l'étonnement pour l'univers fantasmagorique de dragons et de paysages inconnus figurés sur les vaisselles de Chine mais aussi un total émerveillement pour la matière elle-même, lisse, solide, sonore et plus étincelante que les soieries les plus riches. Longtemps, jusqu'à ce que l'on remarque des traces de doigts restées imprimées sur le bord de certaines pièces, permettant de conclure définitivement qu'il s'agissait d'ouvrages façonnés, on a cru qu'elles étaient taillées dans un nouveau porphyre blanc qui pouvait se sculpter et se peindre comme l'albâtre ou le marbre. Ce sont les récits d'El-Edrisi et d'Ibn Battuta, les plus anciens voyageurs arabes à avoir raconté leur périple en Chine, qui ont donné les premières descriptions de ces céramiques, mais, en Occident, c'est le texte de Marco Polo, voyageant là-bas vers 1280, qui est resté le plus fameux.

– Je pense connaître encore par cœur le début du chapitre consacré à la porcelaine, intervint Anselme. *Le Livre des merveilles du monde* était, à Mauriac, l'une de mes plus constantes lectures.

Il ne prit qu'un instant pour rappeler ses souvenirs, puis il se lança :

> … Il faut que je vous dise encore que dans une cité du nom de Tingzhou, l'on fabrique des bols de porcelaine, petits et grands, d'une beauté incomparable. Ces vaisseaux sont faits d'une espèce de terre ou d'une argile friable que ceux de la cité recueillent sous l'aspect d'une vase ou d'une terre pourrie…

– Sacrée mémoire ! s'émerveilla Marmontel lorsque le futur porcelainier eut achevé. J'ai lu tout cela, moi aussi, autrefois, dans notre bon vieux collège, et sans doute dans le même livre que toi, un in-octavo, recouvert d'un vieux parchemin déchiré si je m'en souviens bien…

– Exactement !

– Pour ma part, j'en ai surtout conservé des images poétiques. Elles me reviennent régulièrement à l'esprit lorsque je songe à l'Orient. Mais sais-tu d'où vient le mot « porcelaine » dont l'auteur du *Livre des merveilles* est l'inventeur ?…

– Je l'ignore !

– Polo, sensible, comme tous les Vénitiens, à ce qui brille et scintille, a donné ce nom à la vaisselle des Chinois par référence à un coquillage, d'aspect nacré, que l'on trouve en Méditerranée… Le plus drôle, tout de même, c'est ce qui primitivement avait servi à désigner cette minuscule créature marine… Ne devines-tu pas ?

– Sans doute quelque « cochonnerie » ! répondit au hasard Anselme en voyant que le poète avait beaucoup de mal à garder son sérieux.

– Tu ne crois pas si bien dire, puisque ce coquillage tirait lui-même son nom de la vulve de la truie : *porcella*. Il avait la forme tortillonnée, à l'instar de l'organe de Mme Cochon, et c'était l'un des mets favoris des anciens Romains… La pourriture, la boue, le cloaque !… Ah ! mon pauvre ami, tu te prépares à manier des choses bien peu ragoûtantes avant de pouvoir fondre des merveilles et de pouvoir rendre à Mme de Pompadour son petit tonneau cerclé d'or. Ce sont là comme les épreuves imposées au preux avant qu'il ne puisse accéder à la sagesse !

– Je suis prêt à tout, protesta calmement Anselme. Je suis venu ici en emportant dans mon bagage mes vieux sabots d'Auvergne !

– Je te taquine… Mais il faut que je me hâte de poursuivre mon récit pour que le peu de choses que je sais sur un sujet qui te passionne ne s'évapore tout à fait : les premières pièces de porcelaine connues en Europe y sont parvenues par le trafic des jonques chinoises et des brigantins de Malabar. Hellot, le premier chimiste de Sèvres, te décrira pièce par pièce le service de Chine, le plus ancien mentionné en France, offert par le sultan de Bagdad, Mahomet II, au roi Charles VII ; celui de Laurent de Médicis, celui du chancelier Florimond Robertet, pièces si rares en leur temps qu'elles étaient fameuses dans toute l'Europe et que la croyance populaire leur attribuait des vertus magiques. La fascination qu'elles exerçaient allait jusqu'à faire croire qu'un breuvage empoisonné, versé dans une coupe de porclaine très pure, se mettait aussitôt à fumer pour prévenir celui qui s'apprêtait à le boire qu'on voulait l'assassiner.

– Commode, railla Anselme, plus fort que le vieux Merlin !

– Allons ! gronda plaisamment l'auteur des *Contes moraux,* ne fais pas le philosophe !… Je vois bien qu'il faut que je te mène, en dépit du peu d'envie que j'en ai, en des temps plus raisonnables… Le contournement de l'Afrique par Vasco de Gama qui ouvrait le chemin de l'Asie assura rapidement la mainmise des Portugais sur l'ensemble du trafic avec l'Orient. Après 1500, les porcelaines de Chine arrivèrent en masse en Europe transportées par leurs caraques. Ces merveilleuses vaisselles leur servaient de lest. Au siècle dernier, le commerce des céramiques est devenu européen, activé par la fondation, au début des années 1600, de plusieurs compagnies des Indes tant en Angleterre qu'en Hollande ou en France. Aujourd'hui, un siècle et demi plus tard, ces compagnies restent prospères, mais les Orientaux ont dû s'adapter aux conditions nouvelles de leurs échanges avec l'Occident qui les concurrence en imitant leurs productions : les fabricants de Pékin ont été obligés d'abaisser la qualité de leurs matériaux pour pouvoir, compte tenu du coût du transport, conserver des prix attrayants. Ils ont dû également adapter leurs décors au goût de leurs lointains clients. Ils travaillent ainsi, depuis plusieurs décennies, tant pour la porcelaine que pour la laque, en reproduisant les dessins que les marchands de Paris, de Londres ou de Vienne leur envoient pour modèles.

– Cette porcelaine fabriquée en Chine ou au Japon de nos jours, que représente-t-elle par rapport aux productions européennes ?

– Peu de chose et cela pour deux raisons : d'abord parce que, comme je te le disais, au XVIe siècle, à

Florence, des céramistes, utilisant les techniques du verre et de la faïence, ont su imiter parfaitement la matière orientale dans sa blancheur, sa transparence et ses glacis, à ceci près qu'elle n'est ni dure ni sonore. C'est cette porcelaine tendre que tu vas apprendre à connaître à Sèvres, où elle a été portée tout récemment au degré ultime de sa perfection tant pour la variété des couleurs, la profondeur des vernis que pour l'originalité des formes. L'autre raison, et non la moindre, c'est qu'en 1709, en Saxe, à Dresde et à Meissen, par une suite de hasards heureux, des chimistes de génie, au premier rang desquels le fameux Johann Friedrich Böttger, ont su retrouver le secret de la porcelaine à kaolin, solide comme la pierre, résistant à la flamme et tintant comme une cloche lorsqu'on la frappe avec du métal. Il n'est donc plus nécessaire en Europe d'avoir recours aux Chinois et aux Japonais pour mettre en œuvre la véritable porcelaine. On ne continue à le faire que pour satisfaire un certain goût de l'exotisme qui, pour une petite catégorie de gens, fera toujours trouver plus beau ce qui vient de loin…

Marmontel, brusquement, s'arrêta de parler pour considérer Anselme :

– Le prodige à venir, mon petit, c'est que bientôt, grâce à toi, le miracle de Meissen se reproduira à Sèvres, et que la France qui, en matière de porcelaine artificielle, fabrique déjà ce qu'il y a de plus beau au monde ne sera pas inférieure lorsqu'elle fondra dans ses ateliers la pâte naturelle… La porcelaine à kaolin française surclassera toutes les autres !

Rentré à Paris le soir même, Anselme retrouva Mathieu qui attendait depuis le début de l'après-midi, assis à la petite table de bois blanc dans leur chambre, s'essayant à calmer sa fébrilité en écrivant, noircissant même furieusement le papier ainsi qu'il le faisait lorsqu'il avait un moment ou qu'il se trouvait seul sans pouvoir poser ses doigts sur un clavier.

Depuis un mois qu'il était arrivé dans la capitale, il avait entrepris de tenir le journal de ses impressions. De sa fine écriture appliquée – des lettres rondes et presque calligraphiées que sa mère et son père lui avaient appris à former dans la douleur en lui tenant la main –, sur de petites liasses de demi-feuillets que lui préparait Anselme en les cousant avec des fils de chanvre, il consignait en détail les bruits et les cris qui, par leur répétition, aux mêmes heures et en mêmes lieux, lui permettaient de se guider dans la ville : ceux des annonceurs de nouvelles qui parcouraient les rues avec leur cloche pour faire part des messes ou des enterrements ; la complainte des ravaudeuses assises dans leur tonneau, celle des marchands de soufflets, d'images ou de pommade, des rémouleurs et des porteurs d'eau, ainsi que le crincrin produit par les facteurs lorsqu'ils agitaient leur crécelle pour faire descendre dans la rue les destinataires de leurs lettres.

Ce journal de la nuit sensible avait désormais un lecteur assidu, Blanchot. Passé prendre Mathieu un soir, il avait porté sur ses écrits le regard d'un homme de science, immédiatement fasciné par l'acuité des sensations qu'un aveugle pouvait retirer de ce que lui-même, disposant de toutes ses facultés, ne regardait que comme un amas de bruits confus.

– Alors ? demanda Mathieu qui s'était levé en entendant les pas de son frère dans l'escalier.

– Alors ! nous voilà associés à l'une des plus grandes aventures de ce siècle : la porcelaine ! déclara Anselme avec un accent de triomphe en prenant son cadet dans ses bras et en lui faisant aussitôt caresser le petit tonneau à parfum que lui avait offert la marquise.

– La porcelaine ! répéta Mathieu en éclatant de rire. Franchement, je n'imaginais pas que tu puisses travailler un jour à quelque chose d'aussi délicat et fragile.

Anselme, en quelques mots, conta toute l'affaire. Son frère se tenait devant lui immobile, comme médusé.

– Pensons à nos pauvres parents, dit-il lorsqu'il put enfin parler, à la fierté qui serait la leur s'ils avaient vécu, à celle de M. Malafosse et de notre bon Vayssière, s'ils pouvaient nous voir… Écrivons-leur ce soir ! Et d'abord à l'abbé, qu'il se soutienne de cela au moins dans ses souffrances !

Ils rédigèrent aussitôt trois lettres, deux pour leurs anciens maîtres, une pour Eustache. Comme ils se préparaient à sortir de leur hôtel pour les porter à la poste ils se heurtèrent à une forme roulée dans une houppelande, un homme dont on ne voyait que les yeux. C'était l'abbé Chappe, agité d'une espèce de danse de Saint-Guy dont la cause était tout autant le froid vif qui tombait ce soir-là sur Paris qu'une terrible excitation.

– Anselme, Mathieu ! Les nouvelles sont bonnes… Les Auvergnats seront bientôt en Sibérie !

Comme il venait de voir les oreilles de l'hôtelier se dresser, il leur fit signe qu'il souhaitait leur parler plus discrètement et les suivit dans leur chambre.

– C'est fait ! l'Académie et le roi m'envoient à Tobolsk pour observer le passage de Vénus… Aucun Français n'est jamais allé aussi loin dans l'empire des tsars. Même Maupertuis, dans son fameux voyage au cercle polaire, n'a pas fait la moitié du chemin que je m'apprête à faire.

Les deux garçons étaient émerveillés. Anselme surtout, qui s'était mis à ouvrir de grands yeux et restait comme suspendu au mouvement des lèvres de l'adjoint astronome.

– Mais ma mission ne s'arrêtera pas là, poursuivit Chappe de plus en plus exalté… Le roi et ses ministres sont curieux d'en savoir plus sur le pays de la tsarine Élisabeth… Il s'agira donc d'observer non seulement la nature mais aussi les gens, de dresser le portrait naturel, moral et politique de ce pays immense…

L'abbé suspendit son discours saccadé pour fixer Anselme :

– Je serais heureux qu'un disciple cher à M. Malafosse puisse m'accompagner dans ce périple… Je vous en fais l'offre officielle. Je mesure parfaitement toutes les difficultés, en premier lieu pour Mathieu à qui je céderai mon petit logis et ma servante afin qu'il puisse, l'esprit libre, continuer à étudier la musique pendant tout le temps de notre périple… Oui, mes amis, ce serait le plus bel hommage que nous puissions rendre à nos maîtres que d'aller aussi loin ensemble et, pour des Auvergnats, ce serait également nous montrer les dignes héritiers du savant Gerbert et du génial Pascal.

Anselme, qui tenait toujours à la main les lettres qu'il destinait à son frère ainsi qu'au pauvre Vayssière et au régent des petites classes de Mauriac, se laissa tomber sur une chaise.

Les sirènes que lui faisait entendre l'abbé étaient enchanteresses. L'appel des grands espaces, l'exploration de contrées inconnues n'étaient-ils pas autrement et plus immédiatement palpitants que la perspective de s'enfermer dans des travaux passionnants, mais sans doute dangereusement exposés aux caprices courtisans, à Sèvres ? Cela n'allait-il pas mieux, d'emblée, à une âme assoiffée de toutes sortes d'aventures ?… Mais il était engagé. Il avait déjà donné sa parole à Marmontel et à la marquise et, surtout, il y avait Mathieu, Eustache et Lucile dont il ne pouvait pas s'éloigner durant deux années, durée approximative que Chappe assignait à son expédition.

Il repoussa donc l'offre alléchante de l'abbé sans vouloir se donner le temps de la réflexion, une réflexion dont il prévoyait facilement qu'elle l'aurait mis à la torture.

Mathieu, qui lisait dans ses pensées, voulut protester, mais il le fit taire.

L'abbé comprit. Il n'insista pas et, par manière de diversion, il proposa de mettre quelques mots sur la lettre préparée pour M. Malafosse.

Voici ce qu'il ajouta de sa main, à la suite de ce que venaient d'écrire les deux frères :

> Mon cher et vénéré maître,
> Vous avez confié vos dernières recrues à d'anciens disciples qui rivalisent de zèle pour leur mettre le pied à l'étrier. Je voulais emmener Anselme avec moi en Russie mais Marmontel m'a devancé : il ira à Sèvres s'occuper des céramiques du roi et Mathieu se perfectionnera dans la pratique de l'orgue chez les jésuites. Leurs talents, que vous avez largement contribué à faire éclore, méritaient amplement ces grâces qui ne sont que la juste récompense de leur valeur.
> Nous vous admirons et nous chérissons votre souvenir. Nous vous protestons de notre affection jusque dans vos montagnes lointaines.
> Votre affectionné Jean Chappe d'Auteroche.

Là-dessus ils sortirent poster les lettres, puis souper au *Compas d'or,* où Chappe régala les deux frères d'un pot-au-feu et d'un vin d'Irancy.

Là, dans le feu d'une conversation enjouée, sur un coin de nappe, l'adjoint astronome rédigea pour Anselme un petit mot d'introduction destiné à son ami Hellot, directeur de l'Académie et premier chimiste de Sèvres.

– Vous verrez, lui dit-il, avec Hellot les choses sont faciles, le propos immédiatement élevé et limpide... Je n'en dirai pas autant de Pierre Joseph Macquer, un autre de mes collègues que je rencontre souvent au Louvre et à qui vous aurez tout autant affaire, puisqu'il est l'adjoint d'Hellot et même son « survivancier ». De mon opinion, c'est un tortueux personnage, un ambitieux dont les menées sont toujours obliques et mystérieuses. Mais il est aussi pourtant l'un des plus grands érudits de notre temps et l'auteur du fameux *Dictionnaire de chimie* que tous les savants d'Europe ont sur leur table de travail.

CHAPITRE CINQUIÈME

Les os et la chair

La nuit du jour de l'An de 1760, où le roi et la marquise avaient fricassé des œufs au miroir sur une porcelaine de Frankenthal, avait été suivie d'événements surprenants.

Trois jours plus tard, le 3 janvier donc, Louis XV, après avoir glissé dans la poche de son manteau le plat à fond blanc et entrelacs bleus qui venait de subir avec succès l'épreuve de l'exposition aux flammes de l'esprit-de-vin, avait fait atteler son carrosse pour se rendre à Sèvres.

En descendant la côte de Chaville, l'équipage royal – l'équipage le plus simple, l'ordinaire, que précédaient tout de même quatre trompettes ainsi que deux timbaliers et que flanquait un escadron de gardes du corps – rencontra le cabriolet de M. Boileau, directeur de la Manufacture, qui roulait en sens opposé, en direction de Versailles.

Ce dernier, dont le cocher, aux premiers bruits du tintamarre que produisait le cortège du roi, s'était immédiatement rangé jusqu'à risquer de verser dans le fossé, fut bien étonné de voir Louis XV en personne mettre pied à terre et s'avancer.

– Monsieur, c'est vous tout justement que j'allais voir !

– Sire ! permettez que je descende, bredouilla Boileau que la graisse encombrait, et que le saisissement de voir le monarque venir à lui laissait à peu près incapable d'aucun mouvement.

– Non ! non ! Ce que j'ai à vous exprimer tient dans une phrase, et quand je vous l'aurais dite, je suis persuadé que vous trouverez bon de retourner immédiatement à Sèvres pour ne pas perdre une minute.

Le roi fouilla sa poche et en sortit son plat de Frankenthal.

– Voici, monsieur, une porcelaine dure qui ne vient pas de Saxe et qui a été fondue en Alsace par des gens qui s'honorent d'être mes sujets. Je ne doute pas que d'ici à cinq ans nous sachions faire la même chose et que dans dix ans nous puissions produire le kaolin en série à Sèvres.

– C'est que…

– Quoi ? Le génie de la France ne peut pas être au-dessous de celui de la Saxe qui nous nargue depuis plus d'un demi-siècle avec ses vaisselles imitées à la perfection de la Chine et du Japon.

– Mais…

– Au travail, monsieur Boileau ! poursuivit le roi en tapant dans ses mains… Nous devons apprendre sans délai à faire la véritable porcelaine et, s'il se peut, trouver également du kaolin chez nous. Tenez ! Je vous confie ce plat comme modèle… Retroussez vos manches ! Je ne doute pas de votre réussite.

Six semaines après cette rencontre, le dimanche 17 février 1760, Louis XV, rachetant au terme d'un long processus l'intégralité des parts de la compagnie Élie Brichard, devenait le seul maître après Dieu de la destinée des plus belles porcelaines tendres d'Europe.

Le lundi 18 février, premier jour où Louis XV se trouvait être pleinement propriétaire de Sèvres, Anselme arriva à la Manufacture par le coche d'eau qui mettait un peu plus d'une heure pour joindre l'embarcadère des

Tuileries à celui de Boulogne. Ainsi, par un hasard qui semblait être un signe du destin, entrait-il dans cette maison, où il devait passer toute sa vie, à l'instant précis où elle sortait définitivement du pouvoir des particuliers pour devenir la chose du roi et de l'État.

Les bâtiments, tels qu'ils lui apparurent de loin, depuis le chemin qui montait de la Seine, passé une ancienne verrerie qui avait été aménagée en logements pour les ouvriers, se déployaient en une imposante façade jetée par l'architecte Lindet et l'ingénieur Perronet – le fameux directeur des Ponts et Chaussées – entre les collines de Bellevue et de Saint-Cloud. Cette construction imposante et majestueuse, achevée en moins de trois ans, entre 1753 et 1756, portait la marque d'un des plus signalés coups de tête de Mme de Pompadour. C'était une œuvre bâclée dans la hâte et l'improvisation d'un caprice, un immeuble sans presque aucune fondation, à la charpente assemblée avec du bois encore vert.

L'entrée des ateliers, des magasins et du public se faisait par une grille monumentale ouvrant sur une longue cour bordée d'une façade sans presque aucun décor et qui comportait trois étages et deux niveaux de combles aménagés dans la toiture à la Mansart. Le pavillon central, venant à peine en saillie, était coiffé d'un haut fronton sculpté qui sertissait une horloge immense destinée à régler les mouvements des ateliers et à marquer les horaires stricts de l'admission des fournisseurs et des clients. À gauche, tout au bout de ce grand corps de bâtiment rectiligne, invisible lorsqu'on venait de Sèvres, se trouvait l'Appartement du roi, délicat pavillon de deux étages, précédé d'un portail surmonté de pots à feu donnant sur une cour de belles proportions ornée d'un abreuvoir. On accédait au majestueux vestibule de cette élégante construction par un petit perron dont les marches, ajustées à la configuration des lieux, devenaient plus nombreuses et plus larges à mesure que s'abaissait le terrain. Enfin, dans l'angle que formait le raccordement de la longue façade au logis royal s'ouvrait une troisième cour, la cour d'Honneur, faite de deux ailes formant un angle droit où étaient installés les locaux de l'administration.

Anselme, qui n'avait aucune autre indication que l'heure de son rendez-vous avec Boileau, dut attendre dans le vestibule dix bonnes minutes avant de voir le portillon d'une première grille s'ouvrir devant lui. Il pénétra alors dans une sorte de grande cage de fer dont toutes les issues, fermées par d'autres grilles, étaient aussi implacablement barricadées que les portes des caves du château de Barbe-Bleue. Là, se renouvela le même manège, puisqu'il lui fallut parlementer avec un autre factionnaire et patienter sur un banc pendant un bon quart d'heure tandis que cet homme montait chercher ses ordres dans les bureaux. Ce tracas lui fut enfin évité, passé la troisième porte, car il fut pris en charge par un huissier à chaîne dorée de la direction qui lui fit allégrement franchir les obstacles suivants.

Cette multiplication des gardiens, des grilles, des clefs, des registres, qui donnait d'emblée l'idée du couvent ou de la prison, n'était faite que pour protéger les fameux secrets de la pâte artificielle qu'autrefois, à Vincennes, François Gravant avait volés aux frères Dubois, leurs détenteurs, en profitant de leur ivresse* ; ceux surtout des émaux et des glacis dont on améliorait tous les jours la qualité sur les paillasses du laboratoire et grâce à la pratique des ateliers. Par une précaution supplémentaire, chaque savoir-faire de chacun des différents métiers mis en œuvre était rigoureusement cloisonné : un doseur de poudre ne devait pas savoir ce que faisait un marcheur, un marcheur un tourneur, un

* Voir, en fin d'ouvrage, « Courte histoire de la porcelaine tendre ».

tourneur un tournasseur, un tournasseur un cuiseur et, ainsi de suite, un répareur, un retoucheur, un calibreur, un trempeur, un polisseur, un broyeur de couleurs, un doreur, un brunisseur, un useur de grain, un vernisseur ou un peintre. Un chef d'atelier ne connaissait que les procédés de son atelier. Seuls le directeur et ses adjoints détenaient le fin mot de l'enchaînement des opérations, depuis la pesée des matières jusqu'à la sortie d'une pièce peinte.

Cette forcènerie du secret avait permis à Meissen, depuis 1709, de rester, en dépit d'inévitables fuites et trahisons, la principale fabrique de pâtes dures en Europe. Et ce même renfort de précautions, poussé jusqu'à l'obsession, joint à la dextérité et à l'inventivité toujours plus grande de ses artistes et de ses chimistes, assurait la prééminence de la France dans toute l'Europe en matière de porcelaine tendre.

Anselme, entrant d'un pas décidé dans le bureau du directeur, le trouva prostré au milieu d'un incroyable fouillis de papiers, de cailloux et surtout de poudres, contenues dans des caissettes de bois empilées ou s'échappant de cartons crevés dont le contenu se répandait jusque sur les tapis.

L'algarade reçue du roi quelques semaines auparavant, les ordres du ministre qui s'étaient ensuivis et qu'il avait ressentis comme des menaces avaient plongé Boileau dans un abîme de perplexité. Il craignait de déplaire en ne relevant pas le double défi que venait de lui imposer Louis XV : mettre au point la pâte dure mais aussi trouver du kaolin en France.

Ces objectifs, pour la première fois, lui paraissaient hors de portée. Du coup, cet homme solide, que le doute n'avait pour ainsi dire jamais taraudé, voyait avec horreur s'étirer sur lui l'ombre du spectre du discrédit ;

autrement dit, ce qui peut survenir de pire à ceux dont la position ne dépend que de la faveur de la Cour.

Lui qui avait bâti sa fulgurante réussite sur la patience et le labeur forcené, l'accumulation de mille petites ruses, sa capacité à proposer au moins deux solutions à chaque problème, n'imaginait plus cette fois aucune issue : la Manufacture de Sèvres, conçue par ses soins uniquement pour la fabrication des porcelaines tendres, ne pouvait pas, en effet, s'adapter d'un simple coup de baguette magique au traitement des pâtes dures, en particulier à leur cuisson qu'on savait être radicalement différente, à la fois plus intense et plus courte. D'ailleurs, que savait-on des kaolins ? Par leur singularité et leur caractère contradictoire, les informations qui avaient filtré des ateliers de Meissen à leur sujet étaient plutôt de nature à affliger un esprit rationnel. La découverte des deux principaux gisements connus en Europe, à Aue en Saxe, en 1710, et à Obernzell, en Bavière, vers 1730, avait chaque fois résulté de si fabuleux hasards qu'il paraissait illusoire de pouvoir compter ailleurs sur la répétition d'un pareil miracle.

Le directeur était un être massif, de haute stature, au sourcil épais et charbonneux, dont les mains larges et velues, qui paraissaient être celles d'un crocheteur, disaient l'origine modeste mais aussi la destinée exceptionnelle. Il avait commencé sa carrière à Vincennes, vingt ans auparavant, au plus bas de l'échelle, comme garçon de magasin et s'était hissé jusqu'au sommet par un mélange de dureté à l'égard de ses subalternes et de souplesse envers ses supérieurs. Il avait tout sacrifié à la porcelaine : sa vie, jusqu'à se tenir nuit et jour dans le vacarme de ses ateliers ; sa femme et ses deux enfants, morts les uns après les autres, sans presque qu'il s'en soit rendu compte.

Pesant de tout son poids sur son bureau, avec son habit de drap fin toujours froissé, son gilet de chenille jaune dans lequel il explosait, sa cravate qui faisait la corde autour d'un cou presque inexistant, sa perruque qui, posée de guingois, découvrait la racine de ses cheveux noirs, il avait à peu près l'allure d'une « mouche » de la police travestie en homme du monde pour infiltrer une fête élégante où l'on aurait soupçonné la présence de conspirateurs.

En dépit de l'espèce d'irritation que suscitaient toujours chez lui les recommandations des puissants en faveur de jeunes protégés – sans doute pour avoir, dans ses débuts, singulièrement manqué d'appuis lui-même –, il ne pouvait que se montrer bien disposé à l'égard d'un garçon que lui adressait le marquis de Marigny dont la lettre était, de plus, apostillée de la main de Mme de Pompadour, sa sœur. D'ailleurs, que pourrait-il bien trouver à redire puisque, le matin même, Louis XV était devenu son seul patron et que le roi faisait visiblement une confiance absolue à son ancienne maîtresse pour prendre en main les destinées de la porcelaine ?

Il examina Anselme et fut frappé de sa jeunesse :

– Racontez-moi d'où vous venez, monsieur Masson, et dites-moi ce que vous avez fait jusqu'ici !

Le protégé de Chappe et de Marmontel s'exprima en phrases brèves. Aucune expression craintive n'apparaissait dans ses yeux vifs. Il parla de Bort, de l'abbé Vayssière, des jésuites de Mauriac et de M. Malafosse. Il mentionna les cours de sciences et en particulier de chimie qu'il avait dispensés çà et là, à Saint-Flour, Aurillac et Mauriac. Il rendit compte aussi de ses escapades dans les montagnes, de son exploration méthodique des monts et des vallées d'Auvergne et du Limousin, toujours à la recherche de roches extraordinaires.

Boileau ne put se retenir de l'interrompre.

– Des roches feldspathiques, des sables alcalins, des gypses, des craies, en avez-vous trouvé de très blancs, aussi immaculés que le blanc de Meudon, très difficilement broyables, réfractaires et presque impossibles à calciner ?

– Jamais ! Toutes les décompositions de la roche volcanique en poudre que j'ai pu observer donnaient un grain siliceux et brillant, toujours grisâtre et « fusible »… Je suis descendu et j'ai fouillé jusqu'au cœur des cratères mais je n'ai pas pu savoir – et je pense que personne ne le sait non plus – ce que donne la décomposition de cette roche au plus profond de la croûte terrestre, ce que produit sa combustion ou son pourrissement, selon qu'on trouvera des traces d'eau, de feu ou de vie organique au cœur de la matière… Ce n'est peut-être pas le lieu de le dire, car vous risquez de me prendre pour un esprit chimérique, mais mon vieux maître, l'abbé Vayssière, et moi-même, avons souvent rêvé qu'au cœur de tout ce magma noir ou gris se trouvait une poudre pure et fine, plus blanche que la neige.

Entendant son visiteur parler de la sorte, Boileau, qui n'avait rien d'un esprit romanesque ou poétique, avait écarquillé un œil et, quittant cet air d'ennui qui l'habitait invinciblement dès lors qu'il se trouvait hors de ses ateliers, il s'était pris à montrer un visage plus avenant, qu'était venu illuminer brusquement un air de roublardise.

De sombres calculs s'échafaudaient à toute allure dans sa tête : « En employant ce jeune homme, se disait-il, je m'en vais faire sans risque ma cour à Mme de Pompadour. Car, enfin, ce n'est d'évidence pas lui, avec ses songes de neige renfermée sous des monceaux de détritus, qui trouvera le secret de la pâte dure ! »

Le bonhomme appuyant le ton de bénignité pateline dont, en héritier d'une longue lignée de paysans, il savait parfaitement jouer, reprit :

– Mon garçon, ce que vous avez anticipé avec votre vieux maître recoupe assez bien mes craintes au sujet du kaolin : cette poudre cristalline et vierge se trouve très certainement au cœur d'une matière repoussante et cela explique pourquoi, en France, personne jusqu'à présent ne l'a encore trouvée… Mais il faut aller plus loin, ne pas s'arrêter aux impressions, procéder scientifiquement. C'est pourquoi je vous engage dans cette maison, en tant qu'adjoint chimiste, pour démêler l'arcane de Meissen et l'adapter à des minerais qui ne seraient que français. Vous travaillerez avec MM. Hellot et Macquer que le roi a mis ici pour représenter la science et qui, à cette heure, n'en savent pas plus que vous ou moi sur la porcelaine des Chinois… Laissez-moi le temps de les prévenir, ainsi que leurs collaborateurs, pour que l'on vous fasse préparer au moins une table avec sa chaise et que l'on vous mette en forme un contrat aux appointements de 1 500 francs l'an…

– 1 500 francs ! 1 500 livres ! ne put se retenir de s'exclamer Anselme avec l'air de tomber de la lune.

– Cela vous va-t-il ? demanda Boileau avec une pointe d'inquiétude.

Le protégé de Mme de Pompadour ne sut que balbutier :

– C'est que, monsieur, je ne comptais pas sur autant pour commencer… Je voudrais d'abord pouvoir vous prouver…

Le directeur, sidéré par l'innocence de son visiteur, se leva, fit un tour complet de son bureau pour venir lui administrer une grande tape dans le dos :

– Cela vous passera vite, mon garçon !… Un mot encore ! Lorsque vous reviendrez, nous commencerons par la visite des ateliers. Je vous montrerai moi-même la fabrication de la fritte et les divers types de cuisson. Macquer ou Hellot vous expliqueront ensuite les détails, les « artisteries » : le décor, la sculpture. Le premier, qui n'est que le survivancier du second, vous montrera sûrement le petit four qu'il a construit dans la forêt pour monter à des températures extravagantes et avec lequel il finira, c'est sûr, un de ces prochains jours par mettre le feu à cette maison… Hellot, quand il sera là, vous perdra dans ses théories et vous racontera les rêves de porcelaine étincelante qu'il a faits autrefois avec son ami Réaumur. Sa science est solide et il est plus agréable à vivre que son adjoint… Mais, avant tout, mon garçon, entendons-nous bien ! Vous observerez le plus absolu des secrets ; en premier lieu avec les femmes, même la vôtre !… La moindre indiscrétion, ce serait le renvoi, la flétrissure qui vous rendrait à jamais incapable d'obtenir le moindre emploi dépendant de la grâce royale… Méfiez-vous surtout des alchimistes et des arcanistes – ceux qui prétendent connaître et déchiffrer l'arcane de la porcelaine –, ils sont légion !… Tout ce qui sera important, vous viendrez me le dire à moi, pas à Hellot ; surtout pas à Macquer ! Je dois un compte direct de tout ce qui se passe ici au roi et, plus particulièrement, à M. Bertin, le nouveau contrôleur général des Finances, qui est investi d'une autorité directe sur la porcelaine. Ils doivent avoir la primeur de toutes les informations.

– Je vous servirai fidèlement ! bredouilla le jeune homme, éprouvant confusément pour la première fois la désagréable sensation de servilité que la condition d'employé exerce sur l'assurance des caractères les mieux trempés.

– Allez ! Allez ! Profitez bien de vos derniers moments de liberté ! appuya Boileau en le raccompagnant jusqu'à la porte.

Anselme se confondit encore en remerciements maladroits avant de redescendre l'escalier qui, soudain, lui parut avoir quadruplé de largeur.

Pendant ce temps, l'ancien garde-magasin reprenait place à son bureau en se frottant les mains, persuadé qu'il tenait avec ce jeune novice un prétexte de plus pour justifier si besoin était, auprès de la Cour, l'insuccès qu'il redoutait dans ses recherches.

Le nouvel employé de la Manufacture, profitant du beau temps, emprunta pour deux sols le bac, puis il suivit à pied la route de Paris, en direction de Boulogne. Avisant le premier cabaret, il demanda de l'encre et du papier. Il voulait sans tarder annoncer la nouvelle à Lucile :

Boulogne, le 18 février

Ma tendre Lucile,

Je sors de Sèvres. Je me suis arrêté pour t'écrire près de la barrière de Saint-Cloud et je déposerai ma lettre à la Grande Poste en arrivant à Paris. Tu seras ainsi la première à savoir que je suis engagé par M. Boileau, directeur de la Manufacture royale de porcelaine, en tant qu'adjoint chimiste au salaire de 1 500 francs par an.

Voilà une aventure inattendue dans laquelle je compte bien briller. M. Boileau dirige d'une main de fer cet établissement, qui depuis ce matin n'appartient plus qu'au roi. Il ne me ménagera sans doute pas, mais j'ai l'habitude des maîtres exigeants depuis MM. Vayssière et Malafosse et je ne démériterai pas dans ce nouveau combat.

Je languis, au bout d'un mois, de n'avoir toujours pas de tes nouvelles. Parle-moi vite de toi, de la santé du cher Vayssière et de mon pauvre Eustache !

Je te redis encore une fois mon adresse, dans la crainte que mes deux premiers courriers ne se soient perdus : c'est à l'Hôtel du Cygne, rue des Fossés-Montmartre.

Ton Anselme, qui pense sans cesse à toi.

La prise de fonctions d'Anselme, le mercredi 20 février, commença, sur instruction du directeur, par les visites protocolaires que le nouveau venu ne pouvait pas se dispenser de rendre avant de se mettre à l'ouvrage. Comme Boileau ne lui avait accordé que peu de temps – jusqu'à 10 heures seulement – pour s'acquitter de toutes ces démarches, le réduisant même à aller frapper de porte en porte pour se présenter lui-même, il s'arrêta, sur les conseils de Deleviston, le comptable de la Manufacture, à voir d'abord les deux académiciens avec lesquels il aurait à collaborer le plus clair de son temps, réservant le temps qui lui resterait pour saluer Jean-François Marmet, le sous-directeur, ainsi que le vénérable Barberie de Courteilles, conseiller d'État et inspecteur du roi dans la place.

En 1757, quelques mois après l'ouverture de l'établissement de Sèvres, Pierre Joseph Macquer, membre adjoint de l'Académie des sciences, avait été nommé second chimiste et « survivancier » de Jean Hellot, qui avait été appelé par le roi, à Vincennes, cinq ans auparavant, pour encadrer la délicate partie de la chimie des porcelaines. Hellot – pensionnaire ordinaire, c'est-à-dire membre de plein droit de ladite Académie –, chimiste et théoricien brillant mais timoré, valétudinaire et n'aimant surtout pas à s'opposer, n'était à son aise que lorsqu'il avait le nez plongé dans ses livres ou qu'il pouvait agiter ses cornues au-dessus de ses paillasses. Macquer, tout au contraire, dominateur et hautain, auréolé du prestige de ses ouvrages : les *Éléments de chimie pratique*, les *Éléments de chimie théorique* et surtout, en 1754, son fameux *Dictionnaire de chimie*, était très vite devenu l'interlocuteur privilégié de la Cour et du ministère, l'autorité de la science dans Sèvres, position qui l'avait immédiatement fait entrer en conflit avec Boileau, l'homme des ateliers et l'empirique des techniques.

Le directeur et le second académicien étaient comme chien et chat, s'épiant sans relâche et poussant jusqu'à l'extrême le défaut si français qui consiste à transformer les émulations en rivalité et la nécessaire complémentarité des compétences en guerre ouverte. Boileau, avec sa complexion de paysan, était la brute qui faisait aller la machine, criant, hurlant, trépignant, dès que les choses ne se faisaient pas à son humeur. Pierre Joseph Macquer, d'un abord glacial, était par opposition hautain, cassant, secret, impénétrable, n'alignant jamais que quelques mots qui passaient ses lèvres dédaigneuses pour tomber comme des coups de hache. Il régnait alors en maître sur le phlogistique, théorie qui expliquait la combustion par la séparation d'un phlogistique qui se consumait et d'un radical qui demeurait. Cette manière de « magistère » lui donnait tous les jours matière à rompre des lances avec quelques esprits chimériques, déjà approuvés par un garçon de dix-sept ans du nom de Lavoisier, qui commençaient à soutenir que la combustion proviendrait plutôt de la combinaison de l'oxygène.

Il occupait au premier étage de la cour d'Honneur, du côté de l'Appartement du roi, un bureau qui faisait un complet contraste avec celui du directeur car tout y était rangé avec un soin maniaque, les dossiers classés dans des semainiers de cuir, les échantillons de roches alignés, à l'abri de la poussière, dans des vitrines où la moindre particule de terre était répertoriée. Il avait un physique d'officier, avec un long nez en forme de coutelas, des rides profondes de chaque côté de la bouche qui ressemblaient à des cicatrices, des joues creuses et aspirées, un menton presque inexistant, enfin des lèvres fines que tordait en permanence une moue désapprobatrice. Il était élancé, carré d'épaules, dépassant tous ses collaborateurs d'une tête, toujours d'une élégance irréprochable, portant pour lire des bésicles de fer qui tenaient par une chaîne d'argent à la boutonnière de ses vestes de soie rayée. Rien de l'air de roublardise que l'on remarquait chez son rival, mais quelque chose d'abrupt et qui impressionnait.

Anselme, ayant trouvé le bureau d'Hellot vide, s'était présenté à son survivancier, l'air confiant et dégagé, plein de l'illusion qu'il y aurait nécessairement entre eux la complicité du double choix peu courant de la chimie et de la minéralogie qu'ils avaient fait l'un et l'autre.

Or, le seuil de son bureau à peine franchi, il se trouva décontenancé par le brusque mutisme de Macquer, qui, après avoir porté brièvement les yeux sur lui, fut incapable d'articuler la seconde syllabe du mot «entrez». Il dut alors se lancer dans une espèce de monologue, aligner des phrases de plus en plus hachées, tandis que le second chimiste, qui avait cessé de faire courir sa plume, serrant les lèvres, conservait une immobilité de sphinx.

– Prenez place ! ordonna au bout d'un long moment cet homme dont l'abord aurait pu décontenancer l'être le plus impavide qui soit.

Il désigna une chaise. Puis, toujours sans bouger la tête :

– M. Boileau vous a certainement prévenu contre moi !

Anselme voulut protester mais le survivancier l'arrêta d'un geste brusque, levant enfin sur lui un étonnant regard : deux prunelles d'un ton de gris de mer, desquelles jaillissait une sorte d'éclair jauni et pourtant plein de ternissure, quelque chose d'à la fois étincelant et glacé.

– Ne mentez pas ! Il ne peut guère en être autrement puisque nous ne poursuivons pas les mêmes buts !... Boileau ne souhaite pas trouver le secret de la porcelaine dure qui remettrait en cause tout ce qu'il a établi ici... Je veux, quant à moi, pour la gloire du roi et l'honneur de la science, connaître le fin mot de cette affaire... Vous voyez déjà par là, mon garçon, que votre situation dans cette maison ne sera pas de tout repos !

Et comme le nouveau venu, médusé, ne répondait pas :

– Vous êtes prudent… Je ne saurais reprocher cela à un jeune ambitieux !

– Je ne suis pas plus ambitieux qu'un autre ! protesta vivement Anselme.

C'était un cri du cœur. Quelque chose qu'il n'avait pas pu contenir.

– Laissons cela ! trancha Macquer qui s'était mis de nouveau à fixer sa feuille blanche, agitant la plume d'oie qu'il venait nerveusement d'écraser entre son index et son majeur… M. Boileau vous a installé tout juste entre lui et moi, au-dessus de la porte de cette cour… Il tient à s'occuper de vous ce matin. Rejoignez-le !… Je vous appellerai quand j'aurai besoin de vous.

Les deux autres visites protocolaires que fit Anselme avant de retourner chez Boileau furent destinées au vieux Barberie de Courteilles, le commissaire du roi, et à Marmet, le jeune sous-directeur. Courteilles était l'œil de Versailles dans la Manufacture, un œil dont l'acuité déclinait. Cette visite fut vite écourtée par l'embarras réciproque qu'éprouvèrent les deux protagonistes à trouver un sujet de conversation, Anselme par inexpérience, le commissaire du roi par lassitude et désintérêt des choses. Cet homme paraissait tel un hibou, vivant, tous rideaux tirés, parmi ses comptes et ses grimoires. Il était l'allié dans la place de Boileau qui l'effrayait tous les jours en le persuadant que l'arrivée des porcelaines de Saxe à Sèvres, en l'obligeant à travailler jour et nuit, dérangerait ses douces habitudes – l'alcool, le chocolat, les fruits confits et les petits biscuits, le tabac à priser qui noircissait son jabot, les longues réussites et les tarots solitaires qui débordaient jusque sur ses tapis. À la différence des deux autres messieurs de Sèvres dont Anselme venait de faire la connaissance, il était d'une parfaite politesse. Il souhaita donc bonne chance au nouvel arrivant, tout en insistant, à l'instar du directeur, mais avec des expressions plus recherchées qu'il savait assaisonner de grâces courtisanes, sur la quasi-impossibilité de trouver en France le secret du kaolin.

La plus chaleureuse rencontre fut celle de Marmet qui travaillait dans le bureau voisin de celui de Boileau, s'étant fait à lui et réciproquement, ce qui, soit dit en passant, démontrait que le directeur n'était pas infréquentable. Marmet était un homme jeune encore – trente-cinq ans –, au visage franc et ouvert, avec un front large, de beaux yeux noisette, un nez aux ailes fortes mais à la pointe retroussée.

– Vous verrez, dit-il à Anselme en souriant, on est bien ici, à condition de ne pas épouser les querelles particulières de M. Boileau qui sont à peu près comme les têtes de l'Hydre de Lerne : on en vide trois et sitôt après, il en survient quatre… Ce qui compte d'abord pour un garçon de votre âge, c'est que vous allez vous trouver ici de plain-pied avec l'une des grandes aventures scientifiques de ce temps ; qui va devenir encore plus captivante du fait de l'arrivée du roi comme seul propriétaire de la boutique. Désormais, le succès de la Manufacture engage l'honneur et la réputation du pays tout entier… Ce sera dur mais exaltant, et nous y parviendrons tous ensemble. Topez là ! Soyons amis, je vous éviterai quelques-uns des mécomptes qui guettent ceux qui ne connaissent pas le sérail…

Anselme accepta avec empressement cette amitié si libéralement offerte :

– Je viendrai vous voir mais je crains que ce ne soit un peu trop souvent à votre goût.

– Vous ne me dérangerez jamais…

Il n'eut pas le temps de remercier :

– Alors, jeune homme, je vous attends. Il est 10 heures passées de trois minutes !

C'était Boileau montrant sa grosse tête par l'entrebâillement de la porte qui faisait communiquer son bureau avec celui de son sous-directeur. D'une main potelée et velue, il balançait comme un pendule, au bout de sa chaîne d'argent, la montre qu'il venait de tirer de son gousset :

– Je vous ai promis une visite de la maison. J'ai même réservé mon temps pour vous jusqu'à midi !

Le tour des ateliers que fit alors Anselme, sous la houlette de son nouveau patron, allait être décisif, exerçant immédiatement sur lui une fascination qui devait le tenir durablement attaché à la Manufacture ; parvenant, dans l'immédiat, à lui faire oublier les rêves de voyage en Sibérie avec l'abbé Chappe qui, depuis plusieurs jours qu'il en avait décliné définitivement l'offre, le tourmentaient encore.

Pourtant, tout commença fort mal, par des cris, des hurlements et un débordement de bile peu ordinaire. À peine entré dans la « moulinerie », ou hangar à pâtes, Boileau se précipita sur son chef d'atelier et ses contremaîtres, les bousculant, leur reprochant vertement de ne rien voir, les priant de lui fournir le nom de ceux des « frittiers » – c'était ainsi qu'on appelait ces ouvriers – dont il venait, du premier coup d'œil, de remarquer les erreurs ou les fautes. L'un fut aussitôt noté pour un blâme, trois autres pour une amende de cinq sols à retenir sur le salaire de février.

– Mais regardez-moi cet incapable qui verse ses poudres à côté de son mortier !... Ce cochon qui n'a pas changé sa serpillière !... Cet ahuri qui baye aux corneilles !... L'œil, jeune homme, l'œil et l'autorité. Sans eux tout ne serait que laisser-aller et gâchis. Voilà la première des choses à retenir lorsqu'on pénètre dans cette cage aux fauves !

Poursuivant d'un ton de voix radouci, mais suffoquant encore :

– J'ai coutume de dire que notre travail ressemble à celui des meuniers…

Il montra au visiteur plusieurs rangs de meules et de « batteuses à terre » qui tournaient en mugissant. C'étaient des cuves de pierre, remplies de galets destinés à broyer les particules qui s'entrechoquaient dans un tumulte de cascade et qu'actionnaient à la manivelle des ouvriers plutôt chétifs, mais capables de tenir longtemps un rythme régulier.

Le directeur enjoignit tout d'abord à Anselme de quitter sa veste, qu'un valet, après l'avoir aidé à passer un tablier de coutil noir, emporta pour la ranger. Ayant fait de même, Boileau retroussa les manches de la chemise déjà maculée de tâches de poudre, qu'il portait sous une brassière de satinette, avant d'entraîner sa jeune recrue du côté des machines :

– Sachez en premier lieu qu'il n'est pas de pâte tendre sans fritte !

– Puis-je prendre des notes ? demanda timidement Anselme en sortant un petit carnet et une mine de plomb de la poche de sa culotte.

– Oui ! finit par concéder Boileau que la question avait surpris. Sauf, bien sûr, lorsque je vous l'interdirai expressément !

La tâche des ouvriers chargés de mélanger les terres pour produire la fritte consistait à broyer à sec tous les ingrédients, puis à les tamiser pour obtenir la poudre la plus fine et la plus légère possible.

– Nos principales terres pour la pâte tendre sont le salpêtre, l'alun, la soude d'Alicante, le gypse de Montmartre, le sable de Fontainebleau. Voilà pour l'essentiel et tout cela dans des proportions bien précises que je vous révélerai plus tard… Le mélange de cette poudre est fritté, c'est-à-dire chauffé à une certaine température, avec des paliers étendus sur trois jours.

Boileau traversa le local des fours à fritte, mais à dessein sans s'arrêter : une partie de la suprématie de Sèvres résidait d'après lui dans la technique de cette première cuisson qu'il gardait jalousement secrète. Il poussa une porte qui ouvrait sur un second atelier. C'était une grande salle peu éclairée, aux allures de thermes romains, occupée par une succession de bassins dans lesquels œuvraient de jeunes gaillards, appelés « marcheurs » – lorsque l'on se rendait dans cette salle, on disait d'ailleurs tout simplement qu'on « allait aux marches ». Ces garçons, équipés d'un bâton de soutien et leurs culottes retroussées à mi-cuisse, piétinaient, d'un mouvement lancinant et régulier, dans un bain d'eau de pluie récupérée des réservoirs, la fritte et de nouvelles poudres préalablement broyées que d'autres ouvriers leur lançaient par poignées en travers des jambes, dans un ordre qui ne laissait rien au hasard. Les jeunes gens, dont certains paraissaient prendre plaisir à ce manège, marchaient en décrivant un mouvement en spirale qui allait de l'extérieur vers le centre puis du centre vers l'extérieur, sans paraître le moins du monde gênés par les déversements intempestifs de grands seaux d'eau ordonnés par un vieux contremaître qui jugeait à l'œil, mais du même ton que s'il se fût agi d'un caprice, de la nécessité de ramollir la pâte.

– C'est ici que se fabrique la « pâte blanche » ou « pâte marchée », c'est selon. Elle se compose, pour les trois quarts, de fritte à laquelle nous adjoignons de la craie et des marnes d'Argenteuil. Ce mélange est mis pour partie à « pourrir » dans des tonneaux de chêne pour être utilisé après putréfaction ; le reste est immédiatement pressé puis « mis en ballon », c'est-à-dire en pains d'environ trente livres.

Le directeur s'interrompit pour prêter un instant attention tour à tour au sourd frappement des pas, au faible gargouillis de la pâte qui se gorgeait d'eau, puis à la fréquence du claquement des bulles qui se formaient sous le pas des marcheurs :

– Trop de mouille et pas assez d'huile musculaire ! Il faut « désaérer », cette pâte se remplira de vents si vous n'accélérez pas !... Allons, jeunes paresseux, je vous paye pour user de vos pieds la pierre de cette cuve !

Sur plusieurs estrades de bois élevées entre les bassins, les garçons qui avaient marché plus d'une heure prenaient une manière de pause, accroupis ou agenouillés, leurs jambes nues restées recouvertes d'une pellicule terreuse. Ils mettaient les terres malaxées en « ballons » ou en fûts.

À la suite, s'ouvrait le « grand atelier » dont M. Chevalier était le chef. Il employait une quarantaine d'ouvriers aguerris ou d'artistes et rassemblait les activités d'ébauchage, de modelage, de tournage et de réparure. Les ballons, au préalable humés, touchés et même goûtés du bout de la langue par les ouvriers – les plus chevronnés ne travaillaient qu'à l'odeur –, étaient répartis suivant le poids en « galettes » ou « colombins » pour subir leur premier traitement artistique, tournage et tournassage, qui était l'apanage d'opérateurs entourés de beaucoup d'égards.

Le tourneur ou ébaucheur travaillait sur le tour qu'il manœuvrait au pied, sans aucun outil, posant sa terre sur une « estèque », petite planche de bois ou d'ardoise qui marquait le gabarit des pièces. Cette matière s'épanouissait sous la pression des doigts comme les pétales d'une grosse fleur. Lorsqu'il avait terminé son travail, ce même opérateur contrôlait les dimensions à l'aide d'une « pige », petite baguette de bois souple. Cette masse de terre qui donnait déjà l'idée de l'objet à fabriquer était ensuite mise à sécher sur un banc de pierre qui traversait tout l'atelier ; certaines pièces étaient exposées à l'air ambiant, d'autres recouvertes d'un linge humide.

De l'autre côté de cette longue table travaillaient les tournasseurs. Leur tâche consistait à reprendre ces pièces à demi séchées pour en affiner les contours à l'aide des pointes sèches jusqu'à atteindre les cotes désirées ; celles-ci se vérifiaient aussitôt au moyen de profils en acier ou d'un compas à branches croisées nommé « maître à danser ». Lorsqu'ils ressortaient de ce second traitement, les plats, les vases, tout ce que l'on avait passé sur le tour et livré aux lames des tournasseurs, ne représentaient plus que le tiers du poids des galettes et des colombins d'origine. Dans le même atelier se trouvaient les mouleurs et les répareurs. Les mouleurs, à partir de la pâte, façonnaient toutes les pièces qui n'étaient pas tournées mais pressées dans des moules de plâtre, telles que les assiettes. La réparure, c'était la finition artistique des pièces les plus délicates, la sculpture minutieuse des parties d'ornement, la reprise des pièces tournassées qui recevaient le cachet de l'artiste. Ceux qui travaillaient là représentaient l'élite de Sèvres, leurs noms étaient connus de tous les amateurs. Ils s'appelaient Chanou, Patrouillot, Delpierre, Taraval, Blondeau, Vandeville, Duru, La Rue, Blanchard, Pérotin, Furet, Le Riche.

Le grand atelier avait son saint des saints, un minuscule réduit vitré, près d'une fenêtre, où le fameux Falconet venait en personne, une ou deux fois la semaine, contrôler l'ouvrage et donner les plans des nouvelles productions à ses deux assistants, Jean-Pierre Fernex et Claude-Louis Suzanne, qui d'ailleurs, le plus souvent, travaillaient eux-mêmes à la banquette des répareurs. Ce matin-là, parce qu'il était passé la veille, étaient accrochés aux cloisons de son petit bureau vitré des dessins de hollandaises – petites bouquetières en éventail –, des bols à bouillon munis d'un couvercle et des corps d'horloge. Les pièces sorties du grand atelier s'alignaient sur des tables, parfaites déjà dans leur forme et d'une couleur bise, dans l'attente de subir leur première cuisson, celle du « biscuit ». Biscuit voulant dire cuit deux fois, ce mot, puisqu'il s'agissait de la première véritable exposition au feu, n'était pas le mieux adapté à cette opération.

Le directeur et Anselme entrèrent enfin dans l'atelier de cuisson où Boileau fit appeler Robert Millot, le chef des fours. C'était le seul homme dans toute la Manufacture pour qui le directeur eût une véritable considération. Ils travaillaient ensemble depuis plus de dix ans, sans s'être, en dépit ou peut-être à cause de leur caractère difficile, jamais disputés. Ils se tutoyaient même.

Millot avait la bonhomie bourrue des anciens ouvriers. Son amour du métier éclatait sur son visage rond et plein, dans un large et franc sourire qui exprimait un calme dont il ne se départait jamais. Ce fut lui qui, dans ce parler parisien dont Anselme avait eu un avant-goût dans les rues populeuses de la capitale, présenta d'abord la « cazetterie », espèces de propylées dont les colonnes étaient faites d'empilements de « cazettes » – récipients à couvercle, en terre de Fécamp, ressemblant à des boîtes à chapeaux –, dans lesquelles étaient mises à cuire les pièces tournassées et sculptées. À la suite s'ouvrait la salle des fours, devenus si nombreux depuis quelque temps que les derniers construits l'avaient été à l'extérieur, le long des murs soutenant les terrasses et un petit pavillon d'agrément, seul reste d'un ancien château – dit de Diane –, que l'on appelait le pavillon de Lully.

Millot montra ses fours, d'abord ceux en fonctionnement, entourés d'une armée de valets qui activaient leur combustion en jetant dans le foyer, avec des gestes qu'on eût dit commandés par la roue dentée d'une horloge, des bûches de bouleau bien calibrées ; ceux que l'on nettoyait, la gueule de leurs « alandiers » grande ouverte – ces alandiers étaient les foyers maçonnés en forme de tunnel à l'entrée des fours – ; ceux enfin dans lesquels on empilait, dans des cazettes, la vaisselle encore crue.

– Voici le lieu où s'accomplit le miracle ! annonça-t-il avec l'emphase dont sont capables sans être ridicules les passionnés de leur art… C'est là que la terre devient porcelaine… Le biscuit est mis à cuire trois jours, à une température supérieure à celle à laquelle ont été soumis les ingrédients de la fritte. Tout l'art du cuiseur est de savoir disposer les pièces entre l'étage inférieur, le « laboratoire », qui cuit à grand feu, et l'étage supérieur, le « globe », atteint en dernier par les flammes. Son génie, c'est de faire en sorte que la pile de cazettes ne s'écroule pas. Le résultat n'apparaît qu'au bout d'une semaine environ, lorsque tout est entièrement refroidi, et c'est à peu près la loterie… Quand nous avons tiré le bon numéro, nous ressortons de nos « moufles » – c'est le nom que nous donnons ici aux fours – des pièces aussi blanches que la neige mais mates, poreuses, immédiatement salissables et encore très fragiles… Une autre opération, dont M. Boileau m'a chargé il y a peu, à la suite de problèmes de gerçures, est celle de la glaçure, couverte ou vernis, comme vous voudrez, puisque les trois mots sont employés concurremment dans la Manufacture. C'est une mixture que nous chauffons dans des creusets et que l'on applique sur les pièces, soit par trempage, soit par application au pinceau ou à l'éponge, afin de ménager uniformément une surface impeccablement lisse et translucide destinée à recevoir la peinture.

Ils entrèrent alors dans un nouvel atelier de broyage où des ouvriers, après les avoir méticuleusement pesés sur des balances, réduisaient en poudre fine de l'oxyde de plomb, du sable, du silex calciné, de la potasse et du carbonate de sodium. Le résidu blanc qu'ils obtenaient après réchauffage au creuset était malaxé à l'eau et perpétuellement agité. Cela donnait une sorte de lait dans lequel étaient plongés les biscuits placés dans des petits paniers de fer. Après séchage, les pièces étaient remises en cazettes et empilées dans les fours pour une deuxième cuisson, plus courte – avec palier de douze heures seulement –, à une température sensiblement moins élevée que pour le biscuit. C'était la cuisson de blanc, légère cuisson des pièces, destinée à fixer la glaçure, opération très délicate de laquelle on ne sauvait souvent que la moitié des pièces car la glaçure devait être d'une pureté absolue pour ne point « gercer », mais elle devait aussi posséder la même réductibilité que la pâte de support pour ne pas « tressaillir ».

Pour les fonds colorés dont Millot avait été chargé depuis peu par Boileau, c'était une opération des plus méticuleuses. Ces fonds, sauf celui du bleu lapis qui était posé directement sur le biscuit avant glaçure, étaient appliqués sur la couverte, à sec, fixés par un « mordant » pour lequel on utilisait de la gomme adragante. L'opération nécessitait plusieurs allers et retours entre la banquette du peintre qui tamisait directement ses couleurs sur la gomme et le « four à passage ». Il fallait juger à l'œil du moment où la couleur avait atteint sa justesse, car une couleur à Sèvres était toujours juste ou fausse comme une note de musique. Ces fréquents va-et-vient entre cuiseurs et peintres avaient occasionné des conflits qui avaient été à l'origine de la « marque » des pièces par les ouvriers eux-mêmes, dès le départ du processus de fabrication.

– Ensuite, cela ne me concerne plus ! ajouta Robert Millot en montrant les vases et les assiettes, immaculés et tout brillants, alignés sur de longues tables pour refroidir… Un petit polissage et bon débarras ! Les voilà sortis de chez moi !… Après, ce sont ces messieurs les artistes, les peintres et les doreurs qui prennent les choses en main et qui, bien souvent, gâchent ma marchandise…

– M. Masson ne manquera pas de revenir te voir,

annonça Boileau en se préparant à monter au deuxième étage où travaillaient les « ouvriers de décor ».

– Revenez quand vous voudrez, mon petit monsieur, répondit le chef des fours, je ne sais pas parler littérature ou philosophie, mais pour ce qui regarde la cuisson des porcelaines, je suis intarissable !…

Les peintres, les doreurs, les brunisseurs s'entassaient à plus de cinquante sous les toits. Il y avait là, fabriquant, mélangeant et broyant leurs couleurs, dosant leurs essences, selon leurs spécialités, des peintres de figures, des peintres de pièces d'usage, des fleuristes, eux-mêmes distingués en peintres de fleurs naturelles ou de fleurs de caprice et, à côté d'eux, des batteurs d'or ou des doreurs, dirigés par un moine, le frère Hippolyte, ainsi que des brunisseurs et des useurs de grain chargés de poncer à l'agate ou à l'hématite les décors métalliques.

Là, régnait le chef de l'atelier des couleurs, M. Genest, personnage aimable et tout en rondeurs, qui distribuait à chacun les cartons d'exécution et circulait perpétuellement entre les banquettes pour s'assurer de la bonne exécution de l'ouvrage. La plupart des peintres de Vincennes et de Sèvres avaient été formés à l'art de l'éventail ou de la miniature par l'apprentissage, le compagnonnage et quelquefois la maîtrise dépendant de la corporation des peintres de Paris et de son école, l'académie de Saint-Luc. Ils travaillaient à main levée, sans calque. Tels étaient, dans cet atelier, Xhouret, Gomery, Vellard, Ledoux, Aloncle ; Antheaume, le virtuose du paysage ; Aubert dont les oiseaux enfermés dans les glacis de la porcelaine avaient la fraîcheur et le naturel de ceux que Mlle Basseporte brossait pour Buffon au Jardin du roi ; Bailly, enfin, déjà célèbre pour la légèreté et la souplesse de ses rehauts d'or ainsi que par la suavité de ses fleurs aux pétales de nacre qu'il avait obtenu le privilège de pouvoir faire finir chez lui, par sa femme, dont le pinceau léger était celui d'un ange.

Boileau, arrivé hors d'haleine à l'étage, s'appuya sur l'épaule de son nouveau collaborateur :

– Vous êtes prévenu... La peinture, les fleurs, les « mignardises », ce n'est pas mon fort !... D'autres que moi se feront un plaisir de vous faire visiter la boutique !

Anselme opina et pressa donc le pas à la suite du directeur à qui trente secondes de pause avaient suffi à rendre tout son allant. Mais une grande déception l'attendait en traversant cet atelier : l'application des couleurs sur la glaçure les rendait immédiatement et uniformément grises. Tous ces artistes réalisaient donc la prouesse de peindre de mémoire et d'anticiper le miracle que devait produire la troisième et dernière cuisson, la cuisson de décor, qui révélerait enfin les couleurs en les faisant chanter. C'était là sans doute l'un des plus signalés prodiges réalisés par les ouvriers de Sèvres.

Ils passèrent dans une nouvelle salle de fours, de plus modestes dimensions, où régnait une moindre chaleur.

– Ici, annonça Boileau, s'exécute une dernière cuisson, a feu très réduit dans les fameux « fours à passage » mis au point par Gérin. Elle consiste plutôt dans une sorte d'étuvage qui a pour but de ramollir la couverte pour lui faire boire les émaux. Les pièces se promènent dans ce four suspendues par de petits crochets de fer, ce qui explique qu'à la base de toute porcelaine sortie de chez nous – sous les pots ou sous les assiettes – vous puissiez remarquer un trou presque invisible, destiné à passer ces attaches... Voilà ! vous ne savez rien encore, puisque tout tient dans les tours de main, les proportions et les durées, mais vous avez tout vu !

Il poussa alors une dernière porte qui était celle du magasin : les productions de Sèvres s'alignaient là, chatoyant de mille couleurs. C'était un jardin du paradis confié à M. Blanchard, le garde-magasin, qui remplissait les importantes fonctions dans lesquelles Boileau avait autrefois commencé sa carrière.

– C'est féerique ! balbutia Anselme, éprouvant à cet instant ce qui devait rester comme l'une des plus grandes impressions de sa vie.

Tandis qu'ils regagnaient la cour, ne faisant que traverser les services d'expédition sentant bon le foin et la paille, encombrés des piles de tonneaux qui servaient aux envois, le nouvel employé de Sèvres interrogea le directeur :

– Qu'attendez-vous de moi ?... De veiller à maintenir la qualité des fabrications ?... De l'améliorer ?

– Maintenir, mon garçon, sera déjà beaucoup, bougonna le directeur sans pouvoir contenir un ricanement... Car je ne crois pas que l'on puisse améliorer sensiblement encore une porcelaine qui va chaque jour sur la table des puissants de ce monde !

– Pourtant le roi veut obtenir le secret de la porcelaine dure !

– Si puissant soit-il, il ne domine pas les caprices de la matière !...

– Les Chinois, les Japonais, les Saxons...

– Sans doute ont-ils fait un pacte avec le diable que, pour ma part, je ne souhaite pas renouveler. Mais je peux vous dire, moi, après vingt années passées sur le sujet, que ce secret n'est pas à notre portée.

– Alors ?

– Cherchez donc, puisque Mme de Pompadour vous a mis ici pour ça. Si, d'aventure, vous trouviez, votre fortune serait assurée ! C'est tout le mal que je vous souhaite... En attendant, je ne veux pas, pendant un mois, vous voir ailleurs que dans la bibliothèque de cette maison !

L'ordre donné à Boileau par le roi, le 3 janvier 1760, de tout mettre en œuvre pour trouver le secret de la pâte dure était dans tous les esprits. Choiseul, le principal ministre, pensait qu'en pleine guerre, et dans une guerre mal engagée, il y avait d'autres priorités ; mais il était avant tout un courtisan. Il devait sa place et son crédit à Mme de Pompadour, et cette dernière, réfugiée dans le gouvernement des arts après avoir essuyé beaucoup de déboires lorsqu'elle avait voulu se mêler de diplomatie et de politique, tenait par-dessus tout à sa porcelaine, grâce à laquelle elle escomptait prendre une manière de revanche sur ses détracteurs. Choiseul avait donc dû obéir et, dans un temps de disette criante des finances, trouver les sommes exorbitantes nécessaires à la construction des nouveaux bâtiments de Sèvres.

Fin 1759, la favorite s'était adjoint un allié de taille parmi les ministres, le nouveau contrôleur général des Finances, Henri Léonard Bertin. Apôtre des techniques nouvelles et adepte de cette idée neuve, déjà largement adoptée par les Anglais, selon laquelle toute hégémonie nationale se trouve d'abord fondée sur la richesse économique, il regardait l'acquisition du secret de la pâte dure comme une occasion nouvelle de prestige et d'enrichissement à ne laisser filer sous aucun prétexte.

Mais le plus étonnant, peut-être, au début de cette année 1760, fut l'espèce de folie qui s'empara du sérail même de la monarchie, puisqu'au fond nul n'était plus désireux de plaire au roi que les membres de sa propre famille.

Le troisième lundi de février, Madame Adélaïde, coiffée de tulle gris, roulée dans une ample robe de soie crissante, haubanée de rubans et de faveurs de velours qui lui conféraient l'allure d'un vaisseau de trois ponts à la parade, se fit annoncer chez la dauphine dès 9 heures, avant la messe du roi. Elle était, à son habitude, flanquée de quatre de ses dames et de quelques-uns des petits chiens de la famille royale, habitués à se promener partout dans le palais et que l'on reconnaissait à la médaille dorée pendue à leur cou, sur laquelle était écrit : « Je suis au roi. »

La femme de l'héritier du trône, réfugiée, en compagnie de quelques femmes de sa maison, dans un cabinet lambrissé des couleurs pimpantes d'un vernis Martin – petite pièce plus facile à chauffer que les immenses salons de son rez-de-chaussée –, saisie de panique, comme à chacune des apparitions de sa belle-sœur, se dressa près de son fauteuil pour l'accueillir, contre l'usage de l'étiquette qui lui prescrivait de demeurer assise devant tous les princes.

– Ma bonne Marie-Josèphe ! s'exclama en entrant l'impérieuse fille du roi, du ton faussement prévenant qui cachait toujours chez elle quelque grossier calcul.

– Prenez place ! prenez place ! s'empressa la dauphine en posant furtivement son ouvrage de petit point sur une chaise… Que voulez-vous, du café ? Du chocolat ? Des pâtes de fruits ?

– Avez-vous encore de ces pâtes d'angélique que notre grand-père Stanislas n'envoie qu'à vous et qui nous rendent toutes jalouses ?

– Je pense que vos sœurs et vous-mêmes ne m'avez pas encore tout grignoté de son dernier envoi, répondit malicieusement Marie-Josèphe en envoyant l'une de ses dames chercher la caissette de bambou contenant ces sucreries.

Il y eut encore cinq bonnes minutes de ces badineries pendant lesquelles la dauphine continua de se demander ce que sa belle-sœur pouvait bien lui vouloir, tandis que l'aînée des filles du roi réfléchissait à la manière la plus judicieuse d'aborder son sujet.

Brusquement, elle se lança :

– Ma sœur !… Puis-je éprouver votre cœur de Française ?

– Douteriez-vous de la mère d'un futur roi de France ? protesta la belle-fille du roi avec effroi.

– Non ! non, bien sûr ! Mais ce que je vais vous demander est d'une grande conséquence.

– Ah ! murmura simplement la dauphine, en se laissant couler sur son fauteuil avec une mine de suppliciée.

Si cette princesse, aimable et effacée, avait toujours craint par-dessus tout d'avoir un jour à entrer en conflit avec ses belles-sœurs, c'est qu'elle doutait énormément de ses forces. Elle se savait ni très belle ni très intelligente, quoiqu'elle fût en vérité loin d'être sotte. Mais elle regardait, avec beaucoup d'exagération – sans doute parce qu'elle ne fréquentait personne d'assez hardi pour lui démontrer le contraire –, les sœurs de son mari comme les modèles d'un chic, d'un aplomb, d'une pétillance aristocratique qu'elle n'atteindrait jamais. Elle se considérait donc à tort comme une petite princesse d'Allemagne qui devait gagner tous les jours, par une surenchère de discrétion et d'obéissance, le bonheur inouï d'être entrée dans la famille du monarque le plus puissant du monde.

– Je n'irai pas par quatre chemins, annonça Adélaïde, épiant la propagation de la crainte dans le regard de sa belle-sœur… Il s'agit de la porcelaine…

– Ah ! soupira de nouveau Marie-Josèphe, qui ne craignait rien tant que ce sujet fût un jour abordé.

– Vous avez dans votre famille le secret de la pâte dure…

– Moi, je ne le connais pas !…

– Vous pouvez le connaître !

– Ce serait au prix d'une trahison !

– Non ! Ce serait bien plutôt le gage de votre complète adhésion à la nation qui vous a accueillie… Une sorte de différé de dot, le prix payé pour la gloire d'être l'épouse de mon frère…

– Adélaïde, vous me persécutez !

La fille de Louis XV alla près de la cheminée où elle fit mine de bouder un moment, tandis que la dauphine, prostrée sur son fauteuil, prenait sa tête entre ses mains.

Il y eut un nouveau silence, plus long, plus insupportable. Elles étaient à présent seules, puisque, devant le tour sérieux pris par la conversation, leurs dames s'étaient d'un même mouvement retirées dans l'antichambre.

– Votre pays a bénéficié de ce secret pendant plus d'un demi-siècle et c'est en partie grâce à lui que votre famille est aujourd'hui plus riche que celle du roi de France. Vous ne léserez donc gravement ni votre père ni vos frères !

– J'ai prêté serment en quittant Dresde…

– Prêté serment ! se récria impérieusement Madame comme si sa belle-sœur venait de proférer une insanité. Mais que pouviez-vous bien promettre encore à tous ceux dont vous quittiez les intérêts pour servir ceux d'un nouveau pays ?

– La France a tout, Adélaïde !…

– Sauf le secret de la porcelaine que vous pouvez facilement obtenir !…

Et se ressaisissant d'un geste nerveux de l'éventail qu'elle avait posé sur un guéridon :

– Vous êtes la seconde en France, après la reine, ma mère… Pesez cela, ma sœur, et faites là-dessus vos réflexions !

Sur ce, cette redoutable femme sortit en laissant son interlocutrice anéantie.

Un beau matin, dix jours après son entrée à la Manufacture, Anselme vit arriver Hellot, monté du débarcadère de Sèvres dans une chaise à porteurs que lui avait envoyée Deleviston, le comptable de la Manufacture.

Le directeur de l'Académie des sciences était pareil à un petit enfant, d'une constitution faible et fragile. Trois épaisseurs de vêtements et quelquefois encore un châle jeté sur ses épaules ne l'empêchaient jamais de paraître transi. Il allait bientôt avoir quatre-vingts ans, un âge presque extraordinaire, et la goutte et les rhumatismes l'avaient déformé jusqu'à le vriller sur sa canne, à peu près comme un limaçon. Son long nez recourbé, toujours rouge, toujours enrhumé, ressemblait au bec d'un perroquet : il traînait sur les paillasses quand il travaillait dans son laboratoire et retombait sur son estomac, dès lors qu'il s'asseyait. Mais quand il commençait de parler et que son regard pétillait toute cette décrépitude s'illuminait d'une expression de bonté candide et d'intelligence malicieuse.

Anselme alla dans son bureau se présenter à lui peu après son arrivée, et l'accueil qu'il y reçut, cordial et sympathique, fut immédiatement de nature à effacer celui tout en rudesse d'un Boileau ou tout en froideur d'un Macquer.

– Ah ! Ah ! Voilà de la jeunesse !... s'écria le bonhomme que sa difformité, en le recroquevillant, faisait presque disparaître derrière son bureau. J'ai été prévenu par Millot de votre arrivée. C'est d'ailleurs tout spécialement pour vous rencontrer que je me suis traîné jusqu'ici aujourd'hui...

– Me voir, moi ! se récria Anselme avec un accent d'incrédulité joyeuse.

– Oui, vous !... Je me suis dit que quelqu'un qui avait déjà résisté plus d'une semaine au couple infernal que forment à Sèvres le directeur et mon survivancier, méritait qu'on le félicite et qu'on vienne l'admirer de plus près.

L'objet de tant de prévenances éclata de rire, tournant sur lui-même trois fois pour mieux se faire voir, puis, tout aussitôt, se faisant attentif.

– Non seulement vous avez la santé mais vous êtes joyeux ! Tant mieux ! C'est presque la première condition de la réussite... Bien sûr, il vous faut aussi un petit bagage de connaissances théoriques, mais je ne doute pas que vous le possédiez, puisque Millot, qui s'y connaît en hommes et en jeunes chimistes, pour en avoir vu défiler beaucoup depuis quinze ans à Vincennes et ici, ne tarit déjà plus d'éloges sur votre compte… Reste le plus important pour vous débrouiller dans le métier : la capacité à déduire et à imaginer… Et, sur ce chapitre, personne ne pourra rien pour vous, puisqu'un chimiste qui ne posséderait pas ces qualités naturellement serait comme un poète sans inspiration…

Il s'arrêta, parce qu'il était sans souffle, après avoir pourtant si peu parlé.

– La porcelaine !… Quelle idée vous en faites-vous, après seulement quelques jours passés dans son sanctuaire ?

– Je suis déjà croyant !… J'ai même quelques idées grossières, grâce à la lecture systématique que je fais du matin au soir, sur ordre de M. Boileau, des livres et des comptes rendus académiques consacrés à la céramique. Toutefois je reste persuadé que j'apprendrai beaucoup plus et plus efficacement dès qu'il m'accordera la permission d'aller et de venir librement dans les ateliers…

– Boileau est bonhomme, mais piètre pédagogue !

– J'ai lu, à cette heure, quantité de choses mais, sans flagornerie aucune, monsieur, j'ai surtout retenu votre *Rapport au roi* de 1751.

– J'ai là-dessus ma petite vanité d'auteur, ricana modestement Hellot, et je pense que Réaumur et moi, longtemps associés dans nos travaux sur le kaolin, avions compris beaucoup de choses avant les autres… Mais, pour rabattre un peu de la vanité que vous venez de titiller en me faisant compliment de mon *Rapport,* je dois vous avouer que nous nous sommes aussi beaucoup trompés et que ce n'est que grâce à l'application systématique de l'esprit critique que nous avons pu peu à peu revenir de nos erreurs… Nous étions partis des deux lettres écrites par le révérend père d'Entrecolles, missionnaire en Chine… Au fait, les avez-vous seulement lues ? Car je ne pense pas qu'elles figurent dans les papiers de notre bibliothèque.

– Effectivement, je ne les y ai pas trouvées, mais j'en connais l'existence par le révérend père La Caille !

– La Caille, l'un de nos meilleurs savants !… Décidément, jeune homme, pour un novice, vous soignez vos fréquentations !

Tout en parlant ainsi, d'un ton enjoué et presque primesautier, il tira du tiroir de son bureau un petit carton qui contenait des copies de ces lettres.

– Lisez ! commanda-t-il.

Lorsque l'adjoint chimiste eut achevé cette lecture, trop rapidement à son gré, Hellot le pria de recommencer en pesant chaque mot. Anselme souscrivit à ce caprice, un large sourire aux lèvres, et il repassa les deux textes, plus lentement, d'un regard consciencieux.

– Le révérend père d'Entrecolles, reprit l'académicien après ce second exercice, était un jésuite français « en voyage à King-Te-Tchen pour les besoins des néophytes », ainsi qu'il l'écrit lui-même. Sa première missive date de 1712, l'autre de 1722. À son retour en France, cinq ans plus tard, il a remis quelques échantillons de kaolin chinois au bureau de l'Académie des sciences, qui en a aussitôt confié l'examen à Réaumur… Or d'Entrecolles, théologien et linguiste, était le premier Occidental à parler avec une précision toute scientifique de la mise en œuvre du kaolin. Sa lettre de 1722 contient deux observations judicieuses, l'une portant sur la couleur, l'autre sur la matière elle-même… Les avez-vous relevées ?

– Parlant des figures peintes sur porcelaine, répondit Anselme en saisissant au bond la question que son interlocuteur appuyait d'un regard jetant des étincelles, le révérend père écrit : « On peint sur la porcelaine avec le *che-kao* de même qu'avec le *hoa-che* » ; et il ajoute au bas de sa lettre : « le *hoa-che* est une pierre ou un minéral semblable à l'alun ».

– Bien vu ! exulta Hellot. Cette remarque a été à la base de la formidable erreur de Gérin qui, incorporant l'alun non à la couleur mais à la fritte elle-même, a conféré aux productions de pâte tendre de Vincennes leur blancheur insurpassable... Mais le génie de notre jésuite réside dans l'autre observation, celle qui touche au matériau lui-même...

– Oui, reprit Anselme, notre révérend père souligne que la porcelaine chinoise provient d'un mélange de *kao-ling* et de *pe-tung-tse,* le premier opaque et réfractaire, le second fusible et vitrifiable.

– C'était en effet l'observation la plus judicieuse que l'on ait jamais faite jusque-là à propos du secret des Chinois... Mais, par une nouvelle interprétation erronée, cela devait conduire nombre de savants à regarder la porcelaine ni plus ni moins comme une sorte de verre, matériau dans lequel il est toujours indispensable d'avoir un fondant pour abaisser la température de fusion de la silice contenue dans le sable qui est à l'origine de toute matière vitreuse... Réaumur est le premier à avoir fait fausse route. Il se mit en tête de « dévitrifier » le kaolin par le procédé de la « cémentation », méthode de réduction du verre par addition de gypse calciné. Ce faisant, il devait obtenir une matière passablement dure que l'on nomme improprement encore « porcelaine de Réaumur »... Mais revenons au principe posé par cette lettre : la porcelaine des Chinois provient de l'assemblage de deux éléments, le *kao-ling* et le *pe-tung-tse*... Kaolin et pétunsé, ainsi que nous les appelons ici !

Hellot s'était levé de sa chaise. L'excitation, lorsqu'il abordait ainsi son sujet de prédilection, le faisait se redresser pour décrire de véritables figures de ballet.

– Deux éléments ! D'abord une partie opaque et réfractaire qui constitue le squelette de la porcelaine : une argile d'une blancheur exceptionnelle, le kaolin ; ensuite une partie vitrifiable qui fond en dégraissant ce kaolin et en formant tout autour de lui une sorte de muscle, constitué lui-même de deux parties : de la roche sous forme de feldspath, de la silice sous forme de quartz... Voici les os, voici la chair !... Le hic, c'est que les parties qui forment ce tout se distinguent difficilement... Par un caprice de la nature, la précieuse porcelaine vient de ce qu'il y a de plus commun : des granites et des argiles dégradés, des terres presque jumelles, souvent présentes dans une même carrière et presque indiscernables, même à un œil aguerri...

Hellot, qui paraissait brusquement épuisé par la vivacité qu'il avait apportée à prononcer ces quelques phrases, trouva malgré tout la force de toiser Anselme d'un regard impérieux :

– Cela est-il clair pour vous ?

– Vous venez de faire tomber les écailles qui couvraient encore mes yeux !

– La théorie est claire, l'application ardue ; à l'échelle inverse de l'incroyable rusticité des matériaux à mettre en œuvre...

– Je vous promets d'y employer mes forces et ma raison !

Le premier chimiste dévisagea son jeune adjoint. Se pénétrant de son air d'intelligence et d'innocence, il éprouva dans un éclair une illumination pareille à celles qui surviennent dans les anciennes légendes du Graal, lorsque de vieux chevaliers, pâles et fatigués, reconnaissent les jeunes preux destinés à prendre leur relève.

– C'est Réaumur, poursuivit-il d'un ton de voix changé, qui a eu le premier l'intuition de la combinaison du kaolin avec un pétunsé composé de feldspath et de quartz. Il a même vu en rêve ce qu'étaient leurs atomes : « ...une longue traîne de fibres, de filets de soie couchés les uns sur les autres. »

– Ces poésies de scientifiques disent toujours vrai ! Gassendi lisait dans les atomes comme dans des dessins brossés par la nature... Réaumur était donc, lui aussi, un poète.

– Réaumur s'appelait en réalité René Antoine Ferchault et n'était de Réaumur que le baron, reprit Hellot que l'évocation de la mémoire de cet ami rendait chaque fois au moins aussi lyrique que lorsqu'il discourait de la porcelaine des Chinois. Il est mort en martyr de la science, puisqu'il est tombé dans un trou qu'il avait fait creuser dans sa propriété du Maine, à La Bermondière, pensant pouvoir y extraire des terres réfractaires qu'il substituerait au kaolin. C'est le génie le plus éclectique que j'aie jamais connu : naturaliste, il a longtemps étudié les moules et les puces marines ; métallurgiste, il a donné deux ouvrages importants l'*Art de transformer le fer forgé en acier* et l'*Art d'adoucir le fer* dont les conclusions sont directement à l'origine de l'implantation des premières manufactures de fer-blanc dans le royaume. Il a aussi trouvé la méthode pour faire éclore les œufs sans les couver, mais surtout, il a inventé le thermomètre invariable qui restera durablement attaché à son nom... C'est toutefois à la porcelaine qu'il a consacré la plus grosse partie de sa réflexion et de son énergie. Dès 1728, il a présenté un mémoire théorique à l'Académie des sciences : *L'Art de faire une nouvelle espèce de porcelaine par des moyens extrêmement simples et faciles ou de transformer le verre en porcelaine*.

– Je le sais depuis peu par cœur ! s'exclama fièrement Anselme.

– Ce texte contient la démonstration scientifique du processus décrit par d'Entrecolles : « La vraie porcelaine de Chine est formée de kaolin et de pétunsé. » Ainsi, même si la voie expérimentale de la cémentation choisie malencontreusement par Réaumur a fini par l'éloigner de la possibilité d'être le premier en France à fondre une porcelaine naturelle, il est l'homme qui a posé clairement le principe de la transformation du kaolin ; principe découvert fortuitement et empiriquement en Saxe, au début du siècle, par les chimistes de Meissen et, à leur suite, par le céramiste de Strasbourg et de Frankenthal qui a réalisé le plat dans lequel notre roi vient de faire cuire ses fameux œufs au miroir.

CHAPITRE SIXIÈME

Le secret est à Strasbourg

L'homme qui avait réalisé le plat dont s'était servi Louis XV était connu de tous les porcelainiers d'Europe. Il se nommait Paul Hannong. Il était le fils de Charles-François Hannong, originaire de Hollande, issu d'une famille, sans doute juive, qui s'était convertie au protestantisme puis au catholicisme, au fur et à mesure de ses tribulations, payant, par ces différents changements de religion, son droit d'entrée dans les cercles les plus éclairés de ses successives patries : Breda, Mayence, puis Haguenau. Parti de la fabrique de pipes en terre, établie à Haguenau par son aïeul, il avait fondé en 1721, à Strasbourg, avec le peintre Wachenfeld, une manufacture de faïence qui avait très vite joui d'un grand renom.

Dès 1724, il avait obtenu les premiers résultats non commercialisables d'une pâte dure. Il utilisait pour cela des kaolins de Saxe, achetés en contrebande par l'intermédiaire de l'espèce de bandit qu'était devenu Hans Schnorr von Carolsfeld, propriétaire des mines de kaolin d'Aue, qui faisait profession de vendre son minerai au plus offrant, en cachette de l'électeur de Saxe, son maître.

Persuadé d'aboutir rapidement et complètement dans ses recherches, Charles-François Hannong avait, en 1732, cédé ses faïenceries de Haguenau et de Strasbourg à ses deux fils, Paul et Balthasar, se consacrant lui-même, dans un recoin de l'établissement de Strasbourg, à la recherche de la porcelaine à kaolin. Mais il était mort en 1739 sans avoir conclu, et son aîné, Paul, avait repris ses travaux, produisant, en 1751, la première pièce de porcelaine dure fondue en France : une statuette de *Flore*.

Paul était parvenu à mettre sa formule définitivement au point grâce aux chimistes Ringler, Löwenfinck et Busch, tous transfuges directs ou indirects de Saxe. Le premier venait de Vienne, d'une fabrique fondée grâce à des ouvriers qui avaient fui Meissen en emportant ses secrets, les deux autres arrivaient directement de cette manufacture. Les terribles lois qui pesaient sur ceux qui avaient trahi l'électeur de Saxe les avaient transformés en juifs errants.

L'apport déterminant à Strasbourg avait été celui de Ringler. Ce fils d'instituteur avait travaillé jeune à Meissen où une légende tenace prétendait qu'il aurait obtenu la formule de Böttger en séduisant la fille du directeur qui, par amour pour lui, avait dérobé les secrets de son père. Il avait, tout comme Löwenfinck, travaillé à Vienne où le secret était arrivé longtemps avant lui, dès le début des années 1720, amené par Stölzel, l'un des assistants de Böttger, et surtout par le demi-frère de ce dernier, Tielmann. Ringler était ensuite allé à Höchst, dans la manufacture que venait de fonder l'archevêque électeur de Mayence et, de là, à Strasbourg. Au cours de ces déplacements incessants, il craignait tant de se faire dérober les secrets qu'il avait lui-même volés qu'il conservait toujours sur lui, sous sa chemise, les deux choses assurant le succès d'un porcelainier : la formule de sa pâte et le plan de ses fours. Il ne demeura chez Hannong que quelques mois. Logé chez lui, il disparut un beau matin, laissant toutes ses hardes dans sa chambre, et ce n'est que beaucoup plus tard que l'on devait apprendre qu'il était passé à Neudeck, dans une nouvelle fabrique fondée par l'électeur de Bavière pour exploiter le minerai d'Obernzell, puis à Ludwigsburg, chez le duc de Wurtemberg. Le travail ne manquait en effet pas, puisque tous les princes d'Allemagne désiraient à présent avoir leur Meissen.

Quoi qu'il en soit, Hannong, perfectionnant sa propre science des données que lui avaient transmises ces trois « arcanistes », s'aidant également de deux artistes transfuges de Meissen et de sa concurrente, Vienne, le sculpteur Lanz et le peintre Roth, était parvenu à produire en série à Strasbourg, à partir de 1753, de petites pièces « à l'imitation des Japonais et des Chinois ».

Comme il ne doutait pas de son succès et qu'il était entreprenant, il imagina de demander un privilège au roi de France pour produire ces pièces dans sa faïencerie de Strasbourg, autorisation que ces messieurs de Vincennes, obsédés par l'idée d'être un jour les premiers à trouver le secret de Saxe, firent tout pour lui faire refuser.

Un arrêt du parlement de Paris, rendu en mai 1754, confirmant celui du 24 juillet 1745 pris à l'instigation de Mme de Pompadour, vint réitérer l'interdiction faite à toute manufacture, en dehors de Vincennes et de Sèvres, de travailler sur l'or ou des couleurs autres que le bleu. Ce même arrêt interdisait en plus toute recherche ou production faite à partir de la pâte de kaolin, les réservant exclusivement aux ateliers du roi. Paul Hannong, se voyant de la sorte pris au piège, inaugura une première négociation avec Vincennes et son directeur, Boileau, pour tenter de vendre le secret qu'il ne pouvait plus exploiter et, si possible, par la même occasion, se débarrasser avantageusement de son usine de Strasbourg. Un traité fut négocié dans ce sens, mis en forme le 1er septembre 1753, mais il fut au dernier moment annulé par le contrôleur général des Finances, Machault d'Arnouville, cédant sans doute aux instances de Boileau, paniqué par la perspective de l'arrivée du kaolin dans ses ateliers.

Hannong, persuadé qu'il aurait un jour ou l'autre sa revanche, transporta alors ses ateliers à Frankenthal, près de Mannheim, dans le Palatinat, en terre d'Empire, se plaçant sous la protection de l'Électeur palatin, Carl-Théodor, l'un des princes allemands les plus curieux de sciences de son temps. Malgré cet exil contraint, il continua de s'attirer la vindicte de ces messieurs de Vincennes. Ceux-ci obtinrent un nouvel arrêt pour l'obliger à démolir les fours à pâte qu'il laissait à Strasbourg et lui suscitèrent de nombreux désagréments en faisant imposer à outrance ses productions de faïence, profitant du fait que l'Alsace, en matière fiscale, était toujours considérée comme un pays étranger.

Il put, toutefois, fin 1754, produire à grands frais en Allemagne, en y engloutissant une partie de sa fortune, des pièces de porcelaine dure qui ne brillaient ni par leur forme ni par leur décor, mais qui réalisaient, pour la première fois hors de Meissen et de l'épisodique manufacture de Vienne, la mise en œuvre industrielle d'une pâte non rayable par l'acier, cuite à haute température et dans un temps très bref. Les figures les plus connues de cette production sont *Le Jeune Homme à la chèvre*, *L'Enfant au léopard*, *Diane sous un arbre en compagnie de deux chèvres*. Pendant quelques années d'ailleurs, ces productions de Frankenthal, par l'attrait de leur nouveauté, seront, dans l'Empire, les rivales les plus sérieuses de celles qui étaient fondues à Meissen.

Le patronage d'Hannong par l'Électeur palatin, qui figurait au nombre des électeurs protestants de l'empereur, était important à double titre. D'abord parce qu'il procurait au Strasbourgeois les moyens nécessaires au redémarrage de ses productions, avec un privilège de commerce inattaquable dans tout l'espace germanique ;

ensuite, parce que l'identité de religion entre les deux électeurs lui facilitait l'accès aux sources de kaolin d'Aue.

Ce développement de la porcelaine dure aux portes du royaume n'avait pas laissé ces messieurs de la Manufacture royale inactifs. En 1747, Boileau, en poste depuis deux ans à Vincennes, avait loué le château de Diane, à Sèvres – celui-là même qui devait être démoli pour laisser place à la construction de Lindet –, afin d'y expérimenter le kaolin. Les gens de Vincennes avaient pu ainsi se rendre compte pour la première fois des possibilités que leur offrait le bas de la colline de Saint-Cloud : la proximité des forêts nécessaires au chauffage des fours ; de l'eau de source indispensable aux diverses décantations des terres et des oxydes colorés ; de la Seine, enfin, où ils envisagèrent un moment d'installer un moulin-bateau pour broyer leurs poudres, tel que celui qui avait longtemps fonctionné, au service de Vincennes, sur la Marne, près de l'île de Beauté.

Le directeur avait fait venir deux arcanistes, natifs des Flandres, Dubois et Chanou, pour mener à bien ces premières expériences. Ils furent les premiers, dans la Manufacture du roi, à tenter de remplacer la fritte traditionnelle par une formule à base de kaolin. Leur démarche était la bonne, et ils n'échouèrent que faute d'avoir su trouver le pétunsé adéquat.

De son côté, Macquer, à partir de 1757, soit un an après sa nomination comme survivancier d'Hellot, avait fait construire par Robert Millot et les maçons Toussaint et Bougon, dans les bois qui s'élevaient au-dessus du nouveau bâtiment de Sèvres – précisément au lieu-dit le Pavillon du Petit Bois –, plusieurs petits fours capables de supporter des températures extrêmes. Dans ces foyers, alimentés par le bois de bouleau des collines de Bellevue et de Chaville, il avait, en trois ans, cuit, en moins d'une heure chaque fois, plus de mille essais de porcelaine dure, sous forme de plaquettes de la taille d'un petit doigt.

Mais en 1760, à Sèvres comme ailleurs, force était de constater que seuls les Hannong, à Strasbourg, et surtout à Frankenthal, avaient fait vers le secret des pas décisifs.

L'arrivée de Bertin au Contrôle général des Finances, le 23 novembre 1759 – il remplaçait Étienne de Silhouette, resté si peu de temps à ce poste que son nom devait rapidement désigner l'ombre fugitive qui ne fait que passer –, et la prééminence que le roi lui donna bien vite sur le marquis de Marigny pour mener à bien l'affaire de la porcelaine avaient commencé d'émouvoir Boileau, l'engageant, dès avant la fin de 1759, à prodiguer les marques d'un intérêt plus soutenu aux pâtes dures.

Fin novembre, sur la suggestion de l'auteur du *Dictionnaire,* il avait fait acquérir pour les examiner des pièces de porcelaine de Frankenthal « peintes à chasses, avec bords et rocailles dorées ». Il les avait trouvées d'une exécution commune et, par-dessus tout, extrêmement ternes – la fusibilité de la couverte et de la couleur, dans les pâtes tendres, donnait en effet un glacis étincelant et profond qui ne sera jamais égalé dans les productions à base de kaolin. Boileau, avec une moue dédaigneuse, avait donc rangé la vaisselle de Paul Hannong dans un coin de son bureau dont on a dit qu'il évoquait assez le désordre de Capharnaüm.

Elle y aurait certainement été oubliée si la rencontre avec Louis XV, au bas de Chaville, le 3 janvier suivant, ne l'avait à nouveau et, cette fois, plus énergiquement tiré de sa torpeur.

Macquer, par quelques notes bien senties, portées par des coursiers d'un bout à l'autre des couloirs de l'administration – les deux hommes, on le sait, ne se parlaient guère –, convainquit Boileau de s'asseoir sur sa fierté et de reprendre les contacts rompus avec Hannong sept ans auparavant. Le survivancier d'Hellot était à présent persuadé que, après tant de temps passé et de formules élaborées en vain, en France, seul un pur hasard lui permettrait de découvrir le secret de la Chine et de Meissen. Dans ces conditions, il pensait préférable de corrompre ceux qui le connaissaient, plutôt que de risquer la folie qui finit par guetter ceux qui cherchent indéfiniment sans jamais trouver. Depuis toujours, d'ailleurs, il prêtait attention aux productions de Paul Hannong. En parfait chimiste, sous la faiblesse du décor qui impressionnait défavorablement le premier coup d'œil, il avait su discerner l'indéniable qualité du matériau.

Par des indiscrétions venues d'Allemagne, on savait qu'Hannong, ayant dépensé des sommes considérables pour construire sa troisième usine à Frankenthal et s'étant ainsi considérablement endetté auprès de l'Électeur palatin, Carl-Théodor, était à nouveau vendeur, à la fois de son établissement de Strasbourg et de son secret.

Macquer, désireux d'aboutir le plus vite possible, proposait d'aller lui-même en Allemagne voir Hannong ; Boileau, conseillé par Hellot et Marmet, était d'avis de seulement écrire. Bertin, dont le sens de l'économie allait permettre aux finances publiques d'enregistrer un court moment de répit dans un long siècle de débâcle budgétaire, fut d'avis de s'en tenir, dans un premier temps, à la solution préconisée par le directeur de la Manufacture. En conséquence, il transmit ses ordres au pauvre Barberie de Courteilles que l'on vit tout à coup, saisi d'une espèce de tremblement, boitiller dans les couloirs de Sèvres, allant des bureaux de Macquer et Hellot à ceux de Boileau et Marmet, afin de préparer la lettre que ces messieurs de Sèvres comptaient adresser au porcelainier de Strasbourg.

La morgue des Français lorsqu'ils se piquent d'une chose d'importance va de pair avec leur légèreté. Il fallait beaucoup de ces deux défauts pour aboutir au texte qui fut fin prêt le 21 mars 1760 : c'était une longue liste de questions, des plus techniques, précises et indiscrètes, assénées sans pouvoir se départir d'un air de hauteur et qui aboutissaient à peu près à vouloir faire dire à Hannong son secret gratis.

Anselme parut donc à Sèvres non seulement au moment précis où Louis XV en devenait le seul maître, mais aussi lorsque commençait à s'élaborer cette fameuse lettre, désignée rapidement, en accord avec son véritable objet, comme le *Questionnaire à Paul Hannong*.

Le nouveau venu fut aussitôt impliqué dans l'affaire et on ne vit bientôt plus que lui et le vieux Courteilles circulant d'un bureau à l'autre pour activer la préparation du document. Courant bien plus vite évidemment, il accomplissait au moins quatre allers-retours d'un bout de la Manufacture à l'autre, par les longs couloirs pavés de petits carreaux de marbre – jaunes au rez-de-chaussée et turquoise à l'étage –, dans le temps où le vieux commissaire du roi, écrasé sur sa canne, n'en faisait qu'un.

– Allez dire au Macquer, qu'il faudrait aussi que l'on demande à Hannong quel sable il utilise et s'il peut nous en envoyer un échantillon… bougonnait Boileau, en s'adressant à sa jeune recrue avec sa tête des mauvais jours.

– Boileau est impayable ! répliquait au même, cinq minutes plus tard, l'auteur du *Dictionnaire* dans un éclat de rire nerveux. Autant envoyer la troupe avec des baïonnettes pour exiger qu'Hannong nous livre tout cru le détail de sa formule !

– Le kaolin ! pestait le directeur de plus belle, personne n'ose en parler. Existe-t-il seulement ?… Est-on certain que ce soit cela le secret de Meissen et qu'il n'existe pas quelque autre « poudre à malice » pour fondre la porcelaine ? Il faudrait bien pourtant que nous ayons entre les doigts quelques pincées des matières qu'utilisent MM. Hannong avant de conseiller au roi de jeter ses écus à Frankenthal !

Hellot, Macquer, Boileau allongeaient ou raccourcissaient chaque jour le *Questionnaire,* selon leur humeur.

– Quelle chance y a-t-il qu'un homme que nous devons regarder comme un concurrent réponde à trois cents questions ? ricanait de plus belle Macquer.

– Il est vendeur ! Il a la corde au cou... Ses entreprises périclitent en le ruinant ! lui faisait répondre vertement Boileau par Anselme. Il sait aussi qu'à cause de l'existence du privilège de Sèvres, il n'est que le roi pour lui racheter sa « bicoque » d'Alsace.

La réponse d'Hannong à l'épais volume qu'était devenu ce *Questionnaire* ne se fit pas attendre. Elle fut à Sèvres le 25 avril 1760 et tenait en deux pages. Il ne répondait que sur des points de détail aux préoccupations techniques de ces messieurs de la Manufacture, mais il proposait de vendre son propre établissement de Strasbourg pour un prix à débattre, et son secret pour 100000 livres de capital et 12000 livres de rente annuelle. Il précisait en outre qu'en traitant sur ces deux points à la fois le roi pourrait utilement fabriquer ses porcelaines dures à Strasbourg, dans des ateliers qui, avant leur transfert obligé en terre d'Empire – même si le matériel y avait été détruit par ordre de ces messieurs de Vincennes –, avaient été conçus pour l'utilisation du kaolin. Sèvres pourrait de la sorte rester affectée à son usage premier qui était la réalisation des plus belles pâtes tendres d'Europe, Strasbourg devenant le lieu de production unique de la pâte « à l'imitation de la Chine et du Japon ».

Bertin, saisi dans la journée de l'arrivée de ce courrier, était allé sur-le-champ chez Mme de Pompadour. Celle-ci, sans même en informer son frère Abel, à présent tout à fait dépossédé de la direction d'une affaire dont on s'accordait à penser qu'elle ne regardait plus les beaux-arts mais bien plutôt les plus hauts intérêts de l'État, s'était aussitôt rendue chez le roi.

Le lendemain, au cours d'une réunion de « liasse » – ce travail en tête à tête du monarque avec ses ministres –, réunion à laquelle fut admise la marquise en tiers avec Bertin, il fut arrêté d'entamer sur-le-champ des négociations avec Hannong et d'essayer de conclure l'achat du secret de la pâte dure pour la moitié du prix que demandait le porcelainier.

Cette décision du roi convenait aux deux hommes forts de la Manufacture mais, là encore, pour des raisons opposées : Boileau, qui avait fini par se faire à l'idée que l'introduction de la pâte dure était à terme inévitable – mais que l'on devait strictement la réserver « à quelques pièces d'un usage plus commun », avec des contraintes de chaleur par exemple –, voyait dans le projet d'achat de Strasbourg l'occasion rêvée d'en tenir les développements éloignés de Paris ; Macquer, tout au contraire, qui ne songeait qu'à la gloire de posséder une technique qui faisait défaut à la France, rêvait d'en faire l'application dans les bâtiments de Sèvres même, sous le regard de la Cour.

Le 30 avril, il fut décidé d'un voyage pour la mi-juin à Strasbourg, duquel seraient Boileau, Millot, le chef des fours, Charles Genest, le chef des couleurs, et Barberie de Courteilles qui devait mener à bien la partie strictement financière de la négociation. Ce fut, de façon inattendue, Macquer, relayé aussitôt par l'approbation d'Hellot, qui émit l'idée d'adjoindre Anselme à ce petit groupe de voyageurs.

L'académicien ne communiquait guère avec lui, leurs

conversations restaient même marquées, de son fait, par beaucoup de froideur ; il savait toutefois pouvoir compter sur son juvénile enthousiasme et son vif désir de voir aboutir le projet de la pâte dure. N'étant pas convié lui-même à ce voyage, il s'était arrêté à en faire son avocat au sein de cette délégation composée, à dessein, par Boileau de personnes opposées au moindre bouleversement des pratiques de la Manufacture.

Le directeur n'acquiesça qu'en maugréant. Il argua d'abord de la dépense mais finit par donner son accord après que Robert Millot, qui commençait à se prendre d'une véritable amitié pour Anselme, eut annoncé qu'il partagerait avec lui sa chambre dans les auberges.

L'aîné des Masson, depuis le mois de février, n'était toujours pas sorti de l'espèce d'émerveillement dans lequel l'avait plongé la perspective de travailler à la mise au point d'un matériau qui était devenu la grande affaire du moment et qu'il regardait, à mesure qu'il se familiarisait avec lui, comme l'un des plus fabuleux défis lancés à l'intelligence des hommes de son temps. Il était émerveillé du goût nouveau que prenait pour lui la vie.

Il consumait ses journées, ainsi que le lui avaient demandé Boileau et Macquer, pour une fois d'accord, le matin, en observations et en recherches livresques dans la petite bibliothèque attenante à son bureau, qui était situé juste au-dessus de la porte de la cour d'Honneur ; l'après-midi, en visites dans les ateliers où Boileau, au bout de quelques semaines, avait fini par lui laisser une totale liberté de circuler. Le soir enfin – et c'était vraiment le moment de grâce de sa journée –, il repassait tous les problèmes du jour dans un long tête-à-tête avec Hellot.

Il maîtrisait déjà assez bien l'enchaînement des procédés, l'emploi des principaux matériaux et leurs réactions, mais surtout, il connaissait bien à présent les principaux acteurs de la Manufacture, en particulier Robert Millot qui l'avait reçu dans sa famille, à Saint-Cloud. Il voyait ses rapports avec Boileau, Marmet, Courteilles devenir chaque jour plus confiants. Avec Macquer, en revanche, subsistait un sentiment de malaise qui résistait à toutes les analyses ; l'académicien montrait en sa présence une sorte de gêne qui ne s'estompait qu'en de rares occasions, lorsqu'il était question de l'imminence de la découverte en France du secret de Saxe.

C'était surtout avec Hellot qu'il se sentait à l'aise et qu'il parvenait à oublier la dorure des lambris, le luxe du mobilier, les perruques poudrées et les brassières de soie brodées, pour éprouver le sentiment de se trouver de nouveau tête à tête avec l'abbé Vayssière.

À la mi-avril, il lia connaissance avec Étienne Falconet, le grand créateur des formes de Sèvres, dont le génie avait parfois du mal à faire passer le mauvais caractère. C'était un homme petit, ramassé, maigre et tout en nerfs, avec un nez écrasé mais spirituellement fendu dans le bout, qui ne portait jamais la perruque, même en présence des ministres, et dont les petits cheveux rabougris, clairsemés et raides se dressaient sur le crâne comme des épis. Sa tête était ronde, étoilée de rides, son regard malicieux lui donnait assez l'air d'un singe. Il avait été, avec Pajou, Pigalle et Caffieri, l'élève du fameux sculpteur Jean-Baptiste Lemoyne. Il était janséniste par goût de l'austérité et adversaire des philosophes parce qu'il regardait comme bavardages tout ce qui s'écartait du grand sujet de l'art plastique. Il ne faisait d'exception, depuis dix ans, que pour Diderot, sans doute son meilleur ami, qu'il visitait tous les jours chez lui, rue Taranne. Ils dissertaient ensemble, à n'en plus finir, de la primauté respective de l'homme de l'art et de l'homme de lettres, et de ce qu'ils devaient attendre tous deux de la sanction de la postérité, regardée par le chef d'orchestre de l'*Encyclopédie* comme une espèce de Jugement dernier laïque et par Falconet, plus trivialement, comme une « foutaise ». L'auteur de la *Lettre sur les aveugles,* qui s'était fait à son humeur renfrognée, lui avait même demandé l'année précédente de rédiger l'article *Sculpture* pour l'*Encyclopédie*.

Veuf d'une fille d'ébéniste, qu'il avait constamment rendue malheureuse par ses infidélités et ses colères, Falconet ne s'accordait pas avec son seul enfant, Pierre-Étienne, peintre de grand talent mais qu'il estimait médiocre. Il devait d'ailleurs, à quinze années de là, lui infliger la pire des avanies qu'un père puisse commettre à l'encontre de son fils en lui volant sa femme pour en faire à la fois son élève et sa maîtresse.

Il venait chaque semaine à Sèvres par le coche d'eau, arrivant en hiver dans la nuit. Il était payé 40 livres par jour. Après une première visite de ses ateliers qui lui avait fourni déjà dix occasions de s'échauffer en gestes et en paroles, il se faisait servir dans la salle à manger des directeurs un dîner interminable qu'il partageait avec Bachelier et Duplessis ; et quelquefois – quand il était de bonne humeur – avec Deparis, l'assistant de Duplessis, ou Suzanne et Fernex, ses propres assistants. Pendant les deux heures que durait ce repas, il accaparait la conversation, échauffant sa bile contre les gens de l'Académie. (Ils avaient fait la fine bouche pour recevoir son *Milon,* aussi, dans la rage de les méduser par un chef-d'œuvre, travaillait-il alors, dans le plus grand secret, à son *Pygmalion*.) L'après-midi, après avoir bu au cours de ce repas une carafe de vin de Nuits qu'il ne coupait pas d'eau, il entrait dans sa petite loge vitrée et, sans plus s'arrêter jusqu'à la nuit, dessinait ou modelait à la glaise des formes de biscuit ou des pièces. C'était des heures de grâce.

Le prodige, c'est que Falconet était à Sèvres un homme adulé, à cause de son génie, de la justesse qu'il mettait dans ses critiques et surtout de ces moments extraordinaires où, ému par la perfection d'une forme, il prenait ses ouvriers dans ses bras et se mettait à les embrasser en pleurant. Avec son ami François Boucher, à qui il devait son étonnante faveur auprès de Mme de Pompadour – ils avaient été tous deux les artistes chéris du grand chantier de Bellevue –, il avait adapté les biscuits et les sujets de Sèvres au goût de la favorite : c'était à la fois celui de la grandeur, par la grâce et la noblesse des attitudes, et celui de l'inspiration légère par la fraîcheur des sujets tirés des « bergeries ». Ce mélange avait donné ce qu'il y avait de plus aimable et de plus charmant dans l'art de la porcelaine. Paradoxalement, c'est sous les doigts de cet artiste, aux manières rudes et brusques, qu'étaient nées les créations d'une élégance inouïe qui devaient faire le tour de l'Europe et fixer la renommée de Sèvres à partir de 1757 : *La Loterie, La Bohémienne à l'ours, Le Baiser donné, La Feuille à l'envers, Le Tambour de basque, Le Buveur de lait, Le Vendeur de gimblettes, La Coquetière…*

Falconet, qui estimait que les chimistes devaient être au service des hommes de l'art, détestait Macquer qui, par sa superbe, s'employait chaque jour à lui démontrer le contraire. Il respectait Hellot pour sa science et ses façons modestes, mais cela ne l'empêchait pas, tout directeur de l'Académie qu'il fût, de lui dire quelquefois son fait.

Ainsi, un matin, sept ou huit jours avant Pâques, fit-il irruption dans le laboratoire du savant, qui venait tout juste de passer son grand tablier de chanvre pour examiner des essais de couleur verte.

Entré comme un fou, sans saluer, il jeta un paquet de fritte enveloppé dans un linge qui alla s'écraser sur la paillasse dans un bruit flasque.

– Cette terre, monsieur Hellot, c'est de la cochonnerie !

– Qu'y a-t-il, monsieur ? demanda Anselme qui travaillait à cet instant en tête à tête avec l'académicien.

– Qui êtes-vous ?

– Anselme Masson, adjoint chimiste !

– Vous avez choisi un beau métier ! répliqua méchamment le sculpteur.

– Le plus beau du monde, après le vôtre, sans nul doute ! répliqua Anselme en s'inclinant avec grâce.

À ces mots, le survenant resta quelques secondes sans voix, puis, suffoquant toujours de colère, se lança dans la critique du ballot de terre qu'il n'avait cessé, depuis qu'il s'en était déchargé, de couvrir d'un regard de mépris :

– Des grains… Des pollutions qui empêchent le tournage, alors que votre pâte devrait être comme une crème, onctueuse, bien barattée, sans grumeaux et sans « vents » !

– Je vais immédiatement reprendre tout le processus, promit Anselme, examiner si le mélange est mauvais et, en ce cas, le rectifier sans faire attendre le grand atelier.

Falconet était de plus en plus stupéfait. Son œil plein de feu s'écarquillait.

– Vous, au moins, vous n'avez pas la morgue de vos patrons ! marmonna-t-il presque à regret.

– En sciences, la morgue n'est pas bonne conseillère !

– En matière d'art non plus, jeune homme !

Hellot, qui était bonhomme comme on sait, ne put s'empêcher de hausser les épaules. Il avait la mine de dire tout bas : « Tu peux en parler à ton aise, toi, l'artiste, qui nous couvres sans cesse de ton mépris et de tes grands airs ! »

Ce fut Falconet qui éclata de rire :

– Monsieur Hellot, il est vrai que je m'emporte souvent, mais c'est tout simplement parce que je veux obtenir le meilleur des gens de cette maison… Je désire très fort qu'ils puissent s'attirer plus tard le bon jugement. Celui qui, ainsi que le prétend cet innocent de Diderot, doit compter seul aux yeux de l'artiste et de l'homme d'action : le jugement de la postérité !

– Ah ! vous êtes parfois raisonnable et sensé, monsieur Falconet, reprit l'académicien, riant de bon cœur à son tour, parce que au fond de lui il avait la plus grande admiration qui soit pour le génie de cet homme irascible.

– Ce petit incident aura au moins été utile, estima le sculpteur qui s'apprêtait déjà à disparaître aussi rapidement qu'il était apparu. Je sais désormais que lorsque j'aurai une réclamation à formuler, c'est à M. Masson qu'il conviendra de la porter pour qu'elle soit prise au sérieux !

Il sortit, laissant sa terre écrasée sur la paillasse mais récupérant, avec des gestes précautionneux, son linge humide parce qu'il ne détestait rien tant que le gâchis et que, pour tout dire, il était pingre.

Avec ses premiers salaires, Anselme, goûtant modestement aux délices de l'opulence, s'était acheté une jument grise, une selle d'occasion et des bottes molles à revers jaunes, aussi faisait-il désormais chaque matin à cheval le trajet depuis l'*Hôtel du Cygne* jusqu'à la Manufacture. Il en revenait le soir, et malgré l'allongement des jours, toujours au crépuscule ou dans la nuit. Entre deux averses, le vent qui se roulait dans la ramure des peupliers aux fuseaux verdissants avait une odeur de printemps, et les bords de Seine qu'il longeait au pas léger et bien frappé de sa monture, entre le Pont-Royal et l'île Saint-Germain, commençaient d'avoir pour lui la familiarité de la route de Bort à Mauriac.

En quelques semaines, son visage avait troqué le sérieux plein de crispation qui avait accompagné les récentes périodes bouleversées de son existence pour l'expression de quiétude et de paix qui va d'ordinaire de pair avec les réflexions fructueuses. Cette sérénité, ce rayonnement intérieur avaient fait de lui un personnage nouveau ; quelqu'un sur qui on se retournait à présent lorsqu'il passait dans les rues avec son frère ou qu'il entrait, avec ses amis, au *Petit Maure* ou à *La Grosse Margot,* les cabarets à la mode du quartier de la Comédie-Française.

Nulle ville, mieux que Paris, ne sait exhausser perpétuellement son sol du meilleur terreau venu de la province, ni agréger si rapidement tous ceux qui savent se faire à elle. Anselme, comme des milliers de jeunes gens avant et après lui, parce qu'il en avait toutes les dispositions et l'appétit, devenait à vue d'œil un vrai Parisien, c'est-à-dire l'un de ces animaux faits pour le monde, ses grands brassages et ses grandes aventures.

Un seul souci l'obsédait quand le travail ne l'accaparait pas : depuis trois mois maintenant qu'il l'avait quittée, il n'avait aucune nouvelle de Lucile, ni de qui que ce fût de Bort. Or, il était toujours aussi amoureux d'elle, resté dans le même éblouissement. Son image à toute heure errait devant ses yeux, et, chaque fois qu'elle repassait, il ressentait une vive décharge au cœur, comme la piqûre d'un aiguillon.

Par un réflexe de vanité blessée, il s'était refusé à ajouter une cinquième lettre à celle qu'il avait écrite le 23 mars, venant après trois autres restées sans écho depuis son arrivée. Voici d'ailleurs quel était ce quatrième courrier par lequel il paraissait presque déjà se résigner au silence de la nièce de l'abbé Vayssière :

Paris, ce 23 mars

Tendre et cruelle Lucile,

Ton silence m'obsède car je ne pense pas avoir fait quoi

que ce soit pour le mériter. Lucile, manifeste-toi ! Ne me laisse pas dans d'aussi douloureuses incertitudes.

Tout va à merveille. Mon travail à la Manufacture est exaltant. Il ne me manque vraiment que de savoir de tes nouvelles.

Ton Anselme, plus que jamais à tes pieds.

Mathieu, de son côté, éprouvait des bonheurs plus contrastés, plus intenses et plus fragiles à la fois. Dans son monde de nuit, la musique projetait des perspectives lumineuses mais inquiétantes. Il jouait maintenant tous les après-midi sur les grandes orgues de Saint-Louis et il savait, par les bruits de chaises qui se faisaient dans la nef, que des gens de plus en plus nombreux guettaient l'heure de venir l'écouter. Rameau, le grand Rameau lui-même, fidèle à sa promesse, était venu l'entendre au bras de La Pouplinière et, dans la sacristie, au milieu des pères jésuites, l'avait longuement félicité.

Pourtant, ce que le jeune musicien parvenait encore à cacher à tous, c'est que ces petits concerts sans interruption, d'une demi-heure tout au plus, le laissaient jour après jour dans un abattement profond. Chaque fois, maintenant, lorsqu'il repoussait les derniers registres, il restait prostré sur son clavier, en proie à de terribles migraines qui, souvent, lui tiraient des larmes des yeux. Ce qu'il avait imaginé devoir être son plus grand bonheur sécrétait insidieusement un terrible poison. L'extrême sensibilité qu'ont les aveugles à tout ce qui passe par l'oreille se manifestait chez lui avec une force quasi démoniaque et hors de toute mesure. La vibration des anches lui pénétrait la tête comme aurait fait un trépan ; le gros tremblement des tuyaux pesait sur ses tempes et ses tympans au point de paraître devoir les faire bientôt éclater.

M. Merlot, le maître de musique, qui, tout à la joie de s'être, sur la fin de sa vie, trouvé un disciple et qui ne soupçonnait rien des tourments du jeune homme, passait désormais au moins deux heures par jour, dans sa misérable chambre, sous les toits de l'église, à lui lire des partitions.

– Il vous faudrait des élèves ! lui avait-il dit plus d'une fois, inquiet de la façon dont il subsisterait.

– Des élèves ! s'était récrié Mathieu, mais qui voudrait d'un professeur à qui l'on est obligé de faire tout d'abord la lecture comme à un enfant ?

– Des gens déjà débrouillés en musique, qui savent le solfège et dont vous n'auriez à améliorer que la technique ou le toucher… Votre oreille est infaillible et va loin dans la nuance !…

– Ne vous mettez pas en peine de ma subsistance, mon cher maître, mon frère m'aide et, pour le moment au moins, je ne me fais pas scrupule d'accepter son secours… Je ne songe aujourd'hui qu'à me perfectionner dans mon art et vous êtes ma providence… Je ne vous demande qu'une chose, c'est de me continuer vos leçons et vos lectures…

– Mais, Mathieu, vous me dépassez déjà ! Je ne puis vous être utile que pour déchiffrer et lire de nouvelles pages de musique… Ce que d'autres peuvent faire aussi bien, sinon mieux que moi.

– Je ne vous crois pas ! Mais, puisque vous parlez ainsi, lisez-moi encore cette page ! raillait chaque fois le jeune aveugle en se baissant pour ramasser au hasard l'une des partitions dont le parquet de la petite mansarde était jonché. Cela s'ordonnera dans ma tête cette nuit, tandis que je rêverai, et demain je vous le jouerai tout d'une traite.

Anselme et Mathieu n'avaient pas non plus, à la mi-avril, reçu de nouvelles d'Eustache ou de M. Malafosse à qui ils avaient écrit deux fois, dont une, on s'en souvient, pour lui raconter le début de leur installation, en cosignant leur lettre avec l'abbé Chappe. Ce silence était moins inquiétant que celui de Lucile, parce qu'il avait été convenu entre les trois frères qu'ils ne s'écriraient que dans les circonstances graves ou importantes, afin d'économiser le prix du courrier, toujours payé par celui qui recevait les plis, une belle cause de ruine pour celui qui se serait trouvé tout d'un coup assailli de lettres. Maître Catugier et sa femme avaient par ailleurs promis de faire tous les deux mois le voyage de Mauriac et d'écrire après cette première visite. Ils ne l'avaient pas fait.

Or, ce même 30 avril où fut décidé le voyage à Strasbourg, Mathieu, qui se reposait dans sa chambre de l'*Hôtel du Cygne,* entendit dans la rue la crécelle du facteur dont le bref crincrin fut suivi de l'appel de son nom.

Obligé d'attendre le retour de son frère, il resta un long moment prostré près de la petite table, sans plus écrire ni même avoir de pensées, comme s'il pressentait l'imminence de quelque chose de funeste.

C'était une lettre d'Eustache, datée du jour de Pâques et, ainsi qu'il l'avait craint, elle apportait de mauvaises nouvelles :

À Messieurs Masson, à l'Hôtel du Cygne

Mauriac, le 17 avril

Je n'ai eu de vous que deux lettres depuis que nous sommes séparés. Elles ne quittent pas ma poche et je les relis plusieurs fois par jour. Vous vous doutez bien que je songe avec fierté et même un peu d'envie, aussi souvent que je parcours ces lignes, à Sèvres et à la tribune de l'orgue de Saint-Louis où vous avez trouvé si vite l'un et l'autre un état tout accordé à vos désirs. C'est ce matin tout particulièrement que j'aurais grand besoin de votre affection. M. Malafosse sort de l'étude à l'instant. Il est venu m'annoncer le décès de notre cher Vayssière. Je n'en sais pas plus pour le moment. Je n'ai reçu aucune nouvelle de Bort depuis plus d'un trimestre que je suis ici. Maître Catugier a été très malade et a failli être emporté en février d'une espèce d'attaque dont il se remet lentement. Notre tante, sa femme, m'envoie régulièrement des confitures et des gâteaux par des charretons qui viennent jusqu'ici, mais, vous le savez, écrire n'a jamais été son fort et les petits mots que je lui renvoie par le même moyen ne reçoivent pas de réponse.

De Lucile et des Séguier, je ne sais rien non plus; du pauvre abbé, je n'avais reçu que deux petits mots, le dernier il y a un mois à peine. Il paraissait heureux d'avoir su par M. Malafosse que je me tirais bien de mes premières semaines passées à Mauriac. C'est l'occasion de vous le dire d'ailleurs, je suis premier en tout, sauf en musique puisque je ne bénéficie plus des leçons de Mathieu.

Je ne sais toujours pas si je retournerai à Bort pour les vacances d'août et de septembre comme me l'avaient proposé les Catugier, qui comptaient m'inviter dans leur maison du Rayet. Peut-être que la maladie de notre parrain changera ce projet. Si je reste à Mauriac, M. Malafosse m'a promis que nous irions à dos d'âne escalader le puy Mary et qu'il me ménagerait, pendant tout l'été, l'accès de la bibliothèque du collège.

Votre frère Eustache qui vous embrasse tendrement.

Après avoir beaucoup pleuré, dans les bras l'un de l'autre, la mort de l'abbé, Anselme et Mathieu se mirent côte à côte à leur petite table pour rédiger trois lettres destinées à communier dans la douleur avec tous ceux de Bort dont l'absence, ce soir-là, leur était particulièrement sensible.

La première des missives qu'écrivit Anselme, d'abord sous la dictée de Mathieu puis, très vite, laissant parler son cœur dès qu'il fut question de Lucile, était destinée à leur frère:

Paris, le 30 avril

Pour M. Eustache Masson, aux bons soins de M. Malafosse, préfet du collège. Aux Jésuites de Mauriac

Petit frère,

Nous sommes fiers de toi et de tes bonnes résolutions, continue de bien travailler pour devenir dans quelques années un Parisien qui nous en remontrera. Nous ne faisons ici que débroussailler ton chemin.

Nous pleurons ce soir amèrement le pauvre Vayssière. Nous savions depuis notre arrivée ici qu'il n'allait pas bien par une lettre qu'il avait écrite à notre insu à Marmontel. Ce sacré bonhomme nous aura donc roulés dans la farine jusqu'au dernier moment à propos de sa santé. Il avait pour tout ce qui le regardait la pudeur et la dignité d'un Romain. Il aura été pour nous un second père que nous ne pourrons jamais assez regretter. Il restera toujours l'exemple que nous devrons suivre tous les trois. Nous sommes sans aucune nouvelle de Bort, plus de trois mois après notre arrivée ici. Je ne sais rien, de mon côté, au sujet de Lucile. Imagine-toi le crève-cœur que c'est pour moi. Je lui écris ce soir une nouvelle lettre, espérant que le chagrin qu'elle doit éprouver comme nous tous de la mort de son oncle brisera son silence dont je suis chaque jour à me demander s'il tient à une affreuse duplicité ou à un ridicule héroïsme qui consisterait à se forcer à m'oublier pour me laisser libre d'accomplir ici, sans entraves, ma destinée.

Essaye d'en savoir plus et écris-nous vite. Ne limite pas tes lettres. Nous avions pris là-dessus des résolutions d'Auvergnats. Il est des économies qui sont bien ridicules quand elles ne font que créer des inquiétudes.

Mathieu t'embrasse au moins aussi fort que moi.

Anselme.

Du même élan, il rédigea pour Lucile cette courte lettre :

Paris, le 30 avril

Ma douce et tendre Lucile,

Je viens, avec Mathieu, d'apprendre seulement aujourd'hui la mort du cher abbé Vayssière. Tu devineras sans doute la plupart de nos pensées à cette heure. Nous avons le sentiment d'être à nouveau orphelins. Ton oncle, particulièrement pour moi qui n'affectionne, comme tu le sais, ni les béats ni les saints, était le modèle de ce à quoi je veux atteindre dans ma vie pour le sérieux, l'intégrité et l'amour de la vraie connaissance. Parce que je ne l'entendrai plus jamais entremêler ses raisonnements lumineux, filés de sa voix modeste et rocailleuse, je sais que j'ai perdu ce soir beaucoup de mon innocence d'enfant. Que deviendrai-je, pauvre abandonné, si, en plus, tu me délaisses ?

Lucile, quatre lettres déjà n'ont pas eu d'écho. Que ces lignes de ce soir, par lesquelles je rejoins ta peine, soient celles qui te touchent !

Ton Anselme, fou de toi.

La dernière missive des deux frères était destinée aux Catugier :

Paris, le 30 avril

Nos bons parents, nous n'avons eu le temps de vous écrire que deux fois, pris comme nous le sommes par le tourbillon de Paris. Notre deuxième lettre, il y a quelques semaines maintenant, vous disait la chance insolente que nous devons tous deux à Marmontel, grâce à l'intercession de ce pauvre Vayssière dont nous pleurons la mort. Nous ne cesserons jamais de vouloir nous montrer dignes de lui et de vous aussi, chers oncle et tante, qui nous avez constamment soutenus dans les malheurs et l'affliction.

Paris est une ruche qui vous donnerait à tous les deux des bourdonnements dans la tête, surtout à vous, ma tante, qui ne supportez même plus le voyage annuel de

Clermont. Mais nous aurons l'énergie qu'il faut, celle de notre rude race, pour terrasser les maléfices et prendre tout ce qui est bon ici, car, il faut l'avouer, il y a, à cent trente lieues de Bort, des merveilles qu'il faut savoir apprivoiser et dompter, tout comme les paysans de chez nous s'entendent, sur les puys, à rendre les taureaux de Salers aussi doux que des agneaux. Recevez tous nos vœux de santé, en particulier pour vous, notre oncle.

Vos neveux qui vous aiment.

Post-scriptum : Je suis sans nouvelles de Lucile depuis que je suis ici. Vous me feriez un infini plaisir en me donnant de ses nouvelles, car, pour faire les grandes choses que je vous annonce, j'ai besoin, plus que jamais, de croire très fort à la sincérité de ses sentiments pour moi.

La réponse de maître Catugier fut à Paris le 26 mai :

Bort, le 17 mai

Mes chers neveux,

Une chape de tristesse est retombée sur Bort depuis que vous n'y êtes plus et que Vayssière s'en est allé, sans même prendre ses foulards de laine noire. Nous nous occupons fort mal d'Eustache en n'allant pas le voir, mais c'est la faute à l'hiver qui a été particulièrement long et au froid, pénible en particulier pour moi, qui s'est prolongé jusqu'à ces derniers jours. Surtout, nous vieillissons. Je compte tout de même aller à Mauriac la semaine prochaine et vous rapporter des nouvelles fraîches et heureuses. Je sais déjà que Malafosse est fier de votre frère. Il l'estime digne de vous.

Le père Comblat aussi est triste. Il joue toujours le même air – cette *Poule* de Couperin que Mathieu lui a apprise avant de partir. C'est sa manière à lui de mettre un peu de joie dans notre vieille église grise et froide.

Anselme, tu me parles de Lucile. Je ne la vois guère. Elle

me donne l'impression de nous fuir, mais il faut dire, à sa décharge, qu'elle a énormément de soucis avec sa sœur Marthe, qui fait maintenant des crises de haut mal si terribles que nous l'entendons, depuis chez nous, gémir et crier. Sa mère non plus ne va pas bien. Elle ne quitte plus son lit. La pauvre petite a donc bien des excuses si elle ne te donne pas de ses nouvelles. Mais continue de lui écrire, ne te décourage pas. Je suis certain que tu apaiseras bientôt ce cœur que ton départ et les difficultés ont mis à vif.

Ta tante voudrait que je lui parle en ton nom, mais je ne suis pas de cet avis. Qu'irait faire un vieil homme habillé de noir dans une querelle d'amoureux ?

Votre oncle Pierre qui vous transmet les baisers de votre tante Jeanne.

Le lendemain du jour où ils furent avisés de la mort de leur ancien maître, Anselme et Mathieu prévinrent Marmontel par un petit mot qu'ils adressèrent à Versailles. Ils ne s'étaient pas revus depuis la représentation des *Paladins* en février. Les deux frères n'osaient pas relancer le poète qu'ils imaginaient à juste titre occupé et aspiré par le gros tourbillon d'une cour qui n'était jamais si remuante ni si brillante qu'à la fin de l'hiver. Ils s'étaient donc contentés de lui raconter par lettres, l'un et l'autre, leurs débuts dans leurs nouvelles vies et le poète leur avait retourné à chacun quelques mots pleins d'esprit, protestant de vouloir les revoir très vite.

Ce fut Mathieu qui eut l'idée d'organiser une brève cérémonie dans une chapelle de l'église Saint-Louis. Il était resté l'esprit le plus religieux parmi tous ces garçons venus de Bort et de Mauriac qui – Chappe comme les autres d'ailleurs – avaient davantage retenu de leurs maîtres jésuites l'invitation à penser librement que celle de sombrer dans l'aridité de la prière.

Ils se retrouvèrent donc à cinq anciens du collège de Mauriac, puisque Chappe, qui n'avait vu l'abbé qu'une seule fois alors qu'il rendait visite à son ami Malafosse – occasion de s'entretenir avec lui de l'aplatissement des pôles –, avait désiré lui aussi venir lui rendre hommage. De son côté, Marmontel avait rattrapé au bal de la reine l'un de ses amis d'enfance, Léotoing, à présent colonel et qui, à Bort, lorsqu'il avait dix ans, avait désespéré le pauvre Vayssière par la faiblesse de son talent pour les déclinaisons.

L'autel avait été couvert de lilas blanc par les soins du poète qui s'était souvenu que l'abbé en avait dans son jardin ; M. Merlot et, après lui, Mathieu, improvisant des variations sur une bourrée d'Auvergne, jouaient sur l'orgue de chœur, tandis qu'un vieux profès de la compagnie, aveugle comme l'avait été Bourdaloue autrefois – et qui à cause de cela était devenu l'ami du plus jeune des Masson –, marmonnait une messe à voix basse.

En sortant de là, émus comme s'ils venaient d'enterrer leur père, les cinq anciens collégiens de Mauriac se retrouvèrent sur le vaste parvis dans la lumière dorée d'une belle soirée de printemps. Leurs pensées les avaient si fort tirés du côté de leurs montagnes natales qu'ils fixèrent la Bastille, fermant de sa masse sombre la rue Saint-Antoine, à peu près comme s'ils contemplaient l'imposant Mont-Dore de leurs escapades d'adolescents.

Marmontel les prit alors tous par le bras et les emmena souper dans un caveau de la Croix-du-Trahoir où se débitaient du vin et des chansons.

Paul Hannong mourut brusquement le 30 mai alors que se préparait le voyage à Strasbourg. La nouvelle en fut connue à Sèvres le 6 juin, à une semaine du départ pour l'Alsace de ces messieurs de la Manufacture.

Le porcelainier laissait deux fils qui connaissaient tous

ses secrets mais qui ne s'entendaient pas et trois filles qui n'allaient pas manquer de réclamer leur part d'une succession importante, mais sérieusement mise à mal par les coûteux développements de la pâte dure de Frankenthal. L'aîné de ces garçons, Joseph, établi en Allemagne, dirigeait les usines ; le cadet, Pierre-Antoine, âgé de vingt-quatre ans seulement, et qui vivait en Alsace, assurait la direction des laboratoires. C'est à lui qu'il appartenait d'améliorer les formules et de trouver les matériaux les plus nobles, tout en ayant l'œil sur les productions de faïence des ateliers de Strasbourg qui étaient goûtées de tous les amateurs d'Europe pour l'opulence de leurs décors fleuris.

Le contrôleur général Bertin, ce vieux renard, dès qu'il sut la disparition de Paul Hannong, se persuada que la rivalité de ses héritiers tournerait forcément au profit de Sèvres et qu'il suffisait d'attendre désormais que Joseph ou Pierre-Antoine proposent, chacun de leur côté, d'entrer en négociations.

Pour l'heure, le voyage fut différé, délai qu'Anselme mit à profit pour parfaire l'apprentissage de son métier.

Au cours de cet été de 1760, le premier qu'il passait à Sèvres, au plus fort des chaleurs de juillet et d'août, l'aîné des Masson avança à grands pas dans la connaissance des subtilités de la porcelaine. Tout comme Macquer l'avait fait avant lui, assisté de Millot et guidé dans ses travaux et ses expériences par les pertinents conseils d'Hellot, il parvint, dès la fin du mois de juin, à fondre une série de petits essais de pâte dure, des bouts de céramique qui ressemblaient à des bâtons de craie et qui avaient la particularité d'être presque incassables. L'aide que le premier chimiste, assez content de jouer ce tour à Macquer, apporta en l'espèce à Anselme fut de lui procurer diverses sortes de kaolin et de terres exceptionnelles qu'il était, depuis plusieurs années, parvenu à rassembler et à conserver par-devers lui sans que personne, et surtout pas Macquer, ne s'en doutât. Il lui enseigna également comment procéder jour après jour au compte rendu scientifique des résultats, lui inculquant sa méthode expérimentale qui, par l'enchaînement rigoureux des mises en œuvre, des analyses et des conclusions, restait l'instrument le plus efficace pour se porter à la pointe des connaissances du temps.

Découvrant Anselme, dans un temps où il ne s'était toujours pas consolé de la perte de Réaumur, Hellot éprouvait le sentiment de s'être trouvé un héritier capable de lui faire prendre une revanche sur tous ceux – son survivancier le premier – qui l'avaient prématurément mis en terre. Cette pensée, pour la première fois depuis de longs mois, parvenait à le tirer d'un dégoût de la vie qui avait insidieusement commencé à le gagner.

Dans le courant de l'été, il accomplit ainsi une sorte de résurrection qui sidéra tous ces messieurs de Sèvres.

Les premières plaquettes de porcelaine dure fondues par Gravant et Gérin, Ringler et Busch – les collaborateurs épisodiques de Paul Hannong –, et Macquer lui-même, à Sèvres, dans le Petit Bois, à partir de 1758, l'avaient été avec des terres payées à prix d'or et venues en contrebande des mines d'Aue en Saxe. Cette source d'approvisionnement restait des plus aléatoires : elle dépendait des foucades d'un bandit, le fameux Schnorr von Carolsfeld, qui vendait son minerai en parfaite contradiction avec les engagements d'exclusivité qu'il avait pris envers son souverain, l'électeur de Dresde. Or, depuis 1740, l'offre de kaolin s'était trouvée partiellement élargie grâce aux terres d'Obernzell, découvertes dix ans plus tôt en Bavière, mais sur lesquelles l'électeur de Munich prétendait, lui aussi, disposer d'un droit exclusif. Les deux sources existantes du précieux minerai n'étaient donc pas libres d'accès : à la merci du caprice de deux souverains jaloux de la gloire que pouvait leur apporter la porcelaine, ainsi que de la roublardise de quelques exploitants de carrières, voituriers et bateliers, rompus à extraire et à transporter la précieuse poudre en fraude.

Macquer souhaitait depuis toujours privilégier coûte que coûte l'établissement de la porcelaine à kaolin en France. En 1760, il était l'un des partisans les plus acharnés du lancement rapide d'une porcelaine française utilisant, même dans des conditions périlleuses, les deux sources de terres allemandes. Il estimait qu'il convenait d'abord de concentrer l'énergie et les moyens sur l'acquisition du secret des Hannong puis, ensuite, de conclure un accord politique et commercial avec l'Électeur, père de la dauphine de France, ou avec le duc de Bavière pour leur acheter massivement et en toute sécurité leurs kaolins. Il ajoutait cyniquement qu'il serait toujours temps, par la suite, de chercher ce minerai ailleurs.

Hellot, tout plein des visions optimistes de Réaumur, préconisait quant à lui, dès 1760, une démarche strictement nationale. Il devait ne jamais varier là-dessus et se tenir jusqu'au bout à son idée. Il allait répétant que Böttger, à Meissen, avait redécouvert en 1709 le secret des Chinois et que ce n'était qu'une année plus tard, en 1710, que Schnorr avait trouvé son kaolin : « Nous ne sommes pas plus demeurés que ces lourdauds de Saxons, appuyait-il. Il suffit d'ouvrir les yeux, de retrousser nos manches et de sortir nos pelles ! » Il conseillait donc de poursuivre activement les travaux de chimie – sans même donner dans la facilité qui consisterait à acheter aux Hannong leur secret – et il plaidait, parallèlement, pour une exploration systématique et immédiate du sous-sol du royaume afin de découvrir l'indispensable kaolin en France. Dans cette affaire, Macquer était le pragmatique, tout prêt à adapter sa démarche aux circonstances, à ses ambitions et à la politique ; Hellot était l'utopiste visionnaire, animé d'une foi sans bornes dans les ressources du génie français et la richesse des entrailles du royaume.

– La France est un pays béni des dieux ! aimait-il répéter lorsque Anselme pénétrait dans son bureau. Dites-moi pourquoi les héritiers de Pascal, de Descartes et de Gassendi, les amis de Diderot et d'Alembert, s'ils réfléchissaient tant soit peu, ne feraient pas mieux que des fabricants de pipes de terre ? (C'était, on s'en souvient, le métier originel des Hannong.) En outre, nous avons, dans notre sous-sol, de l'or, de l'argent, des diamants ; je ne vois pas pourquoi nous n'aurions pas aussi du kaolin !

L'aîné des Masson était tout à l'excitation de ce travail qui ressemblait pourtant à celui de la taupe creusant et avançant aveuglément dans son labyrinthe. Son enthousiasme était communicatif et il passait parfois plusieurs jours sans retourner à Paris : Millot ne rentrait pas non plus tous les soirs chez lui et il demeurait souvent jusqu'à 2 heures du matin dans le Petit Bois, s'appliquant à tailler des bûchettes de bouleau bien calibrées pour nourrir son feu. Quant à Hellot, auquel Macquer reprochait, au début de 1760, d'être peu présent, il paraissait depuis le mois de mars avoir pris racine dans son bureau. On le voyait le jour agitant des éprouvettes devant ses fenêtres et il passait ensuite le plus gros de sa nuit à consigner les résultats de ses expériences. Les ouvriers eux-mêmes se piquaient au jeu, depuis les marcheurs jusqu'aux répareurs. Ce fut un été studieux, une ébullition favorisée par le sentiment, partagé par tous ces gens qui avaient la passion de leur métier, de l'imminence de grands bouleversements.

Un soir du début de septembre, Anselme, qui avait deux heures devant lui avant l'ouverture d'un petit four, était descendu jusqu'à la Seine, ainsi qu'il le faisait quelquefois en compagnie de Robert Millot ou d'Hellot, pour déguster une matelote d'anguilles, au cabaret du bac de Boulogne. Cette fois, il était seul, installé à une petite table dressée sur une barge amarrée formant une terrasse sur l'eau, que le faible mouvement du fleuve faisait doucettement tanguer. En attendant son plat, il griffonnait sur un bloc de papier, devant un flacon de vin d'Argenteuil, alignant des formules chimiques pour fixer un nouveau procédé de glaçure.

La fin de cette journée était douce. Les remous légers dessinaient à la surface de l'eau de petits tourbillons et le clapotis des flots, venant mourir contre le bois de ce ponton, produisait un son creux à l'écho apaisant, pareil à celui d'une berceuse. Des alignements de trembles, sur le rivage opposé, bornaient l'horizon immédiat d'un rideau moiré, tandis que quelques longues embarcations, sur lesquelles des garçons lestes, aux mollets nus, semblaient improviser les figures d'une gigue, glissaient sans bruit.

Distrait par l'harmonie de tous ces mouvements paisibles et rassurants, rêvant, se laissant peu à peu engourdir par le gargouillis régulier du courant, Anselme cessa de travailler. La couleur d'or et de bronze que prenait l'eau, dans les premières caresses du couchant, lui rappela bientôt les rives de sa Dordogne et les doux moments qu'il était accoutumé d'y passer chaque soir en compagnie de Lucile.

Huit mois après leur séparation, lorsque lui revenait l'image de cette jeune fille qu'il aimait toujours d'une passion aussi vive – il avait commencé à lui écrire plus de dix lettres qu'il avait toutes déchirées, craignant au bout du compte de souffrir davantage encore par de nouveaux silences –, il marquait invariablement un temps d'arrêt dans ses phrases ou dans ses gestes. Or, depuis peu, par l'application de sa volonté de paysan, à la tête au moins aussi dure que le basalte des volcans sur la croupe desquels il avait grandi, il arrivait à ne plus se laisser entraîner dans le même vertige, ni non plus submerger par la même tristesse. Pour être tout à fait certain d'y parvenir, il s'était accoutumé à s'attacher aussitôt à un objet quelconque, sérieux ou futile, c'était selon ; quelque chose en tout cas qui fût capable de fixer son attention, tandis que passait au-dessus de lui l'aile noire du chagrin.

Ce qu'il imagina ce soir-là fut de renouveler un geste qu'il n'avait pas refait depuis le dernier jour qu'il s'était trouvé au bord de l'eau, tout justement, avec celle qu'il continuait d'aimer.

Il ramassa quelques cailloux, s'accroupit pour les lancer et s'essaya à faire des ricochets. Il n'avait pas perdu la main. Pourtant il fut arrêté à sa troisième tentative par de petits rires en cascade et ce n'est qu'en se relevant qu'il remarqua quelques jeunes garçons, en chemise et béret de toile, attablés près de l'eau, qu'il reconnut aussitôt pour de jeunes peintres et répareurs de la Manufacture.

Il se sentit brusquement ridicule et, gardant un bras levé, se mit à leur sourire avec un petit air niais.

– Bravo, monsieur Anselme ! s'enhardit l'un de ces petits ouvriers plus audacieux que les autres.

L'adjoint chimiste alla vers eux :

– J'étais tout de même plus habile dans mon pays, au bord de ma rivière de Dordogne.

– Où est-ce la Dordogne ? demanda un autre jeune peintre.

– Loin d'ici ! Très loin, tout particulièrement ce soir, ajouta-t-il en s'assombrissant.

– Cela fait plaisir de vous parler, reprit le même garçon, vous montez si rarement chez nous !

– C'est que je travaille le plus souvent au rez-de-chaussée, dans la poussière des mélanges de poudre et la vapeur des fours. Vous, vous êtes les anges qui mettez la couleur, tout en haut, dans notre paradis !

Ils l'invitèrent à boire et il s'assit sans façon, heureux de se trouver en compagnie, à l'instant précis où la pensée de Lucile menaçait de l'attrister.

L'un de ces garçons présentait, davantage encore que les autres, un visage doux, presque séraphique. Il ne quittait pas Anselme des yeux.

– Et vous, lui demanda le chimiste, intrigué par son regard, que faites-vous à la Manufacture ?

– Des fleurs ! tous les jours des fleurs... Je suis payé deux sols la fleur et deux sols pour le feuillage et la queue, mais bientôt, quand je serai agréé, je gagnerai 250 livres par an comme la plupart de ceux qui sont ici et je serai logé à la Verrerie.

– Êtes-vous à Sèvres depuis longtemps ?

– J'y suis entré le même jour que vous.

– Comment cela ?

– J'étais assis sur un banc en attendant de rencontrer M. Genest, le chef des couleurs, et vous, vous avez franchi la grille devant moi, accompagné d'un huissier... C'était le 18 février, je m'en souviens très bien.

– Eh bien ! nous voici donc frères de boutique... s'exclama joyeusement Anselme. Comment vous nommez-vous ?

– Claude, Claude Jadot. J'ai dix-sept ans tout juste, l'âge requis pour commencer à faire des fleurs.

– Vous ferez bientôt les rinceaux, le décor entier, je le sens !

– M. Genest apprécie la délicatesse de mon pinceau.

– Maintenant, je ferai attention à vous, lorsque je monterai dans votre atelier.

– Moi, je vous observe chaque fois... Vous semblez tellement absorbé par vos soucis !

– Et que diriez-vous si nous trouvions cette année le secret de la pâte dure ?

– J'applaudirais des deux mains, car, même si l'on veut nous persuader que nos dessins sont plus délicats sur la matière tendre, ce serait un exploit… Votre exploit !

Anselme se mit à rire, puis il tapa dans le dos du jeune homme :

– Petit flatteur, va !

– À vous le succès ! lança le peintre en se levant et en tendant haut son verre de limonade.

– À vos succès ! reprirent en chœur les autres garçons.

– À nos succès ! rectifia l'adjoint chimiste qui, rappelé à sa table par l'arrivée de sa matelote, s'éloigna à regret.

Après avoir dû reporter plusieurs fois son départ, Chappe partit enfin, de l'Observatoire, le 4 novembre 1760, pour la Russie.

Il était accompagné d'Aurélien André, jeune homme passionné par la géographie et l'astronomie, inscrit depuis peu, pour y prendre des degrés, en faculté de médecine, qui était alors la seule voie ouverte dans l'Université aux amateurs de sciences voulant entamer des études qui ne fussent pas de lettres, de théologie ou de droit. Leur chaise noire, construite spécialement pour affronter les fondrières de Sibérie avec une suspension renforcée de lames d'acier, était chargée jusque par-dessus le toit. L'habitacle lui-même était si encombré de caisses et d'instruments que les deux voyageurs allaient devoir se recroqueviller pour pouvoir s'asseoir.

Une légère collation avait été servie dans le vestibule de l'une des tours octogonales de l'Observatoire, ce bâtiment qui constituait une prouesse architecturale de Claude Perrault, puisqu'il avait été construit sans aucun élément de fer, pour ne pas influencer l'aiguille aimantée des boussoles, pas plus que de bois, par crainte des incendies. Chappe, déjà vêtu comme un Lapon, avec son manteau et ses bottes fourrés de castor, avait réuni, avec ses amis, la fine fleur des savants de Paris :

César-François Cassini de Thury, son patron, Jussieu et Daubenton, ses collègues, et de l'Académie, venus en voisins du Jardin du roi où ils habitaient, le père La Caille, Le Monnier, Lalande, La Galaisière, ses collègues de l'Observatoire. Tous le regardaient partir avec un sentiment d'envie.

Anselme l'observait tandis qu'il vaquait à ses derniers préparatifs. Il songeait à de vastes espaces et à de grandes équipées, à tout ce à quoi son enracinement à Sèvres l'avait contraint à renoncer, et il n'était pas le dernier à rêver de se faire petite souris pour se glisser sous la banquette du voyageur. Le monde était décidément mal fait ; Chappe, casanier, craintif, maigre, avec ses épaules qui retombaient, n'aimant rien tant que son chez-soi et son coin de feu, allait courir la route et lui, l'amoureux des contrées inexplorées et des chevauchées à bride abattue, l'athlète infatigable, devait rester attaché à la paillasse de son laboratoire.

– J'ai l'habitude de la neige sur le puy Mary l'hiver, confia l'abbé à Anselme comme s'il voulait exorciser sa peur, tout devrait bien aller… Je serai à Strasbourg dans quatre jours, à Vienne dans douze… À Moscou dans vingt-quatre… À Tobolsk, enfin, dans un mois et demi…

– J'ai regardé où était Tobolsk sur la carte, dans la bibliothèque de Sèvres… Vraiment, quelle aventure quand on vient comme nous autres de Mauriac !

– Pour tout vous dire, j'en suis effrayé moi-même…

Il fut saisi d'un petit rire nerveux :

– C'est la faute d'une bohémienne, une diseuse de bonne aventure, qui, sur ma route, à Bourges, la première fois que je venais à Paris, m'a prédit que je mourrai loin de la France…

– Vous, un esprit scientifique ! Vous ne croyez pas à de pareilles sornettes, j'espère ?

– Je suis abbé et je crois bien au purgatoire, repartit

Chappe en riant… En tout cas, je compte bien ne pas périr en Russie car j'ai trop envie de vous revoir, vous, ainsi que tous ceux qui me sont chers.

À cet instant précis, le cocher, déjà emmitouflé dans sa capote et ses écharpes, son regard seul visible au-dessous de son chapeau de cuir, se mit à souffler dans son bugle. Cassini prononça quelques nobles paroles pour souhaiter un complet succès à l'expédition. Chappe embrassa ses amis, donna l'accolade à ses collègues, puis monta résolument en voiture.

– Pour la science et pour le roi ! cria-t-il après avoir abaissé la vitre de sa portière.

Anselme se pencha vers Mathieu qui se trouvait à ses côtés pour lui souffler à l'oreille :

– Il part avec la peur au ventre !

CHAPITRE SEPTIÈME

Pierre-Antoine Hannong

Brusquement, en novembre, Mme de Pompadour persuada le roi que le voyage de ces messieurs de Sèvres chez les frères Hannong devait avoir lieu séance tenante. Tout fut décidé en quelques jours et le départ fixé au 7 décembre.

Pour la première fois, Anselme allait laisser seul son frère pendant environ un mois. Certes, la régularité avec laquelle Mathieu se rendait désormais à l'église Saint-Louis, l'enthousiasme de M. Merlot à son sujet le rassuraient. Il savait aussi pouvoir compter sur l'amitié de ses nouveaux amis, Boutefeu, Poitevin, et plus particulièrement sur celle de Blanchot, le futur médecin auquel, en secret, il avait recommandé de prendre soin du jeune aveugle.

La veille de son départ, un dimanche, le 6 décembre, Anselme invita tous ces garçons et son frère dans une baraque des Tuileries où se débitait un jambon d'Auvergne bien lardé et que le tenancier arrosait d'excellents vins de Sancerre.

Le futur voyageur parut à la petite compagnie étrangement songeur.

– Eh bien, quoi ! tu ne parais pas heureux… s'écria Poitevin.

– À Paris depuis dix mois… À Sèvres depuis presque autant de temps ; déjà dans la confiance des directeurs et en déplacement avec eux pour une mission d'importance ! appuya Boutefeu. Que te faut-il de plus ?

Anselme eut un pauvre sourire :

– L'idée du bonheur est sans doute trop capricieuse pour moi…

– Tu réfléchis trop ce soir ! répliqua Poitevin… Toi qui es de taille à escalader toutes les montagnes, tu sembles découragé !…

Anselme hésitait à répondre mais Mathieu, d'un simple hochement de tête, l'encouragea :

– Tu peux bien parler, nous sommes entre garçons !

– Voilà ! depuis bientôt onze mois que je suis à Paris, j'ai écrit cinq fois à Lucile…

– Cette fille dont tu nous parles quelquefois, intervint Boutefeu, je croyais qu'elle n'était qu'un prétexte pour éviter toutes celles que Poitevin et moi voulions te jeter dans les bras !

– Non ! c'est la jeune fille que j'aime et à qui j'ai donné ma foi à Bort. Je suis sans nouvelles d'elle depuis mon départ et son souvenir m'obsède chaque jour… Plus particulièrement ce soir, à l'instant où je m'éloigne de Paris et de la possibilité de recevoir ses lettres.

Blanchot, le futur médecin, celui qui ressemblait le plus à Anselme par la positivité de ses raisonnements, fit l'esprit fort.

– Et tu comptes sur la poste pour jauger de l'étendue de ta félicité !

Chacun se lança alors dans des histoires de paquets ou de lettres perdus, arrivés à leur destinataire plusieurs mois, voire plusieurs années après qu'on les eut expédiés.

Le chimiste fit mine d'admettre leurs raisons et força un sourire, mais il ne put se retenir d'ajouter :

– Tout de même, cinq lettres et dix mois de silence, c'est beaucoup quand on aime !

Lorsqu'ils se séparèrent, puisque Anselme allait

coucher à Sèvres afin de quitter la Manufacture au point du jour, Mathieu lui glissa à l'oreille en l'embrassant :

– Quand tu reviendras, j'aurai à la main une surprise pour toi… Elle ne peut pas laisser passer Noël sans t'écrire !

Encouragé par la belle assurance de son frère, Anselme, fit un détour par la Poste pour adresser une nouvelle lettre à Lucile. Il ne lui avait pas écrit depuis presque cinq mois, c'est-à-dire depuis la mort de l'abbé Vayssière :

> Paris, le 6 décembre
>
> Ma tendre Lucile,
>
> Ne rien savoir de toi ni de ceux que j'aime à Bort me désespère. Je m'apprête à partir pour l'Alsace et, de là, peut-être en Allemagne. Je bous d'impatience de découvrir les fils de celui qui, il y a dix ans, a réussi à cuire la première pâte dure en France. Je pense que nous parviendrons à explorer suffisamment d'éléments de ce secret pour que le roi ait envie de l'acheter tout entier.
>
> Lucile, Paris et son tourbillon ne m'ont pas fait quitter ta pensée. Sois rassurée, ton Anselme n'a pas varié dans ses sentiments !
>
> À mon retour, j'aurais certainement un paquet de tes lettres qu'un postillon, distrait ou amoureux de toi, aura entassé quelque part.
>
> Ton Anselme, plus que jamais à toi.

Le départ pour Strasbourg eut donc lieu le lendemain, dans la cour d'Honneur de Sèvres, juste avant l'aube. Dans la grande berline de tête devait prendre place Barberie de Courteilles, encombré de ses livres de comptes et de ses grébiches, de sa cave à liqueurs et de ses chocolats, laissant par là fort peu de place à Boileau, furieux de ne pas avoir été obéi, puisque c'était en vain – surtout à l'intention du commissaire du roi dont il connaissait la furieuse manie de se répandre – qu'il répétait depuis plusieurs jours :

– Ne vous chargez pas de fripes, d'affiquets et de choses inutiles... Nous n'allons pas au bal ! Prenez plutôt vos derniers essais, de la terre crue, de la fritte, de la couverte, afin que nous puissions les éprouver et les comparer à ceux de MM. Hannong.

Dans une seconde voiture devaient suivre Robert Millot, Charles Genest et Anselme.

Juste avant de partir, comme les palefreniers et les cochers terminaient leur ouvrage, Boileau, qui venait de voir bouger un rideau au premier étage du bâtiment de l'administration, glissa à Anselme qui se trouvait à cet instant près de lui :

– Tiens ! le Macquer nous espionne !... Puisque vous êtes là, mon petit, j'en profite pour vous dire qu'il y a trois mois encore je pensais tout simplement que ce bougre-là vous avait mis de ce voyage à seule fin que vous lui rapportiez mes faits et gestes... Depuis, j'ai appris à mieux vous connaître et je sais que, même si vous poursuivez comme lui la chimère des pâtes dures – cette idée stupide qui nous lance ce matin sur les routes –, vous êtes honnête, travailleur et loyal... Et puis, au bout du compte, je pense que vous n'êtes pas si bien que ça avec lui. Il a des bizarreries de caractère qui font qu'il vaudra toujours mieux fréquenter un vieil ours de la montagne, comme moi, qui grogne mais qui dit toujours ce qu'il a sur le cœur, ou un rêveur comme Hellot, plutôt qu'un prétentieux de l'Académie, imprévisible et sournois.

Anselme se contenta de sourire. Ce fut là son pacte avec le directeur, quelques instants avant que les deux pesantes voitures, tirées chacune par quatre chevaux gris, ne franchissent la grille de la Manufacture.

Strasbourg, la porte de l'Empire, respirait l'opulence des villes qui vivent des échanges frontaliers, des garnisons, du commerce et de la contrebande. Les bourgeois et les ecclésiastiques y étaient gros et gras, les femmes presque sans cou, opulentes, mais d'une carnation blanche et délicate que rehaussait toujours le rouge des pommettes, ressemblant assez au fond à la *Belle Strasbourgeoise* qu'avait peinte Largillierre, un demi-siècle auparavant.

Ces messieurs de Sèvres descendirent face à la cathédrale, dans une auberge cossue : Boileau et Courteilles logés à leur aise, tous les autres, Genest, les deux valets du directeur et du commissaire qui avaient voyagé sur le banc avec les cochers, s'entassant comme ils pouvaient ; Anselme, enfin, partageant, ainsi qu'il avait été arrêté, la chambre de Robert Millot.

– Choisissez votre lit ! commanda le chef des fours en déposant sur le parquet deux lourds cartons d'essais de céramique ainsi que son bagage.

– Cela vous revient, protesta Anselme, je vous dois le respect !

– Le respect, mon petit monsieur, je le dois à votre science… Jamais personne jusqu'à présent ne m'avait expliqué si clairement comment fonctionnaient mes fours… Voyez ! Je note là toutes vos explications. C'est ma petite bible.

Disant cela, il montra un petit carnet qu'il tenait toujours dans la poche de sa brassière. Millot, qui n'avait rien d'un esprit poétique, y notait au jour le jour, depuis dix ans, des informations concernant la Manufacture, aussi diverses que les heures de ses enfournements, les accidents de cazettes, le détail des casses, les noms et les salaires des ouvriers, ainsi que des observations techniques éparses. Depuis l'arrivée d'Anselme il avait ouvert dans les dernières pages un chapitre intitulé *Considérations en matière de chimie* dont il était très fier. Tout cela se poussait à la suite, dans un français approximatif, avec des noms tout écorchés : Cévennes devenait Sept Veines, Obernzell s'écrivait Aubert Zèle. C'était malgré tout une mine à laquelle Hellot, qui en connaissait depuis le premier jour l'existence, se référait lorsqu'il lui fallait retrouver une date ou un nom.

– Vous savez déjà tout mieux que moi par l'expérience et l'intuition ! objecta Anselme, ému des protestations d'amitié de cet homme bourru.

– Peut-être ! peut-être ! concéda Millot en allumant sa pipe... Mais, tout de même, rien ne vaut de savoir clairement le pourquoi des choses.

Il dévisagea son jeune compagnon de chambrée :

– Vous savez que nous ferons une belle paire tous les deux, avec M. Hellot pour chaperon.

– Je sais qu'il vous apprécie et que vous êtes liés... C'est d'ailleurs vous qui lui avez annoncé mon arrivée.

– C'était notre convention. Du temps où il ne venait presque jamais à Sèvres, je le tenais informé des événements. Tout a changé depuis que vous êtes là. Il est tous les jours sur place et je n'ai plus besoin de lui écrire... Accordons-nous, Anselme !... Vous, grâce à ce que vous avez dans la tête, et moi, avec ce que j'ai dans les mains, nous sommes faits pour nous entendre... C'est avec vous que j'aimerais mettre au point la pâte dure : pas avec Boileau, puisqu'il n'en veut pas, ni avec Macquer, qui m'écrase tous les jours de la morgue de sa science... Oh ! il n'est pas question de travailler dans le dos de ces messieurs ! Mais, voyez-vous, je suis persuadé que tous ces gens ne vont faire qu'embrouiller les choses, tandis que nous, en poursuivant notre petit bonhomme de chemin, sans être prisonniers des caprices ministériels ou des rivalités de boutique, nous parviendrons à nos fins sans esclandre.

– Vous dites probablement vrai, quoique Macquer, sous ses dehors glaçants, soit un grand savant... Ce que je vois à Sèvres, depuis bientôt dix mois que j'y suis, ne me montre que trop, chaque jour, le temps qui s'y perd en rivalités et en démarches vaines. Il n'est pas bon que chacun œuvre dans son coin à des travaux étroitement cloisonnés et qu'il ne se trouve que deux ou trois personnes pour avoir la vue d'ensemble de tous les sujets. Il faudrait tout au contraire pouvoir relier les expériences et les savoirs, coordonner les recherches.

Robert Millot alla brusquement jusqu'à la porte qu'il entrebâilla doucement afin de vérifier que personne ne se tenait derrière pour écouter.

– Sèvres est comme la vieille monarchie, poursuivit-il d'une voix rabaissée, chacun y travaille dans son coin, et un seul homme – une espèce de Dieu, le directeur – décide où ira la machine et où réside l'intérêt général... Nous avons actuellement la chance que Boileau soit bon roi, connaissant bien ses ateliers et ses gens, mais le système est fragile. Il ne veut pas de la pâte dure. Il fait semblant, lorsque le roi ou son ministre se fâchent, de s'y intéresser quelque temps, mais il ne donne à personne les moyens d'aboutir vraiment.

– Alors, qu'attendez-vous de moi ?

– Votre amitié... Votre complicité ! Que nous ne nous cachions rien des doutes ou des hypothèses qui nous viennent à l'esprit dans le cours de nos démarches...

– Je vous le promets ! répliqua Anselme sans prendre davantage le temps d'ordonner ses idées.

– En ce cas, descendons boire un verre pour sceller notre pacte ! s'exclama le chef des fours en enfilant son manteau. Cette fin de route, ça finit par donner soif !

Pour la venue de ces messieurs de Sèvres, les frères Hannong avaient fait taire leurs querelles. Ils attendaient leurs visiteurs dans une pièce lambrissée de bois clair, au rez-de-chaussée d'un pavillon situé à l'entrée de la manufacture.

Joseph, carré d'épaules, épais, d'humeur maussade, sombre de mine, âgé de trente-cinq ans environ, était un second Boileau, celui qui faisait aller la machine. Face à lui se tenait Pierre-Antoine, son cadet de onze ans, de taille impressionnante – il dominait tout le monde d'une tête et même Anselme de quelques pouces –, joli garçon, svelte, galamment mis, avec sans doute un peu trop d'affectation. Clair de teint, les cheveux d'un blond châtain, le visage illuminé de deux grands yeux sensibles et vulnérables de myope, avec un front qui respirait une sauvage intelligence, il possédait par contraste avec son frère une aisance naturelle qui avait fait naître dans le cœur de cet aîné un irrépressible sentiment de jalousie.

Pierre-Antoine adoptait volontiers un ton railleur et dégagé :

– Messieurs, vous ne trouverez ici que de la porcelaine licite… Tendre et des plus fines ! s'exclama-t-il en se levant pour accueillir les gens de Sèvres à leur descente de voiture.

Son fort accent alsacien avait chez lui quelque chose de terriblement charmeur.

– Quel est ce drôle ? maugréa Boileau entre ses dents. Et sait-il bien que nous n'avons rien à faire de sa vaisselle grossière ?

– Nos vrais secrets sont dans l'Empire, à Frankenthal, poursuivit le plus jeune des Hannong. Ces messieurs de Vincennes, vos prédécesseurs, en sont cause, puisqu'ils n'ont pas voulu que la première porcelaine dure mise au point par notre père soit fondue en France au détriment de leur privilège.

– J'étais déjà directeur de Vincennes à l'époque… J'avais mes raisons ! bougonna Boileau dont la mine venait de s'assombrir un peu plus.

– Quoi qu'il en soit, poursuivit ce joyeux garçon du même ton dégagé, soyez les bienvenus !

Il les mena jusqu'au bureau où, tassé sur son fauteuil, attendait son frère dont le visage contracté évoquait assez bien le mufle d'un bouledogue. Par un réflexe assez naturel des affinités de l'âge, le directeur et le commissaire de Sèvres allèrent se placer d'emblée près de l'aîné des Hannong, tandis que Pierre-Antoine se rapprochait d'Anselme, l'abordant à sa manière qui était souvent déconcertante :

– Je suppose que vous êtes comme moi intarissable et lyrique sur les sujets de chimie dont nous aurons l'occasion de parler d'abondance ces jours-ci... Mais, je vous demande d'abord ceci : Aimez-vous la musique ? En faites-vous ?

– Je l'aime, bien sûr, mais je ne la pratique pas. C'est le domaine de mon frère qui est organiste... En revanche, je lui lis chaque soir ses partitions, parce qu'il est né aveugle...

– Comment ! s'étonna Hannong... Vous déchiffrez et vous ne jouez pas !

– Un peu d'épinette, fort maladroitement !

– Moi, le soir, lorsque j'ai bien sué sur mes poudres et bien secoué mes cornues, je souffle dans ma flûte ou je sors mon violon... Je peins aussi quelquefois. J'ai dû m'y exercer lorsqu'il a fallu créer de nouveaux décors pour nos vaisselles... Mais je ne suis qu'un coloriste, pas un dessinateur !

– Vous avez toutefois bien des talents !

– Oh ! que non ! protesta Pierre-Antoine. Il y a beaucoup de choses que je ne sais pas faire, les plus matérielles surtout : installer un atelier, discuter avec les ouvriers, vendre les productions... Ce sont des tâches dont mon frère s'acquitte parfaitement. Quant à moi, j'observe les caprices de la science en poète et je n'aime rien tant qu'apprivoiser le feu, saisir la nuance d'un coloris ou favoriser la sympathie des atomes.

– Lisez-vous ? s'enhardit Anselme.

– Oui, les poètes et les philosophes... D'Alembert et Diderot surtout !

– Je les lis également et je vénère Gassendi qui était la coqueluche de mes vieux maîtres. C'étaient des prêtres, qui me démontraient tous les jours, par leur goût pour l'esprit critique, qu'ils étaient des hommes libres.

– Topons là, mon ami, s'exclama Pierre-Antoine, nous avons de quoi coudre ensemble !... Mais rejoignons le troupeau afin de ne pas apparaître d'ores et déjà comme des conspirateurs !

Ils revinrent vers le centre de la pièce où Joseph Hannong, toujours installé à son bureau, faisait face à Boileau qui, sans en demander la permission, s'était laissé couler dans le fauteuil de Pierre-Antoine pour exposer, sans détour ni fioriture, l'objet de sa venue. Campés de part et d'autre de cette table, les deux porcelainiers, Joseph Hannong, les lèvres serrées, et Boileau, avec ses grosses mains posées à la manière d'un paysan sur ses cuisses écartées, ressemblaient à deux taureaux sur le point de s'affronter :

– Nous n'achèterons que si nous sommes convaincus de l'intérêt de l'opération ! martelait le directeur de Sèvres.

– Nous ne livrerons nos secrets que si l'on nous en donne un bon prix ! renchérissait, avec plus d'accent encore que son frère, l'aîné des Hannong.

Barberie de Courteilles, pendant ce temps, pris d'une agitation panique, avait sorti de sa gibecière des liasses pleines de chiffres, documents venus à contretemps, puisque aucune discussion sur le fond n'avait encore commencé.

Joseph Hannong fit faire d'abord à ses visiteurs un « tour d'usine ». Les gens des manufactures usent entre eux de ce rite pour se connaître et se jauger – tout comme les chiens se reniflent. Le rusé Strasbourgeois avait soigneusement préparé le circuit par lequel il comptait faire passer ses hôtes : l'atelier de couverte, par exemple, où pensait-il résidait une bonne part de son avance sur les procédés de Sèvres, se trouvait, du moins l'annonça-t-il ainsi, provisoirement fermé pour travaux.

Boileau, entendant le bruit des machines, ressemblait à un braque à la piste. Il humait les odeurs, passait ses gros doigts sur les poudres, les léchait même. Il s'approchait des broyeurs et des tours et aurait volontiers interrogé lui-même les ouvriers si, chaque fois, Joseph Hannong ne s'était interposé de son imposante carrure.

À la vue des pièces mises en couleur, l'œil inquiet du directeur de Sèvres s'écarquilla brusquement et il retrouva son sourire filoutier.

« Décidément, se dit-il à part lui, ces porcelaines de Strasbourg font pâle figure à côté des nôtres... Elles sont tout juste dignes de la table d'un chanoine ! »

La difficulté pour le directeur de la Manufacture du roi était qu'il n'était pas venu pour tirer vanité de la supériorité de ses productions mais pour acheter le secret d'une chose contre laquelle il nourrissait les plus grandes préventions. L'animal était coriace. Au contact des gens de la Cour ou du ministère, il était devenu virtuose dans l'art d'arrondir les épaules ou de courber l'échine et il savait, juste autant qu'il le fallait, bousculer son naturel tout d'une pièce pour adopter des façons tortueuses et pleines de politique.

Il alla brusquement jusqu'à Joseph Hannong. Il le prit aux épaules :

– Bravo, mon ami ! Ce que je viens de voir augure bien des suites ! Et je suis dans la partie depuis beaucoup plus longtemps que vous, privilège de l'âge.

– Alors ? enchaîna Joseph Hannong, il vous appartient de décider maintenant si vous voulez faire trente bonnes lieues de plus, après-demain, pour aller voir nos installations de Frankenthal.

– Il se pourrait bien que nous en ayons envie ! rusa le directeur de Sèvres en forçant un petit rire niais.

– Eh bien, pour vous décider tout à fait, je m'en vais vous montrer quelques échantillons de ce que nous savons faire ! ajouta Joseph avant de faire monter toute la troupe à l'étage par un escalier tournant, si étroit que ceux qui le suivaient craignirent un moment de voir Boileau s'y encastrer.

Parvenu devant une petite porte, il tira de sa poche une clef et ouvrit un cabinet dont tout le mobilier se composait d'une grande table carrée chargée des productions de Frankenthal.

– Entreposées à Strasbourg mais produites en Allemagne ! fanfaronna de nouveau Pierre-Antoine en ouvrant les persiennes pour donner du jour. Rien d'illicite donc, puisque tout ce que vous allez voir n'est pas destiné à être vendu en France... Disons que c'est ici notre petit musée !

Il y avait là des plats, des soupières, des pots à oille, des chandeliers, des sujets, des bonbonnières, des tabatières, des fontaines à parfum et, bien sûr, le *Jeune Homme à la chèvre* et *Diane se reposant sous un arbre avec deux chèvres,* dont le point commun était d'avoir été tous fondus à partir du kaolin d'Obernzell et d'être d'une blancheur glacée, comme lunaire. La façon de toutes ces pièces était lourde, « d'une lourdeur allemande », appuiera Courteilles dans son rapport, se moquant ainsi des prétentions de Joseph Hannong qui, dans son catalogue, se vantait de « surpasser dans leur délicatesse les fleurs parisiennes ».

– Touchez ! touchez, messieurs ! annonça Pierre-Antoine, d'un ton toujours aussi joyeux. N'ayez pas peur de casser... C'est du solide !

Boileau fronça de nouveau les sourcils. Décidément, il ne supportait pas ce « muguet ». Il prit dans ses mains un plat qu'il retourna en tous sens. Il le cogna avec sa tabatière, écouta mourir le son cristallin qu'il venait de produire en appliquant son oreille contre la matière froide. Puis il soupesa plusieurs pièces, les passant à Millot, à Anselme puis à Genest.

– C'est un fait, avec le kaolin, la couleur devient terne ! ne put-il s'empêcher de constater…

Mais, après un silence, il ajouta dans un soupir résigné :

– C'est dit ! Nous vous confirmons l'intérêt du roi de France pour vos productions de Frankenthal.

Il éprouva alors le besoin de se rasseoir, persuadé d'avoir renié l'œuvre de toute sa vie en ayant fait un aussi long chemin pour voir une chose contre laquelle il entretenait tant d'aversion.

Le lendemain, qui était un dimanche, tous ces messieurs de Sèvres eurent quartier libre.

Anselme, après s'être promené tout le jour avec Robert Millot pour découvrir la ville, fut invité le soir par Pierre-Antoine Hannong qui habitait, dans le quartier de la Petite France, une belle maison pleine de commodités dont il avait su faire une ravissante garçonnière.

Les cinq pièces qu'il s'était aménagées sous les toits étaient garnies d'un mobilier délicat et raffiné : des meubles à la mode, laqués ou recouverts des tons pastel d'un vernis Martin, des soieries de Lyon gaies et colorées, brodées de feuillages vert tendre et de fleurs bouton-d'or ; sur les murs, presque à touche-touche, des miniatures ou de petits tableaux d'artistes strasbourgeois qui avaient su s'inspirer avec talent des bergers et des nymphes de François Boucher. Enfin, à profusion, des porcelaines aux tons vifs, des sujets en biscuit blanc que bien souvent Pierre-Antoine s'était amusé à sculpter ou à tourner lui-même avant de les cuire, mais aussi des vases de Delft, destinés sans doute à rappeler que les Hannong étaient d'ascendance hollandaise. Toutes ces céramiques, disséminées sur les guéridons ou les tables – « dans une agréable confusion sans confusion », comme avait dit autrefois si joliment Mme de Caylus – et léchées par la lueur tressaillante des bougies, produisaient mille taches de couleurs qui s'incrustaient dans la profondeur des glacis ou qui se reflétaient sur l'or des décors, dans une pluie d'escarbilles.

Le jeune porcelainier, dans ce cadre raffiné où flottait une odeur presque évanouie de Chypre, signature d'une maîtresse échappée le matin même, accueillit son hôte en se livrant à l'une de ses facéties accoutumées qui procédait de son goût marqué pour les déguisements. Il apparut d'abord vêtu de soie rouge comme un magot chinois, puis disparut sous un vain prétexte pour revenir sanglé dans le doloman d'un officier hongrois, se montrant, pour finir, roulé dans une robe de chambre de soie blanche brodée, précisa- t-il, de la pluie des larmes d'un chagrin d'amour.

Il offrit à Anselme une bière contenue dans une cannette de grès qu'il conservait à la glace, puis il lui présenta, sur un plat de Frankenthal, des viandes fumées, des saucisses, des petits pâtés feuilletés de diverses formes, servis à côté de compotiers pleins de purée de radis et d'oignons confits.

– Comment trouvez-vous Strasbourg ? demanda ce plaisant garçon d'un ton enjoué.

– Magnifique ! s'enthousiasma Anselme... La cathédrale, le pilier des Anges et, pour un homme épris de techniques comme moi, l'horloge astronomique...

– Les gens d'ici ont un génie paisible. Leurs carillons et leurs cloches ne produisent pas ce bruit d'enfer qui n'existe que dans la capitale et ils ne sont pas, comme vous, Parisiens, toujours pressés d'aboutir ou de conclure...

– Faites-moi la grâce de considérer que je ne suis arrivé sur les bords de la Seine que depuis peu !

Le grand sujet de Paris, de son fourmillement artistique et intellectuel, qui occupait les conversations de toute l'Europe intelligente et sensible, les fit discourir longtemps. Pierre-Antoine y était venu à plusieurs reprises et, par un de ses amis, un certain Amador, il avait pu assister deux fois à la grande messe que Mme Geoffrin tenait tous les après-midi, rue Saint-Honoré. Il y avait croisé Diderot, d'Holbach, d'Alembert, Pigalle et Helvétius, juste avant qu'il ne subisse, en 1758, la condamnation de son livre *De l'esprit*. Il en conservait un fabuleux souvenir car il était comme tous les provinciaux, à la fois captivé et agacé par l'influence qu'avait usurpée cette ville sur tout ce qui bougeait et pétillait en France ou dans le monde.

– Jusqu'à ces soieries et ces meubles que l'on ne trouve que dans les catalogues venus de la capitale ! constata-t-il avec un peu d'humeur en désignant les tentures de son salon que nouaient des embrasses de soie… De même façon, tout ce qui porte l'estampille de Sèvres vaut trois fois plus qu'une production de qualité identique façonnée en province et quand, par-dessus le marché, il existe un privilège qui interdit à toutes les manufactures n'appartenant pas au roi de produire autre chose que de la vaisselle blanche ou peinte en bleu, sans or ni sans aucune autre couleur, il n'y a plus, passez-moi l'expression, qu'à « aller se coucher ».

Pierre-Antoine, après s'être à nouveau servi une chope d'une bière juste à point mousseuse, se tourna brusquement vers son visiteur, avec toute la mine d'un parfait filou :

– Oui mais voilà, le privilège de Sèvres est en grande partie stérile, parce que le véritable secret se trouve ici !

Anselme sourit, la prunelle fixe, avant de porter une santé. S'étonnant lui-même de son aisance et du goût qu'il commençait à prendre pour les raisonnements entrelacés, il enchaîna du même ton dégagé :

– Mais il est tout aussi vrai que la succession de votre père est ouverte… Que celui-ci a gâté ses affaires en s'installant à Frankenthal et que, pour brocher sur le tout, vous devez des sommes considérables à l'Électeur palatin.

– Exact ! concéda Pierre-Antoine, ravi de se trouver un frère en reparties.

– Alors ? dit Anselme en plaçant sa chope devant son nez, de manière que l'on ne vît plus briller que ses yeux noirs.

– Imaginez la suite, répliqua Pierre-Antoine… C'est assez simple !

– Le roi achète le secret des frères Hannong, se risqua Anselme.

– Ce n'est pas le tout de l'acheter, encore faut-il savoir l'exploiter… Vous avez besoin de quelqu'un pour cela…

– Vous !

Tout le visage du Strasbourgeois rayonnait. Brusquement, il se fit plus grave et son accent disparut presque :

– Oui, moi ! Je fais partie du marché. J'en suis même la clause secrète… Je viendrai à Sèvres, bien payé et bien entretenu, pour vous aider à mettre en œuvre les techniques de mon père.

– Je serais en effet comblé de travailler avec vous… Mais, vous le savez bien, je n'ai pas mon mot à dire.

– Peut-être, mais vous êtes de mon âge et visiblement déjà fort apprécié des barbons qui vous entourent.

– Un conseil, en ce cas, ne brusquez pas Boileau ! C'est un fagot d'épines, mais c'est un homme juste et de qui tout dépend… Vous aurez plus de mal avec Macquer, qui a des idées brillantes et bien arrêtées mais qui fera tout pour que lui soit attribuée la paternité de l'invention de la pâte dure en France.

– Je ne vois pas comment il pourrait y parvenir, puisqu'il sera clair pour tout le monde que ce secret nous aura été acheté !

– Ce n'est pas à vous que j'apprendrai quc, sous

prétexte de les perfectionner, on peut parfaitement se faire attribuer la paternité de toutes les inventions de la terre.

Pierre-Antoine se contenta de sourire, puis, au moment de sortir pour gagner une rôtisserie des bords de l'Ill, il ajouta gaiement :

– Nous ferons une belle paire d'amis, tous les deux... Soyons alliés, Anselme !

Profitant de l'agitation du départ, il lui glissa dans la poche une petite boîte qui contenait deux objets en pâte de Frankenthal, enveloppés dans des papiers de soie : un coffret miniature, qui s'ouvrait par un ressort et dont le couvercle s'ornait en relief d'un couple de bergers, ainsi qu'un petit médaillon, imitant un camée, pourvu d'une bélière d'argent destinée à le pendre autour du cou.

– Le petit coffret à mouches sera pour la dame de vos pensées ! lui dit-il en lui posant la main sur l'épaule... Le pendentif vous servira à emprisonner son portrait... J'ai le même, ajouta-t-il, tirant un semblable petit médaillon de sous sa chemise avant de lui montrer qu'il contenait une miniature représentant une jeune femme de profil.

– La voici bien au chaud, railla Anselme.

– L'histoire la plus étonnante de ma vie !... La cousine de mon ami Amador. Je ne l'ai jamais rencontrée, mais je suis tombé amoureux d'elle rien qu'en voyant son portrait. Je le lui ai d'ailleurs tout aussitôt dérobé... Depuis, il repose là, sur mon cœur...

– Vous, au moins, quand vous aimez, c'est à la folie ! s'exclama Anselme admirant la fougue de son nouvel ami.

Le voyage vers le nord, en Palatinat, nécessita deux grosses journées, au travers de forêts d'aulnes si épaisses, si sombres et si froides qu'elles paraissaient terriblement oppressantes malgré l'absence de feuillage.

L'auberge qu'ils atteignirent à la nuit tombée leur offrit pour tout souper un pot-au-feu de lard gras et de raves arrosé d'une bière lourde et presque noire. Fatigués et repus, ils gagnèrent leurs chambres au confort sommaire sans demander leur reste. Seul Anselme, torturé par sa conversation de la veille avec Pierre-Antoine Hannong, ne parvenait pas à trouver le sommeil.

Il questionna Robert Millot qui dormait à demi :

– Que penses-tu du plus jeune des frères Hannong ?

Robert et son compagnon venaient de décider un quart d'heure auparavant de se tutoyer.

– C'est un « frisé », mais il a certainement des lumières dans son art. Il est comme toi, Anselme, je ne l'ai pas entendu proférer une ânerie… Il est vrai que je ne le connais que depuis peu…

– Il recherche mon amitié.

– Il te faut l'accepter… Visiblement, Pierre-Antoine est un bon garçon. Tu lui feras plaisir et puis tu feras avancer les affaires de la Manufacture !… Mais nous en reparlerons demain… Parce que, pour l'instant, vois-tu, je dors !

Le séjour de ces messieurs de Sèvres à Frankenthal dura quinze jours, du 8 au 23 décembre 1760, suscitant d'abord une énorme déception du côté des visiteurs qui ne virent au premier coup d'œil que de vieux ateliers et des hangars malcommodes, agencés à la va-vite, au bord d'un sombre ruisseau, dans ce qui avait été autrefois les bâtiments d'une caserne. Les productions qui en sortaient apparaissaient d'emblée mal façonnées, mal peintes et de petit calibre.

Barberie de Courteilles résuma assez bien ces premières impressions mitigées dans une lettre à Bertin en date du 14 décembre :

> Il n'y a rien de plus médiocre que les ouvrages de cette fabrique. M. Boileau n'a pas, dans tout le magasin, pu

> trouver une pièce de platerie parfaite. Il est probable que les pièces qui ont été envoyées ici pour modèles ont été choisies parmi les meilleures entre mille... Les ouvriers n'ont pas de talent et sont payés à très bas prix... On ne peut enrichir cette porcelaine avec de l'or. Les couleurs, en particulier les verts, s'enlèvent par éclats et toutes les demi-teintes ne sont pas bien fondues, ce que tout le monde est à portée de juger... Les couleurs de fond sont très médiocres...

Boileau, dans les notes minutieuses rédigées au cours de ce voyage, déplorait de plus l'utilisation d'huile d'aspic qui rendait l'air irrespirable mais, au bout du compte, il fallait bien en convenir, les Hannong détenaient le secret de Saxe. Leurs pièces, si imparfaites fussent-elles à première vue, résistaient aux chocs, aux rayures, à la chaleur et tintaient comme le cristal lorsqu'on les frappait avec un objet de métal. La formule ne demandait qu'à être améliorée, la technique qu'à être perfectionnée et surtout le décor confié à des mains plus habiles.

Les envoyés du roi de France, à cause de l'inconfort de l'unique auberge de Frankenthal, finirent par se fixer à Mannheim. Le soir, Anselme, qui en avait reçu la permission de Boileau et de Barberie de Courteilles, allait souper chez Pierre-Antoine, dans une petite maison de la ville qui n'avait aucun des charmes de son logis de Strasbourg. Sauf une belle et grande garde-robe destinée à satisfaire, là comme en Alsace, son goût du travestissement, ce n'était que des meubles gothiques posés sur de grossiers planchers cirés.

Le plus jeune des Hannong se rendait parfaitement compte de la déception des gens de Sèvres, mais, comme à son habitude, il affectait de prendre tout cela à la légère :

– Les plus belles perles sont sur les fumiers, avait-il lancé à Anselme, au soir de la première visite des ateliers de Frankenthal, en découvrant dans un large sourire ses dents blanches… Vous nous regardez de haut mais vous devez malgré tout l'avouer, nous avons ici, dans ces baraquements misérables, le fin mot de ce que vous recherchez !

– C'est vrai, avait convenu Anselme, mais il faudrait rendre tout cela plus attrayant et plus pimpant pour que le roi de France ait envie d'en faire l'acquisition.

– On ne pourra pas améliorer ces porcelaines dans les conditions qui sont aujourd'hui celles de Frankenthal, avait enchaîné Pierre-Antoine, on en revient donc à notre conversation de Strasbourg. L'achat du secret ne constitue qu'un préalable. De nombreuses mises au point seront par la suite nécessaires pour développer à Sèvres une production à grande échelle, et nul n'est mieux placé que moi pour s'acquitter de cette tâche !

Les frères Hannong étaient donc tous deux en position de monnayer l'héritage de leur père, chacun à leur profit. Pour éviter une issue aussi déplorable, ils passèrent, le 21 décembre 1760, à l'instigation de la femme de Joseph, un accord devant un notaire de Strasbourg pour s'obliger réciproquement à ne conclure avec quiconque séparément, sous peine d'une amende de 100 000 livres. Par un acte presque concomitant, signé à quelques jours de là, tous les héritiers de Paul Hannong accéléraient le partage des biens familiaux : Pierre-Antoine recevait la faïencerie de Strasbourg, Joseph l'usine de Frankenthal – pensant bien par là garder la haute main sur le secret de la porcelaine dure –, quant aux filles, elles se partageaient le solde d'une succession sérieusement mise à mal par les emprunts contractés par l'auteur de leurs jours auprès de l'Électeur palatin et dont l'espérance principale résidait dans la vente envisagée de la vieille usine d'Haguenau.

Cet engagement ne dissuada toutefois pas les deux frères de poursuivre leurs discussions plus ou moins séparément. Ces messieurs de Sèvres quittèrent l'Alsace, à la veille de Noël, emportant une proposition secrète de Joseph qui offrait de vendre à Louis XV – sous réserve de l'accord de l'Électeur palatin qui lui avait accordé son privilège – l'usine de Frankenthal en même temps que la formule de la pâte dure. Il réclamait pour cela une somme de 125 275 livres. Cette offre de l'aîné des deux frères en rabattait donc déjà beaucoup par rapport aux exigences que formulait son père, un an auparavant : pour une somme équivalente, il s'offrait de livrer non seulement le secret mais aussi l'usine. Il renonçait de plus au versement d'une rente ultérieure.

Bertin, au retour de ces messieurs à Sèvres, dans les derniers jours de 1760, se frotta les mains, persuadé que, pour peu qu'il attende encore, il recueillerait toute la succession de Paul Hannong pour presque rien.

Boileau avait retrouvé sa manufacture avec un infini plaisir. Arrivé un peu avant minuit, il était descendu le lendemain, dès 6 heures, dans les ateliers où il fut tout surpris de retrouver Anselme, qui avait dormi sur place – moins longtemps que lui encore – et s'était rendu dans les hangars de broyage bien avant l'arrivée des ouvriers, en s'éclairant d'un quinquet.

– Alors, mon gaillard, on a le sommeil léger !

– J'étais impatient d'essayer des terres que m'a confiées Pierre-Antoine Hannong !

Le directeur approcha sa grosse figure des creusets dans lesquels Anselme, en manches de chemise, mais ayant passé deux brassières l'une sur l'autre pour se protéger du froid, écrasait de la poudre blanche.

– Qu'est-ce donc que cela ? s'enquit Boileau en posant sa main potelée mais agile à la surface de la poudre.

– Le kaolin de Saxe, le vrai, celui d'Aue, et là, celui d'Obernzell, en Bavière… Faites un vœu, monsieur !

Car c'est la première fois que nous en voyons d'authentiques et d'avérés à Sèvres.

– Et comment cela se présente-t-il ? demanda encore l'ancien garde-magasin, continuant d'affecter un air de grand dégoût mais toutefois incapable de dissimuler son intérêt.

– Une poudre blanche comme de la neige qui, d'après ce que m'a dit Hannong, est quasi impossible à détecter dans la nature, puisqu'elle se trouve toujours sous trois toises d'immondices et de détritus infâmes… Souvenez-vous, monsieur Boileau, la première fois que je vous ai vu, il y a presque une année de cela, je vous ai parlé d'une matière immaculée qui était susceptible de se cacher au cœur d'un magma infâme et des matières les plus repoussantes…

– Oui, oui, mon petit, et même que je me suis dit que vous étiez un sacré rêveur… Mais, après tout, vous aviez peut-être… Comment le Macquer appelle-t-il cela, déjà ?… Une intuition… Oui, c'est cela, une intuition.

– Le kaolin, l'eau, un peu de chaleur… Regardez déjà comme cette pâte se fait… Comme elle est onctueuse et plastique !

– Ma foi, c'est vrai et c'est même assez prodigieux, approuva Boileau en prélevant un peu de la matière blanche entre ses doigts pour la triturer, la porter à ses lèvres, l'étirer et regarder le jour au travers… Vous nous fabriquez là quelque crêpe céleste… Mais nous voilà bien avancés !…

– Nous savons depuis longtemps que ce mélange remplace notre fritte et nous avons même, tout particulièrement grâce à M. Macquer, quelques idées sur la suite.

– Et c'est le « petit » Hannong qui vous a donné tout ça ?

– Oui, je crois qu'il m'a pris en amitié… Vous savez, c'est un parfait chimiste, celui qui connaît le mieux les poudres et les mélanges que son père a mis au point à Frankenthal.

– Peut-être, mais il a des airs d'insolence que je n'apprécie guère !

– C'est parce que vous ne le connaissez pas.

– Vous allez dire comme beaucoup d'autres que je ne suis pas, comment dit-on cela aussi ?... Psychologue... Oui, c'est cela, psychologue !... Un mot à la mode, un mot tout neuf !

– C'est à peu près ça, plaisanta Anselme, car, voyez-vous, monsieur Boileau, je suis bien persuadé que notre meilleur atout pour la mise au point de la pâte dure, c'est justement Pierre-Antoine Hannong.

– Vous le croyez ?... Vous voyez cette espèce de grande asperge se mêler de venir nous donner des leçons !

– Je suis convaincu qu'il est notre meilleur atout !

Boileau, qui, pour se réchauffer, venait d'appliquer ses mains ouvertes sur les briques du petit four à fritte que comptait utiliser Anselme afin de cuire ses plaquettes, secoua la tête en faisant ballotter ses bajoues. Il paraissait brusquement descendre dans un abîme de réflexions :

– Et si je le faisais venir ? Vous en répondriez ?

– Je suis certain qu'il ferait le meilleur travail possible... Et, même, si vous le souhaitiez, je l'assisterais bien volontiers.

– En ce cas, jeune homme, je m'en vais vous confier une chose que le ministre lui-même n'apprendra que tantôt. Au moment où je le quittais, votre « ami » Pierre-Antoine m'a glissé dans la poche une lettre dans laquelle il propose de nous vendre pour 100 000 livres le secret de son père et de venir ici, pour un salaire à déterminer, afin de procéder aux mises au point. Il précise qu'on ne donnerait d'abord que 50 000 livres, à la signature, pour fixer l'accord et les 50 000 restantes lorsque tout serait définitivement réglé. Cela mérite réflexion, et les termes des propositions de chacun des deux frères sont à comparer…

– Rapidement vu ! s'enhardit Anselme. Il y a beaucoup plus de sûreté dans la proposition de Pierre-Antoine… L'usine de Frankenthal est en mauvais état, difficile à diriger depuis la France, et la formule de la pâte dure n'est rien sans sa mise au point ici… Pierre-Antoine est le seul à nous offrir une garantie de bonne fin.

– C'est bien mon avis, bougonna Boileau avec une satisfaction matoise mais pourtant comme à contrecœur. J'ajoute que depuis que vous m'avez promis votre aide, je regarde cette proposition d'un autre œil. Et puis…

Et d'un ton de voix rabaissé, comme s'il avait peur qu'on l'entende, il poursuivit :

– Et puis je commence à me faire à votre kaolin qui est une drôle de pâte… Je voudrais bien la voir tordue et fondue de bout en bout avant de mourir !

Il continua d'observer le jeune chimiste qui avait, en quelques mois, pris le coup de main des meilleurs mélangeurs de la Manufacture. Il était à présent capable d'enrouler un peu de matière autour d'un bâton et de l'y tortiller, comme les serpents sur le caducée d'Hermès, pour l'éprouver, la pincer, l'écraser, en humer l'odeur puis en éprouver le goût du bout de la langue.

– Ah ! s'émerveilla le directeur, si j'avais votre âge, comme tout cela me passionnerait !

Les propositions des frères Hannong, celle de Joseph, connue apparemment de son frère, et celle, moins honnête, de Pierre-Antoine qui tentait de tirer à son seul profit les marrons du feu, furent sur le bureau du contrôleur général Bertin, le 28 décembre, dans l'après-midi.

Le lendemain, jour de la Saint-Thomas, à la traditionnelle vente de porcelaines qui se faisait chaque fin d'année, depuis 1748, dans les appartements du roi, Mme de Pompadour affichait un air de triomphe, laissant entendre à tous ses chalands que les pièces bientôt produites par la Manufacture, à une année de là, étonneraient l'Europe entière.

Mesdames étaient apparues au milieu de la matinée dans le salon aux Salles neuves où avait lieu cette vente, saluées d'un grand froissement de révérences. Persuadées par Adélaïde qu'elles, et elles seules, avec l'active participation de leur belle-sœur Marie-Josèphe, livreraient bientôt à leur père le secret de Saxe, elles se répandaient en petits ricanements sur les belles assurances que la favorite, relayée par ses amies, lançait à la cantonade.

Quant à la dauphine, elle passait avec un air de somnambule entre les vitrines dans lesquelles s'alignaient les chatoyantes productions de Sèvres sans même y jeter un regard.

– Il y va de l'honneur de la famille ! s'emporta brusquement à voix basse, mais d'un ton haletant, l'aînée des filles du roi qui venait d'observer du coin de l'œil l'ancienne maîtresse de son père poussant son avantage auprès de ses riches clientes, nous ne laisserons tout de même pas cette p… recueillir une gloire qui ne doit aller qu'à notre père !

– J'ai écrit à Dresde… murmura à cet instant la dauphine, d'un accent plus tremblé et mal assuré que si elle avouait un parjure ou un crime.

L'ardent baiser qu'Adélaïde posa alors sur le front de sa belle-sœur, en la mordant comme le fer rougi qui flétrit les criminels, manqua de la faire défaillir.

Cette princesse des tourbillons, tout à la joie de la nouvelle que venait de lui annoncer Marie-Josèphe, repartit à l'opposé, entraînant son monde dans son sillage – sœurs, dames de sa maison, suivantes et petits chiens –, pour venir se planter devant le petit bureau de laque sur lequel la marquise alignait ses comptes d'une écriture appliquée.

Reprenant alors son ton naturel, qui avait quelque chose du gourdin, se saisissant à pleines mains d'une chocolatière, elle fit mine de s'extasier, en s'adressant aux dames du bureau :

– La Manufacture cette année s'est surpassée… Mais, vraiment, ce rose !… Comment l'appelez-vous, déjà, mesdames ?

La marquise de Pompadour, assistée de Mmes de Sassenage et de Choiseul qui l'aidaient à tourner les pages des registres de comptes et des catalogues, leva un visage calme et avenant vers ce groupe compact d'élégantes en grand chapeau et manteau de soie :

– Le rose Pompadour, Madame ! C'est le roi qui a tenu à ce qu'il soit nommé ainsi, depuis qu'il a été mis au point par nos meilleurs chimistes en 1757.

– Ah, oui ! c'est cela, le rose Pompadour.

Elle venait de dire « pompadour » ni plus ni moins que si on lui eût tenu la langue avec des tenailles…

– Ce rose…

– Eh bien quoi, ce rose ?

– Il est fade… Fade vraiment !

– Il est exact qu'il s'accorde parfaitement au joli teint des femmes, aux carnations subtiles… Et point, je vous le concède, Madame, aux grosses joues pleines de rouge.

Il y eut là-dessus un silence, comme un point d'orgue, un court instant de vertige pendant lequel s'affrontèrent la parfaite impavidité de la marquise et le gros bouillonnement du courroux de la princesse.

Adélaïde, un instant pétrifiée, rassembla promptement les paquets que venait de finir de lui ficeler, de ses doigts fins et agiles, Mme de Pompadour elle-même. Suivie de ses trois sœurs, elle rejoignit sa mère qui s'en était allée en avant, dans le petit nuage formé par ses dames et quelques gardes du corps.

Sentant Adélaïde qui roulait sur ses pas en écumant, la reine, sans même détourner la tête, l'arrêta d'une phrase :

– J'ai appris avant vous qu'il ne fallait jamais l'affronter !... Vous étiez prévenue !

Marie-Josèphe de Saxe s'était donc décidée, après plusieurs mois de résistance, à céder aux pressions de sa belle-sœur Adélaïde. Elle avait écrit à son père, Auguste III, électeur de Saxe et roi de Pologne. Or le soutien apporté contre lui par Louis XV à Stanislas Leckzinski pour la reconquête du trône de Pologne était une telle blessure qu'il nourrissait, depuis, envers le nouveau pays de sa fille une sorte de jalousie marâtre.

Il n'était donc nullement disposé à laisser filer gratis la formule de sa porcelaine en France, mais comme aussi il savait ce secret sur le point d'être découvert, puisque déjà connu, en tout ou en partie, à Vienne, à Nymphenburg en Bavière et à Frankenthal, il imagina que la requête du roi de France, présentée par sa fille, pourrait lui faire réaliser une excellente affaire. Pour cette raison et sous prétexte de faire retailler par des joailliers de renom quelques diamants de la fabuleuse collection de pierreries de son père, Auguste le Fort, il allait bientôt, après avoir longtemps réfléchi, dépêcher à Paris et en grand secret le chevalier von Pastor, un jeune espion, mi-garçon mi-fille.

Anselme, après son voyage à Strasbourg et à Frankenthal, avait retrouvé Mathieu fort changé. Il était comme intérieurement tendu, une tension que son aîné attribua d'abord au surcroît de responsabilités que les jésuites lui avaient confiées en lui faisant tenir seul l'office de chœur le dimanche, en place de M. Merlot, attaqué depuis début décembre par des crises de rhumatismes.

Les révérends pères commençaient alors d'entrer dans la tourmente qui devait aboutir en 1763 au bannissement de leur compagnie. Le procès du père La Valette, esprit téméraire et au fond assez peu préoccupé de Dieu, qui s'était lancé dans le trafic du sucre et des esclaves à la Martinique, s'ouvrait en mars 1761. Les Anglais lui avaient coulé cinq vaisseaux dans les péripéties de la guerre commencée en 1756, ce qui, par ricochet, avait pratiquement ruiné une maison de commerce de Marseille, la compagnie Lionci et Goufre. La Valette, pour le coup, avait été condamné en 1760 à reverser 1552276 livres, qu'il n'avait pas, à ces banquiers. Il décida d'interjeter appel de ce jugement. Or, ce religieux, qui avait pourtant à sa disposition d'autres voies moins périlleuses, choisit de porter son affaire devant le parlement de Paris dont les magistrats, proches pour la plupart de l'ancienne pensée de Port-Royal, saisirent une occasion qu'ils attendaient depuis longtemps pour poser quelques questions gênantes qui, en moins de trois ans, allaient conduire à la proscription de la Compagnie de Jésus : les constitutions qui avaient introduit en France les disciples d'Ignace de Loyola étaient-elles licites et compatibles avec les anciennes libertés gallicanes qui protégeaient l'Église nationale contre les abus de Rome ? Et, par ailleurs, où ces religieux, depuis deux cents ans, avaient-ils pris le droit de capter une manière de monopole dans l'éducation et la création des collèges, au détriment des autres congrégations ?

Les jésuites, dont l'existence même était mise ainsi pour la première fois en cause depuis Henri IV et qui avaient toujours eu l'incontestable talent d'attirer à eux les cercles les plus influents de la Cour et la partie la plus brillante de la jeunesse, redoublaient donc d'efforts, au début de 1761, pour s'attirer les grâces du public.

Mathieu, par la subtilité de son toucher, l'élégance de son jeu et sans doute aussi la particularité qui paraissait si incroyable alors d'être musicien en étant né aveugle, devint rapidement l'une des attractions produites par ces religieux, déjà sur la défensive, dans leur grande opération de séduction de l'élite parisienne. Il fut ainsi l'un de ces petits secrets de plaisir que les gens raffinés se chuchotent à voix basse en espérant que la multitude ne le connaîtra pas trop vite. Lorsqu'il jouait, et ce dès les premiers jours de 1761, la foule se pressait jusque dans l'escalier qui montait à la tribune. Les hommes l'attendaient pour le féliciter, les femmes pour l'embrasser. Malgré ses incessants maux de tête, il était heureux de ce succès, et il avait pour chacun un mot, un trait d'esprit, une attention. Sans qu'il s'en rendît tout à fait compte, une petite cour était en train de se former autour de lui.

Anselme qui était venu l'entendre le premier dimanche de 1761 en avait eu les larmes aux yeux.

– Tu seras plus vite et plus largement connu que moi ! lui dit-il en l'embrassant.

– Ce sont les abeilles de Bort, l'intercession de nos parents et de l'abbé Vayssière, les leçons de MM. Comblat et Merlot qui m'ont déblayé les voies… Je n'avais plus qu'à couper les dernières haies pour entrer dans une plaine remplie de lumière… Et pourtant, Anselme, je souffre étrangement. Cette musique qui devrait me ravir me tue et me dévore à mesure qu'elle prend forme sous mes doigts… Ma pauvre tête se fracasse et n'y résiste pas !

Anselme eut un hoquet en pressant à nouveau son frère dans ses bras. Ils se tinrent ainsi longtemps embrassés au pied de l'escalier de la tribune, observés, sans qu'ils s'en rendissent immédiatement compte, par une jeune fille mince et bien faite qui portait un petit chapeau de feutre vert, une longue robe de velours de la même couleur mais tirant sur le céladon, un petit casaquin de laine, également accordé à sa coiffure mais d'un ton plutôt amande. Un visage mutin et doré, une gaie franchise, des yeux dans lesquels semblait se refléter le ciel. D'emblée éclataient chez elle les qualités physiques et morales qui attachent le regard et le cœur, ce magnétisme que les littérateurs, pourtant habiles à disséquer les sentiments, continuaient d'appeler depuis l'époque de Mme de Sévigné, à défaut de terme plus explicite, le « je-ne-sais-quoi ».

Elle fit signe à Anselme qu'elle désirait parler à Mathieu.

– Une de tes admiratrices ! annonça gracieusement le jeune chimiste en prenant son frère par une main pour le mener jusque devant la belle inconnue.

– Oui, monsieur, murmura la jeune fille d'une voix douce mais ferme, je viens ici chaque jour entendre vos répétitions, et tous les dimanches, depuis maintenant quatre mois, j'assiste à votre concert de l'après-midi... Mais une question me brûle les lèvres puisque, comme tous vos admirateurs, je ne sais à peu près rien de vous : êtes-vous novice dans la Compagnie de Jésus ?

Mathieu éclata de rire :

– Novice dans mon art, pour ça oui, mais révérend père un jour, certainement pas ! Je les vénère pour tout ce qu'ils m'ont appris, mais je n'ai pas assez le sens de l'obéissance et, plus simplement peut-être, celui de l'humilité vraie.

– Ah ! s'exclama spontanément la jeune fille comme si elle éprouvait du soulagement, j'aimerais pouvoir monter dans votre tribune et contempler le spectacle de vos doigts agiles...

– Nos bons pères sont suffisamment libéraux pour vous accorder cette grâce. Ce sera donc quand vous voudrez... Dans d'autres églises de Paris, vous ne le pourriez pas.

– J'aimerais aussi vous lire quelques partitions... M. Merlot m'a confié que c'est ainsi qu'il en usait avec vous… J'ai tout mon temps, une assez bonne connaissance de votre art, des parents admirables qui ne s'effraient ni de mes toquades ni de mes longues disparitions, et un goût pour la musique que rien ni personne ne pourra jamais rebuter.

– Les bons lecteurs de musique qui aient un peu de temps à me consacrer, voilà certainement ce qui me manque le plus ! répliqua le jeune organiste. J'accable ce pauvre Merlot, ainsi que mon frère, or ils ont déjà beaucoup à faire… Mais, reprit-il en fronçant les sourcils, savez-vous bien saisir toutes les nuances d'une œuvre ?

Elle eut un soupir d'impatience qu'elle parvint à noyer dans un sourire qui ne faiblit toujours pas lorsqu'il tira de sa poche une feuille de musique et qu'il la lui tendit pour qu'elle la lise, comme s'il voulait immédiatement la mettre à l'épreuve.

Elle s'en empara et, avec assez d'effronterie dans le ton, se mit à épeler les notes et à signaler toutes les annotations du compositeur ou du copiste en les agrémentant d'un petit commentaire. Elle rectifia même à la mine de plomb un soupir qui lui paraissait erroné. Mathieu, qui connaissait la partition par cœur, l'arrêta :

– Pas mal, mais peut-être un peu lent pour moi !

Elle lui rendit son papier avec assez de brusquerie :

– En vérité, vous n'avez besoin de personne !

– Si, mademoiselle, dès demain !… Votre heure sera la mienne !

– 9 heures ! dit-elle d'une voix restée contrariée.

– Soit ! 9 heures, au pied de cette tribune. Quel est votre nom ?

– Briséis… Briséis d'Ambre, je l'ai écrit au bas de votre feuille !

Les deux frères la saluèrent en s'inclinant et elle s'échappa par la porte de l'église avec la grâce d'un écureuil.

L'apparition de cette frêle jeune fille avait surtout troublé Anselme, peut-être parce qu'il avait retrouvé en elle, dans son visage ovale, fendu de deux yeux noisette grandement écartés, un peu de la douce beauté de Lucile dont le souvenir continuait de le tourmenter.

Heureusement, le travail l'accaparait. C'était, presque sans relâche, une exaltation propre à compenser les plus grandes douleurs personnelles. On le regardait à présent, à cause de sa jeunesse, de son entrain, de sa belle allure, comme l'une des figures de la Manufacture. Son naturel charmait immédiatement. Il se montrait le plus souvent, dans son bureau, en culotte et manches de chemise, dans les ateliers, en tablier de cuir ou de coutil, mais il savait aussi se présenter en habit et perruque dès lors qu'il y avait quelque visite de marque, en particulier celle presque hebdomadaire de Mme de Pompadour, celle d'un ministre – presque toujours le contrôleur général Bertin –, et même parfois celle du roi.

Sa bonne mine faisait que de plus en plus fréquemment ces visiteurs s'adressaient à lui, de préférence à tout autre, pour recueillir des explications. Il donnait d'ailleurs l'impression d'être partout à son aise, s'attachant à connaître les fabrications dans leur moindre détail et dans leur continuité. Il était de fait l'un des premiers à considérer, à rebours de tout ce qui s'était dit jusque-là à Sèvres, par maladie du secret, qu'un seul élément de la chaîne pouvait avoir de l'influence sur tous les autres. On le voyait du coup de plus en plus dans les ateliers de réparure, de glaçure et même de peinture, dont les procédés avaient été considérés longtemps, à tort, comme subalternes et ne pouvant avoir aucune incidence sur la structure d'une pièce.

Charles Genest, le chef des couleurs, qui l'appréciait depuis le voyage de Strasbourg, l'accueillait chaque fois à son étage avec une joie visible, lui montrant les derniers cartons remis par les premiers peintres, Antheaume, Aubert et Bailly, qui travaillaient essentiellement aux vaisselles royales et princières. Il s'agissait de petits sujets rapidement aquarellés, de dessins de motifs tracés au crayon bleu, sur des morceaux de papier fort et hâtivement déchirés, que les artistes, chargés de les exécuter sur les pièces, posaient au-dessus de leur banquette. Ils s'en inspiraient plus ou moins librement, condamnés à ne poser leurs couleurs qu'au jugé, puisque, comme on le sait, dès qu'ils les appliquaient sur la glaçure restée perméable, les différentes touches se fondaient dans un gris presque uniforme. Ils ne pouvaient donc qu'anticiper, en imaginant la palette que la cuisson finale révélerait.

Anselme, depuis peu, avait pris goût à circuler dans ces ateliers, sous les toits, pour voir opérer ces artistes qui dominaient tellement leur art qu'ils semblaient éblouis de ces couleurs qui n'existaient pas encore. Il y retrouvait chaque fois avec plaisir le groupe de ces petits employés de la Manufacture dont il avait fait la connaissance, quelques mois plus tôt, au cabaret du bac de Boulogne.

Le travail du jeune Claude Jadot l'intéressait tout particulièrement. Il conservait de sa main, dans son bureau, plusieurs tessons d'assiettes fêlées dont il n'avait gardé que le centre. Ils figuraient de petits paniers de vannerie contenant des bouquets de pois de senteur et de roses, tous d'une délicatesse de toucher véritablement exceptionnelle. Ces fragments de porcelaine peinte lui servaient de presse-papiers et il n'était pas un jour où il ne les prît pour les scruter et les admirer, les caressant longuement pour en éprouver la finesse, découvrant chaque fois quelque nouvelle subtilité et s'émerveillant de la virtuosité d'un artiste aussi jeune.

– Ce sont des « tableautins », des natures mortes dans l'esprit de celles que brosse M. Chardin, s'enthousiasmait

Genest lorsqu'il lui en parlait. Jadot est le prodige de cet atelier !

– Il faudrait sans tarder l'essayer sur des figures et de petits sujets ! suggérait Anselme.

– Il n'a pas dix-huit ans, il ne peut donc faire que des fleurs… C'est le règlement !

Ces raisons-là avaient le don d'exaspérer Anselme :

– Le règlement est parfois stupide. Il ne faut pas gâcher le talent !… Faites-lui donner des cours de dessin. J'interviendrai auprès du directeur pour qu'ils soient pris en charge par la Manufacture.

C'est ainsi qu'à partir de février 1761 le jeune peintre se vit détaché de son atelier, une fois par semaine, pour aller à Paris, prendre ses premières leçons à l'académie de Saint-Luc, l'école de la corporation des peintres de la ville.

Boileau ne refusait donc pas ce genre de petite grâce à son adjoint chimiste. Il l'avait si parfaitement adopté qu'un beau matin, dans le feu d'une conversation technique, il s'était mis à le tutoyer comme il n'était accoutumé à le faire qu'à l'égard de Millot avec qui il travaillait depuis bientôt quinze ans. Quant à Barberie de Courteilles qui, comme tous les alcooliques, n'aimait pas boire seul, il invitait de plus en plus souvent Anselme dans son bureau, sous prétexte de refaire le calcul du prix de revient d'une pâte, mais surtout pour boire en sa compagnie un petit verre de prune ou de cotignelle. Hellot, quant à lui, était comme ressuscité et prenait un visible plaisir chaque soir à consigner minutieusement avec lui les essais de la journée. Le grand Falconet lui-même, peu présent sur place mais à qui il arrivait quelquefois de débarquer dans un nuage d'admirateurs et de jolies filles, dignes modèles de ses petites laitières et bergères, l'avait pris en amitié. Avec Macquer, en revanche, c'était toujours la même réserve, des rapports embarrassés, des conversations brèves au cours desquelles Anselme ne rencontrait jamais le regard de l'académicien. Le plus souvent même, les échanges se réduisaient à quelques petits billets portés d'un bureau à l'autre par Darget, jeune commis, à l'allure de Gribouille et à tête de fouine, dévoué corps et âme à l'auteur du *Dictionnaire de chimie* et qui passait à juste titre pour être son espion.

Anselme, par son habileté à venir à bout de tous ces essais avec précision et rapidité, fut très vite regardé par Hellot et même par Macquer, qui ne trouvait rien à redire à ses rapports et à sa méthode, comme celui qui avançait le plus vite dans l'art d'apprivoiser le kaolin sur la paillasse du laboratoire. Ce travail théorique et expérimental était important puisqu'il constituait le premier gage sérieux donné au ministre de l'intérêt de Sèvres pour la pâte dure, dans un moment où, précisément, se bousculaient les événements : les tractations avec Pierre-Antoine Hannong étaient menées tambour battant par Boileau, relancé chaque jour par Bertin, tant et si bien que début mars, à l'étonnement général, l'arrivée du Strasbourgeois à Paris fut annoncée pour avril.

Anselme et Mathieu passaient alors leurs dernières semaines à l'*Hôtel du Cygne* qu'ils avaient décidé de quitter pour prendre un appartement en ville. Dans les derniers temps, ils y avaient lié amitié avec des voyageurs de province, tombés là, tout comme eux, à la descente de leur diligence, et qui, effrayés par le gros tourbillon de la ville, n'en avaient plus bougé. Ainsi, Étienne Rabillon, marchand de tissus et de nouveautés, qui revenait une semaine tous les deux mois à Paris se fournir en marchandises, François Pautrat, qui étudiait l'art du portrait, l'hiver, à l'académie de Saint-Luc et qui, l'été, un rouleau de toile sur le dos, allait à pied de château en château, dans son Poitou natal, pour tirer le portrait des gentilshommes du pays. Mais cette petite société, telle qu'il en existait alors dans presque tous les hôtels et garnis de la ville où les déracinés s'ingéniaient à se recréer des manières de famille, tournait essentiellement autour d'une maîtresse femme, Françoise Revigot, qui se livrait à un commerce croisé, celui des bibelots de Paris qu'elle revendait à Lyon et, en sens contraire, celui des soieries, puisqu'elle écoulait dans la capitale le produit des filatures installées entre Rhône et Saône. Il fallait beaucoup d'énergie et de volonté pour faire depuis vingt ans ce métier ambulant qui aurait rebuté plus d'un homme, être à l'affût des nouveautés, préparer et charrier à bout de bras les ballots. Âgée d'un peu plus de quarante ans, veuve trois fois, elle s'était prise d'une violente affection pour les frères Masson dont elle avait immédiatement remarqué l'opiniâtreté et la finesse. Elle n'avait pas non plus été longue à démêler ce qui, par instants, assombrissait Anselme.

Elle le tançait vertement, ainsi qu'une femme d'expérience peut en user à l'égard d'un jeune homme qui ne connaît pas encore tous les détours de la vie :

– Mon petit, sortez-vous votre Lucile de la tête !... Beau, gaillard et débrouillard comme vous êtes, il vous suffit de claquer des doigts pour en retrouver vingt qui la vaudront largement... Ce n'est qu'une mijaurée, une inconséquente, qui ne vous méritait pas et qui, de toute façon, vous aurait rendu malheureux !

Anselme souriait à ces bienveillantes algarades avec un air de benêt, mais son amour, son premier amour, était toujours bien là, et il n'était pas mûr, puisqu'il souffrait encore, pour regarder ailleurs.

Plusieurs fois par jour il se demandait, sans pouvoir répondre, ce qui avait bien pu incliner la douce et calme Lucile à s'écarter de lui. Il échafaudait mille hypothèses qui allaient de la plus noire – sa duplicité – à la plus effondrante – cette idée qu'elle s'était sacrifiée pour lui laisser une liberté totale de vivre à Paris, sans être tenu par les serments qu'il lui avait faits. Tout cela le plongeait dans un abattement profond dont il ne se sortait que par un recrû de labeur.

Début avril, les deux Limousins s'installèrent donc chez eux, à deux pas de leur hôtel, rue Montorgueil, dans un appartement spacieux où ils eurent, pour la première fois de leur vie, chacun leur propre chambre.

Ce logement était situé dans une agréable maison de cinq étages dont ils occupaient tout le second. Au-dessous d'eux, vivaient les propriétaires, M. et Mme Floquet, riches négociants en laine, parents de deux filles, Éléonore, dix ans, et Félicité, dix-sept, dont Mathieu devint très vite le professeur de clavecin. Le logis était clair, tendu de rideaux de toile verte animant un espace qui, dans les débuts, resta étonnamment dépourvu de meubles – les deux frères n'avaient en effet, en arrivant là, rien à apporter avec eux, mis à part les pauvres bagages qui les avaient suivis depuis Bort et quelques vêtements achetés depuis pour paraître dans le monde. Une femme du quartier, veuve sans âge et aux doigts noueux, amidonneuse et repasseuse de son état, ayant encore trois enfants à élever, Mme Courtois, fut bientôt intronisée cuisinière et pourvoyeuse du logis. Anselme réserva une pièce pour faire son laboratoire, et le salon, éclairé par trois fenêtres donnant sur la rue, devint à la fois la bibliothèque, le bureau et le lieu de compagnie. Mathieu y installa l'épinette que venait de lui offrir son frère.

Fin avril 1761, le plus jeune des Hannong arriva à Paris, aux frais de ces messieurs de Sèvres, alors qu'aucun accord n'avait été encore signé quant aux modalités de sa future collaboration avec la Manufacture. Les deux jeunes chimistes, qui n'avaient pas cessé de s'écrire depuis qu'ils s'étaient rencontrés à Strasbourg où ils avaient lié amitié, étaient convenus que Pierre-

Antoine s'installerait rue Montorgueil, jusqu'à ce qu'il trouve en ville un logement qui lui siérait.

Le Strasbourgeois débarqua par un bel après-midi de printemps, un sourire conquérant aux lèvres, dans un cabriolet dont il avait fait abaisser la capote pour mieux voir Paris et qu'encombrait, jusque sur la banquette, un empilement de malles plates et bombées. Il y avait là, outre les cent travestissements dont il était friand, tous les trésors d'un jeune homme à la mode : des robes de chambre de soie, des redingotes de drap de Londres à revers de satin, une vaisselle d'argent, un nécessaire à toilette d'ivoire et, tout autour de lui, à ses pieds, un monticule de livres qu'il avait jetés là, sans même les mettre en caisse, par-dessus de petits tonnelets en bois pleins de terres, de minerais et d'essais de porcelaine. Enfin, il tenait sur ses genoux, avec d'infinies précautions, l'objet qui lui tenait le plus à cœur, une petite pendule de vermeil dont le cadran était porté par deux nymphes délicatement ciselées et dont le bandeau, de deux tons d'or, représentait le phare de Cordouan, au large de l'estuaire de la Gironde. Ce petit chef-d'œuvre d'orfèvrerie moderne avait dû être ciselé au début du siècle pour un riche armateur de Bordeaux.

L'arrivée du fils de Paul Hannong à Paris, dans cet équipage, au beau milieu d'une artère populeuse des Halles, produisit à peu près l'effet d'un cyclone. Sa taille de géant, sa belle mine, son tricorne vert orné de chenille argentée, sa brassière à petites rayures, ses bas couleur de feu, firent se pencher au même instant, à l'appui des fenêtres ou aux grilles des balcons, nombre de jeunes filles et de soubrettes qui, suivant leur condition, ne purent d'un long moment détacher leur regard, qui du voyageur, qui de son jeune cocher, Eusèbe, venu, à la différence de son maître, pour la première fois dans la capitale et qui avait déjà la mine d'être fait pour brûler le pavé de Paris.

Pierre-Antoine, amoureux de tout ce qui brille et scintille, était heureux de retrouver le grand débordement et l'agitation de la capitale. En effet, Paris était d'une autre dimension que Strasbourg ou Mannheim ; ce que Rome autrefois, avec ses thermes et ses arènes, devait représenter pour un habitant relégué aux frontières de l'Empire. Tenant encore d'une main la poignée de la portière de sa voiture, un pied déjà posé sur le marchepied, il semblait se dire à lui-même : « C'est ici que je serai ce que je dois être ! » L'air léger qui l'enveloppait, les clameurs de la rue, le regard de tant de femmes braqué dans sa direction, mettaient le comble à son bonheur, alors que, dans le même temps, Eusèbe, dont les plaisirs étaient moins cérébraux, mais qui avait une espèce de génie particulier pour ressentir la bienfaisance des lieux, s'était mis à caresser ses chevaux en sifflant.

À peine débarqué, le jeune porcelainier voulut tout revoir. C'était un chien fou lancé dans ce labyrinthe. Le soir même il était rue Dauphine, prenant son thé à l'anglaise au *Procope,* avant de bientôt décrire d'effarants zigzags de part et d'autre de la Seine, passant d'une rive à l'autre en empruntant les ponts les plus populeux, revenant enfin vers les Halles s'imprégner, fermant les yeux comme pour mieux savourer son plaisir, des odeurs mêlées que l'on ne sent qu'à Paris ; celles délicates de lavande et de citronnelle qui lèvent de l'échoppe des repasseuses ; celles inattendues et capiteuses des épiceries alignant, dans des sacs de chanvre, des poudres aux couleurs étranges venues d'Orient ; celles plus lourdes enfin des fritures d'oublies et des rôtis qui fricassent en grésillant aux principaux carrefours. L'impalpable qui se laisse toucher, le vif-argent qui se laisse arrêter, l'imprévu qui prend rapidement des allures de vieille connaissance, tel est le piquant de Paris, seul lieu de la terre où tout paraît toujours possible, dicible et empoignable, l'aimant qui attire et attirera inlassablement des garçons de la trempe d'Anselme, de Mathieu, de Pierre-Antoine ou d'Eusèbe.

Deux jours après son arrivée, le Strasbourgeois avait redessiné et actualisé à son usage la carte des cabarets et des « caveaux bachiques et chantants » de la ville, des promenades à la mode et des boutiques où des femmes ravissantes essayaient des chapeaux, des éventails, des bijoux de pacotille, des peignes et même, sous le manteau, quelques-uns de ces chatoyants foulards d'indienne, pourtant sévèrement interdits à la vente. Il savait où boire le meilleur chocolat et le meilleur café, où acheter, pour les maîtresses qu'il trouverait immanquablement bientôt, les plus fines senteurs, la plus douce huile d'amande pour le visage, la meilleure crème de graisse de marmotte pour les mains et les plus charmants accessoires : dentelles, mouchoirs, engageantes ou manchettes. Il s'entendait en effet à flâner et à chiner, ces deux qualités qui distinguent d'entrée le véritable Parisien de tous les autres habitants de la terre.

La première venue de Pierre-Antoine à Sèvres, le 26 avril, fit sensation. Tous l'attendaient ; l'espérant ou, plus souvent, le redoutant.

Boileau ne se faisait décidément pas aux manières de ce jeune fat qui, circonstance aggravante, avait débarqué dès le premier jour, sous ses fenêtres, avec son cocher. Cette antipathie s'augmentait bien entendu du fait que recevoir le fils de Paul Hannong chez lui, revenait, contre son inclination, à faire un pas décisif du côté de la pâte dure.

Comme il savait que la diplomatie n'était pas son fort, le directeur décida sagement de laisser le dernier entré de ses aides-chimistes organiser les deux visites hebdomadaires, rigoureusement encadrées, que le Strasbourgeois, sur ordre du ministre, devait faire à Sèvres, pendant tout le temps que durerait la négociation de son contrat. Ce fut donc Anselme, Anselme devenu en secret son ami, qui servit de chaperon à Pierre-Antoine. Il fut ainsi son guide, tous les mardis et tous les vendredis, jusqu'à la conclusion de l'accord définitif sur la vente et la mise en œuvre de la formule des Hannong, qui ne fut matérialisé qu'à la fin du mois de juillet – le 29 juillet 1761 précisément – par-devant maître Vivien, notaire.

Boileau, on s'en doute, avait donné comme première instruction à tous ses collaborateurs de ne rien montrer au visiteur qui fût de conséquence, mais Anselme, qui savait la volonté bien arrêtée de Pierre-Antoine d'aboutir le plus rapidement possible au transfert des procédés de Frankenthal à Sèvres, prit le risque mesuré de contourner quelque peu ces ordres du directeur.

Le soir – s'il était allé sans lui à la Manufacture ce jour-là –, l'aîné des Masson faisait à son nouveau complice le compte rendu exact des problèmes techniques qu'il avait rencontrés tout au long de la journée. Lorsque au contraire, deux fois la semaine, ils se trouvaient tous deux à Sèvres, après plus de dix heures passées sur place en observations et relevés, ils s'enfermaient encore ensemble, une grande partie de la soirée, dans le bureau d'Hellot, afin d'analyser et de commenter en sa compagnie toutes les données recueillies depuis le matin. S'ils rentraient à Paris après ces longues discussions, ce n'était qu'au milieu de la nuit.

Anselme put de ce fait connaître petit à petit quelques-uns des tours de main de Paul Hannong ; des tours de main, fruits de son savoir-faire, qui concernaient la glaçure ou la cuisson mais dont aucun pourtant n'allaient à révéler encore le secret de la pâte dure. Pierre-Antoine en usait ainsi de bon cœur, à la fois pour complaire à Hellot, dont il avait immédiatement apprécié la politesse et la science, et à Anselme dont il goûtait l'amitié. C'était bien sûr, une fois de plus, courir le risque de froisser les susceptibilités de Macquer qui, quoique partisan d'un accord avec les Hannong, regardait avec une extrême défiance la tournure que prenait cette affaire, tant à cause de la bonne entente des deux jeunes chimistes que de leur complicité avec le premier académicien dont il n'était toujours officiellement, à Sèvres, que le survivancier.

Hellot était aux anges. Goûtant depuis le premier jour le sérieux et l'intelligence d'Anselme qui lui avait redonné l'appétit de la vie, il fut proprement « électrisé » par l'irruption du facétieux Pierre-Antoine. D'humeur enjouée, il s'amusait avec lui comme le chat avec la souris. Quelquefois il griffonnait des formules de chimie qu'il lui jetait comme des miettes. Le jeune homme s'en emparait, rectifiait çà et là un chiffre ou un symbole, modifiait une proportion. Hellot s'en retournait sur sa paillasse, agitait ses éprouvettes, activait son petit four, et lorsque Pierre-Antoine revenait deux jours plus tard et qu'il lui confiait, comme un trésor, quelques pincées d'une terre nouvelle qu'il avait apportée avec lui de Strasbourg, dans de petits tonnelets scellés, en échange, l'académicien lui mettait sous le nez des essais de céramiques plus ou moins friables qu'il avait fondues sur ses indications. Ainsi, sans qu'aucun contrat fût encore conclu, les trois hommes avançaient-ils dans leurs travaux et apprenaient-ils à travailler ensemble.

De son côté, Boileau, qui avait toujours fait une confiance totale à Hellot pour tout ce qui regardait les études et le laboratoire, se réconfortait des assurances que celui-ci lui donnait, jour après jour, quant aux capacités réelles du jeune Hannong ; des capacités que le directeur n'avait au fond mises en doute que par préjugé contre le kaolin. Au début du mois de juin, le directeur dut admettre qu'il ne pourrait pas arguer plus longtemps, face au ministre, de son manque de confiance dans les talents de Pierre-Antoine pour justifier de nouveaux retards dans les discussions entamées avec lui.

Le temps pressait pour Hannong qui, en cette fin de printemps de 1761, avait en quelques semaines mangé, en soupers fins donnés à ses amis ou à de jolies filles de rencontre, en commandes passées à des tailleurs de renom, en jeux de dés et de cartes, tout le petit pécule qu'il avait apporté avec lui. Il avait dû renvoyer Eusèbe en Alsace après avoir perdu son cabriolet au whist. Il en était réduit à écrire chaque jour à Strasbourg aux deux hommes qu'il avait laissés, pendant le temps de son absence, à la tête de son usine : son cousin, Charles-François Hannong, et son « bon-papa », Georges-Joseph Deis, son vieux parrain, qui avait toujours été pour lui une sorte de tuteur et à qui il s'était toujours plus volontiers confié qu'à son terrible père. Mais les affaires de l'ancienne fabrique de pipes de terre n'étaient pas brillantes. Les transferts opérés dix ans auparavant par Paul Hannong pour équiper l'établissement de Frankenthal avaient appauvri la maison d'Alsace, sans pour autant faire décoller celle d'Allemagne. L'argent manquait cruellement, et Pierre-Antoine ne recevait, en réponse à ses lettres, que des nouvelles de plus en plus catastrophiques sur la marche de ses ateliers. Il ne voyait en tout cas pas la couleur d'un liard.

Bertin, par ses espions, et plus encore Boileau, grâce à sa finesse de paysan de l'Artois, savaient bien que tenir Hannong désœuvré dans Paris, tenaillé par la tentation des plaisirs et agacé par l'aiguillon de la nécessité, était ce qui pouvait survenir de mieux pour l'aboutissement de leur négociation.

Ignorant superbement tous ces méchants calculs et les soucis d'intendance, le trio formé par les frères Masson et Pierre-Antoine, rue Montorgueil, au début de l'été de 1761, semblait paré pour la joie. Ce n'étaient en effet que rires, musique, agréables soupers, joyeuse compagnie. Le Strasbourgeois, qui était à ses heures musicien – flûtiste et violoniste, ainsi qu'il l'avait annoncé à Anselme à Strasbourg –, trouva en Mathieu un confident sensible pour s'entretenir à l'infini des choses immatérielles qu'il n'abordait que plus difficilement avec Anselme et, à plus forte raison, avec son frère Joseph, ces deux êtres enfoncés dans la stricte pesanteur des raisonnements techniques.

Comme l'aîné des Masson se trouvait absent six jours par semaine, Hannong passait le plus clair du temps où il ne se rendait pas à Sèvres avec Mathieu. Il allait souvent l'entendre à Saint-Louis lorsqu'il jouait pour le public. Il courait avec lui les concerts ou les répétitions de l'Opéra, l'accompagnait dans les réunions de musiciens qui se tenaient chez les Brancas, rue Saint-Dominique ; chez le maréchal de Richelieu, qui habitait la rue portant le nom du cardinal, son grand-oncle ; ou chez Mme de La Ferté-Imbault, rue Saint-Honoré, où le jeune aveugle, grâce à ses dons remarqués de tous les gens du monde, habitués des concerts des jésuites, avait été rapidement accueilli comme un nouveau prodige. Mathieu, quant à lui, trouvait du côté du fils de Paul Hannong une ouverture et une facilité qu'il n'avait jamais connues jusque-là pour parler de la musique, de l'art en général et des idées philosophiques du temps. Il le mettait peu à peu dans le secret de ses pensées.

Fin mai, ils firent ensemble le pèlerinage qu'ils s'étaient promis l'un à l'autre d'accomplir dès les premiers temps de leur rencontre et dont ils avaient reparlé chaque jour depuis. Ils se rendirent en fiacre à Montmorency pour tenter d'apercevoir Jean-Jacques Rousseau qui vivait là depuis qu'il avait quitté Mme d'Épinay et l'Ermitage en 1757 et qu'il s'était débarrassé de Mme Levasseur, la mère de Thérèse.

Jean-Jacques, à Montmorency, menait un double genre de vie, quelque chose d'enchanteur, d'irréel, de délicieux, de féerique, lorsqu'il était l'hôte du maréchal de Luxembourg, dans l'île donnant la parfaite illusion du paradis terrestre que celui-ci lui avait fait aménager à côté de son château ; quelque chose de simple, lorsqu'il se réfugiait tout en haut du village, dans sa petite maison de Montlouis, toute proche, où il pouvait, quand il le désirait, redevenir un paysan en sabots. Cette dualité convenait à cette âme pleine de contraires et de susceptibilités, dans laquelle l'aspiration à la béatitude et au bonheur de l'amitié se trouvait souvent contrecarrée par de terribles crises de misanthropie. Dans sa thébaïde, chez M. de Luxembourg, il mangeait des béatilles et des choses délicates dans de l'argent et de la porcelaine, il établissait tous les jours la liste de ceux qu'il voulait voir, rayant le nom d'un duc pour y mettre celui d'un musicien, accueillant lui-même ses hôtes qui venaient le visiter sur des barques fleuries. Il y faisait l'amoureux de Mme d'Houdetot qui se déguisait pour lui en princesse des contes de l'enfance. À Montlouis, tout au contraire, il avait ses moutons et sa vache qui lui donnait son lait, il repiquait lui-même ses salades qu'il plaçait sous des cloches de verre pour qu'elles blanchissent, et il avait Thérèse, qui jouait pour lui tous les rôles de la campagne, depuis celui de la laitière, en passant par la coquetière, jusqu'à la fileuse de la laine de ses propres brebis. En un mot, elle était sa Perrette.

Pierre-Antoine et Mathieu, qui venaient dans « un temps de Montlouis », parvinrent à midi devant la petite barrière de bois de cette minuscule maison où se trouvaient déjà quatre visiteurs : deux étudiants allemands à qui le porcelainier s'adressa dans leur langue, un voyageur anglais et un jeune homme arrivé tout exprès de Toulouse.

C'est Thérèse qui s'avançait elle-même jusqu'au

portail, vers cette heure-là, pour estimer la tournure et le nombre des visiteurs et qui, invariablement, avant de laisser approcher les adorateurs de l'idole, annonçait :

– Jean-Jacques est fatigué. Vous le verrez, mais il ne parlera pas !

Les pèlerins lui emboîtaient le pas, descendant le cœur battant les petits escaliers de pierre contournant la demeure, cheminant ensuite par l'étroit sentier bordé de charmes qui serpentait sous des arceaux de roses épanouies et odorantes pour aboutir à un cabanon hissé sur quelques marches.

L'auteur de *La Nouvelle Héloïse* se tenait, en sabots, assis sur un banc devant la porte de ce réduit qui lui servait de bureau à la belle saison. Il avait fini ses travaux de la journée. Après la *Lettre à d'Alembert sur les spectacles,* qu'il venait d'achever, il ne travaillait plus qu'à son *Émile* dont la publication, à quelques mois de là, en l'obligeant de nouveau à fuir et à se cacher, allait définitivement briser ce moment de bonheur de Montmorency qu'il avait eu la faiblesse de croire éternel.

Jean-Jacques offrait toujours à ses visiteurs une mine sévère, comme s'il avait tenu absolument à se conformer à sa réputation d'homme malcommode. Or, par extraordinaire, ce jour-là, dès qu'il eut remarqué la cécité de Mathieu, il se fit plus aimable :

– Asseyez-vous ! commanda-t-il à la petite troupe. Venez admirer le vieux rabâcheur qui n'a plus désormais pour compagnie que celle d'une fermière et d'animaux domestiques !

Il était comme cela. Lorsqu'il se trouvait à Montlouis, il oubliait complètement les beaux messieurs, les belles dames et les artistes qui s'impatientaient de le voir rentrer sur son île. Il se croyait pour toujours redevenu sage. Mais, tout à rebours, à peine revenu chez le maréchal, il se moquait, lui le premier, de ses sabots, de sa houe et de ses haillons.

Hannong, l'un des deux Allemands, l'Anglais, dans une langue comique, parlèrent abondamment mais ne dissertèrent qu'à propos d'eux-mêmes, sans doute intimidés et malhabiles à trouver le moyen de captiver l'attention de cet homme connu et adulé de toute l'Europe intelligente. Celui-ci les écoutait sans répondre, l'air absent, contemplant tour à tour sa treille dont les grappes commençaient à se former et Mathieu dont il finit par prendre les mains en lui demandant tout à trac :

– Que pensez-vous des fadaises de Diderot sur les aveugles ?

– C'est un livre brillant mais qui veut trop prouver contre la foi, répondit calmement le musicien.

– Oui, Diderot se gâte… Il ne fait plus que des plaidoiries, le plus souvent d'ailleurs pour défendre de mauvaises causes… Quand donc ces messieurs les philosophes cesseront-ils de se comporter comme s'ils étaient sans cesse au tribunal ?… Il faut arrêter d'argumenter en défense ou à charge ! Voilà du temps perdu ! Il nous faut plutôt construire, imaginer et créer les systèmes ou les projets d'éducation qui rendront l'homme meilleur…

Rousseau était bon acteur et volontiers cabotin. Parler de la sorte n'était qu'un moyen commode d'en venir à *Émile* dont tous ses visiteurs attendaient la prochaine publication, déjà annoncée à grand renfort d'indiscrétions. Il ne s'en priva pas et, comme il était dans un bon jour, il parla plus d'une demi-heure, après que Thérèse fut venue lui poser sur les épaules une couverture de grosse laine. Ce fut d'abord brillant, offrant à tous les jeunes gens qui le fixaient bouche bée des raisonnements sublimes qui les faisaient frissonner, puis, peu à peu, tout se compliqua, tout s'embarrassa. La construction utopique de Jean-Jacques devenait insaisissable et pourtant sa parole crépitait toujours. Il y avait çà et là encore bien des fulgurances mais les idées ne se reliaient plus entre elles.

Au bout d'un moment, comme une pluie fine commençait à se mettre de la partie, il tira son oignon de son gousset, regarda l'heure, se leva et dit :

– Rentrons, Thérèse ! Il pleut, il se fait tard !

Puis, revenant jusqu'à sa maisonnette escorté de ses visiteurs, il prit congé d'eux, au bas de l'escalier qui remontait vers la rue :

– Bonne route, jeunes gens !

Il n'était pas 1 heure. Il n'avait pas seulement offert un verre d'eau à tous ces admirateurs accourus pour le voir, et souvent de fort loin.

Les moments les plus joyeux de la petite société formée par les deux porcelainiers et le musicien consistaient dans les fêtes du samedi soir. Les trois garçons mettaient à contribution Mme Courtois, Praxède, la bonne des Floquet, leurs propriétaires, Éléonore et Félicité, leurs filles, aidées pendant quelque temps d'une certaine Berthe, une petite couturière, l'amie nouvelle de Boutefeu. Celui-ci l'avait fait rire aux éclats, un beau matin, dans la petite échoppe du peintre chez lequel il travaillait, sur le pont Notre-Dame, et, depuis, elle le suivait partout. Les petits pâtés en croûte, les saucisses en chapelets interminables, les chapons bien lardés de chez Tribolet, le meilleur rôtisseur de la rue, les flacons de vin de Loire qu'apportait chacun des invités, s'engloutissaient dans la joie. Pierre-Antoine ajoutait çà et là, au hasard de la fortune du jeu, des plats plus recherchés comme des croustades de langues de canard, des homards ou des huîtres, qu'il accompagnait de boissons raffinées, comme le saute-bouchon de Champagne ou le vin de Bouzy. Le nombre des convives, leur gaieté, l'abondance des mets et des alcools, tout cela faisait accourir les filles. Il en était chaque semaine de nouvelles, au gré des rencontres des garçons : des précieuses, des grisettes, des pimbêches, des raisonneuses et, très souvent, de parfaites idiotes mais qui jouissaient de cette qualité essentielle que de savoir s'amuser et de ne jamais demander grâce. C'était pour elles que Pierre-Antoine jetait comme de la poudre aux yeux, en mets, breuvages et parfums rares, l'argent qu'il n'avait pas et qu'Anselme faisait aller l'ordinaire en plats roboratifs, avec la solide générosité des Auvergnats qui, tout en détestant le gâchis, veulent voir les assiettes sans cesse bien remplies.

Mathieu, à qui son frère venait de louer un grand clavecin d'un beau vernis jaune recouvert d'arabesques, débutait la soirée à 8 heures par un concert, chaque fois différent. Tous, à l'heure dite, étaient en place pour l'écouter, en particulier Praxède, la bonne des Floquet, sur qui le plaisir nouveau de la musique produisait un effet des plus étonnants, puisque, à l'instar des bacchantes dépeintes par Euripide, elle se mettait, dès la première mesure, à mugir et à pleurer d'émotion.

La faculté qu'avait l'aveugle de retenir instantanément les notes qu'on lui avait préalablement lues et de les restituer dans un jeu qui portait la marque de la plus grande exactitude – puisque l'époque bannissait tout apport de sensibilité personnelle – était prodigieuse. Courant le risque de se couler dans une espèce de machinisme qui ne lui permettrait pas d'éprouver d'émotion nouvelle, il semblait même qu'il n'aurait bientôt plus rien à apprendre de personne. Mais il s'inquiétait davantage de l'aggravation de ses violents maux de tête, dus à son hypersensibilité aux sons, qui l'oppressaient dès qu'il déchaînait le grand fracas des orgues. Dans ces moments-là, sa tête lui semblait prise dans les tenailles d'un bourreau. Il éprouvait après quantité d'autres artistes qu'il n'y a rien de plus terrible ni de plus déroutant que la facilité du talent qui peut aller jusqu'à dégoûter de la pratique d'un art et conduire à désirer se retrancher du monde.

Or, un soir, après que son frère eut joué comme assis sur les ailes d'un papillon, Anselme, rendu joyeux par un vin de Saumur frais et léger, leva son verre en criant à la cantonade :

– Mathieu joue depuis le ciel. D'ailleurs en ce moment il est porté par le zèle d'un ange charmant.

Mathieu, qui ne se contrariait pour ainsi dire jamais, ressentit au cœur un pincement bizarre qui le fit réagir sèchement :

– Tu trahis mes secrets à présent ?

– Oh ! C'est un secret bien innocent et personne ne te le volera…

– Anselme ! Je t'en prie !

– Nous sommes entre amis. On peut parler.

– Anselme ! supplia de nouveau l'aveugle.

Ce fut en vain. Une mouche taquine venait de piquer son aîné :

– Mathieu s'est trouvé une assistante de charme, annonça Anselme en révélant le secret de l'existence de Briséis. Elle monte chaque matin dans sa tribune pour lui lire les partitions qu'elle apporte avec elle.

Le musicien, qui avait pâli, demeura bouche bée, tandis que tous ceux qui assistaient à cette scène s'étaient tus en le voyant changer de figure. Ce silence ajouta au malaise du cadet des Masson qui, imaginant les sourires figés sur toutes les lèvres, fut pris de panique et courut s'enfermer dans sa chambre.

Pierre-Antoine l'y rejoignit au bout de cinq minutes portant les excuses d'Anselme que la réaction de son cadet venait, mais un peu tard, d'effrayer.

– Mon frère n'aura jamais ta délicatesse, chuchota au creux de son oreille Mathieu en l'embrassant, il a quelquefois de ces accès de brusquerie… Mais il a par ailleurs de telles qualités…

– Est-ce vrai que tu es amoureux, Mathieu ? demanda le Strasbourgeois d'un ton naturel et complice en s'asseyant.

– Peut-être ! répliqua l'aveugle d'un ton âpre et sans pouvoir se retenir de se raidir.

Afin de ne pas être tenaillé de l'envie de reparaître à la fête qui continuait de battre son plein dans la pièce voisine, il s'était déjà mis en chemise de nuit. Sa mine était inhabituellement grave.

– Qui pourrait te le reprocher ? reprit Pierre-Antoine en s'efforçant de prendre cet incident à la légère.

– Mais aussi, qui pourrait m'aimer ?

– Stupide !

– Tu sais bien que l'on n'aime pas un aveugle pour lui-même... Qu'on ne le fréquente au fond que par charité.

– Crois-tu que je sois ton ami seulement par charité ?

– Non, non, bien sûr ! sanglota Mathieu avant de se reprendre et de s'emparer de la main de Pierre-Antoine.

– Alors ?

– Cette jeune femme qui vient effectivement tous les matins me lire à la perfection de la musique, cette jeune femme dont je n'ai jamais même touché le doigt, n'existe pour moi que par les deux baisers qu'elle dépose sur mes joues en partant et par la subtile odeur de benjoin et de jacinthe qu'elle laisse dans ma tribune... Oui, sûrement que je l'aime, si aimer, c'est songer tout le jour à quelqu'un, être à la fois paralysé et obsédé de l'excitation de vouloir se dépasser pour lui plaire...

– C'est à peu près cela en effet... Moi, j'éprouve la même chose pour cette jeune fille que je n'ai jamais vue qu'en portrait et dont je t'ai fait si souvent toucher le profil à la surface du petit médaillon qui reste toujours pendu à mon cou.

– Mais, Pierre-Antoine, les femmes, c'est tout de même ton grand sujet !

– Oui, les conquêtes, les amourettes qui s'alignent comme des jolies perles sur un fil… Mais l'amour, le véritable amour, dans cet aimable défilé, n'a pas encore eu sa place… J'aime, mais je n'aime qu'une image, une jeune fille idéale dont j'ai enfermé le profil dans un petit médaillon que je tiens sur mon cœur !… Sans doute suis-je indigne d'aimer pour de vrai ?…

– Alors, reprit Mathieu en souriant, considère que, de ce côté-là, j'ai une légère avance sur toi.

– Et même sur ton frère, qui n'est malheureux et nerveux que parce que Lucile le laisse sans nouvelles.

Le musicien reprit son bon sourire :

– Va lui dire que je l'aime, que je ne lui en veux pas et que je lui parlerai demain !… Rejoins nos amis, soyez joyeux, rassure-les en leur disant que c'est un trop grand bonheur qui me tient au lit ce soir !

Pierre-Antoine embrassa Mathieu sur le front et sortit.

Anselme l'attendait devant la porte.

– Laisse-le tranquille ! Il va bien et il t'aime sans restriction. Il te parlera à votre lever… Ne vous excusez plus ni l'un ni l'autre : ce sont des émois de notre âge.

Après cette scène, Mathieu passa tout le mois de juin de cette année 1761 heureux, jouant comme un ange, déchiffrant des partitions italiennes inconnues que Briséis dénichait, disait-elle, par un de ses cousins, diplomate à Venise. Il fut ainsi le premier à donner à Saint-Louis, pour un public qui débordait jusque dans les chapelles latérales, des œuvres de Niccolò Piccinni, bien avant les succès que ce compositeur devait remporter en venant à Paris et, surtout, bien avant le renom que devait lui valoir, à quinze années de là, sa rivalité avec Gluck. La foule était brillante, composée de gens qui s'entendaient à fixer les réputations et à faire l'opinion : Mmes de Forcalquier et de Rochefort – des étoiles de la constellation Brancas, la plus gaie de la société parisienne –, la duchesse de Nivernais, Mme de La Ferté-Imbault, fille unique de la « mère Geoffrin » – surnommée par d'aucuns la « fée carillon » –, Mlle de Lespinasse, nièce de Mme Du Deffand ; on y comptait ce qu'il y avait de plus distingué et de plus éclairé dans l'aristocratie du sang et de l'esprit, des gens qui ne craignaient pas d'aborder les sujets délicats et d'inviter chez eux, pour en débattre, des esprits libres, tenus parfois en grande suspicion par la Cour.

Pendant les concerts, Briséis demeurait au côté de Mathieu, seule admise dans la tribune avec le vieux père Merlot que ses rhumatismes retenaient chaque jour un peu plus d'escalader l'escalier qui menait à l'orgue. Personne d'autre que le vieux bonhomme n'était donc au courant de la présence de la jeune fille près du musicien. Elle arrivait une demi-heure à l'avance et s'échappait toujours cinq minutes avant la fin, au moment précis où les auditeurs, électrisés par un finale qui déchaînait des orages, ne prêtaient plus aucune attention à qui sortait ou entrait dans l'église. Ces jours-là, la jeune lectrice n'adressait pas un mot à Mathieu.

Les autres jours ou pendant les répétitions, elle lui disait trois ou quatre phrases : des conseils techniques sur un silence, le mordant d'une attaque, parfois quelques considérations sur une nouvelle partition qu'elle avait apportée avec elle et qu'elle avait préalablement déchiffrée au clavecin dans son salon. Les questions plus personnelles étaient rares. Mathieu ne savait presque rien d'elle, sinon qu'elle habitait à deux pas, rue des Trois-Pavillons, que son père et sa mère étaient malades et qu'elle s'en occupait chaque matin avec l'aide de trois fidèles servantes ; enfin que ses deux plus proches amies étaient entrées dans les ordres où elle avait longtemps hésité elle-même à les suivre et que seuls les soins à prodiguer à ses parents l'en avaient dissuadée. Mis à part cela, il ne connaissait de sa personne que le parfum de la pommade de jacinthe dont elle lustrait sa chevelure et celui de benjoin dont elle tamponnait discrètement ses tempes.

Elle se risquait parfois à quelques questions étranges comme de demander à Mathieu de lui décrire les volcans d'Auvergne qu'il n'avait jamais pu voir, de lui faire dire comment il imaginait une jeune fille aimable, la forme d'un œil ou celle d'un nez qu'il ne pouvait connaître que par le toucher.

Ce que le musicien ne pouvait pas observer – mais qu'il ressentait confusément sans doute –, c'est qu'elle ne le quittait pas des yeux et le considérait même souvent d'un œil attendri et humide. Son regard oscillait pendant une heure du visage du jeune homme – un visage sur lequel l'effort du jeu et le feu terrible qui le dévorait dès la première note jouée imprimaient quelque chose de douloureux et de céleste – jusqu'à ses mains fines, dont elle suivait la course agile sur les claviers, tout en étant elle-même saisie d'un mouvement qui l'agitait de la tête aux pieds.

Tels étaient les instants qui suffisaient au bonheur de Mathieu et qui prirent plus d'importance encore pour lui lorsque Pierre-Antoine le persuada qu'il y avait là quelque chose qui ressemblait à l'élan de l'amour.

La négociation de Pierre-Antoine traînait toujours. Attisés par l'angoisse de ces tractations interminables, les démons du futur collaborateur de Sèvres étaient de plus en plus souvent les vainqueurs de sa volonté. Sur un simple coup de tête, il lui arrivait de s'échapper pour rejoindre, dans le quartier du Palais-Royal, du côté de la rue du Hasard, les tripots sombres où l'on jouait aux cartes et où, dans les étages, l'alcool, servi par des créatures allantes et légèrement vêtues, coulait à flots. Il comptait que la chance, qui lui avait déjà souri en quelques occasions à Strasbourg, le distinguerait à nouveau à Paris. Or, ce fut tout le contraire. Trois ou quatre premières tentatives heureuses, qui l'avaient rendu euphorique, furent suivies de grêles terribles dans lesquelles il acheva de dilapider ce qui subsistait de son petit trésor de guerre. Ses deux derniers passages dans des salons de jeu autour du Palais-Royal l'avaient même délesté de 1 200 livres qu'il n'avait pas. Il dut en conséquence signer des reconnaissances de dette payables à trente jours, « au denier six », à de terribles usuriers auxquels avaient recours les joueurs malchanceux qui n'avaient plus de crédit nulle part.

Or ces messieurs de Sèvres ne faisaient pas seulement traîner la conclusion des pourparlers pour réduire Hannong à accepter par nécessité leurs conditions, ils différaient de répondre, parce qu'il y avait entre eux de profondes divergences de vues à propos de ce qu'on lui demanderait lorsqu'il serait à Sèvres.

Qu'exigerait-on de lui en effet ? La simple livraison par écrit de ses secrets paraissait suffisante à Boileau, toujours enclin à s'avancer le moins possible du côté de la pâte dure et à ménager des flous et des imprécisions de nature à couvrir, aux yeux du ministre, de probables échecs. Hellot, qui s'était entiché de Pierre-Antoine autant que d'Anselme, avait fait évoluer sa position. Il préconisait maintenant d'expérimenter les nouvelles formules dans le laboratoire de la Manufacture en appointant le Strasbourgeois à l'égal d'un Macquer – ce qui était déjà en soi toute une affaire –, d'en faire donc, pour se l'attacher plus complètement, un salarié de Sèvres. Quant au minerai, il ne proposait rien de nouveau, tant il avait été persuadé autrefois par Réaumur qu'il suffirait d'ouvrir les yeux pour découvrir très vite du kaolin un peu partout en France. La position maximale était toujours celle de Macquer qui désirait mettre toutes les chances de son côté : il voulait non seulement qu'Hannong adapte le secret de son père aux conditions d'exploitation de Sèvres, mais il demandait en plus qu'il leur livre, dans le détail, le nom et l'adresse de tous les fournisseurs, saxons et bavarois de minerai, ainsi qu'une carte détaillée de l'emplacement des carrières. Toutes ces options avaient bien entendu des coûts différents et recouvraient des stratégies opposées.

Bertin trancha en faveur de Macquer. Il savait tout sur Pierre-Antoine par ses « mouches » – les policiers de la lieutenance générale qu'il avait affectés à sa filature dès son arrivée à Paris. Ce ministre avait autrefois dirigé la police et il lui en restait quelque chose dans la manière. Il était donc persuadé que le détenteur du secret de Frankenthal devrait bientôt traiter par nécessité de survivre et qu'avec un peu de patience, la plus disante des options que lui proposaient ces messieurs de Sèvres finirait par ne pas coûter plus cher que les autres.

C'est ce qui advint et même plus vite qu'il ne le pensait. Le projet d'acte « ficelé » par Bertin lui-même, à la mi-juillet, stipulait que la Manufacture s'engageait à « acquérir les secrets de la plus parfaite pâte de porcelaine » pour 6000 livres, auxquelles s'ajouterait une rente viagère de 3000 livres, exempte d'impôts et non saisissable. En contrepartie, le Strasbourgeois s'obligeait à faire « toutes démonstrations nécessaires, mélanges de pâtes, de couleurs et constructions de fours ». Les procédés ainsi livrés seraient enregistrés par MM. Hellot et Macquer. Il devrait par la suite répondre à toute réquisition ou demande d'explication concernant le secret aussi longtemps que lui serait payée la rente viagère. Il s'interdisait en outre de faire usage du secret ainsi vendu « soit pour lui, soit en faveur d'une autre manufacture ». Dès son entrée en fonction, il irait faire lui-même, sur place, aux frais de Sèvres, un rapport sur l'importance des gisements de kaolin de Bavière et leurs conditions d'exploitation. Enfin, et ce n'était pas la moindre de ses obligations, il s'engageait à ce que la nouvelle pâte ainsi produite « ne coûte pas plus de six sols la livre », dans le temps où la pâte tendre, sortie des ateliers de Sèvres, en coûtait trente.

Beaucoup d'astreintes donc mises à la charge du vendeur du secret, qui s'obligeait de la sorte à « substituer la nature à l'artifice », à des conditions quasi exorbitantes. Il n'est donc pas étonnant qu'à cinq jours de signer cet accord le fils de Paul Hannong ait été pris de vertige.

Cet après-midi-là, c'était un dimanche, il s'était promené sur les terrasses des Tuileries, ensoleillées et bondées, en compagnie des frères Masson.

– J'ai l'impression de trahir mon père, leur confia-t-il avec un sérieux inhabituel. Je me prépare à traiter avec ces messieurs de Sèvres pour une somme dix fois moindre que celle qu'il leur réclamait il y a deux ans.

– En ce cas, ne signe pas ! lui rétorqua aussitôt Mathieu. Ce sont eux qui ont besoin de toi et pas l'inverse. Renégocie !... Exige que ces 6000 livres soient seulement regardées comme un acompte ! Demande une prime conséquente en cas de succès et, pourquoi pas, un pourcentage sur les ventes !

Anselme ne disait rien. Il ne pouvait pas envisager la question de la même manière. Sans défendre positivement les intérêts de la Manufacture contre ceux de son ami, il n'imaginait pas une rupture de la négociation qui le priverait irrémédiablement de la perspective de travailler avec lui et de connaître le secret de la pâte dure qui – il n'en doutait plus désormais – était à portée de pouvoir être mise en œuvre sur une vaste échelle à Sèvres.

– Passe par-dessus Boileau, va voir directement Bertin

que tu n'as encore jamais rencontré !... Il s'inquiète chaque jour de ces tractations. Il te recevra.

Le jeune Hannong, en toute candeur et innocence, fit ce que lui conseillait Anselme. Il fut reçu séance tenante par le contrôleur général qui ne le gratifia même pas d'un sourire, fit mine de mal le comprendre à cause de son accent et lui opposa, pour conclure, une fin de non-recevoir dans laquelle palpitait de la morgue :

– Quoi ! 3 000 livres par an, sans plus rien faire et qui, à l'âge que vous avez, jeune et en bonne santé, grand et fort comme vous êtes, vous rapporteront 90 000 livres si vous vivez encore trente ans... Réfléchissez !

– C'est tout vu, monsieur ! se cabra le jeune chimiste, je refuse et j'irai porter mon secret ailleurs.

– Voire ! ricana le ministre en se remettant à écrire sans plus faire aucun cas de son visiteur.

Celui-ci, du coup, ne sachant plus très bien quelle contenance prendre, dut se résoudre à se lever et à sortir.

À peine fut-il dehors que Bertin souleva son sous-main pour en tirer deux papiers. C'étaient les deux reconnaissances de dette signées par Pierre-Antoine, l'une pour 500 livres, l'autre pour 700. Elles étaient depuis trois jours en sa possession. Pour chacun de ces engagements, l'échéance était celle du 29 qui se trouvait être le lendemain.

Il sonna l'un de ses secrétaires :

– Appelez immédiatement l'huissier Legendre et dites-lui qu'il présente ces deux traites à l'aube à M. Hannong qui habite actuellement chez MM. Masson, rue Montorgueil.

À l'heure dite, le Strasbourgeois, tiré de son sommeil, se trouvait face à l'officier ministériel.

L'après-midi même, n'ayant pas d'autre choix, il se rendait chez maître Vivien où, brochant sur ce qui avait été déjà âprement négocié, Boileau lui fit en plus accepter de partir, non seulement dans les plus brefs délais mais en plus à ses frais, à Obernzell, en Bavière, pour visiter les mines de kaolin et faire un rapport exact sur leur potentiel.

C'était donc un homme saisi à la gorge qui se délestait pour presque rien d'un des plus grands secrets du siècle.

CHAPITRE HUITIÈME

Les nouvelles surprises de l'amour

Le début du mois d'août 1761 fut agréable, rythmé par les chevauchées entre Paris et Sèvres des deux chimistes, devenues quotidiennes, sitôt après la signature de l'accord liant Pierre-Antoine à la Manufacture.

Ce dernier, sourdement révolté d'abord contre Bertin et Boileau, qui lui avaient proprement tordu le cou en l'obligeant à signer un contrat inique, retrouva rapidement, grâce à Anselme, Hellot et Robert Millot, l'entrain et le naturel joyeux qui le portaient à l'oubli des injures. Il se sentait proche de ces trois hommes qu'il voyait tout prêts à s'engager avec lui, sans ménager ni leur temps ni leur peine, dans le grand œuvre qui consistait, avec autant et sinon plus de difficultés que s'il se fût agi d'un nouvel arcane, à adapter à la Manufacture du roi les techniques de Frankenthal.

Pour leur complaire, il était disposé à satisfaire à tout ce qu'attendait de lui le terrible ministre d'État, à ne faire aucun mystère de ce qu'il savait des pâtes à kaolin, à n'égarer jamais personne sur une fausse piste, à livrer sans restriction le savoir empirique de la céramique qu'il tenait de son père, fait davantage de tours de main que de formules rigoureusement établies.

Les longues séances dans le laboratoire étaient pleines d'entrain : Millot en brassière de satinette noire, Hellot, qui, par extraordinaire, tombait sa veste, et les deux jeunes gens, en chemises aux manches retroussées, alternaient les mélanges, les cuissons, les trempages, les comptes rendus faits à bâtons rompus, avec un sérieux qui n'excluait jamais la gaieté.

Hellot consignait les délais, les temps et même les duretés. Il avait inventé un appareil sur lequel tournait une roue dentée et graduée, que l'on poussait cran après cran jusqu'à la rupture d'un échantillon de section et d'épaisseur constante. Il en tirait des courbes qui figuraient assez exactement, à mesure que se faisaient les essais, l'amélioration des propriétés de résistance de la céramique. Le plus ancien des deux académiciens attachés à la Manufacture s'intéressait à la porcelaine non pas comme Macquer pour en tirer la gloire et le profit personnel de l'avoir mise au point, mais, dans un élan visionnaire et quasi lyrique, comme à un matériau noble et extraordinaire qui devait améliorer, par des applications que l'on n'imaginait pas encore, le bonheur de l'humanité. Il songeait en effet à des maisons, des ponts, des meubles, des carrosses de porcelaine, parés de mille couleurs, tels que Réaumur et lui en avaient autrefois rêvé. Il était d'ailleurs celui qui avait le mieux anticipé, dès le rapport qu'il avait rédigé pour le roi en 1751, ce que serait, en France, la marche longue et difficile vers la porcelaine à kaolin.

Hellot, dont le nez, on l'a dit, ressemblait au bec d'un perroquet et qui, lorsqu'il s'avançait, de son pas boiteux, dans les couloirs de la Manufacture, paraissait presque vriller autour de sa canne, était aux anges d'avoir avec lui ces deux jeunes disciples qui lui étaient tombés du ciel, juste à l'instant où il sentait glisser sur lui le linceul de la décrépitude.

Adossé à sa cheminée, entre les bustes en terre cuite de ses deux héros : Réaumur – son ami et son confident pendant plus de vingt ans – et Johann Friedrich Böttger – l'arcaniste qui, en 1709, avait découvert le secret de Meissen –, il refaisait à leur intention le récit des fabuleuses découvertes de ces deux hommes.

De la vie du pauvre Böttger, en particulier, il avait tiré et composé une espèce d'*Énéide,* un récit pathétique et héroïque, qu'il recommençait indéfiniment. C'était toujours la même chose, au mot près, avec des intonations tour à tour grandiloquentes ou dramatiques et, chaque fois, les deux garçons qui commençaient par l'écouter un large sourire aux lèvres ne pouvaient rapidement se retenir d'entrer dans son jeu et de boire ses paroles :

– Le secret des Chinois, celui de la parfaite combinaison du kaolin avec le pétunsé, a été découvert en Saxe, il y a un peu plus d'un demi-siècle, par une suite d'incroyables hasards. En 1701, un familier de l'électeur de Dresde, Ehrenfried Walther von Tschirnhaus, ami de Leibniz, bon chimiste et physicien, en voyage en France, avait visité la manufacture de porcelaine de Saint-Cloud et en était revenu émerveillé. À son retour en Saxe, il s'en était ouvert à son prince, le fameux Auguste le Fort ; père, disait-on, de trois cents bâtards – le plus grand collectionneur de céramiques orientales d'Europe –, qui songeait déjà à installer dans ses États une manufacture de porcelaines artificielles sur le modèle de celles qui existaient en France. L'Électeur l'avait aussitôt mis en rapport avec l'un de ses chimistes, Johann Friedrich Böttger, jeune homme de dix-huit ans, en vérité plus alchimiste que chimiste, qu'il avait chargé de travailler au secret de la « teinture rouge », c'est-à-dire de la transmutation de l'argent en or. Il le tenait pour cela prisonnier, tantôt dans la Maison de l'Or à Dresde, tantôt dans l'affreuse citadelle de Königstein, sous la menace d'une mort certaine – la mort des alchimistes qui finissent pendus à une potence semée de paillettes d'or – au cas où il ne parviendrait pas à un succès rapide dans ses recherches. Auguste II, qui n'avait pas – ainsi que vous le comprenez – la clémence de l'empereur romain, son homonyme, était un prince cruel, persuadé qu'il était possible de tout obtenir par la terreur…

Anselme et Pierre-Antoine marquaient invariablement alors par un soupir soulagé leur joie de travailler pour Louis XV et pour sa bonne amie, la marquise, dans des conditions indéniablement moins angoissantes que le pauvre Böttger.

– La croyance des alchimistes, reprenait l'académicien, était qu'en chauffant de l'argent à des températures dont personne n'avait eu la maîtrise jusque-là, on parviendrait à le transmuer en or. Les recherches du jeune homme portaient donc sur le feu, sur la façon d'obtenir la température la plus élevée possible en perfectionnant le système de lentilles solaires que Tschirnhaus avait pu examiner en détail à l'Observatoire de Paris et d'en maintenir les performances par une sorte de « soufflet perpétuel ». Böttger, dont la santé et la raison commençaient à se ressentir du rude régime que lui avait imposé son maître, obtint grâce à Tschirnhaus de pouvoir revenir travailler à Dresde dans des conditions de semiliberté. En contrepartie, Auguste lui fixa de nouvelles exigences : en plus de l'or qui restait sa priorité, il devrait travailler à la mise au point d'une porcelaine dont le prince lui marquait d'emblée, par une espèce de folie mégalomaniaque, qu'elle ne pouvait être qu'aussi dure et blanche que celle de Chine dont il admirait tous les jours, dans les palais où il conservait ses collections, les plus belles pièces qui soient jamais parvenues en Europe.

– Que j'aurais aimé connaître ce « M. Lefort » ! s'amusait de loin en loin le jeune Hannong, que le récit d'Hellot emplissait d'une antipathie viscérale pour ce prince.

– Il savait en tout cas ce qu'il voulait et il allait l'obtenir ! poursuivait Hellot. Trouvant bientôt que Böttger le lanternait de nouveau, il le fit enfermer à Meissen, dans la forteresse de l'Albrechtsburg où il le contraignit à travailler jour et nuit, aidé de cinq assistants dont le plus aguerri avait pour nom Stölzel, tous étroitement surveillés par une garnison militaire cantonnée dans la forteresse même... En juin 1707, Auguste vient en personne à Meissen. Il veut son or, accessoirement sa porcelaine. Il hurle, il menace. Böttger, qui n'a que vingt-cinq ans, ne va pas bien : ses yeux ont été brûlés par les lentilles solaires, il souffre d'épilepsie et il est agité presque sans discontinuer d'un rire niais et nerveux. La mort de Tschirnhaus le laisse seul et sans protection, et pourtant ses recherches sur les fusions à très haute température, reprenant d'anciens essais qu'il avait faits à seize ans sur le verre, avancent à grands pas. Il obtient la permission de revenir à Dresde, mais toujours aussi étroitement gardé et surveillé. Ses travaux vont finalement aboutir dans le sinistre *Jungfernbastei* (bastion de Vénus), terrible prison où au Moyen Âge les prisonniers étaient précipités dans des basses-fosses hérissées de lames et de rasoirs sur lesquels ils se déchiquetaient. Je vous ai dit que le gros problème de Böttger – dans la recherche qui importait le plus à son maître, celle de l'or – était de maintenir la température la plus élevée possible pour fondre son métal. Or, l'une des difficultés résidait dans la résistance des creusets dont aucun ne subissait sans se fendre une exposition de plusieurs heures aux flammes de ses réchauds. Il a l'idée pour améliorer la résistance de ses récipients d'utiliser une terre extrêmement réfractaire qu'on lui a apportée de la ville de Colditz et de la mélanger à de l'albâtre de Nordhausen qu'il réduit en gravillons au pilon de bois... Et voici, mes enfants, comment survint le prodige... Il fait un feu d'enfer. À tel point qu'on ne peut plus fouler le sol de son laboratoire et qu'il faut asperger les murs d'eau pour pouvoir continuer de demeurer sur place.

À cet instant, le directeur de l'Académie se faisait solennel et, dans un geste théâtral, drapé dans une toge imaginaire, une main posée sur le buste de son héros, ne ratait jamais son effet :

– L'argent qui se trouvait dans le creuset ne se transforma pas en or, vous vous en doutez bien, mais le creuset lui-même en chauffant produisit une espèce de céramique très dure. Böttger venait de découvrir la chose essentielle : il avait réussi à mélanger l'argile et la pierre, à faire fondre la pierre feldspathique par l'apport d'un fondant qui, abaissant la température de fusion, lui avait permis de venir remplir les pores de l'argile. C'était déjà, à quelques variantes près, le secret des Chinois : le mélange de la pierre, un pétunsé, avec l'argile de Chine, un kaolin… Cette première céramique produite dans la citadelle de Meissen que le jeune chimiste, fort modestement, appelle « une substance jaspée », est une sorte de grès rouge mais si dur et si résistant qu'il peut être poli sur le tour du lapidaire. Böttger invente pour le rendre plus éclatant une glaçure qu'il cuit par-dessus cette nouvelle matière à très basse température. Le résultat est magnifique, et dans la nuit du jour de l'An de 1709, le jeune inventeur peut écrire au charbon de bois, au-dessus de la porte de son laboratoire : « Dieu, le Créateur, transforme le faiseur d'or en potier. »

– En plus, c'était un poète ! ne manquait jamais de relever Anselme.

– Le 28 mars 1709, il renouvelle l'expérience sous les yeux de son prince. Mais l'Électeur est insatiable, il trouve communes les vaisselles rouges de Böttger… Il exige que l'on découvre sans délai le secret des fonds blancs et, plus que jamais, il réclame son or. Du coup, il maintient le pauvre Böttger prisonnier, tout en le nommant directeur de la nouvelle manufacture qu'il fonde à Meissen au début de 1710… La porcelainc blanche va finalement être trouvée par un nouveau fabuleux hasard… À cette même époque, à l'autre bout du pays, dans le Vogtland, le *Kammerrat* Schnorr von Carolsfeld, épouvantable bandit qui ne vivait que de rapines et, accessoirement, de l'exploitation des mines de fer se trouvant sur ses terres, se plaint un jour à son valet de chambre de trouver sa perruque alourdie. Son médecin examine la poudre utilisée par le perruquier et au lieu du froment finement bluté, accoutumé pour pareil usage, il découvre un minéral qu'il ne parvient pas à carboniser et qui se trouve en abondance à Aue, sur une terre dont Schnorr est le seigneur. Ce dernier, qui sait parfaitement que les chimistes du prince sont à la recherche de terres fortement réfractaires, envoie à Dresde un peu de cette poudre, qu'il a baptisée entre-temps poudre de Saint-André. Elle est examinée par Böttger qui reconnaît aussitôt, dans ce minerai d'Aue, un kaolin aussi pur que celui des Chinois et qui l'utilise sans délai en remplacement de sa terre de Colditz. Les pièces qu'il retire de ses fours sont d'une blancheur quasi parfaite – quasi, parce que l'albâtre qu'il utilise toujours dans son mélange comme pétunsé continue d'apporter à ses fonds une légère nuance de jaune –, mais surtout elles conservent toute la dureté et toute la sonorité de ses premiers grès. Ce prodigieux résultat va permettre le développement fulgurant de Meissen et, par là même, assurer la fortune de Schnorr von Carolsfeld. Le *Kammerrat* va en effet multiplier ses prix par trois en cinq ans et, malgré son engagement de réserver l'exclusivité de son minerai à l'électeur de Saxe, son maître, se mettre à vendre sa poudre partout en Europe. C'est ainsi que les fabriques de Du Paquier, à Vienne, et d'Hannong, à Strasbourg, grâce à la traîtrise de Schnorr, seront à même de fondre des pâtes dures… Je pense même, mon cher, ajoutait quelquefois l'académicien à l'adresse de Pierre-Antoine, que votre père et votre grand-père n'ont pas toujours eu la tâche facile avec ce forban…

– Schnorr était en effet un homme sans foi ni loi, opinait Pierre-Antoine. Il donnait des prix et des délais qu'il modifiait à sa guise. Si bien que, dès qu'il l'a pu, mon père s'est adressé de préférence aux carrières d'Obernzell, en Bavière.

– Telle fut l'incroyable chance de l'électeur de Saxe, que de tout obtenir en quelques mois : la formule par Böttger, le minerai par Schnorr, concluait Hellot. Or, que croyez-vous qu'il advint pour le pauvre chimiste devenu le directeur-prisonnier de Meissen ? Auguste ne le tint pas quitte de son or ainsi que d'un détail qui le chagrinait : la peinture du bleu dans les vaisselles de Chine était posée sous le vernis et brillait donc incomparablement sous l'effet de la lumière, tandis que les premières productions de Meissen ne savaient appliquer les figures que par-dessus la glaçure, en les rendant ainsi incontestablement plus ternes. Böttger et ses deux principaux assistants, Stölzel et Köhler, sont mis en demeure de régler le problème, et leur surveillance dans la forteresse se fait du coup plus étroite. L'infortuné Böttger est épié jour et nuit, avec des gardes en faction devant son appartement, dans son carrosse dès lors qu'il se déplace et même devant la porte des maisons de plaisir qu'il fréquente à Dresde puisque son maître lui a refusé, par crainte de la trahison de ses secrets, jusqu'à la permission de se marier. Il est riche mais il n'a pas la liberté de profiter de son argent. Il fait venir près de lui sa mère, sa sœur, son demi-frère, Hans Tielmann, qui trahira Meissen en allant avec Stölzel vendre le secret en Autriche. Il boit. Il ne se lave plus. Il est pris de fous rires qui le font suffoquer. Il meurt à son tour en 1719, âgé de trente-cinq ans à peine, écrasé par le poids du prodige sorti de son génie et par la cruauté d'un maître terrible… Voilà, messieurs, celui que vous devez vénérer et vous efforcer de ne pas imiter dans ses malheurs !

Lorsqu'il avait terminé ce panégyrique qu'il recommençait presque chaque jour, le directeur de l'Académie s'en retournait à son bureau poursuivre ses travaux selon sa « méthode à trois temps » qui enchaînait invariablement, hypothèse, démonstration et conclusion. Presque couché face contre sa table, à cause de son infirmité, il levait par instants vers les deux garçons une figure maigre et étoilée de rides qu'illuminait l'air de sarcasme que beaucoup de gravures, circulant alors dans toute l'Europe, prêtaient à Voltaire.

Hannong, au bout de quelques semaines, avait pris toute la mesure des moyens considérables que lui offrait Sèvres pour élaborer, à partir de son secret, une formule produisant une qualité dure exceptionnelle dont les propriétés seraient répétitives, constantes et transposables à l'échelle industrielle. Plus à son aise dans le rôle d'analyste que dans celui d'expérimentateur, il laissait, certaines nuits et certains dimanches, Anselme poursuivre seul ses essais et s'en retournait rue Montorgueil. Il prétendait en outre, à l'instar du Parisien qu'il était vite devenu, avoir un besoin impérieux, après quelques heures passées à la Manufacture, des odeurs et des bruits de la ville pour recouvrer sa fraîcheur d'esprit et sa capacité d'intuition. Chaque soir, pour souper, il retrouvait ainsi Mathieu et quelquefois une compagnie plus galante. Il s'estimait de la sorte l'homme le plus heureux du monde, sauf lorsqu'il recevait quelque nouvelle catastrophique de son usine de Strasbourg qui faisait immanquablement péricliter sa bonne humeur, aussi ne se pressait-il pas, malgré la conclusion de son contrat avec Boileau, de se trouver un logis à lui. Les deux frères Masson, s'accommodant parfaitement de sa présence, n'avaient d'ailleurs aucune envie de le mettre à la porte.

Un samedi après-midi, par un temps de grosse chaleur, alors qu'il se trouvait dans la plus haute salle du pavillon de Lully où il était venu chercher un peu de fraîcheur en compagnie d'Hellot et de Robert Millot qui l'aidaient à ajuster un dosage, Anselme fut distrait par des cris. Des clameurs d'une vive dispute provenaient de l'atelier des couleurs. Boileau était absent. Contre toutes ses habitudes, il avait pris deux semaines de congé pour retourner dans son Artois natal afin de régler la succession d'un vieil oncle. Marmet et Deleviston étaient à Versailles dans les bureaux du ministre, Genest à Paris, chez ses fournisseurs de couleurs, Chevalier, le chef du grand atelier, et Hannong s'étaient éclipsés vers midi, profitant de l'absence du directeur. Barberie de Courteilles était bien là, mais comme il y avait tout lieu de penser qu'il n'interviendrait pas, le chef des fours et le jeune chimiste, après s'être simplement regardés, traversèrent la cour et montèrent à l'étage, sur le lieu de l'esclandre.

Il s'agissait bien d'une rixe entre deux groupes d'ouvriers dont certains s'étaient emparés de colombins de pâte et même de pièces de biscuit déjà moulées en menaçant de les utiliser comme projectiles. Entre eux se tenaient deux contremaîtres qui semblaient avoir épuisé tous les moyens de s'entremettre.

Anselme, en simple culotte et chemise, un bas mal attaché, Millot, avec sa brassière ouverte qui laissait apparaître le poil de sa poitrine, blanc et dru comme du crin, se plantèrent résolument dans l'espace laissé vide entre les deux factions contraires.

– Qu'y a-t-il ? demanda le chef des fours d'une voix forte.

– Monsieur, il se trouve une fille parmi nous, qui se fait passer pour un garçon, répondit un blondinet, plus téméraire que les autres, un brunisseur de l'équipe de frère Hippolyte.

– Une fille ! se moqua Millot, cela ne se peut… Sais-tu bien, petit nigaud, que le règlement l'interdit ?…

– Justement, monsieur, elle est ici en fraude. Nous en avions le soupçon depuis quelque temps à cause de ses manières trop gracieuses et, tout à l'heure, nous nous sommes assurés de la chose en lui tirant sa chemise… Nous autres, doreurs, nous demandons l'application du règlement de cette maison… Autrement, si on la garde, qu'on prenne aussi nos sœurs et nos mères qui cherchent de l'ouvrage !

– Ce que tu dis paraît juste, estima Anselme, mais où se trouve celle que vous dénoncez ?

– Ici ! répondit depuis le groupe des peintres une voie décidée.

Au même moment, dans l'espace qu'occupait le jeune chimiste avec le chef des fours, s'avança un gamin d'environ dix-huit ans qui retira le tricorne qui tombait sur ses yeux pour laisser filer de grands cheveux noirs.

C'était Claude Jadot, le petit ouvrier avec qui Anselme avait lié connaissance, presque une année plus tôt, à l'auberge du bac de Boulogne et pour qui il avait obtenu depuis, aux frais de la Manufacture, une place à l'académie de Saint-Luc. Ils n'avaient fait par la suite qu'échanger quelques mots cordiaux lorsqu'ils s'étaient retrouvés dans l'atelier des peintres ou croisés dans les couloirs et, chaque fois, le chimiste avait demandé à voir le carton des dessins de motifs et de sujets du jeune homme. Il les avait examinés avec attention, lui adressant louanges et suggestions, et il avait même conservé dans son bureau quelques-uns des disques d'essai, brossés de sa main à partir de ces tableautins, en plus des tessons d'assiettes qui lui servaient, on s'en souvient, de presse-papiers. Anselme vouait donc à Jadot une espèce d'amitié discrète. Il lui marquait l'intérêt que l'on a toujours pour un premier protégé dont on a pu faire avancer les affaires et dont le succès permet de juger, par là même, du début de sa propre influence.

– Toi ! une fille !... blêmit-il, car il n'en croyait toujours pas ses yeux. Comment te nommes-tu vraiment ?

– Jadot ainsi que j'ai eu l'honneur de vous le dire, monsieur.

– C'est ton vrai nom ?

– Je ne vous ai menti que sur mon prénom... Je m'appelle Fanny.

– Pourquoi te faire passer pour un garçon ?

– Vous savez bien qu'on ne veut pas de filles ici ! J'y ai été contrainte pour avoir du travail et pour subvenir aux besoins de mes deux frères, des jumeaux, puisque nous n'avons plus aujourd'hui ni père ni mère... Tout comme moi quand j'avais leur âge, ils ont été placés, par le Bureau des pauvres, à l'hôpital de la Charité, rue Saint-Denis, afin d'y apprendre un métier... Les ouvriers qui viennent y donner des cours gratis sont, pour leur peine, au bout de six ans, reçus maîtres sans avoir autre chose à payer que leur béjaune... Mes frères sont jeunes. Ils n'ont que treize ans. L'un vient de trouver un maître pour son apprentissage, l'autre en cherche toujours un.

– Et qu'as-tu appris, toi, à la Charité ?...

– La couture... Imaginez-vous, monsieur, que l'on puisse enseigner autre chose aux filles ?

– Et tes frères, qu'apprennent-ils ?

– L'un la serrurerie, l'autre la menuiserie.

– Et comment t'est venue la pratique du dessin ?

– Ah ! dit Fanny en se radoucissant brusquement car elle n'avait parlé jusque-là, sous le coup de la colère, que par saccades... Heureusement, à la Charité, il était un saint homme, l'abbé Chabas... Il dessinait. Il voyait que je le regardais faire. Ma curiosité l'amusait, aussi m'a-t-il appris à tenir une mine de plomb... Puis, patiemment, chaque soir, et plus longuement encore le dimanche, il m'a prodigué ses leçons… Il a allumé une luciole au bout de ma nuit. Il m'a donné cet espoir que vous voulez aujourd'hui m'ôter.

Anselme restait sans voix, incontestablement ému mais observant du coin de l'œil les pas que faisaient les doreurs pour se rapprocher des peintres qui, dans le même temps, amorçaient un mouvement sur deux files pour envelopper la jeune fille et la protéger.

– Allons régler cette affaire dans le bureau de M. de Courteilles ! annonça le chimiste avec suffisamment d'assurance pour que les deux ou trois protestations émises par les doreurs et les brunisseurs cessent aussitôt.

– Nous ne voulons plus voir aucune fille ici ! lança encore un grand échalas qui paraissait être le meneur de ceux qui protestaient.

– M. de Courteilles en jugera sans doute ainsi ! estima Robert Millot dont le crédit auprès des ouvriers était solide.

Anselme fit passer Fanny au milieu des deux groupes d'ouvriers : ceux au visage impénétrable et dur qui venaient d'apprendre son secret et les autres, les peintres, qui pour la plupart le connaissaient, mais qui avaient fini par respecter en elle l'un des meilleurs éléments de leur atelier. Barberie de Courteilles n'était plus chez lui. Le concierge devait d'ailleurs le lendemain confier à Anselme l'avoir vu commander son petit cabriolet pour se rendre à Paris, sitôt entendues les premières clameurs de la dispute. Boileau et Macquer absents, il ne restait plus qu'Hellot pour juger de l'affaire et prendre les mesures conservatoires qui s'imposaient. Ce dernier, l'homme du monde le moins fait pour entrer dans une contestation, s'en remit à son jeune adjoint :

– Chassez cette fille, lui dit-il, puisqu'on ne peut transiger sur le règlement… Mais, du moins, soyez humain !

– Je l'entends bien ainsi, promit Anselme qui entraîna

Fanny au-dehors avec d'infinies précautions, lui donnant le bras, tant elle était pâle.

Ils traversèrent le jardin et gravirent l'escalier et les rampes qui permettaient d'accéder à l'étage supérieur du pavillon de Lully.

À l'entrée de l'allée de buis, Robert Millot, qui les avait d'abord suivis, mais qui craignait sans doute de se montrer trop sentimental, fit un pas en arrière et s'excusa :

– Le four numéro quatre, avec son chargement de beau bleu… Il faut que j'y aille !

Anselme était donc seul en face de Fanny lorsqu'ils se retrouvèrent dans l'unique pièce de ce pavillon où la lumière entrait à flots par neuf fenêtres étroites qui occupaient presque toute la surface des murs. Cela faisait comme une maison de verre où, selon une légende tenace, le grand Lully recevait autrefois ses gitons.

Il la fit asseoir pour qu'elle se calme et vint prendre place à côté d'elle :

– Apaise-toi ! Ne crains rien !… Je te viendrai en aide.

Les yeux de la petite artiste étaient étonnamment secs. Elle dévisageait drôlement Anselme, avec une fierté dans laquelle transparaissait de la morgue. À cet instant, pour elle, il personnifiait les lois dures et cruelles de la Manufacture.

– Je n'éprouve pas de crainte ni de honte non plus, lui dit-elle, puisque je n'ai commis ni crime ni parjure. En tant que peintre, en plus, je suis parmi les meilleurs !

– Je pense que tout le monde en convient…

– Oui, et pourtant me voilà chassée… Et par vous que j'estime !

– Je n'y puis rien faire ! C'est le règlement…

– Ce règlement a été fait par des hommes sans cœur… Vous qui êtes bon, n'y trouvez-vous rien à redire ?

– Il n'est pas en mon pouvoir…

– Il n'est au pouvoir de personne… Il ne sera jamais au pouvoir de personne tant que des gens comme vous ne diront rien, ne feront rien ou ne voudront pas voir bouger les choses.

– Écoute ! lui dit-il en lui posant la main sur l'épaule.

Elle se retira brusquement.

– Vraiment, être chassée par vous ! répéta-t-elle en le fixant droit dans les yeux d'une voix défaillante.

Une larme, la première, traversa sa joue. Il sortit un mouchoir plié de la poche de sa culotte et se mit en devoir d'essuyer doucement l'imperceptible filet brillant qui commençait à contourner la commissure de ses lèvres.

Cette fois, elle ne recula pas.

– Je ne veux pas voir ces pleurs ! Je ferai tout pour les tarir !

Il s'attarda un peu à essuyer son menton qu'il releva délicatement et insensiblement jusqu'à obtenir d'elle un sourire.

– Fanny, crois en moi !… Même s'il n'est pas en mon pouvoir de te conserver un emploi à la Manufacture, je m'occuperai de toi.

– Je ne veux que travailler et peindre !

– Tu peindras. Tes fleurs sont merveilleuses. Elles ont plus de délicatesse que celles des plus vieux peintres de cette maison… Tu as une touche sensible et légère qui parle immédiatement au cœur.

Il alla dans l'armoire où il rangeait quelques échantillons d'essais qui avaient été cuits dans les fours situés juste en contrebas du pavillon. Il en sortit les seuls fragments peints qu'il gardât par-devers lui : quatre disques d'essai ornés de pois de senteur et de petits ouvrages de vannerie qui étaient tous de la main de Fanny.

– Voici ce que j'ai de toi !

Elle s'empara des quatre pièces comme pour vérifier qu'elles étaient bien de sa main puis, sauvagement, les jeta par terre, les brisant en mille morceaux, dans des ricanements de colère.

– Commandez-moi de les recommencer, dit-elle avec un air de dédain mêlé de morgue, je les ferai dix fois plus beaux !

Il demeura un court moment hébété et il le fut plus encore lorsqu'elle se jeta sur lui pour lui donner un baiser, avant de s'enfuir puis de dévaler le petit escalier de la terrasse.

Cinq minutes plus tard, ayant emprunté le petit cabriolet d'Hellot, il la rattrapait sur la route de Boulogne pour l'emmener avec lui à Paris.

Le jour même où avait lieu cet esclandre dans l'atelier des peintures de Sèvres, Pierre-Antoine et Mathieu étaient allés chercher la fraîcheur du soir jusqu'au bas des pentes de Montmartre, dans un cabaret de la rue des Martyrs. La nuit douce, la clientèle joyeuse de cet établissement, les lampions colorés accrochés par grappes dans les jardins prédisposaient aux confidences.

Pierre-Antoine, pris dans l'exaltation de son travail à Sèvres et la chaleur de son amitié nouvelle pour les frères Masson, était un homme heureux. Mais ce bonheur était fragile ; il avait besoin de compagnie et de mouvement car, lorsqu'il se trouvait seul et pensif, songeant à tous les plaisirs dont il avait goûté les fruits, il éprouvait la frustration d'être exposé sans un sou aux terribles tentations de Paris : les soupers fins, les habits à la mode, les beaux équipages, les cadeaux faits à de jolies femmes. Il se méprisait alors lui-même du fait de sa misère, aussi son humeur, dans ces moments-là, devenait-elle immédiatement sombre.

Mathieu éprouvait d'autres tourments, plus subtils, plus indéchiffrables, difficiles même à concevoir ou à exprimer : sa fougue à jouer sur les grands orgues de Paris avait été comme un feu de paille, une espérance trop longtemps contenue et qui s'était brusquement détendue comme l'orage qui tourne court. Peut-être à cause de l'hypersensibilité des aveugles à la musique avait-il épuisé avant et plus vite que les autres toutes les joies de l'interprétation ? Des transports parcourus de frissons que lui avait procurés l'émotion de ses premiers concerts, il ne subsistait à présent qu'une douleur physique, accompagnée de crampes et de haut-le-cœur. Il éprouvait le sentiment de n'être plus qu'une mécanique aussi insensible que les automates de M. de Vaucanson. Il se considérait coupable d'une inconstance criminelle, surtout après ce que tant de gens avaient accompli en sa faveur pour qu'il puisse se réaliser pleinement dans son art. Cette prise de conscience l'effrayait et l'engourdissait dans une mélancolie morne. Depuis trois mois, il évitait de se questionner sur sa vraie vocation et en refoulait la simple pensée avec une espèce de honte.

Pierre-Antoine était le seul être suffisamment sensible et tolérant – moins enfoncé dans l'implacable raison que son frère, moins dominé par l'empire de la musique que Briséis – auprès duquel il pût s'épancher sans crainte. Sa souffrance se calmait quelque peu dès lors qu'il lui parlait :

– Voilà plus d'un an maintenant qu'une chance insolente m'a permis de pouvoir jouer tous les jours sur les plus beaux instruments de Paris et, au bout du compte, je réalise que je m'en rends malade… Après chaque concert, ma tête retentit d'un fracas comparable aux grondements d'un tonnerre.

Il guettait une réaction du Strasbourgeois mais celui-ci, sidéré par ces aveux, demeurait impassible. Mathieu se trouva donc contraint de poursuivre, mais sa voix, en se ralentissant et en s'assombrissant à mesure qu'il parlait, parut bientôt s'éteindre jusqu'à bientôt devenir inaudible :

– Je me vois à présent aussi vil et méprisable que l'enfant trop gâté qui se lasse d'un jouet… Monter à ma tribune depuis quelques semaines me révulse. Je suis comme ces machines dont parle Fontenelle. J'éprouve plus d'émotion lorsqu'on me lit une partition que lorsque j'enfonce mes touches ou que j'écrase mon pédalier pour produire un son… La musique gravée dans mon esprit par la simple lecture me comble ; celle que je joue me brise.

– C'est sans doute que ta lectrice te trouble plus que ta musique ! se risqua Pierre-Antoine en forçant un petit rire léger.

Mathieu l'arrêta en lui prenant la main.

– Peut-être es-tu fait pour composer ? hasarda encore le Strasbourgeois.

– Non, ce n'est pas cela ! C'est plutôt la diabolique déformation des capacités de l'ouïe qu'endurent les aveugles. Sans doute sont-ils capables de s'imprégner plus intensément de musique, mais aussi, à proportion, plus vite repus, grisés, saoulés jusqu'à l'écœurement… Mais à qui puis-je avouer tout cela ? Certainement pas à Anselme, ni à M. Merlot, ni aux révérends pères qui me font confiance.

– Alors !… Que comptes-tu faire ?

– Je n'en sais rien encore et je ne veux surtout pas inquiéter mon frère qui me croit en route vers mon accomplissement. Je continuerai donc à jouer, du moins pour le moment. L'accueil du public, l'amitié de M. Merlot et surtout, je l'avoue volontiers, la présence de cette aimable lectrice de musique qui vient tous les jours près de moi déchiffrer de nouvelles partitions parviendront sans doute à me soutenir jusqu'à ce que j'entrevoie une autre solution… Mais, Pierre-Antoine, ne sois pas surpris si tu apprends un jour que j'ai pris un chemin qui n'est pas celui que l'on attendait que je prenne… Je dois composer avec la part inexprimable qui est en moi…

– Oh ! Oh ! pas de bêtises au moins !

– Jamais rien de violent, tu me connais, promit Mathieu.

– Eh bien, lui répliqua le Strasbourgeois en l'embrassant, nous attendrons ensemble des jours meilleurs… Toi, dans ta tribune, moi, dans mon laboratoire.

– Nous sommes sans doute trop difficiles ! hasarda le musicien.

– Exigeants ! rectifia Pierre-Antoine. L'exigence est la vertu des âmes supérieures, le réflexe qui les porte à toujours désirer quelque chose de neuf pour ne pas s'ennuyer ni éprouver de sentiments communs.

– Oh, Pierre-Antoine, s'enthousiasma Mathieu, tu me fais du bien !… Je t'avoue des choses que je n'oserais même pas murmurer dans un confessionnal.

– Et toi, à propos des tourments que j'endure du fait de mon contrat inique avec Sèvres, je te dis ce que je ne pourrais jamais confier à ton frère.

Mathieu désira soudain sceller cette amitié par quelque chose d'extraordinaire.

– Demain, Pierre-Antoine, fais-moi un plaisir… Monte dans ma tribune ! Je voudrais te présenter l'ange qui vient chaque jour jusqu'à moi pour me lire de la musique.

– Je ne veux pas être indiscret, protesta Pierre-Antoine.

Mathieu lui tapa sur l'épaule et lui tendit une feuille pliée en quatre : une page de Haendel que Briséis lui avait lue le matin même. Hannong lui en épela les notes et toutes les indications portées par le compositeur, sans rien omettre. Ils se livraient à cet exercice chaque soir avant de se quitter pour aller dormir et ils trouvèrent plaisant, ce soir-là, de le faire au cabaret.

Le lendemain, à 11 heures, dans l'église Saint-Louis bondée d'un public attentif, Mathieu déchaînait la toute-puissance du jeu de l'orgue dont il connaissait, après une année entière passée à le dompter et à l'apprivoiser, les infinies ressources et les petits travers. Il savait parfaitement flatter les premières et gommer les seconds comme un cavalier émérite sait faire corps avec la monture qu'il s'est choisie.

Pierre-Antoine, arrivé à l'instant précis de l'attaque de la première mesure, s'était engouffré dans l'escalier de la tribune qu'il n'avait encore jamais gravi, bien qu'il fût venu souvent, aux Jésuites, entendre son ami.

Ce qu'il découvrit alors lui parut stupéfiant : Mathieu, en manches de chemise, paraissait danser devant son pupitre, saisi d'une agitation des pieds et de toute la partie supérieure de son corps. Derrière lui, de dos, une jeune femme à la taille bien prise accompagnait la musique, marquant le rythme par de grands mouvements de la tête. D'une main, elle agitait un éventail sur la nuque du musicien, de l'autre, elle laissait filer au-dessus de sa tête, portant sa main à sa bouche et paraissant l'éloigner de son souffle léger, une longue succession de baisers.

Le survenant s'immobilisa un moment sur la plus haute marche de l'escalier en colimaçon, son tricorne dans une main, sa canne de jonc dans l'autre. Il attendit comme cela sans bouger que le morceau fût terminé, l'un de ses pieds resté posé sur une pointe, de plus en plus étonné par le manège de la jeune fille que paraissait enivrer la musique. Lorsque le son retomba définitivement, égrenant son écho sous les voûtes, elle posa son éventail sur le bord du pupitre et fit mine d'envoyer d'un geste large, en direction du musicien, d'imaginaires pétales qu'elle détachait d'une gerbe non moins supposée, mais dont son bras, replié avec grâce à hauteur de son buste, suggérait assez bien la forme.

Mathieu, brisé, était penché sur ses claviers, tenant sa tête à deux mains. Son effort, cette fois, paraissait avoir été anormalement intense. Il attendit pour se redresser que Briséis, ainsi qu'elle le faisait chaque fois, vînt poser sa main douce et légère sur son épaule. Il se contenta de renverser la tête et de frotter sa nuque à ses poignets. Tel était le seul contact physique que se soient jamais autorisé ces deux êtres que la complicité de la musique faisait pourtant paraître comme des amants.

Pierre-Antoine contemplait cette scène dans un certain engourdissement qu'il sut bientôt être le signe avant-coureur d'un événement extraordinaire.

En effet, à peine eut-il fini de se pelotonner comme un chat heureux au creux du bras de son admiratrice que Mathieu se leva, s'inclinant par jeu devant elle :

– Vous me comblez, mademoiselle d'Ambre, lui dit-il en riant.

Elle se détourna légèrement pour lui rendre son salut, l'accompagnant d'une révérence que l'aveugle reconnut au froissement de sa robe. Pierre-Antoine la vit alors de profil, il s'appuya au chambranle de la porte de l'escalier pour ne pas défaillir :

– Vous êtes Briséis, la cousine de mon ami Amador d'Ambre... Briséis d'Ambre ! balbutia-t-il d'une voix sans timbre et blanche, faisant du même coup se détourner vers lui le visage des deux musiciens.

– Oui, c'est moi ! répliqua résolument la jeune fille en s'accrochant pour la première fois aux deux épaules de Mathieu et en y plongeant ses ongles comme si elle implorait une protection.

– Vous dont le cousin, à Heidelberg, il y a deux ans, possédait le portrait dans le médaillon que je porte autour de mon cou.

Il tira le bijou de sous sa chemise et le montra d'un geste emprunté. La jeune fille gravée de profil était bien Briséis.

Celle-ci, aux paroles lancées par le Strasbourgeois, avait brusquement pâli, enfonçant un peu plus profondément ses ongles dans les chairs de Mathieu qui, sentant qu'il se produisait quelque chose d'extraordinaire, s'était raidi et contracté, faisant effort pour se dégager de cette meurtrissure qu'il sentait provoquée par une émotion dont il n'était pas la cause. Son visage, qu'avaient tour à tour traversé une expression de souffrance tandis que durait l'exécution, puis, avec le relâchement de l'effort, un air d'angélisme, était à nouveau redevenu grave.

Pendant ce temps, Pierre-Antoine et Briséis n'en finissaient pas de se dévisager. Lui, toujours électrisé par la vue du vrai modèle de son médaillon ; elle, arrêtée dans sa respiration à peu près comme Daphné dans l'instant où l'étreinte d'Apollon va la transformer en laurier, saisie et paniquée à la vue de cet être dans lequel elle avait, dans un éclair, reconnu la figure et l'allure de l'homme idéal après lequel elle soupirait secrètement depuis toujours.

Tandis qu'ils demeuraient ainsi fascinés l'un par l'autre, déjà ligotés par un destin qui avait disposé d'eux, Mathieu, qui venait de repousser tous ses registres avec des gestes brusques, passa entre eux pour s'échapper.

L'appartement de la rue Montorgueil demeura ce soir-là plongé dans l'obscurité : Anselme n'y rentra pas de six jours, ayant pris, depuis la veille, une chambre dans une auberge de Courbevoie où il demeura avec Fanny sans ressortir ; Pierre-Antoine n'y revint pas non plus, passant sa nuit sous les fenêtres de Briséis qu'il avait raccompagnée jusque chez ses parents, rue des Trois-Pavillons, la suivant à dix pas sans que jamais elle ne daigne se retourner pour le gratifier du moindre regard. Mathieu, qui était venu en coup de vent reprendre un petit ballot de ses affaires, disparut lui aussi, beaucoup plus mystérieusement et beaucoup plus longuement. Ç'allait être d'ailleurs la disparition la plus étrange et la plus douloureuse de la communauté de ces trois garçons que les surprises de l'amour venaient de séparer durablement.

Boileau, revenu d'Artois le 27 août, apprit coup sur coup l'affaire de la rixe dans l'atelier des peintures survenue l'avant-veille et la disparition d'Anselme qui n'était pas reparu à la Manufacture depuis, se contentant de faire savoir qu'il serait de retour le 1er septembre.

Mais ce qui mit le comble à sa colère fut d'apprendre que Pierre-Antoine Hannong n'était toujours pas parti pour la Bavière, à ses frais, ainsi que le prévoyait le contrat du 29 juillet. Il prit donc sa plus belle plume et fit porter une lettre chez les frères Masson dans laquelle il écrivait entre autres choses :

> Il n'est ni séant ni honnête de paraître si près de ses pièces… On ne badine pas avec les ministres à qui on a intérêt à donner prompte satisfaction…

S'il avait pu trouver cette lettre, Pierre-Antoine Hannong aurait sans doute eu bien peu d'envie d'obéir au directeur de la Manufacture. Il n'imaginait pas en effet de pouvoir quitter Paris sitôt après ce qui venait de se produire.

La douleur qu'il avait causée à Mathieu l'avait de toute façon dissuadé pour longtemps de reparaître rue Montorgueil. Après avoir attendu toute la nuit en vain devant la maison de celle qu'il aimait d'un amour encore plus fou depuis qu'il l'avait vue pour de vrai, il avait rejoint au petit matin l'une de ses fort peu recommandables nouvelles relations – compagnon de cabaret et de jeu – chez qui il s'était rafraîchi et reposé un moment. Il avait ensuite repris sa faction rue des Trois-Pavillons, sous le balcon de Briséis, se présentant à elle, en fin de matinée, lorsqu'elle était ressortie pour gagner, selon son habitude, l'église Saint-Louis.

Elle était extrêmement pâle, avec des yeux rougis, montrant la mine abattue d'un être bourrelé d'angoisse et de remords.

Comme la veille, elle avait frôlé le Strasbourgeois sans lui adresser un mot et même sans paraître le voir, et pourtant elle l'avait laissé la suivre. Elle avançait d'un pas nerveux. Ses pensées à cet instant affluaient vers Mathieu qui lui avait donné la veille le spectacle d'un trouble inhabituel.

Arrivée dans l'église, pleine de monde, comme chaque jour, dans l'attente de la répétition publique qui succédait quotidiennement à la dernière messe de la matinée, elle se précipita dans le petit escalier tournant.

Son cœur battit lorsqu'elle vit la porte ouverte. « Il est là, se dit-elle. Comment m'accueillera-t-il ?... »

Son espérance fut vite déçue. C'était M. Merlot qui se trouvait au pupitre, flanqué de deux jeunes pères jésuites qui le préparaient, en réglant pour lui le pédalier et les jeux, à donner au pied levé une audition qui manifestement le paniquait.

– Mathieu ! cria-t-elle désemparée.

– Envolé ! lui répondit avec beaucoup de crainte dans la voix le bonhomme qui était le seul à connaître le secret de sa présence quotidienne dans la tribune... Je suis inquiet, très inquiet !

Elle redescendit en trombe et tomba dans les bras de Pierre-Antoine :

– Il est parti... Je suis coupable... Nous sommes coupables ! appuya-t-elle en se blottissant pour la première fois, dans un sanglot, contre l'épaule de cet homme qu'elle aimait déjà d'un amour dont elle sentait à la fois la fatalité et l'impossibilité.

– Briséis... Il faut le retrouver !

Ils dévalèrent les marches du perron. Ils hélèrent un fiacre qui se traînait dans la rue Saint-Antoine dont les lointains disparaissaient dans une brume de chaleur. Ils repassèrent rue Montorgueil où ils ne trouvèrent ni Mathieu ni Anselme, dont la disparition depuis cinq jours n'avait pas non plus d'explication. Ils descendirent chez les Floquet, ils allèrent à l'*Hôtel du Cygne* et dans les cabarets où le plus jeune des frères Masson rejoignait parfois des amis musiciens. Mathieu demeura introuvable.

Ayant renvoyé le fiacre vers 8 heures, alors que le jour commençait à décliner, ils allèrent à pied, cette fois en se donnant le bras, jusqu'à la rue des Trois-Pavillons. Ils raisonnaient âprement :

– C'est un moment que j'attendais, Briséis, depuis le soir où j'ai vu votre portrait en Allemagne chez votre cousin…

– Voulez-vous bien vous taire ! protesta-t-elle avec colère.

– Laissez-moi au moins finir ! supplia-t-il avec des yeux pleins de larmes… Mathieu est mon ami. Il n'y a que quatre mois que je le connais, mais jamais je n'ai éprouvé plus de sympathie pour quelqu'un… Je hais le sort cruel qui veut que ce soit vous précisément que j'attendais, dans le moment où celui qui a mon amitié ne restait à Saint-Louis que pour vous.

– Que dites-vous ? blêmit-elle en ouvrant démesurément ses grands yeux enflammés.

– Son génie, mis à vif par la cécité, lui a déjà fait épuiser les plaisirs de l'interprétation dont la plupart des talents ordinaires ne viennent à bout que dans une vie… Il avait l'impression en continuant de jouer de devenir aussi peu capable de sentiments qu'une mécanique, il s'en effrayait et il n'allait plus à Saint-Louis que pour éprouver le bonheur de s'y trouver en votre compagnie…

– Et moi, prise par la passion de la musique, je n'ai rien vu, rien deviné ! soupira-t-elle en s'appuyant pour la première fois à son bras.

– Qu'auriez-vous fait si vous aviez compris ?
– Je crois bien que je l'aurais aimé à mon tour, car il n'est en effet qu'aimable.
Elle se mordit la lèvre avant de poursuivre :
– Sans doute est-il fait pour inventer des musiques ?... Sans doute traverse-t-il aujourd'hui le désarroi et la désespérance que beaucoup pensent être ce passage obligé qui précède la création ?...
– Je le croyais aussi, mais il m'a assuré que ce n'était pas le cas... Qu'il n'a encore ni le goût ni la force d'écrire ou de composer.
– Cela viendra immanquablement, assura-t-elle, persuadée de son idée.
Elle s'arrêta, fixa Pierre-Antoine. Ses yeux étaient rouges :
– Qu'allons-nous faire maintenant ?
– Je dois partir en Bavière pour la Manufacture.
– Partez dès demain !... Cela laissera à Mathieu le temps de reparaître.
– Je partirai avec votre pensée en tête, osa le chimiste.
– Partez ! rectifia-t-elle en dégageant brusquement son bras à hauteur du porche de l'hôtel d'Ambre. Faites des exploits pour le roi dont la porcelaine rehaussera le prestige affaibli par les malheurs de la guerre !

Pierre-Antoine quitta Paris sans un sou vaillant au dernier jour d'août. Le petit capital que lui avait versé Boileau chez le notaire était déjà entièrement dilapidé. Il avait servi à rembourser ses dettes les plus criantes et à donner rue Montorgueil, dans les jours qui précédèrent l'éclatement du trio, quelques galas mémorables, les derniers avant longtemps.
Le jeune Hannong, monté en diligence avec une seule valise, fit une première halte à Strasbourg où il ne resta que deux jours pour visiter son usine dont les affaires étaient à présent totalement dérangées. Charles-François,

son cousin, aidé du vieux Georges-Joseph Deis, son parrain, faisait pourtant tout son possible pour faire tourner la boutique, mais les ventes de vaisselle étaient concurrencées par celle des ateliers de Lunéville, peu éloignés, et par celles des nombreuses fabriques qui s'étaient installées en Rhénanie et en Palatinat. Quant aux pipes de céramique, elles n'avaient pas résisté à la mode qui ne les voulait plus que d'écume ou de bruyère.

Pierre-Antoine, ainsi qu'il l'avait escompté jusqu'à la dernière minute, ne trouva donc rien dans la caisse pour subvenir aux frais de son voyage, aussi eut-il une fois de plus recours à son « bon-papa » Deis qui se chargea bien imprudemment de lui avancer la somme nécessaire pour rejoindre Passau.

Avant de quitter l'Alsace, il avait fait préparer à l'intention de Sèvres et entreposé dans un hangar une vingtaine de tonneaux de produits nécessaires à la confection de pâte dure : des sables, des craies, des quartz, ainsi que divers kaolins allemands de Saxe et de Bavière qu'il demanda à son cousin d'expédier au plus vite à Paris.

Or, le 5 septembre, quelques heures seulement après qu'il fut monté dans la diligence d'Ulm, les cohéritiers de Paul Hannong – les sœurs du voyageur, représentées par leurs maris, et Joseph, son frère aîné – déposaient une requête auprès de l'*Ameister*-gérant, exerçant les fonctions de maire de Strasbourg, afin que fussent apposés des scellés sur les tonneaux destinés à Sèvres. Les cohéritiers soupçonnaient déjà très fort Pierre-Antoine, mais sans en avoir encore la preuve, d'avoir vendu au roi de France, à son seul profit et en dépit des engagements formels qu'il avait pris devant notaire, le secret familial.

Dans leur colère, estimant que l'*Ameister* ménageait par trop les intérêts de Louis XV et ceux de la Manufacture royale en ne se saisissant pas assez promptement du chargement, ils s'introduisirent nuitamment dans l'usine et détruisirent à coups de hache les tonneaux déjà montés sur un lourd fardier en prévision de leur départ.

Charles-François Hannong eut la présence d'esprit, au lendemain de cet incident, de solliciter de l'intendant d'Alsace une mainlevée capable de bloquer une éventuelle décision de l'*Ameister* défavorable à Pierre-Antoine. Il s'ensuivit une demande de Boileau au contrôleur général Bertin, puis un ordre ministériel donné et transmis dans un temps record, si bien que de nouvelles terres remises en tonneaux – quatre-vingt-dix quintaux – furent de nouveau prêtes à être expédiées le 19 septembre.

Mais Charles-François et Georges-Joseph Deis, toujours confiants dans les prodiges du génie de Pierre-Antoine – et qui ignoraient heureusement pour quelle somme dérisoire il venait de se délester de son secret –, avaient fort à faire. Le propriétaire du bel appartement que le jeune chimiste louait au bord de l'Ill, lassé de ne pas percevoir son loyer, avait procédé de lui-même à une perquisition pour tenter de se payer avec ce qu'il trouverait sur place. Cet homme – un être parfaitement stupide du nom de Pfolh –, connaissant les démêlés de son locataire avec sa parenté, s'était vanté tout haut, après cette intrusion effectuée en parfait déni des règles de droit, d'avoir trouvé dans les papiers du jeune chimiste le secret de la porcelaine dure, écrit noir sur blanc. Il annonçait son intention de s'en servir comme d'une monnaie d'échange pour obtenir son dû.

En plus, Pierre-Antoine allait devoir faire face à une rumeur plus infondée encore que celle colportée par l'improbable Pfolh : M. de Lucé, intendant d'Alsace, dans une dépêche du 19 septembre à Barberie de Courteilles, informait celui-ci de la nécessité de surveiller étroitement le jeune Hannong, prétendant qu'au cours de son bref passage à Strasbourg il était entré en liaison avec M. de Stanley, ministre du roi d'Angleterre en

Alsace, dans le but, à son avis, évident, de vendre son secret à Londres. Enfin, dernier coup du sort : des ouvriers de l'ancienne fabrique de son père que Pierre-Antoine avait, à la suite de nombreux pourparlers, décidés à partir pour Sèvres – huit au total, trois tourneurs, deux enfourneurs, deux sculpteurs et un anseur –, et qui devaient accompagner les tonneaux de terre dont le chargement avait été reconstitué, s'étaient effrayés au dernier moment du mauvais tour pris par les affaires du fils de leur ancien patron et s'étaient enfuis en Suisse, probablement dans l'intention de monnayer eux aussi ce qu'ils savaient du secret.

Georges-Joseph Deis, convoqué le 22 septembre par M. de Lucé et par l'*Ameister* et sommé de s'expliquer en place du voyageur, fit ce qu'il put pour réfuter toutes ces accusations. C'était un Alsacien de rude bon sens et de grande sagesse. Il parvint à obtenir une semaine de répit, une semaine interminable pendant laquelle il resta sans nouvelles aucune de Pierre-Antoine. Le plus jeune des Hannong était alors si désespéré qu'on pouvait légitimement le croire capable de tout : était-il parti en Suisse avec ses ouvriers ? Était-il revenu à Paris pour tenter de revoir Briséis ? Avait-il fui en Angleterre sous la protection de Stanley afin de tenter d'y vendre sa formule ? S'était-il suicidé comme le pensait même l'une de ses sœurs ?

Deis se trouva à nouveau convoqué devant l'intendant le 2 octobre. La menace de fermeture de la manufacture contenue dans la convocation démontrait toute la gravité de la situation. Pour la première fois, le bonhomme se voyait à court d'arguments. Il méditait donc sombrement, sans avoir pu trouver le sommeil, au petit matin du jour où il devait revoir M. de Lucé, lorsqu'on frappa à sa porte.

C'était son filleul, fourbu par son retour en moins de trois jours depuis Passau mais, malgré tout, fringant et arborant, comme à son habitude, un insolent sourire aux lèvres.

– Tu es là, Dieu merci ! soupira dans son patois alsacien le vieillard en chemise de nuit, qui s'était laissé choir sur le gros coffre clouté garnissant son entrée.

– Mission accomplie, bon-papa ! jubila le voyageur. Le roi de France aura du kaolin à satiété. Les fournisseurs, les prix, les moyens d'acheminement sont convenus... La sûreté des transactions garantie... Nous sommes riches !

– Ah ! mon petit, tu tombes au bon moment !

Le jeune Hannong raconta ses neuf jours passés à Obernzell, Passau et Ulm, ses contacts avec les gens des carrières, les bateliers, les commerçants. Il rapportait avec lui des échantillons de roche mère brute et de kaolin décanté. Deis lui narra ensuite toutes les déconvenues essuyées depuis son départ : les tonneaux brisés, les ouvriers enfuis en Suisse, les menées de son logeur, les accusations de Lucé.

– Nous verrons tout cela dans la matinée, bon-papa, répondit le voyageur sans paraître s'effrayer, mais, pour l'heure, du pain, de la saucisse, du fromage et un bon lit avec des draps qui sentent le propre !... Les auberges d'Allemagne empestent le chou jusque dans les chambres. Cela soulève le cœur !

Pierre-Antoine était véritablement transfiguré par son succès. Porté par l'ordre que lui avait donné Briséis de servir le roi, il pensait, à l'instar de Rodrigue dans *Le Cid,* que l'accumulation de ses exploits et le temps, ce grand maître, refermeraient aux yeux de cette nouvelle Chimène l'épouvantable blessure d'une passion bâtie sur le malheur d'un être qu'ils chérissaient tous les deux.

Le Strasbourgeois qui était curieux de toutes choses avait lu les romans de Mme de La Fayette et les labyrinthiques récits persans de Madeleine de Scudéry. La dignité de Briséis, dont le prénom mythologique semblait jailli tout droit d'une de ces œuvres précieuses, son esprit, ses engouements littéraires et philosophiques allant vers l'ancienne école et par-dessus tout l'amour porté à ses parents malades qui paraissait comme un vestige encore plus signalé de temps abolis l'inclinaient, lui, le partisan des modernes et de l'*Encyclopédie,* au plus profond des respects, de même qu'aux plus douces espérances. Il était donc décidé à mettre de côté ses idées modernes et à conquérir, par un assaut de manières surannées, la jeune précieuse dont tout le panthéon se raccrochait à l'ancien siècle. La vraie passion est sans doute aussi de savoir renier ses propres inclinations pour aimer.

Au lendemain de son retour de Strasbourg, tout se passa au mieux pour Pierre-Antoine. Il avait accompli de telles prouesses en Bavière pour le roi que M. de Lucé et l'*Ameister,* non seulement l'avaient lavé des accusations de trahison portées contre lui, mais encore l'avaient raccompagné jusque dans le vestibule de l'Intendance en lui prodiguant les plus grandes marques de considération.

Le 28 octobre, le jeune Hannong était de retour à Paris où une nouvelle équipe d'ouvriers recrutés par ses soins – un anseur, deux enfourneurs, deux tourneurs, deux sculpteurs – l'avait précédé, ainsi que trente tonneaux de kaolin qui venaient déjà d'emprunter le long chemin dont il avait patiemment mis au point toutes les étapes avec ses fournisseurs : par voie de terre, d'Obernzell à Passau, par barge sur le Danube, de Passau à Ulm, par voie de terre à nouveau, jusqu'à Châlons, avec un passage obligé par Strasbourg pour les opérations de dédouanement, et par péniche ensuite, sur la Marne et la Seine, de Châlons jusqu'à Sèvres. Deux autres convois de même importance étaient attendus dans les prochaines semaines.

L'heureux et habile négociateur de ces accords commerciaux, à son arrivée dans Paris, se rendit directement rue Montorgueil où il trouva Anselme, tout juste de retour de Sèvres. Ils s'embrassèrent en pleurant :

– Tu aurais pu nous donner de tes nouvelles pendant cette longue absence ! protesta l'aîné des Masson en pinçant l'oreille de son ami.

– Je n'ai pas touché terre… Mais Mathieu, lui, a-t-on de ses nouvelles ?

– Aucune et pas l'ombre de la plus petite explication de sa disparition depuis ton départ !

Le Strasbourgeois se dégagea de leur étreinte et prit un air grave :

– Tout est arrivé par ma faute… C'est pour cela aussi que je ne me suis pas manifesté plus tôt.

Il raconta alors à Anselme, stupéfait, sa rencontre avec Briséis dans la tribune de Saint-Louis, l'étrange destin qui l'attachait à elle dès avant qu'il l'ait vue et la fuite de Mathieu qui s'était ensuivie.

– J'ai quitté Paris, ajouta-t-il, autant pour respecter le contrat que j'avais passé avec Boileau que pour ne plus la revoir… J'espérais que Mathieu serait revenu pendant mon absence.

– Non, non ! Tu vois bien… Tout cela l'aura brisé !

Anselme s'affaissa sur un fauteuil, et lorsque son ami voulut poser sa main sur son épaule, il le repoussa :

– Pourquoi fallait-il que ce fût-elle précisément ?

– Va savoir ! marmonna sombrement le Strasbourgeois dont le regard s'égarait.

Au bout de quelques minutes, Anselme eut honte de sa réaction et il se releva pour serrer son ami contre son cœur :

– Y sommes-nous pour quelque chose ? Ce sont les méfaits et les facéties de l'amour… Oui, Pierre-Antoine, sans doute ne serons-nous de nouveau pleinement heureux qu'après avoir retrouvé Mathieu. Mais, à deux, en tout cas, nous aurons plus de chances d'y parvenir !

Il alla dans un placard prendre deux verres et une bouteille de pineau.

– Sois le bienvenu ! lança-t-il au voyageur en retrouvant d'un coup son bon sourire… Il faut que je te présente une personne que tu as déjà forcément croisée à Sèvres mais sans lui prêter, j'en suis sûr, toute l'attention qu'elle méritait !

Il alla dans la pièce voisine et revint en tenant par la main une très jeune fille, jambes nues et court vêtue, qui cachait sa frimousse sous ses cheveux défaits : c'était Fanny, Fanny Jadot, qui vivait rue Montorgueil depuis la fin du mois d'août.

– Tu ne l'avais vue jusque-là qu'en petit garçon !

– Quelle charmante transformation ! s'enthousiasma Pierre-Antoine.

– Fanny habite ici. Nous nous aimons… Elle ne travaille plus à Sèvres où le règlement l'interdit aux filles. Elle a repris ses cours à l'académie de Saint-Luc, afin de perfectionner encore sa façon de dessiner et de peindre… Je ne désespère pas qu'elle me donne bientôt des cartons pour les ateliers de peinture de M. Genest et, même, qu'elle puisse un jour, comme Mme Bailly, faire des travaux ici pour le compte de la Manufacture.

Il prit son ami par le bras pour ajouter :

– Demain tu viendras avec moi à Sèvres : tes ouvriers et tes tonneaux de terre t'y ont déjà annoncé. Pour une fois, ces messieurs – Boileau en tête – te tressent des couronnes.

– Le plus difficile reste à faire, estima le revenant. Il faudra fondre la première pièce de pâte dure suivant la formule de mon père tout en souscrivant aux caprices de ces messieurs de la Manufacture.

– Cela, nous le réussirons ensemble… Souviens-toi de notre serment de Strasbourg !

– Viens ! commanda imprévisiblement Pierre-Antoine en se levant pour ressortir... Je ne vous le vole qu'une heure, mademoiselle, lança-t-il à l'adresse de Fanny.

Pierre-Antoine n'avait à la main qu'une petite valise qu'il laissa sur place. Ils croisèrent dans l'escalier les portefaix qui déchargeaient les malles du fiacre qu'il avait hélé à sa descente de diligence, à la Grande Poste, une demi-heure auparavant.

Ils allèrent du côté du Marais et, tout en marchant d'un pas rapide, sous une pluie glacée et pénétrante d'automne, ils se livrèrent l'un à l'autre l'état tumultueux de leur cœur.

Anselme était tombé amoureux de Fanny dans l'instant où elle avait jeté ses lèvres contre les siennes, avant de s'enfuir du pavillon de Lully. Ce baiser l'avait bouleversé et changé comme ceux qui, dans les contes, font tomber les écailles des yeux ou réveillent les amants endormis.

– À cette seconde, Lucile, dont la pensée m'obsédait toujours et dont le silence ne cessait de me tourmenter depuis dix-huit mois, s'est comme évanouie dans mon esprit.

– La trop sérieuse vaincue par l'espiègle !... Avoue donc qu'au contact de Paris tu deviens futile ! Il te fallait cette graine d'artiste pour mettre un peu de fantaisie dans ta vie... Va ! Je suis sûr qu'elle te rendra heureux !

– Et toi, Pierre-Antoine, quelle histoire !

– Je ne pouvais pas faire simple, d'ailleurs tu commences à me connaître !

– Mais tout de même : ce médaillon ; Briséis ; cet incroyable enchaînement de hasards !

– Briséis est une évidence. Je l'aimais puisqu'elle était déjà posée sur mon cœur. En la voyant, je n'ai fait que la reconnaître et m'attacher un peu plus à elle !

Ils se donnèrent alors le bras, se serrant, épaule contre épaule, tant pour fendre la foule plus commodément que pour marquer leur joie d'être à nouveau réunis malgré tant d'événements extraordinaires.

La nuit tombait déjà lorsqu'ils parvinrent rue des Trois-Pavillons, devant le porche de l'hôtel d'Ambre.

– C'est là qu'elle demeure ! annonça Hannong d'un ton grave… Je te fais, devant sa porte, le serment de ne pas chercher à la voir tant que nous n'aurons pas retrouvé ton frère en pleine forme et heureux !

La fin de 1761 et le début de 1762 furent studieux et graves, tout employés en travaux fertiles et vaines recherches pour retrouver Mathieu. Chaque matin, les deux chimistes quittaient Paris, encore plongé dans la nuit, et n'y revenaient que le soir, chevauchant de nouveau dans les ténèbres.

Fanny, d'abord cachée, au début de septembre, ainsi qu'un animal craintif dans un recoin de l'appartement, demeurant invisible tout le jour, s'enfuyant lorsqu'on frappait à la porte et ne ressortant que lorsque Anselme reparaissait, commença peu à peu à se faire à son nouveau logis et à ceux qui y venaient. Elle adopta d'abord Félicité, la fille aînée des Floquet, les propriétaires de l'immeuble. Celle-ci avait son âge et montrait un caractère plein d'aménité. Ce fut pour elle comme un premier tremblement de terre, puisque jamais, dans la rudesse de l'orphelinat pas plus qu'à Sèvres, à cause de la perpétuelle contention à laquelle la réduisait la dissimulation de sa condition de fille, elle n'avait éprouvé la douceur d'une véritable amitié. Félicité put ainsi l'approcher, poser la main sur ses cheveux fous, l'aidant à les peigner et à les rassembler dans un chignon qui lui allait à ravir parce qu'il dégageait sa nuque souple et fine. Ses premières robes de jeune femme, ses premières chaussures fermées qui ne fussent point des galoches, les premières gouttes de parfum, ce fut encore sa nouvelle amie qui lui en donna l'envie et qui lui en fit goûter le plaisir.

Quatre semaines seulement après son arrivée, la sauvageonne était devenue demoiselle. Elle rougissait certes encore dès que l'on s'adressait à elle, elle ne lançait jamais les conversations, mais enfin elle allait ouvrir la porte lorsque quelqu'un se présentait, elle répondait à toutes les questions et esquissait un sourire aux plaisanteries de Pierre-Antoine.

Elle s'était mise tout d'abord à dessiner dans sa chambre et, dès le 1er octobre, lors de la réouverture des cours, elle regagna l'académie de Saint-Luc et le vaste atelier de la rue des Deux-Boules où les maîtres de la corporation des peintres de Paris venaient – en hiver, de 3 à 5 heures ; en été, de 6 à 8 – donner leurs conseils aux élèves qui dessinaient d'après modèle ou plâtre. Elle en avait quitté la fréquentation régulière au 15 août, au moment des vacances, et ce fut toute une affaire pour les autres élèves et pour les professeurs que de l'y voir revenir sous des habits de fille. Mais l'Académie des peintres de Paris était libérale, et les femmes, à rebours de ce qui se pratiquait à l'Académie royale, n'en étaient pas exclues. Quatre places d'académiciennes leur étaient même spécialement réservées, le plus souvent occupées par les femmes de maîtres fameux. Elles paraissaient là d'ailleurs sous leurs noms de jeune fille, ainsi Marie-Thérèse Reboul était-elle l'épouse Vien, Catherine Duchesnes, celle de Girardon, et Catherine Perrot, celle d'Ourry. Fanny habitua vite les membres de cette compagnie à son nouvel état, son talent fit le reste.

Fin novembre, quarante-cinq tonneaux de terres d'Obernzell étaient parvenus à Sèvres. Pierre-Antoine s'était installé par souci du secret, sur ordre de Mme Pompadour elle-même, dans le Logis du roi. La marquise avait accepté de lui abandonner provisoirement ses pièces de repos, aménagées dans l'angle formé par la jonction de la cour d'Honneur et de la façade de la Manufacture. Cet appartement se trouvait au-dessous des pièces de réception réservées au roi mais donnait – à cause de la déclivité du terrain – dans la continuité du premier étage du bâtiment principal. Là, tout à côté de la grande salle publique d'exposition que l'on pouvait rejoindre par un petit escalier secret, elle avait coutume de venir se délasser avec ses amies lorsqu'elle venait à Sèvres en compagnie.

Le Strasbourgeois établit ainsi son quartier général sous ces lambris neufs et magnifiques, conçus pour le plaisir de la plus délicate des favorites royales. Aux sept hommes qu'il avait amenés avec lui d'Alsace, Boileau, sur ordre du ministre, lui adjoignit, outre Anselme, neuf ouvriers parmi les plus chevronnés, ainsi que Robert Millot pour partie de son temps puisque, pour l'essentiel, il demeurait, bien évidemment, chargé d'assurer la cuisson des productions de pâte tendre.

Les « gens de l'Appartement » formèrent immédiatement une équipe à part dans la Manufacture. Leurs horaires étaient différents, ils travaillaient par roulement le dimanche et la nuit, mais ce qui les différenciait surtout, c'était que tous ensemble, chaque soir, à 7 heures – chimistes, chef des fours, contremaîtres et parfois même, sur quelques points précis, un ou deux ouvriers –, ils faisaient, en contradiction avec la sacro-sainte règle de Sèvres qui était celle du cloisonnement des opérations, un point commun et général sur les essais de la journée. Cette réunion avait lieu aussi en présence d'Hellot, de Macquer, de deux autres chimistes et de Barberie de Courteilles qui se chargeait d'en transmettre le compte rendu quotidien à Bertin ; Boileau, bien qu'il continuât d'affecter la plus grande indifférence pour tout ce qui regardait le kaolin, en recevait aussi une copie. Cette aventure palpitante, comme toutes les grandes aventures techniques, entremêlait de grandes bourrasques d'exaltation avec de terribles grêles de découragement.

Celui sur qui reposait toute la réussite, Pierre-Antoine, à l'heure où il lui aurait fallu pouvoir disposer de toute son énergie pour animer l'équipe que la Manufacture venait de lui confier, entrait malheureusement dans une crise d'abattement profonde : Briséis lui avait renvoyé sans l'ouvrir la première lettre qu'il lui avait écrite à son retour à Paris, ajoutant sur l'adresse « qu'elle lui demandait de ne plus lui en faire parvenir d'autre, sauf à la lui faire porter par Mathieu en personne ». Il ne lui avait pourtant proposé que de correspondre sur des objets non passionnels, mais elle rejetait de son esprit l'idée d'éprouver de la joie en découvrant les pensées, même futiles, de celui qu'elle aimait. Elle se figurait que ces mots et ces douceurs qu'elle rêvait secrètement d'entendre repousseraient Mathieu encore plus loin dans le silence. Elle n'avait donc pas répondu davantage aux deux lettres de Pierre-Antoine qui avaient suivi.

Celui-ci se voyait donc à Paris boudé de celle qu'il aimait et sans le sou. Il réclamait chaque semaine à Boileau des avances que celui-ci lui refusait. C'était même devenu comme un jeu entre eux. Il présentait des mémoires pour le remboursement de frais dont Barberie de Courteilles, sur instruction du directeur, lui contestait jusqu'à la matérialité. Les affaires de sa fabrique de Strasbourg, par le peu qu'il en savait au travers des lettres de son cousin, ne prenaient pas meilleure tournure ; en tout cas il n'en recevait plus un seul liard. Brusquement, quelques semaines seulement après son retour triomphal de Bavière, il était saisi d'un dégoût de tout. À Sèvres, lorsque tout ainsi allait mal, il ne voyait plus que l'obsédante routine des essais et le manque d'intérêt intellectuel qu'il y avait pour lui à transférer les procédés de son père, sans réellement innover. Il ne sentait plus que l'accablement que cause la répétition et il broyait du noir à un tel point que dans une lettre adressée à son « bon-papa » Deis en décembre, il disait « s'ennuyer extrêmement dans ses journées passées à la Manufacture ».

Les essais de la fin de l'année n'avaient d'ailleurs abouti à rien, si bien que Boileau, aux premiers jours de 1762, en était de nouveau à soupçonner le jeune Hannong de retenir le fin mot de son secret pour faire monter les enchères. Enfin, le 1er février 1762, nouveau coup porté à son moral, Pierre-Antoine reçut la nouvelle que son frère Joseph venait de vendre l'usine de Frankenthal à l'Électeur palatin, Carl-Théodor, pour 130 000 livres, dont la moitié au moins devait servir à compenser les dettes contractées par son père envers ce prince. Cette annonce fit sur son âme tourmentée l'effet d'une grande gifle : il regarda soudain cet aîné, qu'il avait si longtemps méprisé, comme quelqu'un d'infiniment malin, puisque capable de tirer argent comptant d'un secret qu'il maîtrisait pourtant beaucoup moins bien que lui. Par opposition, il se vit dans sa triste situation, en butte aux tracasseries de ces messieurs de Sèvres, n'ayant réussi à tirer d'eux que des misères pour payer ses dettes de jeu, s'étant engagé à leur égard pour une somme qui devait à peine représenter, en un quart de siècle, ce que Joseph venait d'empocher en une seule fois.

Il fut sur le point, au début de février, de tout laisser tomber. Il s'enferma un beau soir dans sa chambre sans vouloir parler à quiconque et y demeura, sans sortir, pendant deux jours.

Ce fut Fanny, au second soir de cette bouderie, qui se glissa jusqu'à sa porte.

– Pierre-Antoine ! lui souffla-t-elle à mi-voix comme si elle lui parlait en cachette d'Anselme – ce qui n'était pas le cas.

Il la laissa entrer et fut aussitôt surpris de sa tournure.

Elle avait, ce soir-là, dans sa robe noisette de sergette, un air mi-collégienne effrontée, mi-petite mariée, avec son minois déluré, son nez retroussé, ses pommettes saillantes, ses yeux verts toujours brillants et très écartés, ses lèvres fines et nacrées. C'était une apparition pleine de fraîcheur et toute propre à dissiper l'humeur la plus maussade.

– Qu'as-tu ? lui demanda-t-elle en l'embrassant au front.

Il n'était pas accoutumé à l'entendre parler. Il fut surpris.

Il balbutia :

– C'est un soir où tout va mal... Si je n'avais pas Anselme, je repartirais pour Strasbourg séance tenante.

– Ne pars pas ! Briséis m'a chargée de veiller sur toi. Je la rencontre à l'Académie. Elle commence toujours par me demander si nous avons des nouvelles de Mathieu avant de s'informer à ton sujet... Elle a de l'intérêt pour toi, cela transparaît dans son regard.

– Dis-tu vrai ? demanda ce garçon trop malheureux pour entendre de bonnes nouvelles.

– Il est des choses sur lesquelles les femmes ne se trompent jamais.

Elle croisa son regard qui continuait de douter.

– Je n'ai que dix-huit ans, poursuivit-elle, mais j'en sais déjà long sur les choses du cœur... Briséis, c'est à peu près moi lorsqu'il me fallait, sous un habit de garçon, dissimuler ce que j'éprouvais pour Anselme... Elle est aussi prisonnière que je l'étais alors : tant que Mathieu sera absent, elle ne sera pas libre de t'aimer.

– Mathieu ! Mais qui le retrouvera ?... Tout est possible lorsqu'un être est aussi sensible et écorché vif que celui-là !

– Le hasard l'a voulu ainsi. À trois jours près, je ne l'ai pas connu. Je suis arrivée ici juste après qu'il fut parti… Pourtant tout évoque sa présence dans cet appartement, les partitions et les livres qu'Anselme lui lisait, le clavecin jaune, et même les chemises et les bas me racontent son histoire et me rassurent… C'est un garçon épris d'absolu. Il va vers un accomplissement qui n'est pas forcément celui que l'on avait imaginé pour lui… Nous le retrouverons bientôt, j'en suis persuadée… Mais là où nous ne l'attendions pas… Calme et apaisé.

– Puisses-tu dire vrai ! murmura Pierre-Antoine en s'emparant de la main de la jeune femme.

– Travaille ! Ne relâche pas ton effort, surtout maintenant que tu as toutes les cartes en main. Dis-toi que le bonheur est au bout de ta course… Tes ennuis d'argent ne sont rien et ce que tu éprouves pour ton frère Joseph n'est qu'un mauvais sentiment qu'il faut rencogner au plus profond de toi. Il t'appartient de réaliser des actions héroïques. Surtout ne t'y soustrais pas !… Que pourra, après cela, te refuser celle qu'auront éblouie tes exploits ?

Le Strasbourgeois embrassa la messagère sur les joues :

– Tu viens de me sauver dans un moment où j'allais tout abandonner, Sèvres, Strasbourg, la céramique en général et en particulier !

Sans même attendre Anselme, Pierre-Antoine repartit le lendemain, au petit matin, pour la Manufacture. Dès lors, il ne quitta presque plus son laboratoire, si bien que quelques jours plus tard, le 16 février 1762, il put fondre sous les yeux de Boileau la première porcelaine dure, qui ne soit pas, à l'instar de toutes celles produites jusque-là par Macquer dans les fours installés dans le Petit Bois, une simple plaque-échantillon. C'était un vase cylindrique qui resta blanc.

Ce qu'ignorèrent toujours ces messieurs de Sèvres, c'est que deux autres exemplaires de cette pièce avaient été cuits dans la même fournée et rapportés en grand secret à Paris par Pierre-Antoine sous son manteau. Le premier était destiné à Fanny et le second, par l'intermédiaire de celle-ci, à Briséis.

CHAPITRE NEUVIÈME

« Nous partirons ensemble ! »

Pierre-Antoine avait mis en garde Bertin, juste après qu'il fut venu avec ses commis se réjouir bruyamment de la mise au point de ce premier essai : il n'était pas certain de la répétition en série de ce vase et il devait encore assurer bien des « paramètres » – le mot qui venait d'être créé était à la mode – avant de pouvoir se lancer à coup sûr dans une fabrication en grand et en continu.

Les kaolins venus d'Obernzell étaient très différents d'une livraison à l'autre. Certains de ces envois, prétendument décantés, contenaient quelquefois jusqu'à 30 % de sable qu'il fallait éliminer. Mais surtout Pierre-Antoine et Anselme avaient mis plusieurs mois à détecter un autre problème qui n'avait presque pas d'importance dans la cuisson des pâtes tendres : les fours construits par Robert Millot et ses maçons renfermaient une grande quantité d'humidité et ne séchaient qu'après une centaine de cuissons au moins.

Cette observation conduisit le jeune Hannong, avant que cette cause ne fût réellement mise en lumière, à proposer par tâtonnements de faire quatre pâtes et quatre couvertes pour chacune des fournées afin de compenser l'inégalité de performance entre les parties fortement maçonnées, comme le « laboratoire », qui rejetaient plus d'eau et le « dôme » ou les alandiers – les foyers situés à l'entrée du four –, aux parois plus fines, dont le feu desséchait plus rapidement la brique.

Cela donna beau jeu à Boileau de ricaner :

– Votre pâte dure ne fait que compliquer les choses et nous fera bientôt perdre toute l'avance que nous avons prise dans le modelage, la glaçure, le décor des pièces tendres... Vraiment, on voudrait ruiner la Manufacture qu'on ne s'y prendrait pas autrement !

Barberie de Courteilles, de son côté, quoique ennemi des nouveautés, faisait et refaisait ses comptes. Le vase cylindrique de pâte dure obtenu le 16 février 1762 était revenu treize fois moins cher qu'une pièce de forme et de taille identique provenant d'une fritte. Cela le plongeait dans des abîmes de réflexion.

– Coup de chance ! coup de chance ! lui répliquait Boileau en rugissant lorsque le vieux commissaire lui montrait ses additions. Mais au train où vont les choses, et avec tout ce qu'on jettera pour obtenir de bonnes pièces, il m'est avis que ces nouvelles porcelaines finiront par coûter bientôt treize fois plus cher que les anciennes !

Le jeune Hannong, outre la décantation parfaite du kaolin, ses observations sur le séchage des fours par leur usage répété, apporta quelques nouveautés décisives qui touchaient au décor : une nouvelle préparation de l'or par précipitation et l'ajout à la palette des teintes usuelles d'une couleur inconnue à Sèvres, le pourpre de Cassius, pigment à partir duquel on pouvait obtenir des violacés, des carmins, des bruns de nuances assez subtiles et dont Anselme fut bientôt chargé de réaliser l'adaptation aux conditions d'exploitation de Sèvres.

Mais un homme regardait toutes ces avancées avec plus de dépit et de jalousie que les autres, c'était Macquer. Il suivait dans le détail les expériences de Pierre-Antoine, en particulier sa façon de conduire le feu dans la manière appropriée à la pâte dure ; en « atmosphère réductrice », sans admission d'air, par opposition à la cuisson en « atmosphère oxydante » utilisée jusque-là pour les pâtes tendres.

La pratique de ces deux méthodes était connue depuis longtemps, bien que l'on ne sût pas encore, quelques années seulement avant Lavoisier, expliquer clairement la différence des phénomènes constatés. Il allait revenir à Hannong, en reprenant les tours de main hérités de son père, d'en fixer le processus. Le but de la nouvelle cuisson de grand feu, destinée au kaolin, était de contraindre le four à accepter plus de combustible qu'il ne pouvait en rejeter par sa cheminée et donc à conserver non brûlée une partie des gaz. Le principe agissant – celui que l'on ne savait pas encore expliquer – faisait que l'oxyde de carbone accumulé en excès agissait sur le fer contenu dans la pâte à kaolin pour se transformer en oxyde non colorant et assurer de la sorte la parfaite blancheur de la pièce. Le moyen pratique d'obtenir ce résultat était de boucher les alandiers, non plus avec d'autres bûches qui n'auraient fait que maintenir une température constante, mais en disposant sur les braises, à un rythme soutenu et régulier, des bûchettes de bouleau calibrées, sans nœuds et bien sèches qui, en s'enflammant aussitôt sans tirage, assuraient l'élévation de température.

Macquer, rabattant de sa morgue habituelle, détaillait sans mot dire les gestes du Strasbourgeois. On soupçonnait à peine sa présence mais il ne perdait rien de tout ce qu'il voyait, et, le soir, il reportait ses observations dans ses petits carnets :

> Le bois se brûle, il tombe presque en braise au bas du four où il achève de se consumer à l'aide du peu d'air qu'on admet, s'il est nécessaire, par les trous d'en bas et l'on a soin de remettre assez de nouveau bois devant les trous de manière que cet endroit soit toujours bien garni et qu'il n'y ait pas de clairière sur la braise…

On voyait aussi le survivancier d'Hellot, mais, plus souvent encore, son factotum Darget, rôder à des heures indues du côté de l'Appartement du roi. Le petit apprenti de l'académicien avait même été aperçu à deux reprises par Anselme prélevant sur les paillasses de la poudre, des morceaux de pâte crue ou des fragments d'essais qu'il glissait dans ses poches.

Pierre-Antoine, en l'apprenant, n'avait fait qu'en rire :

– Ne t'inquiète pas ! avait-il dit à Anselme, c'est comme une marqueterie dont il lui manquera toujours quelque pièce... Concentrons-nous plutôt sur notre four ! C'est empiriquement que mon père a construit le sien et cela lui a pris plus de dix ans. Nous, nous en avons bien pour une année encore.

L'année 1762 s'écoula ainsi tout entière en tâtonnements et en recherches. Le nombre de pâtes de biscuit et de couverte fut progressivement réduit de quatre à trois, puis de trois à deux, au fur et à mesure du perfectionnement des fours.

Pierre-Antoine, accaparé par ces difficultés, n'avait plus le temps de vraiment songer à ses affaires de Strasbourg qui malheureusement allaient de mal en pis : le cousin Charles-François n'avait plus que sept ouvriers qui ne parvenaient pas à sortir autre chose des vieux ateliers du grand-père Hannong que des pipes de terre devenues invendables ou de la vaisselle de faïence moins bien finie qu'auparavant, faute de bons peintres. On devait la brader aux bourgeois de la ville. D'autre part, et c'était plus grave, « bon-papa » Deis avait pris peur. Il craignait maintenant de « couler » en continuant de soutenir son filleul, en particulier depuis le voyage de Passau qui avait coûté cher et qui n'était toujours pas remboursé. Il redoutait surtout d'avoir par ricochet déjà ruiné sa propre fille, Marie-Thérèse.

En même temps, une cause de ressentiment plus inavouable et plus indéchiffrable s'était glissée dans le cœur du vieil homme: il avait depuis toujours secrètement destiné Pierre-Antoine à cette fille qu'il avait eue très tard et qu'il avait élevé seul puisque sa mère était morte en couches. Or l'éloignement constant du jeune homme, son peu d'empressement à donner de ses nouvelles et à s'intéresser à une créature aussi effacée que Marie-Thérèse venaient enfin de le persuader que celui-ci ne deviendrait jamais son gendre. Malgré son bon cœur, il en concevait un véritable dépit, que ses amis, les fabriciens de la cathédrale, du nombre desquels il était depuis plus de quarante ans, avaient su tourner en méfiance, au point de le décider à entamer des démarches devant l'*Ameister* pour être remboursé de ses créances.

Pierre-Antoine, pour qui n'aurait connu que le jeune homme insouciant arrivé à Paris en avril 1761, était méconnaissable.

De février 1762 à septembre 1763 – c'est-à-dire pendant plus de dix-huit mois –, songeant chaque heure à Briséis que l'absence de Mathieu continuait de tenir éloignée de lui, il travailla d'arrache-pied. Ce gros labeur le tenait toute la semaine à Sèvres, quelquefois le dimanche dans le petit laboratoire de la rue Montorgueil et souvent même chez lui, tard le soir. Car il avait enfin un « chez-lui », un petit logis de deux pièces, dans une rue dont le nom semblait avoir été inventé pour lui, la rue de la Poterie, entre Halles et Seine, chez la veuve Rousseau, où il s'était installé à la fin de l'automne, après l'arrivée de Fanny chez Anselme. Il y avait aménagé une petite paillasse pour pouvoir y reprendre commodément des essais lorsqu'il lui venait une idée. Le plus souvent d'ailleurs, il se relevait au beau milieu de la nuit, après un rêve fertile qui lui avait apporté une intuition, pour broyer un nouveau mélange de terres et en faire l'épreuve avec les acides.

Il présentait donc à présent l'image du garçon le plus rangé de la terre, n'allant plus dans les cabarets, ne jouant plus aux cartes, n'aimant rien tant, quand il soupait chez eux, que la douce compagnie d'Anselme et de Fanny et, une ou deux fois la semaine, l'entrain de la troupe d'amis qui continuaient de venir en nombre, en particulier le samedi, festoyer rue Montorgueil.

Cette petite société se renouvelait insensiblement. Elle se composait des amis des premiers jours, Boutefeu et Poitevin, qui aimaient les amourettes faciles et butinaient rive gauche des petites actrices et des faiseuses de bouquets. Ils débarquaient le soir, tenant à chaque bras de véritables grappes de ces filles simples qu'on ne voyait bien souvent passer qu'une seule fois et dont les rires en cascade étaient tout l'écot qu'elles étaient en mesure de payer à leurs hôtes. Elles riaient d'autant plus qu'elles avaient un peu bu. Blanchot, moins volage, plus épris de considérations sérieuses, n'était cependant jamais en reste lorsque l'humeur se faisait débridée. C'était un joli garçon, à la peau très pâle, aux traits fins, au blanc de l'œil étincelant et nacré, au grand front cambré dont les longs cheveux en épis et la courte barbe drue faisaient tout autour de son visage intelligent comme un resplendissant soleil noir. Avec cela un air constamment malicieux, des dents bien alignées, l'œil marron, mobile et aux aguets, l'élégance que confèrent la sveltesse et l'air de bonne santé qu'ont la plupart des médecins qui s'attachent à respecter, en premier lieu dans leur propre corps, les préceptes d'une vie saine.

L'amitié de Blanchot pour Pierre-Antoine s'était renforcée peu après la disparition de Mathieu. Plus sensible, sachant mieux parler « des choses immatérielles » qu'Anselme, osant même comme médecin sonder les âmes et descendre dans leurs tourments, il avait remplacé le musicien auprès du Strasbourgeois comme confident et comme consolateur. C'est avec lui que

Pierre-Antoine discourait maintenant le plus volontiers de son amour pour Briséis ; c'est de lui surtout qu'il attendait des paroles consolatrices.

Blanchot était d'autre part le seul à tenter de rassurer ses amis sur le sort du musicien disparu dont on ne savait qu'une chose : il n'était pas retourné à Bort ou à Mauriac, où ni M. Malafosse, ni Eustache, ni les Catugier ne l'avaient revu. Le médecin prétendait même quelquefois avoir « par sympathie » la certitude qu'il n'était pas loin, qu'il se trouvait momentanément seul et en paix ; que c'était sans doute mieux ainsi puisqu'il lui fallait à présent mener une réflexion sur sa véritable vocation et que pour conduire à son terme cette confrontation avec lui-même nul ne pouvait véritablement l'aider. Blanchot était toutefois persuadé que Mathieu, trouvant en lui, grâce à son intelligence et à sa sensibilité d'artiste, les forces nécessaires, ressortirait bientôt vainqueur de ces terribles combats. Cela confortait l'idée de plusieurs d'entre ses amis qui pensaient que Mathieu faisait retraite dans quelque couvent.

De tels raisonnements avaient le don de cabrer Pierre-Antoine.

Ainsi, un soir qu'Anselme était apparu particulièrement abattu par l'absence de son frère, il s'était emporté :

– Quelle folie, quelle inconséquence de disparaître ainsi en laissant tous ceux qui tiennent à lui dans les transes et l'incertitude !

– Quelle douleur aussi, avait aussitôt rectifié Blanchot de sa voix calme, de ne pas savoir où l'on va dans la nuit, d'aimer la musique à en devenir malade pour avoir été trahi par trop de sensibilité ou de déformation de son ouïe... Quel désespoir aussi, lorsqu'on a cru voir un peu de lumière dans ces ténèbres et que tout d'un coup cette faible lueur vacille et s'éteint !

Le Strasbourgeois, qui avait relevé, à juste titre, dans

cette dernière phrase une allusion au drame survenu du fait du lien étrange et irrationnel qui l'attachait à Briséis, avait baissé la tête, ayant brusquement honte de ses vues égoïstes.

Il avait aussitôt changé de ton :

– Mais, Blanchot, tu parles de lui comme si tu étais rassuré sur son sort.

– Je ne suis pas inquiet, voilà tout !... Sans doute parce qu'à force de fréquenter l'hôpital, j'en sais aujourd'hui bien long sur l'homme en général, ses misères et ses faiblesses... C'est toi d'ailleurs qui m'as parlé le premier de l'extrême sensibilité de Mathieu et de sa peur panique à l'idée de déchaîner des musiques dont les accords, conçus par d'autres, dérangeaient les douces harmonies que la nuit avait établies dans son âme... Je connais de tels cas, presque cliniquement : chez certains sujets, l'infirmité d'un des cinq sens déséquilibre les quatre autres, leur donnant plus d'acuité et même parfois une espèce de débordement... Cela conforte ainsi les théories du savant Molyneux. La cécité de Mathieu le rend plus sensible au toucher, aux odeurs et, dans son cas, la musique, qui reste sa principale source de joie, a fini par l'écorcher vif... Il s'est déjà avancé beaucoup plus loin dans son monde que nous dans le nôtre. Il suit une course que ni son frère, ni toi, ni moi ne pouvons déterminer pour lui...

– Mais tout de même...

– Il a besoin de silence et d'oubli !

Pierre-Antoine sourit :

– Évidemment ! Je ne suis qu'un fabricant de pipes de terre et toi, tu es le savant du corps et des âmes...

Un soir de l'automne de 1762, le jeune médecin parut rue Montorgueil avec une jeune fille au visage de madone, coiffée d'une manière hurlupée qui lui dégageait la nuque, laissant apparaître en entier son long cou flexible. Son visage dessinait un ovale parfait et ses lèvres étaient d'un rose si éclatant qu'on l'eût pu croire fixé dans la fameuse glaçure de Sèvres. Ses yeux crépitaient d'un feu ardent. Elle portait une robe de sergette brune qui disait la modestie de son état et, malgré tout, elle avait un port de reine. Il s'exhalait de toute sa personne un frais parfum de lavande.

Cette beauté, prénommée Angèle, ne parlait pas et n'avait jamais parlé. Elle était sourde et muette mais elle avait appris à lire sur les doigts, et en particulier sur ceux de Blanchot dont tous découvrirent, ce soir-là, qu'il était habile à s'exprimer dans la langue des sourds.

– Angèle, précisa-t-il, fréquente, depuis un an qu'elle a été fondée, la fameuse maison de l'abbé de l'Épée dont je suis depuis peu le praticien ordinaire… C'est le lieu d'une expérience unique et exaltante où l'on tente d'accomplir ce qui sera, si nous y parvenons, l'un des plus grands miracles de notre siècle : désincarcérer les sourds et les muets que leur infirmité a retranchés du monde et à qui, entre autres exemples, les papes n'ont accordé qu'au XIIe siècle le droit de se marier d'un simple signe de la tête, ce dont ils avaient été privés jusque-là, sous prétexte de leur incapacité à prononcer le « oui » sacramentel.

Blanchot parla pour la première fois, avec transport et exaltation, des heures qu'il passait rue des Moulins, près du Palais-Royal, où, depuis 1760, l'abbé de l'Épée, ce philanthrope, s'était installé dans la maison de son père, dans des conditions encore précaires, enseignant gratuitement, deux fois la semaine, aux sourds-muets pour, selon ses propres termes, « faire entrer par les yeux dans leur esprit ce qui entrait chez les autres par les oreilles ».

Comme pour appuyer ses dires, Angèle, qui avait salué la compagnie avec un naturel stupéfiant, embrassant les filles, tendant sa joue aux garçons, puis allant s'asseoir parmi le cercle des invités qu'elle avait d'abord sentis stupéfaits de sa présence, était entrée progressivement dans la conversation, fixant tour à tour les lèvres de ceux qui prenaient la parole, se réglant d'abord sur celles de Blanchot dont elle savait interpréter le plus petit mouvement puis sur celles de tous ceux qui ensuite engagèrent la discussion avec lui. Après que ses yeux eurent longtemps erré d'un visage à l'autre, dépliant ses doigts dont Blanchot traduisit aussitôt le langage, elle parla à son tour, par gestes, du bonheur qu'elle éprouvait à se trouver parmi tant de personnes de son âge et qui, pour la première fois, n'étaient pas, comme elle, seulement des infirmes. Elle s'étonnait de découvrir d'un coup tant de figures nouvelles et qui d'emblée lui apparaissaient bienveillantes. Elle s'émerveillait surtout d'être au milieu de tant d'artistes.

Angèle avait compris la lecture dès l'âge de treize ans, elle était d'ailleurs l'une des seules pensionnaires entrées chez l'abbé de l'Épée en sachant lire. Elle connaissait bien la littérature de son temps et en particulier le théâtre. Blanchot l'avait accompagnée plusieurs fois à la Comédie-Française où, sans rien pouvoir entendre, elle avait éclaté en sanglots en découvrant le jeu des acteurs et la féerie du spectacle.

Pendant toute la soirée elle contempla Anselme, intensément et presque fixement comme si elle n'était venue là que pour le voir. Par l'intermédiaire de Blanchot, elle lui posa, ainsi qu'à Pierre-Antoine, de nombreuses questions sur la porcelaine. Impressionné par son regard pénétrant, le Strasbourgeois alla chercher dans sa chambre quelques petits échantillons pour les lui montrer, puis une tasse avec sa soucoupe, celle-ci ayant subi un léger « fel » à la cuisson, qu'il lui offrit. Longtemps, elle laissa filer ses longs et jolis doigts sur ces deux pièces d'une extrême finesse, que le chimiste finit par lui reprendre pour les emballer lui-même, avec mille précautions, dans du papier de soie.

Elle alla ensuite vers le clavecin de Mathieu qu'elle caressa longuement, le considérant d'un air absent et triste comme si elle avait conscience qu'il représentait pour elle le plus inaccessible de tous les plaisirs. Elle fit un signe à Blanchot qui comprit aussitôt et qui vint s'asseoir à ses côtés devant l'instrument. Elle posa alors son oreille sur le bois du couvercle et sourit à l'instant précis où la première note, dont elle ne pouvait percevoir que la vibration, se fit entendre.

Fanny, que ce geste avait émue, se leva et posa ses mains sur les épaules de la jeune infirme, accompagnant de la tête, à son usage, le rythme de la mélodie.

– Je suis heureuse que Blanchot t'ait amenée ici, lui fit-elle dire par celui-ci, tu as désormais ta place parmi nous.

Et tandis que les deux jeunes filles s'embrassaient, Blanchot attaqua les *Barricades mystérieuses,* relayé par Pierre-Antoine qui joua deux autres pièces du *Sixième Ordre* du même Couperin.

– Il y a comme l'esprit de Mathieu revenu ce soir parmi nous, observa Anselme en tendant les premiers verres d'un vin de Chinon qu'il venait de verser à quatre demoiselles de la compagnie, de petits trottins, étrangement sérieuses et silencieuses ce soir-là, amenées par Poitevin et Boutefeu.

Pierre-Antoine perfectionnait ses fours jour après jour avec l'aide de Robert Millot, du maçon Toussaint et d'Anselme. Le premier de ceux qu'il avait fait construire dans le Petit Bois, à force de chauffer presque sans relâche, était désormais tout à fait sec. Il donnait de meilleurs résultats. Millot et ses aides en avaient édifié trois autres dont Pierre-Antoine avait continûment modifié les formes, agrandissant les alandiers pour la commodité des manutentions, ménageant des fenêtres plus nombreuses et mieux disposées pour observer la combustion, améliorant en parallèle, grâce à un jeune bûcheron de Picardie, la qualité et la forme des bûchettes de bouleau sans nœuds que l'on introduisait dans le foyer.

Chaque jour, de nouveaux progrès étaient constatés, souvent des vétilles, des petits pas insensibles mais toujours coordonnés, enchaînés, patients, allant dans le même sens et soutenus par la certitude que Pierre-Antoine avait de s'avancer dans la bonne voie. L'impatience de Bertin, la nervosité de Boileau ne le décourageaient pas. Le premier, relancé tous les jours par le roi et Mme de Pompadour, trépignait de le voir aboutir enfin. Le second, qui pressentait l'imminence de sa réussite, la redoutait. Il voyait déjà sa belle usine de Sèvres bouleversée, les ateliers de pâte dure occupant peu à peu toute la place et captant seuls l'intérêt du roi, aussi demandait-il à Barberie de Courteilles de reprendre sans arrêt ses calculs, en particulier lorsque était survenu un loupé de cuisson, afin de démontrer que la porcelaine dure était en définitive beaucoup plus onéreuse que celle obtenue par fritte. Il put établir de la sorte que, du 1er décembre 1761 au 31 décembre 1762, les expériences de Pierre-Antoine Hannong avaient coûté 7963 livres, 11 sols, 9 deniers à la Manufacture.

– Qu'importe ! lui répliqua Bertin qui avait ce génie des grands ministres que de toujours voir à long terme, si cette pâte revient treize fois moins cher, comme M. de Courteilles nous en assure par ailleurs, cet argent sera vite regagné… Mettez plutôt des moyens supplémentaires pour que M. Hannong aboutisse sans délai !

Puis, fermant un œil plein de roublardise, il ajouta :

– Et comme il ne faut pas, comme on dit, mettre tous ses œufs dans le même panier, restez ouvert à toutes propositions… Celles des chimistes, des alchimistes, des arcanistes, des illusionnistes même, pourvu qu'ils s'offrent à aller plus vite encore… Après tout, nous ne sommes pas mariés avec le fils Hannong !

Une nuit de novembre 1762, Anselme, qui avait dormi à Sèvres, s'était relevé vers 2 heures pour contrôler une cuisson. En savates, roulé dans sa robe de chambre, il avait gagné le Petit Bois, au-dessus de la cour de l'Appartement, où se trouvaient les quatre derniers fours construits par Pierre-Antoine, adossés au mur du jardin et abrités sous des auvents couverts d'ardoises.

Tout paraissait normal. Les deux petits ouvriers cuiseurs de Robert Millot se trouvaient à leur place, l'un dormant d'un profond sommeil à même un épais tapis de feuilles mortes, l'autre, le relayant, enfournant des bûchettes calibrées et taillées en petites navettes oblongues toutes les deux minutes à peu près. Il comptait pour cela jusqu'à 120, méthode qui avait le double avantage de le tenir éveillé et d'assurer l'approximative régularité du procédé.

Anselme le salua d'un signe de tête et, après avoir examiné le feu par plusieurs des fenêtres, s'assit à côté de lui en conservant le plus profond silence. Ayant remonté les deux pointes de son col pour se protéger du froid, il commençait à observer les étoiles lorsque, brusquement, il entendit un sifflement qui lui rappela d'abord celui des vipères qu'il rencontrait quelquefois l'été dans les chemins de Bort autour des ruches à miel de son père. Il se dressa aussitôt sur ses jambes pour se mettre aux aguets. Un bruit de feuilles mortes froissées l'attira du côté du troisième four, celui encore tiède que l'on avait vidé l'après-midi même de ses cazettes.

En trois bonds, il fut sur place. Il vit la silhouette d'un homme qui avait gardé son tricorne. Il le plaqua à terre, lui posant la main sur la bouche, puis, l'ayant forcé à se relever, il le ramena du côté du premier four en commandant au jeune cuiseur qui s'était brusquement levé d'approcher de la lumière : c'était Darget, le petit commis de Macquer.

– Que fais-tu là, misérable ? demanda Anselme pressentant aussitôt quelque noirceur.

– Rien, rien ! Monsieur, je vous assure, bredouilla Darget qui, avec sa figure de perpétuel enrhumé, était toujours à renifler et pleurnicher.

Le chimiste se rendit compte alors que le garçon tenait à la main un petit arrosoir de cuivre qu'il n'avait pas lâché.

– Ainsi, tu visitais les fours pour les asperger d'eau ! Tu t'emploies donc à mouiller les briques que nous tentons depuis des mois de faire sécher... Mais ce n'est pas toi, vaurien, qui as eu l'idée de cela !

– Si, monsieur ! C'est moi seul, soutint effrontément Darget. Je voulais m'amuser.

– T'amuser comme cela, au beau milieu de la nuit !... Non ! Avoue plutôt que c'est Macquer qui veut très fort nous nuire et mettre à néant un projet dont il se sent dépossédé...

– Je vous le jure, monsieur... M. Macquer n'y est pour rien. Surtout ne lui dites pas que j'ai fait cette bêtise car il me renverrait.

Anselme et Pierre-Antoine nourrirent dès lors les plus grands soupçons sur l'auteur du *Dictionnaire de chimie* et le tinrent sous surveillance. Dès qu'il descendait dans le petit laboratoire de l'Appartement, ils cachaient leurs papiers et l'empêchaient d'approcher des paillasses où se confectionnaient les mélanges. L'académicien n'était désormais tenu au courant de l'avancée des travaux que dans la réunion qui se faisait le soir dans le bureau de Boileau, en présence de Courteilles et d'Hellot.

C'était une singulière revanche pour le premier chimiste, après tout ce qu'il avait dû endurer de son collègue de l'Académie depuis deux ans, que de bénéficier, par opposition, de la totale confiance des deux jeunes gens, qui ne le quittaient plus de toute la journée, l'associaient à leurs travaux, sollicitaient ses avis. Macquer en conçut bientôt un terrible dépit, une espèce de rage qui, pendant quelque temps, se tourna en haine à l'égard du jeune Hannong et de son ami.

Il allait bientôt y avoir un an – le 16 février – que la première pièce de porcelaine dure avait été fondue selon le procédé d'Hannong. Depuis, quantité d'autres l'avaient été sans que la répétition des « paramètres » permît d'aller à plus de quatre séries successives. Pierre-Antoine, qui avait retenu les exigeantes leçons de son père, en concluait donc chaque fois, la rage au cœur, qu'il n'avait pas encore la maîtrise d'un « procédé industriel ».

Malgré tous ses soucis, les mauvaises nouvelles à répétition reçues de son usine de Strasbourg, le procès qu'avait entrepris « bon-papa » Deis contre lui, les démêlés de la succession de son père, les mauvais traitements que lui infligeaient ces messieurs de Sèvres et surtout l'absence de la plus petite manifestation d'affection venant de Briséis, il parvint à se maintenir dans l'effort, sans se distraire ni retomber dans la passion des filles faciles et du jeu.

La petite société de la rue Montorgueil et le goût que l'on y avait pour les œuvres de l'intelligence et l'amitié y étaient pour beaucoup. Il se sentait bien auprès de ses deux principaux occupants qui venaient de décider de se marier l'année suivante, au printemps de 1764.

Fanny, devenue en quelques mois, par la force de l'amour d'Anselme, l'amitié de Félicité Floquet et la fréquentation des artistes de la corporation des peintres de la ville, une jeune femme pleine d'allant et de fantaisie, était transfigurée. Se servant de la chambre laissée vide par l'absence de Mathieu, elle avait ouvert chez elle, avec quelques amies, une petite classe de dessin qui, trois jours par semaine, durant trois heures, permettait d'approfondir et de perfectionner par la pratique l'enseignement reçu rue des Deux-Boules, à l'académie de Saint-Luc. Presque chaque soir désormais, depuis la création de ce modeste atelier, autour des peintres et des dessinatrices, s'assemblaient des céramistes ou des musiciens. Deux ou trois fois la semaine, le grand clavecin jaune, que l'on n'avait plus entendu depuis la disparition de Mathieu, était assailli par des mains habiles.

Blanchot était revenu plusieurs fois avec Angèle. Ce qu'elle parvint à faire, dans les premières semaines du printemps de 1763, fut véritablement la chose la plus étonnante et la plus bouleversante qui soit. Elle s'asseyait devant le clavier et, grâce au seul constat visuel qu'elle avait eu de l'enfoncement des touches mais aussi grâce aux vibrations dont elle avait retenu l'intensité en posant sur le bois de l'instrument une règle de fer qu'elle tenait entre les dents, elle réussissait à jouer passablement bien quelques courtes pièces de Couperin.

À Pâques, elle se mit à son tour à fréquenter la petite académie de dessin de Fanny. Elle y fit la connaissance de Briséis qui venait rue Montorgueil lorsqu'elle était tout à fait certaine de ne pas y croiser Pierre-Antoine, c'est-à-dire en principe les six jours de la semaine où il était à Sèvres. Entre eux, une convention tacite avait fini par s'établir. Fanny, qui était leur intermédiaire, demandait au Strasbourgeois : « Briséis pourra-t-elle venir tel jour ? » Il opinait chaque fois, prenant ses dispositions pour demeurer à Sèvres plus longtemps ou, s'il avait prévu ce jour-là de rester à Paris, s'occupant à y faire quelque longue promenade ou à visiter les librairies.

Quand il rentrait avec Anselme, au soir de ces journées où s'étaient réunies les dessinatrices, fermant les yeux et respirant à pleins poumons, il pouvait dire si

Briséis était passée ou si elle avait remis sa visite. Ce n'était pourtant pas banalement, par des relents de parfum, qu'il en avait la certitude, c'était par quelque chose de plus immatériel, l'air léger et bienfaisant, le goût de paix dont son passage avait rempli l'espace.

Il menait donc un genre de vie dont il n'aurait sans doute jamais imaginé qu'il pût un jour être le sien : une fidélité scrupuleuse à une personne inaccessible, une régularité monacale qui le faisait aller dans une sorte de ballet réglé chaque jour de la rue de la Poterie à Sèvres, puis de Sèvres à la rue de la Poterie en repassant par chez Anselme et Fanny, une économie qui le faisait se contenter des 250 livres mensuelles qui constituaient son revenu, sur lesquelles plus de la moitié était mangée d'avance par des remboursements de dettes. Il n'avait plus alors à lutter contre son appétit de jouissances et de plaisirs dispendieux, et l'idée même de l'absence de ces joies factices ne le tourmentait pas.

Or, le jeudi 28 avril 1763, Macquer, pressentant que les travaux de Pierre-Antoine étaient sur le point d'aboutir – celui-ci venait de réussir une série de cinq pièces façonnées à la perfection sur ces fameux « paramètres » identiques –, jeta le masque de ses ambitions en écrivant à Barberie de Courteilles et à Boileau.

Dans le long préambule de sa lettre, il rappelait les mille deux cents essais de pâte dure effectués par ses soins dans le Petit Bois de Sèvres entre 1757 et 1759, réalisés pour la plupart avec du kaolin de Saxe qu'il s'était procuré en fraude. Prenant ensuite acte de la quasi-impossibilité pour la France de s'approvisionner commodément de ce minerai – inconvénient qu'il déplorait –, il proposait un substitut à cette poudre, une préparation chimique « passable pour du blanc, précisait-il, ressemblant beaucoup à celle du sieur Hannong de Strasbourg mais sans lui être supérieure à aucun égard ». Il préconisait donc une fritte d'une composition nouvelle, capable d'imiter la pâte à kaolin, au moins quant à sa dureté.

Cette modestie initiale fut bientôt contredite par un mémoire que le même Macquer entreprit, le mois suivant, d'adresser à l'Académie des sciences et dans lequel il soutenait, cette fois, que « la beauté et la blancheur de ce procédé le rendait au moins égal à celui du sieur Hannong ». L'auteur du *Dictionnaire de chimie* qui, décidément, était un homme aussi tortueux qu'habile introduisait en conclusion un argument qui commençait à chatouiller Bertin : tous les ingrédients de sa préparation, soulignait-il, « étaient français et trouvables à profusion dans le sous-sol du royaume ». Ainsi n'était-il pas besoin d'aller chercher l'essentiel du matériau jusqu'en Saxe ou en Bavière, avec toutes les difficultés afférentes, comme le proposait, faute d'autre solution, Pierre-Antoine Hannong.

L'académicien, à l'appui de sa lettre du 28 avril, produisait quelques pièces assez belles, ressemblant à celles de Pierre-Antoine mais en moins blanc, y ressemblant malgré tout assez pour qu'Hellot et ses deux jeunes disciples puissent soupçonner que ces productions contenaient du kaolin que Darget aurait dérobé nuitamment dans le laboratoire de l'Appartement*.

Bertin et Boileau ne sautèrent pas au plafond en examinant les pièces produites par Macquer : Bertin, parce

* C'est en 1766, trois ans plus tard, que Macquer fit parvenir à l'Académie la « recette » de sa préparation chimique, avec instruction de ne l'ouvrir que dans deux siècles. Or, comme rien n'est plus ponctuel ni plus régulier, malgré l'assaut du temps et des révolutions, que le travail académique, cette enveloppe fut ouverte au temps prescrit – avec un retard de huit mois, il est vrai – le 13 mars 1967. On sut ainsi que ce procédé mêlait de la terre de Lyon, du quartz, du feldspath avec une grande quantité d'alun calciné.

que son génie propre le persuadait que la seule porcelaine dure valable ne pouvait provenir que du kaolin et non pas d'une « fritte améliorée », Boileau, parce que sur ce point, comme sur beaucoup d'autres en matière technique, il faisait une confiance absolue à Jean Hellot et à Robert Millot qui ne cessaient de lui répéter que la voie suivie par Pierre-Antoine était la seule raisonnable et la seule qui, à coup sûr, serait bientôt couronnée de succès.

Or, si Pierre-Antoine ne se découragea pas, ce fut surtout pour une autre raison. Le 10 mai 1763, soit douze jours après la fameuse lettre par laquelle Macquer proposait de travailler sur des produits sans kaolin, la marquise de Pompadour monta dans la grande salle d'exposition du deuxième étage de la Manufacture où son portrait de profil, contenu dans un médaillon, faisait face à celui du roi. Elle s'y fit présenter, ainsi qu'elle en avait pris l'habitude, à raison d'une fois par semaine au moins, les pièces les plus remarquables produites depuis son dernier passage. Après cette visite, qui mobilisait chaque fois Boileau, Courteilles et Falconet lorsqu'il se trouvait sur place, elle demanda tout à trac à accéder avec sa suite dans le petit laboratoire de Pierre-Antoine Hannong dont on se souvient qu'il avait été aménagé provisoirement dans ce qui était à l'origine son appartement de repos.

On y parvenait, depuis la salle d'exposition, en descendant d'un étage, soit par un bel escalier à rampe ouvragée, soit par un passage secret qui ouvrait à l'intérieur de l'un des quatre lambris arrondis en quart de cercle du petit cabinet où se faisait la comptabilité des ventes. Là, bien caché, s'ouvrait un escalier étroit en colimaçon qui se terminait par une volée droite dont le coffrage apparent traversait un boudoir pour aboutir, par une porte dissimulée à l'intérieur d'une boiserie, dans l'un des salons de l'Appartement de repos.

– Monsieur Hannong ! s'exclama la marquise, surgissant tout sourire par ce passage, en tête de ses dames, dans un grand déploiement de mousselines, de soies légères, d'effluves de jacinthe et de lys, je viens me reposer un moment ici… C'est de bonne guerre, puisque vous m'avez délogée et que votre laboratoire n'est pas autre chose, en temps ordinaires, que mon salon de compagnie.

– Il le redeviendra vite, Madame, c'est ce que je souhaite le plus ardemment ! répondit Pierre-Antoine se dépliant dans un sourire qu'il accompagna de la plus gracieuse des révérences.

– Monsieur Masson ! ajouta-t-elle du même ton de surprise joyeuse en découvrant Anselme qui venait de paraître, attiré par les cris et les rires de cet aréopage, voici donc réunis les Castor et Pollux auxquels je devrai bientôt la réalisation d'un de mes plus beaux rêves !

Les jeunes gens, s'inclinant une nouvelle fois devant elle pour la remercier du compliment, furent frappés de son air changé et de sa pâleur. Bien qu'elle parût toujours aussi fraîche sous la frange bouclée qui dépassait de son petit chapeau vert, elle avait énormément maigri. Ses joues semblaient comme aspirées, en dépit des boules de cire qu'elle gardait dans la bouche pour compenser l'affaissement des chairs. Elle était si lasse que ses beaux yeux retombaient souvent, mais dès qu'elle en prenait conscience, elle faisait aussitôt un effort et se remettait à sourire comme si un ressort commandait le mouvement de ses lèvres. Alors, avec de courtes secousses dans les mains, elle se mettait à pépier de nouveau, plus joliment encore, obsédée de toujours séduire. La favorite en vérité était touchée à mort. Ses poumons s'en allaient par morceaux, ses mouchoirs se tâchaient de sang à la moindre quinte de toux. Elle connaissait bien ces maladies-là, si communes à la Cour. Elle savait qu'elle n'en reviendrait pas et qu'elle allait bientôt mourir, à peine passé ses quarante ans. Elle faisait semblant de ne pas s'en apercevoir. Une seule chose comptait pour celle qui avait joué tant de pièces au théâtre, de ballets et d'opéras en public, c'était de réussir sa sortie, tirer sa révérence avec la meilleure grâce du monde, laissant à tous le souvenir du plus aimable sourire de France et de la plus talentueuse des artistes de la Cour.

Elle resta longtemps avec ses dames et quelques jolis messieurs à examiner, sur les paillasses et dans les cuves, les broyages, les bains de glaçure et les préparations de couleurs, puis elle demanda à monter dans l'Appartement du roi qui était de plain-pied avec les jardins et les terrasses. Avant d'aller inspecter les fours dans le Petit Bois, fermant les yeux de plaisir et s'accoudant à la balustrade, elle profita un bon moment du grand soleil tiède et aveuglant du printemps.

Tout en faisant tournoyer d'une main l'ombrelle posée sur son épaule, elle parvint à donner un bras à chacun des deux chimistes :

– La porcelaine, c'est sans doute ce qui restera de moi plus tard, leur murmura-t-elle à l'oreille le plus sérieusement du monde.

Elle se laissa offrir dans le pavillon de Lully des bonbonnières de porcelaine dont la répétition était allée à quatre en quinze jours. Elle distribua les trois premières aux dames qui se trouvaient près d'elle et conserva la quatrième qu'elle glissa dans son sac en mailles d'argent. Anselme profita du moment de cette distribution pour lui glisser un petit paquet :

– Vous l'ouvrirez à Versailles !

Elle palpa le papier de soie et lui sourit, car elle venait de reconnaître la forme d'un tonnelet à parfum, pareil à celui qu'elle lui avait confié à leur première rencontre. Elle le glissa dans son sac dont le fermoir produisit un petit bruit sec.

Ayant tout vu, tout inspecté, posé plus de dix questions,

s'étant penchée l'air sérieux près de plusieurs ouvriers, s'étant enthousiasmée mais ayant aussi froncé le sourcil dès qu'on lui parlait de délais ou de difficultés, elle regagna son carrosse, toujours suivie d'un brillant et élégant essaim de courtisans et de gens de la Manufacture au milieu duquel le pauvre Boileau, qui avait beaucoup de peine à suivre, courait en s'essoufflant.

Gravissant les deux degrés de son marchepied avec légèreté, s'étant assise et ayant manœuvré sa glace, elle murmura à l'adresse d'Anselme et de Pierre-Antoine :

– Travaillez bien... Ne traînez pas !... Le temps presse !

Ce fut le seul instant où elle laissa percer un peu de tristesse.

En juillet, au terme de six années d'études, Blanchot reçut son bonnet de docteur en médecine, mais avec déjà une telle réputation qu'il fut immédiatement convoité par les sommités de l'hôpital de la Charité, de Saint-Louis et des Quinze-Vingts. Or, il surprit tout le monde en décidant de n'aller dans ce dernier établissement que pour la moitié de son temps et de continuer à donner le reste à l'abbé de l'Épée auquel il s'était attaché depuis deux ans en secret, depuis que celui-ci avait décidé d'ouvrir une école dans le rez-de-chaussée de l'hôtel de son père pour instruire les sourds-muets.

– Blanchot est un saint moderne, estima Anselme en apprenant la nouvelle, je savais qu'il ferait quelque chose dans ce genre... Quelque chose d'utile à la société.

– Oui, répliqua Pierre-Antoine qui admirait sincèrement le jeune médecin, et nous, avec notre porcelaine qui n'est destinée qu'aux gens fortunés, qu'apportons-nous à notre prochain ?

– Assurément, persifla Fanny, beaucoup aux beaux messieurs qui mangeront dans votre vaisselle fine et aux belles dames qui se pâmeront devant vos biscuits délicats…

– Ne vous moquez pas ! gronda Anselme, chez qui étaient ancrées les idées physiocratiques du temps. Nous sommes utiles économiquement, puisque nous donnons de l'ouvrage aux ouvriers de la Manufacture et que, par le commerce qui se fait de nos créations, nous améliorons les finances du pays.

Félicité, qui se trouvait là et qui secrètement avait toujours éprouvé beaucoup plus que de l'estime pour Blanchot, intervint :

– Je suis de l'avis d'Anselme, ce que fait Blanchot est admirable !

– Oh ! pour ça, ce sont les beaux yeux d'Angèle qui l'auront décidé, railla Pierre-Antoine sans penser à mal.

L'aînée des deux sœurs Floquet tira nerveusement sur son châle d'indienne, geste aussitôt remarqué par Fanny.

– Oh non ! protesta cette dernière, je sais qu'il n'y a rien de cet ordre-là entre Angèle et Blanchot… Intuition de femme, mon cher, intuition qui ne trompe jamais.

À ces mots, Félicité retrouva un demi-sourire.

– Blanchot est un garçon réservé qui ne prendra aucun engagement sur un coup de tête ! estima encore la jeune Éléonore qui connaissait parfaitement les sentiments de sa sœur pour le nouveau docteur.

– De quelle façon venir en aide à des sourds-muets ? demanda Poitevin qui avait tout observé et désirait détourner la conversation.

– En résolvant d'abord ce problème obsédant : comment devient-on sourd et muet ? observa Anselme. Et d'abord naît-on sourd et muet ? Que manque-t-il à ces malheureux qui ont pourtant dans leur bouche une langue et un palais et, de chaque côté de la tête, deux oreilles ? Ne sont-ce pas là des phénomènes venus du cerveau et d'un refus d'entrer dans le monde ? Devient-on muet parce qu'on est d'abord sourd ?... Dans tout cela les médecins modernes ont quelque chose à démêler, à analyser et à conclure...

– Tâche au moins aussi rude que de mettre au point la porcelaine, estima prosaïquement Pierre-Antoine.

– Blanchot nous étonnera ! prédit Anselme.

– Il m'étonne déjà ! conclut résolument Fanny.

Le jeudi 1er septembre 1763, après une transformation radicale apportée au quatrième four, Pierre-Antoine parvint à obtenir une soupière à couvercle répétée douze fois dans des conditions strictement identiques. Il estima alors que ses engagements envers Sèvres étaient remplis et il remit à Boileau un petit cahier de vingt et une pages couvertes de sa fine écriture. Dans ce texte, il répondait fort exactement à toutes les questions posées dans le corps du contrat signé deux ans auparavant, en juillet 1761, devant le notaire Vivien.

En tête, figuraient les noms et les adresses des fournisseurs de kaolin et de pétunsé bavarois, les coordonnées des transporteurs, les prix qu'ils pratiquaient. Suivait la formule exacte de la pâte dure, ramassée en moins d'une demi-page, noir sur blanc, comme une formule magique, avec l'indication des poids, du temps de cuisson, du moment de l'admission de l'air, cette fameuse « cuisson en atmosphère réductrice » qui faisait toute la différence avec ce que l'on connaissait jusque-là en matière de cuisson de porcelaine à Sèvres.

Cette formule était la suivante : *65 % de kaolin de Passau, 19 % de sable, 8 % de craie, 8 % de sable feldspathique.*

Figurait également l'indication que toutes les terres mères allemandes, de Passau ou d'Aue, devaient être lavées et décantées jusqu'à leur enlever encore 35 % de sable.

Le jeune Hannong avait donc satisfait pleinement aux

spécifications de son contrat, et cet écrit attestait sa complète réussite.

Malheureusement, le caractère français est ainsi fait qu'on allait s'évertuer à continuer de chercher ailleurs ce que l'on venait d'obtenir à si bon compte et, de plus, dans des délais si raisonnables. Ce fut la liaison objective de deux ennemis, Macquer et Boileau, qui allait produire ce piètre résultat. Le premier agissait par dépit de la réussite du Strasbourgeois ; le second, parce qu'il était taraudé par la crainte que la pâte dure n'en vienne à bouleverser la Manufacture. Sans s'être concertés, ils opposaient un même argument à la mise en œuvre qui aurait pu être immédiate de la formule d'Hannong : la fragilité des sources d'approvisionnement du kaolin. Boileau, dès l'automne de 1763, s'en ouvrait à Bertin, en soulignant trois mots dans sa lettre :

> … Il ne paraîtrait point prudent d'établir ce travail dans la manufacture du roi sans être sûrs auparavant de trouver *dans le royaume* les mêmes terres qu'il faudrait pour cela tirer de fort loin…

Macquer enfonçait le clou dans ses lettres au ministre, n'oubliant jamais de rappeler en passant qu'il avait lui-même mis au point un procédé fondé sur l'utilisation de terres uniquement nationales. Il soulignait aussi que le kaolin d'Obernzell n'était pas pur, puisque le jeune Hannong avouait lui-même qu'on devait lui retirer encore un bon tiers de sable après qu'il fut parvenu à Sèvres.

L'année 1764 commença dans ces forts raisonnements. Fin 1763, Pierre-Antoine avait cessé de lui-même ses fonctions à Sèvres, attendant fort légitimement une récompense de ses efforts qui allât au-delà des

250 livres mensuelles que continuait de lui faire verser Bertin. Il ne réclamait après tout que l'exécution du contrat signé devant maître Vivien, deux ans et demi plus tôt. De son côté, Anselme, de nouveau affecté par Boileau à l'amélioration des frittes entrant dans la composition des pâtes tendres, rongeait son frein, témoin tous les jours des retards et des atermoiements qui entravaient la mise en œuvre de la nouvelle pâte, spectateur navré des sourdes menées par lesquelles le second académicien et le directeur s'entendaient objectivement pour ligoter le Strasbourgeois en minimisant auprès du ministre la portée de sa réussite.

Ce furent pour lui des moments pénibles, pleins de rage, aggravés par la prolongation du silence de Mathieu mais aussi par l'incertitude qui, brusquement, s'était mise à planer sur le sort d'Eustache, le plus jeune de ses frères. Les nouvelles de Bort et de Mauriac étaient rares, et presque chaque fois elles étaient mauvaises.

Anselme avait ainsi appris coup sur coup, par un mot griffonné de sa « tante », la mort de maître Catugier, puis, par Chappe, celle de M. Malafosse, emporté par une attaque aux vacances de 1763, au moment précis où le collège des jésuites, à l'instar de tous les autres établissements tenus par la compagnie en France, fermait définitivement ses portes. Depuis, Eustache avait écrit deux fois. La première d'Aurillac, pour dire qu'il se trouvait dans cette ville en compagnie d'un jeune novice du nom de Flamarens, réduit à l'état laïque par la suppression de son ordre et chassé de Mauriac comme lui. Il indiquait poursuivre seul ses études avec l'aide de ce jeune homme qui s'essayait lui aussi à compléter ses grades pour être professeur. La deuxième lettre, parvenue de Saint-Flour pour la Noël de 1763, se voulait rassurante mais sans parvenir à dissimuler beaucoup d'incertitude encore sur le sort du cadet des Masson et de son nouveau mentor.

Au cours du premier trimestre de 1764, Anselme se trouva de nouveau sans nouvelles d'Eustache et, ce qui paraissait plus grave, sans adresse. Les deux lettres de change successives de 50 livres qu'il lui avait fait parvenir dans la dernière ville d'où il s'était manifesté lui étaient revenues sans avoir été tirées. Assisté par Poitevin, il entreprit de faire faire des recherches par la justice dans toute l'Auvergne. C'étaient des procédures longues et qui laissaient à l'angoisse le temps de s'épaissir.

L'aîné des Masson, considérant le sort de ses deux frères, se regarda dès lors, à la fin de cet hiver plein de tourments, comme un chef de famille indigne, qui s'était avéré incapable de maintenir la cohésion de son clan. Il fut assailli de cauchemars affreux et il lui fallut tout l'amour de Fanny, sa douceur, sa pétillance, sa bienfaisante présence, pour apaiser, soir après soir, ses idées noires.

Bertin, lanterné par Boileau, abusé par Macquer, et surtout persuadé par Melchior François Parent – qu'il avait chargé dès 1760, dans une espèce de bureau spécial, créé pour lui à l'intérieur du Contrôle général, de travailler aux destinées de la porcelaine – que la formule d'Hannong n'était pas exploitable en l'état, recommençait à prêter l'oreille à toutes sortes de projets, y compris les plus fantasques.

Ce fut le temps où l'on parla à nouveau de travaux spécifiquement français fondés sur l'exploitation des terres de Monperthuis – un village proche d'Alençon –, opposant deux hommes, le tout-puissant comte de Lauraguais et le chimiste Guettard, qui prétendaient chacun à la paternité de la découverte de ce gisement.

Les travaux de Guettard bénéficiaient d'un large crédit scientifique. Tout comme Réaumur, son ami, qu'il visitait régulièrement à La Bermondière, il avait compris en lisant, dès avant 1750, les lettres du père d'Entrecolles que le kaolin, pour se fondre en porcelaine, avait besoin d'un second élément, le fameux pétunsé. Il était entré au service du duc d'Orléans et avait travaillé entre 1755 et 1758 à une formule de pâte dure dans les laboratoires que ce prince, amateur éclairé de chimie et d'alchimie, avait installés dans la petite maison où il faisait parfois retraite, près de l'abbaye Sainte-Geneviève, au quartier Latin. Il prétendait avoir découvert lui-même, en 1751, le « kaolin de Monperthuis » dont il avait immédiatement déposé, sur le bureau de l'Académie des sciences, un échantillon cacheté, appuyé d'un rapport détaillé, et il montrait couramment des céramiques très résistantes réalisées à partir de ce minerai normand.

Les tentatives du comte de Lauraguais avaient débuté un peu plus tard, à Paris, avec des kaolins belges puis allemands. Ce grand seigneur qui n'avait pas trente ans en 1763 était connu comme bibliophile et homme de théâtre – il avait donné quelques comédies et préparait pour le Théâtre-Français une *Clytemnestre*. Il allait surtout se rendre fameux en faisant supprimer sur la scène les banquettes des spectateurs privilégiés que ni Molière ni Voltaire n'avaient réussi avant lui à faire ôter. En sciences, il était moderne, principal propagateur à la Cour de la pratique de l'inoculation contre la variole. Il devait par la suite traverser la Révolution et revenir, en 1815, parfumer la monarchie constitutionnelle d'un relent d'Ancien Régime.

Fasciné très tôt par les recherches en matière de céramique, le comte de Lauraguais avait, lui aussi, assimilé les leçons d'Entrecolles et de Réaumur, si bien qu'il fut sans doute le premier, grâce à ses moyens considérables, à réussir en laboratoire à marier le kaolin de Saxe avec des pétunsés qu'il avait pu se procurer à prix d'or. À partir de 1760, poursuivant ses expériences dans son imposant château de Lassay, à vingt lieues à l'est de Monperthuis, dans le Maine, il avait entrepris de substituer aux kaolins allemands et belges la terre extraite des carrières des faubourgs d'Alençon utilisée avant lui par Guettard.

Ce dernier s'était, on l'a vu, normalement prémuni contre ce type de vol, en déposant sur le bureau de l'Académie des sciences un mémoire avec échantillons authentifiant sa découverte. Or, en 1764, à l'époque où la querelle entre les deux hommes devint publique, on ne retrouva pas les échantillons qu'il prétendait avoir joints à l'appui de son mémoire.

Lauraguais eut beau jeu de l'accuser de manipulation. Il le mit en demeure de fondre sa porcelaine dure devant une commission de savants, mais Guettard lui fit répondre piteusement « qu'il n'en avait plus les moyens ». Or, dans le même temps, le comte ayant imprudemment indiqué que « sa porcelaine de Lassay » se composait de sept éléments, ses détracteurs, Guettard en tête, purent, à leur tour, aisément soutenir qu'il n'était l'inventeur que d'une nouvelle fritte et non d'une pâte à kaolin.

En réalité, cette dispute trouvait son explication dans l'existence d'un troisième personnage, Le Guay, maçon et sans doute véritable inventeur de la mine de Monperthuis. Il avait été le collaborateur de Guettard, puis celui de Lauraguais, qui, à coups d'écus sonnants et trébuchants, était parvenu à l'attirer à lui. Le Guay avait apporté au comte les secrets de Guettard et c'est ainsi que ce dernier, grâce à ses moyens considérables, avait réussi à fondre, à Lassay, une porcelaine d'aspect plutôt terne mais véritablement dure.

La contestation de Guettard et Lauraguais, avant même d'entrer dans sa phase la plus violente, à l'automne de 1765, était malgré tout déjà assez connue des céramistes au début de 1764 pour faire dresser l'oreille de Bertin. Guettard fut appelé à Sèvres où il eut de longues conférences avec ces messieurs en présence de Parent, le commis du ministre. En octobre 1764, le comte de Lauraguais, approché à son tour, envoya à Bertin une pièce de sa production – une figurine représentant un buveur dans le genre du peintre flamand Teniers –, fondue dans une matière effectivement dure mais dont le fond demeurait jaunâtre. À l'appui de cette petite statuette, il proposait à Sèvres ses services et « sa » terre de Monperthuis.

Mais le plus étonnant et le plus amer pour les deux jeunes chimistes fut à coup sûr l'arrivée inopinée à Paris de Daniel Busch, qui avait aidé autrefois Paul Hannong, à Strasbourg, à mettre au point sa porcelaine.

Daniel Busch, qui avait commencé sa carrière comme peintre de porcelaine à Meissen, avait été employé à Strasbourg pendant deux ans, à partir de 1752, pour le décor mais aussi pour la chimie des productions à base de kaolin. Ensuite, en 1754, pensant en savoir suffisamment pour monnayer son savoir, il avait effectué un premier voyage à Vincennes, en compagnie du sculpteur Graf, afin de proposer à Boileau de lui vendre le secret de la porcelaine dure. Les échantillons qu'il avait remis à Hellot à l'occasion de ce voyage avaient alors suffisamment impressionné ces messieurs de la Manufacture royale pour qu'il fût, une première fois, rappelé à Paris au début de 1755, avec de magnifiques promesses du roi en cas de réussite. Comme les bâtiments de Sèvres n'étaient pas achevés, il avait été logé, avec sa nombreuse famille, faubourg Saint-Honoré, dans une belle maison de dix pièces, sise dans le quartier dit de la Petite-Pologne, où quelques années plus tard demeurerait, à son tour, Casanova en personne, venu en France installer le *« lotto »* par lequel le cardinal de Bernis comptait sauver les finances de la France.

Payé 144 livres par mois, Busch eut pour première tâche de faire construire par Bougon, le maçon de la

Manufacture, cinq fours dont il dessina les plans. Au bout de onze mois, comme il n'avait pu sortir encore aucune pièce à base de kaolin et qu'il avait en outre mis trois fois le feu à sa maison au risque d'incendier toute la Petite-Pologne, sa pension ne lui fut plus versée et il dut regagner l'Allemagne après avoir vendu tout ce qu'il possédait.

Busch était reparti, amer mais non découragé, sans rompre le contact avec Sèvres. Apprenant en décembre 1760 que Pierre-Antoine était en négociations avec Boileau, il avait fait savoir à celui-ci qu'il demanderait « moins d'argent que M. Hannong ». À l'époque, cela n'avait pas paru suffisant à ces messieurs de Sèvres qui gardaient en mémoire les déboires de 1755. Quatre ans plus tard, il réapparaissait avec de nouveaux et solides arguments : le prince de Hesse-Darmstadt l'avait en effet, au vu de progrès décisifs qu'il avait accomplis dans la mise au point d'une nouvelle pâte dure, nommé directeur de la manufacture de Kelsterbach qu'il venait de créer.

Début 1764, alors qu'il entamait sa quatrième année dans ce poste prestigieux, Busch, obsédé par l'idée de revoir Paris et d'y faire fortune, avait approché le chevalier d'Aigremont, ministre du roi de France à Coblence, qui en avait aussitôt référé au duc de Praslin, ministre des Affaires étrangères et cousin de Choiseul, lequel avait lui-même prévenu Bertin. Dans sa lettre, Busch prétendait pouvoir réaliser une pâte dure avec des terres venues uniquement des régions de Rhénanie. L'argument était intéressant puisque, depuis 1648, la France, garante des traités de Westphalie, regardait la Rhénanie catholique comme une espèce de mosaïque de principautés vassales qui n'avaient pas grand-chose à lui refuser, alors que la Saxe ou l'est de la Bavière, à l'autre bout de l'Empire, se trouvaient protestante ou encerclé par des terres protestantes. De plus, pour justifier son intention d'abandonner son poste à Kelsterbach, Busch employait un argument qui ne pouvait que plaire aux Français, engagés depuis le fameux renversement des alliances dans la croisade du catholicisme en Europe. Il prétendait en effet « qu'on lui faisait éprouver de terribles désagréments depuis son changement à la religion catholique ».

Bertin, décidé à faire feu de tout bois, conseillé par Parent qui donnait à présent haut et fort ses avis sur la porcelaine, accepta le retour en France de cet homme qui avait si fort déçu mais qui paraissait, pour l'heure, plein de ressources nouvelles. Toutefois, se souvenant de son précédent échec, il lui imposa des conditions terribles : la Manufacture ne lui verserait ni traitement ni remboursement de ses débours jusqu'à ce qu'il réussisse. Il était même averti « qu'il ne serait réglé de ses frais de voyage que s'il parvenait à réaliser des essais concluants ». On ne voulait donc prendre aucun risque avec lui. L'extraordinaire fut que Busch accepta toutes ces conditions et se prépara au milieu de 1764 à revenir à Paris avec femme, enfants et bagages.

Début 1764, Pierre-Antoine était dans la plus grande incertitude. Les premiers mois de cette nouvelle année le trouvèrent sans travail et seul le soir, dans son petit logis de la rue de la Poterie, mais en bien meilleure forme qu'Anselme ne l'avait craint.

Ce jouisseur, ce matérialiste, était avant tout un être sensible, capable de placer le sentiment au-dessus des considérations plus triviales et plus pressantes. Par Fanny qui lui avait parlé avec la permission de Briséis, il se savait aimé, même s'il ne pouvait encore approcher la jeune femme librement. Cette pensée, activée par un irrépressible penchant pour l'optimisme et l'affection toujours aussi vive de tous ses amis, soutint longtemps son courage.

Ayant du temps, il fut de plus en plus assidu aux cours de dessin que Fanny organisait désormais chaque jour, excepté le dimanche, chez elle ; prenant toutefois bien soin, ainsi qu'elle le lui avait expressément demandé, de ne jamais y croiser Briséis. Ils assistaient chacun leur tour à ces séances, lui les jours pairs, elle les jours impairs. Le plus touchant était qu'ils occupaient la même place et surtout qu'ils partageaient le même carton à dessin. L'un complétait la figure que l'autre avait commencée. Il portait les ombres au fusain ; le lendemain, elle ajoutait la lumière et les rehauts de craie. C'était un peu comme l'abbé de l'Épée, avec ses sourds, un langage qu'ils perfectionnaient tous les jours et qui leur permettait, sans se parler, de tout se dire.

Les jours où il ne dessinait pas, il fréquentait les concerts privés qui se donnaient dans les salons huppés du faubourg Saint-Germain, visitait les cabinets de curiosités ouverts au public, hantait les cabarets où se réunissaient les artistes et les littérateurs. Chaque soir, Anselme, revenant de Sèvres, lui faisait le compte rendu des travaux de sa journée, puis ils s'enfermaient ensemble pendant une heure environ, avant de souper, dans le laboratoire aménagé dans l'ancienne chambre de Mathieu, tout encombrée des cartons et des chevalets de la petite académie de Fanny. Ils y vérifiaient les hypothèses qui leur étaient venues à l'esprit pendant la journée. Pierre-Antoine continuait ainsi de baigner dans l'univers de la porcelaine, son sujet favori, et pouvait encore suivre, jour après jour, le déroulement des événements dans la Manufacture. Il recevait de plein fouet tous les coups, toutes les déceptions dus au peu de suite donné à ses travaux, avec un calme et une philosophie dont ceux qui l'avaient connu autrefois, lorsqu'il était à Strasbourg, jeune et impétueux directeur de la manufacture de son père, l'auraient sans doute jugé incapable.

Un après-midi de la fin février, alors qu'il rêvassait chez lui, sans pensée, sans ennui, rue de la Poterie, un jeune homme d'une élégance outrée frappa à sa porte. Il parlait un français si écorché que Pierre-Antoine finit par s'adresser à lui en allemand.

Ce visiteur se présenta comme le chevalier Sigismund von Pastor. Il assurait venir de la part du nouveau prince électeur de Saxe, Frédéric-Auguste, jeune homme de quatorze ans qui venait de succéder à son père, le prince Frédéric-Christian, frère de la dauphine de France, dont le règne n'avait duré que dix-huit mois.

– Mon maître veut négocier avec vous, annonça d'entrée le visiteur en s'asseyant avec grâce.

Pierre-Antoine se cala sur son fauteuil. Dans sa vie que le vide menaçait toutes les distractions étaient bonnes à prendre, celle-là peut-être plus que les autres, même si d'emblée son visiteur lui apparut trop fluet et trop pommadé pour être le truchement d'une négociation sérieuse.

Il pensa plutôt à quelque affabulateur et il se prépara, avec une certaine gourmandise, à voir comment s'y prendrait celui-ci pour trousser son histoire.

– Je sais à peu près tout sur vous par le ministre de Dresde à Paris, annonça von Pastor. Je sais entre autres choses que vous avez remis un mémoire à M. Bertin qui contient les détails de votre secret et le nom des fournisseurs de kaolin en Bavière… Je sais aussi que ces messieurs de Sèvres hésitent à vous emboîter le pas pour toutes sortes de raisons aussi méchantes que ridicules.

– Vous voilà bien renseigné ! s'exclama Pierre-Antoine noyant un regard acide dans cette exclamation toute pleine d'une feinte admiration.

– En un mot, monsieur Hannong, on ne reconnaît pas votre mérite, alors que mon maître, l'Électeur, est bien persuadé que vous seul en Europe êtes capable de retrouver l'arcane de Böttger, le secret de Meissen, celui que nous détenons depuis plus de cinquante ans.

– Votre maître me fait beaucoup d'honneur, même si son secret est déjà bien éventé, depuis trente ans déjà qu'il traîne à Vienne, à Nymphenburg et à Strasbourg… Mais que veut-il encore, puisqu'il a ses mines, ses chimistes, ses céramistes, et qu'il en tire un si bon profit ?

Le chevalier alla à la fenêtre et posa le pommeau de sa canne sur ses lèvres délicates, tandis que sa figure s'illuminait d'un sourire malhonnête :

– N'allons pas par quatre chemins ! Il veut connaître par vous ce qui se trouve à Sèvres et qu'il n'a pas : les bleus, les lapis, les roses, la composition des glaçures fines…

– Et que donnerait-il pour cela ?

– 500 livres de rente mensuelle, inaliénable, insaisissable !

Pierre-Antoine admira l'habileté de ceux qui avaient imaginé l'offre faite par von Pastor et la qualité de leurs renseignements : 500 livres, c'était exactement le double de ce qu'il continuait de toucher de Sèvres, mais surtout la qualité d'inaliénabilité et d'insaisissabilité de cette somme était ce pour quoi il s'était battu le plus énergiquement devant le notaire Vivien, n'obtenant au bout du compte qu'une demi-satisfaction.

– Alléchant ! se contenta-t-il d'estimer dans un sourire.

Le Saxon revint se planter devant lui, prenant appui sur sa canne, posant un pied sur l'autre, déhanché de la sorte, pointant son nez vers le plafond comme s'il allait exécuter une figure de danse.

– Il est aussi une autre négociation à laquelle les ministres de l'Électeur songent…

– Décidément !

– Le secret de la porcelaine dure va être bientôt connu en France, grâce à vous.

– Il l'est depuis six mois !

– Et donc, selon toute apparence, ces messieurs cherchent encore ce qu'ils ont sous la main… Dans ces conditions, et pour complaire à Madame la Dauphine, sa tante, que l'on tourmente énormément à ce sujet, mon maître serait disposé à vendre son secret à la France… Au prix fort… Très fort !

– Ce ne serait, après tout, que renouveler la négociation secrète que le comte de Hoym et M. Lemaire avaient engagée, il y a trente ans, avec Vincennes et qui n'avait pas abouti.

– Non, puisque cette fois, il n'y aurait aucune fraude… Ce serait l'Électeur lui-même qui négocierait.

– Fort bien ! Mais qu'aurais-je à voir là-dedans ?

– La Saxe vous mandaterait comme le meilleur expert possible, vous choisissant, par délicatesse pour le roi de France, comme un homme déjà connu et apprécié de la Cour.

– Et à combien selon vous pourrait aller la vente du secret ?

– 150 à 200 000 livres, le prix que réclamait votre père augmenté de celui du crédit de la manufacture de Meissen… Votre commission là-dessus pourrait bien aller à dix pour cent…

Pierre-Antoine quitta brusquement son ton mordant. Il songea dans un éclair à ce qu'il ferait de 15 ou 20 000 livres et il en éprouva dans la seconde comme un éblouissement.

Dans le même moment, le chevalier, preste comme un lutin, se campait sur ses deux jambes pour asséner la suite :

– Ces deux projets, notez-le bien, monsieur Hannong, ne se contredisent pas ! Ils sont même complémentaires… La Saxe peut vendre son secret à la France tout en trouvant ici le moyen d'améliorer le sien… Mais il est essentiel que la dauphine de France apparaisse aux yeux du public et de la Cour comme celle qui a livré cet avantage à son nouveau pays… Mon maître y tient par-dessus tout. Il veut aider sa tante… C'est d'abord sur ce point qu'il faudra sauver les apparences.

Le Strasbourgeois était de plus en plus perplexe. Il hésitait entre prendre par le col le jeune Allemand pour le sortir de chez lui ou poursuivre une conversation qui brusquement lui donnait le vertige. Il se contenta d'éclater imprévisiblement de rire et, dans un grand hoquet, s'adressa au chevalier stupéfait :

– Ah ! monsieur, vous êtes drôle… Sèvres a tout en main et cela éclatera forcément bientôt !

– Il n'est pas de pires aveugles que les Français, repartit le jeune homme vexé, des gens aussi futiles et inconséquents… Je vous le dis tout net, sachant que votre grand-père était hollandais et que vous êtes, vous-même, à moitié allemand…

– Mais aussi sujet du roi de France… Ce que je viens de prouver, rectifia vivement le chimiste.

Von Pastor qui voyait l'œil de son interlocuteur noircir et que sa faible complexion faisait paraître devant le Strasbourgeois aussi léger qu'un fétu, n'osa pas poursuivre sur ce ton.

– Je vais me retirer, monsieur Hannong, annonça-t-il, se repliant brusquement comme un éventail que l'on referme afin de préparer sa sortie. Si vous voulez me trouver, j'habite à Versailles, chez notre ministre, M. Braun.

Il disparut en sautillant. Pierre-Antoine demeura interdit et en proie à la plus grande agitation.

Troublé par la visite du chevalier, Pierre-Antoine alla le lendemain dans un cabaret où il n'avait pas mis les pieds depuis longtemps. Il n'avait pas dormi de toute la nuit, tourmenté par la vision de monceaux d'or, d'autant plus qu'une lettre parvenue de Strasbourg, la veille au soir, lui donnait de bien mauvaises nouvelles de son procès contre « bon-papa » Deis. Tout cela avait suffi à lui redonner sa tête des mauvais jours.

Le soir même et pour la première fois depuis presque deux ans, Anselme rentré à la nuit noire, rue Montorgueil, n'y retrouva pas Pierre-Antoine accouru, comme à son habitude, prendre des nouvelles de Sèvres.

Celui-ci ne reparut que fort tard le lendemain, qui était un dimanche, sentant le vin et le regard plissé d'un sommeil lourd.

Anselme l'emmena aussitôt marcher jusqu'aux Tuileries ravagées par l'hiver, et Pierre-Antoine commença à lui raconter ses ennuis et la visite de von Pastor.

– Que vas-tu faire ? lui demanda l'aîné des Masson.

– Franchement, je n'en sais rien encore... Tout m'échappe ! La proposition de ce vaurien d'Allemand tombe peut être à pic.

– Tu ne vas pas faire ça ! Ce serait ruiner tous les efforts de deux années qui vont bientôt, c'est sûr, être couronnés de succès.

– Tu le dis mais rien ne le démontre ! J'en suis arrivé au point où je considère qu'il vaut mieux tenir que courir...

Anselme, qui ne voyait pas quoi faire pour rassurer son ami et qui connaissait, plus que tout autre, les menées qui se faisaient tous les jours à Sèvres pour ne pas exploiter le procédé dont il avait en parfaite bonne foi livré jusqu'au plus petit détail, se contenta de lui serrer le bras et d'accélérer le pas pour traverser les terrasses du jardin où se roulait un vent glacial.

L'affaire du chevalier von Pastor, qui était arrivé à Paris au début de 1763, tourna court fin mars 1764, fort brusquement, fort bizarrement, ruinant les espoirs que Madame Adélaïde avait placés dans une négociation parallèle avec la Saxe pour recueillir, au détriment de Mme de Pompadour, toute la gloire d'apporter en France la formule de la porcelaine à kaolin. L'implacable enchaînement des destins et des jours fit que la marquise put savourer quelques temps avant sa mort la déroute des intrigues de la fille préférée du roi.

Après l'hécatombe des ducs héréditaires de Saxe, la mort d'Auguste III en 1763, celle de Frédéric-Christian, son fils, la même année, un conseil de régence dirigeait l'électorat au nom du jeune Frédéric-Auguste – ce prince plus chanceux que son père devait régner soixante-quatre ans, perdre la couronne de Pologne, en gagner une nouvelle pour la Saxe, et traverser avec constance les révolutions jusqu'au beau milieu des temps romantiques. La mission secrète à Paris du chevalier von Pastor avait été confirmée : sous prétexte de tractations avec des joailliers français, il était chargé de voir ce que la manufacture de Meissen pourrait retirer de Sèvres.

La porcelaine de l'électeur de Dresde à cette époque, fin 1763, était incontestablement moins en vogue qu'un demi-siècle plus tôt, lorsque Böttger, qui venait d'en ressaisir l'arcane, en signait chaque pièce dans les salles sans jour de l'Albrechtsburg. Après sa mort prématurée, il avait été trahi par son demi-frère, Hans Tielmann et par ses plus proches disciples, Samuel Stölzel et Christophe Konrad Hunger, partis l'un après l'autre à Vienne travailler et livrer le secret de la pâte dure dans la fabrique rivale qu'animait un descendant de protestants français particulièrement industrieux, Claude-Innocent Du Paquier.

Mais la fringale était telle parmi les princes européens de copier le succès de Meissen que d'autres défections d'ouvriers, connaissant plus ou moins la formule de Böttger, avaient aussitôt suivi : Eggebrecht, à Saint-Pétersbourg ; Ringler, Löwenfinck, Busch, passant les uns après les autres à Neudeck, Nymphenburg, Höchst et Strasbourg. Ils avaient ainsi créé autant d'établissements concurrents qui maîtrisaient avec des fortunes diverses les paramètres du kaolin. Le secret de Böttger, vingt ans après sa mort, était donc devenu le secret de Polichinelle, et l'électeur de Saxe, qui avait cru longtemps pouvoir compter sur un strict contrôle de l'accès aux mines de kaolin d'Aue, avait dû déchanter à cause du manque de loyauté de Schnorr von Carolsfeld qui vendait sa poudre de Saint-André à n'importe qui, mais surtout du fait de la découverte en Bavière, vers 1730, des carrières d'Obernzell, qui ouvrait inopinément une seconde source d'approvisionnement plus facile pour tous les porcelainiers d'Europe.

Pour compliquer le tout, les hommes qui avaient la charge des destinées de Meissen s'étaient déchirés dans de terribles rivalités. Köhler s'était fait dérober le secret par un peintre ambitieux, Johann Gregor Herold, qui s'en était servi pour asseoir son pouvoir sur la manufacture et établir pendant un temps le succès de son style qui mêlait la manière orientale à des éléments décoratifs germaniques d'inspiration plutôt bourgeoise. L'influence du grand goût français avait suscité un rival à Herold : Johann Joachim Kändler, fils de pasteur, qui avait su flatter le penchant d'Auguste II pour la grandeur, fondant pour lui des aigles de porcelaine aux ailes déployées, plus grands que nature. Mais ce gigantisme conduisit Kändler à sa perte, car il ne put jamais achever la statue équestre en kaolin de l'Électeur qu'il avait annoncée comme son chef-d'œuvre.

Les malversations et les guerres avaient achevé de mettre à mal la bonne santé financière de la manufacture saxonne. La pire de toutes ces avanies était survenue en 1730 lorsque le comte de Hoym, chambellan de Saxe qu'Auguste II avait eu le tort de faire également directeur de sa fabrique de Meissen, pris d'une espèce de folie, avait donné dans les intrigues d'un séduisant aventurier d'origine française, Rudolf Lemaire, qui le tenait sous son charme.

Hoym avait d'abord attribué à Lemaire le droit exclusif de vendre les productions de Saxe en France et en Hollande. Puis, dans une sorte d'extase amoureuse, profitant d'un voyage d'Auguste le Fort à Varsovie, il avait accepté de donner des ordres pour que les céramiques les plus rares du palais royal – les fameux *kakiemon,* ces pièces japonaises du XVIIe siècle que l'on considérait alors comme ce qu'il y avait de plus abouti dans l'art de la porcelaine – soient déménagées de Dresde jusqu'à l'Albrechtsburg, au risque d'être cassées, pour y être copiées. Pis encore, il avait demandé aux ateliers que la marque de Meissen ne soit pas apposée sur ces copies, permettant ainsi à Lemaire de vendre à prix d'or ces faux comme d'authentiques *kakiemon* du Japon. Tout cela allait très mal finir, par l'arrestation puis le suicide du comte de Hoym et par la fuite de Lemaire.

En 1756, vingt-cinq ans plus tard, l'invasion de la Saxe par Frédéric II de Prusse avait conduit à l'occupation de Meissen et au déménagement à Berlin d'une partie des collections et des équipements. Enfin et surtout, le roi de France avait quelques années auparavant, grâce à Orry de Fulvy et à son remarquable travail à Vincennes, pris un avantage définitif sur Meissen à l'occasion des échanges de vaisselle opérés en 1750 à la suite du mariage du dauphin avec la princesse Marie-Josèphe, fille d'Auguste III. La porcelaine tendre de France s'était imposée par ses qualités formelles et décoratives, en particulier par la qualité des couleurs mises au point par le chimiste Caillet. Le jugement des amateurs était unanime : la céramique française, en dépit de son absence de dureté, avait poussé au-delà des rêves les plus fous les attraits de la luminosité et du chatoiement décrits par Marco Polo. Elle avait atteint au sublime et à l'enchantement que procure la perfection des couleurs alliée à celle des formes. Cela reléguait donc l'argument de la dureté dans des sphères purement intellectuelles. Or, au milieu du siècle, juste avant l'incontestable triomphe des Lumières, rien n'était plus important que de plaire ; seul comptait l'éblouissement de l'œil captivé par la beauté des glacis et des couleurs ; le reste passait pour de la vanité.

Von Pastor était donc mandaté pour connaître l'arcane des émaux, des vernis et des ors d'acier ou brunis qui avaient assuré la suprématie des productions du roi de France, et, en contrepartie, monnayer un secret déjà à demi éventé. C'était une négociation hardie et d'autant plus difficile que Pierre-Antoine Hannong venait de livrer sa propre formule de pâte dure dont l'efficacité ne faisait plus de doute.

Mais le chevalier était un garçon plein de ressources et qui n'avait pas froid aux yeux. Dès son arrivée, au printemps de 1763, il commença de venir presque tous les jours à Sèvres, dans la partie ouverte au public, dont l'accès, on l'a dit, était strictement séparé de celui des ateliers. Dans cette vaste salle du premier étage, les plus récentes productions étaient exposées sur des tables ou dans des vitrines. On y montait par un vaste escalier dont la magnifique rampe de fer forgé présentait un étonnant dessin d'ogives flanquées chacune, de part et d'autre, à leur base, de deux petits cercles. Personne ne s'était avisé de la chose avant lui, mais lorsqu'il l'avait emprunté pour la première fois, Pierre-Antoine avait éclaté de rire : « Voilà une allée de piques ! » Depuis 1761 la chose était restée et les petits employés délurés de Sèvres disaient couramment « que le roi et sa maîtresse avaient fait dessiner une grille hérissée de vits pour monter à leur boutique de porcelaines ».

Le chevalier, émerveillé par les lapis, les jaunes jonquille et les roses Pompadour, acheta sans compter des vases, des biscuits, des marronnières, dépensant ainsi une bonne partie du pécule que lui avait fourni la cour de Saxe pour obtenir les secrets du roi de France et commettant même cette folie que de vendre quelques-uns des diamants de la fabuleuse collection d'Auguste le Fort, qu'il était officiellement chargé de faire retailler à Paris.

Les porcelaines étaient montrées au public par des peintres et des sculpteurs qui venaient à tour de rôle en faire la démonstration, avec pour rigoureuse consigne donnée par Boileau de ne répondre à aucune question technique des acheteurs. Von Pastor vint suffisamment souvent pour se créer quelques sympathies et repérer un jeune peintre du nom de Savoureux qu'il sut attirer chez lui à Paris et s'attacher par des assauts charmeurs – aussi répandus que de nos jours mais que la morale de l'époque réprouvait absolument. La connivence qu'il y eut dès lors entre eux, dépassant les simples spéculations sur la tendresse de la porcelaine, se renferma dans un logis de deux pièces qu'ils louèrent ensemble dans le quartier de la Croix-Rouge ; quartier où les artistes pouvaient encore profiter des libéralités de taxes et de l'exemption des dures contraintes des corporations de la ville de Paris que leur accordait généreusement l'abbé de Saint-Germain-des-Prés. Savoureux devint ainsi à Sèvres l'espion du Saxon. Genest, Suzanne, Marmet et Anselme lui-même le surprirent plusieurs fois dans des endroits où il n'aurait pas dû se trouver, mais comme ils n'en parlèrent pas ensemble, la chose demeura longtemps ignorée.

Au début de l'année 1764, von Pastor eut l'imprudence de demander audience à Boileau pour démontrer à ses maîtres de Dresde, qui commençaient à s'impatienter, qu'il était entré dans le vif de sa négociation. On imaginera sans peine l'effet déplorable que fit sur le directeur, homme tout d'une pièce, ce personnage sautillant qui n'avait rien de sérieux à dire. C'était Arlequin en face de Raminagrobis. L'un se perdant en finesses, l'autre paraissant dormir, un œil grand ouvert et ne faisant que bougonner :

– Si l'Électeur veut nous vendre son secret, il peut nous le dire lui-même !

– Et s'il voulait vous acheter quelques-uns de vos tours de main ?

– Je n'ai rien à vendre !

L'entretien ne dura pas plus d'un quart d'heure. Boileau se leva, ouvrit sa porte et le chevalier repassa aussitôt sous son souffle, sans qu'il ait besoin de l'en prier davantage.

Le hasard voulut que quelques semaines plus tard le directeur soit à Paris, sortant de fort mauvaise humeur de chez la veuve Clérisseau qui lui vendait son or. C'était l'un des gros postes de dépense de la Manufacture – 54 411 livres en 1761 –, et ce jour-là la veuve s'était montrée implacable à propos d'une augmentation de 1 % de ses tarifs.

Il marchait rapidement dans la rue Taranne, ressassant ses comptes dans sa tête, lorsqu'il tomba nez à nez avec von Pastor et Savoureux qui se tenaient par le bras.

– Peste ! Que faites-vous ensemble ? s'exclama d'une voix colère le bonhomme qui venait immédiatement d'avoir l'intuition de quelque noirceur.

Savoureux s'était mis aussitôt à rentrer les épaules comme s'il avait voulu disparaître sous terre. Il ne trouvait plus ses mots.

Le chevalier, quant à lui, se risqua à payer d'effronterie :

– Nous profitons du bon air !

– Ensemble ?

– Pourquoi pas ?

– L'un de mes ouvriers, un jour travaillé… Avec un de mes clients !

Boileau se jeta dans un fiacre, parlant seul tant il était troublé. Arrivé à Sèvres, il apprit que Savoureux s'était déclaré malade depuis une semaine. Il fit venir ses collègues et ses chefs. Les soupçons se précisèrent. On fit fouiller la chambre que le jeune peintre occupait à la Verrerie où l'on trouva des relevés et des carnets pleins de renseignements sur divers ateliers autres que le sien qui furent immédiatement autant de preuves contre lui. Les suites furent terribles : trois jours plus tard, les gens du guet qui recherchaient Savoureux pour l'arrêter le retrouvèrent, à Saint-Germain-des-Prés, pendu à l'espagnolette de sa fenêtre. Von Pastor, quant à lui, s'était volatilisé.

Briséis, qui voyait Fanny régulièrement et qui se tenait par elle au courant des nouvelles de la rue Montorgueil, fut épouvantée par le brusque désespoir de Pierre-Antoine.

Depuis bientôt presque trois ans que son cœur oscillait entre la tendresse et l'admiration qu'elle portait à Mathieu et l'amour qui, inéluctablement, l'attirait du côté du Strasbourgeois, elle remplissait ses journées en charités qui la tenaient tout le matin à l'hôpital des Quinze-Vingts où l'avait introduite Blanchot. Oubliant les habitudes du monde, elle y aidait les religieuses à soigner les malades, ne reculant jamais devant les tâches les plus rebutantes, comme faire les pansements, laver les indigents ou tenir la main des mourants. Après être rentrée chez elle pour surveiller les soins que des praticiens venaient donner à ses parents, puis faire à ceux-ci, au chevet de leur lit, la lecture de leur courrier ou de quelque livre édifiant, les aider ensuite à dîner car depuis cinq ans déjà il fallait les assister l'un et l'autre comme de petits enfants, elle ne pouvait commencer à songer à elle que vers le milieu de l'après-midi. Elle sortait alors, se rendait dans les concerts privés qui se tenaient dans certaines maisons huppées, dans les cabinets de lecture et, les jours impairs, à la petite académie de Fanny. Elle fréquentait aussi deux ou trois salons remarquables par la qualité de l'esprit des personnes qui y avaient leurs habitudes et qui n'avaient pas le renom tapageur de ceux dans lesquels piétinait le Tout-Paris des lettres et du monde, comme chez la « mère Geoffrin » ou chez la Du Deffand.

Elle allait avoir vingt et un ans, et ses frères, plus âgés qu'elle, désespéraient de la voir bientôt mariée. Lorsqu'ils venaient avec un de leurs amis qu'ils auraient bien aimé avoir pour beau-frère, faisant la plupart du temps un bruit épouvantable avec leurs chiens et leurs valets, son accueil était toujours aimable mais, chaque fois que le grand sujet de son mariage venait à se profiler dans le cours de la conversation, elle avait l'art de murmurer, donnant l'impression de s'échapper d'un rêve, des phrases telles que :

– Le temps de me marier n'est pas encore venu... Je suis restée aussi imprévisible qu'une petite fille... Je suis de ces demoiselles trop fantasques pour rendre un homme heureux...

Elle n'avait plus en vérité que Pierre-Antoine en tête, bien qu'elle mesurât à quel point un sort contraire l'éloignait de pouvoir un jour l'aimer pour de bon. Elle demeurait donc perdue dans toutes sortes d'appréhensions.

Dès qu'elle l'avait vu pour la première fois, dans la tribune des grandes orgues de Saint-Louis, elle avait su qu'il était le seul être qui saurait la dissuader d'aller jusqu'au bout de sa résolution de se retrancher du monde. Avec quelques-unes de ses amies, entrées au couvent, elle avait en effet gardé de la préciosité du siècle passé cette idée forte que la femme ne pouvait atteindre à sa plénitude et à sa liberté qu'en renonçant aux passions. L'espèce de vibrante affection, tissée d'admiration, qui l'avait attachée à Mathieu, que son infirmité et son âme d'artiste exonéraient dans son esprit de la plupart des défauts dont étaient affligés les autres hommes, s'expliquait justement par ces convictions d'un autre temps. Secrètement cependant, peu après avoir fait sa connaissance, elle avait caressé l'idée de pouvoir l'épouser un jour.

Un regard, une seconde avaient suffi pour la faire douter de toutes ces héroïques résolutions et, depuis, même si elle ne l'avait pas revu, Hannong continuait d'être celui qui l'avait changée et vers qui roulaient nuit et jour ses pensées. Elle maudissait, à présent, l'affreux destin et les tristes événements qui avaient d'emblée accompagné cette rencontre et voué un amour si ardent, à peine était-il né, à être malheureux.

Fin mars, elle décida de voler au secours de Pierre-Antoine sans qu'il en sache rien.

Le vieux marquis d'Ambre, son père, qui avait été l'introducteur des ambassadeurs dans les débuts du règne, au milieu des années 1720, était l'oncle de Mme de Sassenage, l'une des plus proches amies de Mme de Pompadour depuis toujours.

Briséis s'apprêta donc à faire pour celui qu'elle aimait en secret ce qu'elle n'avait jamais fait qu'avec beaucoup de répugnance. Elle se rendit à Versailles, dans le petit cabriolet de son père, et se présenta chez cette cousine qui se désespérait tous les jours de ne pas la voir à la Cour.

La rencontre eut lieu dans l'antichambre même des appartements de la favorite que Briséis avait traversés sans les voir.

Mme de Sassenage était, comme sa célèbre bonne amie, toujours gaie et se donnant les apparences de la frivolité pour mieux séduire. Avec cela, l'œil toujours aux aguets et sachant par là prêter attention à tous et à toutes choses. Elle parvenait ainsi à dissimuler la torture où la mettait la perspective de la mort prochaine de la marquise qui, depuis le mois de février précédent, ne pouvait plus que se traîner de son fauteuil à sa méridienne, sans toutefois se départir de son air charmeur et de sa grâce mutine.

– Faut-il qu'il y ait un tremblement de terre à Paris pour qu'on vous voie ici, ma belle ? demanda d'un ton persifleur cette courtisane de haut parage à sa visiteuse, en surgissant brusquement derrière elle, dans un miroir.

– Une grâce à vous demander, rectifia Briséis en s'inclinant bravement dans une demi-révérence, sans baisser les yeux… Car, au fond, ne suis-je pas dans le saint des saints de la divinité, dans le lieu d'où partent et d'où rayonnent toutes les faveurs ?… poursuivit-elle en fixant un moment par jeu la ligne souple des lambris d'or et en faisant mine d'en être aveuglée.

– Oui… Pour quelque temps encore ! répondit Henriette de Sassenage troublée.

Briséis raconta ce qui l'amenait : le sort injuste fait à Pierre-Antoine Hannong qui avait satisfait exactement aux stipulations de son contrat et, par là même, aux vœux les plus ardents de la marquise. Elle représenta le danger que faisaient courir à tout ce qu'il avait entrepris depuis trois ans avec succès les propositions récentes du chevalier von Pastor, enfin les doutes qui, du fait de l'immobilisme de ces messieurs de la Manufacture, assaillaient les plus convaincus des serviteurs de la cause de la porcelaine dure, en particulier Anselme Masson.

Mme de Sassenage, impliquée depuis toujours avec son amie dans l'entreprise de Sèvres, parut effarée par le tour imprévu que prenaient des événements sur lesquels, depuis plusieurs semaines, depuis l'aggravation de la maladie de la favorite, elles avaient toutes deux lâché prise.

– La santé de la marquise ne lui permet plus de descendre à la Manufacture comme elle le voudrait... Elle se repose, tout comme moi d'ailleurs, sur l'idée que le procédé de M. Hannong sera rapidement mis en œuvre. M. Bertin lui en a donné l'assurance, il n'y a pas un mois encore...

– Mais c'est tout le contraire qui se produit, madame ma cousine ! On s'emploie actuellement à étouffer cette invention sous divers prétextes et on recule tous les jours le moment de la mettre en pratique...

Briséis parla ensuite des tracasseries qu'avait dû subir, depuis la fin de l'année précédente, chacun des membres de la petite équipe qui avait œuvré en 1762 dans l'Appartement du roi.

– J'avertirai la marquise ! promit Mme de Sassenage que ces révélations révoltaient.

Briséis l'embrassa avec transport puis, s'étonnant sans doute elle-même de se trouver depuis si longtemps là, rassembla ses affaires qu'elle avait en entrant jetées négligemment, comme elle faisait chez elle, sur les cabriolets disposés en cercle.

En se préparant à sortir, elle ajusta la mentonnière de son bonnet de voyage qui lui conférait l'allure d'une petite demoiselle de Saint-Cyr.

Son hôtesse ne comprenait décidément pas sa hâte :

– Mais enfin, ma chère, vous voici dans le plus bel endroit de la terre et vous boudez votre plaisir ?

– Excusez-moi, Henriette... Vous savez que je ne dissimule jamais mes pensées... Je ne me sens pas à mon aise dans les salons et en particulier ici, tout comme vous, sans doute, ne le seriez pas à l'hôpital ou dans les petits plaisirs de curieuse que je recherche dans les cercles éclairés les plus discrets de Paris.

– Il y en a toute apparence en effet ! sourit la belle habituée des petits soupers du roi.

Un assez long silence contint le regret de cette

impossibilité de se trouver quelque jour à l'unisson. Elles regardèrent sans échanger un mot, au travers des fenêtres du rez-de-chaussée donnant directement du côté de l'allée des Marmousets et du bassin de Neptune, le parc que l'hiver ravageait encore.

– Ce sera bientôt le dernier printemps de Mme de Pompadour… Les médecins l'ont abandonnée.

– Peut-elle encore voir ses amis et le roi ?

– Oui, c'est même à cela qu'elle use ses dernières forces. Elle se traîne encore chez son bon ami deux ou trois fois la semaine, sinon il ne viendrait plus la voir… Ma chère, les hommes sont lâches, les rois autant et sinon plus que les autres… Elle fait d'incroyables efforts pour être toujours plus charmante, toujours plus drôle et plus aimable. L'extraordinaire, c'est justement qu'elle y parvienne encore.

Briséis prit à cet instant un air mystérieux et rêveur :

– Il est des héros et des saints dans toutes les causes… Je croise à l'hôpital des femmes admirables qui quittent leurs bijoux pour laver les plaies des vieillards… Mme de Pompadour, dans son genre, est une sainte de la cause royale.

Huit jours plus tard, le 3 avril, la marquise donnait audience en fin d'après-midi à Pierre-Antoine et à Anselme qui s'étaient fait accompagner de Blanchot. Sa chambre était plongée dans la pénombre. Les rideaux de brocart rouge du meuble d'hiver laissaient passer doucement la pâle lumière d'un couchant qui jetait sur le parc un revêtement de cuivre. Elle était perdue au fond de son lit, dans un halo de tulle rose et de soie bouton-d'or, sans bijoux, ses joues pâles artificiellement pleines grâce à la cire et visiblement rougies d'un peu de lie de vin. Elle portait un bonnet de dentelles dont la bride s'attachait sous son menton et, dans l'instant où les deux jeunes gens entraient, elle venait d'enfouir sous ses draps un petit flacon d'une espèce de vernis destiné à rehausser l'éclat de son regard dont une goutte, en s'échappant et en contournant l'aile de son nez, trahissait son incorrigible coquetterie.

– Venez, mes héros ! dit-elle en accueillant les garçons avec des gestes de divinité... Ah ! mais ! en voilà trois alors que je n'en attendais que deux.

– Madame, annonça Pierre-Antoine en se fendant d'une profonde révérence, c'est notre ami Blanchot. Il vous parlera tout à l'heure. Il n'est ici qu'au terme d'un complot ourdi par M. Quesnay, votre médecin, qui est son maître et son ami... De mèche, pour l'occasion, avec Mme de Sassenage et sa cousine, Briséis d'Ambre...

– Oui, oui, murmura la favorite en ayant visiblement beaucoup de peine à reprendre son souffle... Ce sont là des personnes bien intentionnées, mais si elles viennent pour se préoccuper de ma santé, elles arrivent trop tard !

Elle avait l'air de quelqu'un qui s'échappe d'un songe.

Blanchot s'inclina, puis Anselme à son tour. Ils conservaient l'un et l'autre la raideur de ceux qui ne sont nés ni pour les civilités ni pour les bassesses, une raideur qu'ils n'avaient pas su vraiment assouplir depuis plusieurs mois que les équipages de beaux messieurs et de belles dames assaillaient chaque jour, l'un, son petit laboratoire, l'autre, le vestibule de l'hôpital où il donnait ses consultations.

La marquise désigna sur sa table de nuit le petit tonneau à parfum en « beau bleu » ou bleu du Roy, orné de rinceaux d'or, qu'Anselme lui avait remis à Sèvres l'année précédente.

– Il est là ! Il ne quitte pas mon chevet ! dit-elle. Plus beau que celui que je vous ai donné il y a quatre ans. Vous avez tenu parole. Nous avons réussi !

Et elle lui prit la main, tandis que son œil se voilait d'une brume légère.

– Je ne suis pas allée dans ma maison de Bellevue depuis trois mois, reprit-elle ensuite à l'adresse de tous… Il y a longtemps que je ne suis pas descendue à Sèvres non plus… Racontez-moi donc les derniers événements survenus chez M. Boileau et veillez à n'omettre aucun détail… Je ne me lasse jamais lorsqu'il est question de Sèvres.

Les trois hommes, que Quesnay avait priés d'être brefs, s'assirent et Pierre-Antoine raconta son histoire avec la précision et l'économie de langage qu'on devait attendre d'un homme de science. Mme de Pompadour écouta de bout en bout, mêlant un air de gravité à un sourire narquois dès qu'il fut question du chevalier von Pastor, affaire immanquablement liée aux menées brouillonnes de Madame Adélaïde qui terrorisait la dauphine pour obtenir d'elle les secrets de Meissen.

– Dans cette affaire, on verra vite où sont les vrais patriotes, estima avec vivacité l'ancienne maîtresse du roi… Ceux qui désirent véritablement une porcelaine de Chine française, mise au point par des Français et fabriquée à Sèvres… Le patriotisme, comme le dit si bien le cardinal de Bernis, que j'ai récemment eu le plaisir de retrouver après une longue parenthèse dans l'amitié, est une « indisposition qui n'est pas si commune »… J'attirerai dès aujourd'hui l'attention de M. Bertin et celle du roi sur les difficultés qui se présentent. Mais, monsieur, en attendant, acceptez quelque chose sur ma cassette pour m'avoir procuré un grand plaisir, un plaisir dont vous ne soupçonnez même pas l'intensité et qui se traduit pour moi, dans ce moment de mon existence où tout prend des couleurs insoupçonnées, par le fait que je puisse tenir entre mes mains ce petit tonneau.

Elle se leva et, avec l'aide de Mme de Sassenage, alla chercher dans un petit secrétaire deux bourses pleines de pièces d'or.

– Voici un acompte, monsieur Hannong !… Je m'occupe de la suite… Ah ! si j'avais seulement encore un an devant moi, nous la fondrions ensemble cette porcelaine, en série, et à la face de toute l'Europe encore…

Elle vint se rasseoir dans son lit, toujours souriant, toujours minaudant, étalant les plis de sa robe sur son lit avec des gestes pleins de grâce.

– Et maintenant, que me veut votre ami Blanchot ?

– M. Quesnay a souhaité que je vous voie… Je ne suis pourtant qu'un de ses disciples et un tout jeune médecin.

– Je veux bien complaire à mon ami Quesnay en me laissant examiner par vous, mais selon nos vieilles conventions, il m'a toujours dit la vérité et il ne m'a pas caché la gravité de mon état… Cela fait déjà plusieurs semaines qu'il m'a avoué, avec de grosses larmes dans les yeux, qu'il ne pouvait plus rien pour moi.

– C'est mon meilleur maître, celui que je vénère le plus… Sans doute veut-il, une fois encore, soumettre mon diagnostic à son propre jugement. Je ne serai pas long… Je ne vous examinerai pas plus de cinq minutes.

– Faites, faites ! monsieur, j'aurais mauvaise grâce à ne pas me soumettre aux soins de l'ami de ceux qui ont accompli l'un de mes rêves les plus chers.

Tous sortirent pour les laisser seuls à l'instant où, au-dehors, le jour s'abaissait dans de grandes ondulations.

Deux semaines après cette scène, le 17 avril 1764, la marquise se mourait pour de bon.

Il y avait là Quesnay, Blanchot, ainsi qu'un jeune prêtre qu'elle avait adopté dans les derniers temps comme l'un des plus aimables et des moins contraignants serviteurs de Dieu qu'elle ait jamais connus. Il était beau, parlait avec grâce, un perpétuel sourire aux lèvres et cela surpassait, selon elle, toutes les qualités que l'on pouvait exiger d'un prêtre.

Elle était heureuse et étrangement rassurée de s'en aller avec ces trois hommes : le vieil ami, philosophe et esprit libre, qu'elle logeait chez elle, le jeune médecin qu'elle ne connaissait que depuis quelques jours et qui ne l'avait pas trompée sur son état, lui disant qu'il ne lui restait plus « qu'à parler calmement à son âme », le jeune prêtre qu'elle savait peu farouche et même tout disposé à lui adoucir, par des paroles indulgentes, ce passage qu'elle redoutait.

Elle était sage, docile et toujours, jusqu'au bout, soucieuse de se montrer sous son meilleur jour. Elle se préparait doucettement à la mort, presque aussi calmement que lorsqu'elle s'apprêtait dans sa loge autrefois, avant de paraître sur le théâtre des Petits Cabinets. Elle ressemblait à un ange dans la fumée des parfums et dans le jour délicatement bluté par les grandes soieries jaunes du meuble d'été qu'on venait tout juste d'installer, un été qu'elle ne verrait même pas poindre.

Elle avait longuement, pendant toute la matinée, trié ses papiers et, lorsqu'elle n'en avait plus eu la force, elle avait expliqué à Mme Du Hausset, sa femme de chambre et confidente, ce qu'il conviendrait encore de brûler ou de conserver... Elle se souvenait à cet instant de Mme de Maintenon qui avait su brouiller les dernières pistes pour que nul ne connût l'état de ses relations avec le roi. Sans arrogance, sans hâte, avec parfois même un sourire amusé, elle désirait l'imiter... Elle disposait ainsi le labyrinthe des énigmes qu'elle laisserait après elle : En quel temps exactement de maîtresse était-elle devenue l'amie de Louis XV ? Tournehem était-il son véritable père ?...

– Parlez à mon âme, comme vous le dites si bien, monsieur Blanchot ! lança-t-elle au jeune médecin lorsqu'elle eut fait retirer toutes les cassettes étalées sur sa couverture et qu'elle se fut laissé asseoir sur son lit, calée contre deux piles d'oreillers... Et dites-moi, vous qui vous êtes mis au service de l'humanité, ai-je eu tout de même, moi aussi, quelque utilité dans ce monde ?

– Votre nom restera associé aux arts et à la grâce de ce siècle.

– Pas à la politique, sourit-elle navrée. Je m'en doutais un peu, j'ai même été assez mauvaise dans ce rôle, n'est-ce pas ?

– Inexpérimentée ! rectifia Quesnay qui se tenait derrière Blanchot.

– La grâce et les arts, oui je crois bien que, là-dessus, j'aurai marqué les vingt années qui viennent de s'écouler.

Elle ferma les yeux, reprit difficilement son souffle en se raclant longtemps la gorge. Blanchot lui administra, en lui relevant la tête, quelques gouttes de laudanum versées dans une porcelaine.

– Et j'aurai vu, de mes yeux vu, dit-elle en fixant dans un étrange sourire le bord de la petite tasse que venait de lui présenter le jeune médecin, naître cette pâte dure à laquelle mon nom s'attachera durablement sans doute... Redonnez-moi le petit tonneau à parfum que m'a offert, il y a un an, M. Masson à Sèvres ! demanda-t-elle. Et passez-moi aussi cette grosse cuillère de vermeil !

Lorsqu'elle eut les deux objets en main, elle tapa aussi fort qu'elle put le métal contre la céramique, puis elle fit signe à Blanchot de la relayer :

– Montrez-moi comme cela résiste à mon petit marteau et comme cela chante clair !... Nous avons créé un matériau fabuleux et nouveau.

Comme pour appuyer sa joie, un rayon de soleil d'avril chatoya à cet instant sur les porcelaines, à profusion, tout autour d'elle.

Après cette espèce d'éblouissement, elle demanda à pouvoir dormir. Secrètement, elle se savait à l'extrême bout du chemin. Elle ne souhaitait pas maintenant qu'il aille plus loin.

Elle salua du regard Quesnay, Blanchot, Mme Du Hausset, comme si elle ne les quittait que pour le temps d'une sieste.

Elle retint seul le jeune abbé à l'instant où, comme les autres, il se disposait à sortir :

– Restez encore cinq minutes, monsieur l'abbé… Nous partirons ensemble !

CHAPITRE DIXIÈME

Blanchot

Blanchot, encore étudiant, avait rejoint l'abbé de l'Épée au cours de l'été de 1761. Ce prêtre, pionnier d'une science nouvelle, faisait l'essai de sensations visuelles et tactiles auprès des sourds-muets, en leur apprenant le dessin et la sculpture. Blanchot fut le premier à imaginer qu'il serait intéressant d'ajouter quelques impressions plus physiques en mettant le siège même de leur infirmité, l'oreille, au contact de vibrations ou d'épreuves comme le chaud ou le froid. À l'intérieur de cette école, qui se présentait comme un champ d'expérience, il voulait créer une sorte de nouveau laboratoire.

L'abbé Charles-Michel de l'Épée était le dernier-né d'un architecte en renom qui avait fait ses études au fameux collège des Quatre-Nations, dans le dessein annoncé de devenir prêtre. Or, l'Église, qui souvent ne sait pas reconnaître les talents, s'était mise en travers de cette vocation, alors même qu'à dix-sept ans le jeune Charles-Michel de l'Épée venait d'obtenir son diplôme de théologie. Elle lui avait trouvé d'un coup beaucoup trop de sympathie pour les jansénistes et avait refusé de lui donner sa consécration.

Son père l'ayant alors incité à faire son droit, Charles-Michel, qui avait été tonsuré et conservait, comme il en avait dès lors le droit, son titre d'abbé, prêta quatre ans plus tard, en 1733, son serment d'avocat. Pourtant son engagement dans l'Église continuait de le tourmenter. Il désirait très fort s'occuper des âmes, aussi n'eut-il de cesse, grâce à l'évêque de Troyes, Mgr Bossuet, le neveu de l'Aigle de Meaux, d'être chargé de quelques prédications dans diverses églises de Paris. Ce fut d'abord comme diacre, puis, en 1738, à l'initiative de ce prélat, en étant enfin ordonné prêtre. Pourtant, six années plus tard, la mort de ce protecteur le laissa sans appui. Il fut interdit de ministère par l'archevêque de Paris qui le soupçonnait d'être resté attaché aux anciens disciples de Port-Royal.

Peu désireux de souffrir le martyre en s'accrochant contre sa hiérarchie à ses prérogatives religieuses, peu enclin non plus à faire de la justice son métier, il décida de profiter pleinement de la confortable rente de 12000 livres l'an que le décès de son père lui laissait et il se mit à étudier la littérature ainsi que la philosophie, disciplines pour lesquelles il obtint très vite un second titre de docteur. Il se passionna pour les langues vivantes – l'espagnol, l'italien, l'allemand, l'anglais –, qu'il parlait toutes parfaitement, et il passa ses journées à lire tout ce qui lui tombait sous la main, devenant ainsi l'un des plus grands écumeurs de librairies et de bibliothèques de son temps. De cette façon, il eut connaissance du livre de Jean-Pierre Bonnet, qui avait été le précepteur des enfants d'Élisabeth de France, sœur de Louis XIII, à la cour d'Espagne en 1620, *La Prononciation des lettres et l'Art d'apprendre à parler aux sourds-muets*.

Le hasard voulut qu'à l'été de 1760 l'un de ses amis lui présentât deux jeunes filles – des sœurs jumelles – sourdes et muettes, que la mort du frère Vanin, prêtre de la congrégation de la Doctrine chrétienne, qui avait commencé d'entreprendre leur instruction, laissait brusquement sans appui. Ce fut cette rencontre qui décida de la vocation nouvelle de cet homme brillant. Ce qui le troubla d'emblée fut que ces filles, âgées de treize ans et normalement constituées quand on examinait leur bouche, leur langue et leur palais, souffrissent, étant jumelles, de la même infirmité. Il vint plusieurs fois les visiter, rue des Fossés-Saint-Victor où elles demeuraient, dans une maison dépendant de la congrégation du défunt père Vanin puis, finalement, décida de les prendre en charge lui-même et de consacrer l'essentiel de son temps à l'enseignement des sourds-muets.

Il découvrit à cette occasion Étienne de Fay, dit « le vieux sourd et muet d'Amiens ». Cet homme, comme lui très savant dans les sciences, les arts et la philosophie, avait créé trente ans auparavant en Picardie sa propre école et enseigné avec succès aux infirmes par des signes de son invention. L'Épée lia connaissance avec plusieurs de ses disciples et élèves. Il entra également en relation avec le fameux Jacob Rodrigues-Pereire, mi-aventurier, mi-précepteur, qui s'occupait à Versailles, avec un certain renom, dans le milieu aisé de la Cour et de la haute magistrature, de l'éducation d'enfants sourds-muets. Parallèlement, il s'introduisit dans diverses communautés de ces infirmes de Paris qui se réunissaient dans les chapelles, dans des caves et parfois, aux beaux jours, aux carrefours des rues ou sous le porche des églises. Ces gens, que le silence avait retranchés dans la lie du peuple, qui étaient souvent mendiants ou voleurs, avaient créé plusieurs langues de signes. L'attentive observation à laquelle se livra l'abbé lui permit de détecter que le vocabulaire de ces malheureux changeait d'une paroisse et d'un quartier de la ville à l'autre. Ces sourds lui apparurent bientôt, à rebours de tout ce que l'on pensait communément, comme les gens les plus imaginatifs de la terre, inventant des signes à volonté et chaque jour, au moment où l'Académie française ne se risquait plus qu'avec beaucoup de circonspection à admettre des mots nouveaux. Cette liberté comblait ses vœux ; il désira la rendre plus efficace.

Il installa une école chez son père, rue des Moulins, dans le quartier du Palais-Royal, se réservant trois pièces du rez-de-chaussée où il décida de faire la classe gratuitement deux fois la semaine, le mardi et le vendredi, de 7 heures à midi, admettant pour spectateur quiconque voulait assister à ses cours.

Il songea d'abord, par curiosité, à leur appliquer les méthodes de Jean-Pierre Bonnet, notamment en utilisant son petit disque de cuivre, l'*abecederio,* qui servait d'alphabet manuel et qui devait être tenu à une main. Il entreprit parallèlement d'améliorer la langue gestuelle du « vieux sourd et muet d'Amiens » en perfectionnant les déclinaisons et les signes dits méthodiques, destinés aux conjugaisons.

La rigueur morale de son milieu familial, proche par sa culture et sa logique de l'enseignement et des méthodes de Port-Royal, lui fit trouver naturellement les chemins d'une pédagogie nouvelle. Sa philosophie teintée de l'enseignement de saint Augustin, faite de respect de la nature, mais aussi de foi dans l'œuvre humaine, lui fit entrevoir que les gestes, laissés dans le naturel de leur effusion mais polis et travaillés par quelques règles adaptées, pourraient bientôt exprimer toutes les idées. Ainsi l'abbé conçut-il de mélanger ce que l'on appellera bientôt la dactylologie – système d'alphabet manuel – avec des signes gestuels à même d'exprimer des concepts intellectuels, idées et ensembles de mots.

À la fin de l'automne de 1760, toujours secouru de ses seuls deniers mais ayant su susciter l'intérêt d'une poignée de savants et de gens charitables qui lui donnaient du temps, il récupéra, après de longues tractations avec sa famille, le grenier de sa maison pour y loger une dizaine des plus démunis de ses petits écoliers.

Blanchot réunissait les mercredis et jeudis matin, rue des Moulins, un petit groupe d'enfants volontaires, jeunes infirmes venus des paroisses Saint-Roch et Notre-Dame-des-Victoires, ainsi que des petits protégés des couvents des Feuillants et des Jacobins tout proches.

En avril 1764, devenu entre-temps docteur, il passait chez l'abbé de l'Épée une bonne moitié de son temps, seul médecin attaché à l'école, œuvrant dans une minuscule salle du rez-de-chaussée qu'il avait transformée en infirmerie. Pour le dédommager, l'abbé lui avait ménagé sur son maigre budget un salaire de 50 livres par mois. Ce modeste viatique s'ajoutant à ses appointements des Quinze-Vingts – 30 écus, soit 90 livres mensuelles – et au petit appartement, ayant vue sur les anciens jardins de Richelieu, au Palais-Royal, que lui procurait gratuitement cet hôpital dans ses combles faisait du jeune praticien un homme heureux. Il pouvait ainsi se payer deux habits l'an, des chemises de lin et de batiste, les accessoires de mode indispensables pour être à son aise partout, aller autant qu'il le souhaitait à l'Opéra ou au théâtre, souper au cabaret avec ses amis plusieurs fois la semaine, enfin apporter aux fêtes qui se donnaient rue Montorgueil un généreux écot en rôtisseries venues de chez le fameux Tribolet ou en bonnes bouteilles.

Sa présence au chevet de la marquise de Pompadour, dans ses derniers instants, lui avait procuré un commencement de renom. Depuis, de somptueux équipages déversant de belles dames, qui acceptaient de prendre leur rang, parmi les pauvresses, dans les vestibules des grandes salles communes, assaillaient les Quinze-Vingts les matins où il examinait les malades. Il consultait également gratuitement à l'École de médecine, ayant été distingué par le doyen qui lui avait demandé d'assurer, en même temps que lui et onze autres médecins parmi les plus distingués de Paris, la consultation gratuite qui se faisait traditionnellement chaque lundi, après la messe, dans le vestibule de la chapelle de cette institution. Il aurait donc pu, s'il l'avait voulu, faire immédiatement fortune en devenant le praticien d'un ministre ou d'une riche maison princière, mais cela ne l'intéressait pas. Il s'était ancré dans l'idée qu'il connaîtrait mieux le monde et qu'il lui serait plus utile en consignant jour après jour, sur ses petits cahiers à dos de carton brun, les observations cliniques faites sur ses humbles patients de l'hôpital ou de la rue des Moulins, plutôt qu'en s'employant à calmer les vapeurs et les maux à demi imaginaires de riches malades.

Parmi tous les éducateurs et les gens servant l'établissement de l'abbé de l'Épée, il était celui qui, au premier contact, inspirait une entière confiance aux petits infirmes. Pour ne point les effrayer, il avait renoncé à la toge, au chapeau haut et au rabat blanc sans lesquels personne n'aurait imaginé alors pouvoir voir un médecin rendre ses avis. Lorsqu'ils le voyaient paraître en tablier de coutil, les enfants venaient volontiers à lui, acceptant rapidement, sans plus aucune crainte, de se laisser examiner les oreilles, le nez, la bouche et la gorge à l'aide d'instruments bizarres. Il avait conçu des cornues d'étain et de cuivre, dans lesquelles étaient fixées de toutes petites lucioles éclairant de minuscules miroirs, qui permettaient d'observer aussi loin que possible dans les parties du corps qu'il explorait : l'oreille et le gosier. Ces petits sourds et muets, qui comprenaient tous que Blanchot désirait simplement leur venir en aide, se soumettaient avec patience à ses longs examens, s'appliquant à copier ses mimiques et à prononcer après lui des mots, des voyelles, des consonnes qui, sur leurs lèvres, ne rendaient aucun son, mais dont le praticien, couvrant des cahiers entiers de sa fine écriture, notait, exercice après exercice, toutes les particularités telles que le placement de la langue, la vibration de la glotte, le mouvement des lèvres.

Dans un recoin de son laboratoire de la rue des Moulins, il avait construit, sur les indications de Pierre-Antoine, un minuscule atelier de moulage d'argile ainsi qu'un petit four. Cela lui permettait de reproduire en céramique la coupe d'une oreille, avec l'architecture complexe de ses cartilages et de ses ossements, celle d'un palais ou d'un larynx, de rendre visible et tactile le détail de ses observations, telles qu'elles résultaient de l'examen des élèves de l'école ou des relevés, plus discrets mais plus scientifiquement aboutis, qu'il allait faire, à la nuit tombée, avec ses scalpels et ses lancettes, à la morgue des Quinze-Vingts et de la Charité ou, au petit matin, à celle du pont Saint-Michel où étaient exposés les cadavres repêchés dans la Seine avant le lever du jour.

Blanchot s'épanouissait de la sorte dans le sentiment de son utilité, et la lumière de sa chandelle, dans sa chambre des Quinze-Vingts, ne s'éteignait que fort tard dans la nuit.

Parmi le groupe de leurs amis constituant la petite société de la rue Montorgueil, celui qui, en ce milieu du printemps de 1764, préoccupait le plus le jeune médecin était Pierre-Antoine. Il éprouvait pour lui énormément d'affinités, en particulier depuis la disparition inexpliquée de Mathieu.

La bourse qu'avait remise Mme de Pompadour à Hannong contenait 1 000 écus, c'est-à-dire 3 000 livres. Il en avait envoyé les deux tiers au vieux Deis pour tenter d'arrêter ses ardeurs procédurières mais « bon-papa », sans doute poussé à bout par sa fille Marie-Thérèse, dépitée de n'être pas parvenue à retenir l'affection du jeune homme, s'était prétendu, après ce versement, demeurer encore créancier « de plus de 18 000 livres ».

Blanchot avait souvent de longues conversations avec le Strasbourgeois, et les beaux jours du printemps de

1764 les avaient conduits plusieurs fois du côté des Tuileries. Ils y profitaient du silence des bosquets, tout embaumés de senteurs de lilas et d'iris, avant de déambuler, parmi les élégants, sur les terrasses le long de la Seine ou dans les larges allées bordées de termes et de figures de marbre.

Le jeune médecin, bien qu'assailli de soucis et d'urgences, ne ménageait jamais son temps ni son énergie pour écouter et secourir son ami de ses paroles et de sa présence. Il connaissait parfaitement le tournoiement de ses pensées inquiètes – son amour impossible pour Briséis, l'acharnement contre lui de son « bon-papa » Deis et surtout celui de ces messieurs de Sèvres, particulièrement injustes à son égard. Il pouvait même dire d'avance quelle pensée le tourmenterait le plus. Il pressentait l'arrivée des orages. Lui seul savait les détourner et, quand il n'y parvenait pas, lui seul connaissait les moyens de les apaiser.

Un après-midi, le 22 avril précisément, le porcelainier était apparu au médecin plus agité qu'à l'ordinaire : abattu, mais avec une espèce de pétillance dans le regard.

Il ressassait ses plaintes contre les messieurs de Sèvres.

– Ils auront forcément besoin de toi, avait objecté Blanchot en s'emparant de son bras. Ils finiront par te manger dans la main. Tu verras cela très bientôt, puisqu'ils ne parviendront pas sans ton aide à fondre la nouvelle pâte.

– J'ai été trop honnête. J'ai tout écrit… Ils n'ont plus qu'à lire, mais ils ne savent pas lire.

– Ils sont aveugles !… Plus infirmes encore que mes sourds-muets !

Soudain, Hannong se prit à sourire ; il gardait depuis le matin un secret agréable :

– Briséis m'a écrit ! annonça-t-il. Une lettre pleine de gentillesse, la première…

Il palpa un papier qu'il portait sur son cœur plié en quatre, sous sa chemise. Il défit quelques boutons et sortit cette missive qui s'était froissée au contact de la chaleur de son corps. Voici quel en était le texte :

> Mon ami,
> Il y a déjà trois ans que mon regard a croisé le vôtre et que Mathieu s'est retiré du monde. Ces longs mois ont toujours été pleins de votre pensée et je crois qu'à notre façon, contrairement aux apparences, nous avons fait depuis tout ce temps de grands pas l'un vers l'autre, accomplissant des actes qui démontrent amplement que nous sommes tous les deux, l'un pour l'autre, dignes d'estime.
> À bientôt.

– Elle m'aime vraiment ! s'enthousiasma Pierre-Antoine en agitant au-dessus de sa tête le papier qu'il n'avait pas replié et qui claquait au vent.

– Cela saute aux yeux ! se réjouit aussitôt Blanchot. Briséis est une fille de qualité. Tu as de la chance, Hannong !

À peine le médecin eût-il achevé ces mots, qu'il se vit assailli d'une nuée d'enfants. Des écoliers de la maison de l'abbé de l'Épée, confiés, après la messe du soir, à des prêtres ou à des personnes charitables de la paroisse Saint-Roch, l'entourèrent.

Ces enfants venaient de le reconnaître et ils accouraient vers lui pour l'embrasser : les garçons dont certains habitaient dans les combles mêmes de l'hôtel de la rue des Moulins, en tablier noir, le crâne rasé pour empêcher la prolifération des poux, les filles, dont la plupart demeuraient aux Nouvelles Catholiques de la rue Sainte-Anne, en robe de tabis et coiffe de fil blanc.

C'était un essaim plein de vie mais étrangement et obstinément silencieux qui fit longtemps fête au médecin. Il fallait prêter une oreille particulièrement attentive pour pouvoir malgré tout discerner quelques petits soupirs et bruits de gorge, guère plus sonores que le faible froissement produit par les moineaux qui voletaient tout autour d'eux.

Blanchot, ravi de cette rencontre imprévue, riait aux éclats, caressait les têtes, embrassait les filles, tapotait la joue des garçons, et Pierre-Antoine, qui tenait encore à la main la lettre de Briséis, était ému aux larmes. Le bonheur qu'il ressentait d'avoir reçu la lettre qu'il venait de lire à son ami avait été soudain décuplé par l'intrusion de cette jeunesse.

Brusquement, au moment où il regardait s'éloigner les petits écoliers, qui sagement s'étaient remis en rang d'eux-mêmes, il aperçut une ombre preste qui se cachait derrière un arbre. C'était une jeune silhouette drapée d'une espèce de lévite, longue redingote qui faisait hésiter à dire tout de suite s'il s'agissait d'un homme ou d'une femme.

Il scruta l'horizon, mais à cet instant précis un brusque souffle balaya le sable de l'allée et confondit toutes les formes qui se succédaient sur les terrasses du côté de la Seine en les mêlant dans un halo.

– Curieux ! s'exclama le Strasbourgeois.

– Qu'y a-t-il ? demanda Blanchot avec un peu d'inquiétude.

– Cette personne qui les accompagnait… Elle se cachait… Sûrement qu'elle aura pris peur !

– Les deux surveillants de notre maison sont eux-mêmes des sourds-muets, mais de ceux qui n'ont pas pu être éduqués de leur temps et que la moindre émotion effraye… Voilà bien ce que nous comptons éviter aux plus jeunes, à tous ceux qui nous sont aujourd'hui confiés.

Pierre-Antoine prit Blanchot par le bras. Il parlait d'abondance: la lettre de Briséis, le brusque afflux de ces petits enfants déjà pleins de confiance dans les bienfaits d'une science nouvelle remplissaient son cœur d'allégresse. Il en oubliait tous ses malheurs. Il éprouvait même soudain l'envie de voler avec l'air léger qui se roulait entre les tilleuls et paraissait les faire clignoter, alternant l'argent et le glacis vert de leur feuillage doucement agité, tandis que la pénombre s'étalait autour d'eux.

En somme, il était comme ces frondaisons mouvantes, changeant au moindre souffle une face brillante pour une face terne, capable de s'engouer et de se dégoûter aussi vite que cette nature mobile. Sans ces pulsions qui paraissaient le comprimer et le détendre comme un ressort, sans doute n'eût-il pas avancé si vite ni si loin dans sa technique comme dans son art, dans sa sagesse comme dans ses débordements.

Il se coucha ce soir-là tranquille et confiant. Ses rêves ne furent peuplés que des plus belles porcelaines alignées sous son regard, au sortir du dernier atelier, celui des peintures, celui de M. Genest.

Le lendemain, il était toujours d'humeur joyeuse, ayant dormi rue Montorgueil où il y avait eu concert jusqu'à tard dans la nuit. Passant dans le salon où Fanny dessinait une nature morte – une chocolatière, deux tasses, un verre qu'elle avait disposés sur une petite table –, il attrapa dans une corbeille d'osier une pomme ridée pour la croquer.

– Mademoiselle Jadot, lança-t-il plaisamment à la belle dessinatrice, je ne vois pas que vous vous occupiez vraiment de préparer votre mariage.

– Et que veux-tu que je fasse?... Que je m'agite?

– Je ne sais pas moi, ton trousseau... Ta robe de mariée.

Elle se contenta de ricaner :

– Nous sommes restés fiancés en habitant ensemble pendant presque trois ans. Nous ne convolons donc qu'au terme d'un long noviciat... Cela laisse le temps de monter un ménage en draps, en serviettes, en mouchoirs et en bonnets de nuit... Quant à ma robe, ce sera celle de la sœur de Poitevin qui vient de se marier. Nous n'entrerons pas dans des dépenses inconsidérées là-dessus.

– Au fond, tu es une fille sérieuse... Trop sérieuse pour moi... Nous aurions sans doute été malheureux ensemble.

– Oh ! pour ça oui, tu ne m'aurais guère rassurée ! s'exclama-t-elle en riant.

Il avala toute sa pomme, même le trognon et la queue. Cela stupéfiait chaque fois Fanny.

– Comment cela passe-t-il ton gosier ?

– Comme cela ! dit-il en appuyant sur une touche du clavecin pour souligner le petit bruit de gorge qu'il fit pour avaler d'un seul coup ce qu'il mâchait encore.

Cette note, cette note isolée, fut soudain comme un déclic :

– Ah, ça ! mais bien sûr... Comment n'y ai-je pas songé plus tôt ?

Il eut brusquement une figure si changée que Fanny craignit un instant qu'il ne fût en train de s'étrangler pour de bon.

Il n'en était rien. Il était reparti dans une terrible agitation, prenant sa canne, son tricorne, se jetant aussitôt au travers de la porte qui claqua sur ses pas.

En cinq minutes, courant par la place des Victoires et la rue des Petits-Champs, il fut à la maison de l'abbé de l'Épée où, bousculant le concierge pour entrer, il traversa la cour et pénétra comme un fou dans la salle de classe où Blanchot se tenait en tablier blanc, au milieu d'un groupe de petits infirmes à qui, bizarrement, il apprenait, ce matin-là, à tirer la langue.

– Que viens-tu faire ici ? s'écria le médecin en se levant d'un coup.

– Voir ce que tu nous caches depuis des mois ! lança le Strasbourgeois en poursuivant sa course vers la pièce voisine d'où provenaient des chapelets de notes égrenées répétitivement sur un instrument à cordes qui semblait être une guitare.

– Je t'en conjure… Je t'en supplie, ne va pas plus loin ! Respecte tes amis !…

Hannong ricana. Sa figure était redevenue celle des mauvais jours. Il poussa la porte violemment, d'une seule volée, dans un fracas épouvantable.

Ce qu'il vit alors l'arrêta dans sa fureur : quinze à vingt enfants se tenaient autour d'une harpe, et le vacarme qui venait de se produire ne les fit pas se détourner. Seul leur professeur, qui s'était accroupi, leva par-dessus leurs épaules un visage étonné. Malgré sa barbe, Pierre-Antoine reconnut aussitôt cet homme que la douceur de son regard aurait trahi entre mille autres.

– Mathieu ! cria-t-il.

– Pierre-Antoine ! s'exclama à son tour le jeune aveugle qui venait de reconnaître la voix de son ami, se précipitant du côté de la porte pour le prendre dans ses bras.

– Tu te cachais ici… Si près de nous !

– Il fallait que j'aboutisse seul… Qu'on ne me dise pas tous les jours ce que je devais faire. Cela semblait évident à trop de gens sensés pour que je ne m'en inquiète pas jusqu'à déraisonner : « C'est de l'orgue que tu dois jouer, tu es doué pour cela !… » Blanchot m'a compris. Il m'a aidé. Il m'a montré que je pouvais être utile autrement, plus en accord avec moi-même, ici… Chez l'abbé de l'Épée…

– Mais trois ans, Mathieu, trois ans tout de même ! hoquetait Pierre-Antoine tout en pressant son ami dans un nouvel assaut de ses embrassements.

– Il me fallait ces trois années de solitude dans ma petite cellule, sous les toits de cette maison, dans un recoin du dortoir où vivent onze de ces petits garçons… C'était le seul moyen que j'avais de voir les choses autrement. Cela aura été le seul et le plus salutaire caprice de ma vie… Et il fallait sans doute un infirme pour pouvoir les aider, ces pauvres petits !… Leurs yeux étaient les miens. Je parlais et j'entendais pour eux… Les différentes modulations de la musique, le grattement et le pincement d'une plume ou d'un doigt sur une corde qui produisent une onde, le vent qui se coule dans l'étain ou le cuivre en les faisant vibrer, tout cela passe dans les corps d'une façon que ceux qui entendent ne peuvent même pas imaginer. Personne non plus ne peut se figurer le déséquilibre des sens de ceux qui ne voient pas… La musique, après m'avoir longtemps porté comme hors de moi-même, finissait par m'anéantir et me fracasser… Il fallait dompter cette énergie qui commençait à me détruire, tout comme un jour lointain, j'en suis persuadé, on saura utiliser la lave ravageuse des volcans pour chauffer les hommes qui ont froid et l'énergie fabuleuse des éclairs pour faire tourner des roues ou des machines.

Et, joignant le geste à la parole, il posa délicatement sa main longue et fine sur la tête d'une petite fille qui, d'elle-même, ajusta au creux de son oreille un petit cornet de buis qu'elle appliqua contre le bois de la harpe. Il pinça une corde de *mi* et elle lui montra aussitôt sur ses doigts un *mi*.

– Voilà bientôt comment nous parlerons aux sourds et ferons tomber le mur qui retranche encore tous ces malheureux de leur humanité !

Hannong étouffa de nouveau son ami dans ses bras. Lui seul pleurait. Mathieu était tout simplement aux anges de le retrouver, et Blanchot, resté un long moment interdit sur le pas de la porte, les rejoignit pour les prendre tous les deux par les épaules.

– Ainsi vous étiez complices ! répétait le Strasbourgeois incrédule, bandits, va !... Assassins de vos vrais amis !

– Blanchot m'a parlé de vous tous les jours. Grâce à lui je sais tout et je crois aussi qu'à sa manière il a su vous rassurer sur mon compte.

– Alors, maintenant que tu as fait tout ce grand chemin, tu vas revenir parmi nous !

– Oui, mais raisonnablement... Je me dois d'abord à ceux d'ici.

– Rejouer à nouveau de l'orgue ?

– Je n'ai jamais vraiment cessé... Je montais quelquefois la nuit, avec la complicité du premier vicaire, à la tribune de Saint-Roch... Mais, de cela aussi, j'userai très précautionneusement. L'essentiel pour moi désormais se trouve ailleurs.

– Tu seras au mariage d'Anselme ?

– Le 30 avril, bien sûr... C'était d'ailleurs le jour où je comptais reparaître parmi vous si tu ne m'avais devancé en faisant irruption ici.

– Tu lui feras son plus beau cadeau en étant là.

– Ce jour-là, je le sais, je serai totalement et pleinement heureux !

Ils poursuivirent cette conversation en marchant jusqu'au cabaret de *L'Asne têtu,* aux Halles, où Pierre-Antoine avait ses habitudes et où ils demeurèrent jusqu'au milieu de l'après-midi à parler, à rire et, quelquefois aussi, à pleurer de la joie de s'être retrouvés.

– Je n'ai compris qu'il y a peu, avoua Mathieu émoustillé par le vin léger que débitait cet établissement, qu'un aveugle comme moi devait préférablement unir son existence à celle d'une jeune fille qui soit, elle aussi, infirme...

– Curieux raisonnement ! observa Hannong. Mais tu dois avoir ton idée là-dessus.

– Sais-tu qu'il en est de remarquables et parfois de

très belles ? répliqua le musicien en ayant peine à garder son sérieux.

Blanchot, lui aussi, riait sous cape car il savait parfaitement où Mathieu voulait en venir.

– D'ailleurs, tu en connais au moins une…

– Angèle ! s'exclama le Strasbourgeois qui venait seulement d'avoir l'illumination.

– Angèle qui occupe mes pensées depuis des mois et que je vous ai quelquefois envoyée à ma place…

– Eh bien, mon vieux ! tu nous feras bientôt voir de quoi sont capables ensemble celui qui ne voit pas et celle qui ne parle pas… Je ne doute pas qu'il en résultera quelque miracle.

Au moment de se séparer, ils mirent au point un petit stratagème qui nécessitait que le plus complet silence sur leurs retrouvailles fût gardé au moins sept jours encore, jusqu'à la noce.

En application de ce plan, Pierre-Antoine exécuta le soir même la commission qui lui était la plus agréable : il écrivit à Briséis. C'était une manière de réponse à la lettre qu'il avait reçue d'elle la veille. Le ton était cérémonieux :

Paris, le 23 avril 1764

Mademoiselle,

Je ne serai pas parmi les amis d'Anselme et de Fanny jeudi en huit dans la nef de Notre-Dame-des-Victoires. Un contretemps fâcheux me prive de ce plaisir. Si vous hésitiez encore à paraître à cette cérémonie, je lève donc tous vos scrupules. Je sais que Fanny sera heureuse de vous avoir ce jour-là à côté d'elle.

Votre lettre reçue hier ne quitte pas mon cœur.

Votre ami, Pierre-Antoine Hannong.

Le jour tant attendu arriva. Ce fut une fête joyeuse mais fort simple, dans l'effervescence de la jeunesse, qui rassembla une trentaine de personnes dont Marmontel, que Blanchot, Boutefeu et Poitevin, qui ne lui avaient jamais encore adressé la parole, regardèrent d'abord comme une espèce de Jupiter tombé au milieu d'eux, avant que de pouvoir briser la glace et de rire aux éclats avec lui. Chappe aussi était là, tout transi et plus maigre encore s'il se peut. Depuis deux ans qu'il était rentré de Russie où il était demeuré dix-huit mois, il travaillait au compte rendu de son voyage que Diderot le poussait à publier rapidement. Les frères de Fanny – les jumeaux Rémy et Éloi –, nullement intimidés, allaient de l'un à l'autre. C'étaient deux jolis garçons, petits mais tout en muscles, avec des mines délurées.

Fanny portait une robe de lin blanc, un petit chapeau de paille sur lequel étaient piqués deux lys. Elle serrait dans ses bras, contre son cœur, une gerbe de ces fleurs. Anselme était rayonnant, dans un habit de couleur cerise avec un gilet de casimir à chenille d'argent et un jabot gorgeant de fine batiste que Mme Courtois avait passé deux heures à faire mousser avec son petit fer.

Un jeune prêtre fit la cérémonie. Il avait entendu les fiancés en confession sans se montrer trop regardant sur le long délai de vie commune qui avait précédé leur décision de s'unir. Blanchot était le seul témoin, remplaçant Pierre-Antoine qui, trois jours plus tôt, avait annoncé à la compagnie qu'il ne pouvait pas différer plus longtemps de repartir en Alsace, suscitant de ce fait une demi-fâcherie avec le marié, son vieux complice de Sèvres, qui trouvait à juste titre proprement ahurissant que le jeune Hannong ait choisi ce temps-là précisément pour s'en aller à Strasbourg où il n'avait pas remis les pieds depuis trois ans.

Depuis le début de la messe, l'orgue de chœur, joué par le vieux M. Merlot, accompagnait les prières d'un accent tremblotant. Puis, brusquement, dans l'instant de l'échange des anneaux, tomba de la grande tribune le fracas d'un choral interprété de manière étourdissante.

À l'instant même, jaillit un cri du premier rang. C'était Briséis :

– Mathieu ! C'est Mathieu !... C'est lui ! Il n'est que lui pour jouer de la sorte !

Elle traversa en courant la nef pour se précipiter dans l'escalier tournant qui accédait à l'instrument. Ce qui survint alors fut la répétition, mais comme à rebours, de la scène qui s'était produite trois ans plus tôt, dans la tribune de Saint-Louis.

La jeune fille, parvenant essoufflée à l'étage, demeura stupéfaite. Elle reconnut immédiatement Mathieu qui s'était rasé la barbe et qui faisait donner toute la puissance de ses claviers dans de grands balancements de son corps. Près de lui, debout, posant sa main sur son épaule, se tenait Pierre-Antoine, dans un bel habit de gros de Tours à rayures.

Il y eut alors un court instant où le temps sembla comme suspendu puis, à peu près comme dans une féerie de Lully, Mathieu, qui avait été prévenu de l'arrivée de Briséis par un léger crissement de soie, lui tendit sa main, y déposa un baiser léger ainsi qu'il le faisait autrefois lorsqu'il terminait un morceau et, tout en continuant à jouer, alla chercher celle de Pierre-Antoine pour l'unir à celle de la survenante.

Un époustouflant *crescendo,* là-dessus, communiqua aux deux jeunes gens, désormais attachés par la main du fait de la volonté du musicien, un frisson qui manqua les faire défaillir l'un et l'autre.

Les deux frères, lorsqu'ils se revirent, tandis que le souffle puissant de l'orgue n'était pas retombé, ne trouvèrent pas leurs mots. Ils restèrent longtemps joue contre joue, pénétrés, à cet instant précis, de la certitude qu'ils venaient de vaincre définitivement les sortilèges de Paris et qu'ils ne se quitteraient plus.

– Pardonne-moi ! demanda Mathieu qui, pour la première fois, montrait des larmes.

– C'est de toi dont je dois implorer le pardon pour n'avoir pas su te laisser toute la liberté dont tu avais besoin… Pour ne pas t'avoir tout de suite mieux compris !

– Rendons grâce à tous ceux qui nous ont permis d'être heureux aujourd'hui. Ceux qui ne sont plus, nos parents, l'abbé Vayssière, M. Malafosse, dont j'ai su le décès par Blanchot, et tous nos amis qui sont ici présents pour se réjouir avec nous !… Une pensée également pour notre frère Eustache, qui erre sur les routes d'Auvergne.

Et, dans l'instant où il embrassait Fanny qu'il ne connaissait pas encore, il fut rejoint par Angèle qui quitta le bras de Blanchot pour prendre le sien, tandis que Félicité s'emparait de celui du jeune médecin.

Le cadet des Masson caressa le visage de celle qui venait de devenir sa belle-sœur :

– Anselme avait besoin de ta douceur, lui confia-t-il… Le son de sa voix est à présent celui d'un homme heureux.

Il tourna ses yeux sans vie du côté d'Angèle :

– Mais elle, elle vous voyait… Elle me racontait tout sur ses doigts agiles que je n'avais qu'à toucher pour tout savoir lorsqu'elle les dépliait devant moi !

Ce fut l'instant que choisit Pierre-Antoine pour paraître à son tour, dans une espèce de tourbillon, tenant Briséis par l'épaule. Anselme, du coup, stupéfait de joie, lui appliqua un soufflet magistral, juste avant de le prendre dans ses bras et de l'étouffer de hoquets.

– Voilà un mariage qui en promet d'autres ! estima Robert Millot qui était de la noce et qui était venu là avec une ribambelle d'enfants portant des petits bouquets de roses blanches accrochés à leurs chapeaux de paille.

À peine cinq minutes plus tard, toute la troupe s'engouffra dans des fiacres qui attendaient sur le parvis pour gagner une guinguette du village de Charonne où la fête promettait de battre son plein jusqu'au milieu de la nuit.

SECONDE PARTIE

La terre du Limousin

(avril 1764-décembre 1769)

CHAPITRE PREMIER

Darnet

Fin 1763, en décembre, Bertin s'était trouvé déchargé des Finances par Louis XV, à la suite de la désastreuse affaire du cadastre, tentative intelligente venant de ce ministre de réformer l'impôt, qui s'était tout aussitôt heurtée à la furie rétrograde des parlements.

Cet homme massif, taciturne et sans élégance, d'un abord si abrupt qu'à la Cour on le regardait ni plus ni moins comme un Huron, possédait, tel Janus, deux visages : il était, on l'a dit, l'homme des souterrains obscurs de la monarchie, longtemps lieutenant général de police de Paris, poste ingrat dans lequel il avait employé magnifiquement sa minutie et son flegme ; et, à côté de cela, physiocrate distingué, amateur éclairé en matière de calligraphies chinoises. Il était le correspondant régulier du révérend père Amiot – le dernier des jésuites français à avoir été hanté par l'idée de convertir l'empereur de Pékin ; enfin, il poussait si loin le goût des choses de l'Orient qu'il avait recueilli chez lui deux jeunes Chinois – Kô et Yang – chargés de lui enseigner chaque soir les rudiments de leur langue.

Bertin, tout abrupt, tout malgracieux qu'il fût, avait réussi le prodige de devenir l'ami du roi, c'est-à-dire le confident d'un homme qui n'avait, pour qui que ce fût de sa Cour ou de sa famille, aucun attachement affectif connu et que l'on estimait d'ailleurs tout à fait incapable d'en avoir. Aussi, son renvoi du ministère, au lieu de provoquer son exil – comme cela s'était produit, sans exception, successivement pour Orry, Maurepas, d'Argenson, Machault ou Bernis –, avait-il marqué le début d'une stupéfiante ascension.

Fait ministre d'État juste avant son départ des Finances, il avait été mis à la tête d'un cinquième secrétariat d'État, créé spécialement pour lui, qui comprenait dans son assiette la gestion de la cassette personnelle du monarque, ainsi que la prise en charge de quelques questions nouvelles, dans l'air du temps, comme le développement des sociétés de sciences et d'agriculture, la création de grandes écoles vétérinaires, la réorganisation des hôpitaux et des haras, une sévère refonte des couvents et des abbayes désertés par leurs moines.

Il avait conservé sa tutelle sur Sèvres et celle-ci s'était même trouvée renforcée par la disparition de la marquise de Pompadour, qui, jusqu'à son dernier souffle, avait continué d'en faire sa chose.

Dans ce domaine, sa réflexion, depuis plusieurs mois, se portait sur la résolution de la question d'un approvisionnement pérenne en kaolin. Depuis septembre 1763, date à laquelle Pierre-Antoine Hannong lui avait livré une formule fiable, éprouvée avec succès dans les ateliers, Sèvres avait toutes les cartes en main pour démarrer sans délai et dans les meilleures conditions possibles une production de porcelaine dure utilisant les terres de Saxe ou de Bavière. Pourtant, au moment de se lancer dans l'entreprise, la méfiance instinctive de l'« ami du roi », activée par les réticences de Boileau et de Macquer, mais surtout par celles de son premier commis, Melchior François Parent, l'avait mis en garde contre la fragilité d'une telle solution.

On pouvait en effet légitimement craindre, en dépit des assurances reçues sur place des exploitants de carrière et des convoyeurs, spécialement de ceux d'Obernzell, que la source de la précieuse poudre ne se tarisse brusquement sous des prétextes de surenchère commerciale ou tout simplement à cause de l'humeur imprévisible des deux électeurs souverains des territoires sur lesquels se trouvaient ces carrières.

Pour cette raison, malgré la réussite avérée des essais faits à Sèvres par le fils de Paul Hannong, Bertin avait continué d'encourager en sous-main la recherche d'une porcelaine dure qui ne nécessitât pas le kaolin saxon ou bavarois, mais des terres dont la source d'approvisionnement fût plus proche et plus sûre. Ainsi Daniel Busch avait-il été rappelé au début de 1764, justement parce qu'il avait proposé de travailler à partir de minerais rhénans. Or, l'expérience confirmait jour après jour que toutes les pâtes mises au point et fondues, par Guettard, Lauraguais ou Macquer, dans son fameux « procédé », et même, en dernier lieu, par Busch, n'atteindraient jamais au degré de qualité et de pureté de celles confectionnées à partir des poudres d'Aue et d'Obernzell, minéraux strictement jumeaux bien qu'extraits à plus de cent lieues l'un de l'autre. Ces terres allemandes étaient les seules qui, en 1764, en Europe pouvaient prétendre correspondre en tout point à l'observation physique et chimique que Réaumur avait publiée en 1729 concernant les échantillons chinois du révérend père d'Entrecolles, commentaire qui demeurait la référence universelle en matière de description du kaolin.

L'idée nouvelle qui commença à prévaloir dans l'esprit du ministre d'État était que, pour peu que l'on s'en donnât la peine, on découvrirait forcément un jour que le plus beau kaolin du monde gisait dans le royaume. La France ne pouvait pas être moins chanceuse que l'Allemagne qui, en à peine trente ans, avait par deux fois trouvé la divine poudre dans le sous-sol de deux de ses États.

Le génie français affectionnait les vastes plans pleins d'audace tels ceux engagés autrefois avec succès par Sully pour la sériciculture, par Richelieu pour la marine ou par Colbert pour le commerce. Mais il fallait un signal clair venu de Versailles pour cette nouvelle impulsion à donner à l'énergie nationale, dans un pays où tout ce qui se faisait de grand ne pouvait encore s'ordonner qu'à la voix du roi. Or, le désastreux traité de Paris de février 1763 fit percevoir à tous les esprits clairvoyants, Choiseul le premier, la prééminence de l'Angleterre et, pour la première fois depuis plus d'un siècle, la relégation de la France au deuxième rang des nations du monde. Le ministre d'État dut alors entamer un long et patient travail pour galvaniser l'énergie royale défaillante.

L'ancien lieutenant général de police tenait à peu près le raisonnement suivant : l'enchaînement des récents désastres militaires n'ayant ni perturbé ni même ralenti l'élan de la création artistique nationale, le royaume sur ce plan-là au moins continuait de jouir d'une suprématie que rien ni personne ne paraissait pouvoir lui contester en Europe. La carte des beaux-arts – celle de la porcelaine en particulier – était donc la seule que pût encore abattre le pays exsangue. Choiseul, à bout d'idées et presque d'énergie, à cause du fardeau de malheurs qu'il avait à supporter, prit le parti de ne pas le contredire sur ce point.

On n'attendait plus qu'un mot venu d'en haut, mais le roi n'avait jamais été si énigmatique – si « inexprimable » comme il le disait quelquefois en parlant de lui-même – qu'en ces temps de revers. Son humeur s'était faite sombre et farouche, son caractère de plus en plus imprévisible ; non pas tant parce que Mme de Pompadour avait disparu, ni parce que la dernière guerre avait fait subir à ses peuples des malheurs épouvantables en rabaissant l'orgueil de la nation – il était suffisamment égoïste pour ne pas en être tourmenté outre mesure –, mais tout simplement parce qu'il s'ennuyait et qu'il regardait cet ennui comme totalement dépourvu de remède.

Bertin, avec ses airs de bon apôtre, sa mine de chattemite, sa manière à lui de se glisser comme un gros chat près de cet homme que plus rien n'amusait, de le rassurer et parfois même, par l'excès de son sérieux, de lui tirer un sourire, parvint finalement à l'intéresser à son projet. Il lui fallut toutefois attendre encore huit mois.

Brusquement, un beau matin, au dernier Conseil d'En Haut de l'année 1764, les ministres ébahis virent leur maître, qui pendant plus de deux heures s'était contenté de dessiner sur une grande feuille des petits chats assis, couchés ou tout en peloton et qui n'avait pas encore une seule fois ouvert la bouche, faire signe qu'il désirait parler, se lever contrairement à son habitude et, le visage traversé d'une expression presque extatique, l'entendirent prononcer d'une voix forte :

– Dieu qui protège la France doit bien y avoir fourré le kaolin quelque part… Messieurs, il nous faut le trouver coûte que coûte ! Cela engage à présent mon honneur et celui de la nation tout entière !

Peu après, le 4 février 1765, Boileau reçut de Bertin l'ordre exprès d'envoyer quatre barils de kaolin d'Aue et d'Obernzell à son commis, Melchior François Parent, qui apparaissait ainsi pour la première fois aux yeux du public en tant qu'acteur de l'arcane de la porcelaine. Cet homme était ambitieux et retors, et son emprise sur Sèvres, à partir de ce jour, n'allait faire que croître et se renforcer.

Des quatre gros tonneaux de terre que lui fit parvenir Boileau, Parent fit tirer plus de cinq cents paquets d'un dixième de livre qui furent envoyés dans toutes les provinces, aux intendants, aux gouverneurs, aux évêques, aux bureaux des académies et des universités et, plus particulièrement, à tous les ingénieurs des Ponts et Chaussées dont le corps avait été créé par Trudaine et Perronet en 1747, et dont on supposait qu'à force d'en remuer les terres ils étaient les plus parfaits connaisseurs du sous-sol du royaume.

Cet envoi marqua le début d'une fièvre pelleteuse qui se propagea à travers tout le territoire à la vitesse de l'éclair. De tous côtés, ce ne furent plus que trous, mines, excavations. La France se couvrit de tranchées, et chacun se prit à rêver de découvrir dans son champ, dans son jardin et pourquoi pas en ville, dans sa cour ou dans sa cave, la fameuse poudre blanche. Plus de mille innocents, croyant tenir la fortune aux cheveux, se présentèrent dès lors chaque semaine, chez les apothicaires ou les curés, avec un peu de chaux, de sable clair ou de craie plié dans un mouchoir.

Le Limousin, à cette époque, était une province presque entièrement inaccessible aux hommes et aux idées, en dépit des efforts que M. de Turgot, l'intendant et futur ministre, y déployait depuis quatre ans.

Les ordres de Bertin, transmis dans les mêmes conditions qu'ailleurs par la diligence de ce zélé représentant du roi et de ses subdélégués, n'étaient parvenus à émouvoir ni les gens les plus éclairés de la province, ni les bas officiers et encore moins les échevins ou les curés, tant ils étaient ancrés dans l'idée que le Limousin était totalement abandonné de la Providence et qu'il était impossible qu'un minerai aussi rare que la merveilleuse poudre de Saxe pût s'y trouver.

Pis, un an tout juste après ces envois d'échantillons, la Société d'agriculture du Limousin, dans sa séance du 5 avril 1766, allait avoir à examiner une lettre accompagnée d'un échantillon de terre, adressée par un certain M. de Nouit, juge à Rancon. Or, c'est avec effarement que l'on peut lire dans le procès-verbal de cette réunion :

(cet envoi) a lieu à l'occasion d'une argile blanche que monsieur l'intendant a soupçonné d'être le ka-ou-lin qui entre dans la composition de la porcelaine de Chine. Cette argile qui ne fait pas effervescence avec les acides, répandue dans une terre sablonneuse, lui a fait produire de très bons froments. Messieurs de Rochebrune et de La Borderie ont dit qu'ils en connaissaient de semblables dans plusieurs paroisses des environs...

En pleine émotion suscitée par la recherche de ce minerai par toute la France, le mot kaolin est prononcé sans qu'aucune suite utile ne soit donnée. Plus stupéfiant : Turgot lui-même se trouve présent à cette séance et ne réagit pas. Alors ?... Fatigue née d'une réunion trop longue ? Croyance ancrée chez tous ces messieurs qu'il n'y avait décidément rien à tirer du Limousin ? Le futur ministre de Louis XVI dit et écrit d'ailleurs, à plusieurs reprises, à cette même époque, que « sa généralité n'est pas porteuse ».

Du coup, les terres ne s'y trouvèrent point remuées comme partout ailleurs et personne, autour de Limoges, ne s'émut pour rechercher du kaolin.

Saint-Yrieix est situé entre haut et bas Limousin, sur le plateau qui s'étend entre l'Isle et l'Auvézère, à l'intersection de deux routes, celle de Limoges à Périgueux et celle de Tulle à Châlus, modeste bourg devant lequel, alors qu'il y mettait le siège, Richard Cœur de Lion avait trouvé la mort. L'élevage des gros bœufs du Limousin – les bœufs blancs –, des cochons à lard bien épais – les culs-noirs –, l'extraction de l'or aux mines de Lauriéras et surtout les importantes foires qui se faisaient là, presque aux portes du Périgord, avaient assuré la relative opulence de l'agglomération, tapie au fond d'une cuvette, traversée de part en part par la route principale dévalant depuis Périgueux pour s'échapper aussitôt, par une interminable côte, en direction de Limoges. La monumentale collégiale du Moutier à nef unique et lumineuse occupe la plus haute éminence à l'est, à l'emplacement d'une hutte. Selon la légende, l'ermite Yrieix y avait vécu. En 1765, le clocher-porche massif et les contreforts puissants écrasaient encore un fouillis de maisons basses dont les soubassements de pierre étaient surmontés d'encorbellements garnis de torchis et de paille. Ce n'était que sur la poterne de l'ancien mur d'enceinte que s'alignaient quelques maisons mieux construites, couvertes de tuiles et closes de murs infranchissables, que festonnaient de longues treilles de glycine ou de vigne.

L'une de ces demeures était celle du chirurgien Jean-Baptiste Darnet. Enfant du pays, né à Lanouaille, dans une famille d'apothicaires et de chirurgiens, il avait étudié à Bordeaux puis s'était installé à Saint-Yrieix après avoir travaillé longtemps aux services d'infirmerie de l'armée, en particulier aux Invalides. Il avait, également à Paris, pendant quelque temps exercé les fonctions de chirurgien en titre des gardes du corps du prince de Conti. C'était un homme de quarante ans qui, presque à lui seul, dans ces terres froides et venteuses l'hiver, brûlantes et desséchées l'été, faisait passer le souffle craint et respecté de la modernité. Son application, ses succès, la façon douce et patiente dont il s'y prenait pour pratiquer son art lui avaient acquis, depuis bientôt huit ans qu'il était revenu s'établir là, une considération générale.

Il était de taille moyenne mais bien proportionné, avec un visage franc et rieur, des traits réguliers et paisibles, un front haut, des joues pleines et restées roses, un beau regard soyeux illuminé par de grands yeux marron. On le consultait sur tout : sur les misères du corps, sur les cultures, puisqu'il lisait les agronomes et était abonné à plusieurs bulletins savants dont certains, disait-on, venaient de Londres. On lui soumettait aussi, comme à un homme équitable et capable de déchiffrer le charabia des notaires, les cas patrimoniaux, les disputes de bornage, parfois même les affaires sentimentales parce que, revenant seul et sans compagne dans son pays natal, quelques matrones avaient murmuré que de terribles peines de cœur lui avaient fait quitter brusquement Bordeaux.

On pensait donc qu'il avait sur toutes choses un entendement spécial, né de son intelligence et de son calme, et comme nombre de personnes s'étaient trouvées satisfaites d'avoir suivi ses conseils, Darnet était un homme vénéré.

Il vivait là comme beaucoup de notables de province, allant à cheval, une fois par semaine, jusqu'à Limoges ou à Périgueux, pour fréquenter la bonne société et les libraires ; des libraires qui, comme Daval à Mauriac, réussissaient le tour de force de faire venir, jusque dans ces terres reculées, l'essentiel de la production littéraire, philosophique et scientifique du temps. Darnet fréquentait modérément les églises – seulement pour les cinq grandes fêtes et pour les enterrements –, mais cela convenait aux gens du Limousin, pays resté hanté du sabbat des sorcières et des prodiges des magiciens, où ne s'exposait pas la foi théâtrale des Méridionaux et où l'on regardait Dieu comme un maître supérieur à tous les jeteurs de sorts.

Le chirurgien, qui pratiquait aussi les accouchements et qui faisait parfois office de vétérinaire dans des cas réputés difficiles ou désespérés, sillonnait le pays en s'éloignant souvent beaucoup de son village. Pour descendre dans les ruisseaux, il possédait une jument isabelle à large croupe, et un demi-sang noir et fringant pour s'élancer sur les routes de Limoges et de Périgueux.

Esprit curieux, il avait toujours sur lui un petit carnet où il notait pêle-mêle des remarques relatives à son métier, les observations qu'il faisait de la nature, les curiosités minérales, mais aussi les histoires que les bonnes femmes lui racontaient, jusqu'à leurs contes de fées et d'enchanteurs, les détails de la chronique locale et les souvenirs des plus notables accidents climatiques. Le recensement de tous ces détails épars lui avait quelquefois permis de faire modifier avec succès par les paysans l'emplacement d'une linière ou d'une chènevière et d'indiquer presque à coup sûr les terrains les plus appropriés à l'orge, au seigle ou à la luzerne.

Il avait installé chez lui un petit laboratoire doté d'un microscope qui lui permettait d'étudier les maladies sur les feuilles des végétaux maculées de rouille ou rongées par les insectes, et d'analyser les terres et de les classer selon leur nature argileuse, cristalline, sablonneuse. Comme il était également gagné par le démon de la cartographie qui occupait tous les esprits curieux du temps – en 1756, le fameux Cassini de Thury avait achevé de publier sa carte détaillée du royaume –, il avait commencé son propre relevé géographique du pays sur un papier quadrillé au vingtième de pouce. Il y reportait sa prospection méthodique des richesses du sous-sol et des gisements qu'il pensait pouvoir être exploitables : l'oxyde de fer et de cuivre, le charbon, la pouzzolane et l'antimoine, qu'il avait reconnu du côté de Glandon et dont il savait par ses lectures la faculté de durcir par alliage les principaux métaux. Lorsqu'il rentrait le soir de ses tournées interminables, il trouvait encore l'énergie nécessaire pour gagner sa paillasse ou son bureau, collationner et étiqueter les trouvailles végétales et minérales de sa journée qu'il avait enfermées dans de petits tubes de verre ou qu'il rapportait dans une gibecière et parfois même dans ses poches.

Ses pas l'avaient souvent conduit sans qu'il y fît

d'observation particulière à la sortie nord du village, à mi-pente de la côte qui remontait du bourg en filant sur Limoges, du côté du Clos-des-Barres. Il aimait, à la belle saison, marcher et lire au fond de ce petit vallon froid et chaotique, si stérile que même le chiendent paraissait avoir du mal à y prospérer. Face au cimetière paroissial, relégué depuis peu hors du village, de l'autre côté du ruisseau du Chantre, des taillis de saules, de sureaux et d'aubépines prospéraient dans l'eau croupissante d'une succession de petites mares et gagnaient sur les talus environnants, constitués d'un sable meuble et grisâtre mêlé de débris végétaux.

Darnet était marié, follement amoureux de sa femme Isabeau, qu'il avait ramenée avec lui d'un court voyage en Aquitaine, trois ans après son installation à Saint-Yrieix. Isabeau Mouniounaud était une jolie brune, de quinze ans sa cadette. Elle ne se frottait guère aux gens du pays, ne faisant que paraître à l'église au bras de son mari – c'est-à-dire rarement –, et envoyait sa vieille bonne, Tarsile, au marché à sa place. Certains la regardaient comme une espèce de sauvage, d'autres comme un aimable papillon dont on voyait les robes courtes et légères, aux beaux jours, flotter dans les prés où elle aimait s'aventurer seule. Cette jeune femme timide était charmante et pleine de fraîcheur, s'extasiant et s'émerveillant de tout. Chaque matin, avec l'aide de Tarsile, elle s'activait aux soins de la grande maison et, le reste du jour, lisait des romans, l'hiver, chez elle, l'été, dans la campagne, au fond des chemins creux pour y chercher la fraîcheur.

L'amour de Jean-Baptiste soutenait Isabeau dans cette vie retranchée de sa famille et du monde, dans ce pays mouvant et rude auquel elle avait fini par se faire, escaladant chaque jour quelque nouvelle colline ou explorant quelque vallon inconnu.

Lorsque Jean-Baptiste demeurait trop longtemps le soir, à son gré, dans son laboratoire ou dans son bureau, elle survenait à pas furtifs.

– Trouveras-tu bientôt de l'or, petit Poucet ? lui disait-elle en s'asseyant et en repliant ses jambes sur sa paillasse.

C'était le surnom qu'elle lui donnait souvent pour railler les incessantes collectes de cailloux qui, jour après jour, remplissaient ses poches. Il percevait ainsi son reproche discret de se trouver délaissée et la dissuadait de poursuivre en déposant sur ses lèvres un baiser qui inaugurait entre eux le plus complet des silences puis le commencement d'une longue étreinte.

Or, un soir du printemps de 1765, après l'avoir embrassée, il reprit la parole contrairement à son habitude :

– Sûrement que je ne découvrirai jamais la « teinture rouge », mais écoute plutôt ça !... J'ai marché cet après-midi jusqu'à la ferme des Perrières, dans le vallon de Bussejeau, pour accoucher une jeune beauté que gardait une affreuse sorcière. L'enfant est né avec une dent, ce que j'estimais aussitôt être une particularité et un heureux présage, digne d'un récit d'Homère.

– Et tu lui as aussitôt parlé d'Homère ! se gaussa Isabeau, instinctivement jalouse de savoir que la mère était une beauté.

– Non, bien sûr ! repartit le chirurgien un brin vexé. Mais je lui ai parlé des signes annonciateurs de la chance et des croyances que certains nourrissent à leur sujet... Sur quoi la sorcière, borgne, se met à m'empoigner la figure de ses deux vilaines pognes et à l'ausculter dans un rayon de soleil. Je me suis laissé faire et elle m'a aussitôt prédit l'avenir dans son patois.

– Ah ! et que t'a-t-elle annoncé ? s'exclama la jeune femme en battant des mains.

– Mon petit monsieur, fit alors Darnet en imitant la

grosse voix de cette femme, vous allez nous secouer ce pays… Vous allez trouver une poudre de perlimpinpin dont on parlera jusqu'à Versailles. Vous ne serez plus chirurgien longtemps et vous serez grassement payé pour accomplir ici de grands travaux pour le roi.

Isabeau eut de nouveau une expression de contrariété :

– Ce qui veut dire qu'on s'installera pour de bon dans ce pays et qu'on ne repartira jamais à Bordeaux ?

– Mais ce n'est pas tout, renchérit Darnet, et cette fois dans un grand sourire… La sorcière m'a promis aussi que nous aurions un garçon et une fille.

La jeune femme dont l'union était restée stérile depuis cinq ans qu'ils étaient mariés et qui craignait de ne pouvoir jamais enfanter sauta au cou de son mari :

– Oui ! pour ça je veux bien rester à Saint-Yrieix et je bénis ta sorcière !

– Isabeau, tu es un cœur !… Vois-tu, poursuivit Darnet, si ce pays me retient comme un aimant, alors qu'à Limoges, Périgueux ou Bordeaux j'aurais certainement trouvé sans peine la possibilité de m'établir plus à mon avantage, c'est que j'éprouve le sentiment que je dois réaliser quelque chose autour de ce village, pour le bien des gens d'ici… Quelque chose que je ne pourrai jamais réussir ailleurs…

– Avoue-le, cette sorcière t'a vraiment envoûté ! reprit la jeune femme en s'emparant du bras de Jean-Baptiste pour le conduire jusqu'à la table où Tarsile venait de servir le souper.

Tout en marchant, elle discourait gaiement :

– L'essentiel, c'est que ta sibylle ait vu plein de petits enfants… J'irai moi aussi lui rendre visite et l'on saura très vite si elle me prédit la même chose qu'à toi !

Isabeau, que Jean-Baptiste n'avait pas crue lorsqu'elle avait annoncé par bravade son projet de se rendre aux Perrières, y était cependant allée dès le lendemain, sur sa petite jument Lolotte.

La jeune femme n'avait eu jusqu'alors que fort peu d'occasions de fréquenter les habitants de la campagne, bien moins en tout cas que ceux du bourg qu'elle ne voyait pourtant que très peu. Dans son monde de rêves et de songes souvent étranges, voyant son mari ranger chaque jour dans sa trousse des bistouris, des scies et des lancettes, comme s'il n'allait autour du village que pour redresser et raboter des corps monstrueux, à force aussi d'entendre les récits effrayants de Tarsile, Isabeau s'était imaginé que plus ces gens vivaient dans des lieux inaccessibles, plus ils devaient être bossus, boiteux, difformes, à l'image des damnés sculptés, dans les représentations de l'enfer, aux porches des églises. Gagnant ce hameau si écarté qu'il donnait l'impression qu'au-delà ne se trouvait nulle autre vie, elle fut donc bien étonnée de découvrir une sorcière, certes hideuse, mais qui l'accueillit et la pria d'entrer chez elle, dans ce patois qu'elle comprenait à demi depuis que sa vieille bonne lui en avait appris les rudiments. Elle tomba en extase devant la jeune accouchée qui rayonnait dans cet antre répugnant d'une beauté presque incongrue et devant cet enfant d'un jour dont la fabuleuse dent blessait déjà la lèvre.

Comme elle n'avait marqué aucun effarement, ni de la crasse de cette masure pleine de fumée, ni de son hôtesse et qu'elle n'avait jamais cessé de leur sourire, les deux femmes lui permirent de prendre l'enfant dans ses bras.

– Voilà un superbe bébé ! et qui est né avec un porte-bonheur… s'enthousiasma-t-elle.

La vieille répondit quelque chose dans son charabia que, cette fois, Isabeau ne comprit pas. Pourtant la visiteuse n'eut pas le temps d'écarquiller les yeux ou de faire répéter que déjà la bonne femme, après lui avoir pris la tête à pleines mains comme elle l'avait fait la veille pour Jean-Baptiste, lui fit signe, tout en lui frottant le ventre, qu'elle aurait deux enfants, avant d'ajouter, par un autre geste qui se comprend dans toutes les langues, que l'un d'entre eux serait un garçon.

La jeune mère hocha la tête pour montrer qu'elle approuvait la prédiction, et Isabeau la remercia en lui tendant un petit collier de verroterie que la borgnesse éblouie fixa comme s'il s'était agi du diamant le plus pur.

La jolie Mme Darnet, s'en revenant chez elle, raisonna sur cet oracle qui comblait son impatience d'être mère mais elle n'osa toutefois pas souffler le moindre mot à son mari de ses premières visites aux Perrières. Elle y retourna en effet plusieurs fois, dans les jours qui suivirent, offrant à l'accouchée et à l'enfant de petits cadeaux, s'essayant même à soutenir de véritables conversations avec les deux femmes.

Fin octobre, à Périgueux, Darnet fit la connaissance du chevalier de Lunegarde dont la noblesse paraissait aussi douteuse que le titre de docteur en médecine dont il s'affublait. Lunegarde, qui prétendait aussi avoir séjourné longuement en Angleterre, s'intéressait aux minéraux et aux métaux produits dans ce pays dont l'exportation par-delà la Manche était rigoureusement interdite du fait des règlements protégeant les industries locales. Il avait ainsi étudié certaines qualités d'alun nécessaires au décatissage, au foulement et à l'apprêt des toiles, certaines variétés de potasse, dites eaux-fortes, meilleures que les autres pour fixer la base des détergents et des savons, enfin des minerais de fer spéciaux, comme l'antimoine ou le manganèse, avec lesquels on trempait les inimitables aciers des armuriers anglais. Le chevalier prétendait que les espèces minérales devaient forcément se trouver partout. Il suffisait donc pour les découvrir de les rechercher avec un minimum de méthode, plus ou moins profondément dans le sol. Il pestait contre ses compatriotes qui n'avaient pas le goût de creuser des mines et des carrières ainsi que le pratiquaient couramment les Anglais, avec une frénésie qui n'excluait personne, du plus puissant des ducs jusqu'au dernier des manants.

– Les gens de nos campagnes savent à peine écorcher la terre, gratter çà et là, fouir, pestait cet aventurier… Comment, dans ces conditions, aurions-nous des industries dignes de ce nom ?

– On ne peut creuser partout au petit bonheur, avait objecté Darnet. Il faudrait qu'un corps d'ingénieurs royaux puisse faire les études, les relevés, les sondages, avant de décider où il faut faire un trou…

– Il serait aussi nécessaire que la question du sous-sol fût réglée comme en Angleterre… intervint un magistrat qui se trouvait là. Un Anglais est propriétaire de son terrain, dessous, jusqu'au centre de la terre, dessus, jusqu'à la voûte des étoiles… En France, comme chez les anciens Romains, il n'en possède que la surface.

Darnet était donc en éveil. Il ressassait tous les jours l'idée de trouver dans les fondements de sa province quelque poudre merveilleuse destinée à l'apprêt des draps ou à la fabrication des lessives qui pourrait donner du travail aux pauvres habitants du pays et accessoirement assurer sa fortune et son renom. Par là, il était de son temps. Du physiocrate, il avait cette idée que la nature bien domestiquée peut assurer à l'infini la subsistance des hommes ; des savants de son époque, il partageait la foi dans les capacités inépuisables du progrès.

Isabeau poursuivait ses visites aux Perrières. Un beau matin d'automne elle contribua même à sauver le poupon, victime de convulsions et de brusques diarrhées. Mettant Lolotte au galop, elle sut en un aller-retour, en l'absence de Jean-Baptiste, trouver dans le laboratoire la potion nécessaire pour guérir l'enfant. Ce fut pour elle l'occasion d'avouer à son mari qu'elle fréquentait le vallon de Bussejeau et qu'elle venait d'empiéter avec succès sur son art.

Cela fit rire Jean-Baptiste qui désormais s'intéressa à ses visites aux Perrières. Elle en revenait avec de singulières trouvailles : des pierres noires et scintillantes que la vieille sorcière lui assurait être tombées du ciel, des herbes sèches cueillies au cours des quatre quartiers de lune, aux quatre points cardinaux, qui devaient être prises en tisanes à quatre jours de distance afin d'être certaine de devenir grosse. Le miracle fut qu'un mois après avoir absorbé cette potion, Isabeau se trouva assurée d'être enceinte.

Quelques jours plus tard, après une visite à ces femmes pour lesquelles elle commençait à éprouver une vive affection, elle vida devant Jean-Baptiste le contenu des poches de son manteau sur la table du laboratoire. Elle en retira des cailloux pailletés de cristaux étincelants, des nèfles que les premières gelées venaient de faire blettir, et enfin, dans un bout de coutil rouge, une poudre grisâtre que la sorcière lui avait indiqué être propre à blanchir le linge et se trouver en quantité en contrebas de sa masure.

Jean-Baptiste examina cette poudre après en avoir mis deux pincées dans une coupelle. Elle était très fine et, parce que des particules plus pures que les autres parvenaient à se séparer de la matière sablonneuse pour coller à la peau, elle laissait l'extrémité des doigts blanche.

– As-tu là de quoi faire seulement une lessive avec ça ? demanda le chirurgien en passant du badinage au sérieux.

– Laver un torchon sans doute ! estima Isabeau.

– Demande à Tarsile de faire chauffer de l'eau, ajoutes-y un peu de cette poudre et mets à tremper le torchon le plus sale que tu puisses trouver !

Ils appelèrent la vieille bonne. C'était une femme

ratatinée, au visage étoilé de rides, coiffée été comme hiver d'un bonnet de laine à mentonnière. Elle disparaissait dans un grand tablier de toile dont les multiples poches recelaient tout ce dont elle avait besoin comme de la ficelle, des aiguilles, un petit couteau, un poinçon ou un briquet d'amadou. Elle ne marchait pas, elle trottinait sans bruit et cela lui donnait une incroyable légèreté qui contredisait son allure décrépite.

Voyant la poudre restée dans le morceau de coutil, elle haussa les épaules.

– C'est la terre du cimetière, dit-elle, elle sert aux pauvres gens qui n'ont pas de savon pour faire leur lessive !

– Tu veux dire que l'on connaît cette poudre à Saint-Yrieix ?

– Pour sûr, répéta-t-elle, c'est la terre du cimetière !... Depuis qu'on a creusé pour faire des tombes, on a découvert ici cette poudre grise et les gens s'en servent pour nettoyer leur linge.

Le chirurgien regarda à nouveau la poudre d'un air dubitatif, puis il se fit apporter par Isabeau un torchon sale.

Tarsile exécuta les ordres de Darnet, les prenant pour un caprice de riche voulant singer les façons des pauvres, puis tous vaquèrent à leurs occupations sans plus y penser. Le lendemain, ils furent tout étonnés de voir que les taches sur le linge, frottées par la vieille bonne, s'étaient estompées presque aussi bien qu'avec du savon et beaucoup plus profondément, en tout cas, qu'avec de la cendre, qui était alors le détergent le plus communément utilisé dans les campagnes. De plus, le torchon, déjà en partie sec, semblait avoir été amidonné ou plutôt « apprêté » comme s'il avait été traité à l'alun.

– Tout à l'heure, annonça Darnet à sa femme, j'irai moi-même aux Perrières chercher un baril de cette poudre et puis un autre au cimetière, nous recommencerons l'expérience sur une plus grande quantité... Rassemble en attendant tout le linge sale de la maison !

L'après-midi même, par une pluie battante, Jean-Baptiste, avec de la boue au-dessus des bottes, pataugeait en compagnie de la sorcière, jambes nues, enfoncée elle aussi jusqu'aux genoux dans la glaise épaisse et collante qu'avait produite à cet endroit un mélange de terre et d'humus détrempé. Il chargea là une première barrique de terre puis il revint par la route de Limoges et le haut du village, et remplit un baquet qui était à peu près de même contenance en contrebas du cimetière. Il creusa à la surface d'un dépôt blanchâtre dont la coulée, ainsi qu'il le remarqua pour la première fois ce soir-là, filait en s'élargissant de l'autre côté du ruisseau du Chantre, jusqu'au Clos-des-Barres. *A priori,* ces deux poudres se ressemblaient fortement.

Le talus, sous le cimetière de son village, dans lequel Darnet plongea les mains pour la première fois le 17 novembre 1765 n'avait à l'œil nu rien d'extraordinaire : c'était une langue de terre grise qui avait glissé avec les orages, faite d'une matière sablonneuse dont quelques particules à l'aspect de mica scintillaient faiblement. Frottés entre les doigts, les grains les plus solides, faiblement abrasifs, se séparaient facilement d'une partie plus blanche.

Le chirurgien ne sortit pas de chez lui durant deux jours. Cette poudre fut trempée, mélangée aux acides et aux bases, chauffée à sec, précipitée, examinée au microscope et, selon les essais pratiqués, trouvée à la fois parée des qualités du talc, de la potasse, de l'alun, d'une terre à foulon et même du plâtre fin.

Mais les moyens d'investigation de Darnet étaient trop rudimentaires pour qu'il parvienne seul à des conclusions définitives, aussi décida-t-il de consulter des gens plus savants que lui en matière de minéraux.

Il fit pour cela deux démarches. Il alla d'abord à Limoges voir M. Desmaret, inspecteur des manufactures de la généralité, qui comptait parmi les esprits éclairés de la province. Cet homme qui, comme tous les officiers royaux, avait reçu huit mois auparavant l'envoi d'échantillon de kaolin de Parent ne reconnut pas la poudre que tout le monde recherchait.

– Mon ami, annonça-t-il à son visiteur, voilà sans doute une excellente terre à foulon, propre à dégraisser et à décatir les toiles de lin… Il faut en faire l'essai pour voir si elle surclasse en qualité celle que nous produisons déjà chez nous.

Darnet voulut avoir un second avis.

Il correspondait à cette époque avec un nommé Marc Hilaire Villaris, pharmacien, âgé de quarante-cinq ans, fixé à Bordeaux. Cet homme, curieux de toutes choses et en particulier des minéraux, ne manquait aucune occasion d'approfondir ses connaissances par ses voyages et ses lectures. Il venait régulièrement à Paris, au jardin des Plantes, suivre les cours du fameux Rouelle, le grand minéralogiste des temps de l'*Encyclopédie*. Darnet et lui ne s'étaient pas liés en Aquitaine mais, bien plus curieusement, en Allemagne, au cours de la catastrophique campagne du Hanovre, où ils avaient l'un et l'autre fait partie du corps des sous-officiers de santé dans l'armée du maréchal duc de Richelieu, Darnet comme aide-chirurgien, Villaris comme apothicaire aide-major.

Villaris, maître apothicaire depuis 1748, membre de l'Académie des sciences de Bordeaux depuis 1752, avait contribué à lancer l'idée d'un jardin botanique sur le modèle de celui de Paris ; projet qui, sous son impulsion, avec quelques bâtiments construits à la hâte, avait reçu un commencement d'exécution dans un coin du Jardin public. Il avait aussi inventé un procédé, destiné à la marine, pour sécher les viandes et s'était opposé, dans une controverse restée fameuse, à quelques utopistes qui rêvaient de dessaler l'eau de mer. Cette prise de position l'avait placé définitivement du côté des gens sérieux. C'était un ambitieux et même un pur-sang de l'ambition: lorsqu'il atteignait le but qu'il s'était fixé, il se sentait aussitôt désenchanté et amer, n'ayant alors de cesse de se lancer à lui-même de nouveaux défis. Dans chacun de ses travaux, il faisait preuve de capacité mais aussi d'intrigue, s'entendant à discréditer d'avance ceux de ses concurrents qui pourraient lui faire de l'ombre.

Dans la polémique au sujet du dessalage de l'eau de mer ainsi que pour la méthode du séchage des viandes, il avait eu affaire à l'archevêque de la ville, Mgr d'Audibert de Lussan, un de ces prélats éclairés et vaguement physiocrates qui, tout comme le cardinal de Bernis, au même moment, à Albi, prétendaient agir pour le bonheur de leurs ouailles bien plus par les bienfaits de la science et le progrès des techniques que par le secours des litanies et des processions. Lussan appartenait par ailleurs à ces hommes, assez répandus parmi les ambitieux d'Église, qui considèrent que le renom que l'on acquiert en ce monde est un acompte substantiel sur les félicités plus hypothétiques que l'on peut espérer du ciel.

Monsieur de Bordeaux – on désignait les évêques, tout comme les bourreaux, en leur donnant le nom de la ville où ils officiaient – aimait donc la gloire, et comme le chemin de cette gloire ne passait alors que par la Cour, l'archevêque avait toujours un œil qui traînait du côté de Versailles. Il avait ainsi tout pour s'entendre avec l'apothicaire, puisqu'ils étaient tous deux à l'affût d'un grand dessein qui pourrait asseoir leur renommée en dehors de la province.

Le kaolin, dès la réception des envois de Parent, leur était apparu comme l'un de ces projets capables de les faire mieux connaître. Ils en avaient longuement parlé ensemble au printemps de 1765 et, à l'occasion d'une visite à Paris, l'archevêque était même allé à Sèvres, où il avait été reçu par Boileau et Macquer. Il s'était fait remettre une petite quantité supplémentaire de terre de Saxe, du blanc d'alun ainsi que des « spaths d'Alençon », ces terres dont Guettard et Lauraguais se disputaient l'invention. Villaris, lui-même, était allé au cours de l'été de 1765 faire des recherches, du côté des Pyrénées et jusque dans les Cévennes, dans le but de découvrir le fameux kaolin, mais il n'avait rien trouvé.

Or, pas plus M. Desmaret à Limoges que Villaris à Bordeaux, premiers savants de renom à être mis en présence du kaolin de Saint-Yrieix, n'allaient le reconnaître. Singulière facétie de cette poudre à merveille qui sait parfaitement tromper son monde et qui cache sa pureté de neige sous des immondices comme Cendrillon dissimule sa beauté sous ses haillons.

Dans les derniers jours de l'année, Darnet alla trouver Villaris qu'il n'avait pas revu depuis six ans. Il lui laissa, dans des petits paquets de papier ficelés, des échantillons de plusieurs terres qu'il croyait intéressantes, provenant de divers lieux et souvent de fouilles fort anciennes. Chacun de ces lots était pourvu d'une étiquette sur laquelle il avait indiqué ce qu'il croyait être leur contenu. Les paquets de poudre provenant des Perrières ou du Clos-des-Barres étaient ainsi libellés de sa fine écriture : « Terre à foulon ou à décatissage qui doit être bonne pour l'apprêt des draps… » Le chirurgien, qui n'était pas madré, comme les paysans du cru, n'avait donc fait que retranscrire l'avis que lui avait donné Desmaret, sans trouver utile de le celer à celui auquel il demandait un second avis.

Ces deux paquets furent les seuls qu'examina Villaris, plusieurs jours après que le chirurgien s'en fut retourné en Limousin, en annonçant son intention de revenir à Bordeaux au début de la nouvelle année. Rebuté par l'aspect gris de ce sable, dans lequel il ne reconnaissait rien qui lui parût digne de pousser ses investigations, il se contenta de refermer les paquets et de les ranger sur l'une de ses étagères, se disant à lui-même, comme beaucoup d'autres avant lui :

– Décidément, il n'y a rien à tirer du Limousin !

Ces échantillons se trouvaient toujours à leur place, un an et demi plus tard, lorsque le chirurgien Darnet reparut à Bordeaux dans l'été de 1767. Il n'avait pu y revenir plus tôt à cause de la naissance d'un premier fils et l'espérance d'une seconde naissance dont la joie lui avait fait presque oublier sa poudre grise.

CHAPITRE DEUXIÈME

Les renversements de la destinée

Sèvres, dans les années 1764 à 1768, n'avait pas changé, ressemblant toujours à une vaste fourmilière. L'activité n'avait fait que croître du fait de la suprématie qu'avaient continué d'acquérir les productions de pâte tendre française, soutenues par le génie des sculpteurs et des peintres attachés à la Manufacture. Les cours n'avaient jamais été si encombrées de tonneaux remplis de vaisselle, calée dans de la paille, que l'on roulait à grand bruit pour les monter sur les fardiers ; les grilles et les portes n'avaient jamais tant mugi, s'ouvrant et se fermant sans arrêt pour protéger le secret des ateliers.

Mais pour l'observateur aguerri, familier de l'établissement depuis l'époque de sa fondation, dix ans auparavant, quelques détails témoignaient de la fuite du temps. D'abord, le Logis du roi semblait abandonné. À la fin de 1763, Pierre-Antoine Hannong avait quitté son petit laboratoire installé dans l'appartement de la marquise, situé sous ce Logis, et celle-ci, déjà mourante, n'avait jamais réoccupé les lieux. Depuis la disparition de sa bonne amie, Louis XV n'était pas, lui non plus, revenu à Sèvres. Il ne s'intéressait à sa porcelaine que pour autant que Bertin l'en priât. En fait, le monarque sans doute le plus dépressif de la longue lignée des rois de France, l'« homme inexprimable », s'ennuyait et ne désirait plus rien. Il était alors dans le moment de la plus grande vacuité de son énergie, entre les deux maîtresses qui, pour la postérité, orneront et soutiendront les temps forts de son règne, la Pompadour et la Du Barry dont il venait de faire la connaissance mais dont l'existence ne serait rendue publique qu'à l'été de 1768.

Bien qu'à peu près personne ne s'en soit rendu compte, la production de la Manufacture, qui n'avait pourtant jamais été si abondante qu'en cette année 1768, se ressentait insensiblement de cet abandon : plus rien de vraiment nouveau depuis la mort de Mme de Pompadour n'était apparu dans le décor ou dans les formes, en particulier depuis 1766, époque où Falconet, cédant aux pressants appels de la nouvelle tsarine Catherine, relayés par son ami Diderot, s'en était allé exercer ses talents en Russie.

Les transformations les plus sensibles survenues dans l'établissement résidaient dans la nouvelle distribution des hommes en place.

Boileau régnait sur les destinées de Sèvres – et de Vincennes auparavant – depuis bientôt vingt ans, nullement persuadé de la nécessité d'y changer quoi que ce fût et surtout de moins en moins disposé à tenter l'expérience du kaolin. Mais le directeur avait vieilli. Il s'était jusqu'en 1766, date de la mort d'Hellot, reposé sur celui-ci tant pour le perfectionnement des anciennes porcelaines tendres que pour les faibles marques d'intérêt pour la pâte dure qu'il lui fallait épisodiquement donner à la Cour. Avec la mort du premier chimiste, l'équipe technique s'était trouvée bouleversée : Macquer lui avait succédé et le jeune marquis de Montigny, fils du fameux Trudaine, grand ami de Bertin, avait pris la place de second, sans toutefois recevoir le titre de survivancier. C'était un brillant jeune homme qui, comme nombre de personnes fortunées de son temps, tels Lauraguais ou Lavoisier, pratiquait la mécanique et la chimie comme un noble passe-temps. Boileau, à la suite de ces deux promotions, s'était trouvé un peu plus coupé de la partie vive de la Manufacture, de la recherche et des laboratoires, aussi se cantonnait-il désormais, rabrouant et criant, la mine continûment maussade, dans la gestion tatillonne des ateliers, des stocks et des magasins.

Dès l'été de 1766, pourtant, l'improbable triade que formaient Macquer, Montigny et Boileau s'était entendue pour différer la mise en application industrielle de la pâte à base de kaolin, élaborée selon la formule livrée trois ans auparavant par Pierre-Antoine Hannong. Le premier, parce que son ambition, doublée d'un génie visionnaire, l'inclinait à attendre, en se servant de n'importe quel prétexte, la découverte d'un minéral spécifiquement français dont il pourrait apparaître comme l'inventeur. Le deuxième, qui ne devait sa place qu'à la notoriété de son père, dans l'espoir de se faire un prénom en découvrant quelque nouveau procédé ; ce dont sa naissance et le constant bonheur qu'il avait toujours rencontré dans toutes ses entreprises le rendaient, croyait-il, presque à coup sûr capable. Le troisième, on ne le sait que trop, par peur panique de changer quoi que ce soit à un système, basé uniquement sur la porcelaine artificielle, dont il était le concepteur.

Pour masquer l'espèce de vacuité que créait ce refus de donner suite aux travaux d'Hannong, deux nouvelles séries d'expériences spécieuses étaient venues, dans ces mêmes temps, user l'énergie de Sèvres.

La première était l'œuvre d'un Bavarois, Josef-Karl von Linprun, gérant de la manufacture de pâtes tendres de Nymphenburg, établie dans le parc même de ce qui était, près de Munich, le Versailles des électeurs de Bavière. Cet homme avait brillamment réussi à promouvoir cette fabrique, tout en travaillant secrètement à la mise au point d'une pâte dure avec des terres d'Obernzell mais aussi avec « des minerais d'autres provenances ». Début 1767, pensant avoir abouti dans ses recherches, il avait pris contact avec le chevalier de Follard, ministre de France à Munich, pour faire ses offres de service à Sèvres. C'est ainsi que trois petites pièces de porcelaine à kaolin, provenant de Nymphenburg, avaient, en avril, abouti sur le bureau de Choiseul. Macquer et Montigny, chargés de les examiner, les avait trouvées en tout point semblables aux pièces de Frankenthal, achetées autrefois à Paul Hannong. Autrement dit, c'était une véritable porcelaine, mais de facture grossière et dont le fond tirait sur le jaune.

En réponse à une question des Français, Linprun avait précisé que les « minerais d'autres provenances » nécessaires à la confection de sa vaisselle se trouvaient en terre d'Empire, à quelques dizaines de lieues de Strasbourg. C'était donc, avec moins d'évidence encore dans le résultat, renouveler l'inconvénient de l'éloignement des sources de kaolin de Saxe et de Bavière.

Montigny fut chargé par Bertin, qui hésitait à se déterminer, d'établir un rapport sur l'état de la question de la porcelaine dure en France, au printemps de 1767.

Il écrivait assez bien, aussi résuma-t-il clairement la situation. Il joignait à son texte trois petites tasses à titre de spécimens : l'une fabriquée selon le procédé mis au point par Macquer en 1763 et déposé par lui à l'Académie en 1766, c'est-à-dire sans kaolin ; une autre utilisant le procédé de Pierre-Antoine Hannong, avec des terres d'Obernzell ; la dernière selon Linprun, composée à partir d'un minerai dont l'inventeur ne disait pas l'origine, provenant du Bade, du Wurtemberg ou peut-être même, tout simplement, de Bavière. Il concluait en confortant ces messieurs de Sèvres dans leur décision hardie d'attendre la découverte d'un kaolin français dont nul, au milieu de 1767, n'était pourtant à même de seulement pouvoir préjuger l'existence. Il terminait ainsi :

> … Des voyageurs et des patriotes s'occupent activement de rechercher du kaolin en France et on est sur le point de recueillir le fruit de leurs travaux… Il serait inutile d'établir dans le royaume une manufacture dont le travail serait interrompu en temps de guerre, ce qui arriverait infailliblement s'il fallait prendre les matières en pays étranger…

En juin, Bertin se rallia à l'avis général et pressa de nouveau son commis Parent d'activer la recherche de kaolin dans le royaume, refusant du même coup les offres de Linprun.

Or, précisément à la fin de ce même mois de juin 1767 une seconde proposition parvint à Sèvres, celle du comte de Gronsfeld-Diepenbroeck qui avait acquis les faïenceries de Woesp, aux Pays-Bas, en 1759, et qui, grâce à un four perfectionné et au kaolin de Saxe, produisait avec succès, depuis 1764, une porcelaine assez grossière artistiquement, mais d'une dureté admirable et d'une blancheur passable. Ses travaux lui ayant procuré des difficultés financières, il s'adressa à Derivaux, chargé d'affaires de France à La Haye, et, par le même canal que Linprun, fut mis en rapport avec Montigny qui lui demanda aussitôt des échantillons de ses productions, prenant bien soin par ailleurs d'informer Bertin :

> … Il serait à propos de faire venir quelques tasses pour qu'on puisse juger si elles surpassent en transparence et en solidité la nouvelle porcelaine de France…

Cette « nouvelle porcelaine de France » n'était pas autre chose que le produit issu de la formule mise au point par Pierre-Antoine Hannong, à Sèvres, quatre ans auparavant.

Sans même attendre les réponses aux questions posées par Montigny, Bertin et Choiseul décidèrent de faire venir à Sèvres le sieur Picot, descendant de protestants français et l'un des chefs d'atelier de la manufacture de Woesp. Cette brusque décision était due à la communication de plusieurs rapports d'espions qui indiquaient que les récents résultats obtenus dans la fabrique de Gronsfeld procédaient de la construction d'un four, mis au point par Picot, tout particulièrement adapté au grand feu. Ces messieurs désirèrent en acquérir le secret puisqu'ils pressentaient tous qu'une des principales faiblesses des Français, quelle que soit la formule de mise en œuvre du kaolin qu'ils retiendraient un jour, résiderait dans la pauvreté de leur équipement en fours performants.

Picot arriva à Paris le 1er septembre 1767. Il fut aussitôt reçu par Boileau et par Bertin, venu spécialement de Versailles l'accueillir. Dès ce premier entretien, il proposa de construire un nouveau four avec des cazettes d'un type révolutionnaire, plus légères et plus solides, capables de résister aux écroulements à l'intérieur des foyers, l'accident le plus courant en cours de cuisson. Son offre fut aussitôt acceptée, avec même, à l'appui, une substantielle avance d'argent. En conséquence, Picot commanda à La Haye les briques et les terres nécessaires à son ouvrage et se mit à confectionner une maquette en céramique à partir de ses plans.

Le ministre l'avait fait installer par Boileau, comme autrefois Hannong, dans une partie des anciens appartements de Mme de Pompadour. Cet honneur fut pour beaucoup dans l'aversion et le dépit jaloux que lui manifestèrent très vite Macquer et Montigny, soutenus en la circonstance par Robert Millot qui ne supportait pas que l'on puisse redire quoi que ce fût à ses fours dont les derniers modèles, conçus par lui, lui paraissaient avoir atteint la perfection en matière de grand feu.

Les choses s'envenimèrent rapidement. À la fin de l'année 1767, trois mois seulement après son installation, Picot eut l'audace de demander directement au duc de Choiseul des sommes importantes « pour pouvoir continuer ses essais ».

Bertin, qui savait, par les rapports venimeux de Macquer et de Montigny, que la maquette du Hollandais n'avançait pas et que tous les matériaux en provenance de La Haye demeuraient entassés dans un hangar, sous prétexte qu'ils ne correspondaient pas aux spécifications de la commande, répliqua sèchement :

> … Vous devez attribuer le retard des effets que vous attendez au peu d'exactitude de ceux que vous avez chargés de vous les envoyer… Je ne vois au reste pour quel motif vous demandez un dédommagement car vous n'avez reçu aucun ordre pour raison des essais que vous demandez de faire…

L'ancien contrôleur général des Finances, resté l'« ami du roi », continuait donc d'intervenir jour après jour dans les destinées de la porcelaine. Il jugea même, au printemps de 1767, lors de la soudaine disparition de Barberie de Courteilles – que l'on retrouva mort d'apoplexie dans son appartement –, qu'il n'était pas indigne de ses hautes fonctions, pour accentuer sa mainmise sur la Manufacture, de reprendre pour lui le titre de commissaire du roi à Sèvres. Il eut ainsi son bureau sur place où il installa son commis Parent, en qui il avait une confiance absolue et à qui il donna, du même coup, la haute main sur un Boileau vieillissant, mais aussi sur Macquer et Montigny.

En avril 1767, Parent entrait ainsi physiquement à Sèvres, inaugurant les onze années les plus glorieuses de la Manufacture. Comme Orry de Fulvy, autrefois à Vincennes, dans un même désordre d'organisation et d'humeur, commettant les mêmes hardiesses financières, il allait être l'homme providentiel, celui qui devait permettre de prendre la formidable vague prête à déferler depuis le Limousin du fait de la découverte du minerai de Saint-Yrieix. À la brouillonne et aimable énergie d'une Mme de Pompadour qui parvenait par ses visites presque quotidiennes, mais aussi par sa grâce et l'usage qu'elle savait faire de ses chatteries, à obtenir le meilleur de « ses gens », allait succéder, dans un style beaucoup plus brutal, l'activisme de Melchior François Parent.

Pierre-Antoine Hannong avait été fort mal traité. Boileau, sur ordre de Bertin, lui avait fait interdire l'accès de Sèvres à la fin de 1764. Le 25 avril 1765, croyant pouvoir s'en débarrasser au moindre coût, le pensant suffisamment désespéré pour accepter, piétinant les engagements pris dans le contrat du 29 juillet 1761 qui prévoyaient le versement d'une rente viagère insaisissable de 3000 livres par an, le ministre lui avait proposé 4000 livres en tout et pour tout. Le Strasbourgeois, qui estimait à bon droit avoir souscrit à toutes ses obligations, entreprit de remuer ciel et terre et commença par écrire à Choiseul. Deux mois plus tard, la rente annuelle fut rétablie mais amputée et fixée à 1200 livres.

Dans le même temps, les procédures engagées par « bon-papa » Deis pour se faire rembourser les sommes qu'il avait avancées à son filleul avaient fini par aboutir. Le juge de Strasbourg, ayant estimé qu'à cette date le jeune chimiste devait encore à son tuteur la somme considérable de 18585 livres, 2 sols, 9 deniers, parvint à faire transférer la rente royale sur la tête de Marie-Thérèse Deis, « sa vie durant ». Pierre-Antoine, totalement dépossédé de cette façon des fruits de son travail à Sèvres, payait au prix fort le tort qu'il avait eu de ne pas épouser la fille de son parrain.

Ainsi, au printemps de 1765, se retrouvait-il à Paris,

en pleine jeunesse, sans un sou et sans perspective. Une vie inactive pèse plus à cet âge, et Pierre-Antoine remâchait tous les jours le dépit d'avoir vendu sa formule pour presque rien, la frustration de constater que l'on ne donnait aucune suite industrielle à son procédé et la honte d'avoir été, par-dessus le marché, chassé de Sèvres. Son avenir, lorsqu'il y réfléchissait, lui apparaissait inexorablement sombre, mais il était de ces êtres que rien jamais ne rebute ni ne décourage, qui finissent toujours par trouver leur énergie en eux-mêmes et qui pensent que les éléments positifs d'une situation l'emportent forcément sur tout le négatif. En un mot, il correspondait assez bien à l'un des *Caractères* campés par La Bruyère, auquel ce moraliste n'avait toutefois pas pu donner encore le beau nom d'« optimiste », admis par l'Académie vers 1750 seulement. Il bénissait le ciel de vivre à Paris, d'y avoir rencontré Briséis qu'il voyait désormais tous les jours et qui lui avait promis de songer davantage à lui lorsqu'elle n'aurait plus la charge de ses parents malades. Il avait une infinie confiance dans sa bonne étoile, parfaitement conscient de ce que, très jeune encore, il était en Europe, hors de Saxe, celui qui était allé le plus loin dans l'exploration de l'arcane de la porcelaine dure.

Il habitait toujours rue de la Poterie, chez la veuve Rousseau, mais il passait le plus clair de son temps rue Montorgueil, chez Anselme. Il vivait de peu. De l'argent que lui envoyait son cousin Charles-François qui continuait, vaille que vaille, à faire tourner la manufacture de Strasbourg. Après que les meilleurs peintres en furent partis faute d'un bon salaire, on n'y fabriquait plus que des pipes de terre et de la grossière vaisselle de faïence – un comble lorsque l'on savait que son jeune propriétaire était sans doute le meilleur céramiste de son temps. Il ne dédaignait pas non plus d'ajouter à ses maigres gains ceux plus aléatoires du jeu. Alternait alors, sur les tapis de tripots, dans les caves tout autour du Palais-Royal, une suite de chances insolentes et de terribles «rinçages» qui le rendaient tour à tour exalté ou abattu. Pourtant il ne se rebutait jamais plus de deux jours et il retrouvait chaque fois l'allant indispensable pour repartir et élaborer mille projets nouveaux. En un mot, nul n'était plus désireux que lui de cueillir la fleur de la vie.

Acculé, il se lança dans des aventures plus douteuses. Ses amis et Briséis n'en surent d'abord rien. Dans l'été de 1764, quelques mois après avoir reçu la visite du chevalier von Pastor qui, un bref instant, avait allumé dans son esprit l'idée de vendre son secret ailleurs, il avait renoué par hasard, dans un tripot des Halles, avec un certain Lassia. Natif de Strasbourg lui aussi, Lassia avait été son compagnon d'enfance et un mauvais sujet dès son âge le plus tendre.

Lassia avait beaucoup voyagé: Londres, Saint-Pétersbourg, Naples et surtout Venise d'où il était revenu en 1758, dans le sillage de Casanova dont il était l'émule. Il traînait derrière lui une réputation d'aventurier, vivant d'expédients, du grand jeu mais aussi de l'escroquerie. Il avait ainsi abusé deux ou trois bourgeois crédules et même monnayé ses charmes – car il en avait de fort réels – auprès de quelques rombières fortunées de Paris dont la fleur commençait de monter en graine.

Hannong, fanfaron de mauvaises manières plus que vraiment corrompu, mais enragé par les mauvais traitements qu'on lui infligeait, se prit à admirer Lassia qui, tel un diable, sut habilement souffler sur les braises de ses ressentiments.

– Quoi ! lui disait tous les jours celui-ci, tu possèdes un secret que l'Europe entière recherche et tu ne sais pas en profiter !

Pierre-Antoine objectait chaque fois sa parole donnée,

ses contacts qui n'étaient toujours pas rompus avec le ministre, son espoir de toucher la totalité de sa récompense en ne brusquant personne.

– Taratata ! lui répondait son compatriote en éclatant de rire. Ces gens-là ne te donneront rien si tu ne le leur prends pas dans la poche… Ou alors, tu n'auras bientôt plus que tes yeux pour pleurer !

Lorsque le 25 avril 1765 Bertin lui eut fait la proposition d'une rente sérieusement diminuée par rapport aux promesses initiales consignées devant notaire, Hannong entra dans une terrible colère. Lassia n'eut, dès lors, pas grande difficulté à le persuader de reprendre contact soit avec von Pastor dont on pensait qu'une fois revenu à Dresde il était parvenu à arranger ses affaires avec l'Électeur, soit avec le ministre anglais résidant à Paris pour essayer de vendre la formule à Londres.

Mais Bertin veillait au grain. La police avait renforcé sa surveillance autour de Pierre-Antoine et de Lassia. Un rapport parvenu sur le bureau de ce ministre, le 14 mai 1765, fournissait des détails inquiétants :

> Le nommé Lassia, homme sans scrupule, a surpris du sieur Hannong le même secret de la porcelaine de Frankenthal qu'il a vendu à la Manufacture, et Lassia s'étant emparé de ce secret à l'insu du sieur Hannong fait projet de le porter en Angleterre pour l'y vendre… Il a fait plusieurs voyages à la Manufacture de Sèvres pour débaucher des ouvriers. Il a fait des propositions au premier enfourneur pour 300 livres… Pris des notes concernant la construction du nouveau four… S'est informé des températures des terres… A exigé d'Hannong des porcelaines peintes et non peintes…

Là-dessus, le même espion lancé aux trousses de Lassia parvenait à s'introduire dans son logis et découvrait sur son bureau des documents qui établissaient :

qu'il avait entre ses mains le secret de la porcelaine… La provenance des terres… La composition et l'apprêt des couleurs…

Le 18 mai, rue de la Poterie, au domicile de Pierre-Antoine, une perquisition dans les règles, pratiquée par l'exempt de police Buhot, révélait que, quelques mois plus tôt, Hannong et Lassia avaient fait ensemble un voyage à Haguenau, sans doute pour essayer de retirer quelque chose de l'ancienne fabrique de pipes de terre du grand-père Hannong qui n'était toujours pas vendue. Brusquement à court d'argent, ils avaient escroqué au maître de poste de cette ville la somme de 100 louis, puis, tant pour se soustraire aux poursuites de cet homme que pour tenter de vendre 2000 guinées ainsi qu'ils l'espéraient le secret de la porcelaine, ils étaient passés tous deux en Angleterre.

L'existence de Pierre-Antoine avait pris, dès ce printemps de 1765, un cours nettement aventureux.

Personne autour de lui, pas plus Anselme que Briséis, n'eut pendant longtemps le plus léger soupçon. Aussi habile à couvrir ses agissements qu'à se parer de déguisements, il justifiait ses absences répétées par la nécessité de reprendre en main son usine de Strasbourg ou d'aider ses sœurs à liquider la vieille fabrique d'Haguenau.

Revenus de Londres, où ils n'étaient restés qu'un mois, sans succès, les deux complices s'employèrent à tenter de monnayer au prix fort, en France, le secret de la porcelaine dure.

Lassia n'essayait nullement, comme le croyait la police, de tromper Hannong : ils agissaient en parfaite connivence ; l'imagination était leur fort.

Ils commencèrent par inventer un nouveau personnage, un prétendu chimiste de Meissen qui serait venu travailler sous un faux nom à Sèvres. Les policiers se laissèrent prendre au piège :

> … cet homme aurait rédigé le secret en allemand et avec des détails plus étendus que ceux que le sieur Hannong avait donnés en premier lieu à la Manufacture…

Idée de génie que ce second secret, beaucoup plus complet que celui déjà livré par écrit en 1763 à Sèvres et qui, bien entendu, vaudrait beaucoup plus cher.

Les deux complices avaient l'esprit tourné au romanesque. Pierre-Antoine se délectait des boniments de la filouterie. Il affirmait par exemple que le document rédigé par cet Allemand :

> … avait été mis en dépôt, contre des dettes de libation, chez un cabaretier demeurant à la Courtille…

Et, toujours secrètement d'accord avec lui, il faisait part d'une nouvelle noirceur de Lassia, une copie volée du document supposé comporter « des détails plus étendus » :

> … une lettre de ce malheureux Allemand au cabaretier avec paiement de ses dettes, pour se faire restituer le secret… Il se la fait ainsi remettre à sa place… Passe toute une nuit à en prendre une copie… Remet l'original à Hannong en essayant de le prendre de vitesse.

Ces deux versions de cette prétendue formule améliorée ne trouvèrent pas preneur. La mauvaise réputation de Lassia était trop établie pour pousser plus loin cette farce digne d'Arlequin. Hannong allait devoir changer ses plans pour tenter de refaire surface. La frénésie de mouvement l'empêchait de sombrer, et la présence salvatrice de Briséis allait lui éviter de se disqualifier complètement.

À deux doigts de la catastrophe, il remit de l'ordre dans sa conduite et se fixa un objectif plus honorable : ce n'était pas le secret qu'il fallait vendre, puisqu'il l'avait déjà cédé, si malencontreusement pour lui, à ces messieurs de Sèvres, c'était la porcelaine elle-même qu'il fallait fabriquer en concurrence avec l'établissement royal. Rien de plus facile, après tout, puisque, plus que quiconque, il en connaissait tout l'arcane.

L'exempt Buhot fut le premier à pressentir les nouveaux desseins d'Hannong. Ainsi, dans un autre rapport parvenu le 3 juin sur le bureau du ministre, écrivait-il :

> … La conduite d'Hannong et ses dettes ne lui permettent pas de rester en France, à moins qu'il ne trouve une dupe qui lui avance des fonds pour les frais d'une manufacture de porcelaine qu'il prétend établir du privilège de Vincennes, mais comme il est aussi fourbe que fripon, on ne sait pas le vrai…

Trouver une dupe ?

Pierre-Antoine allait démontrer tout son talent en y parvenant en quelques semaines.

Fin 1764, on l'avait effectivement vu traîner longuement dans l'enceinte du vieux château de Vincennes, autour de la tour du Diable, du côté des anciens baraquements délaissés en 1758 par la Manufacture du roi, au moment de son transfert effectif à Sèvres. Là se trouvaient encore des cuves et des fours qu'il pensait pouvoir modifier à peu de frais pour le grand feu. La vivacité de son imagination, son génie visionnaire et son sens pratique lui faisaient envisager ce que serait la nouvelle fabrique qu'il pourrait implanter là. Il s'en voyait déjà le maître.

Près du Palais-Royal, rue des Moulins, il y avait l'abbé de l'Épée et le baron d'Holbach, le premier admirable par son dévouement à la cause des malheureux, le second remarquable par la qualité de son esprit. Or cette rue était traversée par la rue du Hasard, laquelle était vouée à des spéculations beaucoup moins nobles et largement réprouvées par la morale et par l'Église, spéculations fondées uniquement sur la bonne disposition des cartes ou des dés.

Rue du Hasard se trouvait la maison de Cappiano, qui avait été l'un des hommes dont s'étaient servis Casanova et le cardinal de Bernis, en 1758, pour installer à Paris les boutiques du *lotto* numérique et grammatical. Cappiano, qui avait ouvert trois de ces établissements dans la ville, avait fait fortune plus vite que tous les autres en s'engageant auprès de ses clients au paiement immédiat des lots gagnants. Il avait le jeu dans le sang. Toute la journée il abattait les cartes, lançait la boule, pariait sur le nombre de cadavres que l'on repêcherait dans la Seine en une nuit, sur le total des condamnés, dans telle semaine, que l'on pendrait ou décapiterait en place de Grève, sur le nombre de journées de pluie et de soleil et sur celui de chats noirs ou tigrés qui passeraient dans un temps donné à un certain carrefour. Au premier étage de son établissement, par un escalier tournant dissimulé derrière un rideau cramoisi qui ouvrait dans une arrière-salle pleine de fumée, on pouvait accéder à un entresol très bas de plafond où, sur des tapis verts, se succédaient des mises endiablées.

Trois pièces en enfilade, aux volets toujours fermés, étaient éclairées par de beaux candélabres de verre coloré de Murano, et, sur de petites tables volantes, les bouteilles de saute-bouchon de Champagne cravatées de blanc y étaient mises à la glace, et des plateaux en vermeil étaient chargés de verres déjà sablés et de petits pots de blanc-manger. Sur des crédences de bois précieux, incrustées de laiton et de cuivre, s'étageaient en pyramides, contenus dans de grands plats d'argent, des blancs de volaille en chaud-froid ou des médaillons de gibier en gelée, ourlés, comme un papier à lettres de deuil, de larges lisérés de truffes. Dans cette pénombre voluptueuse, Cappiano avait recréé l'atmosphère des casinos de la Lagune où la vie paraît toujours devoir couler dans un songe et l'argent effleurer les doigts comme une onde légère, dans une abondance de breuvages et de mets délicats, dans la compagnie de jolies femmes, aux épaules d'albâtre et aux figures mutines, toujours à portée de lèvres.

Pierre-Antoine et Lassia s'étaient faufilés là, dès les premiers jours de leurs retrouvailles, complices dans le rire, les saillies et capables de cet entrain vraiment digne d'admiration qui fait gagner ou perdre au jeu avec la même bonne humeur. Cela les rendait populaires. Les hommes du monde les voulaient à leur table, envieux de leur jeunesse, à demi dupes de leurs tricheries. Dans les effluves lourdement musqués et opiacés des pots-pourris d'Orient, dans l'espèce d'hallucination que produisait la danse folle des flammes courant sur les bougies, répétée à l'infini en lucioles rouge et or sur le tain des miroirs ou sur le corps impeccablement lustré des rafraîchissoirs d'acier, les plus grands noms de France accouraient là, à la nuit tombée. Le battement de leur cœur s'accélérait, leur respiration s'arrêtait à l'instant où ils poussaient au centre des tables de jeu les piles de louis qu'ils avaient empruntés le matin même à leurs notaires ou à leurs fermiers.

Tel était Marc-René, marquis de Voyer, fils, petit-fils et neveu de grands serviteurs de la monarchie, les fameux Paulmy d'Argenson, qui, depuis le roi Henri II, s'étaient succédé aux affaires. Par sa naissance, il avait été fait directeur des haras, gouverneur de Saintonge, Poitou et Aunis, mais aussi – et l'importance de cette charge avait sauté aux yeux d'Hannong – gouverneur du château de Vincennes. Voyer, riche à millions par l'étendue de ses biens et de ses charges, au bord de la banqueroute par l'avalanche des dettes qu'il avait contractées, faisait partie de ces grands seigneurs, installés au cœur du système de cour, qui ne résistaient que par la course folle du crédit. À quarante-trois ans, il avait quitté l'armée depuis déjà dix ans, après avoir acquis à Fontenoy, en 1745, une sorte de gloire pour être resté debout, calme et stoïque, fumant lentement sa longue pipe de terre sous le feu de l'ennemi. Cette impavidité était identique à celle qu'il montrait devant la morgue de ses créanciers venus en habit noir et souliers à boucle d'argent lui réclamer leur dû, ou, dans les salons de Cappiano, lorsqu'il sortait de leurs sacs de velours, pour les risquer, des monceaux de pièces d'or frappées à la face du roi qui représentaient, chaque fois, la valeur de trois ou quatre métairies.

Pierre-Antoine avait tout de suite pris de l'ascendant sur cet homme encore jeune, aimant la vie et ses plaisirs, amateur de raretés – il possédait à Vincennes, dans l'ancien appartement de Mazarin qu'il occupait, l'une des plus belles collections de dessins et de pastels d'Europe. Il sentit immédiatement que le marquis, grand amateur de grisettes et de femmes légères, le croyant capable d'agréables complicités dans ce domaine, désirait se faire de lui un ami et, comme il commençait à comprendre les caprices des grands et surtout leurs impatiences, il eut l'audace de faire attendre quelque temps cette amitié.

Après l'avoir « rincé » à trois ou quatre reprises, à l'écarté, au whist et à ce jeu encore plus hasardeux qu'était le hoca, et lui avoir chaque fois promis, avec son plus beau sourire, que la partie suivante lui apporterait sa revanche, Pierre-Antoine parvint à se faire inviter à Vincennes où il se rendit en fiacre, un mois jour pour jour exactement après l'humiliante perquisition pratiquée rue de la Poterie par l'exempt Buhot.

Le marquis, qui venait de recevoir la visite de gens d'argent qui l'avaient irrité en se montrant arrogants, paraissait dégoûté de tout, à bout de ressources et d'expédients. L'apparition de son jeune compagnon de plaisir lui redonna l'envie de rire.

Il le fit asseoir, commanda ses valets et, devant des monceaux de victuailles et des alignements de flacons pleins de poussière ou de givre, il reprit avec son visiteur cette conversation sautillante, pleine de piquant, de bons mots, de considérations déliées et parfois profondes dans laquelle il était inimitable et dont Pierre-Antoine était parfaitement capable de nourrir le feu. Le Strasbourgeois attaqua le sujet de la porcelaine, d'abord par pointes puis, très vite, dans la continuité d'une espèce de monologue, tandis que le marquis, qui selon son habitude n'écoutait qu'à demi, revenait à ses chiens, ses chevaux et ses petites maîtresses de l'Opéra. Dans ce style de dialogue de sourds, la victoire revient à celui qui ne baisse pas la garde. Hannong avait apporté avec lui en présent un petit sucrier de faïence qui venait de sa fabrique de Strasbourg. C'était une céramique, charmante au premier coup d'œil, faite d'une pâte grasse et blanche, peinte de grosses fleurs rouges avec des tiges et des feuilles parées du vert profond qui distingue les vaisselles d'Alsace.

Il parvint à attirer l'attention du marquis en la plaçant habilement à hauteur de son regard :

– Je l'ai tournée moi-même, c'est ce qui en fait toute la valeur !

Voyer se mit à sourire. Il n'était pas dupe du charme de son visiteur. Il se souvint d'une conversation qu'ils avaient eue ensemble, quelques jours auparavant, chez Cappiano.

– Et si je vous louais les anciens ateliers de porcelaine du roi dans ce château… C'est cela que vous prétendriez fabriquer ici ?

– Oui, monsieur, voilà assurément ce que je sais le mieux faire ! répondit Hannong sans ciller.

– Vous, l'inventeur de la porcelaine dure !

Hannong réprima comme il put l'insolent sourire qui lui tordait les lèvres :

– On ne peut prétendre, dans ses anciens locaux, concurrencer le roi… Je sais parfaitement ce que je puis faire et ne pas faire… À présent il me faut gagner ma vie.

Le marquis, à qui l'idée de travailler pour gagner de l'argent paraissait incongrue, ne se tenait plus de rire lorsqu'il agita sa petite clochette :

– Gagner sa vie sur terre !… À peu près comme on gagne par ses œuvres d'ici-bas la permission de monter au ciel ?

– Si vous voulez ! sourit Hannong, surpris et même un peu vexé de cette réaction, mais désirant par-dessus tout se montrer complice.

– Comment appelez-vous cela, déjà, quand nous jouons aux cartes… Lorsqu'on dit une chose avec l'intention bien arrêtée d'en faire une autre ?

– Une annonce !

– Non ! non !… Un mot anglais…

– Un *bluff* ? lança Pierre-Antoine en déchaînant le rire sonore et libertin de son hôte.

– Oui, c'est plutôt cela !

Un laquais, chargé de passementeries d'or, entra.

– Faites venir M. de Luzy !

C'était l'intendant des bâtiments de Vincennes.

– Monsieur de Luzy, ordonna le marquis lorsque cet homme fut là, vous ferez visiter à M. Hannong que voici la tour du Diable et les bâtiments de l'ancienne manufacture de fusils – parce que, vous ne le savez peut-être pas, mon ami, ajouta-t-il à l'adresse de Pierre-Antoine, mais avant que le roi n'y fît ses porcelaines, il y fabriquait ses pétoires. Il projette d'y installer un petit laboratoire ainsi qu'un atelier de faïence, ce à quoi, pour ma part, je ne vois pas d'inconvénient.

– Vous savez, monsieur le Gouverneur, que l'accord de M. de Marigny sera nécessaire, s'agissant des bâtiments du roi, répliqua ce gros homme qui n'avait pu contenir un air d'effarement.

– Nous l'obtiendrons sans peine !

– Il nous faudra sans doute aussi la garantie de M. Hannong qu'il n'empiétera pas sur les privilèges de Sèvres… Il a travaillé dans la Manufacture royale et il en connaît les secrets.

– M. Hannong est également fameux comme faïencier à Strasbourg ! s'impatienta Voyer.

– Mais…

– Il est surtout ici pour avoir l'honneur d'être connu de moi ! trancha le marquis sur un ton qui n'autorisait pas la réplique.

Luzy obéit à cette voix ferme. Il fit visiter les locaux à Pierre-Antoine qui n'en crut pas ses yeux. Les cuves à pâte, les tours, les fours, tout ce qui devait lui permettre de commencer sans perdre une seconde à concurrencer ces messieurs de Sèvres était installé : ils avaient eu le grand tort, en partant, de ne pas les détruire.

C'est ainsi que six semaines plus tard, le 30 juillet 1765, était passé devant notaire un acte stipulant entre autres choses :

> Monsieur le marquis de Voyer, moi présent, donne au sieur Hannong tous les bâtiments composant en ce château la manufacture des armes et une partie des grandes écuries pour y mettre la manufacture de faïence… Il en demande la réparation préalable au marquis de Marigny, à charge de rembourser…

Pierre-Antoine, par habileté, avait donc « empaumé » le marquis, déjà séduit par son charme, sa gaieté et l'insolence de sa chance au jeu. Or, par extraordinaire, il advint que les services de la Surintendance rechignèrent à avaliser ce bail dont le gouverneur de Vincennes avait pourtant assuré qu'il « passerait comme une lettre à la poste ».

Le Strasbourgeois dut donc aller plaider sa cause à Versailles.

Sa chance était d'y connaître Marmontel qu'il avait rencontré deux fois grâce à Anselme. Marmontel, on le sait, était un ambitieux mais de l'espèce élégante et sentimentale, à peu près comme le cardinal de Bernis, son *alter ego,* autrefois, dans la faveur de Mme de Pompadour. Tous deux, au lieu de s'attacher comme tant d'autres aux nouvelles étoiles du jour, étaient restés ouvertement inconsolables de la mort de leur belle amie. Ils étaient donc peu édifiés de l'oubli général à son sujet et avaient été en particulier choqués par l'ordre donné par le roi de retirer de ses palais et résidences tous les souvenirs et surtout toutes les représentations qui pourraient lui rappeler la défunte. Marmontel était aussi l'ami du marquis de Voyer, homme de son âge, jouisseur comme lui et qui avait toujours soutenu à grand renfort de réceptions, de claque et d'argent ses créations théâtrales. Il pressentait, tout comme le marquis, qu'Hannong n'allait pas faire à Vincennes que de la faïence, et il estimait que ce serait une bonne niche à faire à ces messieurs de Sèvres qui, plus que tous les autres, avaient piétiné la mémoire de Mme de Pompadour, leur protectrice, que de leur susciter pour rival un homme qu'ils avaient si indignement traité.

– Vous laisserez parler votre génie ! dit Marmontel à Pierre-Antoine, après avoir relu le bail pour que Marigny le signe. Mais je ne saurai vous garantir de la colère de MM. Bertin et Boileau.

– J'ai l'habitude et cela ne me trouble plus ! sourit le Strasbourgeois.

L'auteur des *Contes moraux* se leva pour passer dans la pièce voisine où le marquis de Marigny, étendu sur ses tapis, s'amusait avec ses petits chiens.

En trois phrases, il lui conta l'affaire, mais parce qu'il en usait toujours ainsi à son égard, car c'était là leur convention, sans rien lui celer des véritables intentions d'Hannong.

Abel Poisson, devenu marquis puis surintendant des Bâtiments par la faveur de sa sœur et qui s'attendait tous les jours, depuis sa mort, à devoir retourner à son néant, n'était pas pour autant devenu plus ardent au travail. Il se regardait comme l'oiseau sur la branche, et l'étrangeté de sa situation de survivant avait contribué à accroître le degré de sa résignation philosophique.

– Allons ! le bail n'est que pour de la faïence… conclut-il résolument après le bref exposé de son premier secrétaire. Si cela tourne mal, nous dirons que nous avons été surpris…

– Hannong ne nous créera pas de difficultés en cas d'esclandre… Je réponds de lui, on peut lui faire confiance !

– Va ! dit encore le marquis en soulevant un coude et en repoussant l'un de ses petits king-charles pour signer. De nos jours, la distraction est si rare !

Le 1er octobre 1765, Pierre-Antoine sortait de ses ateliers un sucrier à grosse panse de faïence aux couleurs vives et une tasse de porcelaine dure, aboutie selon son procédé, qu'il laissa en biscuit. Il n'avait pour ouvriers que deux anciens de Sèvres alors en délicatesse avec Boileau et il avait embauché Lassia comme homme à tout faire, les paquets aussi bien que les mélanges de pâte, situation qui semblait ne pas convenir du tout à ce chevalier d'industrie dont les vues n'étaient aucunement industrielles.

Hannong célébra l'événement comme il se devait en invitant tous ses amis, Anselme et Fanny en tête, à venir à Vincennes. L'automne était magnifique, le château de saint Louis avait grande allure. Pierre-Antoine vivait l'ivresse d'avoir sa propre fabrique, à l'endroit même où s'était élaborée, vingt ans auparavant, sous l'impulsion d'Orry de Fulvy, la plus belle porcelaine tendre du monde.

Hélas, son rêve allait être de courte durée. Dès le début de décembre, il n'y avait plus un sou dans la caisse pour acheter les fournitures, pour payer les ouvriers ou honorer le loyer du roi. L'idée de Pierre-Antoine était de lancer à vaste échelle le commerce des faïences de Strasbourg, fabriquées à Vincennes et ainsi moins chères que celles venues d'Alsace, pour, ensuite, ayant amassé un trésor de guerre et laissé ces messieurs de Sèvres s'habituer sans broncher à sa présence dans la tour du Diable, se lancer petit à petit dans des fabrications découlant directement de son secret qui concurrenceraient la Manufacture du roi. Or, ce plan raisonnable ne fonctionna pas : les Parisiens ne voulaient appeler vaisselle de Strasbourg que celle qui provenait spécifiquement de cette ville. Hannong comptait sur les ventes de Noël, mais il ne vendit à peu près que ce que lui achetèrent ses amis. Les productions s'accumulèrent au comptoir des magasins de Vincennes comme dans la petite boutique qu'il avait ouverte, rue Tiquetonne, et que tour à tour Félicité, Éléonore Floquet et Briséis tenaient pour lui bénévolement.

Persuadé qu'il ferait bientôt fortune à Vincennes, il décida de céder à son frère ce qui lui restait de Strasbourg : une usine et beaucoup de dettes. Joseph Hannong était demandeur car, depuis la vente de Frankenthal, il se trouvait sans emploi, avec un peu d'argent devant lui et toujours agacé par l'aiguillon de l'arcane de la porcelaine.

Cette transaction allait inaugurer un nouveau chapitre de l'histoire des Hannong à Strasbourg – le dernier –, avec une vaisselle admirable sur le plan du matériau mais toujours, par comparaison avec Sèvres, d'une criante lourdeur des formes et d'une affligeante pauvreté de décor. Et Joseph, pourtant prévenu, du fait de ses déboires passés, allait éprouver de nouveau les terribles entraves qui menaçaient les concurrents du roi : les contraintes pesant sur la liberté de l'ornementation qui le réduisaient à l'emploi de la couleur bleue et surtout l'avalanche de taxes qui accablaient les citoyens d'Alsace considérés, par rapport aux Français, comme des étrangers.

Le rude porcelainier, dont le gémissement n'était pourtant pas le style habituel, adressa en 1768 ses récriminations au ministre :

> Le manufacturier de King-Tsing, qui habite sous un autre ciel, est bien mieux traité que le citoyen d'Alsace...

L'argent de la vente de Strasbourg – 7 500 livres – s'avérant vite insuffisant, Pierre-Antoine demanda un prêt au marquis de Voyer qu'il continuait de voir presque quotidiennement pour une partie de whist qui avait fini, à la fin de l'année, par constituer son seul revenu. Le marquis, panier percé mais guère prêteur, prétexta qu'il n'avait pas d'argent – ce qui était la vérité pure, bien qu'il trouvât jour après jour les sommes exorbitantes qu'il lui fallait pour continuer à se rendre chez Cappiano –, mais il le mit en rapport avec un financier, Maurice Des Aubiers, qu'il eut le front de lui présenter comme l'un de ses amis. C'était en réalité l'un de ses plus gros créanciers à qui il souhaitait faire faire une bonne affaire sur le dos d'Hannong pour pouvoir plus facilement s'exonérer d'une partie de ses engagements envers lui.

Pierre-Antoine, dont les réactions étaient souvent étonnantes, s'enticha de cet homme qui avait grande allure, de l'ambition, de l'humour, du bagout. Des Aubiers était un flatteur et répétait tous les jours à son nouvel associé qu'il était, sans nul doute possible, le meilleur chimiste d'Europe.

L'idée de Des Aubiers était arrêtée dès le commencement. Elle n'était pas nouvelle. C'était celle qu'avait mise en œuvre, en même lieu, Gravant, vingt ans auparavant, en profitant des saouleries des frères Dubois : il comptait tout simplement capter le secret d'Hannong et, sitôt après, se débarrasser de lui pour devenir le seul maître de la boutique.

Anselme mettait en garde Pierre-Antoine :

– Méfie-toi de Des Aubiers… Il a un museau de renard.

– Mais moi, je suis un loup ! lui répliquait Hannong en plantant son regard dans le sien.

– Alors, justement, souviens-toi du *Roman de Renart* !

L'association avait laissé tout d'abord 60 % des parts à Pierre-Antoine au moment où Des Aubiers avait apporté les 7000 premières livres destinées à faire repartir la machine. Elle devint égalitaire, à l'entrée de l'été, lorsque la société fut dans l'impossibilité, fin juin, de payer les salaires des employés dont le nombre était monté à dix. Des Aubiers remit alors 5000 livres de sa poche. La faïence commençait à se vendre. Pierre-Antoine, qui passait désormais la majeure partie de son temps à Vincennes, avait inventé des formes nouvelles dérivées des modèles de porcelaine qu'il avait vu essayer à Sèvres. Il s'était d'autre part risqué à quelques expériences de biscuit de kaolin qu'il vendait sous le manteau à des amis. Mais les deux associés en convenaient, il n'était pas encore temps de braver ouvertement Sèvres.

Des Aubiers ne s'éloignait pas d'un pas lorsque Pierre-Antoine commençait ses fabrications de pâte dure. Ce dernier s'en amusait. Il jouait de l'impatience du financier, à peu près comme une femme aguiche son amant en ne lui découvrant qu'une infime partie de ce qu'elle diffère de lui donner. Pierre-Antoine eut le tort dès le début de ne pas prendre au sérieux ce jeu du chat et de la souris.

Le 10 septembre 1766, Des Aubiers, se croyant sûr de son fait, organisait lui-même une nouvelle crise de trésorerie de la société. Après quoi il proposa de la sauver contre un nouvel apport d'argent frais, mais sous la condition de devenir majoritaire. Il n'y avait pas d'autre solution et Hannong, la mort dans l'âme, dut y consentir, comptant que son savoir-faire lui permettrait de pouvoir peser encore sur les destinées de la manufacture.

Deux jours après l'authentification par un notaire de ce transfert de parts, Hannong se voyait remercié, interdit d'accès à ses laboratoires et Des Aubiers proposait de lui racheter ce qui lui restait pour 6 300 livres.

Poitevin, consulté, accourut à Vincennes, discuta pied à pied avec Des Aubiers. Il ne put que faire hausser le prix des parts à 7 100 livres et il conseilla à Pierre-Antoine d'accepter l'offre, sauf à se gâcher la vie en plaidant, sans presque aucun espoir de succès. Hannong, qui pour la première fois, après tant de malheurs et de péripéties subis avec désinvolture, ressemblait à un spectre, bafouilla quelques paroles d'acquiescement avant de disparaître.

Ce brusque coup d'arrêt mis à ses rêves marqua le début d'un nouvel et terrible accès de démoralisation, inaugurant une longue absence qui allait durer jusqu'à la Toussaint, en inquiétant tout le monde, et particulièrement Briséis. On ne le trouvait pas rue de la Poterie. On savait seulement qu'il avait retiré chez son banquier la totalité de l'argent que lui avait versé Des Aubiers, ce qui ne rassurait personne.

Mathieu, par extraordinaire, le premier jour de novembre, sortant de chez Briséis où il venait souvent par gentillesse jouer du clavecin au chevet du lit dans lequel ses parents étaient alités côte à côte, bouscula Pierre-Antoine qui attendait, planté sous la pluie, sans pensées ni mouvements, devant le porche de l'hôtel d'Ambre.

– Excusez-moi ! dit machinalement l'aveugle qui répétait cette phrase dix fois par jour à des inconnus après les avoir heurtés par mégarde.

Comme il s'était étonné de ne pas recevoir de réponse parce qu'on lui répondait presque toujours par un juron et, dans le meilleur des cas, par un « Ce n'est rien ! », il fit deux pas en arrière :

– Pierre-Antoine ! s'exclama-t-il aussitôt, agi par une sorte de prescience stupéfiante parce qu'il n'avait eu que le souffle chaud de l'haleine de son ami pour le reconnaître.

Hannong s'était raidi pour ne pas parler.

– Pierre-Antoine, tu ne vas tout de même pas me faire, à ton tour, ce coup de la disparition que tu m'as si vertement reproché !...

– Mathieu ! s'écria le Strasbourgeois en prenant le musicien contre lui.

– Ah ! te voilà sain et sauf...

– Mais ruiné, reprit-il d'une voix altérée... J'ai perdu plus de 6000 livres au jeu !

– C'est parce que tu es un prince que tu joues toujours gros !

– Comment reparaître après cela, devant vous et devant Briséis ?... Je ne fais qu'enchaîner les échecs !

– Demain nous t'attendons tous... La vie manque de relief sans toi !

– Briséis ?

– Elle va bien, mais ses parents s'éteignent doucement ensemble, dans une union de souffrances touchante... Quand l'un des deux mourra, l'autre ne lui survivra pas... Mais toi ?

– Je marche tout le jour dans Paris, cela me calme.

– Tu n'es pas retourné à Vincennes ?

– Vincennes !... Où est-ce ?

– Et Des Aubiers, as-tu cherché à le revoir ?

– Non, répondit Pierre-Antoine en éclatant imprévisiblement de rire, mais j'ai sauvé l'honneur de la filouterie : toutes les formules de pâtes et de couleurs qu'il a notées sur ses petits carnets, sous ma dictée, et avec lesquelles il pensait me tenir, sont fausses. Il pourra peut-être faire une pièce de kaolin, car c'est facile, mais il n'aura jamais aucune couleur qui tienne... À partir du moment où il a eu la moitié des parts, je me suis débrouillé pour ne plus lui dire que la moitié de la vérité.

– Attends-moi là deux minutes ! Je remonte chercher une partition que j'ai oubliée. Ensuite, nous marcherons ensemble jusqu'à la rue de la Poterie, dit Mathieu tout joyeux d'avoir entendu de nouveau le rire de son ami

Hannong, satisfait lui aussi d'avoir retrouvé cette présence amicale, attendait sous la pluie persistante en sifflotant lorsqu'il sentit deux mains douces se poser sur ses yeux.

C'était Briséis que Mathieu était remonté chercher. Après avoir failli défaillir de saisissement et de joie en la voyant, Pierre-Antoine la prit dans ses bras pour l'embrasser en pleine rue.

Le Strasbourgeois retrouva donc ses amis après cette nouvelle aventure au moins digne de toutes celles qui avaient précédé. Malgré son esprit fourmillant de plans brûlants, il se tint tranquille jusqu'à Noël, goûtant le plaisir de l'amour et des fêtes amicales, mais, aux premiers jours de 1767, ce fut la porcelaine elle-même qui, sans qu'il l'ait sollicitée, vint à nouveau troubler sa quiétude.

Pierre et Jean-François Hocquart, deux jeunes frères fortunés, fils d'un fermier général, fascinés eux aussi par la magie de ce matériau à la mode, voulaient ouvrir une fabrique à Vaux-sur-Seine, près de Meulan.

Pierre-Antoine, dont la renommée était alors à son comble chez tous les céramistes, fut appelé par ces deux frères et accueilli à Vaux comme un héros. Il ne fut pas long à discerner que ces deux garçons, malgré leur flamme et leur ardeur, ne jouissaient d'aucune des qualités nécessaires pour assurer le succès d'une affaire. Il leur donna quelques conseils utiles mais sans conséquence et puis, un beau matin, il leur amena La Borde, homme dont la grande sensibilité aux arts cachait un étonnant génie des affaires.

Jean Benjamin de La Borde, qui allait à son tour prendre une place de choix dans l'aventure de la porcelaine, était un homme puissant et redouté, et, plus secrètement, l'un des rares familiers de Louis XV. Il avait été l'un des deux seuls intimes du roi à assister en sa compagnie à la petite messe donnée le matin des obsèques de Mme de Pompadour, cérémonie au cours de laquelle le monarque, contrairement à tout ce qui s'est dit, avait témoigné d'un chagrin véritable.

La Borde, qui avait acquis la charge largement honorifique de premier valet de chambre du roi, était avant tout fermier général et, par là, riche à millions, gouverneur du Louvre, receveur général des Finances et, accessoirement, membre de la loge Fidélité de l'Orient de Paris. Élève de Rameau, il composait avec talent, auteur de plusieurs opéras sur des livrets de Marmontel, ainsi que d'une quantité de chansons sur des arguments de poètes du temps, parmi lesquels Voltaire. Il possédait la plus grande bibliothèque de Paris, garnie de vingt-cinq mille volumes, et était le mécène des principaux sculpteurs ou peintres de son temps, en particulier de Fragonard, Greuze, Chardin, Pigalle, Houdon, dont les œuvres occupaient les cimaises et les vestibules de son hôtel de la Chaussée-d'Antin. Il avait lui-même appris à graver mais il s'entendait surtout à rédiger des commentaires sur les œuvres des artistes et, dans le style de Diderot qu'il admirait énormément, des comptes rendus de salons ou d'expositions. Or, au début de 1767, la plus grande fortune de Jean Benjamin de La Borde était encore à venir, puisqu'il ferait partie de ceux qui, au cours de l'été suivant, allaient promouvoir la nouvelle étoile du jour, la seconde et dernière égérie du règne, Mme Du Barry, dont le clan pendant cinq ans, de manière encore plus voyante qu'au temps de la marquise de Pompadour, accéderait aux affaires et aux grands tripotages d'argent.

Pierre-Antoine s'accrochait désormais à cet homme plein d'entregent et de finesse. Il l'avait connu par le marquis de Voyer qu'il continuait de voir. Ce dernier avait à rattraper l'impair de l'avoir mis, deux années auparavant, en rapport avec Des Aubiers.

La Borde et Hannong s'étaient mutuellement plu. La Borde était encore jeune, trente-quatre ans, audacieux, malicieux, brillant, et Hannong, à vingt-huit ans, avait déjà prouvé tout ce qu'il valait. Pierre-Antoine, dont l'obsession était plus que jamais celle de la concrétisation de la porcelaine dure, parla à son nouvel ami de la manufacture des frères Hocquart.

C'est ainsi que La Borde et Hannong entrèrent à Vaux, le premier avec son argent qui paraissait inépuisable, le second avec sa science et le désir de se venger d'une façon éclatante de ces messieurs de Sèvres et de Des Aubiers. Ils allaient bientôt faire parler d'eux puisque dès le printemps de 1767 Pierre-Antoine Hannong construisait de ses mains, à Vaux, un premier four pour le grand feu qui devait beaucoup aux leçons qu'il avait reçues à Sèvres de Robert Millot.

Anselme, dans ce même printemps de 1767, sortait de terribles orages.

Pendant ces trois années, il avait éprouvé successivement la douceur de la plus grande félicité qui soit et l'amertume du pire des chagrins qu'un homme aimant puisse éprouver. Largement dépité par l'éloignement forcé de Pierre-Antoine et le refus de ces messieurs de Sèvres de mettre en œuvre sa formule, il avait continué à travailler à la Manufacture à l'amélioration des pâtes tendres, soutenu par la véritable affection que lui portait Hellot, l'amitié de Robert Millot et aussi la sympathie bourrue qu'avait désormais pour lui Boileau.

Mais ce n'était plus le même enthousiasme. Les nuits passées sans dormir en compagnie d'Hannong à surveiller les fours dans le Petit Bois, les longues discussions techniques à bâtons rompus qui les tenaient sans manger ni boire, en 1762 et 1763, autour d'Hellot, dans le petit laboratoire du Logis du roi, semblaient appartenir à des temps révolus. Anselme avait souffert pour son ami de l'ingratitude des ministres successifs, puis des terribles bêtises qu'il avait commises ensuite en compagnie de Lassia, enfin de ses déboires à Vincennes. Il déplorait tout autant, à présent, de le voir échafauder le projet de Vaux. Il en suivait l'avancée par les conversations qu'ils avaient régulièrement ensemble et il voyait bien que l'envie de se venger entrait dans cette surenchère de plans fumeux.

Or, de toutes ces déceptions, l'aîné des Masson, du fait de son caractère sombre et peu expansif, laissait paraître peu de choses. Il avait l'écorce épaisse des gens de son pays, durcie par les malheurs de l'enfance. Ses peines n'étaient sensibles, pour qui le connaissait, que par le regain de sérieux qui les accompagnait et la raideur que la réflexion intense confère à l'expression du visage. Il continuait de partir chaque matin à cheval pour la

Manufacture, bien avant l'aube en hiver, au point du jour l'été. Il était seul, parmi tous ces messieurs, à avoir l'énergie de faire quotidiennement ces allers et retours qui ajoutaient leur fatigue à celle des dix à douze heures passées sur les paillasses ou dans les ateliers.

En 1765, il se soutenait de la présence de Fanny et de l'affection d'Angèle et de Mathieu qui s'étaient installés, après leur mariage, rue des Petits-Champs, à deux pas de chez l'abbé de l'Épée. Il retrouvait ainsi tous les soirs chez lui, fût-ce pour une heure ou deux, Pierre-Antoine, qui demeurait son ami en dépit de leurs chemins divergents, et, plusieurs fois la semaine, les compagnons des premiers jours, dont l'indispensable Blanchot.

L'automne de 1765 avait été particulièrement joyeux. Hannong, grand acteur, était parvenu à cacher à tous l'état peu reluisant de ses affaires et ses retrouvailles funestes avec son ancien complice Lassia. Il forçait même un personnage de bon garçon persuadé que l'avenir finirait par lui sourire immanquablement. Les jeunes gens avaient appris coup sur coup les fiançailles de Blanchot avec Félicité puis, fin novembre, la future maternité de Fanny.

Par ailleurs, Anselme et Mathieu, longtemps inquiets pour leur jeune frère, Eustache, qui traînait sur les routes d'Auvergne depuis la fermeture du collège des jésuites de Mauriac, dans l'été de 1763, et qui était resté presque une année sans donner de ses nouvelles, avaient été rassurés, depuis, par plusieurs lettres dont la plus longue datait du printemps : Eustache et Flamarens, l'ancien novice avec qui il avait essuyé bien des tribulations depuis deux ans, venaient d'arriver à Rodez. Ils y attendaient l'ouverture du Collège royal, prévue le 1er octobre 1765. Le plus jeune des Masson, qui avait alors quatorze ans, devait y entrer en quatrième classe de grammaire, et l'ancien jésuite y professer l'algèbre ainsi que les mathématiques. Ils semblaient donc heureusement avoir touché au port, après ces longs mois d'errance.

Le souvenir de Lucile, qui l'avait si longtemps obsédé, s'était non pas effacé mais figé. Et pourtant sa respiration s'arrêtait encore lorsque, par hasard, il songeait à elle. Il ne se rassérénait qu'en se persuadant qu'elle s'était éloignée de lui par duplicité.

Anselme apparaissait à cette époque comme un homme apaisé, convaincu que le bonheur de la paternité, gommant toutes les difficultés et contrariétés de la vie austère et active qu'il avait menée jusque-là, allait bientôt le submerger.

Il fêta le début de l'année 1766 avec ses amis, invitant Marmontel pour la première fois. Celui-ci était finalement entré à l'Académie en 1763 et venait de produire coup sur coup un ouvrage sérieux, *La Poétique française,* puis deux ouvrages grivois, *La Neuvaine de Cythère* et une traduction très libre de *La Pharsale* de Lucain, que l'Église avait condamnés vertement.

Malgré les déceptions subies à Sèvres depuis le départ de Pierre-Antoine, l'aîné des Masson n'avait jamais été aussi magnifique qu'au début de cette vingt-septième année. Son air sérieux et son regard noir s'étaient adoucis, son abord qui avait longtemps impressionné était devenu plus aisé. Il avait acquis auprès de ses principaux amis des façons plus civiles. Cette manière toute personnelle qu'il avait d'intégrer les aspérités de l'existence dans le flux d'un bonheur simple avait fini par lui conférer une patine de sérénité : il s'était mis à fumer la pipe comme Boutefeu et Millot, à jouer chaque soir des pièces à la mode sur le grand clavecin jaune – celles de Du Phly, Corrette, Balbastre, Schobert ou Armand Louis Couperin – que Mathieu lui faisait répéter chaque fois qu'il passait. Il avait pris surtout beaucoup des manières de Pierre-Antoine, sa façon de s'habiller, ses attitudes, mais aussi son art de tourner les affaires les plus graves en dérision. Il admirait le Strasbourgeois, son génie technique et cette certitude qu'il avait de sa supériorité, même au paroxysme des larmes de rage que suscitaient parfois chez lui les brusques retournements de la fortune. Anselme perdait donc peu à peu les pièces de l'armure qu'il avait revêtue dans l'enfance, dès la mort de son père, comme pour se rendre plus invulnérable aux coups du sort, mais sa volonté et son énergie ne s'en trouvaient pas pour autant diminuées.

Avec l'aide d'Hellot et de Millot, il faisait progresser à grands pas les techniques de la pâte tendre. Il s'était attaqué successivement au problème du renforcement de la résistance des cazettes qui cédaient souvent lorsqu'on les empilait dans les fours, à l'amélioration des couvertes, à celle des couleurs pour fonds et des couleurs à peindre dont il étudiait par le menu les composants, leurs propriétés et leurs compatibilités, en particulier celles des oxydes de cobalt, de nickel ou de fer, avec les spaths, les terres d'ombre et les substances alcalines. Ses deux vieux complices, Hellot et Millot, qui connaissaient pourtant par le menu toutes les expériences menées dans la Manufacture depuis 1758, avaient chaque jour l'impression, grâce à lui, de découvrir quelque chose de neuf.

Macquer, qui se faisait rendre compte régulièrement de ces travaux, demeurait impénétrable, toujours aussi étrange et imprévisible dès que son jeune adjoint se trouvait en face de lui. Il ne parvenait toutefois pas à cacher l'agacement et l'intérêt que lui procuraient les entreprises de celui-ci.

Un matin d'avril 1766, Hellot fut retrouvé mort dans son petit appartement du quai des Grands-Augustins, à Paris. Lorsqu'il apprit la nouvelle, Anselme fut effondré.

Le premier chimiste de Sèvres n'avait pas de famille proche, et désignait Anselme, par une lettre découverte à son chevet, au matin de sa mort, comme légataire des livres, des notes et des papiers que guignait Macquer, en contrepartie de la charge bien modeste de devoir organiser ses obsèques. Il héritait d'un trésor dont il sut immédiatement estimer le prix : des centaines de lettres de Fontenelle, Mme Du Châtelet, Réaumur, Maupertuis, La Mettrie, d'Alembert ; une collection de minéraux rares classés dans deux grands meubles de chêne à boutons de cuivre, réalisés spécialement pour les contenir, et surtout des cahiers entiers, noircis d'une petite écriture fine, qui livraient les conclusions de toute une vie passée à se confronter à l'arcane de la porcelaine. Le légataire fit transporter le tout rue Montorgueil avec le sentiment qu'une grande part du génie et de la science d'Hellot venait s'installer chez lui.

Quelques jours après, Fanny, enceinte de huit mois, se blessa en tombant dans l'escalier au milieu duquel un portefaix avait malencontreusement entreposé l'une des caisses provenant du déménagement des meubles du premier chimiste. D'abord, ce ne fut rien, mais deux jours plus tard, après le souper, la jeune femme fut prise d'une brusque hémorragie. Par chance, Blanchot se trouvait à l'étage inférieur, chez les Floquet, ses futurs beaux-parents. Il accourut, examina Fanny et ne put dissimuler à Anselme sa très vive inquiétude. Des contractions se déclarèrent presque aussitôt. L'enfant se présentait mal. Blanchot demeura là toute la nuit et encore toute la matinée du lendemain. L'accouchement eut lieu dans les cris insupportables de la mère en train de se vider de son sang. Félicité, Praxède, Mme Courtois couraient à l'eau chaude, aux bassines et aux linges propres dans tout l'immeuble. Anselme, rejoint par Mathieu et Pierre-Antoine, attendait prostré dans le salon, assis sur une banquette, se bouchant les oreilles et même quelquefois rugissant plus fort que Fanny, pour ne pas l'entendre hurler. Le jour qui venait de se lever avait des couleurs de crépuscule. La petite pendule dorée, décorée du phare de Cordouan, apportée de Strasbourg par Pierre-Antoine, émettait un tic-tac obsédant, elle ponctuait de sa sonnerie aigrelette des quarts d'heure qui ressemblaient à des heures. Mathieu, de ses grands yeux vides, guettait les mouvements des portes et tendait l'oreille pour ne rien perdre des bruits de la maison ni du souffle oppressé de son frère. À 11 heures, Blanchot parut, en larmes. Les manches de sa chemise étaient rougies de sang. Il alla jusqu'à Anselme, appela Mathieu et fit signe à Pierre-Antoine de s'approcher :

– Fanny vient de partir en te laissant une fille ! annonça-t-il.

À ces mots, Anselme, livide, s'allongea de tout son long sur la banquette, sans même un soupir, laissant longuement couler ses larmes. Les trois autres garçons s'assirent à même le parquet, lui tournant le dos et s'adossant à la banquette. Il s'installa ainsi un long silence qui dura encore trois quarts d'heure. Un peu avant midi, un cri les tira de leurs pensées, celui de la petite fille veillée par les trois femmes qui s'étaient enfermées dans la chambre sans oser reparaître dans le salon. Anselme se dressa brusquement sur ses jambes pour se précipiter dans la pièce voisine. Pénétrant dans ce lieu encore plein d'une odeur de sang, de fièvre et d'alcool, fuyant du regard le lit où se devinait la forme de Fanny sur laquelle Blanchot avait tiré un drap, il alla près du berceau au-dessus duquel se penchaient Félicité et Mme Courtois. Il avisa ce petit paquet de chair qui se démenait dans ses dentelles et ses édredons blancs, et son œil allumé de colère se voila aussitôt de tendresse : le visage du poupon était déjà plein et rose, sans aucune trace des froissements et des griffures du combat qui l'avait amené à la vie. Ses grands yeux noirs étaient ouverts et semblaient déjà s'émerveiller de vivre. La petite avait cessé de pleurer dès que l'ombre immense de son père avait commencé de s'étendre sur elle.

Anselme s'agenouilla près de Félicité et fit signe qu'il voulait prendre sa fille dans ses bras. Dès qu'il l'eut fait, qu'il l'eut serrée tout contre lui, il s'approcha de la fenêtre à l'instant où, comme par miracle, un rayon de soleil venait caresser les vitres.

Il alla ensuite dans le salon où les trois garçons, qui s'étaient levés, l'attendaient en silence.

– Voici Adèle ! leur annonça-t-il en leur montrant l'enfant. Tout ce que je ferai de grand et de beau désormais sera pour elle !

CHAPITRE TROISIÈME

La tête de Bacchus

Aux derniers jours de l'an 1765, le chirurgien Darnet avait confié à Villaris des échantillons de la terre du Clos-des-Barres. Ce dernier, pourtant sur le qui-vive à propos de la recherche du kaolin par tout le royaume, les avait traités avec le plus grand mépris avant de les oublier sur une étagère.

Le nouveau lot que lui apporta Darnet, lors de son retour à Bordeaux, dix-huit mois plus tard, dans l'été de 1767, bien que prélevé au même endroit, était beaucoup moins grisâtre :

– J'ai appris à laver cette terre et à la filtrer, annonça fièrement le chirurgien après avoir ouvert lui-même les paquets qui contenaient ces nouveaux échantillons. C'est du sable que j'élimine… Du mauvais sable gris…

Villaris, qui avait su dissimuler un premier frisson, parce qu'il venait enfin d'avoir l'intuition que ce qu'il avait sous les yeux n'était pas autre chose que ce que toute la France recherchait, posa son index à la surface de la poudre contenue dans le petit récipient que son ancien collègue de l'armée du Hanovre venait de lui confier. Il en frotta quelques particules contre son pouce, et son œil s'alluma aussitôt : cette matière soyeuse et fine, c'était donc cela… Ce ne pouvait décidément être que cela !

Darnet donnait d'interminables explications sur la méthode employée pour laver et filtrer ses terres, alors que l'apothicaire s'était mis à poursuivre ses observations sur sa paillasse tout en tournant le dos à son visiteur. Il resta un long moment sans se retourner pour ne pas trahir sa surprise.

– Intéressant ! annonça-t-il au bout de trois à quatre bonnes minutes, après s'être préparé à affronter le regard de Darnet sans que parût le moindre mouvement sur son visage.

– De la chaux très fine et très mordante, n'est-ce pas ? ajouta naïvement le visiteur.

– Mieux que ça ! répondit habilement Villaris, qui souhaitait capter l'intérêt du chirurgien tout en l'égarant. C'est un liant chimique, de la terre qui sans doute sera bonne pour fouler et, peut-être même, de la potasse dont on pourrait tirer de l'eau-forte à usage saponifère. Il faut aller plus loin dans l'analyse !

– Sans doute l'envoyer à Paris, au Jardin du roi ?

– Je commencerai les premières investigations moi-même, en sollicitant discrètement l'avis de membres de notre académie... Revoyons-nous dans un mois et vous, de votre côté, allez là où vous avez trouvé ce minerai pour estimer au plus près l'importance du gisement... Nous verrons ensuite ce que nous pourrons en tirer... Mais ça rapportera sans doute gros !

Darnet s'en retourna en Limousin, plus excité par la perspective des énigmes scientifiques à résoudre que par l'idée qu'il pourrait faire fortune avec le sable du Clos-des-Barres.

Le lendemain, l'apothicaire, qui avait travaillé toute la nuit à comparer la terre laissée par le chirurgien à l'échantillon qu'il avait prélevé sur l'envoi fait par Parent à l'académie de Bordeaux, fit atteler sa chaise pour se rendre à l'archevêché.

– Monseigneur, dit-il, pénétrant dans le salon du prélat en jetant assez cavalièrement son tricorne sur un guéridon, le roi vous fera bientôt cardinal !

– Comment, mon fils, moi que la Cour oublie si bénignement en Aquitaine !

– Cardinal, vous dis-je !

L'archevêque ne put se retenir de fixer benoîtement le revers de sa manche de soie moirée à la couleur d'aubergine et de paraître soudain comme ébloui par l'éclat d'un rouge nacarat.

– Asseyez-vous, mon enfant ! Asseyez-vous et racontez-moi calmement votre affaire !

Mgr de Lussan approcha de Villaris sa grosse figure marbrée de rouge dont l'expression, à mesure que progressait le récit de l'apothicaire, passait de l'étonnement au ravissement.

– Ah ! soupira-t-il en joignant les mains et en fixant le plafond de son grand salon peint à fresque de nuages légers. Dieu, dans son infinie miséricorde, puisque vous me dites que Saint-Yrieix n'en est pas éloigné, aura peut-être mis aussi un peu de kaolin dans les diocèses d'Angoulême, de Périgueux ou de Sarlat qui dépendent de mon siège…

– Pour le moment, Monseigneur, trancha un peu nerveusement Villaris qui trouvait que l'archevêque en demandait beaucoup, ces gisements se trouvent dans le diocèse de Limoges…

– Dans l'archevêché de Bourges ! poursuivit Lussan, aussi dépité qu'un enfant gâté.

– Mais nous avons le secret de l'emplacement des carrières, et c'est là l'essentiel. Il faut s'accommoder des cadeaux de la Providence tels qu'ils se présentent, mais il m'est avis… Éminence… qu'avec ce que nous avons là, nous avons amplement matière à faire notre cour au roi.

Le prélat s'enthousiasma. Un frisson l'avait parcouru en s'entendant traiter pour la première fois d'éminence et il se voyait déjà logé à la Cour, grand aumônier, admis au Conseil du roi, comme Bernis naguère… Tout cela par le brusque prodige de la sublime poudre.

Villaris, en bon bourgeois provincial, était d'une ambition plus froide et plus modeste. Il s'imaginait, grâce à cette découverte, tout au plus démonstrateur en titre au Jardin du roi à Paris, en place de son maître Rouelle, et gardait la tête froide.

– Agissons avec circonspection cependant ! Il faut encore attendre un mois, le temps d'être certains des quantités exploitables et de connaître par mon correspondant l'emplacement exact du gisement.

Lussan opina, dans une totale extase.

Un mois plus tard, le 7 septembre 1767, Darnet secouait sa capote de voyage pleine de poussière dans le salon de Villaris. Il arrivait d'un trait du Limousin, après un voyage à cheval d'un jour et demi.

– Ce gisement est à perte de vue ! assura-t-il. Où que j'aille, en haut, en bas de la colline, près du ruisseau, tout autour du bourg lui-même, partout on trouve la même qualité de sable qui devient blanche lorsqu'on la décante.

– Et moi, de mon côté, je vous confirme que c'est de la potasse, aussi belle et fine que celle d'Angleterre… assura Villaris sans frissonner de son mensonge. Nous en tirerons de l'eau-forte qui permettra de fabriquer des détergents et des savons capables de blanchir tout le linge et tous les cotillons du royaume.

– J'eusse préféré découvrir quelque chose que les Anglais n'avaient pas.

– Tout au contraire, mon ami, tout au contraire ! M. de Choiseul sera ravi que nous ayons un motif de plus pour concurrencer nos ennemis dans un domaine où ils pensaient avoir seuls la haute main.

– Et maintenant, qu'allons-nous faire ?

Villaris dévoila le plan auquel il avait longuement réfléchi avec l'archevêque :

– C'est à Paris que tout va se traiter désormais…

Il nous faut plus de détails… Les emplacements des gisements, le nom des propriétaires des parcelles et savoir s'ils sont vendeurs. Tout cela nécessite une enquête approfondie… Il serait bon de pouvoir rapidement se rendre maîtres de ces terrains… Vous pourriez sans doute opérer pour le compte de Monseigneur qui, afin de procurer du travail aux pauvres gens d'ici, est prêt à risquer un peu de sa fortune dans cette entreprise…

– Mais ce serait agir en dehors de son archevêché ! s'étonna Darnet.

– L'idée de Monsieur de Bordeaux, répliqua aussitôt Villaris qui avait prévu l'objection, c'est d'extraire la poudre du Limousin et de la décanter sur place pour donner dans un premier temps de l'ouvrage aux habitants du lieu. Ensuite, il faudra la faire venir ici où seraient créées, sur l'estuaire, des manufactures de savon et de lessive… Bien sûr, il nous faudrait là-bas quelqu'un sur place et, si vous l'acceptiez, ce serait vous !… Mais il n'est que grand temps que vous fassiez la connaissance de Monseigneur !

Cet entretien du chirurgien avec le prélat eut lieu le lendemain à l'archevêché. Darnet était un catholique des plus timides mais son âme innocente était restée impressionnée par les volutes d'encens et le grand déchaînement des orgues qui le faisaient frissonner à Saint-Étienne de Limoges lorsqu'il était enfant. La vue de Mgr de Lussan le recevant sur une espèce de trône et lui offrant dans un sourire plein de bénignité son anneau à baiser fit l'effet qu'escomptait le rusé Villaris. Les préventions de Darnet s'évanouirent et il fut ébloui, tel l'être superstitieux à la vue d'une idole.

Le chirurgien, les yeux brillants, discourut avec enthousiasme sur sa découverte. Il parlait d'abondance, voyant déjà plusieurs centaines d'ouvriers en train de piocher au bas du Clos-des-Barres, de grands hangars construits pour la décantation du minerai, des routes aménagées pour faire circuler les charrois, la Vézère rendue navigable. À l'entendre, les étendues meubles et grisâtres bordant le ruisseau du Chantre devenaient un nouvel Eldorado.

– Ah ! ah ! voilà du travail pour les pauvres gens… soupira l'archevêque, toujours joignant les mains. C'est la manne tombée du ciel !

Villaris, qui se tenait tout raide au bas des trois marches de la petite estrade sur laquelle était posé le fauteuil de celui qui depuis un mois ne faisait que des rêves de pourpre, gardait une impassibilité de sphinx.

– Voici déjà du bon argent pour tous les frais que vous avez eus ! dit alors l'archevêque en s'emparant de trois petits sacs noirs à lacets posés sur un guéridon. Vous repartirez d'ici avec Villaris… Il faut examiner dès à présent comment entrer en possession du plus grand nombre possible de parcelles. J'entamerai moi-même les négociations avec les propriétaires, dès que vous les aurez identifiés. Il faut estimer la quantité de ce minerai et pousser en conséquence et en parallèle les projets de manufacture que M. Villaris a dessein d'établir ici.

– Oh, Monseigneur ! ce que je souhaite par-dessus tout, c'est être intéressé aux applications techniques qui se feront de tous ces procédés… protesta le chirurgien bien naïf.

– Vous le serez, mon ami, vous le serez ! Villaris y veillera… N'est-ce pas Villaris ?

– Certainement, Monseigneur ! opina l'apothicaire sans se départir d'un air grave.

– Eh bien ! Nous voici unis pour la plus grande gloire de Dieu et l'observation du devoir qu'il nous fait d'être charitables… Villaris, mon ami, voyez les suites avec monsieur. Qu'il soit content de moi comme je le suis de vous deux… Que chacun dans cette affaire trouve son petit coin de paradis !

Darnet ne ménagea pas ses efforts. Il accueillit Villaris chez lui pendant deux semaines, le promena de long en large sans rien lui cacher ni lui dissimuler, d'abord du côté du Clos-des-Barres puis aux Perrières, mais aussi dans tous les vallons qui offraient à peu près la même configuration. Ils poussèrent leurs investigations autour du bourg, jusqu'à Marcognac et Bonneval, où ils reconnurent des terres similaires. Il l'aida même à prélever et à charger en plusieurs endroits des tonneaux de poudre grise qu'ils ramenèrent à Saint-Yrieix à dos de mule et qu'ils passèrent leurs soirées à tamiser puis à laver. Ils examinèrent de concert chez les notaires et dans les chartriers du pays l'état des terriers et des rôles. Ils s'aperçurent alors que les terres les plus riches, celles du Clos-des-Barres et attenantes, nécessaires au tracé des chemins permettant l'accès aux carrières, appartenaient à des aristocrates, la baronne du Montet de La Faye et son fils.

Le chirurgien n'avait aucune idée de la turpitude des hommes puissants. Il ne nourrissait aucune inquiétude et n'en allait pas avoir pendant presque deux années encore, alors que l'affaire du kaolin de Saint-Yrieix avait déjà dépassé l'horizon étroit du Limousin pour se traiter à Sèvres et à Versailles.

Il aurait pourtant eu des motifs de s'inquiéter. Ainsi, au cours d'un nouveau voyage en Aquitaine, effectué d'une traite entre la Noël de 1767 et le jour de l'An, plusieurs semaines après leur commun déplacement en Limousin, il fut étonné d'apprendre de la bouche de l'apothicaire que Mgr de Lussan n'avait pas encore pris langue avec les propriétaires du Clos-des-Barres, et qu'à Bordeaux même aucun projet de manufacture n'était encore lancé, alors qu'il se tenait prêt, ainsi que le lui avait demandé le prélat au cours de leur entretien, à entreprendre aux beaux jours, avec deux ou trois ouvriers qu'il envisageait de recruter, les premières recherches du « minerai à eau-forte », ainsi que l'appelait désormais Villaris.

Au terme de son séjour en Aquitaine, le 29 décembre, Darnet alla à l'Académie rendre visite à son vieux maître, Decugis, qui avait longtemps enseigné la galénique et s'occupait bénévolement, depuis qu'il s'était retiré de sa chaire, du bureau de plusieurs sociétés savantes de la province. Le bonhomme passait son temps à dépouiller les articles des revues et les lettres adressées par les correspondants des sociétés savantes européennes, parus tant en allemand, qu'en anglais, en italien ou en espagnol. Il en faisait de petites notices que des étudiants venaient ensuite recopier pour les diffuser. En retour, il assurait la communication des travaux des chercheurs bordelais aux principales universités d'Europe et, bien qu'il eût près de deux années de retard dans sa tâche, rien ne paraissait devoir le décourager, ni la masse de papiers accumulés dans son bureau, ni les rhumatismes, ni même la goutte.

C'était pourtant un vieillard toussant et éructant, avec la roupie au nez, qu'une calotte de clerc de notaire vissée sur sa tête, quatre tricots et autant de foulards ne parvenaient jamais à réchauffer.

– Alors, Jean-Baptiste, tu viens voir la jeunesse ! lança-t-il tout joyeux de voir paraître son ancien disciple.

– Oui, cher maître, vos rouspétances me manquent !

– Si ce n'est que cela, je puis encore rugir comme un vieux lion... Mais, plus sérieusement, que fais-tu à Bordeaux ?

Darnet raconta son histoire à un Decugis qui était voltairien, apôtre du doute philosophique et que les rondeurs et les grâces d'un Lussan laissaient de marbre. Il nourrissait même pour l'archevêque une sorte de répulsion.

– Oh ! méfie-toi de ce curé-là, c'est un bandit !

Le chirurgien fut secoué d'un rire convulsif :

– Là, mon maître, vous exagérez !

– Que dis-tu d'un prêtre qui a réalisé la plus grosse partie de sa fortune avec la traite des Nègres ?

– Voltaire l'a fait avant lui, mais, je vous l'accorde volontiers, c'est un méchant procédé.

Decugis haussa les épaules :

– Et cette poudre que tu vas lui procurer est sans doute miraculeuse ?

– À peu près... C'est du savon.

– Du savon !

– De la potasse. De la plus fine, comparable, au dire de Villaris, à celle d'Angleterre.

– Et c'est le Villaris qui t'a dit ça ! bougonna le vieux savant qui ne portait pas non plus l'apothicaire dans son cœur. La potasse n'a rien de très rare... Mais montre-moi un peu de ta poudre !

– C'est que je n'en ai plus, réalisa Darnet navré... Peut-être un peu au fond de ma poche.

Il en retrouva effectivement quelques pincées qui étaient tombées dans l'ourlet de son manteau, la quantité de deux cuillères à soupe environ, qu'il fit glisser dans la main du savant. Le vieil homme examina la poudre, souffla dessus, la respira, en prit une pincée qu'il finit par porter à sa bouche, puis en appliqua un peu sur le bout de son doigt qu'il mélangea à de la salive.

– Jeune innocent, sourit-il, le propre d'une lessive est de lessiver par elle-même, or ta poudre ne mousse ni ne nettoie... Vois cette tache d'encre sur mon index, elle ne s'atténue que parce que je frotte, que parce qu'il y a dans ce sable des grains abrasifs ! Ta poudre ne blanchira le linge qu'en l'usant.

– Je suis chirurgien, c'est Villaris le chimiste...

– Ne t'ai-je pas appris autrefois l'art des clystères, celui de broyer et de mixer les principales substances saponifères ?

– Oui, balbutia Darnet, penaud comme un étudiant qui a oublié sa leçon.

– Et surtout, apprends à te méfier ! Le Villaris et Lussan, son compère, te cachent quelque chose… Retourne dans ton Limousin et envoie-moi un bon paquet de ta poudre !… Je l'étudierai en priorité, au risque d'aggraver un peu plus le retard que j'accumule dans ma besogne. En attendant, par précaution, j'en déposerai un paquet scellé aux archives de notre académie.

Darnet quitta Bordeaux, pour être à Saint-Yrieix le 31 décembre, afin de fêter le Nouvel An avec Isabeau et Nicolas, leur fils. Pour la première fois, tandis qu'il chevauchait Ajax, son demi-sang, il repartait pensif : Decugis était bien vieux et certainement entraîné par sa haine des prêtres, mais Lussan et Villaris, qui convoitaient la poudre avec tant d'âpreté et sans avoir donné le moindre commencement d'exécution à leur projet de fonder une manufacture de savon, l'inquiétaient soudain. Les nouveaux sacs d'or que lui avait remis l'apothicaire de la part de l'archevêque, qu'il emportait dans ses sacoches, le troublaient encore plus. Ce pourboire lui paraissait disproportionné par rapport à ses véritables diligences.

L'affaire qui embarrassait Lussan et Villaris à présent était de faire connaître en haut lieu la découverte du kaolin sans éveiller les soupçons de Darnet.

Le prélat n'hésita pas. Il décida de se rendre lui-même à Paris, de prendre ainsi une avance de deux mois sur la convocation que le roi devait incessamment lui adresser pour assister à l'Assemblée générale du clergé. Il justifia sa décision auprès de ses vicaires généraux par la nécessité dans laquelle il se trouvait de consulter sur sa santé plusieurs médecins de Paris.

Villaris se tenait dans la cour de l'archevêché, le 27 janvier 1768, au petit matin, alors que Monsieur de Bordeaux s'apprêtait à monter dans la lourde berline qui, en six jours, devait lui permettre de rejoindre la capitale. L'apothicaire avait veillé lui-même à ce que les deux petits tonnelets, de trente livres chacun, pleins de poudre décantée du Clos-des-Barres, soient placés à l'intérieur de la voiture, sous la banquette du voyageur.

Lorsque tout fut paré, Lussan, traversé d'un dernier doute, abaissa la vitre de sa portière :

– Vous en êtes bien certain, Villaris, c'est du kaolin ?

– Ma tête à couper, Monseigneur ! assura l'apothicaire qui se reprit tout aussitôt en songeant qu'en cas de condamnation à mort sa naissance lui ôterait le privilège de la hache… La corde au cou, tout du moins ! rectifia-t-il dans un sourire qui s'éteignit sur ses lèvres dans une grimace.

Tout au long du voyage, l'archevêque ne fut qu'à ses pensées de pourpre et de grande charge d'État, n'adressant pas un mot à son chapelain et à son secrétaire qui avaient pris place en face de lui, le dos à la route, s'impatientant même à plusieurs reprises de voir le premier de ces jeunes gens occupé de son chapelet et le second – qui faisait son premier voyage à travers la France – tout à l'admiration béate de ce qu'il découvrait. Pour lui, c'était à peu près la vingtième fois qu'il faisait la route depuis son archevêché jusqu'à la Cour, aussi laissait-il tomber sur la chaussée poudreuse, sur la campagne ravagée par l'hiver, sur les pauvres habitants qui sortaient au bruit de l'équipage de leurs masures de torchis, un regard plein de dédain. Du talon de ses escarpins de soie violette, il s'assurait régulièrement de la présence de ses petits tonneaux remplis de kaolin. Il en touchait le bois et les cercles de fer de sa main potelée, et il n'était que ce contact pour ramener, un instant, sur ses lèvres épaisses l'amorce d'un sourire.

Arrivé à Paris, il descendit au Marais, chez sa vieille cousine, Mme d'Esparbès de Lussan. C'était chaque fois la même chose : l'antique hôtel de brique et de pierre datant du temps de Louis XIII, assoupi au fond d'une impasse pavée, réglé sur le tic-tac de ses pendules dont un valet était chargé de rapporter chaque jour le mouvement à celui du régulateur trônant dans le vestibule, se mettait soudain à vivre au rythme accéléré de l'illustre parent de la maîtresse des lieux. Lussan était homme de plaisir et de société, fait pour hanter les salons de Paris mais, par caprice, comme tous ceux qui avaient la vraie passion de cette ville, il en aimait surtout l'anonymat. Vêtu de sa houppelande, coiffé d'un chapeau à large bord, trahi seulement par ses bas violets, il hélait tout le jour des fiacres pour aller d'une maison à l'autre, rendant visite à ses amis, fréquentant incognito les théâtres et parfois même les cabarets.

Lussan, issu d'une vieille lignée de gentilshommes du Périgord qui avaient dû compter dans leur ascendance nombre de paysans madrés, était d'une prudence de serpent. Il prit d'abord le temps de la réflexion et se garda de foncer tête la première à Sèvres, où, s'il n'avait fait que le croiser, il se souvenait d'un Macquer plein de morgue et de dédain. Il craignait que son trésor ne fût englouti sous prétexte du secret de Sèvres ou, pis, accaparé par l'un ou l'autre de ces messieurs qui aurait voulu s'attribuer la paternité de sa découverte. Il décida donc de rencontrer d'abord ce qu'il y avait de plus savant dans Paris pour estimer qui pourrait le mieux servir ses plans, faisant ainsi accessoirement connaître à des gens dont il pourrait, le cas échéant, invoquer le témoignage qu'il se trouvait bel et bien, en ce début de 1768, en possession du kaolin et qu'il en était par là le seul détenteur légitime.

Pour commencer, après s'être fait communiquer le programme des différentes sections de l'Académie des sciences qui étaient celles de géométrie, d'astronomie, de mécanique, d'anatomie, de chimie et de botanique et s'être fait confirmer que l'étude des minéraux relevait de la chimie, il décida de se rendre à la première des séances que tiendrait cette section. Chacune d'elles avait son jour. Celui de la chimie était le mercredi, et les communications au public se faisaient dans l'amphithéâtre du rez-de-chaussée de la cour Carrée du Louvre, à 10 heures.

Il y avait peu de monde, ordinairement, dans les imposants vestibules du vieux palais parisien des rois, déserté depuis plus d'un siècle par ses maîtres, où s'étaient installées à leur aise les cinq académies ainsi que quelques autres institutions rattachées à la Cour. Le Cabinet de marine y était établi, avec ses magnifiques maquettes de vaisseaux, juste à côté du « Tribunal conservateur des plaisirs du roi » – instance chargée des litiges de chasse de la capitainerie de la varenne du Louvre –, dont le lieutenant général, ponctuel à venir tenir son audience deux fois la semaine, n'était autre que le déjà fameux Pierre Augustin Caron de Beaumarchais. L'on pouvait, dans ces larges couloirs, au milieu d'un maigre public, croiser facilement les savants les plus prestigieux du temps : Dortous de Mairan et d'Alembert, pour la géométrie, Cassini pour l'astronomie, l'abbé Nollet et le jeune marquis de Montigny pour la mécanique, Jussieu pour la botanique, Daubenton, Buffon et Quesnay pour l'anatomie.

La salle des conférences dans laquelle pénétra l'archevêque, enveloppé d'une ample cape de voyage, était elle aussi à peu près déserte. Au fond, sur des bancs parfaitement alignés, se tenait un groupe compact et sage d'une dizaine d'étudiants. Devant, dans un grand espace découvert, un rang de fauteuils était réservé aux auditeurs de marque où, oublieux des précautions qu'il venait de prendre pour rester discret, Mgr de Lussan alla tout naturellement s'asseoir seul. En face de lui, l'estrade, avec un pupitre pour l'orateur et, au-dessus, une espèce de banque haut perchée derrière laquelle siégeait le bureau. Lorsque celui-ci était au complet, il se composait, pour la chimie, de La Condamine, Bourdelin et Macquer. Ce dernier y remplaçait Hellot depuis 1766, date à laquelle il avait aussi obtenu son poste à Sèvres. Les assesseurs de la section étaient Malouin, le fameux Rouelle et Baron.

Or, ce matin-là, n'était présent que le vieux et vénérable La Condamine, autrefois voyageur infatigable, parti jusqu'au Pérou vérifier les théories de Newton sur le mesurage d'un arc de méridien, mais dont le périple était surtout connu parce qu'il en avait rapporté les premiers commentaires connus en Europe sur l'hévéa à caoutchouc, ainsi que quelques observations nouvelles sur les vertus du quinquina. C'était ce jour-là son tour de présider mais, à peine se fut-il assis, qu'à son habitude il piqua du nez. La communication inscrite à l'ordre du jour était d'ailleurs d'un ennui sidérant. Un correspondant étranger, un médecin de Zurich, faisait un exposé en latin tout en montrant des éprouvettes qui paraissaient toutes de la même couleur à un public que l'éloignement empêchait de bien voir. Les conclusions embrouillées de ce savant, saluées de maigres applaudissements, parvinrent malgré tout à réveiller La Condamine.

Lussan était resté sur sa faim, aussi, le lendemain matin, toujours roulé dans les plis de l'espèce de coupe-vent qui, croyait-il, le rendait méconnaissable, se fit-il déposer en fiacre au jardin des Plantes pour assister à la conférence de M. Rouelle, académicien et démonstrateur en titre des minéraux du roi, dont les étudiants qui se trouvaient au Louvre la veille lui avaient remontré tout l'intérêt et fourni l'indication de l'heure.

L'archevêque se tint patiemment au dernier rang de l'amphithéâtre pendant deux heures puis, convaincu par la clarté et autant qu'il puisse en juger par la science de l'orateur – il avait été question de la soude caustique, sujet qui le dépassait amplement –, il s'approcha dès que l'exposé fut achevé, défaisant son col de manière à laisser apparaître son rabat de fine batiste et sa croix pectorale.

Rouelle fit sur-le-champ descendre un fauteuil au parterre et demeura debout devant son visiteur, adossé à sa chaire, tandis que trois ou quatre jeunes gens, qui avaient paru des plus assidus à sa démonstration, formaient autour de lui un cercle élégant et attentif.

– Du kaolin, messieurs, où pensez-vous qu'il puisse s'en trouver en France ? demanda tout à trac le prélat.

– Si nous le savions, à cette heure nous serions riches !... répliqua plaisamment Rouelle en entraînant le rire de ses disciples. Voilà bientôt deux ans que M. Parent a envoyé ses échantillons aux quatre coins du royaume et que les Français, alléchés par les grosses récompenses promises par le roi, se sont transformés en taupes... Pourtant rien n'est sorti de tout ce grand remuement, en tout cas rien qui approche en qualité et en pureté le minerai de Saxe ou de Bavière.

– Avez-vous la connaissance exacte de l'état de ces recherches ?

– Nous n'en savons que ce que veut bien nous dire M. Macquer, mais il n'est pas loquace.

– Macquer, l'auteur du *Dictionnaire de chimie* ?

– Oui, l'homme qui a la haute main sur la question de la porcelaine depuis la mort de son collègue Hellot, il y a quelques mois de cela. Toutes les informations passent par lui, mais, pour l'heure, il joue sa place et sa carrière. En effet, il a su persuader le ministre qu'il y avait forcément du kaolin en France et qu'il valait mieux attendre de le trouver avant de se lancer dans une industrie qui rendrait la France dépendante du bon vouloir de l'étranger...

– Vue raisonnable ! estima le prélat.

Rouelle considéra son interlocuteur d'un œil dans lequel pétillait un soupçon de sarcasme :

– Mais, Monseigneur, une question me brûle les lèvres. Quel intérêt a-t-on brusquement à Bordeaux pour le kaolin ?

– C'est, s'embarrassa l'archevêque, que si Dieu, dans sa bonté, avait daigné en mettre un peu dans mon archevêché... Voyez-vous, c'est toujours à l'ouvrage des pauvres gens que je pense...

– Dieu peut tout, mais le Dieu de la Création – celui qui a fait le ciel et la terre, non pas en sept jours, comme le prétend la Bible qui n'est qu'un tissu de sornettes, mais en des milliers et des milliers d'années – est plus imprévisible.

Monsieur de Bordeaux qui avait dans sa poche un peu de la poudre de Darnet décida brusquement de ne pas en parler. Ce professeur qui raisonnait comme un philosophe, comme un athée, en remettant en cause la stricte chronologie de la Genèse, ne lui disait brusquement plus rien qui vaille.

Il demanda toutefois à voir les échantillons de kaolin de Saxe que conservait le jardin des Plantes depuis l'envoi fait par Parent. Il fit glisser son gant de cuir, puis celui de soie violette qu'il portait en dessous et, posant le bout de ses doigts courts et grassouillets sur la poudre, il ne put réprimer un sourire : c'était apparemment le même minerai que celui qui se trouvait sous la banquette de sa berline.

Rentré chez sa cousine, il n'hésita plus. Il commença par faire venir deux notaires pour déposer entre leurs mains des enveloppes scellées contenant un peu de kaolin, puis il convoqua Macquer pour le surlendemain qui était le 15 février 1768, lui précisant dans le petit billet qu'il fit porter à Sèvres qu'il s'agissait « d'une communication importante concernant la poudre de kaolin ».

Macquer qui, depuis la mort d'Hellot, avait pris la haute main sur les laboratoires de la Manufacture, savait effectivement qu'il avait fait un pari risqué en s'étant montré si publiquement certain que l'on trouverait du kaolin dans le sous-sol du royaume. Il avait persuadé le ministre qui, à son tour, avait convaincu le roi. Mais les recherches entreprises, depuis trois ans maintenant, n'avaient rien donné et, comme pour mieux accabler le premier chimiste, le marquis de Montigny, son adjoint, avec toute l'impatience des enfants gâtés, commençait depuis quelques semaines d'émettre publiquement des doutes sur la présence de l'indispensable poudre blanche en France.

L'auteur du *Dictionnaire de chimie* montrait donc depuis peu des signes de nervosité, examinant en personne tous les ballots de poudre qui parvenaient à Sèvres, acceptant même, contre tous les principes que lui dictaient sa rigueur et sa prudence, pour être plus certain de ne pas rater son affaire, de payer des récompenses d'avance à des inconnus et à des aventuriers qui prétendaient savoir où se trouvait la « terre à porcelaine ». Il avait ainsi essuyé quelques déconvenues terribles en versant des sommes non négligeables à des gens qui ne lui avaient apporté finalement que du talc ou de la craie.

Après avoir reçu la convocation de l'archevêque qu'il trouva quelque peu cavalière, Macquer, faisant fi de sa vanité et de son orgueil, accourut sans demander son reste à l'hôtel d'Esparbès.

– Monsieur, j'ai ce que vous recherchez ! lui jeta le prélat à la tête en le voyant paraître dans le salon de sa cousine.

Macquer, raide comme un spectre, ne pouvant se départir de l'air de hauteur qui lui était naturel, s'assit au bord d'un fauteuil sans dire un mot, mais sans pouvoir dissimuler une expression de grande incrédulité.

Lussan commença par minauder, par se mettre en scène, par rappeler leur rencontre à Sèvres, fin 1765, dont il regrettait amèrement qu'elle ait été si furtive, mais, très rapidement, le visage resté fermé du savant qui ne détestait rien tant que les circonlocutions l'inclina à entrer en matière :

– Monsieur, si je vous livrais là, tout de go, le kaolin que vous recherchez… Que diriez-vous ?

– Ma foi, Monseigneur, je commencerais par avouer que vous avez eu la main heureuse, la main la plus heureuse de ce pays, puisque, depuis deux ans maintenant que tout le monde le cherche, on ne le trouve pas…

– Et que feraient pour ceux qui en auraient découvert la source ces messieurs de Sèvres ?

– La manufacture appartient au roi et au roi seul, observa Macquer d'un ton pincé… Cela revient à demander ce que ferait le roi qui a toujours su reconnaître le mérite de ceux qui le servent… Ce n'est pas à vous, Monseigneur, qui êtes ce que vous êtes par son bon vouloir, que j'apprendrai quels sont là-dessus les scrupules de justice, les sentiments de reconnaissance et les élans de cœur de notre monarque.

– Bien sûr, bien sûr ! se reprit Monsieur de Bordeaux qui craignait déjà d'avoir manqué de réserve.

Il fit signe au savant d'approcher son siège et, comme s'il craignait l'indiscrétion d'un valet de sa cousine, il lui parla d'une voix rabaissée :

– Le kaolin est en France, en grande quantité, mais je ne sais pas encore où, rusa-t-il… En dehors de mon archevêché, selon toute apparence. Des gens dévoués l'ont découvert, des patriotes, qui doivent cependant s'attendre à quelque récompense – c'est pour cela que je me suis permis de vous parler comme je l'ai fait. Ils sont venus trouver l'un de nos meilleurs savants de Bordeaux, M. Villaris… Cet homme est zélé et plein de connaissances. Il a reconnu le kaolin et il est aussitôt accouru pour me prévenir.

Lussan, qui aimait décidément à cultiver ses effets, qui d'ailleurs répétait ses prêches comme un comédien ses tirades, se lança dans un long discours sur Bordeaux et sur les talents, en tout point dignes de paraître à la Cour, qui s'y consumaient dans l'oubli – il ne faisait aucun doute qu'il se rangeait au premier rang des victimes de ce terrible ostracisme.

Pendant ce temps, Macquer s'impatientait. Il bouillait sur place, prêt à sauter sur son hôte pour lui dérober le petit tonneau de bois qu'il continuait de tenir sur ses genoux.

À la fin, il n'y tint plus :

– Ce kaolin, Monseigneur, supplia-t-il, montrez-le-moi !

– Ah ! mon fils, voici ce cadeau du ciel, annonça l'archevêque en dévissant doucement le couvercle du petit récipient.

Lussan n'avait encore qu'à demi soulevé le couvercle que Macquer plongeait déjà ses deux mains dans la poudre. Il en retira une petite poignée et, dans des mouvements presque frénétiques, en fit passer le contenu d'une main dans l'autre, le renifla, souffla légèrement dessus, l'humecta de sa salive. Ensuite il en roula une petite boule entre le pouce et l'index qu'il écrasa tout près de son oreille pour entendre comment elle crèverait en libérant d'infinitésimales bulles d'air. Pour finir, il la mastiqua, et tandis qu'il agitait de la sorte ses mâchoires, dans des mouvements tour à tour convulsifs puis brusquement ralentis, comme si soudain il s'apprêtait à avaler du verre pilé, son visage, resté longtemps impénétrable, s'inonda pour finir d'une expression de ravissement :

– C'est du kaolin, et du bon ! exulta-t-il.

L'archevêque leva les yeux au ciel, joignant une

nouvelle fois les mains. Ses derniers doutes s'envolaient.

– Mais, Monseigneur, êtes-vous sûr que cette poudre soit française ?

– Tout à fait certain, monsieur !

– La voici donc telle que je la rêvais !… Naturelle, bonne et française !

Le spectacle donné par ces deux hommes, que leurs fonctions et leurs caractères inclinaient, en temps ordinaires, à plus de gravité, était en vérité étrange et surprenant : l'académicien, animé d'une sorte de danse de Saint-Guy qui lui fit traverser à quatre reprises de long en large le grand salon de Mme d'Esparbès, et Monsieur de Bordeaux carrément tombé à genoux devant son fauteuil, serrant son tonneau de poudre sur son cœur avec plus de précaution que s'il s'était agi du petit Jésus de cire qu'il déposait en grande pompe, dans la crèche de sa cathédrale, pendant la nuit de Noël.

Pierre Joseph Macquer était reparti en emportant l'un des deux petits tonneaux de kaolin dont l'archevêque avait pris le soin de lui faire dresser le reçu dans les formes, s'excusant du procédé sur ce qu'il « était comptable à l'égard des pauvres gens à qui l'on en devait la découverte ». Le même soir, par une précaution supplémentaire, Lussan écrivit au ministre Bertin pour l'informer qu'une poudre « qui avait toutes les apparences du kaolin », selon l'avis de Villaris – mais dont ils ne connaissaient ni l'un ni l'autre l'origine –, se trouvait par son intermédiaire entre les mains du premier chimiste de Sèvres.

Toute la soirée, chez lui, rue Saint-Sauveur, l'académicien tint son frère Philippe, l'avocat, dans les transes de l'excitation qu'avait provoquée sa visite de l'après-midi à l'hôtel d'Esparbès. Contrairement à son habitude, il parlait d'abondance et ne mangeait presque rien. Il s'obstinait à mélanger avec de l'eau, à même la nappe, à l'aide de sa fourchette, un peu de la poudre tirée du tonneau qu'il avait posée devant lui. Il produisait ainsi une pâte onctueuse et moussante, pareille à celle qu'il avait maintes fois réalisée lui-même à partir des terres d'Aue et d'Obernzell. Il ne songeait plus dès lors qu'à fondre dès le lendemain une première plaquette, et peut-être même, si la pâte se faisait bien, un premier sujet, en se servant sans attendre de ce nouveau minerai et de la formule de Pierre-Antoine Hannong.

– Garde la tête froide et calme-toi ! lui recommanda son aîné qui, bien que juriste – un état qui ne dispose pas d'emblée à la fantaisie –, était à l'ordinaire d'un naturel plus gai et plus sociable que l'auteur du *Dictionnaire*.

– Impossible ! trancha l'homme de Sèvres en griffant d'un nouveau mouvement d'impatience la nappe blanche de la pointe de son couteau. Plutôt demander au fou d'être raisonnable et à l'alcoolique de ne plus boire !

Puis, poursuivant avec grandiloquence :

– Je tiens là, avec ce peu de poudre, la réalisation de tous mes rêves et la réponse à l'une des questions que l'Europe entière se pose !

– Pour le moment, il me semble que c'est l'archevêque qui tient la chose bien en main et mieux que toi ! objecta l'aîné des Macquer.

– Peut-être, mais il est obligé d'en passer par moi, et la Manufacture, depuis la mort d'Hellot, ne peut pas non plus se dispenser de mes services… M. Hannong aura donné la formule, Monsieur de Bordeaux la poudre, mais la mise en œuvre et le développement m'appartiendront et seront indissociablement liés à mon nom… À notre nom, mon frère !

– La belle affaire, puisque, n'étant mariés ni l'un ni l'autre, nous n'aurons pas d'héritiers et que ce nom disparaîtra !… railla l'avocat. Mais, encore une fois, méfie-toi de cet archevêque ! Tu as peut-être son petit tonneau mais il ne t'a toujours pas dit où il était allé puiser sa poudre…

– Visiblement, il ne le sait pas lui-même !

– C'est ce qu'il a voulu te faire croire mais, d'après ce que tu me dis, le bonhomme me fait tout l'effet d'être roublard, estima l'aîné des Macquer que la longue fréquentation des clercs du Parlement, mais aussi la solide tradition janséniste de sa lignée rendaient méfiant à l'égard des prêtres.

Après une courte nuit passée à tourner autour de son petit tonneau, Macquer se mit au travail. Il avait rejoint Sèvres bien avant l'aube, en fiacre, sans attendre le coche d'eau, c'est-à-dire, pour une fois, sans regarder à la dépense.

À 11 heures on vit le jeune Darget, son commis à mine de Gribouille, coiffé d'un petit tricorne de ras gris sur ses longs cheveux couleur filasse, sortir du laboratoire, longer les murs, selon son habitude, pour se faufiler jusqu'à l'atelier de sculpture où il remit à l'un des assistants de M. Bachelier, qui avait remplacé Falconet après son départ pour la Russie, un petit pli de son maître qui n'était pas cacheté. Cinq minutes plus tard, Darget était de retour chez Macquer, flanqué d'un certain Arnaud, apprenti sculpteur à la jolie frimousse, engagé quelques mois auparavant dans la Manufacture, à la demande de Macquer lui-même.

Le chimiste, son aide et le petit façonnier restèrent enfermés jusqu'à la nuit tombée, puis ils ressortirent pour gagner le Petit Bois où des ordres stricts avaient été donnés, dès le début de la matinée, pour que le dernier des fours installés là, un four du maçon Toussaint, réalisé sur des dessins de Robert Millot, fût à température.

Dans ce four adapté au « grand feu » – à peu près identique à celui que le jeune Darget avait autrefois voulu endommager pour que son maître eût la primeur de la découverte de la pâte dure – s'accomplit, au cours de la nuit du 16 au 17 février 1768, la cuisson qui devait révolutionner l'art de la céramique en France. Macquer, qui avait passé la nuit devant son four, découvrit au matin, en ouvrant la cazette qu'il avait scellée quelques heures auparavant seulement, une statuette qu'il intitula *Bacchus prenant un raisin dans sa coupe*. C'était le premier objet fait à Sèvres avec la matière dont personne, sauf Villaris et Lussan, ne savait encore qu'elle provenait de Saint-Yrieix. Ce petit *Bacchus* de 1768 était le pendant de la *Flore* que Paul Hannong, le père de Pierre-Antoine, avait fondue en 1751 à Strasbourg avec des terres de Saxe et du *Buveur* façonné un peu plus tard par le comte de Lauraguais à l'aide du minerai de Monperthuis.

Le premier chimiste, qui avait bien du mal à dissimuler sa satisfaction d'avoir réalisé seul cet exploit, fit cependant tout son possible pour que ce prodigieux événement ne sortît pas encore du cercle confiné de la Manufacture. En effet, Mgr de Lussan n'avait toujours pas révélé où se trouvaient les carrières ni l'identité des inventeurs. Or, avant de publier la découverte, il convenait de fixer au préalable ces points et d'assurer la mainmise du roi sur cette nouvelle source d'approvisionnement. Il n'était pas concevable, avec des terres strictement françaises, de se retrouver dans une situation aussi intenable qu'à l'égard des minerais d'Aue ou d'Obernzell, à l'autre bout de l'Allemagne. Peu de monde eut la chance de voir *Bacchus* : les ministres, Bertin et L'Averdy, Boileau, Millot, Bachelier, Genest et les principaux chimistes de Sèvres dont Anselme. Lorsque ce dernier pénétra dans son bureau, l'académicien se tenait près du guéridon sur lequel était posée la statuette. Il arborait fièrement la croix de Saint-Louis que Bertin venait, au nom du roi, de lui remettre une heure plus tôt. Pour la première fois, Anselme jugea son sourire dénué de toute morgue. Il s'avança donc jusqu'au centre de la pièce d'un air confiant et fit plusieurs fois le tour de la statuette de biscuit dont la blancheur était éblouissante.

– Vous pouvez la toucher, monsieur Masson, annonça l'académicien qui gardait les deux mains croisées sur son ventre comme font souvent les gens actifs lorsqu'ils sont obligés de relâcher, pendant un temps, leur perpétuel mouvement.

Anselme effleura d'un doigt léger la chevelure du *Bacchus* et frissonna tout aussitôt.

– Magnifique ! s'exclama-t-il. C'est d'une blancheur qui surpasse tous les rêves de neige !

Il prit la statuette avec d'infinies précautions, en exposa le grain à la lumière, en soupesa la masse, en gratta imperceptiblement le socle de son ongle sans pouvoir entamer la matière.

– Magnifique vraiment ! répéta-t-il. Cela semble vraiment inaltérable ! ajouta-t-il.

– La splendeur peut parfois effrayer, renchérit Macquer d'une voix changée dans laquelle perçait pour la première fois quelque chose d'hésitant. L'effet que produit sur moi cet objet est curieux... Une beauté si parfaite que je ne puis même pas concevoir d'y être pour quelque chose...

Et s'enhardissant, plus imprévisiblement encore, comme si sa réussite l'avait déshabillé de sa carapace pour le rendre plus craintif et plus humble :

– Ah ! Anselme, j'aurais tant aimé fondre cette pièce avec vous !

Contrairement à son habitude, il s'était mis à fixer son collaborateur droit dans les yeux :

– J'apprécie tous les jours la qualité de vos travaux, la sûreté et la netteté de vos conclusions... Ce pauvre Hellot ne s'était pas trompé en vous distinguant...

Quant à moi, je n'ai jamais eu la chance de vous plaire.

– Monsieur Macquer, vous m'avez toujours tenu éloigné de vous par votre froideur… Et surtout par l'hostilité que vous avez marquée, dès le premier jour, à Pierre-Antoine Hannong, dans l'instant où il devenait mon ami, observa à son tour Anselme, décontenancé par ce discours mais s'appliquant à conserver le même ton de franchise.

– Je suis ainsi, jeune homme, répliqua l'académicien sans pouvoir contenir un petit rire nerveux. Et malheureusement on ne se refait pas à cinquante ans… Mais voilà, il va y avoir du travail, du grand et du beau travail, et nous allons devoir nous entendre !… Car je compte absolument sur vous.

Anselme reposa la statuette dont ses yeux ne parvenaient pas à se détacher et se fit attentif à ce que le premier chimiste de Sèvres paraissait brusquement embarrassé de lui dire.

– M. Bertin vient de me charger officiellement tout à l'heure de reconnaître, d'estimer et d'acheter pour la Manufacture, où qu'elles se trouvent dans le royaume, les carrières de kaolin ; de développer ensuite une porcelaine dure spécifiquement française qui, grâce à tous les progrès qu'ont déjà accomplis les sculpteurs, les peintres et les techniciens de cette maison, sera immanquablement la plus belle et la plus fine du monde… C'est à cette grande aventure que je vous convie !

– Passionnant, sans aucun doute ! estima l'adjoint chimiste en s'efforçant de paraître, devant cet homme dont il se méfiait encore, plus impassible qu'un paysan du Mont-Dore sur un champ de foire.

– Nous allons accomplir de grandes choses et vous y serez associé ! poursuivit l'auteur du *Dictionnaire,* que la perspective de s'accorder enfin avec son jeune collaborateur rendait lyrique.

– Mais la formule, la formule que nous appliquerons, ce sera bien celle de Pierre-Antoine Hannong, n'est-ce pas ? demanda tout à trac Anselme en fixant le premier chimiste.

– Cela dépendra bien évidemment des essais, s'embarrassa tout d'abord Macquer avant de poursuivre d'un ton plus assuré... Mais, *a priori,* puisqu'il s'agit d'un kaolin très pur, c'est bien le procédé de votre ami qui devrait s'imposer... La méthode que j'ai mise au point et déposée, sans utilisation de kaolin, pour répondre aux contraintes d'une époque où l'on croyait ce minerai introuvable en France, est – je le reconnais volontiers – bien inférieure à celle de M. Hannong, et tous les procédés étudiés depuis, élaborés à partir de terres qui n'avaient pas la pureté de celles de Saxe ou de Bavière, sont médiocres. Sa formule est donc la meilleure et de loin !... La chose nouvelle, c'est l'incroyable blancheur et finesse du minerai de France. Il surclasse selon moi les qualités les plus remarquables tirées jusqu'ici des mines d'Aue et d'Obernzell...

Macquer alla chercher un peu de la poudre de Darnet dans le tiroir d'un petit meuble. Anselme y posa son index, l'examina, la malaxa avec le pouce, la porta sa bouche et, pour finir, fit une boulette légèrement humectée de salive avec la pâte ainsi collée à ses doigts. C'était un geste qu'il avait hérité d'Hellot, le même d'ailleurs qu'accomplissait Macquer plusieurs fois par jour, celui de tous les céramistes du monde, raison pour laquelle ce dernier, pour la première fois sans doute, se mit à lui sourire sans calcul.

– Oui ! s'exclama le jeune chimiste. Il y a la souplesse, la plastique, le côté savonneux et onctueux, avec plus de blancheur, s'il se peut, que dans les terres allemandes.

– Ce que vous touchez là doit être purifié de nouveau. Il s'y trouve encore au moins 15 % de sables et de spaths… La décantation peut donc être améliorée et je sais que vous avez là-dessus, grâce aux travaux que vous avez menés avec M. Hellot, des techniques que je ne possède pas… Ainsi nos connaissances se compléteront-elles !

– Vous me flattez, monsieur, répliqua Anselme, souriant à son tour de bon cœur à l'auteur du *Dictionnaire*.

– Réfléchissez à ma proposition, ajouta l'académicien, elle arrange tout le monde : Boileau, qui vous estime et qui pense que vous ne le contrarierez pas en bouleversant de fond en comble son usine pour n'y produire que des pâtes dures, Bertin qui vous veut près de moi, les gens d'ici qui vous aiment et auprès de qui vous jouissez d'une véritable popularité et puis – si j'ose vous l'avouer – il y a aussi votre serviteur qui le désire très fort, entre autres raisons parce que j'estime au plus haut point votre valeur et votre science…

Mais Macquer ne s'arrêta pas là. Entraîné par l'espèce de surenchère de paroles qui succède souvent à de trop longs silences, tout comme les violentes débâcles suivent de trop brusques dégels, il poursuivit en levant les yeux, non pas, comme d'ordinaire, avec morgue, mais avec une espèce de confusion et de trouble, d'une voix qui se ralentissait et qui s'assombrissait :

– Monsieur Masson, il faut que vous sachiez que votre autorité naturelle et cette aisance qui s'accorde si parfaitement à votre jeunesse jusqu'à la faire paraître insolente m'ont toujours grandement impressionné… Devant vous, je ne suis plus moi-même… Je n'étais plus moi-même, devrais-je dire, puisque, tout récemment, faisant un terrible effort sur ma volonté, j'ai décidé de chasser de ma tête des pensées qui ne sont ni bonnes ni pures… Je vous regarde autrement à cette heure, persuadé que, pour ma propre quiétude, j'ai beaucoup plus à gagner en m'attachant à obtenir de vous quelque chose qui ressemblerait à l'amicale confiance que vous aviez si libéralement accordée à M. Hellot et dont j'étais jaloux... Mon vœu le plus cher désormais – à présent que l'obsédante question de la fonte d'une première pièce de porcelaine dure entièrement française paraît en bonne voie –, c'est de vivre avec vous dans une absolue confiance...

Là-dessus, il y eut un long silence et ce fut Anselme qui dissipa l'impression de gêne en souriant faiblement. Il comprenait confusément ces confidences qui avaient un goût d'aveu, mais il ne voulait pas entendre un mot de plus. Une parenthèse pénible se refermait et il n'en demandait pas plus.

Il considéra de nouveau le *Bacchus* dont l'éclat et la finesse du grain le tenaient comme en arrêt. Son regard oscillait de la statuette à l'académicien qui paraissait attendre avec beaucoup d'appréhension la réponse à la question qu'il venait de lui poser, juste avant de se laisser aller à sa surprenante confession. Anselme restait troublé de cette proposition : il en voyait tout l'intérêt, mais en même temps elle lui tombait dessus comme la foudre. Son cœur et son intelligence l'inclinaient à accepter mais il lui fallait un délai, ne serait-ce que d'une nuit, pour considérer autrement celui qui, depuis cinq ans, avait mis en branle toutes sortes de machinations visant à gêner et à rendre stériles les travaux de son ami Pierre-Antoine.

Le premier chimiste devina ses pensées :

– Vous m'en voulez, n'est-ce pas ? Vous m'en voulez de ne pas m'être lancé dans l'aventure de la porcelaine dure avec les terres d'Obernzell... Mais vous me donnerez bientôt raison. D'emblée, sans tâtonnements et ensemble, nous sortirons des pièces qui ne seront pas de pâles copies de celles de Meissen ou d'une autre fabrique allemande. Elles les éclipseront même sans conteste... D'un coup, d'un seul, nous produirons quelque chose de parfait ! C'était un pari fou mais, depuis quelques heures, je sais qu'il est gagné.

Anselme ramassa le tricorne qu'il avait posé sur une chaise en entrant :

– Nous reprendrons cette conversation demain, monsieur, si vous le voulez bien, conclut-il. Il me faut une bonne nuit pour ordonner mes idées, mais je suis content de tout ce que nous venons de nous dire.

Le soir même, tandis qu'Adèle, assise sur ses genoux, tirait sur les passements de dentelle de sa cravate, l'adjoint chimiste se débattait dans d'intenses réflexions. La vie, depuis la mort de Fanny, avait tant bien que mal repris son cours, avec l'actif soutien d'Angèle, de Briséis et de Félicité, qui se chargeaient tour à tour d'Adèle. Mathieu et Pierre-Antoine étaient également présents, au rythme de leurs travaux et de leurs peines, dormant quelquefois sur place lorsqu'ils avaient veillé tard avec Anselme.

Pendant la fin de 1766 et toute l'année 1767, Adèle avait ainsi grandi, gardée la nuit par deux ou trois hommes et couvée, pendant la journée, par une cohorte de femmes. L'enfant avait fait ses premiers pas au milieu du mois de février 1767 aux accents d'une marche jouée par Mathieu et, à la même époque, ses premières bêtises en cassant quelques éprouvettes dans le laboratoire de son père. Très tôt, elle avait instinctivement senti de grandes différences entre les trois hommes : elle allait le plus volontiers vers son père, mais avec une dignité et une réserve dues peut-être au maintien plus grave de celui-ci et aux longs moments où il s'assombrissait en silence en la tenant sur ses genoux. Elle était avec Mathieu pleine de prévenance, parce qu'elle avait remarqué très tôt chez lui une faiblesse que n'avaient pas les deux autres. Ses premiers pas furent pour lui apporter les papiers qui traînaient çà et là, du pain, des noix, tout ce qu'elle trouvait à portée de main et dont elle se figurait qu'il pourrait avoir besoin. Quant à Pierre-Antoine, elle le regardait comme son meilleur compagnon de jeu, celui qui la faisait chaque fois immanquablement rire, qui lui offrait sans cesse des jouets, qui lui avait apporté, au grand scandale des femmes, ses premières sucreries ; elle pouvait l'assaillir à tout moment sans crainte d'être rebutée. Dès avant ses deux ans, au commencement de 1768, elle s'était affranchie des lisières – ces longs rubans dont on se servait pour guider et tenir les enfants – et elle apprenait maintenant à pétrir les terres dans le laboratoire, dans une petite cuve que lui avait confectionnée Pierre-Antoine en l'adaptant à sa taille. Elle savait déjà jouer sur le clavecin *Au clair de la lune,* blottie sur les genoux de Mathieu, et elle apportait le plus grand soin à soigner et à nourrir ses deux chatons, Dièse et Bémol.

Au soir de ce 19 février 1768, Anselme, tourmenté par la proposition de Macquer, attendait impatiemment Pierre-Antoine. Retenu à Vaux par une expérience plus longue qu'à l'accoutumée, il parut enfin, poussant la porte de son pied, les bras chargés de deux poulardes de Houdan et de flacons de vin de Bordeaux.

– Victoire ! s'écria-t-il. Mon nouveau four est capable de cuire un pain en trois minutes. Il faut fêter ça !

– Le cuire ou le carboniser ? demanda Anselme en riant.

– Le cuire à cœur ! protesta Pierre-Antoine la mine contrariée.

Le Limousin raconta alors sans autre préambule à l'Alsacien l'affaire qui avait agité Sèvres pendant toute la journée : le kaolin français existait bel et bien, d'une qualité, d'une finesse et d'une blancheur prodigieuses. Il décrivit avec enthousiasme la statuette qu'il avait observée dans le bureau de Macquer, fondue avec la nouvelle terre mais, selon toute vraisemblance, rigoureusement conforme, dans sa composition chimique, au procédé dont Pierre-Antoine avait fixé le détail dans son mémoire de septembre 1763.

Ce dernier en resta sans voix. Il aurait volontiers abandonné toutes ses appétissantes provisions de bouche pour voir le *Bacchus,* le toucher, le tenir entre ses mains. Il pressa Anselme d'une multitude de questions auxquelles celui-ci ne savait pas répondre.

Ils ne dormirent ni l'un ni l'autre et ils se retrouvèrent au petit matin, en chemise de nuit, agités des mêmes pensées.

– Macquer a besoin de toi ! estima Pierre-Antoine. Il faut que tu acceptes d'être associé à ses travaux et que tu mettes au point avec lui la nouvelle porcelaine…

– Ce serait plutôt à toi de revenir à Sèvres pour parachever l'œuvre que tu y as commencée.

– Ils ne me rappelleront pas, tu le sais !… Je leur suis trop insupportable… Je porte trop ombrage à tout le monde. Non ! Je resterai à Vaux, et toi dans la Manufacture du roi. Nous continuerons de demeurer unis comme les doigts d'une même main et plus que jamais fidèles aux serments que nous nous sommes faits à Strasbourg lorsque nous avions vingt ans… Grâce à notre entente secrète, nous ferons la plus belle des porcelaines et tous ceux qui s'y intéresseront sauront à coup sûr qu'elle provient de l'art et de l'industrie de l'un d'entre nous deux.

– Oui, reprit Anselme, nous partagerons ce secret, et ni le roi ni toi ne serez lésés… Nous rétablirons à notre manière la justice qui t'est due !

Tel fut le nouveau serment qu'échangèrent les jeunes gens, sept ans après celui par lequel ils s'étaient liés d'amitié à Strasbourg.

CHAPITRE QUATRIÈME

Macquer

Anselme accepta la proposition de Macquer, déchaînant de la part de l'académicien une tornade joyeuse à laquelle il ne s'attendait pas. L'auteur du *Dictionnaire* s'empara de son poignet :

– Je suis heureux de votre décision. C'est au-delà même de tout ce que vous imaginez !

Là-dessus, il l'entraîna dans la petite salle à manger de ces messieurs de Sèvres où Boileau, sa serviette nouée autour du cou, en passe de venir à bout de la tête d'un cochon de lait dont il rognait les cartilages, les regarda entrer d'un œil soupçonneux.

Anselme, qui venait, dans un éclair, de démêler les pensées du directeur, alla à lui :

– Je vais travailler aux pâtes dures, par ordre de M. Bertin, et je participerai aux essais qui se feront sur les nouvelles terres apportées par l'archevêque de Bordeaux. Mais, monsieur, je vous rendrai compte fidèlement de tous ces travaux, ainsi que j'en ai toujours usé avec vous.

Boileau secoua sa grosse tête :

– Et vous allez sûrement y parvenir !... Quand je pense qu'il faut que je vive assez vieux pour être le témoin de tout ça !

Là-dessus, par antipathie pour Macquer, il refusa de se joindre aux deux chimistes et les laissa dîner seuls.

L'académicien était devenu un autre homme, disert, plaisant et, comble de changement, plein d'une délicatesse stupéfiante à l'égard de son hôte. Après avoir commandé un excellent vin de Bordeaux, il lui révéla le peu qu'il avait appris sur le kaolin de la bouche même de Mgr de Lussan, lui faisant aussi part de ses soupçons quant à la franchise du prélat.

– Il m'est avis que ce bonhomme nous cache quelque chose… Qu'il en sait beaucoup plus qu'il ne veut bien le dire… Je ne sais pas ce qu'il cherche au juste…

– La faveur royale ! estima bénignement Anselme.

– Sûrement !… Il est encore en ce moment à Paris. Il doit nous mettre en rapport avec Villaris, son savant de Bordeaux. Dès qu'un accord aura été trouvé avec les inventeurs et les propriétaires des terrains, ce dernier nous conduira, vous et moi, jusqu'aux gisements de kaolin…

– Vous et moi ! releva le jeune chimiste stupéfait.

– Oui, confirma Macquer, car, puisque nous voilà embarqués sur le même navire, je compte bien que la première tâche que nous accomplirons ensemble sera d'aller reconnaître l'emplacement de ces terres et de nous assurer, au nom du roi, d'un droit d'extraction exclusif et incontestable.

– Quelle aventure ! exulta l'enfant de Bort que le vin de Bordeaux avait rendu joyeux.

– Demain je vous remettrai la moitié du contenu du second tonneau que nous a laissé Mgr de Lussan… Je voudrais que vous expérimentiez vous-même la poudre en la décantant une nouvelle fois, selon le système de M. Hellot que je ne connais qu'imparfaitement…

– Pourrais-je la montrer à M. Hannong ? demanda alors le jeune chimiste en ne quittant pas son interlocuteur du regard pour mieux juger de l'effet que produisait sa requête.

Ainsi qu'il l'avait prévu, le front de Macquer se plissa

tout d'abord, mais comme celui-ci souhaitait par-dessus tout se faire de lui un allié, il se reprit bien vite :

– Je vous l'accorde, si vous m'assurez de sa discrétion et surtout si vous me promettez de me rapporter fidèlement les réactions de votre ami au vu de la nouvelle matière… Après tout, il faut bien reconnaître que ce jeune homme, quoique impossible de caractère, connaît parfaitement son affaire.

Anselme promit et l'académicien scella leur pacte en lui versant de nouveau à boire.

Les terres de l'archevêque devinrent la grande affaire du printemps de 1768. Monsieur de Bordeaux prit pour prétexte la préparation de l'Assemblée générale du clergé pour demeurer à Paris. L'utilité première pour la monarchie de cette réunion bisannuelle, depuis Catherine de Médicis qui en avait fixé le mécanisme, était de renflouer les caisses de l'État en votant le fameux « don gratuit », gros versement d'argent qui exemptait l'Église d'impôts.

Mais ce qui occupa presque exclusivement Monsieur de Bordeaux, au cours de ce séjour, fut sa négociation avec ces messieurs de Sèvres qui, début mars, sur ordre de Bertin, en vinrent à exprimer clairement leur volonté de se rendre acquéreurs des carrières de kaolin, bien que l'on ne connût alors ni leur emplacement, ni leurs potentialités, ni l'identité de leurs propriétaires.

Le nom de Villaris avait été prononcé par l'archevêque, mais il continuait de prétendre que ce savant ignorait tout des véritables découvreurs du gisement. En même temps – et cela paraissait contradictoire –, Lussan avait, à plusieurs reprises, habilement fait savoir que tous ceux qui avaient été pour quelque chose dans l'arrivée des deux premiers barils de poudre à Sèvres s'attendaient à recevoir une légitime récompense. Le ministre, fin négociateur, sans rien proposer de concret, s'était contenté de répondre que le roi ne serait pas un ingrat mais, d'ores et déjà, il avait posé comme préalable à l'ouverture de toute discussion que des savants compétents, mandatés par Sèvres, iraient reconnaître et estimer les carrières.

À la fin du mois de mai, ce jeu du chat et de la souris n'avait pas permis d'avancer d'un pouce, aussi Bertin – qui était au moins aussi madré que Monsieur de Bordeaux – commença-t-il à soupçonner quelque chose de louche et finit-il par convoquer le prélat à Versailles dans son bureau.

– Enfin, Monseigneur, vous en savez plus que vous ne voulez bien le dire ! s'emporta-t-il lorsqu'il l'eut devant lui.

– Par ma foi, pas plus que vous ! osa Lussan avec effronterie.

Mais le prélat avait affaire à l'ancien lieutenant général de police de Paris, qui écarquilla aussitôt un œil et fronça en même temps le sourcil, montrant par là qu'il n'était pas dupe et qu'il réprouvait un procédé aussi grossier, tout particulièrement venant d'un homme qui s'était voué à Dieu.

– Monsieur le Ministre, j'ai dit tout ce que je savais ! bredouilla l'archevêque que son interlocuteur était parvenu à déstabiliser. Le reste relève du secret de la confession.

– Mais, Monseigneur, quand il s'agit de l'intérêt supérieur du royaume, il n'est pas de secret de la confession qui tienne !… Vos protégés s'y prennent à peu près comme s'ils tenaient absolument à encourir la disgrâce de Sa Majesté.

– Sans doute, monsieur, et je ne cesse de les faire mettre en garde par M. Villaris… Mais il faut convenir qu'ils nous tiennent, puisque eux seuls connaissent le secret des gisements…

– … qui ne doivent pas être bien éloignés de Bordeaux ! rusa le ministre d'État comme s'il avait voulu confondre son visiteur.

– Ce n'est pas si sûr ! Ce n'est pas si sûr !… D'ailleurs, je ne sais qu'une chose, c'est que le minerai ne se trouve pas dans mon archevêché.

Bertin, en tant que nouveau commissaire du roi à Sèvres, ressentait une terrible antipathie pour ces découvreurs du kaolin français qui n'avaient pas la fibre patriotique :

– Ces gens-là ne savent pas faire leur cour. Dites-moi tout de même ce qu'ils veulent ; mais le roi n'appréciera sans doute que fort modérément d'être ainsi tenu à la gorge par une poignée de ses sujets.

Des négociations s'engagèrent là-dessus, cahin-caha. Les prétentions de l'ambitieux Villaris – puisqu'il ne s'agissait que de lui – étaient considérables : 15000 livres en capital tout de suite et une rente annuelle de 3000 livres ensuite. Il demandait par ailleurs divers pots-de-vin pour des personnes « ayant aidé à la révélation du secret » ; sans doute, par là, avait-il dans l'idée de faire récompenser Darnet et Mgr de Lussan, sans qu'il lui en coûtât un sou. L'apothicaire, qui était décidément habile homme, trouva dans le même temps le moyen de décupler l'envie qu'on avait de sa poudre. Il adressa par l'intermédiaire de l'archevêque deux nouveaux barils de celle-ci, mieux décantée et donc encore plus blanche, à ces messieurs de Sèvres qui en furent impressionnés et qui se convainquirent ainsi définitivement que le kaolin français dépassait en qualité et en pureté celui de Saxe ou de Bavière.

Le mois de juin fut terrible. Bertin suffoquait tous les jours de colère et d'impatience, Macquer retenait son souffle et ne craignait rien tant, à cause de l'impétuosité de son ministre, qu'une rupture des négociations. Quant à Picot – nous avions presque fini par oublier qu'il était là, à Sèvres, dans l'Appartement du roi, chargé de construire son nouveau four –, il restait enfermé dans son laboratoire, où il passait son temps à fumer la pipe en lisant des romans licencieux. Seul Boileau ne semblait pas concerné, mais il paraissait soudain avoir vieilli de dix ans. Il était comme ceux qui ont longtemps tout tenu d'une main de fer et qui se voient dépossédés d'un coup. Il s'absorbait dans le soin porté à ses chères fabrications de pâte tendre dont il réglait désormais jusqu'aux plus infinitésimaux détails. De perfectionniste, il devenait tatillon. Il examinait à la loupe les pièces prêtes à être expédiées et y trouvait toujours quelque chose à redire : des traits de peinture mal appliqués, un glacis irrégulier, des fels qui n'étaient que dans son imagination, et il cassait souvent lui-même, contre l'angle de bronze de son bureau, la vaisselle qui n'avait pas l'heur de lui plaire.

Bertin, dès 1768, aurait désiré le remercier et mettre Parent à sa place. Ce fut le roi qui ne le voulut pas. Louis XV, volontiers cruel et blessant lorsqu'il renvoyait un ministre, avait malgré tout de ces sortes de scrupules. Dès lors, Boileau fut mis à l'écart des décisions importantes. Il passa les quatre dernières années de son existence à la tête de Sèvres avec pour seules éclaircies quotidiennes les visites qu'Anselme et Robert Millot continuèrent de lui rendre ponctuellement et jusqu'au bout.

Pierre-Antoine Hannong, grâce aux petits échantillons que lui avait communiqués Anselme, avait immédiatement reconnu la qualité exceptionnelle de la poudre de l'archevêque de Bordeaux. Le second envoi, mieux décanté, n'avait fait que renforcer sa conviction. Mais l'idée que Macquer retire toute la gloire de cette découverte et profite du fruit de ses travaux lui causait une amertume affreuse. Il se tenait jour après jour au courant de la négociation et il en éprouvait des sentiments contrastés. Ravi, dans le premier mouvement que lui dictait sa rancœur, sitôt que survenait quelque difficulté à Sèvres, puis, aussitôt, par une réaction contraire, provoquée chez lui par l'intérêt supérieur des spéculations intellectuelles appliquées à l'arcane du kaolin, hors de lui du fait des lenteurs qui retardaient la mise en application effective de sa formule ; puisqu'il ne doutait en effet pas un seul instant que sa formule, et elle seule, servirait au développement imminent des fabrications de pâte dure en France.

Ce mélange d'un légitime ressentiment et de l'impatience dans laquelle il était de voir ses idées prendre corps accélérait les mouvements d'un esprit qui n'avait déjà que trop tendance à s'emballer. Aussi réfléchissait-il nuit et jour aux moyens de savoir, avant tous les autres, d'où provenait la poudre de l'archevêque. C'était quelque chose qui l'obsédait sans cesse, qu'il fût à Paris, à Vaux, ou à cheval entre Paris et Vaux.

La Borde, prompt à renifler toute occasion de faire de l'argent, s'était peu à peu laissé persuader par Pierre-Antoine qu'il allait pouvoir réaliser à Vaux une porcelaine dure, au moins aussi belle que celle que l'on s'apprêtait à fondre dans la Manufacture du roi. Paradoxalement, le tout-puissant fermier général comptait sur l'amitié de Louis XV pour obtenir une chose *a priori* aussi incroyable qu'un privilège l'autorisant à concurrencer les productions de Sèvres. « Sire, lui disait-il d'un ton primesautier, persuadé par les raisonnements de son chimiste, dans ce printemps de 1768, vous aurez des concurrents, c'est certain et c'est même immanquable. Dans ces conditions, il vaut mieux que ce soit moi car nous nous entendrons toujours !... Donnez-moi un peu d'or ! » Le lendemain, il redisait la même chose, ajoutant : « Donnez-moi un peu de vert ! », puis le surlendemain : « ... un peu de rouge ! » ; ainsi chaque jour sans jamais relâcher ses pitreries. Le plus beau de l'affaire, c'est que le monarque, tout en laissant entendre au financier qu'il ne lui donnerait jamais satisfaction, s'amusait de son insistance et ne renâclait pas, pour se distraire, à l'idée d'entrer avec lui dans une dispute de « gentlemen » à propos de la porcelaine et à desserrer pour lui les mailles du privilège qui réservait à sa seule Manufacture l'usage de l'or et des couleurs.

Quant aux frères Hocquart, Pierre-Antoine, qui travaillait avec eux tous les jours et les tenait sous son charme, les faisait rêver en leur parlant sans arrêt du kaolin, ce sujet qu'il connaissait mieux que quiconque et sur lequel il était intarissable. Aussi n'eut-il bientôt aucun mal à les persuader qu'il fallait absolument faire le voyage à Bordeaux pour tenter d'en savoir plus sur ces carrières dont Mgr de Lussan s'obstinait à soutenir qu'il n'en connaissait pas l'emplacement.

Les deux jeunes fondateurs de Vaux avaient tous les moyens matériels de satisfaire leurs caprices. En accord avec La Borde, il fut décidé que Pierre-Antoine Hannong s'en irait le 4 avril en Aquitaine – en secret, puisque le roi n'avait pas encore donné de réponse à son fermier général sur l'éventualité d'entrer dans une loyale compétition avec lui –, accompagné de Jean-François, le plus jeune des Hocquart.

Partis à la date prévue, ils furent à Bordeaux dès le 8. Leur chaise de poste, élégante et confortable, les avait menés de Paris au bord de la Gironde en moins de quatre jours, dans une course interrompue seulement par trois courtes nuits dans des auberges et par une soixantaine de relais de chevaux, si bien organisés qu'aucun ne passa le quart d'heure. C'était ainsi que les gens riches commençaient à voyager sur les routes considérablement améliorées des dernières années du règne de Louis XV. La France pouvait de la sorte, pour une poignée de privilégiés, se traverser en cinq jours, trois à quatre fois plus rapidement qu'un siècle auparavant.

Le Strasbourgeois, devenu parisien par enthousiasme, mais resté provincial dans l'âme, n'eut besoin que de quelques heures pour prendre les véritables mesures de cette ville dont il ne savait rien de plus que ce que venait de lui révéler l'*Almanach des postes* et ce que lui en avait dit La Borde avant son départ. Dès le premier soir, installé dans une chambre confortable, à l'*Hôtel du Grand Monarque,* couché sur son lit en robe d'intérieur de soie à grands ramages, tirant sur sa bouffarde à long tuyau de porcelaine, il était plongé dans la lecture des journaux et des « nouvelles à la main » de la ville que lui avait fait monter le directeur de l'hôtel. Par moments, il se relevait pour noter quelque chose à la mine de plomb sur le grand plan de la cité, étalé devant lui et qui bientôt, à force d'annotations, se trouva entièrement couvert de sa fine écriture.

À l'aube du lendemain, après avoir envoyé le jeune Hocquart courir, avec ses petits escarpins vernis, du côté des hôtels du Gouvernement et de l'Intendance, il gagna lui-même les bureaux des universités et des sociétés savantes dont le *Bulletin scientifique* fournissait les noms des principaux professeurs et bibliothécaires.

Or, lorsqu'il se présenta l'après-midi à l'Académie des sciences, demandant à voir Villaris dont il avait trouvé le nom sur l'almanach de la ville et Decugis qu'il avait identifié comme l'auteur de plusieurs articles, il lui fut répondu que le premier était dans sa campagne de Bazas pour Pâques et que le second avait également quitté Bordeaux depuis plusieurs jours.

Le soir, à l'heure du thé à l'anglaise, Pierre-Antoine retrouva Jean-François Hocquart dont le pied délicat avait doublé de volume et qui prenait sans complexe, dans le vestibule de l'hôtel, au grand amusement des autres voyageurs, un bain de sels approprié. Ils se firent mutuellement le compte rendu de leur journée :

– Le lieutenant général, tout nouveau maréchal d'Armentières, puisqu'il vient d'obtenir le « bâton » à soixante-dix ans, donnera son grand bal dans huit jours, le dimanche de Pâques, celui de l'intendant aura lieu le lendemain. Ce soir, à la cathédrale, en l'absence de Mgr de Lussan, c'est le coadjuteur qui prononce le premier sermon de la semaine sainte…

– Les académies et les sociétés n'ont pas de séance cette semaine à cause des célébrations religieuses, ajouta Pierre-Antoine, mais il y aura dans une semaine, exceptionnellement, au jardin des Plantes, la démonstration d'un cachalot qui s'est échoué dans l'estuaire. Je n'ai jamais vu un tel animal. Cela me répugne même *a priori,* mais mon petit doigt me dit qu'il faut absolument que nous nous y intéressions de plus près.

À 6 heures, au jour dit, qui était le lendemain de Pâques, Pierre-Antoine et Jean-François, installés sur des bancs raides et sans dossier, étaient au dernier rang du petit amphithéâtre, aménagé pour l'occasion, dans une serre du Jardin public, attendant l'heure de la présentation du mammifère marin.

Villaris, qu'ils ne connaissaient pas encore et qui était revenu la veille à Bordeaux, se trouvait là également, entré le dernier, couvrant l'assistance d'un regard rapide et furtif comme s'il avait craint de reconnaître quelque ennemi dans le public. Il était allé s'installer à une place qui paraissait lui être réservée, au premier rang du grand bureau derrière lequel trônaient les principaux savants de la ville.

Au centre du parquet, sur un immense tréteau, gisait l'animal noir, énorme, luisant, tout dégouttant d'eau, duquel s'élevait une odeur épouvantable. Avant que le démonstrateur en titre – un abbé du nom de Birou – ne commence son exposé, les jolies dames de l'assistance avaient déjà toutes sorti leurs mouchoirs et leurs flacons de senteur. Il y eut même un frisson accompagné d'un léger cri lorsque l'abbé naturaliste, assisté de deux gaillards en tablier de cuir qui avaient retroussé leurs manches, entreprit avec son bâton de montrer la gueule du monstre que ses aides venaient préalablement de démantibuler. La démonstration se poursuivit par l'auscultation des évents puis des yeux que le démonstrateur à l'apparence délicate expulsa de leurs orbites en un tournemain avec son couteau. À cet instant, ce qui devait immanquablement se produire arriva : trois des dames du premier rang tournèrent de l'œil. Cela suscita un petit mouvement de panique. Des messieurs élégants leur offrirent leurs bras, d'autres envoyèrent chercher des sels ou leurs valets.

Pierre-Antoine, qui avait assez bien prévu comment les choses évolueraient, avait son plan. Il dévala les marches en profitant de la confusion et, après avoir dit un mot à l'oreille du démonstrateur, sortit d'un petit sac qu'il avait apporté avec lui quatre minuscules trépieds de bronze destinés chacun à recevoir, sur le dessus, une coupelle et, au-dessous, un petit récipient de cuivre contenant de l'esprit-de-vin. Il disposa ces petits brûle-parfums aux quatre coins de la planche sur laquelle gisait le cadavre de l'animal.

– Mesdames, messieurs, ne craignez rien ! annonça-t-il alors d'une voix forte, tout en battant son briquet. Nous allons rafraîchir l'air de cette pièce grâce à un procédé de mon invention, une porcelaine qui s'échauffe sans se casser… Une porcelaine de kaolin dans laquelle on peut consumer des « odeurs ».

Le nouvel intervenant, salué d'un cri admiratif par les dames, applaudi poliment par quelques messieurs, s'en retourna à sa place. Parcourant alors le public d'un regard circulaire et attentif, bougeant à peine la tête, il ne fut pas long à discerner que le seul regard qui s'accrochait au sien, au travers des volutes de fumée qui montaient de plus en plus épaisses des quatre coins de la table, était celui de Villaris dont le trouble finit même par tourner à la frénésie.

Dès que la démonstration fut finie, le Strasbourgeois s'approcha du savant.

– Je pense que nous avons à parler ensemble, lui dit-il.

– En effet ! répliqua Villaris qui n'avait rien abdiqué de sa superbe.

Ils allèrent au *Grand Monarque* où ils restèrent à converser jusqu'au milieu de la nuit, tandis que Jean-François Hocquart, ayant envoyé promener ses escarpins, demeurait dans le vestibule du rez-de-chaussée à faire une réussite, les pieds de nouveau plongés dans une bassine d'eau tiède.

Pierre-Antoine, revenu à Paris, était sur un nuage car un événement imprévu était venu mettre le comble à sa joie. Le 30 avril 1768, Des Aubiers, à son tour au bord de la banqueroute à Vincennes, s'était enfui en Angleterre, laissant sa manufacture aux mains de son beau-père et la plaçant sous la protection de son bailleur, le marquis de Voyer, gouverneur du château royal.

Trois jours plus tard, accompagné du propriétaire de Vaux, Benjamin de La Borde, il se trouvait chez Voyer pour traiter de la reprise de cet établissement menacé de déconfiture. C'étaient trois larrons heureux de se retrouver et qui n'eurent aucun mal à s'entendre pour se partager les haillons de l'austère et retors Des Aubiers. La Borde était, on le sait, l'ami de longue date du gouverneur. Il partageait avec lui le goût des collections, en particulier celles de livres et de dessins, mais aussi, au foyer de l'Opéra et dans les boudoirs de quelques petites maisons pimpantes de Paris, celui des jolies filles. Leur complicité était admirable, puisque ce que l'un obtenait par l'argent et l'autre par la naissance se trouvait toujours partagé entre eux au liard ou au baiser près. Le marquis était également heureux de retrouver Hannong qu'il n'avait pas revu depuis septembre 1766, quand il avait brusquement dû quitter Vincennes. Sa fantaisie lui avait manqué. Les arriérés de loyer accumulés par Des Aubiers, acquittés séance tenante en rouleaux de belles pièces d'or que La Borde avait apportés dans ses poches, les salaires des trente ouvriers et les factures des fournisseurs, payés de la même façon, le fermier général se trouva sur l'heure mis en possession des ateliers et des magasins de l'ancienne manufacture de fusils de Sa Majesté.

– Tu vois, marquis, je suis de ces gens que l'on jette par la porte et qui reviennent par la fenêtre ! lança insolemment Pierre-Antoine à Voyer, lorsque tout fut signé.

– Je m'en réjouis… Sans toi, les cartes étaient tristes !

En l'espèce, c'était surtout La Borde qui triomphait. Dans sa partie de bras de fer avec le roi à propos de la porcelaine, il marquait un nouveau point décisif : il avait désormais Vaux et Vincennes à opposer à Sèvres et, plus secrètement, il détenait dans sa manche le mystérieux accord que Pierre-Antoine venait de conclure avec Villaris à Bordeaux.

Le 8 juin, après la chasse qui avait eu lieu en forêt de Sénart, Louis XV recevait ses amis à Choisy, aux portes de Paris, dans le beau château dont les terrasses dominaient la Seine, l'endroit du monde sans doute où il avait toujours le plus de plaisir à se retrouver. Le soleil était radieux, l'humeur du souverain ravissante :

– Ah ! La Borde ! s'était-il exclamé, voyant le fermier général sortir du débotté, puis s'emparant aussitôt de son bras pour le conduire en haut de l'escalier des terrasses.

Vous êtes homme à n'avoir pas encore vu mes dernières plantations au bord du fleuve !

– Tout dans ce lieu est magnifique et digne de vous ! s'enthousiasma le munificent valet de chambre du roi avec son plus beau sourire.

Et il fit aussitôt pétiller l'œil malicieux, que son maître appréciait chez lui, pour ajouter : « Vous voilà, Sire, logé comme un fermier général ! »

– Quoi ! Vous vous verriez ici, La Borde ? s'étonna Louis XV.

– Pourquoi pas, Sire… J'en aurai bientôt les moyens grâce à ma porcelaine !

Les narines du monarque frémirent à peine à cette insolence :

– Je crois plutôt que c'est avec l'argent que vous gagnez sur mes impôts que vous vous enrichissez… Au fait, c'est vrai, on m'a dit que vous veniez de racheter Vincennes et je ne vous ai pas encore félicité.

– C'est votre ancienne boutique. Je compte bien y produire des merveilles !

– Vous oubliez un peu vite les règlements qui établissent mon privilège.

– Justement, Sire, j'allais vous en parler… Il faut être de son temps !

– Je m'y emploie, La Borde !… Où publie-t-on l'*Encyclopédie,* sinon dans mon royaume ?

– Avec beaucoup de mal, Sire, vraiment beaucoup de mal… Mais il faut aller plus loin car, dans un temps où l'on commence à prôner la libre circulation des marchandises, les entraves des privilèges deviennent tout à fait iniques !

– Iniques ! Comme vous y allez, La Borde !

– Sauf votre respect, Sire, c'est à peu près comme si nous nous battions en duel, que vous aviez une épée dans chaque main et qu'on me liait les poings.

– Normal, ricana Louis XV, il faut bien que les rois,

dont on dit tant de mal de nos jours, conservent encore quelques prérogatives !

– Cela n'est pas loyal, Sire ! Pas digne d'un gentilhomme ! appuya La Borde en retirant son bras et en prenant un air contrarié… De plus, laissez-moi vous le dire, cela dessert vos intérêts !

– Comment donc ?

– Vos gens de Sèvres, protégés comme ils sont, n'ayant pas à affronter le feu d'une véritable concurrence, ne s'endorment-ils pas dans la routine ? Donnent-ils vraiment toute la mesure de leur talent ?… Rien aujourd'hui ne vous permet d'en être certain !

– Je n'en doute pas une seconde ! répondit le roi. Les productions de Sèvres, de l'avis des amateurs, ne sont-elles pas les plus belles d'Europe ?

– C'était le cas hier, ça l'est probablement encore aujourd'hui. Qu'en sera-t-il demain ? Car enfin, s'il n'est aucune comparaison ni concurrence possibles rien ne permettra de mesurer l'optimum de perfection des productions de votre fabrique !

– Que proposez-vous ?

– Il me paraît nécessaire et salutaire que Sèvres sente l'aiguillon d'un rival !

– Vous sans doute ?

– Oui, moi, car je serai loyal envers vous, Majesté, *fair play* comme disent nos amis anglais !… Je jouerai le rôle du lapin afin de vous permettre à loisir d'apprécier ce que vaut votre meute.

– Vous êtes impayable, La Borde…

Le fermier général força un ricanement léger pour faire passer une nouvelle impertinence :

– Il est vrai, Sire, que plus personne en France ne peut se payer mes services, sauf vous, puisque vous m'avez pour valet.

Le roi parut, là-dessus, descendre dans un abîme de réflexion :

– Que vous faut-il pour me concurrencer avec élégance ?

– Juste un peu d'or, Sire, et aussi un peu de vert, de jaune et de rouge. Quelques paillettes et quelques pincées de couleur. Un peu dc tout ce que votre privilège interdit à ceux qui veulent faire de la porcelaine dans ce royaume…

– Vous demandez beaucoup, La Borde ! fit mine de s'effarer le roi.

– Je réclame aussi le kaolin, Sire ! acheva le financier sans baisser le regard.

Louis XV accueillit cette nouvelle demande dans un soupir, levant les yeux au ciel. Il y avait malgré tout dans cette manière d'impatience une grande part de jeu, puisqu'il avait déjà en tête d'entrer en compétition avec son puissant valet de chambre. Cette idée lui avait été suggérée à deux ou trois reprises, depuis quelques semaines, par Mme Du Barry qui l'en avait entretenu comme d'une chose qui pourrait être à la fois utile et plaisante : utile pour parvenir le plus rapidement possible en France à la maîtrise du secret des Chinois ; plaisante par le piment qu'apporte toujours la compétition dans les affaires de conséquence.

Le roi n'était pas dupe. Il admira la parfaite connivence de sa maîtresse et de son fermier général et, sensible aux chatteries de l'une, tout comme à l'habileté de l'autre, il se décida brusquement à entrer dans leur jeu, tant par curiosité de voir jusqu'où ils pousseraient leur pointe ensemble que pour tenter de trouver un remède nouveau à son incurable ennui.

Il entraîna La Borde en avant des autres courtisans et, descendant avec lui les premières marches du grand degré, s'empara de son bras :

– Le kaolin, mais alors ?…

Hannong ne dissimula rien à Anselme de toutes ces tractations, ainsi que des nouveaux projets de La Borde, consécutifs aux facilités secrètes que Louis XV entendait brusquement accorder à Vaux ou à Vincennes, et cela en parfaite contradiction avec les privilèges de Sèvres.

Ces nouvelles étaient si surprenantes qu'Anselme, contrairement à ses habitudes de calme, se fâcha tout rouge. Les deux hommes restèrent même deux jours entiers sans se parler et ce n'est qu'au second soir, après avoir endormi Adèle ensemble, l'un en lui lisant un conte, l'autre en se répandant dans ses pitreries ordinaires, qu'ils consentirent à s'adresser de nouveau la parole.

– Alors, tu persistes ? demanda l'homme de Sèvres.

– Oui ! Cela est conforme à notre dernier serment, n'est-ce pas ?

– Je n'avais jamais envisagé que les choses puissent prendre ce tour-là !

– C'est la porcelaine qui y gagnera !

– Le roi et Sèvres passeront d'abord !

– Oui, je te le promets, le roi et Sèvres en premier, mais Vaux et Vincennes tout de suite après... C'est conforme aux accords du roi et de La Borde... Tu en auras la garantie très bientôt et de la bouche même d'un des plus considérables personnages de Sèvres. Ainsi tu seras tranquillisé avant ton départ pour Bordeaux.

Le 10 juin 1768, Mgr de Lussan, qui était à Paris depuis plus de quatre mois, fit savoir à Bertin que les pourparlers avec les inventeurs des carrières de kaolin devaient être regardés comme rompus, compte tenu de l'absence de propositions financières du ministère. Il fit mine de le déplorer et de regretter de s'être chargé contre sa conscience d'une négociation dans laquelle « les intérêts légitimes du roi risquaient d'être écornés ». C'était en vérité un coup de dés audacieux de Villaris qui comptait bien, par là, susciter une offre chiffrée de Bertin enfin à hauteur de ses espérances.

Or, ce ministre, homme de trempe supérieure, refusa de céder à ce chantage et fit savoir à l'archevêque de Bordeaux, qui ne put s'empêcher d'en paraître effrayé, «qu'il n'avait plus rien d'autre à ajouter». Le jour même, il ordonna à Macquer de se rendre dans le plus grand secret à Bordeaux et dans toute l'Aquitaine pour recueillir des informations et si possible «découvrir lui-même le kaolin».

Juillet et tout le début d'août 1768 furent consacrés à la mise au point de ce voyage dans lequel l'académicien comptait se faire accompagner d'Anselme, de Robert Millot et de son valet, Albin.

Le chef des fours, quant à lui, s'impatientait, dans son style, de tous ces délais :

> … Je voyais la nécessité et la gloire de trouver cette terre ou «kaoulin» qui n'était pas encore connue en France, c'est ce qui m'a obligé de dire à M. Boileau qu'il serait bien étonné de ne pas me trouver un de ces matins dans la Manufacture. Il m'a demandé le pourquoi, «Monsieur, le voici : puisqu'on ne veut pas trouver cette terre, je partirai un de ces matins pour la trouver.» Ce sont ces mots qui ont fait décider M. Boileau à en parler à M. Bertin. Peu de temps après, il a été décidé d'y aller avec M. Macquer…

Les derniers préparatifs de ce périple fournirent l'occasion à l'aîné des Masson d'inviter pour la première fois Macquer chez lui. Il était son voisin presque immédiat, puisqu'il vivait rue Saint-Sauveur, à deux pas du carrefour que formait celle-ci avec la rue Montorgueil. Il ne fallait donc pas plus de deux minutes pour joindre les deux logis, mais le passage de l'auteur du *Dictionnaire* chez celui qu'il regardait à présent – plus encore que Montigny, cet adjoint qu'il ne pouvait pas souffrir – comme le premier de ses collaborateurs avait nécessité huit années. C'était un long délai d'accoutumance, marqué de part et d'autre par beaucoup de susceptibilité et d'incompréhension.

Macquer dont la froideur cachait avant tout une effarante timidité était venu, pour cette première visite, avec son frère Philippe, l'avocat.

Du côté d'Anselme, ce fut aussi toute une affaire de recevoir ces deux célibataires que leur âge, leur maintien, leur apparence sévère opposaient en tout à l'humeur fantaisiste, relâchée et « bohème » qui régnait dans l'intérieur des trois tuteurs de la jeune Adèle. Pierre-Antoine avait, bien sûr, choisi de ne pas se trouver là. Il fut remplacé par Blanchot qui, outre la médecine, avait de solides connaissances en chimie et qu'émoustillait l'idée de faire la connaissance de l'auteur du fameux *Dictionnaire,* à l'aide duquel il avait fait toutes ses études.

Mathieu, avant de passer à table, à la grande joie de l'avocat qui était à ses heures musicien, joua de la musique de Du Phly et de Balbastre, tandis qu'Adèle, mise en chemise de nuit par Mme Courtois, entreprenait de monter tout naturellement sur les genoux des deux visiteurs qui, d'abord effarés et ne sachant pas trop quelle contenance prendre, finirent par s'en amuser, la caresser avec des gestes gauches et finalement lui sourire.

Après un souper dont l'amabilité déjoua tous les plus noirs pronostics, un agréable vin blanc de Viry contribuant à délier les langues, Anselme et les deux frères examinèrent les cartes largement étalées sur la table pour fixer l'itinéraire de leur prochain périple. L'avocat, que ses affaires avaient amené à voyager, connaissait bien la route d'Orléans à Poitiers. Il savait surtout se servir en virtuose de l'*Almanach des postes,* ce parfait monument de l'exactitude française. Sur ses conseils, il fut arrêté qu'on ne louerait qu'une seule grande chaise, qui pourrait contenir l'académicien, le chef des fours et Anselme; Albin, le valet, étant relégué sur le banc du cocher, inconvénient mineur pour lui, estima son maître, puisqu'on voyagerait dans ce qui devait être encore la belle saison.

Au bout d'une heure, cet aréopage d'esprits scientifiques en vint à la conclusion qu'avec le budget de 2500 livres accordé par Bertin et les économies réalisées en ne prenant qu'une voiture, on pouvait augmenter de 30 % le nombre des relais et, allant ainsi plus vite, gagner un jour trois quarts à l'aller et autant au retour.

La grande inconnue portait sur ce qui se passerait une fois arrivé à Bordeaux. À partir de là, en effet, on en était réduit aux conjectures et, à la fin de la soirée, lorsque chacun eut donné son avis, tour à tour les deux Macquer, Anselme, Blanchot et même Adèle qui avait posé son doigt sur les Pyrénées, la carte d'Aquitaine se trouva surchargée d'une espèce de rose des vents, rayonnant depuis l'estuaire de la Gironde pour remonter en Saintonge, déborder à l'est en Périgord et redescendre au sud, jusqu'en Béarn et Navarre.

Dans les jours qui suivirent, Macquer, Montigny et Anselme à Sèvres, au cabinet de minéralogie du jardin des Plantes, au cabinet de l'École des ponts et chaussées que leur ouvrit fort libéralement son directeur, Jean Rodolphe Perronet, et dans les archives de l'Académie des sciences, consacrèrent une grosse partie de leur temps à passer au peigne fin les cartes, les relevés géologiques et les récits de voyageurs ou de savants qui auraient pu, dans le sud-ouest de la France, se trouver à un moment ou un autre, sans le reconnaître, en contact avec le kaolin.

Anselme dénicha au Jardin du roi, dans un meuble à tiroirs du cabinet de minéralogie, des échantillons d'une terre blanche friable, laissés là, un demi-siècle auparavant, par un certain abbé Mignon, parti visiter les sources chaudes de Dax et qui en avait profité pour fouiller le sol près de Puyoô. La quantité était insuffisante pour se livrer à des expériences poussées, mais Anselme, aidé en secret par Pierre-Antoine, en tira toutefois, dans le petit laboratoire de la rue Montorgueil, deux plaquettes qui résistèrent à de fortes pressions. Macquer, au vu de cette expérience, estima que « ces terres de Dax et de Puyoô méritaient d'être étudiées de plus près ». Il fit préparer une caisse, comportant quatorze casiers, qu'il fit remplir de petites quantités des terres d'Aue, d'Obernzell, ainsi que de minerais de provenances diverses, tel celui de Monperthuis, utilisé par Guettard et Lauraguais, ou celui de La Bermondière dont s'était servi Réaumur. Il y fit joindre une malle pleine de produits réactifs, d'acides, de bases et d'eau-forte.

Anselme s'apprêtait à quitter Adèle pour la première fois pendant deux ou trois mois. C'était pour lui toute une affaire et le seul crève-cœur capable d'assombrir l'état d'excitation dans lequel le plongeait la perspective de pouvoir bientôt participer à une aventure extraordinaire.

Mme Courtois, Briséis, Félicité, Éléonore, sa sœur, et même la vieille Praxède, avaient toutes promis de s'occuper de l'enfant. Pourtant leur jeune père, que ses occupations de chaque jour poussaient à une minutie qu'appuyait la prise en note de la moindre de ses expérimentations, s'était mêlé de rédiger à leur usage des fiches sur les temps de sommeil, les heures des repas, les activités, la façon de la vêtir, le tout aboutissant à un véritable volume devant lequel les bonnes femmes ne firent que hausser les épaules.

Mathieu n'était guère plus sérieux, et quand Anselme se mêlait de vouloir lui faire quelque nouvelle recommandation, il lui répondait du ton le plus posé du monde :

– J'ouvrirai l'œil, te dis-je !

Le jeune aveugle était fou d'Adèle. À cause d'elle, il restait quelquefois dormir chez son frère avec Angèle, plutôt que de rejoindre leur petit logis. Depuis que la fillette avait eu dix-huit mois, il s'était accoutumé à l'asseoir sur ses genoux, devant le clavecin. Elle s'y tenait comme fascinée et, lorsqu'il avait terminé de lui jouer un morceau, elle avait pris l'habitude étonnante de l'embrasser sur les deux yeux, sans doute en espérant que ces baisers y feraient un jour entrer la lumière. Or, ce genre de miracle n'est pas toujours que dans les esprits des âmes innocentes, et l'espèce de prodige qui eut lieu début août, quelques jours avant le départ d'Anselme, allait le démontrer de façon étonnante.

Chez l'abbé de l'Épée, Mathieu avait le sentiment d'accomplir une tâche exaltante parce que utile. Blanchot avait pensé à lui pour mettre en pratique l'une de ses théories, persuadé qu'un aveugle aurait plus de sensibilité qu'un autre pour en mener à bien l'expérimentation. Avec lui, il avait commencé par imaginer un petit cornet de buis qui s'appliquait entre l'oreille de ses patients et la caisse d'un clavecin ou d'une harpe, ainsi qu'une baguette de noisetier, tenue entre les dents et reposant de la même façon sur le bois de l'instrument, qui permettait d'en éprouver toutes les vibrations.

C'est ainsi qu'Angèle, fille d'une pauvre femme qui avait servi autrefois chez le père architecte de l'abbé, fut la première à expérimenter la méthode des deux jeunes gens et à savoir distinguer et retraduire par des signes de son invention les sept notes d'une portée. Au bout de quelques semaines, au cours de ces leçons où l'aveugle cherchait la main de la sourde et la rendait moins craintive, où la jeune fille guidait les pas de son professeur afin de l'aider à se mouvoir plus facilement, il fut évident que ces deux êtres cultivaient de singulières affinités. Leur complicité éclatait. Rien n'était plus aimable ni plus touchant que leur tendresse l'un pour l'autre et l'envie qu'ils avaient de s'aider mutuellement pour atteindre ensemble ce dont ils ne pouvaient pas jouir l'un sans l'autre. Leur rayonnement et la beauté qu'ils avaient en partage abolissaient, lorsqu'ils paraissaient dans un lieu où ils n'étaient pas connus, jusqu'au plus petit sentiment qu'ils puissent être l'un ou l'autre infirme. Elle lui prêtait ses yeux et il parlait pour elle, habile à exprimer ce qu'elle ressentait, dans le moment précisément où elle l'éprouvait. Mathieu était heureux. Depuis son mariage, il avait repris assidûment la pratique de la musique sans plus éprouver les terribles maux de tête qui le mettaient au supplice du temps où il donnait des concerts publics à Saint-Louis.

Il restait désormais plusieurs heures le soir sur le clavecin de la rue Montorgueil et, parfois, une grande partie de la nuit, à l'orgue de l'église Saint-Roch, où Angèle, montée avec lui dans la tribune, touchait la base des tuyaux pour en éprouver la vibration puissante. Mais dans sa pédagogie, la harpe avait sa préférence. Elle venait de s'enrichir de grands perfectionnements. En 1720, un facteur bavarois, Hochbrucker, l'avait dotée de sept pédales. Ainsi modifiée, elle avait été jouée pour la première fois, à Paris, chez La Pouplinière, et présentée par son inventeur en personne, à la Cour, au Concert spirituel de 1760. Mathieu avait vite observé que grâce à elle ses élèves accomplissaient les progrès les plus spectaculaires. Sur cette harpe, Angèle avait pu jouer elle-même, avec justesse, toutes sortes de petites pièces de musique, alors qu'elle ne pouvait percevoir autre chose que la différence de hauteur de vibration de chaque note.

Dans ce printemps de 1768, le cadet des Masson, qui allait bientôt fêter ses vingt-six ans, s'était mis à la composition, ainsi que le lui avait autrefois prédit Briséis. La nuit de la Saint-Jean vit la création de sa première petite suite, pour laquelle M. Merlot, Blanchot et Briséis tinrent la partie de violon – pour être plus précis, Briséis utilisait un pardessus de viole, instrument plus petit, accordé une octave plus haut, qui permettait aux gens du monde d'aborder sans déchoir le répertoire des violoneux –, Pierre-Antoine était au clavecin ; le compositeur s'était improvisé flûtiste.

Rien n'avait été plus étonnant, ce soir-là, que les grands yeux émerveillés d'Adèle, juchée sur les genoux d'Anselme. Le grand portrait de Fanny – un portrait que la défunte avait fait d'elle-même sur une plaque de porcelaine –, pailleté de petites taches d'or par l'éclat des flambeaux allumés avec la nuit tombée tard, paraissait soudain s'animer comme si elle descendait de son cadre pour venir participer à la liesse générale.

Briséis, avec l'assentiment des trois hommes, avait peu à peu repris le rôle du génie féminin de la maison. Elle veillait aux détails, tels que les pots-pourris, les sachets d'« odeurs » dans les armoires, la propreté du linge sentant toujours bon le thym, et jusqu'aux délicats plissés et ruchés finement ouvragés des robes d'Adèle. Les fleurs dans leurs vases de Sèvres suivaient le rythme des saisons, avec une prédilection particulière pour les pois de senteur qu'elle palissait sur des treillis d'osier dans le jardin de l'hôtel de ses parents. Elle avait aussi la passion des digitales, des ancolies et des roses nacrées. Il n'était pas non plus un bougeoir ou une applique qui ne fût chargé de chandelles blanches à la mèche noircie pour donner l'idée de l'usage et de la vie, car une des douces obsessions de Briséis était de ne pas vouloir que les objets, comme chez les bourgeois, aient l'air neufs.

Son goût s'employait avec sûreté à tout ce qui fait le bonheur et le bien-être d'une maison. Elle savait avec discrétion et tact donner les ordres utiles à Mme Courtois, veiller à la préparation et au bon déroulement des repas et des fêtes qui, sous l'impulsion de Pierre-

Antoine, n'avaient pas relâché leur rythme. Paradoxalement, elle s'entendait aussi à laisser la part de désordre qui est presque la marque de la liberté des jeunes hommes, surtout lorsqu'ils sont artistes : les partitions, les livres, les papiers éparpillés sur le parquet qu'elle se gardait bien de remettre en tas, les cannes, les chapeaux, les gants qu'elle ne faisait jamais ranger dans les armoires, le laboratoire enfin, dans lequel elle ne pénétrait jamais et où Anselme et Pierre-Antoine pouvaient tout à leur aise se détendre en fumant et buvant, dans un fouillis de pipes, de verres sales, de papiers jetés à terre et de tessons brisés, le tout dans l'âcre odeur des produits alcalins et du tabac froid.

Angèle – Ange, dans le langage d'Adèle – était l'âme de la maison, tout comme Briséis en était l'énergie. Elle s'occupait bien de la fillette qui avait fini par se faire à elle, à l'absence de ses paroles et à sa douceur. Ce perpétuel silence s'accordait à la mélancolique conscience qu'éprouvait l'enfant de n'avoir jamais entendu le son de la voix de sa mère. Angèle restait des heures entières à lire et à réfléchir, près d'elle, le regard étrangement absent. Ces longs moments passés sans un geste et sans un mouvement, au lieu de l'inquiéter, rassuraient la fillette qui avait déjà dû se faire aux longues réflexions d'un père capable de rester à ses côtés pendant plusieurs heures sans dire un mot. Elle se blottissait volontiers contre la jeune muette en suçant son pouce pour goûter la quiétude de ces après-midi sans bruit qui ménageaient une longue parenthèse de calme avant le vacarme du soir.

Après tant d'émotions, de douleurs finalement acceptées et raisonnées, de joies âprement obtenues et méritées, le bonheur de la petite société de la rue Montorgueil, en ce début de l'été de 1768, était de nouveau visible. Il tendait non pas vers quelque chose de seulement paisible mais vers un accomplissement :

Pierre-Antoine était voué à s'unir à Briséis quelque jour prochain, Blanchot venait d'épouser Félicité, Mathieu remerciait le ciel tous les jours de l'avoir destiné à Angèle et Anselme, d'une manière différente mais tout aussi résolue, s'était arrêté à trouver son bonheur en se consacrant à sa fille. Il n'est rien de plus tendre ni de plus désarmant qu'un homme ému par la contemplation d'une enfant dont la ressemblance lui rappelle tous les jours l'être aimé et, de façon presque apaisée, des moments de bonheur abolis. Le plus sévère des pères, dans ce cas, devient un agneau. Anselme, qui n'était qu'un fanfaron de froideur et de dureté, ne faillissait pas à cette règle, aussi fondait-il de joie et d'émotion dès qu'il apercevait sa fille.

Le premier dimanche d'août, Mathieu, abandonnant son frère à la préparation de ses malles, était parti avec Angèle profiter du soleil, au bord de la Seine, à Meudon. Ils avaient dîné d'une friture de goujons arrosée d'un petit vin d'Argenteuil, dans une guinguette proche du débarcadère, attirant sur eux tous les regards, tant à cause de leur beauté altière que de l'espèce de plus grande lenteur et de plus grande douceur que conférait à chacun leur infirmité.

Lorsqu'ils se furent levés de table, assez tard, vers 5 heures, comme le soleil se tenait toujours haut et que l'humeur autour d'eux était à la joie – celle des amoureux surtout, qui s'étaient isolés pour manger en tête à tête, à demi cachés par une glycine exhalant ses effluves de miel –, ils décidèrent de louer une barque à un homme qui attendait sur la berge un faisceau de rames dans les mains.

Mathieu, qui portait sa veste sur le bras, retroussa ses manches et se laissa conduire jusqu'à l'embarcation par Angèle qui prit place à côté de lui pour le guider. Le loueur qui, fort heureusement, n'avait pas remarqué que son client était aveugle et qui avait d'abord insisté en faisant de grands signes pour qu'il s'installe en face de sa passagère, finit par se calmer en voyant les deux jeunes gens filer au milieu du fleuve en trois coups de rame. Mathieu avait en effet pris tout jeune, sous la direction de son père, puis sous celle d'Anselme, l'habitude de la navigation sur la Dordogne. Il avait acquis la maîtrise du mouvement lent mais puissant qui va fouiller les flots comme en les éventrant et du coup sec qu'il faut ensuite donner afin de comprimer cette masse liquide pour avancer. Et comme il avait ressenti à la façon qu'Angèle avait eue de se blottir contre lui qu'elle était heureuse et qu'elle n'avait pas peur, il avait accéléré insensiblement son mouvement. La jeune muette, grisée par la vitesse, retenait d'une main son chapeau de paille que le déplacement rapide du vent avait failli emporter et de l'autre serrait un peu plus le bras blanc, fin et musclé de son rameur.

Ayant parcouru toute la courbe du fleuve, ils se trouvèrent rapidement hors de la vue du ponton sur lequel ils avaient embarqué.

Ce fut aussitôt une impression de calme et de solitude : nul rameur à l'horizon, des berges bordées de prairies vertes où paissaient des vaches paisibles. Une sensation de bonheur s'était emparée d'eux, activée par la caresse d'un vent léger et complice lorsque, soudain, ils heurtèrent une énorme souche que l'on ne voyait presque pas à la surface de l'eau. Aussitôt, Angèle fut précipitée par-dessus bord ; Mathieu, qui eut le réflexe de ne pas lâcher ses rames, fit une terrible embardée mais parvint à retomber sur son banc.

Le rameur savait la jeune fille dans l'eau mais sans pouvoir la situer ; celle-ci le voyait, la cherchant du regard, sans aucun moyen de se manifester à lui.

Mathieu commença par s'agenouiller et par fouiller les flots de sa rame mais il était déjà trop loin car le courant avait emporté la barque. Il était excellent nageur – enfant, il avait souvent traversé les lacs d'Auvergne en compagnie d'Anselme –, elle, comme beaucoup de Parisiens, n'était jamais entrée dans l'eau. Elle ne flottait en effet à cet instant que parce que sa robe et ses jupons formaient comme une bouée, destinée bien vite, en s'alourdissant, à l'entraîner vers le fond. Elle s'essayait bien à faire des clapotis avec la main mais il ne l'entendait pas.

Tout s'enchaînait implacablement. Elle était à présent enfoncée jusqu'aux épaules, tandis qu'il tapait, tapait sur le fleuve du plat de sa rame, de plus en plus désespérément. Ils pleuraient l'un et l'autre, se sachant sans ressources, enragés de n'avoir tenu le bonheur d'être ensemble que comme une étincelle et de se perdre ainsi, aussi stupidement, sans même pouvoir s'étreindre une dernière fois ou même, tout simplement, se toucher la main.

Il résolut alors en une seconde de mourir avec elle. C'était l'élan d'un cœur désespéré, quelque chose qui n'avait besoin ni de temps ni de réflexion pour s'exécuter. Il se leva calmement, ôta ses bottes et défit les boutons de sa chemise. Il montrait à cet instant une telle expression de maîtrise de soi, de douleur dépassée comme en extase, qu'Angèle, qui réussissait encore à maintenir son menton au-dessus du niveau des flots, comprit qu'il ne se jetait pas à l'eau pour essayer de la retrouver. D'ailleurs, à cet instant sans doute, l'imaginait-il déjà engloutie.

Elle ferma les yeux, fit un terrible effort qui parut lézarder ses tempes.

Au même instant, il levait son visage vers le ciel, pour prier ou peut-être maudire son créateur.

Elle se rejeta en arrière comme si elle aussi désirait prendre son souffle avant de descendre dans les eaux noires, mais alors, ce qui est sans doute le plus fabuleux miracle de toute cette histoire, une chose plus étonnante encore que l'agencement des atomes de kaolin entre eux eut lieu.

Mue par une force surhumaine, elle parvint à crier :

– Ma… Ma… Ma-ti… Ma-ti…

Puis :

– Ma-thieu ! Ma-thieu ! Mathieu !…

Elle répéta ce nom chéri au moins à dix reprises, emplie d'ivresse et de convulsions joyeuses, entrecoupées de hoquets nerveux.

Il tendit l'oreille sans aucune expression d'effarement. Il ne chercha pas à démêler les raisons de ce prodige, il ne songea qu'à l'urgence. Il plongea pour aller la chercher, la rattrapa, la maintint hors de l'eau. Elle le guida en émettant deux sortes de petits cris, l'un plein d'effroi lorsqu'il s'éloignait tant soit peu de la berge, l'autre plus apaisé, dès qu'il s'en rapprochait, et c'est ainsi qu'ils se sauvèrent.

Le soir même, l'abbé de l'Épée était en personne rue Montorgueil, venu s'extasier avec Blanchot, quelques jeunes médecins et des bénévoles de la maison de la rue des Moulins au son de la voix d'Angèle.

L'abbé était l'être le plus doux du monde et le moins capable de forfanterie. C'était un homme timide, avec un visage blanc et grassouillet, des yeux humides et pleins d'intelligence, toujours en soutanelle et petit collet, portant une calotte de satin qui ressemblait à celle d'un sacristain. Il n'avait rien d'un Macquer ou d'un Villaris, dont l'action ne se soutenait que de la vanité qu'ils tiraient de la réussite de leurs expérimentations et de la jalousie qu'ils éprouvaient envers leurs rivaux. Sa joie, lorsqu'il entendit la jeune fille prononcer devant lui les mots « sauvée » et « amour » que lui avait fait répéter Mathieu en la serrant dans ses bras tandis qu'ils s'en revenaient à Paris en fiacre, le fit pleurer d'émotion. Il caressa longuement ses lèvres rendues à un début de vie et annonça à tous ceux qui se trouvaient là qu'en s'appliquant à perfectionner encore les méthodes dont Angèle incarnait la réussite, on pourrait bientôt procurer de pareils bonheurs à quantité d'autres infirmes.

Blanchot voyait là la confirmation de ses théories. Il accepta bénignement, dans les jours qui suivirent, la procession des principaux savants de Paris, venus visiter la miraculée. Les détracteurs de l'institution, qui jusque-là avaient tenu le haut du pavé, en prétendant que l'on ne pourrait jamais faire quoi que ce soit avec un sourd et muet de naissance, rasaient les murs.

Parmi les pèlerins du Tout-Paris venus entendre les premières syllabes prononcées par Angèle, il y eut l'abbé Chappe et Marmontel.

L'abbé astronome était venu en apportant un exemplaire de son livre, intitulé *Voyage en Sibérie fait sur ordre du roi,* paru deux mois auparavant, dans lequel il narrait le périple qu'il avait effectué là-bas entre novembre 1760 et mai 1762, quittant Saint-Pétersbourg, quelques semaines seulement avant que Catherine II ne confisque le pouvoir à son mari, le débile Pierre III, en le faisant égorger. Il avait travaillé à cet ouvrage, pendant presque cinq ans, avec énormément de soin et de rigueur, vérifiant et pesant chaque détail, veillant avec minutie à la confection des cartes et des gravures. C'était l'œuvre d'un honnête homme. Il avait décrit la Russie, la beauté extraordinaire de ses paysages et de ses monuments mais aussi les terribles lacunes de la société : l'abrutissement et l'alcoolisme du peuple, l'ignorance des popes, la sauvagerie et la folie des puissants. Dans maints passages, Chappe avait retrouvé les accents d'un Voltaire ou d'un Diderot, dénonçant les criantes injustices que provoquait, dans ce pays immense, le retard général de l'économie, des mœurs et de l'éducation.

Diderot avait d'emblée nourri une admiration sans bornes pour la nouvelle tsarine, malgré les circonstances brutales de son avènement. Catherine II tenait depuis toujours dans la plus haute estime les philosophes français. Elle était venue à l'aide de Diderot, en 1765, en lui rachetant sa bibliothèque tout en lui en laissant l'usage ; et surtout elle avait défendu l'*Encyclopédie*, proposant que les derniers tomes, un temps interdits de parution en France, soient édités en Russie. L'auteur de la *Lettre sur les aveugles* avait donc persuadé Chappe que la « Sémiramis du Nord » apprécierait à coup sûr son tableau sans fard de la Russie en 1762, qu'elle le regarderait comme un état des lieux objectif, tel qu'elle aurait pu le dresser elle-même, à l'instant où elle s'emparait des rênes de l'État.

Chappe avait œuvré dans ce sens, sans ménager ni son temps ni sa peine. Il venait d'envoyer un exemplaire de son livre à Catherine II, ne doutant pas d'être bientôt, comme Voltaire, Grimm, d'Alembert, La Harpe ou Diderot, au nombre de ses correspondants réguliers. En attendant, il travaillait à la préparation d'un nouveau voyage au long cours. L'Académie voulait, cette fois, l'envoyer en Alaska et en Californie. Il y avait décidément quelque chose de paradoxal dans l'acharnement de ces messieurs du Louvre à vouloir toujours faire repartir à l'autre bout de la planète ce pauvre abbé sans santé, toujours transi et qui ne détestait au fond rien tant que l'aventure.

Marmontel, quant à lui, ressortait à peine d'un terrible cyclone. En février 1767, cet homme heureux, à qui tout avait souri jusque-là, s'était cru brusquement malade de la poitrine et avait imaginé qu'il mourrait bientôt de phtisie, tout comme autrefois ses parents et sa sœur chérie. Dans ces jours inhabituellement sombres, il avait composé un roman philosophique, *Bélisaire*, dont le quinzième chapitre contenait un développement brillant en faveur de la tolérance. Il y soutenait que nul n'avait le droit d'user d'aucune violence dans les débats du for intérieur, en particulier en matière de religion. Il prétendait aussi que les justes de l'Antiquité, les Titus, les Trajan, les Marc Aurèle, sans même avoir eu la possibilité de connaître la Révélation, seraient sauvés pour la simple raison qu'ils avaient été vertueux. Ces idées n'étaient pas tolérables pour l'Église qui revendiquait très fort le droit d'obliger les gens à croire dans les formes. Aussi, comme dans le cas de la *Lettre sur les aveugles* ou de l'*Émile,* avait-elle réagi en faisant condamner sans appel le livre et son auteur.

Marmontel avait tout d'abord décidé de se défendre. Il en avait appelé à Voltaire, son plus ancien protecteur, celui qui avait autrefois félicité le jeune paysan de Bort pour ses poèmes, mais le grand homme n'avait fait qu'envenimer les choses en daubant sur l'*indiculus* – la mise au rang des propositions impies – qui avait frappé l'auteur de *Bélisaire*. Il l'avait décliné, dans un violent pamphlet, en *ridiculus*. De nombreuses autres voix s'étaient alors élevées en faveur de l'ancien élève de M. Malafosse : Turgot, depuis son Limousin, mais aussi Frédéric II et surtout Catherine II, qui avait fait savoir qu'elle était prête à accueillir chez elle l'auteur condamné, confirmant par là qu'elle était digne des louanges de Diderot.

Or, Marmontel avait deux faces. Contestataire, dans le premier élan de son cœur, il était aussi courtisan et craintif, par frilosité de paysan parvenu. Étonné du scandale provoqué par son livre, il regarda autour de lui et s'effraya : Calas avait été rompu vif en 1762, le chevalier de La Barre, décapité en 1766, l'affaire Sirven était au milieu du guet. Les puissances de l'intolérance frappaient donc à coups redoublés, dans le temps précisément où s'imprimait l'*Encyclopédie*. Conseillé par Choiseul, avec qui il avait autrefois partagé l'amitié de

Mme de Pompadour, il préféra transiger, position des plus inconfortables puisqu'elle poussa ses amis philosophes à le condamner à leur tour et qu'elle fut exploitée par l'Église comme un triomphe remporté sur l'impiété. Le poète eut alors des entretiens particuliers avec le cardinal de Beaumont, archevêque de Paris, qui furent regardés par les dévots comme les articles d'une soumission.

Rétabli, puisque ce qu'il avait pris pour de la phtisie n'était en réalité qu'une grosse fatigue venue d'un surcroît d'activité, il avait repris son genre de vie brillant. À présent, tout en continuant à composer une manière d'esprit libre dans le sérail de la Cour, comme autrefois Quesnay avait fait le physiocrate dans les appartements mêmes de Mme de Pompadour, il se tenait un peu en marge de ces messieurs les philosophes. Il venait de donner à Grétry les livrets de *L'Ingénu* et de *Lucile*. Il s'était résolu à ne plus moraliser ni philosopher, à faire l'homme léger, en un mot, à n'être plus jamais sérieux.

– J'écrirais bien quelque chose sur le miracle d'Angèle, dit-il à Mathieu, mais ces messieurs du *Procope* me le reprocheraient comme une bassesse faite à la religion ; et, du coup, les curés n'y verraient qu'une provocation de plus.

– Il vaut mieux ne rien faire ! opina le musicien.

– L'Église ne veut plus que des muets ! approuva Marmontel. S'il se trouve, on inquiétera bientôt votre pauvre abbé de l'Épée qui fait tous ses efforts pour leur rendre la parole !

Ce fut sa seule insolence de la soirée, encore était-elle murmurée au creux de l'oreille.

Au même moment, réfugiés dans l'ancienne chambre de Mathieu, Anselme et Pierre-Antoine s'entretenaient à voix basse. Le père d'Adèle paraissait tout retourné :

– M. Parent m'a fait venir cet après-midi dans son bureau, en exigeant de moi le plus grand secret…

– Alors tu sais tout maintenant !

– Tu devines ma perplexité et ma gêne.

– Ce sont des ordres du roi lui-même, il n'y a pas à discuter, ni à avoir d'états d'âme ! La Borde aura sa part du kaolin de Mgr de Lussan… Il a su convaincre le roi !

– Mais, tout de même, me demander d'agir dans ce voyage à l'insu de Macquer qui est mon maître et de Robert Millot pour qui je n'ai pas de secret. Comment vais-je oser trahir leur confiance ? Comment vais-je me comporter ?

– Tu seras parfait !

– Non, je ne serai pas assez bon acteur…

– Tu seras parfait, te dis-je ! Et nous en rirons ensuite.

– Mais quelle raison peut bien avoir… ?

– Tais-toi. Il faut, comme dit Turcaret, obéir et se taire !

CHAPITRE CINQUIÈME

Le docteur Camouti

Le 17 août 1768, après avoir parcouru sa route en cinq jours seulement, ainsi qu'il l'avait prévu, Macquer entra dans Bordeaux, avec ses deux compagnons de voyage et son valet Albin, un peu avant 10 heures du soir.

La nuit qui finissait de tomber était claire. Un vent léger et doux refoulait jusqu'au fond de l'estuaire les odeurs de la mer. Des familles de bourgeois circulaient encore sur les quais, attentives au mouvement qui se poursuivait comme en plein jour autour des bateaux dont les passerelles et les accès étaient éclairés par des terrines de suif embrasées. Des cabarets, tout au long du premier rang des maisons, alignaient des lumignons dont les faibles lueurs s'étouffaient dans l'enveloppe opaque de vessies de porc accrochées par grappes aux façades. Dans un de ces établissements appelé *Le Roi Salomon,* ils se régalèrent d'une omelette aux cèpes, ainsi que d'une de ces fameuses lamproies à la bordelaise, arrosée d'un bon vin de Fronsac.

L'académicien, pendant tout le voyage, était apparu à Anselme comme un homme changé, prévenant, poli et même plaisant. Macquer était de ces êtres que l'incertitude ronge et que le doute obsède, or, il avait longtemps douté de l'opinion de ses collaborateurs à son sujet – non pas de leur affection, puisqu'il ne pouvait même pas concevoir que la chose puisse exister, mais de leur considération. Pendant de longs mois, également, il avait été incertain de sa capacité à pouvoir reprendre un jour la main dans l'affaire du kaolin. Maintenant qu'il s'était expliqué avec Anselme sur leurs relations passées et qu'il sentait la découverte du minerai imminente, il avait recouvré une sérénité qu'il n'avait jusque-là jamais pu montrer et dont il s'était mis à goûter la douceur en relâchant brusquement son impatience et sa morgue.

Les premiers jours que les quatre voyageurs passèrent à Bordeaux, installés par ordre de Bertin à l'hôtel du Gouvernement, qui donnait sur la rue menant à la porte Digeaux, furent calmes et studieux. Ils allèrent d'abord, comme tous les visiteurs de marque, saluer le lieutenant général, le vénérable maréchal d'Armentières, vieillard sans génie, qui ne connaissait le monde qu'à travers la fumée des canons et qui représentait sur place le gouverneur, le fameux maréchal duc de Richelieu, vivant à la Cour. Ils visitèrent ensuite les principales curiosités de la ville : la bibliothèque du Collège royal, anciennement des jésuites, la faïencerie, les cabinets de curiosités de l'université et du jardin des Plantes, ainsi que plusieurs collections de minéraux constituées par des personnes curieuses, tel Boutin, l'ancien intendant, ou quelques familles éclairées, souvent juives, comme les Gradis, les Furtado et les Raba.

Dans leurs traques savantes, ils ne croisèrent pas Villaris : celui-ci, dès qu'il avait appris par Mgr de Lussan l'arrivée prochaine de ces messieurs de Sèvres, s'était retiré du côté de Bazas, dans sa campagne. Plus étonnant encore, ils ne rencontrèrent pas non plus Decugis qui était pourtant bien là, enfermé dans son grenier, à l'Académie, dont les lucarnes donnaient sur le Jardin public. Il faut dire que ce vieillard studieux s'occupait fort peu du bruit du monde. Les voyageurs, amateurs de minéraux et de fossiles, qui envahissaient souvent bruyamment le cabinet attenant à son petit bureau, ne réussissaient même pas à lui faire lever la tête et c'est ainsi que, le 19 août, Macquer et Anselme piétinèrent pendant plus d'une heure, à vingt pas de lui, sans pouvoir le voir ni lui parler.

M. de La Luzerne, le subdélégué que l'intendant, M. Farges, leur avait dépêché pour les guider et les escorter dans leurs démarches, était un homme ingénieux que l'aventure du kaolin tenait en haleine. Il connaissait bien la carte géologique de l'Aquitaine, car sa lubie à lui, depuis trois ans qu'il se trouvait à Bordeaux, était le charbon de terre dont un voyage en Angleterre l'avait persuadé que l'exploitation constituait un préalable indispensable au développement de toute industrie moderne. Lui et ses commis avaient mis à profit cette pure merveille qu'était, pour tous les hommes de science et les gouvernants d'alors, la nouvelle carte de Cassini. Il avait envoyé ses propres officiers et arpenteurs pour en compléter les indications et, à l'aide de sondages et de relevés, dresser une carte géologique en marquant les endroits où, à défaut de charbon dont on n'avait pas trouvé la trace, l'on pensait pouvoir découvrir de la potasse ou du fer.

Anselme et Macquer prirent bientôt leurs quartiers dans la bibliothèque de M. Farges, incontestablement plus riche que celle de M. de Richelieu – ils n'avaient d'ailleurs qu'une rue, la rue des Carmélites, à emprunter pour passer du Gouvernement à l'Intendance. La Luzerne leur présenta l'un de ses assistants, un homme du nom de Lecaplant, qui s'était chargé, dix ans auparavant, d'accompagner les cartographes de Cassini, ainsi que le premier ingénieur des Ponts de Guyenne, M. de Saint-André, qui, depuis l'estuaire jusqu'aux Pyrénées, connaissait le pays en détail. Le premier chimiste leur montra à tous trois les échantillons de pierre blanche de Dax et de Puyoô, retrouvés dans les tiroirs du cabinet du jardin des Plantes de Paris, mais dont la quantité était insuffisante pour conclure à autre chose qu'à une vague ressemblance avec la poudre de Mgr de Lussan. La seule chose que l'on savait était que, mise en œuvre et chauffée avec de la craie et du sable, comme l'avaient éprouvé Pierre-Antoine et Anselme, elle finissait par donner une matière résistante. M. de Saint-André confirma à cette occasion qu'il existait des terres ressemblantes en pays de Chalosse.

Le 6 septembre, un pli de Bertin destiné à Farges, daté du 20 août, à Compiègne, annonçait que les contacts étaient définitivement rompus avec l'archevêque et que celui-ci s'apprêtait à s'en retourner à Bordeaux. Le ministre ajoutait qu'il avait offert, par l'intermédiaire de ce prélat, 15 000 livres à Villaris et que ce dernier, non seulement les avait refusées, trouvant la somme insuffisante, mais qu'on avait la preuve à Versailles qu'il s'était, à l'entrée de l'été, « répandu en propos indiscrets sur ces transactions ».

Bertin, furieux, ordonnait à présent aux voyageurs de tout faire pour retrouver le kaolin par eux-mêmes et – c'était un comble sous sa plume – les incitait même « à ne pas regarder à la dépense pour en venir à bout ».

Macquer tint aussitôt conseil dans sa chambre de l'hôtel du Gouvernement avec Anselme, Millot, La Luzerne et Lecaplant. Tous furent d'avis qu'il fallait aller voir sur place, à Dax ; que ces messieurs de Sèvres y partiraient incontinent, tandis que le subdélégué et son commis feraient, dès son retour, le siège de l'archevêque pour tenter de lui faire dire le nom des informateurs de Villaris.

Trois jours plus tard, la chaise louée par Macquer, escortée de deux chevaux de renfort, qui avait d'abord filé bon train au sortir de la ville se trouva vite ralentie à cause du mauvais état de la route qui sinuait entre les marécages des Landes. Rien pourtant, là encore, qui fût capable d'entamer la bonne humeur de l'académicien qui, tout en regardant défiler le paysage, s'était mis à raconter à Anselme, sachant lui faire plaisir, les bons souvenirs qu'il conservait du pauvre Hellot, de ses rêveries interminables et de ses raisonnements fertiles.

Le jeune chimiste l'écoutait patiemment, tout en observant du coin de l'œil la nature des sols de part et d'autre de la route. De temps à autre, lorsqu'il apercevait un banc de sable plus clair ou quelques grains de quartz brillant au soleil, il faisait arrêter l'équipage et courait s'agenouiller parmi les fougères. Il fouillait le sol de ses mains nues, puis revenait, secouant le plus souvent la tête comme fait le chasseur bredouille, mais quelquefois aussi rapportant un peu de sable qu'il versait dans une boîte et notant alors minutieusement sur la carte de Cassini le lieu de sa trouvaille.

– C'est à peu près chercher une aiguille dans une botte de foin, lui fit remarquer plaisamment Macquer alors qu'Anselme remontait en voiture les mains vides.

– Dites plutôt un goujon dans l'océan ! rectifia Anselme accompagnant ses paroles d'un petit rire détaché, tout accordé à la gaieté des débuts de cette expédition.

Macquer n'était pas en reste. Il poursuivit du même ton enjoué et avec la même vivacité :

– Et ce qu'il y a d'extraordinaire, c'est que malgré tout nous croyons fermement à notre affaire !

– Moi, j'y crois plus que jamais ! assura le père d'Adèle, redevenu tout à fait sérieux.

Robert Millot, qui ne disait pas plus de quatre mots par jour, se rencognait sur sa banquette. Il se demandait à chaque tour de roue ce qu'on faisait là plutôt que de sauter tout de suite à la gorge de l'archevêque pour lui faire dire son secret.

Ils dormirent à Sabres le 8 au soir, à Castets le 9, à Dax enfin le 10 où Macquer, qui avait préparé scientifiquement son voyage, dans la bibliothèque de l'hôtel de l'Intendance, leur fit un exposé brillant sur les vertus des boues et des eaux chaudes pour le soulagement des rhumatismes, leur donnant la liste des plus fameux malades qui s'en étaient trouvés soulagés, depuis Julie, fille de l'empereur Auguste, jusqu'au grand Fontenelle. Ils descendirent chez un certain Mazin, dont la maison, dite de la Balance, au bord de l'Adour, avait sa propre étuve, une cabane de bois où l'on se rendait en traversant un long jardin, après avoir pris bien soin de s'entortiller dans des couvertures. Anselme et Albin, le valet du premier chimiste, voulurent y aller dès ce premier soir. Ils en ressortirent plus rouges que des écrevisses.

Pendant ce temps, Macquer et Millot s'étaient rendus chez le curé du lieu qui leur indiqua un vieux médecin du nom de Pourcel, curieux de tous les caprices de la nature autour de la ville. Cet homme collectionnait, dans son modeste logis de célibataire, des bocaux de terres alignés sur des étagères et des caisses de cailloux posées les unes sur les autres, dans un fouillis qui l'empêchait à peu près de se mouvoir. Il leur découvrit cette caverne d'Ali Baba à la lueur d'un quinquet, puis, les pressant de boire, pour ne pas le désobliger, une eau-de-vie de sa fabrication qui ressemblait à peu près à du vitriol, il les pria de revenir lorsque le jour poindrait.

Le lendemain, dès avant l'aube, l'académicien qui n'avait pas réussi à fermer l'œil, tout à l'excitation de ce qu'il trouverait dans les trésors de ce vieux médicâtre, se présenta à sa porte avec Anselme et Millot. Après avoir tout le jour déplacé les caissettes, râpé les minéraux blancs les plus friables qui avaient une consistance de pierre à plâtre, décanté les plus remarquables, précipité et chauffé dans des éprouvettes ceux qui avaient le plus de ressemblance avec la poudre de l'archevêque, ils retinrent une douzaine d'échantillons. Ils reportèrent ensuite sur la carte, avec l'aide de Pourcel dont la prodigieuse mémoire suppléait au défaut chronique d'étiquetage de sa collection, le lieu de la provenance de chacune de ces pierres.

Le périmètre de cette collecte formait un triangle qui s'étirait entre Puyoô, Mugron et Hagetmau.

– Il faudra un bon mois pour aller partout ! estima Macquer.

– Un mois ! Vous voulez dire plusieurs saisons ! s'effara Pourcel qui avait passé trente années de son existence à réunir ses trésors.

– Nous n'avons que cinq semaines devant nous, martela l'académicien.

Voyant au même moment le vieux médecin sortir sa bouteille d'eau-de-vie, il ajouta :

– Non, non ! monsieur Pourcel, je vous invite à boire un vin de Jurançon à l'auberge et à souper avec nous... Nous l'avons bien mérité !

Le jour suivant, à midi, ces messieurs se trouvaient près de Mugron, dans un endroit désert, entre le village et l'Adour. Anselme, Millot, Albin, armés de pelles et de pioches, creusaient, à flanc de colline, une terre meuble qui paraissait constituée d'argile grise et de sable. Macquer, assis sur un coin d'herbe, en manches de chemise contre toutes ses habitudes, faisait le relevé de cette première fouille. Commença alors une campagne qui allait les tenir affairés, de l'aube au crépuscule, c'est-à-dire quotidiennement à peu près quinze heures et pendant vingt-deux jours d'affilée, enchaînant sans répit les opérations qui allaient de l'extraction du minerai à la confection d'un échantillon cuit. Les terres étaient lavées, filtrées et décantées en plein vent. Les mélanges avec les sables, les feldspaths et les craies, que les chimistes avaient apportés avec eux dans des caisses, se faisaient, pour des raisons de propreté, dans l'habitacle de la voiture. Les cuissons reposaient entièrement sur le génie de Robert Millot qui, le soir, dans les villages, obtenait des forgerons l'usage de leur forge contre six deniers de l'heure. Il cuisait lui-même ses pâtes, dans de minuscules moules improvisés, confectionnés en versant un peu de plâtre dans une demi-coquille d'œuf, qu'il plaçait dans des cazettes miniatures dont l'empilement prenait la forme d'une petite ruche.

Tel fut le quotidien de ces hommes pendant ces trois semaines, œuvrant sans perdre une minute, exposés à l'inconfort de routes chaotiques et de logis pleins de punaises.

Le sixième soir, le 17 septembre, à Laurède, non loin de Mugron, ils tirèrent d'un sable noir et sale, mêlé d'une grande quantité de débris végétaux, qu'ils avaient repéré sur un talus dominant l'Adour, une poudre assez blanche qui, après cinq décantations, ne représenta à peu près que le quart du volume du prélèvement initial.

Anselme, ayant toujours à l'esprit le secret que lui avait révélé Pierre-Antoine : « La poudre la plus pure se trouve toujours sous ce qu'il y a de plus gris et de plus immonde », s'obstina sur ce dépôt, contre l'avis de Macquer. La dernière éprouvette qu'il promena dans la lumière au moment où le soleil s'abaissait livra un produit presque aussi fin et beau que celui de Mgr de Lussan. Après les tests physiques et chimiques, qui révélèrent un minerai étonnamment réfractaire, les deux chimistes estimèrent qu'ils tenaient là leur kaolin et que celui-ci ne manquait de blancheur que parce que les moyens rudimentaires qu'ils employaient dans ce voyage ne permettaient pas de pousser la purification aussi loin qu'en laboratoire. Anselme, de joie, jeta une poignée de cette terre en l'air et des particules étoilées montèrent et scintillèrent longtemps dans le dernier rayon du soleil.

Le même soir, à la nuit tombée, une nuit encore estivale, alors que Robert Millot procédait à ses cuissons, l'académicien et son assistant, qui ne savaient plus comment tromper leur impatience, allaient d'un bout à l'autre du village, de l'église au cimetière et du cimetière à l'église. Au cours de ces longues allées et venues, ils repassaient chaque fois par la forge où le chef des fours, tout à son affaire, avec ses pincettes, ses petits tisons, ses bûchettes calibrées, affectait de ne pas remarquer leur présence ou, s'ils le questionnaient, ne leur répondait que par des grognements.

Avant de reprendre leur marche, le premier chimiste et son adjoint faisaient une courte halte en s'asseyant sur les treuils d'un travail à ferrer les bœufs. Regarnissant leurs pipes dont l'usage compulsif portait chez l'un et chez l'autre la marque d'une grande excitation, ils raisonnaient âprement :

– La pâte se fait, estima Macquer qui venait de glisser un œil à la fenêtre du petit four de Millot... Elle a apparemment toutes les qualités plastiques requises mais elle n'a pas la blancheur de celle produite à partir du contenu du petit tonneau de l'archevêque.

Chez l'auteur du *Dictionnaire,* l'enthousiasme ne prenait jamais le pas sur le souci d'objectivité et d'exigence scientifique.

– Les correspondants de Monsieur de Bordeaux, hasarda Anselme, ont peut-être trouvé un moyen de blanchir cette terre *a posteriori* ?...

– Non ! non ! Je suis bien certain que ce n'est pas la même poudre. Que la nôtre est moins bonne et moins pure !... Et même si Millot nous dit tout à l'heure qu'elle est capable de faire une bonne céramique dure, il faut bien que nous ayons en tête que nous n'avons là que quelque chose d'approchant... Un leurre capable de faire illusion sur l'esprit d'un novice... Comme sur celui d'un archevêque, par exemple !

Macquer regarda son assistant avec un air de roublardise qui tranchait avec sa sévérité et son sérieux accoutumés.

– Si l'essai de cuisson tient ses promesses, il sera politique de faire savoir au plus vite que nous avons trouvé le kaolin… Ce sera le meilleur moyen de faire sortir du bois les mystérieux « amis » de Mgr de Lussan et de M. Villaris.

– Je vois ! opina Anselme.

– Si nous faisons bien notre publicité… Si nous parvenons à faire croire un moment qu'il y a plusieurs sources de kaolin, ces gens-là préféreront dire leur secret plutôt que tout perdre.

Tous les habitants du village, profitant de l'air léger et de la fraîcheur du soir, étaient agglutinés autour du foyer de la forge, étonnés de voir Millot, dont la carrure était celle d'un Vulcain, délaissant le marteau et l'enclume pour s'appliquer à des choses minuscules. Au bout de deux heures, au long desquelles il avait accompli des gestes d'une précision chirurgicale, réunissant puis détirant les braises avec des pincettes sous son petit four de terre, soufflant de l'air avec une pipe de terre par des trous qu'il ouvrait les uns après les autres comme s'il glissait ses doigts sur le corps d'une flûte, il put sortir, dans une espèce de cuillère de bois, un petit bâton de porcelaine qui jeta un éclair de blancheur dans la pénombre de l'atelier.

– Nous tenons notre affaire, je le sens ! s'exclama le chef des fours, souriant pour la première fois de la soirée.

– Oui, le nouvel Obernzell est ici… renchérit Macquer en forçant son enthousiasme. Sous peu, le nom de Laurède sera connu du monde entier !

Il y eut un murmure dans la foule. La joie de la population le disputait à l'incrédulité : vraiment, comment pourrait-on devenir riches ou célèbres avec ces petits bâtons de craie ? La noble allure de celui qui venait de parler en imposait cependant.

Robert Millot défourna finalement les trois essais qu'il

venait de réaliser puis les déposa sur une enclume. Les habitants se mirent spontanément en file pour venir les examiner, de la même façon que lorsqu'ils allaient, pendant les enterrements, embrasser, chacun leur tour, le crucifix que leur tendait l'officiant. Les deux chimistes, qui s'étaient amusés de cette procession pleine de respect, s'approchèrent ensuite.

Anselme s'empara d'une plaquette encore chaude. Il la fit sauter d'une main dans l'autre pour la soupeser, lui appliqua une légère pression au centre comme s'il voulait la casser et, pour finir, la mordilla :

– C'est bon, toutes les qualités physiques sont là ! estima-t-il.

– Voilà ce qu'il convient de dire ! approuva Macquer qui, par goût du perfectionnisme, ne put se retenir de couvrir ces trois plaquettes de terre de Laurède d'un regard plein de mépris.

Le lendemain, ils s'en retournèrent à Dax, à demi satisfaits d'eux-mêmes. Ils y parvinrent, après d'autres explorations sans résultat, alors que la nuit tombait. L'approximation laissait un goût d'amertume à l'académicien, qui, du coup, se laissa aller à une confidence qu'il n'avait encore jamais faite, un terrible aveu pour un homme orgueilleux et épris d'excellence comme lui :

– Cela me rappelle assez le « procédé » que j'ai inventé en avril 1763, lorsque j'ai vu votre ami Pierre-Antoine sur le point de réussir à sortir sa formule… Je n'étais pas dupe de la valeur de ma méthode, mais la vanité vous fait parfois commettre des crimes contre l'intelligence !

– Et puis, il y avait aussi une part de politique… poursuivit Anselme en riant. Vous vouliez décourager Pierre-Antoine, le contraindre à repartir pour Strasbourg !

– C'est plus que probable ! Mais la bête est coriace… Savez-vous d'ailleurs que je l'estime de plus en plus, votre ami, et que je déplore tous les jours de ne pas m'être mieux entendu avec lui ?

Lorsqu'ils parvinrent devant la porte de la maison de la Balance où ils devaient de nouveau loger, à Dax, ils virent une petite chaise à deux places, toute poussiéreuse, que des valets, sous le regard d'un homme de haute taille, qui ne tenait à la main qu'un bagage léger et devait être ce voyageur arrivé de peu, dételaient avec d'infinies précautions. Ce nouveau personnage était vêtu comme un Anglais, d'une sorte de *riding coat,* de bottes jaunes à revers noirs, d'une culotte de basin blanche, et coiffé d'une casquette de chasseur de renards qui aplatissait en deux touffes crépues une perruque couleur de filasse. Sa figure était blanche, complètement plâtrée et cloutée de mouches de velours noir dont la plus grosse soulignait la commissure des lèvres. Il portait des petites lunettes cerclées de fer dont les verres produisaient d'étranges reflets bleutés.

Anselme, qui n'avait fait que passer par sa chambre avant de se rendre aux étuves pour s'y détendre des fatigues de la journée, reparut au moment du souper, propre et lisse, les cheveux encore mouillés et tirés dans un nœud de velours. Il retrouva Macquer, toujours d'excellente humeur, déjà installé à table en compagnie de ce voyageur.

– Le docteur Camouti ! annonça l'académicien en faisant les présentations. Le docteur Camouti nous vient de Parme… Il a été là-bas le professeur de sciences naturelles des enfants de feu cette pauvre princesse de France dont j'avais été moi-même, autrefois, à la cour de Versailles, le professeur en minéraux et pierres précieuses… Le docteur visite les merveilles naturelles de cette province. Il s'intéresse tout particulièrement aux eaux et aux boues de Dax…

Anselme, tout en enjambant le banc de la grosse table

de chêne qui accueillait les hôtes près de la cheminée, salua le voyageur sans pouvoir se retenir de marquer un mouvement de trouble au moment de lui serrer la main. Il resta même un instant sans voix.

– Voici donc celui dont vous venez de me faire tant de compliments, s'exclama, avec un fort accent italien, ce médecin aux manières volubiles. Le jeune homme qui a découvert vos terres argileuses !

– Justement, enchaîna Macquer à l'adresse d'Anselme, avec un brin de gêne dans le ton, j'expliquais au docteur que nous étions à la recherche de nouvelles qualités de minerai pour améliorer les fabrications de faïence qui se font aujourd'hui dans le royaume et que rien ne nous avait paru plus logique que de venir ici, dans ce pays où le feu vient lécher la surface de la terre, en créant, tout naturellement, des matières déjà réfractaires.

– Oui ! oui ! approuva le nouveau venu, effaré de voir son maître se répandre en explications aussi oiseuses que peu convaincantes.

Ils entamèrent là-dessus une conversation à bâtons rompus. Camouti était un agréable compagnon, aimant boire, manger et bouffarder, ayant des lumières sur presque tous les sujets, avec visiblement une prédilection pour ceux de galanterie, sur le terrain desquels Macquer, mal à l'aise, appela les lumières d'Anselme, trop sage lui aussi pour donner utilement la réplique. Ce défaut d'un véritable interlocuteur ne dissuada pas le voyageur de poursuivre. Il connaissait, disait-il, les femmes de Rome, de Naples et de Londres, mais il nourrissait une espèce de préférence pour celles de Paris, auprès desquelles il assurait avoir connu ses meilleures fortunes.

Robert Millot, venu se joindre à la petite troupe, se mit à fixer le nouveau venu avec un mélange de curiosité et de suspicion qui n'était toujours pas retombé à l'heure d'aller se coucher, puisqu'il entraîna Anselme à part pour lui glisser :

– Cette tête-là ne me revient pas et, pour tout dire, j'ai comme l'impression de l'avoir déjà croisée quelque part !

Ils se revirent au petit matin : Camouti filait sur Bayonne, ses trois commensaux d'un soir poursuivaient leurs recherches le long de l'Adour où ils devaient rester deux grosses semaines encore, le temps de ne plus laisser sur leur carte de Cassini le plus petit espace non couvert d'annotations ou de hachures.

Il s'avéra bien vite que la qualité de terre trouvée à Laurède était la meilleure, la seule qui produisît des essais véritablement incassables sous de fortes pressions et des températures élevées.

Ils décidèrent donc de remonter sur Bordeaux où ils arrivèrent le 10 octobre. Macquer y fit alors circuler plusieurs lettres, toutes datées du 18 septembre, dont l'une était destinée à Bertin. Elles annonçaient la découverte d'un nouveau kaolin, comparable à ceux de Saxe ou de Bavière et aux échantillons qui avaient transité par l'intermédiaire de Mgr de Lussan, mais, à dessein, elles n'en donnaient pas la provenance exacte. Le lendemain, toute la ville et tout l'estuaire en avaient la nouvelle, découvrant ainsi que des recherches étaient menées en Aquitaine pour la porcelaine dure, affaire qui jusque-là avait été tenue rigoureusement secrète. Versailles avait été informé du plein succès de la mission de ces messieurs le 23 septembre.

Macquer risquait gros puisqu'il mentait. Il ne rapportait rien avec lui, rien d'exploitable, il ne le savait que trop, mais il jouait habilement, puisque en moins de trois semaines – le 28 octobre précisément – il allait, grâce à sa ruse et en dépit de plusieurs incidents graves, mettre la main sur les gisements de Saint-Yrieix.

En arrivant à Bordeaux, à l'hôtel du Gouvernement, ces messieurs de Sèvres apprirent que l'archevêque était revenu dans sa ville depuis deux semaines. Macquer décida de lui rendre visite dès le lendemain.

– Ah, mon fils, quelle surprise et quelle joie de vous retrouver dans cette ville ! s'exclama le bonhomme en voyant l'académicien entrer dans son salon.

Lussan qui connaissait parfaitement le voyage de ces messieurs en Aquitaine, pour l'avoir appris à Paris et en avoir avisé Villaris, ne faisait donc que feindre la surprise. Ce n'était qu'une bouffonnerie de plus venant de ce Sganarelle mitré.

– Ma présence à Bordeaux n'a rien de fortuit ! rectifia plutôt sèchement le savant.

Et il se planta devant le prélat qui avait pris soin, comme à son habitude, d'arranger les plis de sa robe de moire et de son camail, à l'instant précisément où son visiteur devait apparaître.

– Ah ! mon ami, vous ne pouvez pas imaginer à quel point je regrette l'obstination de mes correspondants… Ils nous ont fait perdre un temps précieux… J'en suis désolé, croyez-le bien, et en tout premier lieu pour le roi…

– Nous n'avons plus besoin d'eux ! fanfaronna sèchement l'académicien. Nous avons trouvé ce que nous cherchions… Le plus beau, le plus fin kaolin du monde, dans l'évêché d'Aire, dans votre archevêché, Monseigneur !

L'archevêque accusa le coup, mais il sut conserver sa jovialité. Il paya même d'effronterie :

– Tant mieux ! exulta-t-il. Ces gens-là voulaient tout obtenir ; ils n'auront rien !

Puis, redevenant grave d'un coup et faisant signe au savant d'approcher :

– Êtes-vous certain au moins que votre poudre soit du kaolin ?

– Voyons, Monseigneur ! répliqua l'auteur du *Dictionnaire* d'un ton pincé.

– Et où se trouve-t-elle ?

– Pour l'instant, Monseigneur, vous permettrez que je réserve l'annonce de ce secret au roi et à ses ministres… Nous avons déjà trop souffert par le passé du fait de ne pas nous être montrés suffisamment discrets.

Monsieur de Bordeaux avala le trait que lui destinait son visiteur, parvenant même à conserver un air de candeur et de bénignité :

– Vous connaissez la poudre de ceux qui sont venus me voir mais eux ne connaissent pas la vôtre… Elles se doivent d'être comparées au regard des règles scientifiques… Ce que vous avez certainement prévu de faire, rendant, je le suppose, vos conclusions publiques par une communication officielle…

– Il se peut, maugréa le premier chimiste qui détestait se voir dicter sa conduite.

– En attendant, je ne me risquerai qu'à une question… Si toutefois vous voulez bien me répondre. En échange, je vous dirai de quel côté se trouve la poudre de mes correspondants.

– Vous savez donc d'où proviennent ces terres ?

– C'est une information qui m'attendait à mon retour de Paris, rusa encore le prélat sans se troubler, encore n'ai-je pour le moment que de très vagues indications… Alors, monsieur Macquer, les vôtres : au nord ? À l'est ? Au sud ?

Le premier chimiste admira la roublardise de l'archevêque et ne prit que dix secondes pour ordonner ses idées : il ne s'engageait pas, après tout, en donnant une indication aussi vague que la direction dans laquelle se trouvait le gisement de Puyoô.

– Au sud ! dit-il en dévisageant son hôte pour observer sa réaction. Très au sud, presque en Espagne !

Monsieur de Bordeaux fut parfait, aussi impassible qu'un joueur de whist.

– Celles des correspondants de M. Villaris sont à l'est, très loin à l'est… Une confrontation de ces poudres s'impose !

– Je n'y vois pas d'inconvénient, rusa encore Macquer, quoique je sois bien persuadé que ce que nous venons de découvrir est d'une qualité au moins égale aux échantillons que vous m'avez remis au début de cette année à Paris… Les intérêts du roi sont en jeu. Nous ne devons lui porter…

– … que le meilleur ! conclut Lussan en achevant la phrase de l'académicien. Revenez ici demain matin à la même heure ! Je vais tenter de renouer le contact avec mes correspondants et les mettre en demeure de se déterminer.

Macquer retrouva Anselme qui l'attendait devant le porche de l'archevêché.

– Nous ferons demain sans doute la connaissance du fameux Villaris, qui me semble tirer par en dessous les ficelles de toute cette affaire, dit-il en se frottant les mains… Il est à notre merci !

Il y avait le soir même musique et gala dans les salons du Gouvernement où ils étaient tous les deux invités, mais, pour l'heure, puisqu'il n'était pas midi, ils consacrèrent une grande partie de la journée à travailler dans la bibliothèque de l'Intendance avec La Luzerne, Lecaplant et Saint-André, pour examiner tout ce qui pourrait se trouver comme richesses minérales approchant le kaolin à l'est et même très à l'est de Bordeaux. Ce fut sans résultat.

Vers 5 heures, comme les jours raccourcissaient rapidement, Macquer proposa une promenade, avant la réception du soir, sur les anciens remparts de Château-Trompette, aménagés en jardins, d'où l'on pouvait observer les deux rives de la Garonne et le sempiternel mouvement des quais.

– Cela nous calmera ! estima-t-il.

Le premier académicien voulait changer d'air et sans doute d'idées, mais il n'était pas capable d'avoir d'autre sujet à la bouche que celui de sa poudre. Il zigzaguait au travers des Quinconces, tenant Anselme par le bras, tirant à droite pour échafauder une nouvelle hypothèse, s'arrêtant, repartant à gauche pour défaire tout le raisonnement qu'il venait de bâtir. Son adjoint approuvait, objectait, reprenait, puis ils repartaient tout de guingois, gesticulant, s'enfournant dans de nouveaux raisonnements, recommençant sans cesse.

Robert Millot les avait rejoints sur les terrasses, se tenant à vingt pas devant eux, lorsqu'ils tombèrent nez à nez avec le docteur Camouti qui faisait sa promenade aux bras d'une belle inconnue. L'Italien, à son habitude, était impeccablement mis, coiffé d'un petit chapeau rond à bord étroit qui ressemblait à celui d'un postillon, le regard toujours dissimulé sous ses verres bleutés. À son accoutrement ordinaire, déjà passablement extravagant, il avait ajouté, ce jour-là, un énorme cabochon, un cabochon gros comme celui d'un reliquaire, rouge, imitant le rubis et qui scintillait sur sa cravate de soie.

Macquer fut immédiatement transporté d'aise de le revoir.

– Alors, mon ami ! Êtes-vous satisfait de votre petit voyage ? lui demanda-t-il en l'embrassant.

– Des curiosités de paysage surtout... Je suis allé jusqu'à Saint-Jean-Pied-de-Port, Oloron, Pau et Gavarnie.

Au même moment, Robert Millot, qui se trouvait, ainsi que nous l'avons dit, au moment de ces retrouvailles, un peu en avant des deux chimistes et qui avait entendu fort distinctement Camouti s'adresser à celle qui l'accompagnait dans un français qui donnait toute l'impression d'avoir été appris sur les bords de la Seine, considérait le nouveau venu d'un œil invinciblement noir.

– Quant à nous, reprit Macquer que la vue du médecin paraissait plonger dans le ravissement, nous avons rempli notre mission…

– Ah ! professeur, intervint imprévisiblement Camouti, avant que vous ne me disiez quoi que ce soit, sachez que j'ai bien réfléchi aux motifs de votre voyage !… Je suis repassé exprès par Dax, sur le chemin de mon retour. J'ai suivi comme vous la vallée de l'Adour jusqu'à Aire et je me suis persuadé, chaque tour de roue un peu plus, qu'il faut bien de l'obstination à vouloir trouver de la terre grasse pour la faïence dans un pays rempli de sable et d'alluvions…

L'auteur du *Dictionnaire* sentit qu'il y avait dans les propos du voyageur autant de défiance que d'ironie. Fort bizarrement, face à cet homme qu'il connaissait si peu, il voulut ne pas perdre la face et, du coup, oubliant tous ses réflexes de prudence, il se prit à fanfaronner :

– Docteur, je suis en mission pour mon roi. Je ne puis malheureusement rien vous dire de plus… Mais sachez seulement que ce que je recherche est considérable !…

– Monsieur Macquer, reprit Camouti dans un sourire qui contenait une espèce de reproche, les chimistes et les minéralogistes d'Europe, versés comme vous dans la céramique, recherchent à peu près tous la même chose en ce moment et il m'est avis qu'il s'agit beaucoup plus de porcelaine que de faïence.

Le premier chimiste de Sèvres parut hésiter. Il eut d'abord un mouvement des mains appuyé d'un air de niaiserie, qui signifiait : « Vraiment, n'insistez pas, je ne vous en dirai pas plus ! » Puis, voyant que son interlocuteur continuait de sourire et le morguait presque, il fixa Anselme qui conservait, à cet instant précis, une impassibilité de sphinx.

Brusquement, sans plus ordonner ses idées, il prit le médecin par l'épaule, l'entraîna à l'écart, puis il approcha ses lèvres de son oreille comme quelqu'un qui s'apprête à trahir un secret :

– On ne peut décidément rien vous cacher, cher confrère ! lui dit-il d'une voix rabaissée et avec un accent de bénignité parfaite.

– Je m'en suis douté dès le premier jour ! exulta bruyamment Camouti.

Millot, qui venait tout juste de s'arrêter de marcher pour l'observer tout à son aise lorsqu'il repasserait, jeta à cet instant sur Camouti le regard plein de suspicion d'un maquignon sur un bestiau de race douteuse.

Anselme, que la réapparition de l'Italien paraissait embarrasser, s'immobilisa à son tour, tant pour permettre aux deux médecins de s'écarter afin de conférer plus à leur aise, que pour laisser à la demoiselle, dont le compagnon venait de quitter le bras, le temps d'arriver à sa hauteur. Cette femme ravissante faisait, à cet instant, tournoyer son ombrelle sur son épaule, s'abandonnant avec un air d'absence langoureuse dans la contemplation du fleuve, insensible à l'agitation du médecin et du premier chimiste, qui n'en finissaient pas, au risque de se faire des crocs-en-jambe, de passer l'un devant l'autre en sautillant. On les voyait parfois s'arrêter, décrire des moulinets avec les bras, avant d'échanger un petit carnet pour y inscrire, qui des symboles, qui des formules, qu'ils corrigeaient l'un après l'autre, avec toute l'apparence d'entrer dans de grandes disputes.

Le chef des fours n'y tenant plus se rua sur Anselme en le sommant de répondre à ses questions. Ils s'entretinrent à voix basse. Millot paraissait outré :

– Ce Camouti… Mais, non, ce serait trop incroyable !

L'adjoint chimiste lui fit signe de se taire :

– Nous en reparlerons ce soir dans ma chambre. Tu me diras ce que tu crains et, moi, je te dirai tout ce que je sais… Pas un mot en attendant !

Ils continuèrent de marcher côte à côte, mais fâchés, puisque le chef des fours continuait d'exiger un éclaircissement immédiat, alors que son jeune compagnon le renvoyait obstinément à un moment où ils seraient tous deux en tête à tête.

– Le docteur est un plaisant compagnon, annonça à cet instant Macquer qui venait de quitter le bras du médecin affairé à remplir de notes son petit carnet. Il est l'intime du duc de Parme, gendre de notre roi… Entrer en liaison avec lui tient de la haute politique et je suis certain que M. Bertin ne me désavouera pas lorsque je lui annoncerai que je viens de décider de l'associer à nos recherches…

– L'associer à nos recherches ! répéta Anselme en pensant s'étrangler.

– Précisément, mon jeune ami, cet homme a de l'esprit et des connaissances… répliqua l'académicien, en retrouvant ce ton cassant qui était dans son naturel. D'ailleurs, dans une pareille affaire, ne vaut-il pas mieux placer plusieurs têtes sous un même bonnet ?

– Vous croyez vraiment ? s'enhardit le jeune homme.

– C'est tout vu !

« Décidément, se dit à part soi Anselme, Macquer est imprévisible. Depuis huit ans que je le connais, je ne l'ai jamais connu que renfermé et se méfiant quasi de son ombre. Or le voici tout à coup capable d'accorder une confiance sans bornes à un inconnu. »

Ils se séparèrent au bout du quai où, avant de le quitter, l'académicien prit sur lui d'inviter Camouti au concert qui devait avoir lieu le soir même chez le maréchal d'Armentières.

Un petit mot scellé attendait les promeneurs à leur retour. Mgr de Lussan donnait rendez-vous à Macquer le lendemain pour 10 heures, chez lui, précisant seulement « qu'il avait avancé dans sa négociation avec les inventeurs du gisement ».

Macquer, plutôt satisfait de voir que Mgr de Lussan mordait, selon ses calculs, au gros hameçon qu'il venait de lui tendre, ne cessa plus dès lors de regarder sa montre, tant l'échéance du lendemain lui paraissait lointaine. Il tira ainsi vingt fois sur la chaîne plongeant dans son gousset tout au long de l'interminable concert qui avait pour principal objet de mettre en valeur la maîtresse du maréchal, petite divette de l'Opéra dont les aigus vibraient dangereusement. Il ne mangea presque rien non plus, agité d'un tic nerveux qui lui faisait déplacer les aliments dans son assiette comme s'il préparait un régiment de navets, ayant escaladé des glacis de mousse de carotte, à donner l'assaut à des fortins d'abattis de volaille.

Lorsqu'il entra le 12 octobre 1768, à l'heure dite, dans le salon de l'archevêque, celui-ci s'y trouvait en compagnie de Villaris qui apparaissait de la sorte, pour la première fois, au grand jour.

– Ah, monsieur Macquer, s'exclama le prélat, j'ai travaillé pour vous… J'ai décidé M. Villaris à nous rejoindre. Il connaît depuis peu, par les pauvres gens qui les ont découverts, le secret de l'emplacement des gisements.

Le premier chimiste de Sèvres salua son collègue avec toute la condescendance que se devait de marquer un académicien royal pour l'un de ses confrères de province. La main qu'il avançait à demi pour répondre au salut de l'apothicaire ne s'animait pas. Villaris, pourtant si fier et si maître de lui en toutes occasions, ne parvenait pas à cacher qu'il était impressionné de se trouver en présence de l'auteur du *Dictionnaire*.

Macquer, ne sachant pas encore quelle tactique il adopterait, avait apporté dans sa poche droite un peu de la terre de Dax et dans la gauche de celle d'Obernzell. Brusquement, après avoir réprimé l'amorce d'un sourire, il décida de présenter la terre de Bavière à l'archevêque et à son compère comme fruit de sa récente trouvaille.

– Vous m'avez fait courir, messieurs, dit-il tout en contemplant la mine effarée de ses hôtes tandis qu'ils découvraient la poudre répandue dans son papier ouvert sur un guéridon. Mais j'ai finalement trouvé sans votre aide ce que j'étais venu chercher…

– Où cela ? demanda à brûle-pourpoint le chimiste bordelais qui avait déjà beaucoup rabattu de sa belle assurance.

– Près de Dax… Le plus beau kaolin du monde… À perte de vue !…

– Celui de mes informateurs est en Limousin, près de Limoges, annonça Villaris.

– En Limousin ! s'étonna Macquer sans pouvoir réprimer une moue dédaigneuse. Je connais ce kaolin, Monseigneur, c'est celui que vous m'avez porté au début de cette année, mais celui que je viens de découvrir vers Dax est au moins aussi pur. Je dirais même qu'il est, à première vue, plus miscible avec les autres composants nécessaires à la pâte à porcelaine… La France, toujours heureuse et opulente, bénéficie donc, selon toute apparence, de deux sources d'approvisionnement de bonne qualité…

Le Bordelais brûlait d'en savoir plus, mais le chimiste du roi, dès qu'il le voyait sur le point d'ouvrir la bouche, enchaînait impitoyablement :

– … La seule chose qui compte désormais pour le roi, messieurs, c'est l'importance de ces gisements, la commodité d'acheminement du minéral jusqu'à Paris… À première vue, il faut avouer que Dax a, là-dessus, d'assez considérables atouts : l'Adour, Bayonne, le voyage par mer et ensuite par la Seine…

– Le Limousin est plus proche !

– Mais inaccessible, vous le savez bien !

– Il suffirait de refaire la route qui va de Limoges à Orléans ou de Limoges à Blois, estima Villaris, déjà sur la défensive et, en train, sans qu'il s'en rendît compte, de s'essayer à vendre absolument un projet dont il voulait toucher la récompense.

– Cela coûterait énormément ! estima encore Macquer avant de se radoucir brusquement. Mais, je vous l'accorde, tout cela mérite d'être étudié et chiffré. Je veux bien, sur le chemin de mon retour, monsieur, aller jusqu'à votre gisement, afin de faire le rapport le plus complet possible au ministre et au roi.

L'archevêque qui, contrairement à son habitude, n'avait presque pas ouvert la bouche, choisit ce moment pour intervenir :

– La proposition est excellente ! Ces messieurs de Sèvres auront ainsi deux possibilités entre lesquelles choisir et ils retiendront peut-être les deux par sécurité... L'abondance des bienfaits du ciel ne nuit jamais. Et vous, mon cher ami, poursuivit-il en se tournant vers Villaris, vous aurez fait tout ce que vous pouviez pour que vos pauvres correspondants touchent un peu du fruit de leur peine...

Le prélat, qui ne s'attendait pas à cela, fut interrompu par Villaris.

– Il convient que l'on sache d'abord si ces gens sont d'accord ! se ravisa l'apothicaire qu'un réflexe de pingrerie ramenait à la défense de ses intérêts... Il faut avoir aussi à l'esprit toutes les diligences que j'ai faites moi-même dans cette affaire... Le roi devrait faire une offre globale !

– Le roi ne traite jamais avec ses sujets ! trancha Macquer. Toutefois il sait toujours reconnaître les bienfaits !

– Mais...

– Libre à vous, mais je quitte Bordeaux dans une semaine puisque, pour ce qui me regarde, j'ai accompli ma mission !

Là-dessus, il sortit droit comme un *i*, les lèvres pincées, en tout point comme il savait être lorsqu'il voulait impressionner, sûr de son fait et certain d'être rappelé très vite.

Il retrouva Anselme qui, comme la veille, l'attendait devant l'archevêché et ils revinrent au Gouvernement en empruntant la rue Saint-Paul.

– Alors, comme cela, votre Limousin recèle des merveilles dont vous ne m'aviez jamais parlé?... fit mine de s'étonner Macquer tout en avançant de son pas rapide.

– Pourquoi me dites-vous cela?

– La poudre de Monsieur de Bordeaux, je viens de l'apprendre, se trouve non loin de Limoges!

– Je ne connais hélas que les alentours de Bort, qui sont ce qu'il y a de plus méridional dans la province et dont le caractère chaotique et rocheux ne s'accorde certainement pas à ce que l'on peut trouver plus au nord, dans des contrées au relief moins tourmenté et plus paisible.

– Voyez-vous, Anselme, je commence à me faire une idée des pays à kaolin... Le malheur, c'est que rien ne les distingue de la plupart de nos paysages français: de faibles collines lentement érodées par le temps, recouvertes d'une épaisse croûte de terre, chargée de bois et de prairies vertes, un relief émoussé où les granites se sont lentement détériorés, soumis aux effets de la lente mutation qui sépare le mica, le quartz et la pegmatite, les réduisant petit à petit à ce gravier rebutant qui contient notre poudre à merveille... Il y a certainement du kaolin partout en France, mais c'est le minerai qui se cache le mieux et qui est, sans doute aussi, le plus inégal et le plus capricieux, quant à ses qualités, d'un lieu à l'autre.

– Vous voulez dire que celui que nous avons trouvé à Dax est bien un kaolin mais d'un grade plus imparfait que celui de Limoges.

– C'est ce que je pense!... Amère potion pour un scientifique que de devoir se résigner à cette perpétuelle loterie et de se dire qu'on ne saura jamais, à coup sûr, où creuser pour obtenir un matériau parfait… Mais, après tout, il en est ainsi du marbre qui procède d'une seule alchimie, mais qui, selon la carrière dont on le tire, n'a jamais le même grain ni la même couleur… Qu'importe ! ricana l'académicien en roulant des yeux suffoqués, Villaris a travaillé pour nous et il nous mènera bientôt où nous voulons aller !

Le reste de la journée fut à l'unisson de cette humeur ravissante, agréable et détendu. Un vent d'automne encore chaud, roulant depuis les entrepôts des odeurs de laine coupée, de vendanges et de pin, prédisposait aux promenades. Macquer voulut revoir les librairies scientifiques, le cabinet de M. Gradis, celui des anciens jésuites et celui de l'Académie. Le soir, il n'eut de cesse que d'avoir à nouveau le docteur Camouti à sa table.

Le maréchal d'Armentières, qui tenait à faire sa cour à M. Bertin, traita magnifiquement tous ces messieurs de Sèvres ainsi que leur hôte italien. Les vins de Sauternes accompagnant les esturgeons de l'estuaire, les vins de Saint-Émilion, les gibiers de saison, servis sur des lits de raisins et de champignons, contribuèrent à porter la joie à son comble.

Camouti, derrière ses sempiternelles lunettes à verres bleus, avait passé ce soir-là un habit rayé de vert et de gris à fines chenilles d'or et ses bas également dorés tombaient dans de délicats souliers en peau d'autruche, garnis de boucles d'argent. Sa perruque était encore plus crêpée qu'à l'ordinaire, mais de cet accoutrement bizarre émanait un charme et aussi quelque chose de magnétique qui captivait l'attention et attirait les regards sur lui.

Macquer, surtout, paraissait pris dans ses filets. Il se tenait devant l'Italien avec une sorte de soumission, et ce dernier le menait où il voulait, sans même qu'il songe à s'en défendre :

– Monsieur Macquer, chantez-nous donc cet air de la *Belle Nanon* que vous fredonniez l'autre jour à Dax !

L'académicien se fit un peu prier puis il se leva. Il réclama le silence en tapant avec la lame de son couteau sur son verre, puis s'exécuta. Anselme, ébahi, pouvait ainsi observer bouche bée cet homme, d'ordinaire si digne et si sévère, se donnant en spectacle.

– Monsieur Macquer, reprit Camouti décidément impitoyable, lorsqu'il se fut rassis, récitez-nous donc maintenant la *Neuvaine* de Marmontel... Je sais que vous la connaissez par cœur depuis que vous m'en avez dit quelques vers tandis que nous soupions ensemble !

– Je devais avoir bu, s'excusa le savant.

– Pas plus que ce soir ! osa le Parmesan en découvrant dans un large sourire des dents de carnassier.

Le premier chimiste du roi se leva de nouveau, jeta un regard de droite et de gauche comme pour bien vérifier qu'il n'était là que des hommes, puis à la fin, il se lança :

À se poster le faune s'étudie,
Sur les deux mains son corps est balancé.
Le trait perçant brûle d'être lancé,
Il le retient, l'ajuste, il le glisse
Si doucement que le songe propice
N'est dissipé qu'après être accompli.
En s'envolant, un songe laisse un vide,
De celui-ci, par un plaisir solide,
La place est prise et le vide est rempli.

Il récita de la sorte tout le poème, soulignant les parties les plus lestes de clins d'œil appuyés. Il était aux anges, Anselme épouvantablement gêné, le maréchal qui était grivois, ravi, La Luzerne et Lecaplant, étonnés. Camouti, sous ses verres colorés, roulait des prunelles de feu.

Ils allèrent comme cela jusqu'au milieu de la nuit, le maréchal s'en allant le premier rejoindre sa maîtresse, La Luzerne et Lecaplant lui emboîtant le pas après avoir dû payer leur écot en entonnant un air à la mode, Anselme, enfin, gagné par la fatigue et à qui, grâce à sa mine figée dans une expression de réprobation, fut épargnée la corvée de devoir à son tour chanter.

Camouti et Macquer restèrent donc bons derniers, pendant plus d'une heure encore, à fredonner, à rire, à se susciter de fausses chamailleries, sous le regard impassible de quatre valets de pied apostés près des portes.

Le lendemain, à 10 heures, une douche glacée s'abattait sur ces messieurs de Sèvres. C'était un petit billet de Mgr de Lussan :

> Monsieur Macquer,
> Nos pourparlers sont de nouveau rompus. Ces gens-là sont intraitables et vraiment mauvais patriotes. M. Villaris n'a rien pu faire pour les décider. Il faut donc que vous vous résolviez à porter au roi votre seule poudre de Dax. Je reste votre serviteur.
> Louis-Jacques, archevêque de Bordeaux.

Macquer, encore à demi pris par les vapeurs de l'alcool, mais resté dans un état d'humeur ravissante, était en train de déjeuner avec Anselme lorsque Lecaplant lui tendit cette lettre.

En une seconde il devint impénétrable et dur :

– Ce Lussan n'est qu'un faquin ! gronda-t-il en chiffonnant le billet dont le cachet de cire rouge portait la crosse et la mitre épiscopales… Je vais écrire à Bertin pour qu'on le jette à la Bastille, lui et son complice Villaris… Voilà le seul moyen de faire avouer à ces gens ce qu'ils nous cachent !

Et tandis qu'Anselme réfléchissait en silence, sans bouger de sa chaise, le premier chimiste, qui s'était levé et marchait de long en large, continuait de se lamenter :

– Après ça, il ne me reste plus qu'à revenir à Sèvres…

Avouer que nous avons échoué car, ne nous leurrons pas, mes amis, notre poudre de Dax ne vaut rien !

– C'est étrange, observa bénignement Anselme, c'est comme si, entre hier soir et ce matin, Monsieur de Bordeaux et Villaris avaient pu se persuader que précisément notre minerai était très inférieur en qualité au leur…

– Oui, c'est en effet étrange ! appuya Lecaplant, qui apprenait à ce moment-là, avec beaucoup d'étonnement, que ces messieurs de Sèvres avaient fort exagéré la qualité de leur trouvaille.

– Incroyable même, appuya Anselme, puisqu'il n'y avait que vous, Millot et moi-même à savoir que nous nourrissions des doutes sur la qualité de cette terre.

– Êtes-vous bien certain l'un et l'autre de n'avoir pas parlé à quelqu'un ? demanda le subdélégué.

– J'en suis tout à fait certain ! affirma Anselme.

– Pour moi, se troubla Macquer, je n'en ai dit que quelques mots à ce bon M. Camouti, mais c'est sans conséquence, assurément, puisqu'il est le confident du gendre de notre roi…

– Comment ! s'exclamèrent au même moment les deux autres en fixant la figure défaite de l'auteur du *Dictionnaire*.

– Camouti ! murmura Anselme qui avait pâli. Mais, monsieur Macquer, c'est la dernière personne à laquelle il fallait confier le fin mot de cette affaire !

– Pourquoi voulez-vous que ce bon docteur soit le complice de l'archevêque et de ce faux savant ? s'escrima Macquer, qui ne démordait ni de son engouement pour l'Italien, ni de sa haine pour Villaris.

À cet instant, un domestique entra qui portait sur un plateau d'argent un second pli destiné au premier chimiste. C'étaient justement quelques lignes de la main du docteur de Parme :

Cher monsieur Macquer
Je suis parti ce matin du côté de l'estuaire, car l'on m'a assuré que c'était seulement ces jours-ci que je pourrais avoir une mer calme si je voulais visiter certains îlots dont je souhaite examiner la flore. Je veux aussi voir le fameux « mascaret ». Je serai de retour à Bordeaux dans une semaine et j'espère vous y retrouver, si vous n'êtes pas entre-temps reparti pour Paris.
Votre affectionné Camouti.

– Vous voyez bien que cet homme n'a pas de vues obliques ! estima sur un ton de parfaite candeur l'académicien en tendant à ses deux interlocuteurs la lettre qu'il venait de lire à voix haute.

– Fort bien ! concéda Anselme après avoir jeté un regard à Lecaplant. Tout est pour le mieux ! Mais je vous en conjure à présent, laissez-moi faire !... Prêtez-moi Albin pour parcourir l'estuaire. Je retrouverai Camouti et je vous dirai à mon retour ce qu'il faut penser véritablement de lui.

– Si vous voulez, mon petit, si vous voulez ! Mais je ne vois vraiment pas ce que vous obtiendrez de plus... Pendant ce temps j'irai voir l'archevêque...

– Non ! trancha Anselme d'un ton d'autorité dont il s'étonna lui-même. Vous n'irez voir personne !... Vous resterez ici à lire et à converser avec M. Lecaplant.

Macquer, qui voyait son honneur déjà perdu à cause de l'infructuosité de ses recherches et qui ne savait plus à quel saint se vouer, se contenta de baisser les yeux.

Ainsi fut-il fait. Anselme partit sur l'heure avec le valet de chambre du premier chimiste. Ils montèrent jusqu'à Blaye où ils passèrent la nuit à l'ombre du château des Rudel, sans retrouver la trace du voyageur. Le lendemain, son instinct poussa l'adjoint chimiste à repasser l'estuaire, à hauteur de l'îlot de Fort-Pâté pour rejoindre Fort-Médoc, et ils errèrent encore toute une journée par les chemins de la lande, interrogeant les cabaretiers et les curés. Ce fut en vain. Le jour suivant, ils remontèrent jusqu'au Verdon et à la pointe de Grave d'où se voyaient Royan et les côtes de Saintonge. À la tombée du jour, alors qu'il venait de décider de s'en retourner à Bordeaux à l'aube suivante et qu'il avait déjà retenu une chambre dans une auberge pour y passer la nuit, Anselme, qui tenait la carte de Cassini en contemplant la mer, fut frappé d'une illumination :

– Suis-je bête ? s'écria-t-il en s'administrant à lui-même une gifle sonore. Mais bien sûr !

Il entraîna Albin qui commençait de s'installer, trouvant l'endroit à son goût et la servante de l'auberge, jolie.

En moins d'une demi-heure, ils furent à l'embarcadère de Cordouan. La nuit tombait et près de la pauvre cabane où logeait le passeur était attaché un cheval fringant dont la belle selle anglaise avait été rangée sur un chevalet. La femme du passeur annonça que son mari ne reviendrait qu'à l'aube, parce qu'il était allé accompagner au phare un voyageur qui ne s'était présenté que fort tard dans l'après-midi pour traverser.

Les deux cavaliers s'accommodèrent pour la nuit comme ils purent dans la pauvre cahute, et tandis que la maîtresse du logis leur préparait, à l'extérieur, sur des braises, un gros poisson charnu à tête monstrueuse, ils descendirent sur la plage au moment où la nuit commençait de tomber. Albin, qui voyait la mer pour la première fois et qui, pendant quelques heures, n'avait pas à supporter la méticulosité de Macquer, improvisait sur le sable les figures d'une danse joyeuse. Quant à Anselme, un large sourire aux lèvres, il regardait la ligne de l'horizon qui se dissolvait dans le noir.

– Eh bien, mon cher médecin de Parme, tu te croyais

malin et te voilà dans la nasse ! lança-t-il à haute voix en fixant l'océan balayé d'écume.

Ce n'est qu'au milieu de la matinée, en pleine bourrasque, qu'ils virent apparaître sur la crête des vagues la chaloupe du passeur qui s'était aidé du vent en hissant une petite voile triangulaire. Il ramenait avec lui un homme mais ce n'était pas Camouti ; c'était le jeune vicaire du bourg du Verdon.

Ils avaient tous deux passé la nuit dans le phare, après y avoir installé le voyageur qui s'était entêté à vouloir demeurer là-bas trois jours, dans la seule compagnie des deux gardiens. Il désirait s'y livrer à son aise, avait-il annoncé, à des observations détaillées sur l'amplitude des marées.

Le jeune prêtre, qui n'avait que la peau sur les os, indiqua, en criant pour se faire entendre par-dessus le sifflement des rafales, que cet homme, un Italien, était porteur d'une lettre de l'archevêque de Bordeaux en joignant à tout religieux de l'archevêché de satisfaire ses demandes.

– J'ai fait ce que Monseigneur demandait, ajouta le vicaire d'une voix qui se perdait dans les roulades de la tempête. Et moi qui n'aime pas monter en bateau, je viens de m'infliger une belle peur.

– Ce voyageur, quand doit-il revenir ? demanda Anselme en s'approchant de l'oreille du prêtre.

– Qui êtes-vous ? lui répliqua celui-ci que la lettre timbrée du sceau de son archevêque avait impressionné et qui ne voulait pas s'attirer d'ennuis.

– Un ami du docteur et j'ai pour lui des nouvelles urgentes…

– De bonnes nouvelles ? s'enquit imprévisiblement cet homme jeune mais déjà vieilli par les privations et qui frissonnait encore de la frayeur qu'il venait d'éprouver.

– Plutôt ! Je vais l'aider à réparer la grosse bêtise qu'il vient de commettre…

– Ah ! poursuivit le prêtre, c'est donc cela. Il faut en effet être bien désespéré pour aller s'enfermer pendant plusieurs jours dans ce phare !

Là-dessus, il se prépara à regagner sa cure à pied mais Anselme le fit raccompagner en croupe par Albin, tandis qu'il s'arrangeait avec le passeur pour gagner à son tour Cordouan avant la fin de la journée.

Quelques jours plus tard, le 24 octobre, de bon matin, deux voitures quittaient Bordeaux pour s'élancer sur la route de Périgueux. Dans la première, une petite chaise à deux places, se trouvaient Villaris et Macquer, dans la seconde, Anselme et Robert Millot.

Villaris, la veille, dans le salon de Mgr de Lussan, avait finalement accepté, sans autre discussion, de conduire ces messieurs de Sèvres jusqu'en Limousin. Ce brusque changement était sans aucun doute la cause de l'expression d'amertume et de colère rentrée qui lui tordait la bouche. À côté de lui, dans le même silence, Macquer, qui n'en avait pas mené large, pendant les trois jours qu'avait duré l'absence d'Anselme, faisant le désespoir de M. de La Luzerne qui le voyait tourner en rond et ne plus se nourrir, n'avait toujours pas retrouvé son aplomb et n'avait surtout pas compris un traître mot des véritables raisons du si brusque retournement de la situation en sa faveur. Par-dessus tout il était désappointé de constater qu'il n'était pas si bon négociateur ni si bon diplomate qu'il l'avait escompté, aussi, en homme de déduction logique, en avait-il tiré la résolution – tout aussitôt annoncée avec gravité à ses deux collègues – de se cantonner désormais dans son rôle de savant et de laisser tirer la ficelle des intrigues par plus retors que lui.

Anselme, comme si désormais il le tenait en suspicion, ne lui avait presque rien dit à son retour de Cordouan, sinon qu'il avait retrouvé là-bas Camouti et que celui-ci,

« même s'il avait commis quelques imprudences par son indiscrétion, était honnête et disposé à réparer tous les torts qu'il avait pu causer ».

On put en constater presque aussitôt l'effet puisque, trois heures après, était parvenue à l'Intendance une nouvelle lettre de l'archevêque, ainsi rédigée :

> Cher monsieur Macquer,
> M. Villaris et moi-même avons bien travaillé. Nos inventeurs sont à présent persuadés que la conduite la plus sage serait de s'en remettre à la générosité du roi et qu'il est parfaitement indigne de seulement songer à marchander avec lui.
> Revoyons-nous donc, je vous prie. Je puis d'ailleurs parfaitement venir moi-même au Gouvernement si cela vous arrange. M. Villaris vous conduira aux gisements du Limousin quand vous voudrez...
> Louis-Jacques, archevêque de Bordeaux.

Macquer avait eu si peur de tout perdre qu'il n'avait pas demandé son reste. Il s'était même enquis du jour qui conviendrait le mieux à Villaris pour partir. Son seul crève-cœur, au fond, avait été de ne pas pouvoir revoir une dernière fois Camouti, reparti, ainsi qu'il l'avait fait annoncer par Anselme, pour Paris.

Roulant derrière les deux académiciens et confinés dans un espace beaucoup plus resserré, Anselme et Robert Millot n'étaient guère plus bavards. Les événements des derniers jours les avaient pour ainsi dire brouillés. Le chef des fours boudait, sa pipe au coin des lèvres, croisant les bras, s'absorbant, la mine renfrognée, dans la contemplation de la route détrempée. Anselme, rencogné sur sa banquette, griffonnait par instants sur son petit carnet, mais il rêvait la plupart du temps, songeant tout à la fois à sa fille qu'il n'avait pas revue depuis plus de deux mois, aux événements pleins de rebondissements des derniers jours et aux gisements de kaolin qui l'attendaient au bout de sa route.

Ce chemin de Bordeaux à Saint-Yrieix, que le chirurgien Darnet abattait à cheval, par beau temps, en un jour et demi, nécessita trois grosses journées. Au premier soir, les voyageurs n'atteignirent que Libourne où ils s'arrêtèrent au beau milieu de l'après-midi, décidant d'y passer la nuit parce que la pluie devenait insupportable et qu'ils avaient déjà manqué de peu, à deux ou trois reprises, d'embourber la chaise de tête.

Trempés jusqu'aux os par la seule traversée de la cour de l'hôtellerie Saint-André, qui se trouvait à l'entrée de la ville, ils se retrouvèrent tous quatre près de la cheminée, tandis qu'Albin et les deux cochers s'occupaient des bagages. L'humeur était des plus moroses : Villaris, toujours aussi hautain et contrarié, Macquer, resté comme assommé, Anselme et Millot, encore en délicatesse et se tenant éloignés, de part et d'autre du foyer ; aussi était-ce, dans la salle commune, malgré le crépitement d'un feu de ceps de vigne bien secs et de pin qui répandait une agréable odeur de résine, un silence à entendre voler une mouche.

Brusquement, alors qu'il y avait à peu près une demi-heure que les quatre voyageurs s'absorbaient sans un mot dans la contemplation des flammes et qu'Anselme, plus imaginatif, s'amusait à dessiner des cercles et des 8 en agitant prestement un sarment au bout rougi, il se fit au-dehors un fracas, presque aussitôt suivi de cris et de rires.

Macquer tendit l'oreille. Au bout de quelques secondes, un sourire illumina son visage :

– Camouti ! Décidément, ajouta-t-il à part lui, ce bon docteur tombe toujours à pic pour nous tirer des situations pénibles !

Anselme et Millot étaient effarés de cette nouvelle réapparition de l'Italien. Le chef des fours en était même si excédé que, pour bien le montrer, il tourna ostensiblement le dos à l'arrivant, pour ne pas avoir à le saluer.

– Pas de nouvelles de vous depuis plus d'une semaine, et ce départ si brusque pour Paris, sans laisser d'adresse ! gronda Macquer en étouffant le voyageur d'une accolade.

– J'ai visité l'estuaire, rive droite et rive gauche, rapporté quelques échantillons de terre mais aussi de végétaux... Parce que je ne vous ai pas encore tout dit, monsieur l'Académicien...

– Comment ! auriez-vous encore des secrets pour moi, docteur ? s'étonna l'auteur du *Dictionnaire,* contrefaisant la fâcherie.

– Oui ! celui de la véritable et seule raison de ma venue ici !

– Bah ! fit Macquer d'un air entendu, le kaolin ?

– Non, justement !... Le vin !

– Le vin ?

– Oui, monsieur !... Le duc de Parme veut connaître les secrets des vins d'ici pour les acclimater chez lui... Je l'ai bien servi et je reviens dans mon pays avec des pages et des pages de notes, des plants, des échantillons de terre et surtout des bouteilles plein le coffre de ma petite voiture... Je vais d'ailleurs en chercher quelques-unes pour fêter dignement nos retrouvailles !

Il sortit sous la pluie en chantant tandis que Macquer revenait vers ses compagnons :

– Camouti est une inépuisable ressource ! se réjouit-il en se frottant les mains.

Anselme se contenta de lui faire les gros yeux, tandis que le chef des fours, se murant dans sa bouderie, s'en allait à l'office pour jouer avec le chien de la maison. Quant à Villaris, cette irruption inopinée l'avait laissé comme paralysé et n'avait fait qu'accroître, s'il se pouvait encore, sa mine renfrognée. Lorsque l'Italien revint, Macquer l'accompagna jusqu'aux cuisines, afin de discuter avec la maîtresse de poste de l'ordre dans lequel, en fonction du souper composé pour l'essentiel d'un saumon et de grives lardées, devaient être servis les trois excellents vins de Saint-Émilion et de Loupiac que venait d'apporter le médecin. Chacun avait son opinion et la défendait bec et ongles. C'était une discussion qui, brusquement, passionnait Macquer autant et sinon plus qu'un essai de couleur à Sèvres.

Le soir, à table, ce ne fut tout d'abord qu'un dialogue entre le premier chimiste et le médecin de Parme, puis, peu à peu, le vin aidant, Villaris se mit de la partie, répondant aux santés, remplissant son verre et trinquant.

L'académicien de Paris s'enthousiasmait :

– Décidément, docteur, dès que vous reparaissez, ce voyage retrouve de l'agrément !

– C'est, comment dire, c'est la magie de ce pays-ci… Le bon air et le génie particulier de cette terre…

– Oui, c'est cela, un pays de cocagne qui vaut cent fois Paris ! ajouta Macquer dans une surenchère de politesse pateline.

L'académicien de Bordeaux eut le premier sourire qui ne fût pas contraint, dans cette journée déjà longue :

– Le plus beau coin de France ! appuya cet homme ambitieux dont les regards n'étaient pourtant tournés que du côté de la capitale.

– Au fait, où allez-vous comme cela tous ensemble, à rebours de Dax et sans être apparemment non plus dans la direction de Paris ?… demanda Camouti qui profitait de la bonne humeur revenue en ayant l'air de s'enquérir d'une bagatelle.

Imprévisiblement, l'auteur du *Dictionnaire* éclata d'un grand rire avant de se tourner vers Villaris :

– Mais, c'est juste ! Où allons-nous, cher confrère ? Vous m'avez dit que nous allions vers Limoges mais vous ne m'avez pas dit précisément où !

Tous, alors, tendirent l'oreille et suspendirent leur

souffle. Visiblement, malgré la multiplicité de ses apartés avec l'une ou l'autre des personnes présentes à ce souper, Villaris n'avait encore livré à quiconque le nom de la destination exacte de leur voyage… du lieu où se trouvait le kaolin.

Rappelé à l'ordre par la question de Macquer, mais visiblement déjà ralenti dans ses raisonnements par l'engourdissement de l'alcool, l'apothicaire prit un long moment pour ordonner ses idées.

Autour de lui, la tablée tout entière s'agitait. Macquer, parce qu'il voulait complaire à Camouti qui venait de s'enquérir de la chose, Camouti, fort visiblement, parce qu'il brûlait d'en savoir le fin mot, Anselme, parce qu'il ne voulait surtout pas que le Bordelais réponde devant l'Italien. Il n'y avait que Millot, portant un air de lassitude et de dégoût, qui levait les yeux au ciel avec l'air désabusé de ceux qui sont prêts à tout entendre et à tout supporter.

Le premier chimiste avait noué une immense serviette blanche autour de son cou. Son visage austère, flanqué de deux bajoues flasques et molles, apparaissait par contraste, sur cette large surface d'un blanc immaculé, plus cramoisi que la crête d'un coq.

Il se leva soudain et tapa sur son verre avec la lame de son couteau :

– Oui, oui, monsieur Villaris, il faut à présent que vous nous disiez où nous allons !

– À Saint-Yrieix ! annonça le savant qui prononçait ce nom pour la première fois.

– Saint-Yrieix, connais pas ! répéta Macquer en se rasseyant lentement comme s'il éprouvait une cruelle déception.

– C'est une tête d'épingle sur la carte, poursuivit Villaris en reprenant de l'assurance. Mais c'est le lieu où se trouve le plus beau et le plus inépuisable kaolin du monde…

– Vous oubliez celui de Dax ! protesta Macquer.

Villaris, imprévisiblement, sourit :

– Nous en reparlerons sur place et nous comparerons… Je sais que j'ai raison !

Macquer, qui ne s'attendait pas à cette sortie, marqua le temps d'un silence, avant d'enchaîner de sa voix incisive et posée :

– Soit ! soit ! Je veux bien me mesurer à vous, cher confrère, et, en ce cas, nous ferons le docteur Camouti notre juge.

À ces mots, Anselme faillit lâcher son verre, Millot s'affaissa un peu plus sur ses coudes qu'il avait repliés de part et d'autre de son assiette pour tenir son menton à deux mains. Villaris, qui continuait de paraître impénétrable, se contenta d'observer avec un mystérieux sourire :

– C'est vous qui me le demandez ?… Eh bien, c'est d'accord ! Nous amènerons le docteur jusqu'à Saint-Yrieix. Il nous départagera.

Ils cheminèrent le lendemain, passant par Mussidan, au travers de pays montueux et boisés, en direction de Périgueux. Camouti voyageait assis entre Macquer et Villaris mais, cette fois, c'est à Anselme et au chef des fours, toujours aussi peu loquaces l'un que l'autre, qu'il revenait d'ouvrir la route avec leur petite chaise plus légère. Le bienheureux Albin fermait la marche. Il s'était fait une niche au milieu d'un amoncellement de bagages dans la petite voiture de l'Italien qu'il avait récupérée pour son seul usage et, les jambes étendues sur la banquette, il sifflotait gaiement, tout à la joie de n'être pas exposé, comme la veille, sur le banc du cocher, aux pluies interminables qui paraissaient avoir redoublé de violence.

Une route écorchée, mouillée, détrempée, miroitait devant eux. L'équipage d'Anselme et de Millot franchissait à peu près tous les obstacles. Il n'en était pas de même de celui des trois savants, plus lourd et plus large, qui s'embourbait souvent malgré la dextérité que son cocher apportait à suivre le sillon tracé par la voiture de tête. Lorsqu'on se trouvait ainsi immobilisé, il fallait atteler les deux gros chevaux de renfort menés par un valet de la Gouvernance, grand gaillard que la pluie avait transformé à peu près en Peau-Rouge, qui fermait l'imposant cortège.

Le prodige était que tous ces retards et inconvénients ne parvenaient à entamer ni la belle humeur de Macquer, proprement électrisé depuis l'aube par la perspective de toucher bientôt à son but, ni la faconde de Camouti, grisé par la perspective de participer à une aventure qu'il savait devoir être observée par l'élite des savants d'Europe. Villaris, par contre, s'assombrissait à chaque tour de roue un peu plus. Le confort spartiate de l'auberge de Périgueux mais surtout les haltes dans les villages où il fallait s'arrêter souvent à la recherche d'un forgeron, pour remplacer le fer d'un cheval ou replacer quelque rivet au cercle d'une roue, le rendaient de plus en plus nerveux à mesure que l'on se rapprochait du but de l'expédition.

Par-dessus tout, l'académicien de Bordeaux ruminait le dépit de devoir mener son confrère de Paris – qui forcément en retirerait toute la gloire – jusqu'aux gisements de kaolin. C'était en effet sur eux et sur eux seuls qu'il avait fait reposer, depuis plus d'une année, toutes ses espérances d'acquérir une célébrité qui passerait les frontières de l'Aquitaine. De tout cela, il allait être spolié. Pis, il se considérait pour l'heure, ni plus ni moins que comme le prévenu que l'on mène sous bonne escorte reconnaître le lieu d'un forfait.

Macquer, qui tenait scrupuleusement son journal, y nota, à la date du 28 octobre 1768 :

Nous nous rendîmes à Saint-Yrieix, dans le chemin

creux qui va de cet endroit au bourg de La Roche-l'Abeille, vis-à-vis de l'église, territoire et cimetière de l'église paroissiale de Notre-Dame de Noailles…

Ils arrivèrent en effet au Clos-des-Barres, en prenant bien soin, à la demande de Villaris qui ne craignait rien tant que rencontrer Darnet, de contourner le village.

Ayant de la sorte fini par retrouver la côte qui s'échappe dans la direction de Limoges, ils parvinrent, au terme du dernier des chemins charretiers, en face d'un petit calvaire de pierre où ils n'eurent plus d'autre ressource que de mettre pied à terre.

On se trouvait au beau milieu de la journée et il tombait encore des cordes ; une pluie épaisse, froide et traversante, qui non seulement bouchait tout l'horizon mais qui faisait aussi qu'on ne voyait pas à dix pas devant soi.

Villaris, tout à fait muet depuis le matin, s'était transformé en une sorte d'automate. Il fit signe à ses compagnons de passer leurs bottes et de le suivre. Macquer qui se soutenait d'une canne paraissait sautiller. Anselme, Camouti et Albin, qui s'étaient chargés des pelles et des tonneaux, allaient à leur suite d'un bon pas. Il n'était que le chef des fours, qui n'aimait rien tant que le pavé des villes et qui, après être tombé à genoux à deux reprises dans la glaise, pestait tout son saoul dans la langue des faubourgs de Paris, pour demander tout haut « ce qu'on pouvait bien f… là ! ».

Au bout de cinq minutes de marche, alors qu'ils s'enfonçaient parfois jusqu'à mi-mollet, cheminant à mi-pente d'une colline dont ils ne voyaient ni le sommet ni la base, ils descendirent dans une espèce de trou que Villaris indiqua s'appeler, dans le langage des gens du pays, le « pot de chambre » et être le lieu où il avait chargé ses barils « avec l'aide des inventeurs ».

Ils creusèrent légèrement. C'était une argile détrempée,

une vraie soupe. Anselme dut remonter près des voitures pour demander l'aide des cochers qui descendirent avec lui, chargés d'autres pelles, de malles de voyage dont on avait répandu le contenu sur les banquettes et même des sacs contenant le picotin d'avoine des gros chevaux de renfort qui étaient vides. Ils s'affairèrent tous ainsi dans le creux du vallon – ils étaient sept, n'ayant laissé qu'un homme près des équipages.

Lorsqu'ils remontèrent, presque à la nuit tombante, éclairés de deux lanternes sourdes qui en se balançant coupaient cette demi-obscurité d'éclairs, ils trouvèrent un grand escogriffe armé d'un fusil et monté sur un cheval maigre, flanqué d'un paysan à grosse bedaine qui avait enfourché une mule mais dont les pieds traînaient par terre.

– Que faites-vous sur mes terres ? demanda ce moderne don Quichotte dont le nez ressemblait assez au rostre menaçant d'une galère.

Macquer, qui pendant tout l'après-midi n'avait cessé d'agiter des éprouvettes dans le brouillard puis dans les ténèbres, alla jusqu'à ce nouveau personnage.

– À qui ai-je l'honneur ? demanda-t-il en retirant civilement son chapeau qui dégoulinait de pluie.

– Baron Gentil Du Montet de La Faye, seigneur et propriétaire du lieu !

– Monsieur, nous sommes ici par ordre du roi !

– Ce terrain m'appartient, ainsi qu'à ma mère.

– Nous avons instruction du ministre d'État, M. Bertin, d'y venir recueillir des terres…

– En ce cas, messieurs, je dois en recevoir moi-même l'ordre directement de ce ministre ou d'un de ses officiers !

Macquer tenta bien encore de discuter, bientôt rejoint par Anselme, puis par Camouti qui, en s'emportant et en proférant quelques jurons dans sa langue, ne fit qu'envenimer les choses.

– Enfin, monsieur, lança encore Macquer, avons-nous la mine d'être des brigands ?

Gentil de La Faye, qui pouvait observer à cet instant l'académicien aux bottes crottées et au manteau galonné de boue, ne se laissa pas impressionner par le reste de son accoutrement, sa fine chemise, sa cravate de soie, sa veste de velours chenillé, bordée d'argent. Il ne répondit pas et encore moins lorsque Anselme se mêla de venir lui faire une longue tirade sur l'honneur de la science. Il n'était alors que Villaris, en arrière de tous ses compagnons, pour demeurer impénétrable et muet, dans l'espoir que cet incident imprévu permettrait de retourner la situation en sa faveur, rendant momentanément impossible à ces messieurs de Sèvres l'accès aux terres du Clos-des-Barres.

– Je n'en démords pas, messieurs, c'est mon bien ! appuya le baron lorsqu'il vit que Camouti, sans faire cas de ses protestations, s'apprêtait à rejoindre à nouveau les valets qui, en contrebas, continuaient de pelleter.

– En ce cas, dit Macquer, allons voir votre consul !

– Si vous voulez, mais c'est à condition que vos hommes arrêtent de creuser.

Le premier chimiste donna aussitôt ses ordres pour accéder à la demande du baron.

– Nous irons ensemble en voiture, si vous le voulez bien ! annonça-t-il au survenant lorsqu'ils furent revenus au crucifix devant lequel stationnaient les équipages.

Le propriétaire du Clos-des-Barres, sans seulement lui répondre, jeta son fusil au paysan qui l'accompagnait et escalada résolument le marchepied de la chaise de Macquer qui, s'engouffrant juste après lui, fit signe à Anselme, Villaris et Camouti de le suivre.

Robert Millot, qui s'était accoudé sur le manche d'une pelle, les regarda s'éloigner, hochant la tête, de plus en plus persuadé que ses compagnons d'équipée n'avaient plus toute leur raison.

La confrontation de l'académicien du roi et du pauvre seigneur du Clos-des-Barres dans la misérable salle de la maison commune du village fut ensuite toute une affaire. Il y avait là Brigadier, le premier consul de Saint-Yrieix, être aussi timoré que balourd, et, par chance, Jean-François Teytat de La Jarrige, le lieutenant civil du bailliage. Il était l'un des seuls par le pays à être au courant de la recherche générale du kaolin, aussi se montra-t-il immédiatement impressionné par les dires de Macquer, ainsi que par les documents qu'il produisait à leur appui.

Malgré la pluie qui continuait de boucher la visibilité et la nuit qui s'épaississait, Villaris n'avait suivi ses compagnons qu'en rasant les murs. Il mourait toujours de peur de rencontrer Darnet dont la maison à haut toit se discernait encore dans l'ombre, dans l'axe de la fenêtre, par-dessus l'épaule du consul. Par chance, mais l'apothicaire ne pouvait pas le savoir, le chirurgien était parti pour deux jours à Limoges.

De fil en aiguille, au terme d'une discussion serrée dans laquelle La Faye brilla surtout par son obstination, il fut arrêté que ces messieurs de Sèvres pourraient emporter avec eux cinq cents livres de terre. Le baron, qui tremblait de peur devant sa mère, n'osait pas se décider et il ne donna son accord qu'après que La Jarrige lui eut promis d'aller lui-même, le lendemain, s'expliquer avec la vieille baronne.

Vers 10 heures, le premier consul s'avisa d'accommoder les voyageurs tant bien que mal pour souper et dormir. Macquer et Villaris se retrouvèrent chez Dubourg, le seul aubergiste, qui était aussi arpenteur de métier et qui n'avait que deux chambres de libre. Villaris, toujours obsédé par l'idée de se trouver nez à nez avec Darnet passa par les jardins de diverses maisons pour éviter la grand-rue. Anselme se retrouva chez une vieille bourgeoise à partager le même lit que Camouti. Leur chandelle, malgré leur fatigue, resta une grande partie de la nuit allumée sur leur table de chevet tandis qu'ils se parlaient en chuchotant.

Au matin, sous une pluie persistante et prenant à nouveau bien soin, à la demande de Villaris, de contourner le village, ils allèrent tous, en présence du baron, de Brigadier et du lieutenant civil, prélever la quantité exacte de terre sur laquelle ils s'étaient accordés. Ils en emplirent à ras bords deux grosses barriques que venait de leur vendre Dubourg.

À midi, ils quittèrent le village et, ralentis de plus en plus par l'état des routes, ils ne parvinrent à Limoges, à l'auberge Sainte-Catherine, qu'à la tombée du jour. Là, ils trouvèrent, avec un indicible plaisir, des lits bassinés, un bon bouillon de bœuf, une omelette et le pot-au-feu du bouillon.

Le lendemain, 30 octobre, tandis qu'Albin se chargeait d'expédier la plus grosse partie des terres à Sèvres – il allait payer pour cela 53 livres aux douanes du Limousin, ainsi qu'en témoigne l'état des frais de ces messieurs –, Macquer, Anselme et Millot se trouvaient à l'œuvre dès 7 heures. Ils avaient obtenu de la maîtresse de poste, Mme Léonard, qui d'un œil expert avait tout de suite su juger du crédit de ses hôtes, qu'elle leur laissât tout un coin de la cuisine et l'usage de l'âtre principal où le chef des fours venait d'installer son matériel. Les trois hommes, en bras de chemise et, pour le premier chimiste, en brassière de coutil, ayant passé les grands tabliers de chanvre des cuisiniers, bravant le froid et la pluie à tour de rôle pour aller laver leurs instruments dans l'abreuvoir de la cour, enchaînaient avec des gestes précis les opérations qu'ils étaient accoutumés à faire ou à voir faire tous les jours à Sèvres : tamiser, précipiter, décanter, filtrer, tamiser de nouveau avant de baratter. Leur silence n'était pas le signe de la tension restée vive entre eux tout au long des derniers jours, mais bien plutôt la marque d'une excitation nouvelle, un emballement qui se marquait par le souffle plus syncopé de leur respiration et que rythmait l'accélération des pulsations de leur cœur, à la vue de cette poudre qui, invinciblement, sous leurs doigts, blanchissait.

Macquer en fut comme ébloui. Il eut un cri qui transforma cette lente oppression en explosion de joie :

– La voilà, dit-il, la voilà notre poudre fabuleuse !

Anselme, qui venait de prendre dans ses bras Robert Millot, y plongea les doigts.

– Elle est douce, douce comme la peau d'une femme ! s'exclama-t-il.

– Vous avez de ces comparaisons ! s'étonna le premier chimiste.

– Excusez-moi ! C'est la première idée qui m'est venue pour traduire cette finesse.

Ils procédèrent alors, comme ils avaient fait en Chalosse, à des opérations simplifiées de mélangeage et de cuisson. L'émotion était à son comble et ils eurent beaucoup de mal à tromper leur impatience pendant les deux ou trois heures nécessaires pour passer au grand feu des plaquettes de la taille de deux phalanges.

Millot, qui dans ces instants devenait l'oracle du petit cénacle, se déployait en gestes lents et précis, collant presque en permanence un œil inquiet aux fenêtres de son petit four ambulant.

– La pâte se fait ! s'écria-t-il vers midi, à l'adresse de ses deux compagnons qui revenaient d'un tour sous la pluie, elle est d'une blancheur de neige !

Les deux chimistes, invités à venir observer ce miracle, au risque de s'y brûler les sourcils, furent bientôt rejoints par Camouti qui avait dormi tard et qui était déjà passé deux ou trois fois aux nouvelles. Quant à Villaris, personne ne l'avait encore vu. Il était demeuré dans sa chambre, occupé à lire et à écrire. Ce fut

Anselme, lorsque les plaquettes furent sorties du four, qui décida d'aller lui-même le chercher.

Plein d'entrain, plein d'enthousiasme, il lui cria depuis sa porte :

– Monsieur Villaris, la pâte est bonne ! Votre gisement tient ses promesses !

L'apothicaire ne vint ouvrir qu'au bout d'un long moment. Lui qui d'habitude se trouvait tiré à quatre épingles était méconnaissable, en chemise et culotte, ses bas tire-bouchonnant sur ses chevilles maigres, ses petites bésicles de fer posées sur la pointe de son nez.

– Vous voyez par là que je n'ai pas menti... À ces messieurs maintenant de tenir leurs promesses pour l'inventeur et pour moi-même.

– Parce qu'il n'y a pas plusieurs inventeurs ? s'étonna Anselme.

– Celui qui a découvert le kaolin est un homme connu dans ce pays dont je dirai le nom dès que je serai certain de la reconnaissance de la Cour à mon égard. Mais celui qui l'a identifié, c'est moi, sans conteste possible !

– Vous serez tous dédommagés et récompensés, assura Anselme en attendant patiemment que le savant soit prêt pour rejoindre avec lui la salle commune.

Macquer accueillit son confrère avec un grand sourire. À défaut de saute-bouchon de Champagne dont l'établissement, pourtant réputé à Limoges, n'avait pas encore appris l'usage, il avait fait préparer deux bouteilles de vin de Sauternes pour fêter l'événement.

– Votre kaolin, monsieur, je vous le concède, est plus pur que celui que nous avons trouvé à Dax... Il ne souffre d'ailleurs même pas d'être comparé à lui. Ainsi, mon ami, vous l'emportez sur toute la ligne, mais c'est d'abord le roi de France qui y gagne en gloire et en réputation, puisque avec ce matériau il fabriquera demain, à Sèvres, les plus belles porcelaines d'Europe, naturelles, dures, sonores et, surtout, entièrement françaises.

Villaris, qu'une sourde rancœur continuait d'habiter, ne répondit pas et se contenta de tremper ses lèvres dans le verre que venait de lui tendre Anselme.

– Nous allons procéder à de nouveaux essais, à la cuisson de dix plaquettes et de trois pots. M. Millot affirme pouvoir le faire avec les moyens qu'il a ici... Nous ne sommes qu'à 98 % de notre certitude et je tiens absolument à l'être à 100 % avant d'en faire l'annonce officielle à Versailles... C'est pourquoi, messieurs, vous allez être consignés ici trois jours, aux frais de la Manufacture qui vous dédommagera tous de votre éventuel manque à gagner...

Villaris, qui n'avait pas encore ouvert la bouche, protesta de ses occupations, Camouti de la poursuite de son voyage. Macquer fut intraitable :

– Service du roi, messieurs ! N'oubliez pas que vous avez l'honneur de participer au dénouement de l'une des plus grandes affaires techniques et scientifiques de ce siècle !

Le soir, un excellent souper fut servi. La maîtresse de poste, sous le nez de laquelle Macquer avait agité quelques pièces d'argent, avait été priée de se surpasser pendant les trois jours que durerait la fin des mises au point, aussi Millot s'était-il activé tout l'après-midi à sa porcelaine dans un bruit incessant de hachoir, de crémaillère et de soufflet, dans l'odeur des fritures d'ail et de cèpes, de plume brûlée et de gibier flambé.

Macquer avait tenu presque seul, ce soir-là, la conversation, parlant de chimie, habile à rendre accessible aux profanes cette science à peine dégagée des méandres bourbeux de l'alchimie. Il raconta surtout l'Académie royale dont il savait camper, avec tout l'art du chroniqueur, les figures les plus fameuses, tels d'Alembert, La Condamine, Jussieu, l'abbé Nollet ou Dortous de Mairan. Lorsqu'il monta se coucher vers minuit, en jetant un long regard circulaire sur la tablée incontestablement charmée par ses anecdotes, il montrait un air de félicité qu'Anselme ne lui avait jamais vu auparavant.

Villaris, à demi déridé, et Millot à sa suite, recru des fatigues de sa journée mais qui sifflotait en mordillant sa pipe et qui pinça en passant, comme aux premiers temps de leur amitié, l'oreille d'Anselme, regagnèrent également leurs chambres.

Anselme et Camouti, que l'inconfort de la nuit passée chez la vieille bourgeoise de Saint-Yrieix paraissait avoir rapprochés, restèrent seuls près du feu, entamant une conversation à voix basse qui les tint jusque tard dans la nuit. Quelques bûches qui rougeoyaient encore dans l'âtre renvoyaient une lueur clignotante que réfléchissait doublement le verre bleuté des lunettes du médecin.

L'alcool paraissait avoir eu un effet bienfaisant sur ce dernier. Il parlait, sans plus aucun signe d'agitation, de la femme qu'il aimait et qu'il s'apprêtait à rejoindre. Elle occupait toutes ses pensées à présent qu'il avait rempli la mission que lui avait assignée son maître. Anselme parla à son tour de la femme qu'il aimait toujours mais qui n'était plus là, de sa fille qui lui manquait terriblement à présent. L'idée que, ce soir-là, l'un et l'autre, ils s'apprêtaient à rejoindre leurs affections contribuait grandement à les unir et, à l'instant de se quitter pour aller dormir, ils échangèrent, sur le seuil de leurs chambres qui se faisaient face, leur première poignée de main véritablement amicale.

Vers 4 heures du matin, soudain, il se fit un grand vacarme dans la cour de l'auberge. Camouti s'échappait avec son cocher, Camouti que l'on ne devait plus jamais revoir… du moins sous la défroque d'un médecin de Parme.

Macquer, mis au courant le lendemain et qui n'avait rien entendu parce qu'il dormait comme à son habitude d'un sommeil de plomb, entra dans une colère froide contre l'Italien qui s'était mêlé de lui désobéir :

– Ce jeune homme est fort sympathique, mais vraiment imprévisible !

– Vous lui avez fait pourtant une confiance aveugle ! s'amusa Anselme qui travaillait depuis l'aube dans un coin de la cuisine de l'auberge à une septième décantation d'un de ses échantillons de terre.

L'auteur du *Dictionnaire* qui n'aimait pas avoir tort ne répondit pas. À cet instant précis, il était comme aveuglé par la blancheur du kaolin qui se trouvait au fond de la cuvette dont Anselme venait de changer l'eau. Il y plongea les mains.

– Et vous n'avez pas encore vu le dernier mélange ! annonça le jeune chimiste en l'entraînant à l'autre bout de la cuisine où Robert Millot activait son petit four avec l'aide de deux des petits gâte-sauces de l'auberge que lui avait prêtés Mme Léonard et qui se trouvaient tout d'un coup heureux de faire autre chose que de tourner des roux.

– Le doute n'est plus permis ! annonça Macquer. Je brûle les étapes. J'irai cet après-midi rendre visite à M. Turgot, l'intendant du Limousin, qui est l'un des meilleurs amis de M. Bertin. Il est nécessaire qu'il intervienne auprès de Gentil de La Faye et de sa mère, avec toute l'autorité du roi. Nous devons à présent faire les choses en grand au service de Sa Majesté et lui assurer la possibilité d'approvisionner sa manufacture avec la terre du Clos-des-Barres !

Au reçu du petit mot de Macquer annonçant sa visite, ce fut l'intendant lui-même qui décida de se transporter à l'auberge Sainte-Catherine. Ces messieurs de Sèvres et Villaris davantage encore peut-être, avec ses rêves tout provinciaux de gloire, furent impressionnés de recevoir cet homme déjà fameux pour ses travaux d'économiste et de philosophe, en particulier ses *Lettres sur la tolérance* de 1754 et surtout sa collaboration ainsi que son soutien sans faille à l'entreprise de l'*Encyclopédie*. C'était quelqu'un d'immédiatement avenant, aux manières douces et presque ecclésiales. Il était venu à l'économie par les sciences et les techniques. Le lancement de la recherche d'un kaolin français en 1764, sur ordre de Bertin, l'avait passionné mais il s'était tellement ancré dans l'idée qu'on ne le trouverait pas en Limousin qu'il avait manqué de réaction, en particulier dans cette séance de la Société d'agriculture locale, de 1766, où un minerai qui devait être déjà du kaolin, ou quelque chose d'approchant, lui avait été présenté sans qu'il s'en émeuve.

À présent qu'on lui annonçait que la poudre merveilleuse se trouvait précisément dans sa généralité, il n'en pouvait toujours pas croire ses oreilles et, tout comme saint Thomas, il accourait chez Mme Léonard pour s'en persuader.

Turgot, malgré sa grande réserve et un air d'absence dû à un état de réflexion permanent, s'entendait à captiver, charmer et subjuguer tous ceux qui avaient su rompre la glace avec lui.

En ce 4 novembre 1768, à l'auberge Sainte-Catherine, il ne faillit pas à sa réputation. Les quatre heures pleines qu'il passa sur place, n'acceptant de la maîtresse de poste que du fromage blanc, du pain et un verre de vin de Bordeaux, furent tout entières occupées à observer et à noter les opérations de la décantation, du broyage, du mélangeage, du barattage et de la cuisson.

Turgot questionnait, approuvait, critiquait, suggérait, lançait déjà des projets. De cette fin d'après-midi fructueuse d'automne allait découler toute l'organisation de la collecte du kaolin, l'amélioration des routes, l'aménagement de la Vézère, la construction du port et du pont de Montignac et, sur place, à Saint-Yrieix, la mise en place de l'exploitation avec ses hangars de décantation et de séchage, toutes choses que l'intendant allait avoir le temps de concevoir et de mettre en place, avec autant de justesse que d'efficacité, avant que Louis XVI ne l'appelle à Versailles pour prendre la direction des affaires du pays.

CHAPITRE SIXIÈME

Le roi s'amuse

Le 5 novembre au matin, Macquer, sur le point de quitter Limoges, écrivit à son frère sa lettre quotidienne. Celle-ci n'avait raisonnablement aucune chance de se trouver avant lui à Paris, puisque, dans le meilleur des cas, la diligence de la poste mettrait cinq à six jours pour parvenir à bon port, alors que l'académicien, pour sa part, comptait bien, par Bellac et Blois, en suivant, au travers du Berry et de la Sologne, une route plus courte quoique réputée moins carrossable, rejoindre la capitale en quatre jours. Mais les usages entre ces deux vieux garçons étaient sacrés et la rationalité, dont l'un et l'autre frère faisaient pourtant, chacun dans leur partie, un usage si constant, n'y avait pas sa place.

Le chimiste terminait sa lettre à l'avocat dans une envolée lyrique dont il n'était pas coutumier :

> … Voici pour le coup, très cher frère et ami, la fin de mes opérations et de mon voyage. Il est bien temps que tout cela finisse car, outre le désir que j'ai de me retrouver avec vous, les pluies continuelles et tous les tristes avant-coureurs de l'hiver qui arrivent à vue d'œil et qui font de fort mauvais compagnons de voyage, me font hâter ma marche et courir grand train pour trouver un abri… Le kaolin de M. Villaris se trouve beau, bien conditionné et abondant, ce qui fait plaisir car M. Villaris, quoique

singulier, est un fort aimable et fort galant homme. D'ailleurs il est toujours agréable qu'une commission dont on est chargé se termine bien… La nouvelle terre est d'une blancheur et d'une beauté à se mettre à genoux devant…

Dès le 11 novembre, au lendemain de leur retour à Paris à la nuit tombée, Macquer, Anselme et Millot étaient à leur poste à Sèvres. La garde, dès leur arrivée, y avait été renforcée et les visites de la clientèle strictement encadrées afin de protéger, plus que jamais, le secret des laboratoires et des hangars. Pour davantage de discrétion encore, on avait rouvert les pièces de l'Appartement du roi dans lesquelles avait travaillé Pierre-Antoine et, à sa suite, l'impayable Picot que l'on avait finalement renvoyé en Hollande, après qu'il eut abandonné sans l'achever la construction de son four révolutionnaire dont les briques et autres matériaux demeuraient répandus dans les cours.

La roche mère – tout le produit des deux gros barils prélevés au Clos-des-Barres, lavé et décanté – avait été entreposée dans l'ancien office de Mme de Pompadour. Une ultime opération de lavage avait permis de retirer encore 11 % de sable pour donner un produit dont la blancheur était réellement, cette fois, ainsi que l'écrivait Macquer à son frère, « à se mettre à genoux devant ».

Le premier chimiste était précautionneux de la plus petite once de ce trésor et il ne voulait pas qu'on vînt seulement le respirer afin de ne pas en perdre un atome. Aussi Boileau, Montigny, Bertin lui-même, qu'il n'avait pourtant pas pu se dispenser d'accueillir, n'étaient-ils pas les bienvenus. Et il le leur faisait bien sentir par l'économie de ses réponses et son ton plus sec encore qu'à l'ordinaire.

Le plan quc Macquer avait dressé en quelques heures, pour venir à des conclusions définitives sur les propriétés de la poudre de Saint-Yrieix, était un chef-d'œuvre de précision. Il se donnait cinq mois pour conclure : pendant six semaines, c'est-à-dire jusqu'à la fin de 1768, il ne procéderait exclusivement qu'à des investigations chimiques, à un examen de la composition de la poudre elle-même et à son comportement en présence de différents agents comme les acides, la soude ou l'eau-forte. Dans ce même délai, Anselme serait chargé de procéder à des essais de peinture et de dorure sur des plaquettes de kaolin de la taille d'un petit doigt. Ensuite, en janvier et février, il envisageait d'entreprendre le façonnage et la cuisson de pièces simples comme des gobelets ou des disques et de faire sur eux l'épreuve de la tenue des ors et des couleurs. Ce n'est qu'au printemps de 1769 – époque à laquelle il espérait avoir reçu, grâce à Turgot, de plus importantes quantités de roche mère – qu'il comptait lancer la production de quelques grandes pièces de vaisselle sculptées, ouvragées et peintes, de la taille et du style des magnifiques productions que la Manufacture exécutait à la perfection en pâte tendre depuis des années. Ce n'était qu'en décembre de la prochaine année, à la vente traditionnelle de porcelaines qui se faisait à Versailles chez le roi, qu'il prévoyait de montrer la nouvelle vaisselle.

Ce programme allait être effectivement celui auquel il devait se tenir, procédant jour après jour, essai après essai, avec une minutie exemplaire, à l'aride mais indispensable « enregistrement scientifique des procédés ».

Anselme retrouva Paris et les siens dans une espèce d'ivresse du bonheur.

Blanchot et Pierre-Antoine, qui dînaient ensemble, chez les Floquet, rue Montorgueil, à l'instant où il parut précédé de deux portefaix portant ses malles, le reçurent dans l'escalier. Sans même lui laisser le temps de lâcher ses sacs ni quitter sa capote, ils l'étouffèrent d'embrassements et le secouèrent d'amicales bourrades.

– Le voilà, l'inventeur du kaolin français ! s'exclama le premier le Strasbourgeois en levant les bras pour signifier son triomphe.

– Tu commençais à nous manquer vraiment ! ajouta beaucoup plus sobrement le médecin en lui pinçant l'oreille.

Anselme, qui venait enfin de parvenir à libérer ses mains, se recula de deux pas pour les regarder :

– Moi, c'étaient les rires et la joie de cette maison que je regrettais tous les jours !

– Le fait est qu'avec le Macquer tu n'as pas dû rire souvent ! railla Pierre-Antoine en fléchissant les jambes comme quelqu'un qui va défaillir d'ennui.

À cet instant, la porte du salon s'entrouvrit et Briséis parut, tenant par la main Adèle. Elles portaient toutes les deux le même tablier à carreaux rouges, celui qu'elles passaient lorsqu'elles travaillaient à leurs poteries, sur le petit tour qu'Anselme avait installé avant son départ dans la pièce voisine, l'ancienne chambre de Mathieu, devenue le laboratoire.

La fillette s'élança vers son père, lui sautant au cou, l'assaillant de baisers, lui griffant le visage de caresses, dans un débordement de sanglots et d'éclats de rire mêlés. Anselme, au moins aussi ému qu'elle, l'enleva dans ses bras et fit ensuite, en se pliant à ses ordres, puisque c'était elle qui disait où elle voulait aller, le tour complet de l'appartement.

La longue privation de l'affection de son père exacerbait son humeur babillarde. Elle voulut d'abord lui montrer un à un les dessins dont elle avait tapissé les murs, les siens, ceux de Briséis et d'Angèle, ceux de Pierre-Antoinc et même ceux de Mathieu à qui cllc faisait représenter, après les lui avoir fait longuement caresser, toutes les pièces de poterie sorties de son petit atelier. Dans leur course désordonnée, ils s'arrêtèrent devant le portrait de Fanny. Le cœur d'Anselme, à cet instant, se mit à battre plus fort, mais lorsque la fillette, en riant, commença de lancer des baisers dans la direction de sa mère, il se prit tout naturellement à l'imiter. Ce fut alors une surenchère de bises sonores, dans de nouvelles cascades de rires. Anselme qui en usait de la sorte pour la première fois, parce que le souvenir de Fanny, jusque-là, avait toujours été lié à quelque chose de grave, découvrit avec un plaisir mêlé d'étonnement que cette pitrerie le rendait heureux.

Mathieu, qui passait plusieurs fois par jour rue Montorgueil depuis que les lettres de son frère annonçaient un retour imminent, se montra à son tour. Le disciple de l'abbé de l'Épée était radieux. Son visage fin, ses joues blanches, autrefois légèrement creusées, avaient pris de délicates rondeurs, ses longs cheveux qu'il portait au naturel, à la différence d'Anselme qui, du fait des contraintes de représentation de la Manufacture, avait dû adopter la perruque, s'assemblaient avec souplesse dans un nœud de velours. Son visage affichait toujours la même expression de douceur et d'angélisme mais avec, à présent, quelque chose de plus spontané, une joie qui l'inondait continûment et qui, depuis qu'il était uni à Angèle et qu'avait eu lieu le stupéfiant miracle consécutif à leur noyade, ressemblait assez bien à l'idée que l'on peut se faire de la paix d'un cœur.

– Alors, tu l'as vraiment trouvé, ton kaolin ? demanda le nouveau venu en lançant à l'autre bout de la pièce son petit tricorne vert.

– Oui ! plus beau et plus pur que nous n'avions jamais osé le rêver !

Pierre-Antoine, à califourchon sur une chaise, le menton appuyé sur le dossier de bois, s'était déjà installé confortablement pour entendre le récit du voyageur que tous ses amis lui réclamaient à présent en tapant des mains et des pieds.

L'arrivant demanda encore un moment de grâce. Adèle venait de repasser sa tête par la porte, chargée des cahiers sur lesquels elle avait travaillé chaque jour avec Briséis et Angèle. Elle avait hâte de les montrer à son père.

– Laissez-moi trois minutes encore, pour que je me rende vraiment compte de tout ce que ma fille a appris de nouveau depuis mon départ !

Il regarda des lettres, des mots et des dessins qui représentaient des fleurs, des moutons et surtout les petits vases qu'elle avait façonnés sur son tour en compagnie des deux femmes. Anselme en tourna les pages des cahiers avec émotion. Des larmes rayèrent ses joues lorsque la fillette se hissa sur le tabouret du clavecin pour jouer en son honneur une ronde enfantine que lui avait apprise Mathieu.

Bien vite, pourtant, il fut retenu de s'émouvoir davantage car toute l'assistance, décidément impitoyable, scandait en chœur :

– Le ka-o-lin, le ka-o-lin, le ka-o-lin !

L'aîné des Masson, embrassé par Angèle et Félicité qui venaient de se joindre à la compagnie, dut s'exécuter. Il jeta sa veste sur une méridienne et, malgré le froid que combattait faiblement un grand feu dans la cheminée, resta en bras de chemise comme unhomme que trois mois passés sur les routes, exposé à l'inconfort et aux intempéries, ont définitivement aguerri. Sa culotte était sale, ses souliers couverts de poussière, ses mains égratignées, ses ongles noircis à force d'avoir gratté la terre, mais il n'avait jamais été aussi beau ni si maître de lui que dans cet instant où il avait le sentiment d'être entré de plain-pied dans une sorte d'épopée.

Sans quitter un instant la main d'Adèle, réfugiée sur

ses genoux et qui le dévorait de ses grands yeux noirs, il entreprit de narrer en détail son périple entre Aquitaine et Limousin.

– Enfin tu l'as trouvé, ce kaolin… Alors, comment se présente-t-il ? s'impatienta Briséis toujours prompte à en venir au fait et qui, au bout de quelques minutes seulement du discours d'Anselme, trouvait qu'elle en savait assez sur l'état des routes et des relais de poste entre Paris et Dax.

– Il est blanc… Blanc comme la farine la mieux blutée et, quand on le mélange avec de l'eau, onctueux comme du lait. Il a la souplesse de la pâte du bon pain de froment que l'on s'apprête à cuire et il sait, en moins d'une heure, faire la porcelaine la plus dure, la plus immaculée et la plus fine du monde…

Joignant le geste à la parole, le revenant distribua quelques « montres » qu'il venait de tirer du gousset de sa culotte. C'étaient pour lui comme des amulettes, il ne s'en était pas séparé depuis qu'il les avait cuites à l'auberge Sainte-Catherine.

Mathieu caressa longuement les petits bouts de céramique qui conservaient encore toute la chaleur du corps de son frère. Angèle, Félicité et Briséis les embrassèrent. Blanchot et Pierre-Antoine portèrent sur ces échantillons un regard plus scientifique, le premier en les exposant à la lumière rasante d'un candélabre comme pour vérifier l'homogénéité du grain, le second en exerçant une forte pression de son pouce pour voir si la plaquette ne cassait pas.

Le Strasbourgeois qui, malgré sa force, n'était pas parvenu à rompre la pièce partit imprévisiblement d'un petit rire nerveux, comme si, brusquement, le succès de son ami l'agaçait :

– Pas mal ! pas mal !… Grossièrement couvert cependant ! estima-t-il en prenant un air pincé. Mais comme tu viens de nous avouer que Millot faisait à présent ses cuissons dans les cuisines des auberges, c'est sans nul doute un travail de rôtisseur plus que de saucier…

Puis, reprenant aussitôt son bon sourire :

– Je te taquine. Tout cela est simplement sublime !… Je dois être d'ailleurs un peu jaloux. En tout cas, avec ce kaolin, Sèvres supplantera à coup sûr Meissen !

– Avec ce kaolin… Et avec ta formule ! rectifia Anselme.

– Beaucoup semblent l'avoir oublié, marmonna Pierre-Antoine en s'assombrissant.

– Moi, je ne l'ai pas oublié, je ne l'oublierai jamais… Les pactes que nous avons conclus ensemble sont sacrés !

Pierre-Antoine cligna un œil plein de malice en tendant au père d'Adèle un verre de vin blanc qui moussait tout en faisant entendre le léger sifflement de ses bulles fines qui montaient à la surface en vrillant :

– J'ai les moyens de faire rendre gorge à ces messieurs de Sèvres, tu le sais !

Anselme lui répondit de même façon, souriant, clignant un œil et cognant son verre contre le sien. Il alla vers Blanchot qui continuait d'examiner attentivement les « montres » de porcelaine.

– Cela valait la peine de te perdre quelque temps ! lui dit le médecin en appuyant ses paroles aimables de son sourire intelligent.

– Quand je suis loin de Paris, je suis rassuré en te sachant près des êtres qui me tiennent le plus à cœur : Adèle, Mathieu et, à présent, Angèle…

– Ta fille me sera toujours aussi chère que mes propres enfants, ceux du moins que j'espère avoir un jour… Lorsque je l'ai tirée vers la vie, je n'éprouvais presque plus la sensation de mes mains… C'est sans doute la seule fois où l'émotion est venue empiéter sur la sûreté quasi mécanique de mes gestes de praticien…

– Tu ne ressens donc aucune sensation lorsque tu soignes un malade ?

– Si, bien sûr ! reprit le médecin en plaçant entre les yeux d'Anselme le petit essai de porcelaine. Pourtant l'on doit éprouver davantage d'émotion lorsqu'on fond une matière comme celle-là que lorsqu'on ramène à la santé des gens qui n'auraient jamais dû la quitter… Toi, tu es le créateur, moi, je ne suis que le réparateur !

– Mais, Blanchot, intervint Mathieu, ce que nous accomplissons pour les sourds-muets s'apparente tout de même bien à quelque création…

– Sans doute, sans doute ! sourit celui que les soucis de l'hôpital accablaient. Mais tu ne m'empêcheras pas aujourd'hui de trouver plus enviable que le mien le sort d'Anselme qui est à la veille de voir des choses entièrement neuves prendre forme sous ses doigts.

Peu après le retour d'Anselme, un soir de décembre, ils eurent la visite de Chappe. Il avait encore maigri, il n'avait plus que la peau sur les os.

– Je pars en Amérique dans deux semaines ! leur lança-t-il sans même prendre le temps d'ôter le manteau et les châles sous lesquels il disparaissait.

– Vous êtes chanceux car vous connaîtrez bientôt tout le vaste monde ! lui répliqua l'aîné des Masson, secrètement envieux.

– Ne croyez pas un mot de ce qu'on vous dira de ma félicité… Je fuis le déshonneur !

– Quoi ! s'exclama Anselme. Vous, vous mettre dans un pareil cas !

Il avait appuyé cette protestation d'un sourire, estimant tout à fait impossible que l'abbé ait pu se mettre dans le cas d'un duel ou d'une banqueroute.

– J'ai offensé la tsarine… Elle s'apprête, paraît-il, à me poursuivre de sa vindicte !

– Allons ! poursuivit l'adjoint chimiste, toujours riant.

– Elle n'a en effet pas supporté la description que j'ai fait de son pays dans mon *Voyage en Sibérie* et elle se prépare à en faire elle-même une réfutation écrite… Une réfutation qui me couvrira de ridicule.

– C'est elle au contraire…

– Certainement pas ! Qu'est-ce qu'un pauvre abbé d'Auvergne face à Sémiramis ?

– Et Diderot, qu'en dit-il ?

– Il est au moins aussi stupéfait que moi. Il a écrit à Saint-Pétersbourg, il tente de raisonner celle qu'il appelle toujours sa « bonne amie », mais, d'après Falconet, qui est sur place, mon affaire ne s'arrange pas.

– Moi, je pense tout au contraire que c'est bon pour votre livre ! estima Pierre-Antoine qui se trouvait là.

– Je ne suis ni Voltaire ni Marmontel qui se délectent dans le tapage et la polémique… Je ne suis qu'un modeste savant qui a besoin de la sérénité et du sérieux de ses lecteurs.

– Au moins, l'abbé, vous n'êtes pas condamné par la Sorbonne ! s'amusa encore Hannong.

Mais Chappe n'était pas disposé à entendre la finesse. Ses yeux étaient hagards. Il se voyait perdu. C'est donc un homme plus mort que vif qui s'embarqua, aux premiers jours de 1769, pour Philadelphie, d'où il devait rejoindre la Californie afin d'observer les étoiles et les mouvements de la croûte terrestre.

Macquer, revenu du Limousin triomphant, allait très vite se trouver en butte à la jalousie de ses détracteurs : Montigny, fort du soutien de Bertin qui était l'ami de son père, et, plus insidieusement, Parent, dont l'ambition clairement affichée désormais était de s'emparer un jour prochain des rênes de la Manufacture.

Les sept mois qui s'écoulèrent entre la mi-novembre 1768, où Macquer reparut à Sèvres avec ses deux premiers tonneaux de kaolin, et le 17 juin 1769, où il exposa et démontra son procédé à base des terres de Saint-Yrieix devant ses collègues de l'Académie des sciences, furent tout pleins de ces sourdes menées.

Parent était suffisamment avisé pour savoir qu'il ne fallait pas contrer le premier chimiste sur des impressions ou sur des rumeurs mais uniquement sur quelque chose de patent et techniquement avéré. Il trouva son affaire en intervenant brutalement sur la question de la conception des fours les plus propres à devoir être utilisés pour le grand feu.

Jusque-là, tous les fours, sans cesse perfectionnés par Hellot, Hannong et Macquer lui-même, avec l'aide de Robert Millot et des maçons Toussaint et Bougon, avaient été conçus dans des formes carrées ou rectangulaires. Les fours bâtis par des céramistes appelés de l'étranger, celui projeté par Picot, avec des matériaux venus de Hollande, dont personne n'avait pu voir l'achèvement, ceux enfin de Daniel Busch, qui avaient mis le feu plusieurs fois à la Petite-Pologne, ne dérogeaient pas à la règle. L'inconvénient était que l'on ne parvenait jamais dans l'ensemble du foyer à une température homogène ; le haut, malgré l'élévation naturelle des gaz, se trouvant toujours moins bien chauffé que le bas. Il était donc nécessaire de remédier à cet inconvénient en répartissant les pièces à cuire selon leur taille et leur forme, mais aussi de jouer sur l'épaisseur des glaçures. La chose était compliquée et le résultat, chaque fois, aléatoire.

Pour en venir à ses fins, Parent se lia avec Guettard – celui-là même qui prétendait, contre le comte de Lauraguais, avoir découvert le premier, dès 1751, les gisements de terre de Monperthuis, près d'Alençon. En 1769, Guettard, malgré ses infortunes – il avait été deux ans plus tôt définitivement écarté de l'exploitation de ces carrières et refusé de toutes les offres de service qu'il avait faites ensuite à Sèvres –, ne pensait toujours qu'à la grande affaire de son kaolin normand et aux moyens de se venger d'en avoir été évincé par son puissant compétiteur qui, du fait de sa haute naissance, jouissait de soutiens considérables.

En octobre 1768, au moment précisément où Macquer se trouvait en Aquitaine puis en Limousin, il proposa à Parent d'expérimenter un nouveau modèle de foyer circulaire à quatre alandiers de sa conception ; un four capable selon lui de résoudre la double difficulté d'atteindre rapidement, grâce à la multiplication des bouches à feu, une température élevée et d'y maintenir une chaleur homogène, du fait de la forme demi-sphérique de son architecture. Dans un rapport au ministre Bertin, du 2 février 1769, François Melchior Parent présentait habilement cette nouveauté comme un produit de son génie propre et promettait d'en produire incessamment la maquette devant une commission de l'Académie des sciences.

Or, il n'en eut pas le loisir. C'était le temps précisément où Robert Millot commençait à Sèvres ses premiers essais de cuisson à partir des terres de Saint-Yrieix, dans les anciens fours rectangulaires et carrés, adossés aux terrasses du pavillon de Lully. Avec le kaolin, il n'était plus question de paliers de cuisson étalés sur trois à cinq jours. Il importait d'atteindre la température le plus élevée possible et de la maintenir une heure ou deux sans qu'elle faiblisse par l'introduction rapide de petites bûchettes bien calibrées. Le chef des fours, pour contrôler ce processus du « grand feu », n'avait pas d'autre moyen de vérification possible que d'observer régulièrement ses « étuis à montres ». Ces montres étaient de petits morceaux de pâte, placés dans de fines cazettes cylindriques, que le cuiseur pouvait tirer à lui avec une tige de fer pour juger de l'avancement de sa cuisson. Or, le chef des fours, qui depuis plus de vingt ans, grâce à ses « nobles tricheries » qu'il gardait secrètes, savait fabriquer la plus magnifique vaisselle tendre d'Europe, allait à nouveau, par la force de son génie bourru, réussir le prodige de sortir, dans ses vieilles installations, une porcelaine dure parfaite. L'extraordinaire fut qu'il y parvint du premier coup.

Dès la fin du mois de février, il réussissait même à fondre avec la nouvelle terre de grandes pièces comme des plats, des soupières, des compotiers ou des pots-pourris, qu'il laissa d'abord en biscuit et sur lesquelles, à partir d'avril, sous l'impulsion d'Anselme, allaient se faire petit à petit les premiers essais de couleur.

En matière de décor, précisément, il fallait tout réapprendre, tout reformuler, tout réinventer. Le miracle fut que tout soit prêt grâce à ce qu'avait anticipé le défunt Hellot dont les conclusions étaient contenues dans les papiers devenus la propriété d'Anselme.

Ce dernier, chargé par Macquer de mener à bien cette délicate partie de la tenue des décors sur le kaolin, travailla à ces mises au point avec le peintre Rosset, nouveau venu à Sèvres, recommandé par Genest. La jeunesse des deux hommes leur permit d'oublier tout ce qui s'était pratiqué à Vincennes, puis à Sèvres, en matière de peinture sur porcelaine, en particulier la lente fusion de la couleur avec la couverte qui faisait toute la supériorité des porcelaines artificielles françaises.

Appliqués sur des surfaces dures, les pigments obtenus à partir des différents oxydes et des fondants utilisés jusque-là sur les pâtes tendres se détachaient de leur support. Les couleurs de petit feu, composées d'un peu de poudre colorée et d'un glacis de poudre siliceuse, devenaient d'autant plus transparentes que ce glacis était épais ; les couleurs de grand feu, tout au contraire, ne devaient comporter pour bien adhérer que des couches extrêmement minces de fondant. La coloration des céramiques dures reposait donc sur la concentration des pigments qui se devaient de tout exprimer d'emblée, sans compter sur la lente alchimie de l'absorption des couleurs par une surépaisseur vitreuse. C'était un autre argument à apporter à la défense d'une porcelaine dure « naturelle et bonne », les couleurs également devaient être « vraies ».

Hellot, le visionnaire, avait parfaitement anticipé toutes ces difficultés dans ses travaux. Il s'était aperçu le premier que l'augmentation de la température altérait les couleurs, que celles-ci prenaient vite un aspect métallique et que les ors noircissaient irrémédiablement. Il avait le premier travaillé à la façon de pallier cette « ternissure » du grand feu.

En 1763, c'est-à-dire quelques mois avant la livraison de son secret par le jeune Hannong, il s'était intéressé au pourpre de Cassius, couleur délicate mise au point par Paul Hannong, dont son fils, en arrivant à Sèvres, avait, on s'en souvient, pour faire à ces messieurs une sorte de cadeau inaugural, libéralement révélé le secret de la composition. Ce pourpre était une couleur datant des Romains. On prétendait qu'elle avait été créée par un certain Cassius qui aurait accidentellement versé des paillettes d'or dans une boîte d'étain. L'or, dans ce procédé mis au point par Paul Hannong, était dissous dans de l'eau régale – deux tiers d'acide chlorhydrique et un tiers d'acide nitrique –, puis mélangé à une dissolution d'étain. Le mélange pâteux qui en résultait donnait une teinte particulièrement adaptée aux pâtes dures. Précipité, il permettait de réaliser des carmins, des pourpres, des violets d'or.

En 1766, Hellot avait également préparé le transfert aux pâtes dures de toutes les grandes couleurs mises au point à Vincennes, le rose Pompadour, le jaune jonquille et surtout le bleu du Roy, dit aussi beau bleu et plus tard, tout simplement, bleu de Sèvres. Il lui fallut pour cela tout reprendre et tout reformuler. Le bleu du Roy en particulier n'avait pu être adapté pour le grand feu que grâce à une nouvelle qualité d'oxyde de cobalt importée de Suède.

Le délicat problème de l'or exposé à de fortes températures avait été également résolu par le défunt académicien. L'or, sur les porcelaines « à fritte », s'appliquait broyé dans différentes tailles de grain. Cette méthode avait été élaborée et sans cesse perfectionnée, depuis 1748, par le frère Hippolyte. En 1769, sous les toits de la Manufacture, au moyen d'un « battage » utilisant de la gomme arabique, dont il n'avait révélé le tour de main à personne, il réduisait toute la journée ses lingots en une poudre constituée de particules sphériques plus ou moins fines. Tout ce qu'on savait du travail du moine à Sèvres, c'est qu'il ne procédait que par petites quantités de 60 grammes environ et qu'il lui fallait chaque fois à peu près huit heures pour en venir à bout. À l'époque, une once équivalait à 30 grammes ; étant payé 12 livres par once, le frère Hippolyte gagnait donc 24 livres par jour travaillé ; la moitié de ce que l'on donnait à un Falconet. En 1767, il avait, à lui seul, réuni la somme considérable de 5 400 livres, un traitement de juge à mortier.

Or l'or, comme la plupart des couleurs, sous peine de se réduire en poussière à la cuisson, devait s'appliquer précipité sur le kaolin. Sur la porcelaine tendre il était utilisé avec de l'essence de térébenthine qui permettait la fusion avec le fondant. Pour affronter le grand feu, Hellot avait imaginé un procédé de dissolution du précieux métal dans l'eau régale, adapté d'une pratique de Meissen que lui avait révélée Pierre-Antoine Hannong. On transformait ainsi l'or en une bouillie jaunâtre que l'on « ressuscitait » en poudre, par l'adjonction de sulfate de fer, au moment de l'application sur la porcelaine.

Les productions de Sèvres ne se concevaient pas alors sans cette abondance de métal précieux. Ciselé comme pour les plus belles pièces d'orfèvrerie, offrant des surfaces réfléchissantes qui venaient ajouter à la magie des miroirs, il participait à la féerie des éclairages *a giorno,* ce premier privilège des puissants, capables de vivre la nuit comme le jour, de forcer les lois de la nature qui, partout ailleurs, commandaient à l'homme ordinaire de se coucher et de se lever avec les animaux. Cette fièvre étincelante portait la marque du goût de Mme de Pompadour qui avait raffolé des dorures, non pas appliquées en d'épais chanfreins comme au temps de Louis XIV, mais délicatement posées en de souples arabesques et en filets venus souligner la délicatesse ou la fluidité d'un décor. L'art de la feuille d'or, sous le règne de cette favorite, avait fait de considérables progrès. On distinguait à présent plusieurs nuances dont les principales étaient celles d'acier, de rouge et de vert. Ce fut encore toute une affaire que d'en adapter les variantes au grand feu. La première fut obtenue par mélange de manganèse et d'argent, la deuxième en ajoutant du cuivre à de l'oxyde de cuivre et la troisième, enfin, par l'introduction d'un précipité d'argent dissous dans de l'acide chlorhydrique.

La conjonction de ces hasards heureux fit que ces procédés, qui devaient presque tout aux géniales anticipations d'un grand chimiste, Hellot, et aux tours de main d'un praticien, Paul Hannong, dont le fils avait su perfectionner les secrets, furent fin prêts et applicables en avril 1769, au moment où Millot parvenait à fondre « en grand » le kaolin de Saint-Yrieix.

La chance déterminante fut enfin que la formule livrée par Pierre-Antoine Hannong en 1763 (« 65 % de kaolin, 19 % de sable, 8 % de craie, 8 % de sables feldspathiques ») s'appliquât parfaitement aux terres de Saint-Yrieix.

Des jours et des semaines d'un labeur acharné et fertile s'enchaînèrent. Anselme ne vit presque pas passer ce printemps de 1769. Les beaux jours, qui, depuis trois ans qu'elle était morte, ranimaient insupportablement la douleur de la perte de Fanny, s'écoulèrent dans la fébrilité du travail.

Les rapports d'Anselme avec Macquer, depuis le voyage du Limousin, étaient devenus excellents et confiants. Le premier chimiste, obsédé par l'idée de parvenir à son but dans le temps qu'il avait lui-même fixé, ne quittait son abord glacial qu'en sa compagnie et ne se laissait aller aux confidences qu'avec lui. Vivant avec un frère qu'il chérissait mais que les incommodités de l'âge rendaient timoré et répéteur, il ne trouvait plus de satisfaction et de secours que dans la fréquentation de cet adjoint qu'il regardait désormais comme seul à pouvoir lui faire oublier, en en partageant le souci avec lui, les mille tracasseries que lui suscitaient chaque jour Montigny, Parent et, dans une moindre mesure, le vieillissant Boileau. Il faut dire que ce dernier, toujours chargé de diriger la Manufacture, était de moins en moins à même de se faire entendre, s'étant mis presque hors jeu par l'opposition obstinée qu'il continuait de marquer tous les jours à l'avancée des travaux sur le kaolin et par son antipathie envers les deux personnages dont l'étoile montait : le marquis, second chimiste, et l'influent factotum de Bertin, Parent. Sa surdité qui, peu à peu, le retranchait du monde, lui épargnait d'ailleurs bien des mécomptes.

Boileau et Macquer, qui auraient dû opposer un front commun aux manœuvres des redoutables ambitieux qu'étaient le fils de Trudaine et l'homme de confiance de Bertin, étaient comme un vieux couple inconciliable qui continue de se déchirer et d'agiter de vieilles rancunes tandis que ses héritiers le dépouillent. Parent, dont l'habileté confinait à la filouterie, avait entrepris de se faire des alliés des principaux messieurs de Sèvres.

De Falconet d'abord, qui avait envisagé sérieusement, dès 1765, de partir faire fortune en Russie où son ami Diderot l'encourageait à se rendre, il avait poussé fortement les affaires, obtenant finalement du roi l'autorisation de son départ. Quant à frère Hippolyte – dont la passion secrète était celle du bon tabac de Séville et des liqueurs fines –, il avait eu en 1767 de graves difficultés avec ses supérieurs auxquels il ne restituait pas intégralement les gains qu'il faisait en râpant ses lingots. Parent avait réglé directement son cas avec le provincial de la congrégation de Saint-Maur à laquelle appartenait le vieux « batteur d'or », obtenant en plus qu'on le laissât boire et fumer la pipe à son gré. Enfin, l'un des principaux peintres avait eu de beaucoup plus sérieux ennuis pour avoir été surpris par des officiers du Châtelet, quai de Gesvres, là où rôdaient à Paris les chevaliers de la manchette, faisant des propositions déshonnêtes à de petits pâtissiers. Le zélé commis de Bertin s'était également employé à faire classer son dossier, à la grande satisfaction de M. Genest qui n'imaginait pas de pouvoir se passer de ses services. Tous ces hommes, devenus ses obligés grâce à son habileté, lui avaient fait la réputation d'être un homme beaucoup plus accessible et beaucoup plus humain que le directeur.

Boileau voyait ainsi tous ces gens, qu'il avait tenus jusque-là d'une main de fer, se détacher de lui. Il ne pouvait plus compter que sur Robert Millot et Anselme, qui continuaient tous les deux, ainsi qu'ils le lui avaient promis, à lui rendre visite chaque jour pour lui donner des nouvelles des dernières mises au point.

Et pourtant, de son bureau qu'il ne quittait presque plus, parce que la montée et la descente des escaliers à présent lui coupaient le souffle, cet homme, dont on s'ingéniait à battre en brèche le crédit et l'influence, animait encore, presque seul, une machine qu'il connaissait parfaitement. C'était à lui et à personne d'autre que l'on s'en remettait toujours dès qu'une fabrication s'arrêtait, qu'un four se fendait, qu'une pâte « ne se faisait pas », qu'une glaçure « tressaillait ». Par ses petits billets griffonnés, que des valets de la Manufacture portaient tout le jour de son bureau aux ateliers par les longs couloirs pavés de petits carreaux de marbre, il répondait immédiatement à toutes les questions, trouvant presque chaque fois des solutions. Boileau démontrait ainsi tous les jours que le métier et l'expérience font tout dans une fabrique, mais il éprouvait pleinement ce défaut si français qui consiste à s'entêter à croire qu'un politique dirigera toujours mieux une entreprise qu'un praticien éprouvé dans son art, défaut né du discrédit dont on recouvre dans ce pays toutes les formes de la technique. Parent, qui ne connaissait encore que fort peu de chose à la porcelaine, pouvait donc sans trop de difficultés usurper toutes les apparences de l'autorité dans Sèvres.

Le directeur, en dépit de toutes les avanies qu'il subissait, ne relâchait pas son effort. Il travaillait souvent jusqu'au milieu de la nuit, s'éclairant de petits bouts de bougies qu'il récupérait çà et là dans les autres bureaux et qu'il plaçait sur des binets, appareils destinés à brûler la cire jusqu'au bout sans en perdre la moindre miette. Il usait ainsi sa vue faiblissante à remplir de chiffres minuscules d'immenses feuilles de papier. Aidé de Deleviston, son comptable, et de Marmet, son sous-directeur, il avait à chaque instant sous les yeux tous les indicateurs de la marche de la Manufacture. Il pouvait dire, matin et soir, la quantité et le prix des matières premières, le nombre d'heures et le montant des salaires à payer dans la journée, le pourcentage des rebuts par atelier, la valeur au denier près des pièces finies qui se trouvaient à la peinture, dans la salle d'exposition ou dans les magasins ; et jusqu'au prix des tonneaux, des caisses de bois et de la paille hachée menu qui servaient aux emballages.

Les comptes du voyage à Saint-Yrieix l'avaient particulièrement agacé, si bien que, durant trois semaines, chaque fois qu'Anselme était entré dans son bureau, il n'avait pu s'empêcher de lui lancer en guise de bonjour :

– 3 105 livres, voilà qui fait cher de la promenade d'agrément !

Les gratifications mises par Bertin à la charge de Sèvres, à la suite de la découverte du kaolin, devaient tout aussitôt se charger de le faire passer de la mauvaise humeur dans laquelle il avait, en s'en amusant presque, installé son personnage de boudeur, à l'ahurissement le plus complet : pour Villaris, en effet, 15 000 livres, auxquelles devaient s'ajouter 3 172 autres à titre de remboursement de frais ; 3 000 livres à la veuve Du Montet de La Faye, pour avoir le droit d'extraire le kaolin sur son fonds en application d'un accord que l'apothicaire de Bordeaux finissait de négocier avec elle, un kaolin qui par ailleurs lui serait payé au poids, à chaque enlèvement, à un très bon prix. Mais par-dessus tout, ce que le directeur ne put « avaler », ce furent les 1 500 livres de rente annuelle et perpétuelle attribuées à Parent, qui n'avait fait qu'obéir aux ordres reçus en envoyant des échantillons de terres de Saxe et de Bavière aux quatre coins du royaume. Dans le même temps, Macquer, Millot et Anselme, auxquels on devait la découverte effective de la poudre – et qui d'ailleurs ne demandaient rien –, ne recevaient pas un liard.

Boileau, estimant tout cela injuste et disproportionné, se plaignit au ministre. Or, celui-ci trouva un moyen machiavélique de le faire taire. Il fit accorder par le roi, sur les fonds de Sèvres, une gratification de 40 000 livres en faveur de Deleviston, comptable de la Manufacture, alors sur le point d'épouser la demoiselle Briais, propre belle-sœur du directeur. Ligoté mais choqué du procédé, Boileau allait montrer sa mauvaise humeur en différant longtemps de payer cette somme à ce nouveau beau-frère. Quant à Deleviston, payé de cette libéralité en 1770 seulement, il allait avoir le toupet de réclamer 1 860 livres d'intérêts de retard, jusqu'à les obtenir de Parent, devenu, entre-temps, directeur de Sèvres.

Lorsqu'un soir de mars Anselme vint déposer sur son bureau la première tasse et la première soucoupe de biscuit de pâte de Saint-Yrieix produites dans la Manufacture, Boileau eut un mouvement de découragement :

– Je me rends, je suis vaincu ! dit-il en reposant le petit service qu'il avait examiné sous tous les angles, ce n'est plus moi ! Ce n'est plus non plus mon usine !

– Non, monsieur Boileau ! avait aussitôt protesté le jeune chimiste. Tout ce qui est à présent et tout ce qui sera demain vient du travail que vous avez accompli ici, depuis l'ouverture de cette maison.

– Bon cœur, va ! Heureusement que vous êtes là pour que le vieux papa Boileau ne se désespère pas tout à fait... Vous valez dix fois ces gandins de Parent et de Montigny. Le Macquer a bien de la chance avec vous !

– Je me suis fait à lui et il s'est fait à moi.

– Après tout, ce n'est pas le pire ! Lui au moins, il sait travailler et, même si je ne partage pas toujours ses idées ni ses humeurs, je le respecte.

– Sèvres fera de grandes choses, monsieur Boileau ! s'enthousiasma Anselme.

– Sèvres m'oublicra bientôt et c'est bien normal ! bougonna le directeur en secouant sa grosse tête.

Pierre-Antoine se confrontait, à ce moment, chez La Borde, aux mêmes laborieuses et patientes mises au point, avec sans doute plus de liberté mais infiniment moins de moyens qu'à Sèvres. Il en parlait avec Anselme, lorsqu'ils restaient jusqu'à l'heure du souper enfermés tête à tête dans le petit laboratoire de la rue Montorgueil. Souvent d'ailleurs, ils continuaient leurs messes basses après avoir rejoint la compagnie, ne cessant de murmurer que lorsque quelqu'un se rapprochait d'eux.

Par Gentil Du Montet de La Faye et sa mère et avec le consentement clairement exprimé du roi qu'émoustillait l'idée d'entrer en compétition avec l'un de ses fermiers généraux, La Borde avait pu accéder à la poudre du Clos-des-Barres.

Le baron de La Faye était un homme peu sûr de lui et malgré tout plein de morgue. Il ressemblait à quantité de hobereaux désargentés de province.

Le château de La Faye était une grosse bicoque bousculée par les orages au sommet d'une colline. Il mugissait sous l'effort du vent qui s'engouffrait sous les toitures affaissées dévoilant le dessin des poutres, tout comme un chat maigre, sous son pelage, laisse voir l'alignement de ses côtes. Le logis n'était accueillant qu'aux corneilles et aux chauves-souris, puisque même les rats, qui n'y trouvaient pas leur pitance, l'avaient déserté. Les terres étaient hypothéquées et le baron de La Faye devait même beaucoup d'argent à ses fermiers : des semences qu'il n'avait pas payées, des emprunts qu'il avait extorqués. Tout le jour, flanqué du gros nigaud qui l'accompagnait lorsque Macquer et Villaris avaient paru pour la première fois au Clos-des-Barres, il battait la campagne pour tirer des lièvres qui faisaient le gros de sa subsistance.

Mme Valette de La Faye, veuve de Guillaume Du Montet, la mère de ce triste baron, était une fort méchante femme, de caractère aigri et d'abord impossible, monstre d'égoïsme que rien ne pouvait détourner de la passion d'elle-même. Elle méprisait ce fils qu'elle n'avait jamais regardé autrement que comme une espèce de Gribouille : poltron à l'armée – il en avait été chassé pour être resté couché dans un fossé au cours d'une échauffourée particulièrement vive de la campagne du

Hanovre –, mal avisé dans ses affaires, ayant fait fuir au galop la dizaine de partis – pourtant peu regardants – qu'elle avait su lui dénicher. La mort dans l'âme, elle s'était donc résignée à finir ses jours en compagnie de ce pauvre hère, qui lui renvoyait tous les jours l'image de la déchéance et de l'extinction prochaine de sa race. Toutefois, son orgueil et son égoïsme lui avaient fait aménager ce terrible face-à-face. Elle avait partagé son château en deux, faisant de la partie où elle habitait un lieu plus inaccessible à son héritier que ne l'avait été autrefois, dans le temple de Salomon, le saint des saints pour les profanes.

Elle vivait en bas, en compagnie de la vieille Armande, sa sœur de lait qu'elle tyrannisait et qui lui servait de bonne. Elle avait pour autre souffre-douleur Clovis, un jeune innocent, long et décharné comme un jour sans pain, qui réussissait le prodige de survivre des soupes maigres qu'elle lui faisait servir et des brouillards de l'étang de Puymoreau tout proche, où il s'employait sans succès, la nuit, à attraper des carpes. Clovis était voué aux gros travaux, au bois, au ménage, aux épluchages, c'était lui aussi qui conduisait aux beaux jours le char à bancs sur lequel sa maîtresse se juchait pour faire le tour du pays et visiter, ainsi qu'elle disait, ses « métairies ».

Le premier étage – seul habitable, puisque tout ce qui se trouvait au-dessus était livré à la pluie et aux courants d'air – était dévolu à Gentil et au lourdaud nommé Régis qui le servait sans avoir jamais osé lui réclamer le moindre gage. À peu près calciné par l'eau-de-vie que ne lui plaignait pas le baron et qui avait fini par constituer sa seule gratification, il était à toutes mains, apprêtant le lièvre quasi quotidiennement des deux façons qu'il connaissait, à la broche les jours pairs et au vin les jours impairs, balayant, raccommodant, réparant ce qui menaçait de crouler, bassinant les lits, graissant les bottes et les fusils.

Tous les matins, le fils se présentait à sa mère pour lui souhaiter le bonjour. La vieille, qui avait la manie d'écrire toute la journée – on ne savait ni où ni à qui –, comme les autres femmes filent la laine ou brodent au petit point, lui tendait une joue sèche et lui demandait invariablement du même ton cassant :

– Que ferez-vous aujourd'hui, mon fils ?

– Je vais aller tirer quelque lièvre du côté de... ! répondait tout aussi rituellement ce grand escogriffe tandis que la vieille, haussant les épaules, se remettait à ses écritures.

Il n'était que le nom du lieu où il comptait se rendre pour apporter une variante dans ce dialogue à deux répliques qui se reproduisait inlassablement chaque jour.

Chaque après-midi, à 4 heures, été comme hiver, il revenait lui souhaiter d'avance le bonsoir, apportant sur un plat d'étain, qu'Armande venait lui retirer des mains pour le rapporter aussitôt vide, le plus beau des râbles de sa chasse apprêté par Régis.

– Qu'avez-vous pris, mon fils ? demandait la baronne.

Le nombre d'animaux tués faisait le seul autre élément de fantaisie de ces longues journées.

– N'avez-vous besoin de rien, ma mère ? s'inquiétait Gentil à l'instant de se retirer.

– De rien ! répliquait la vieille femme et, là, tout à fait immuablement car, depuis quinze ans au moins, elle n'avait pas demandé la moindre chose ni le plus petit service à son fils.

Or l'arrivée inopinée, le 28 octobre 1768, de ces messieurs de Sèvres, accompagnés de Villaris et du médecin de Parme, avait, par extraordinaire, conduit Mme de La Faye à ajouter quelque chose aux répliques de cette litanie.

C'était à l'heure du bonsoir. La baronne venait d'être mise au courant par Clovis, apparu tout effaré et qui en tenait lui-même la nouvelle de Régis, de la présence d’étrangers sur ses terres. Le ravin du Clos-des-Barres était en effet l’un des rares biens que Mme de La Faye possédât en commun avec son fils et dont elle partageât les misérables revenus avec lui.

– Êtes-vous au fait de la présence de gens en perruque, de berlines et de cavaliers chez nous ? lui demanda-t-elle en reposant par extraordinaire ses bésicles à l’instant où, comme tous les autres soirs, il se disposait à remonter chez lui pour y commencer une interminable réussite qui, quelquefois, ne s’achevait qu’avec l’aube.

– Oui, ma mère, je viens de les y voir moi-même en revenant de Puymoreau.

– Ah ! et cela ne vous a pas ému plus que cela ?... Que comptez-vous faire, mon fils ?

– Ces gens sont fort nombreux... s’embarrassa Gentil. Ils paraissent d’importance... Et puis, que voulez-vous qu’ils volent, ma mère ? Au Clos, il n’est que du chiendent !

– Peut-être, mais c’est chez moi... Et c’est chez vous aussi. Ces étrangers ne sont pas ici par hasard. Il doit bien y avoir quelque chose qui les attire sur notre fonds !

– Plus je cherche...

– Ne cherchez surtout pas, mon fils... Vous ne trouveriez pas !

– Alors !

– Alors ? Mais il faut commencer par les empêcher de s’arrêter chez nous et encore plus d’y faire des fouilles !

– Vous voulez donc que j’y aille ? demanda Gentil qui s’était mis à trembler.

– Oui, sinon j’irai moi-même !

Anselme et Macquer virent ainsi apparaître, à la tombée de la nuit, M. de La Faye et son factotum, peu rassurés dans le fond, bien qu’ils soient venus défendre les droits sacrés de la propriété. Quant au premier chimiste, en mission en Limousin sur l’ordre d’un ministre du roi, il dut âprement négocier, devant le consul de Saint-Yrieix, par l'entremise de son fils, avec la vieille baronne. Sans jamais apparaître, elle tenait la dragée haute dans l'affaire, parce qu'elle avait instinctivement compris que son cloaque du Clos-des-Barres pouvait valoir de l'or.

Au début de février 1769, la baronne avait reçu 1000 livres qu'un commis de M. Turgot était venu lui compter en écus d'or sonnants et trébuchants, comme un acompte sur l'acte de concession d'exploitation pour le compte du roi que Villaris devait incessamment négocier avec elle. Elle n'en avait rétrocédé que 400 à son fils, sans que celui-ci osât élever la plus petite protestation. Elle avait d'abord commencé par faire des « philosophies » d'aristocrate méprisant le luxe et l'argent, disant bien haut, à l'usage de la vieille Armande et du pauvre Clovis qui constituaient tout son public, combien les rois de France s'étaient jusque-là montrés peu généreux pour les La Faye qui, pourtant, avaient teint de leur sang leurs bannières et leurs oriflammes ; trouvant même honteux qu'on pût les rétribuer pour un peu de poudre blanche qui paraissait tout d'un coup valoir plus que tous les actes de bravoure ou de courage.

Mais, les jours suivants, chaque soir en secret, prenant bien garde d'être seule et regardant même jusque sous son lit après avoir tiré les verrous de sa porte, elle avait plongé les mains dans la cassette où était enfoui son trésor et elle avait fait inlassablement cascader entre ses doigts tordus le métal qui rendait un son creux, éprouvant pour la première fois la caresse, le bruit et la volupté de la richesse.

Villaris et elle, dans leurs premières négociations, étaient convenus qu'en plus du droit de concession, payé une fois pour toutes, pour lequel elle ne fit pas grande difficulté à accepter les 3000 livres que proposaient de lui verser ces messieurs de Sèvres, le kaolin qu'on retirerait de ses terrains donnerait lieu au paiement d'un droit proportionnel aux quantités prélevées.

Depuis, la bonne femme attendait tous les jours d'un bon pied l'apothicaire, bien décidée, sur cette seconde négociation, qui lui paraissait à juste titre la plus importante, à tirer le maximum de la manne qui lui tombait du ciel.

Villaris était donc revenu en Limousin, une première fois, en février au moment où Macquer, depuis Sèvres, réclamait déjà à cor et à cri de nouveaux barils de roche mère pour pouvoir poursuivre ses travaux. D'emblée, Mme de La Faye s'était montrée intraitable, découvrant, tout en s'en étonnant elle-même, mais non sans un certain plaisir, qu'elle avait l'âme maquignonne et qu'il y avait bien de la jouissance, lorsqu'on avait comme elle le goût de dominer et de raisonner, à chipoter et à marchander. Cette baronne était d'un caractère à ne rien craindre, ni de se mettre à dos l'intendant de sa province, ni de déplaire à son roi.

Villaris, mis très vite dans l'impossibilité de conclure sur autre chose que l'accord de concession qui devait être signé à Saint-Yrieix, par-devant maître Valette, cousin de la baronne, le 5 mai, pour les 3000 livres convenues, fit part de ses difficultés à Bertin qui chargea aussitôt l'intendant du Limousin de reprendre la négociation.

Turgot, qui savait flatter son monde quand il le fallait, envoya un de ses carrosses à Mme de La Faye pour qu'elle vienne le voir à Limoges. La vieille femme, parée de ses lourds habits d'un autre âge, parut ainsi dans les salons dorés du futur ministre, nullement éblouie du luxe du décor, non plus que de la multiplicité du domestique, portant même sur son visage l'air de morgue et de dureté d'un vainqueur venu dicter ses lois.

Turgot, négociateur-né, toujours habile à donner l'impression de ployer quand en réalité il ne cédait rien, avait dû sans attendre en venir aux termes ultimes de ses propositions, ligne de défense que la bonne femme se mit aussitôt à pulvériser pour obtenir davantage.

L'intendant s'était arrêté à 2 livres le muid pour de la terre décantée.

– 2 livres, soit, mais pour le minerai tel que vous le trouverez ! lui avait aussitôt répliqué la baronne.

– Il y a bien 60 % de déchets d'après M. Macquer, avait objecté Turgot.

– Où trierez-vous le kaolin ? Où entreposerez-vous les déchets ?

– Sur votre fonds, bien sûr, madame.

– Il sera donc nécessaire que je vous loue un emplacement pour faire ce tri et un autre également pour entasser les terres que vous laisserez sur place.

– Madame ! mais ce sont les inconvénients normaux des exploitations.

– Faites-les supporter à d'autres ! Je ne suis vendeuse que de mon kaolin. Le reste ne me concerne pas et, si j'ai à subir des dommages, il faudra les réparer…

– Nous devrons aussi construire des hangars pour décanter et ils vous reviendront, les fouilles terminées.

– La belle affaire que des hangars en plein vent et, de plus, au fond d'un ruisseau !

La baronne obtint 3 livres du muid pour de la terre décantée, un loyer pour les hangars et un loyer encore pour la décharge qui se ferait chez elle des sables issus des premiers lavages. Elle imposa également au futur contrôleur général des Finances du royaume que l'accord qu'ils venaient de conclure serait renégocié chaque année.

Mme de La Faye ne pouvait certainement pas concevoir encore tout à fait ce qu'était le kaolin, ni l'engouement qu'il suscitait. Elle avait seulement remarqué que ceux qui s'y intéressaient étaient puissants et riches. Cela lui suffisait et elle comptait en profiter.

Des hommes de l'intendance étaient reparus dans les premiers jours de mars pour procéder à l'enlèvement d'une vingtaine de barils de terre, d'abord grossièrement lavée sur place, que l'on avait aussitôt chargés sur un lourd fardier attelé de six chevaux en partance pour Sèvres. La baronne avait dépêché Clovis, auquel, du coup, Gentil avait adjoint Régis. L'enlèvement qui avait pris toute une journée s'était donc effectué sous la surveillance de ces deux benêts qui, appuyés sur leurs pelles, un sourire au coin des lèvres, avaient regardé travailler les gens de M. de Turgot, avec toute la mine de se moquer d'eux. Estimant que Régis était sans doute le moins débile des deux, le contremaître lui avait remis le petit paquet ficelé contenant 60 livres en pièces d'argent. La somme était donc allée en premier à Gentil qui avait fait jeu égal entre lui et sa mère, restituant sur-le-champ 30 livres à Régis pour qu'il les porte à la baronne.

La mère et le fils étaient à présent dans leurs rêves. La baronne, toute ridée et toute décrépite qu'elle était, songeait à faire venir des toilettes de Paris et à s'acheter un équipage. Elle était allée jusqu'à Limoges, un jour de foire où Clovis portait une truie pleine de sa portée pour la vendre, consulter les catalogues des marchandes de mode et elle en était revenue avec l'obsession d'un certain tissu de gros de Tours bleu rayé de jaune. Gentil, quant à lui, songeait à des fusils de chasse à joues d'argent dont il avait peine à détourner le regard lorsqu'il passait devant la boutique de l'armurier installé au chevet de l'église Saint-Martial. L'un et l'autre guettaient donc impatiemment le retour des hommes de M. de Turgot.

Or, dans la dernière semaine de mars, une élégante chaise, flanquée de deux cavaliers aux amples capotes et aux bottes vernies, décrivit un vaste demi-cercle dans la basse-cour de La Faye, toute bruissante du cri de volailles affamées qui picoraient autour d'un tas de fumier. Deux jeunes gens, vêtus, ainsi que commençaient de le faire les voyageurs à la mode, de lévites de drap fin qui soulignaient leur sveltesse, de bottes molles à l'anglaise, et les cheveux au naturel noués dans un ruban, sautèrent lestement par-dessus chacun des marchepieds tandis que les roues de leur équipage crissaient encore sur le gravier.

Ces fringants personnages, peu accoutumés à hanter des endroits si peu reluisants, étaient les frères Hocquart – Pierre, l'aîné, et Jean-François, son cadct –, fils de fermier général et fermiers généraux eux-mêmes, qui s'étaient intéressés parmi les premiers à la porcelaine. Ils avaient fondé, on l'a vu, en 1767 la manufacture de Vaux à laquelle ils avaient associé Pierre-Antoine Hannong comme chimiste ; puis, sentant rapidement le besoin de se trouver un mentor qui eût les épaules plus larges qu'eux-mêmes, Jean Benjamin de La Borde, premier valet de chambre de Louis XV, devenu le véritable patron de l'affaire.

Lorsqu'on paraissait à La Faye après avoir fréquenté les salons dorés de Paris, il fallait se faire au spectacle de la vieillerie dans ce qu'elle a de sordide, aux façades lézardées, écaillées et hérissées de vieux morceaux de fer, aux volets en ruine, aux toitures bousculées et décoiffées, affronter sans porter immédiatement un mouchoir parfumé de batiste à son nez l'odeur pestilentielle de vase et de purin des douves que brassait l'air vif et léger des débuts du printemps. Les survenants, qui avaient lu le *Robinson Crusoé* de Daniel De Foe et qui depuis, comme tous les jeunes gens de leur âge, s'imaginaient facilement dans le rôle de naufragés intrépides, ramassèrent leur courage pour marcher d'un pas résolu vers l'unique tour, sans nul doute à usage d'escalier, dont la porte rouge, percée d'un minuscule judas, était surmontée d'une cloche énorme. Les deux frères durent attendre là un long moment, devant cette maison dans laquelle la vie paraissait s'être arrêtée. Des ombres passées devant les fenêtres, la figure niaise de Gentil s'encadrant un court instant dans une lucarne, des bruits de portes qu'on claquait et de verrou qu'on tirait, traduisaient la panique qui s'était emparée du logis où les dernières tribulations et discussions menées à propos du kaolin n'avaient pas encore eu le pouvoir de rendre les habitants du lieu moins farouches. Dans la cour, le plus parfait silence s'était établi. Les poules et les canards eux-mêmes avaient suspendu leur vacarme, tendant le cou du côté de l'équipage et des chevaux anglais, près desquels le cocher, les deux valets montés et celui de pied, descendu de l'arrière de la caisse de la voiture où il était resté jusque-là juché, se tenaient immobiles, tous coiffés de tricornes noirs à galons de soie et revêtus d'amples vêtements sombres, capes et manteaux taillés dans un drap bien lustré de Londres. Un lecteur de romans à la mode, contemplant le spectacle que donnaient tous ces jeunes gens figés sur un seul rang, en habit strict et paraissant dans l'expectative de quelque chose de grave, aurait sans doute songé aux préliminaires d'un duel. Dans l'entrebâillement de la petite porte rouge apparut finalement la frêle silhouette de la vieille Armande. Elle flottait dans une ancienne robe de sergette de la baronne, un châle de laine grossièrement tricoté jeté sur ses épaules. Sans dire un mot, elle accompagna et introduisit les visiteurs jusqu'à sa maîtresse, qui les attendait devant une cheminée sans feu, carrée sur une vieille chaise à bras du temps de Louis XIII et qui, d'un geste sévère, leur offrit deux tabourets qu'on eût dit faits pour traire les vaches :

– Que me vaut l'honneur de votre venue, messieurs ? demanda la vieille femme qui d'un rapide coup d'œil à sa fenêtre, tandis qu'ils pénétraient dans le vestibule, avait estimé la valeur du harnais, des bestiaux et du domestique qui attendaient au pied de son logis et qui, du coup, avait ouvert un large crédit de sympathie à ces voyageurs dont elle ne connaissait pourtant rien encore.

– Nous sommes intéressés par votre kaolin ! annonça d'emblée Jean-François qui était le plus loquace et le plus entreprenant des deux frères.

– Le kaolin ! Mais, messieurs, êtes-vous mandatés par quelqu'un de l'intendance ou par des gens de Sèvres ? Les terres leur sont réservées et je pense qu'ils verraient d'un très mauvais œil que mon fils et moi-même les cédions à d'autres acquéreurs.

– Madame, outre que sur la quantité de terres que vous possédez personne ne saurait pouvoir dire s'il en vient à manquer quelques barils, nous venons de la part de gens qui sont les amis du roi et qui offrent toute garantie que cette transaction, si elle venait à être connue, ne vous nuirait en rien, reprit le cadet des Hocquart, découvrant dans un sourire ses dents bien alignées et blanches.

Là-dessus, Mme de La Faye fit venir son fils dont la mine effarée et le maintien tout emprunté sidérèrent les deux garçons, élevés, dès leur plus tendre enfance, à adopter des postures naturelles et pleines d'aisance. Elle se lança alors, en présence de ce triste héritier, dans de grandes tirades sur sa fidélité au roi et à la parole donnée à l'intendant, M. de Turgot. Les visiteurs la laissèrent parler, hochant à maintes reprises la tête pour approuver. L'aîné, Pierre, lança même, pour mieux louer la noblesse de ses résolutions, le grand mot de « patriotisme ». Jouant de son regard de velours, de ses manières exquises, le jeune homme parla ensuite de La Borde, de tout ce qu'il avait entrepris et soutenu de neuf dans l'intérêt du pays, de ses richesses, de sa culture, de son amitié pour Louis XV et, du même mouvement, à l'appui de ses dires, il présenta à la vieille baronne une lettre aux armes de la ferme générale qui l'autorisait à traiter et à signer en son nom des lettres de change; enfin, il lui remit en cadeau un éventail aux branches d'ivoire incrustées d'or dont la toile figurait une « bergerie » peinte par un petit maître habile. Gentil, parce que nul, même sans le connaître, ne pouvait douter un instant – désœuvré comme il devait l'être sur ses terres – qu'il fût chasseur, se vit offrir un fusil dans une boîte d'argent, mais un fusil si beau, si délicatement ouvragé, qu'il n'aurait pas pu concevoir, même dans ses rêves les plus fous, qu'il en pût exister de pareils chez l'armurier de Saint-Martial dont il admirait tant la boutique. Ces présents princiers furent comme un coup de tonnerre tombé sur la triste maison. La vieille baronne se mit à épousseter mollement sa figure plate et étoilée de rides, s'imaginant sans doute transportée au cercle de la reine, son nigaud de fils demeurait comme en extase, proprement ébloui dans la contemplation de son arme. Là-dessus, lorsque Jean-François Hocquart annonça un prix de 5 livres au baril pour de la terre décantée, qui doublait presque ce que donnait M. de Turgot, il fut écouté.

La baronne était fausse et hardie mais suffisamment avisée cependant pour ne pas se mettre dans le cas d'encourir la colère du roi en trahissant ouvertement les engagements qu'elle avait pris au terme de ses âpres discussions avec Villaris. Or le hasard voulut que le Bordelais revienne une nouvelle fois – la troisième –, précisément le lendemain du jour où avaient paru les frères Hocquart chez elle. Il devait étudier avec la bonne femme l'installation d'une première mise en exploitation rationnelle du gisement du Clos-des-Barres pour le compte de ces messieurs de Sèvres. Mme de La Faye, tourmentée toute la nuit du prix de 5 livres le muid que lui avaient offert les jeunes gens la veille, alors qu'elle avait traité avec Turgot quelques jours auparavant pour 3, accueillit l'apothicaire avec sa mine des mauvais jours. Elle conta son affaire et annonça que pour 3 livres elle ne pourrait plus garantir à Sèvres le droit d'exclusivité qu'on lui demandait, sauf à y perdre. Elle demandait 4 livres pour maintenir sa préférence au roi, soulignant au passage que l'accord définitif n'était toujours pas signé, puisque son cousin Valette, le notaire, n'en était toujours qu'à le mettre en forme. Elle fut bien étonnée de voir Villaris s'amuser de sa demande.

– Madame, gronda-t-il en faisant les gros yeux, mais en ayant peine à garder son sérieux, si je ne me trompe pas, voilà qui s'appelle revenir sur sa parole !

– 4 livres le gros muid si je ne fournis que la Manufacture du roi, je n'en démordrai pas ! s'obstina la baronne qui s'était dressée près de sa cheminée toujours sans feu.

Villaris alla à l'étroite fenêtre de la pièce sombre dans laquelle le recevait Mme de La Faye et il regarda pendant deux ou trois minutes, un insolent sourire aux lèvres, une vache maigre et blanche qui paissait le long des douves.

– Je m'en vais vous révéler comment gagner sur tous les tableaux, dit-il enfin, en revenant se planter devant son hôtesse… Mais c'est sous condition que vous gardiez un secret absolu…

– Je suis une tombe et, d'ailleurs, à qui voudriez-vous que j'aille parler dans ces vallons ?

– Alors, voilà, madame, vous vendrez votre kaolin 3 livres au roi et 5 à M. de La Borde !

– Et l'accord que je m'apprête à signer avec vous, stipulant que Sèvres a l'exclusive !…

– Il demeurera écrit comme tel mais vous aurez la garantie que l'on vous autorise, en haut lieu, à ne pas respecter cette clause en particulier…

– Comment cela ?

– C'est M. de Turgot lui-même qui vous le confirmera

sous peu. Il en a reçu l'ordre du ministre Bertin avant-hier… Mais, voici le plus important, ces messieurs de Sèvres, eux non plus, ne doivent rien savoir !

La baronne qui était une femme de tête et de raison accueillit cette dernière défense d'un haussement d'épaules.

– Trop compliqué pour moi, mais si M. de Turgot me parle et me rassure, je n'aurai pas d'objection !

– Ne cherchez pas à comprendre, madame, c'est de la haute politique… Un caprice royal qui nous dépasse !

La chose allait de toute façon parfaitement à Villaris qui avait touché 15000 livres du roi, comme on sait et 10000 autres, comme on ne sait pas encore, au terme de ses mystérieux entretiens avec Pierre-Antoine Hannong à l'*Hôtel du Grand Monarque,* à Bordeaux, dès le mois d'avril de l'année précédente. Pour satisfaire aux stipulations de cette seconde négociation, apparemment plus tortueuse mais avalisée en grand secret par Louis XV lors de ses conversations avec La Borde à Choisy, l'académicien-apothicaire devait livrer en même temps aux gens de Vaux et de Vincennes le secret de l'emplacement des gisements de Saint-Yrieix, ce dont il s'était déjà parfaitement acquitté. Il devait également leur en faciliter l'accès, sans éveiller les soupçons de ces messieurs de Sèvres, et c'est précisément ce qu'il venait de conclure en s'abouchant avec la vieille baronne. Depuis deux jours que Turgot, sans pouvoir contenir un air d'effarement, l'avait fait venir jusqu'à Limoges pour lui faire part des ordres secrets du roi, Villaris buvait son nectar, satisfait du double salaire qu'il s'apprêtait, de cette façon, à percevoir en toute quiétude.

Alors que tous ces événements se produisaient à quelques enjambées de son bourg de Saint-Yrieix, Jean-Baptiste Darnet, au printemps de 1769, se trouvait dans les mêmes incertitudes que quatorze mois auparavant, lorsqu'il avait apporté à Villaris les derniers échantillons tamisés de sa terre à « eau-forte ». L'occupation de tous les jours, les premiers pas de son fils Nicolas, la naissance d'une fille qui n'avait pas vécu et, à présent, une nouvelle grossesse d'Isabeau, avaient jeté leurs tas de neige sur ces interrogations, et Darnet, tout comme en 1766, avait presque oublié sa poudre du Clos-des-Barres, n'ayant par extraordinaire eu vent ni du premier retour de Villaris avec ces messieurs de Sèvres en octobre, ni des deux autres visites qu'il avait faites depuis pour discuter des conditions d'extraction du minerai avec Mme de La Faye. Le consul Brigadier et le juge La Jarrige, ainsi qu'ils l'avaient promis à Macquer, avaient gardé scrupuleusement le silence, et les mots « kaolin » et « porcelaine » n'avaient pas circulé à Saint-Yrieix, autour de la collégiale du Moutier. Fin mars 1769, ce fut le retour moins discret des gens de M. de Turgot, puis le passage, remarqué dans le pays, des frères Hocquart qui commencèrent à intriguer le chirurgien. Il décida de s'informer, et alla voir la vieille baronne parce qu'elle était une de ses patientes. La bonne femme lui troussa son histoire à sa façon :

– Des messieurs de Paris qui veulent faire de la porcelaine… Mais je ne leur céderai rien !

Le mot « porcelaine » était ainsi lâché, mais, paradoxalement, cette fois encore, sans faire tressaillir Darnet. Il prit la plume pour écrire à Bordeaux à son ancien collègue de l'armée du Hanovre.

> … Je crains que ce ne soit pas de la porcelaine qu'ils veuillent faire mais plutôt ce que vous savez… Ils veulent obtenir de la dame Du Montet l'autorisation de creuser…

Darnet en tenait donc toujours pour son « eau-forte » dont Villaris avait su habilement le persuader qu'elle était le bien le plus précieux de la terre. Il serait sans doute resté dans cette croyance si, vers la mi-avril, il n'avait reçu à Saint-Yrieix un petit billet de Decugis :

Bordeaux, ce 12 courant

Nous sommes deux ânes bâtés : reviens vite me voir, tu es riche !

Ton fidèle Decugis.

Le chirurgien, délaissant Isabeau et son fils, accourut aussitôt.

– Ta poudre, Darnet, c'est le fameux kaolin que tout le monde recherche, s'exclama le vieux savant en le voyant paraître dans l'incroyable bazar des *Mille et Une Nuits* qu'était son bureau, sous les toits de l'Académie des sciences de Bordeaux. Et celui que tu as découvert est d'une qualité au moins équivalente à celui dont on se sert à Meissen !

Le survenant se laissa tomber sur une chaise.

– Avec tout le retard que je prends dans mes lectures, jour après jour, poursuivit Decugis en secouant sa tête blanche, je ne suis parvenu que le mois dernier aux publications de février 1765 et à la fameuse lettre par laquelle MM. Parent et Bertin ordonnaient la recherche de la terre à porcelaine dans tout le royaume... Mon sang n'a fait qu'un tour lorsque j'ai ouvert l'enveloppe qui était jointe à cette lettre contenant une pincée de minerai de Saxe ressemblant à s'y méprendre à celui que tu m'as envoyé après ta dernière visite ici, il y a quinze mois de cela. Or cet échantillon était insuffisant en quantité pour raisonnablement conclure... Je suis donc allé à l'Université et au Collège royal pour y faire la même constatation : tous les envois de kaolin faits en 1765 en avaient été retirés sur instruction de... M. Villaris.

– Ah ! le traître !

– Heureusement, continua le vieux savant qui avait du mal à reprendre son souffle, parmi les destinataires de ces envois, dont la liste était restée dans les dossiers de la faculté, se trouvait le révérend père Guigoux, homme remarquable de la Compagnie de Jésus contre qui je dispute régulièrement au sujet de Dieu mais avec qui je me réciproque tout à fait en matière de sciences… Me réciproquais, devrais-je plutôt dire, puisque le bonhomme a rendu son âme à Dieu au dernier été… Je suis donc allé aux Jésuites, du moins à ce qu'il en reste, puisque tous ces messieurs, par ordre du roi, ont dû se séparer. Là, par chance, sa chambre n'avait pas encore été vidée. J'ai obtenu d'y faire une visite et, finalement, j'y ai trouvé ce que je recherchais… Je dois dire que j'y ai eu un certain mérite parce que ce bon père n'était pas précisément un homme organisé et que mon bureau, dans l'état où tu le vois là, est à peu près la Jérusalem céleste opposée au chaos infernal qui régnait dans sa cellule… Quoi qu'il en soit, je suis parvenu à mes fins et la voilà enfin, ta poudre !… Les kaolins d'Allemagne et du Limousin sont frères jumeaux. Villaris et Lussan le savent depuis le premier jour et ils t'empaument !

Darnet restait sans voix. Son regard allait du cornet de papier contenant le minerai retrouvé chez le jésuite au pot plein de la terre du Clos-des-Barres qu'il avait fait parvenir à Decugis au début de 1768. Il porta les doigts sur les deux poudres, examina longuement son index blanchi en dodelinant lentement de la tête : les conclusions de son vieux maître étaient irréfutables.

– Ce sont des scélérats ! s'emporta-t-il enfin.

La colère avait empourpré ses joues, déjà rougies par le froid vif de sa chevauchée.

– Attends ! attends !… Nous allons réfléchir calmement à notre vengeance. Mais, pour l'heure, il convient de fêter ta fortune nouvelle en allant friper une bonne liche dans un cabaret près d'ici. Je t'invite !

Villaris, qui se trouvait à Bordeaux, à l'Académie, dans des rêves de gloire depuis qu'il correspondait directement avec Turgot et avec le ministre Bertin, se vit le lendemain annoncer deux visiteurs : Decugis, qu'il n'avait jamais pu souffrir, accompagné de Darnet dont il venait de recevoir la lettre du 3 avril et qu'il craignait par-dessus tout de voir reparaître.

Les voyant arriver ensemble et démêlant aussitôt ce qui les amenait, il paya d'effronterie :

– Darnet ! vous aurez, vous aussi, votre part du gâteau ! s'exclama-t-il en feignant un accent de joyeuse surprise. L'affaire sera bientôt conclue avec un acquéreur autorisé par le roi et Monseigneur négocie, de son côté, avec le ministère et avec Sèvres… Comprenez-moi bien, je n'ai pas voulu vous tromper, mais il fallait agir dans la plus grande discrétion…

– Les apparences pourtant… se mêla de protester le chirurgien dont le naturel était plein d'innocence.

– Vous ne serez pas laissé pour compte, assura l'apothicaire en lui coupant la parole… Je m'y engage !

– Voire ! osa encore Darnet qui en avait gros sur le cœur.

– Devant notaire, aujourd'hui même… L'acte en est tout prêt.

Villaris, qui avait décidément plus d'un tour dans son sac, confondit ses deux visiteurs par son toupet. L'acte était en effet préparé au milieu de ses papiers. Le complice de l'archevêque avait ainsi, depuis quelques jours, depuis qu'il avait reçu la lettre de Darnet, anticipé l'hypothèse où le vrai découvreur des carrières de Saint-Yrieix viendrait lui demander des comptes. Par ce document qui n'était qu'un brouillon, mais qui existait bel et bien, il s'engageait à révéler le moment venu que Darnet, comme inventeur, devait avoir sa part des grâces à venir. Là gisait la supériorité dans la crapulerie de cet homme qui savait en toutes occasions se rendre inattaquable.

Ainsi fut-il convenu, l'après-midi même, devant un officier ministériel, en présence de Decugis qui servit de témoin et qui inclina son jeune ami à refuser le souper que Villaris voulait à toute force leur offrir pour célébrer leur accord. Cet acte permettait *in extremis* à l'ancien chirurgien des gardes du corps du prince de Conti de n'être pas complètement spolié de l'une des plus grandes découvertes du siècle.

C'est donc ainsi, grâce à la double négociation de Villaris et à l'accord secret donné par le roi à La Borde, que la manufacture de Vaux fut approvisionnée, au début du mois d'avril 1769, en roche mère de kaolin, strictement de même provenance que celle qui commençait d'arriver à Sèvres, à la suite de l'accord passé par Turgot avec la vieille baronne. L'audace de La Borde était stupéfiante, signe éclatant de ce qu'était alors devenue la toute-puissance des fermiers généraux, commencée aux temps où le *Turcaret* de Lesage en avait fixé l'archétype. En 1769, La Borde savait qu'il pouvait entrer sans péril en rivalité avec Louis XV : le roi avait trop besoin de lui. C'était, avec quelques petites années d'avance, Figaro face au Comte. Tout résidait dans la façon de se poser ; l'élégance des manières faisait passer l'insolence en la rendant plus légère. Le financier avait su aiguillonner son maître avec suffisamment d'esprit pour lui faire trouver plaisant d'être mis en concurrence avec lui. Ce faisant, il avait profité du besoin criant qu'avait la royauté de son argent, de ses avances de caisse au Trésor toujours à sec, de ses prêts en cascade et sans cesse rééchelonnés pour son plus grand profit, de la perfection des techniques qu'il avait instituées pour faire rentrer efficacement l'impôt.

De fait, le 13 août 1769, sa pâte dure mise au point

– la chose n'était pas très compliquée, les terres de Saint-Yrieix une fois obtenues, lorsqu'en plus on avait pour chimiste et directeur de fabrication un homme de la qualité de Pierre-Antoine Hannong –, l'ami du roi jeta le masque en demandant à Bertin, le ministre d'État, l'obtention d'un privilège pour fabriquer à Vaux et à Vincennes des pièces de pâte dure, dorées et multicolores. Ruse grossière qui, aux yeux du public, revenait à reconnaître le succès de la mise au point d'une porcelaine dure hors de Sèvres, même si ce n'était encore qu'en laboratoire.

Le ministre d'État, en ne répondant pas, mais surtout en n'interdisant pas aussitôt toute poursuite de ces essais, comme il aurait dû le faire et ainsi qu'il l'aurait fait pour tout autre que La Borde, revint à autoriser tacitement les premières fontes en série, tant à Vaux qu'à Vincennes. C'est de cette façon, en dépit de toutes les précautions prises depuis vingt ans pour assurer à Sèvres son monopole, qu'il allait y avoir – au moment où l'on parvenait enfin au but – deux manufactures en concurrence : l'une appartenant au roi, l'autre à l'un de ses amis, collecteur d'impôts, qui avait été assez subtil pour s'attacher Hannong.

Macquer fut vivement critiqué, puisque d'emblée ses collègues de la Manufacture le soupçonnèrent de s'être fait rouler dans la farine par le mystérieux docteur Camouti dont il n'avait pu se retenir de parler avec éloge dans tous ses comptes rendus.

Boileau et Marigny étaient furieux, mais rien n'égalait la colère de Parent qui, guignant de moins en moins discrètement la direction de la maison, voyait l'objet de ses ambitions partiellement anéanti par le développement concurrent de Vaux et la renaissance de Vincennes.

En vérité, ces messieurs de Sèvres avaient à assumer une responsabilité collective dans les retards qu'ils avaient accumulés depuis six ans pour n'avoir pas su, dès 1763, reconnaître à son juste prix le talent de Pierre-Antoine Hannong et n'avoir pas lancé alors le processus de fabrication des porcelaines à kaolin dont celui-ci venait de leur livrer à la fois la formule et le détail des sources d'approvisionnement. Au lieu de cela, ils avaient préféré faire appel à divers aventuriers qui ne leur avaient causé que des avanies et, quant à eux, ils s'étaient déchirés de plus belle dans leurs sourdes rivalités.

Le premier chimiste fit bon marché de ces accusations. Il avait la tête ailleurs : après treize années passées à se dévorer d'angoisses et de frustrations, ç'allait être enfin le moment de son triomphe. Le 17 juin 1769, il présentait à l'Académie des sciences, conjointement avec Montigny qu'il n'avait pu se dispenser d'associer à ses recherches, un rapport dans lequel il annonçait la mise au point d'une porcelaine dure, exclusivement française. C'était dans la salle des séances de la cour Carrée du Louvre, ornée des bustes de Pascal, de Gassendi et de Maupertuis, en présence de Jussieu, La Condamine, Daubenton, Le Verrier, Cassini, d'Alembert et face à un vaste public, assis jusque sur les marches de l'amphithéâtre. Il y avait là un mélange de ce que la société savante de Paris, les salons de la capitale et les boudoirs de Versailles pouvaient produire de plus brillant. Les amies de Mme de Pompadour, venues là pour lui rendre un hommage posthume, en célébrant la concrétisation d'un projet dans lequel la défunte avait jeté toute son énergie, côtoyaient, à leur corps défendant, les alliées de la nouvelle sultane du jour, la Du Barry, qui ne songeaient qu'à les narguer et qui se pavanaient, au premier rang, s'époussetant mollement de leurs éventails de plumes, avec le zeste de sensualité vulgaire qui était la marque de la nouvelle Cour. Parmi tous ces gens du monde, des amateurs de sciences des deux sexes, des aristocrates, des bourgeois, des voyageurs venus d'Angleterre, d'Allemagne et d'Italie qu'attiraient les curiosités de Paris. Enfin, au bas de l'estrade, au premier rang, au parquet, carrés dans de confortables fauteuils, Bertin au côté d'Abel Poisson, marquis de Marigny et, juste derrière eux, faisant mugir une chaise trop fragile pour lui, Boileau. Sur le bureau des conférenciers étaient disposées plusieurs pièces de porcelaine, vases, plats, pots-pourris, bougeoirs. Toutes avaient été fondues dans la nouvelle matière. Anselme, Mathieu, Millot et Blanchot étaient perdus dans la foule en compagnie d'un homme étrange que le médecin des sourds et muets avait présenté à ses amis comme l'un de ses correspondants, praticien allemand en visite en France. L'homme, de très grande taille, avait belle allure, même si la moitié de sa figure disparaissait derrière une barbe épaisse ; il était coiffé d'une extravagante perruque faite de cheveux plats, couleur de jais, surmontée d'un béret polonais dont la torsade s'ornait de perles.

Depuis plusieurs jours, Macquer avait essayé la lecture de son rapport sur Anselme et Millot, raturant, retranchant, ajoutant mots et phrases jusqu'au petit matin de son intervention ; pour la première fois, influencé par les remarques de ses deux collaborateurs, il faisait œuvre de pacificateur et de fondateur. La réussite l'humanisait, le rendant charitable et bienveillant, ainsi que sont souvent les plus grands savants.

Il monta à la tribune, s'effaçant devant Montigny, quittant pour la première fois l'air hautain et glaçant, fruit de la terrible timidité qui l'avait, jusque-là, coupé de quantité de ses semblables. Prenant la parole d'un ton d'abord peu assuré, impressionné qu'il était par l'importance de son public, il annonça l'objet de son rapport : « une nouvelle porcelaine qui réunit les qualités les plus désirables, tant pour la solidité que pour la beauté ». Il fit ensuite l'historique de cette découverte, rendant hommage au roi, puis citant pêle-mêle Bertin, Montigny, l'archevêque de Bordeaux, Robert Millot, Villaris et jusqu'à Boileau lui-même. Mme de Pompadour qui n'était plus de mode ne fut même pas nommée.

Entrant dans le vif du sujet, il commença par l'exposé des insuffisances qui, selon lui, malgré leur indéniable succès, affectaient les porcelaines de pâte tendre « de qualité très inférieure à celles du Japon, de la Chine, des Indes, de Saxe et des autres États d'Allemagne – cet ajout qui portait la marque d'Anselme visait l'œuvre des Hannong en Palatinat –,… plutôt d'une matière faite pour imiter la beauté extérieure de la vraie porcelaine mais qui était fort éloignée d'approcher sa solidité ». Ce préambule fit lever les yeux au ciel à Boileau, resté un court instant pourtant dans le ravissement de l'hommage que venait de lui rendre son ennemi intime.

Macquer montra alors quelques-unes des nouvelles productions de Sèvres, les promenant longtemps devant la flamme d'une bougie pour faire apparaître leur translucidité, les frappant à plusieurs reprises d'une grande cuillère d'argent pour éprouver leur dureté. Sans livrer le secret de la composition des nouvelles pâtes, il parla du kaolin, de sa plasticité étonnante et de ses fabuleuses propriétés : « … une dureté comparable à celle des cailloux dès lors qu'il a été cuit… Sa capacité à servir de creuset dans lequel on peut vitrifier toutes les porcelaines à fritte… Sa résistance à l'impression subite du chaud et du froid… Sa blancheur et sa demi-transparence pour le moins égales en beauté à ces mêmes qualités dans les porcelaines de l'ancien Japon, de Saxe et, plus généralement, des plus belles qui aient été faites jusqu'à présent… »

Devant un auditoire plongé dans un silence quasi religieux, l'auteur du *Dictionnaire* terminait en annonçant d'une voix distincte mais assourdie par l'émotion que la Manufacture du roi serait en état sous peu de traiter cette nouvelle porcelaine en grand et pour le commerce. Sa conclusion, une espèce de couplet patriotique sur le génie français qui n'avait désormais plus aucun objet hors de sa portée, déchaîna les applaudissements.

Il restait pourtant à Macquer et à Montigny – qui depuis quelques jours venait d'être associé à titre de « survivancier » – à soumettre leur « invention » à l'examen des membres du bureau de l'Académie. Jussieu et Duhamel du Monceau furent chargés par leurs collègues de faire subir aux pièces présentées des épreuves de nature à confirmer les affirmations du rapport. Dans le petit laboratoire de l'Académie, au Louvre, ils se livrèrent à toute une série d'essais portant sur l'exceptionnelle résistance aux chocs thermiques du nouveau matériau. Ainsi, ils versèrent de l'eau bouillante dans une tasse sans qu'elle se casse. Ils prirent une autre tasse, la posèrent sur des charbons ardents jusqu'à y faire bouillir un liquide, après quoi ils la jetèrent dans l'eau froide. Elle ne se rompit pas non plus. Ils en conclurent légitimement que la nouvelle porcelaine devait résister « à la plus grande chaleur du café, du chocolat, du potage », à peu près ce que l'on pouvait légitimement exiger d'elle. Ils exposèrent ensuite longuement une tasse à la violence d'un feu de forge sans qu'elle s'altère. La jetant dans l'eau froide alors qu'elle avait rougi, ils ne remarquèrent que de petites fentes sur les bords ; soumettant la soucoupe au même feu, lui faisant subir le même traitement, ils ne remarquèrent aucune altération. Reprenant alors cette soucoupe, ils rééditèrent le geste accompli par Louis XV, dix ans auparavant, en présence de Mme de Pompadour et de quelques-uns de ses amis, action passée depuis au rang des hauts faits de la Cour : ils firent fondre du beurre, firent cuire un œuf au miroir sans accident et ce n'est que lorsqu'ils jetèrent une cuillerée de vinaigre que se forma une fêlure presque imperceptible. Jussieu et Duhamel soumirent, pour finir, cette même tasse à une épreuve ultime : ils l'utilisèrent comme creuset pour fondre une « fritte plombeuse ». La porcelaine soutint encore victorieusement cette expérience.

Les deux examinateurs rédigèrent des conclusions enthousiastes qui furent lues le 1er juillet devant le bureau de l'Académie.

Durant l'été de 1769, la pâte dure de Sèvres était devenue le sujet de toutes les conversations, un sujet qui, cas presque unique, parvenait à intéresser au même moment les salons élégants et volontiers futiles de Versailles et ceux terriblement érudits et raisonneurs de la capitale.

En juillet, Boileau, la mort dans l'âme, dut consentir à modifier les installations dont il avait été le concepteur douze ans plus tôt : resserrer les ateliers de fritte au rez-de-chaussée, laisser la place à de nouveaux fours dans les cours, tout au long du mur des terrasses ; édifier de nouveaux bâtiments à usage de hangars et d'ateliers sur des terrains à l'est qui appartenaient à l'archevêché de Paris. Il fallut également engager une cinquantaine d'ouvriers supplémentaires et se livrer à une véritable surenchère avec les gens de Vaux qui, dans le même temps, grâce à des salaires plus attractifs, étaient venus débaucher à Sèvres des sculpteurs, des répareurs, des anseurs et des peintres. Il devint même indispensable de recruter ces nouveaux ouvriers jusqu'en Allemagne, Hollande et Angleterre. Ce travail revint à Parent qui secouait Boileau tous les matins pour obtenir, à marche forcée, les ordres nécessaires à la mise en œuvre de toutes ces transformations.

La publicité faite au privilège finalement accordé à Vaux en août allait exacerber la rivalité entre les deux fabriques. La Borde comptait sur les améliorations chimiques que Pierre-Antoine Hannong pourrait apporter au kaolin pour en rendre la translucidité exceptionnelle.

Il venait chaque matin dans ses ateliers admirer les premières assiettes sorties des fours. Il les mirait l'une après l'autre devant une fenêtre et, passant une main derrière, contemplait longuement l'ombre de ses doigts au travers de la matière. Sèvres, de son côté, comptait sur ses artistes, sa maîtrise des sujets de biscuit dans le genre des « bergeries » du grand François Boucher, la perfection des formes sans cesse améliorées depuis Vincennes, la technique de ses sculpteurs et de ses peintres.

Falconet parti en Russie en 1766, Jean-Jacques Bachelier, son plus proche collaborateur, peintre animalier de formation, lui avait succédé à la tête des ateliers de sculpture. En réalité, le destin de Bachelier était lié depuis presque vingt ans à l'aventure de la porcelaine. Dès 1753, après avoir remarqué la beauté et la finesse des petits sujets de pâte tendre que l'on venait de poncer avant de les soumettre à un bain de glaçure, il avait proposé de les laisser en l'état. Cette décision hardie avait inauguré l'extraordinaire vogue de ces petits sujets de biscuit non recouverts de glaçure. Falconet, s'inspirant des tableaux de bergers et d'enfants de Boucher, allait les décliner en deux ou trois cents modèles et l'Europe entière devait se les arracher.

D'abord destinés à la décoration des tables princières, ces biscuits étaient devenus grâce à Falconet des œuvres d'art à part entière, exposées dans les cabinets ou les boudoirs et permettant la diffusion en réduction, dans toute l'Europe, des grandes sculptures de Houdon, Pigalle ou Pajou. Avec le kaolin qui, une fois poli, leur procurait un éclat supplémentaire, surpassant celui du marbre le plus pur, ces productions allaient bientôt connaître un succès inouï.

Aux derniers jours du mois d'août, Louis XV vint à Sèvres où il n'avait pas mis les pieds depuis deux ans. À la stupeur de ces messieurs, il y parut accompagné de son ami La Borde, lequel s'était lui-même fait suivre de Pierre-Antoine Hannong et des frères Hocquart.

Le roi, qui prenait ainsi par surprise Boileau, Parent, Macquer et même son ministre favori, Bertin, venus tous l'accueillir, devant le bel abreuvoir, dans la cour des Appartements, montrait un air joyeux qui lui était inhabituel. Cet homme pudique et réservé, qui avait jusque-là pris grand soin de cacher dans le secret de ses petits appartements l'amitié qu'il pouvait avoir pour quelques favoris, traitait ce matin-là ouvertement La Borde en « camarade ». Il se laissait même, lorsqu'ils parlaient ensemble, toucher par lui au bras ou à l'épaule, contre tous les usages ; insolence et familiarité qu'il n'avait pourtant pas passées à Voltaire, lorsque, celui-ci, après la représentation d'une de ses tragédies romaines mettant en scène l'empereur Trajan, pris d'un accès de folie joyeuse, s'était emparé de sa main pour lui demander en riant si « Trajan était content »... Pour l'auteur de *Candide,* il s'était aussitôt ensuivi une terrible disgrâce.

Mais Louis XV, dans l'été de 1769, était d'une humeur à tout passer à « son ami La Borde ». À quelques mois de ses soixante ans, il était amoureux à la folie de sa Du Barry. Elle avait été présentée officiellement à la Cour le 22 avril précédent, et le fermier général était à la fois le confident et l'entremetteur de cette passion.

Cet air de bonheur ajoutait encore à la grâce et à la majesté du roi. Pourtant, une hécatombe s'était faite autour de sa personne : le dauphin était mort en décembre 1765, la dauphine en mars 1767, la reine en juin 1768, Madame Louise, la plus jeune de ses filles, crachait le sang à cause de la surenchère de jeûnes et de macérations à laquelle elle se livrait pour pouvoir entrer en religion contre l'avis de sa famille. Heureusement, Madame Adélaïde tenait ferme la barre de la barque familiale, avec un nouveau combat à mener : la détestation de Jeanne Bécu, devenue comtesse Du Barry, qui lui faisait dès lors regarder le temps de Jeanne Antoinette Poisson, marquise de Pompadour, comme celui d'un âge d'or.

Pierre-Antoine, pour sa part, se trouvait tout joyeux de revenir à Sèvres où il était *persona non grata* depuis plus de cinq ans. Il y avait de l'émotion dans son regard quand il revit les ateliers, et retrouva d'anciens ouvriers ou contremaîtres auprès desquels il put mesurer d'emblée que sa popularité était restée intacte.

Parent, le nouvel homme fort dans la place, s'improvisa le guide de ce grand tour des ateliers, après que le roi, à peine descendu de son carrosse, eut annoncé l'objet de sa venue, rendant pour la première fois publique sa compétition avec La Borde :

– Je tiens par-dessus tout, messieurs, à ce que mon ami La Borde voie par lui-même ce que vous faites ici et que l'on réponde à toutes ses questions !... Je suis entré avec lui, à propos de la porcelaine, dans une noble compétition. Ce que nous voulons tous deux, c'est que cette émulation profite à la nation tout entière... Voilà pourquoi M. de La Borde vous rendra la pareille dans ses fabriques de Vaux et de Vincennes.

La Borde, prié par son « ami » d'ajouter quelques mots, se fit rassurant :

– Je ne viens en effet pas ici voler vos secrets... Je compte bien que nous collaborerons pour la gloire et la prospérité du royaume.

Boileau, secouant au même moment sa grosse tête et ne pouvant s'empêcher de bougonner, montra qu'il ne croyait pas un traître mot de cette belle profession de foi.

Au lieu de se placer près du roi alors que tous ces messieurs pénétraient dans les premiers ateliers à la suite de Parent et Macquer, il rejoignit Pierre-Antoine qui, depuis l'arrivée des voitures, se tenait à côté d'Anselme, un peu à l'écart de la foule.

– Savez-vous bien que je vous regrette, moi ? lança-t-il tout à trac. Quand vous étiez ici, les choses avançaient tous les jours… Et, même s'il s'agissait d'études que je désapprouvais, c'était dans la bonne humeur, sans malice et sans intrigue.

– Ah ! monsieur Boileau, je m'étais moi aussi fait à vous, non sans mal… lui avait répliqué le Strasbourgeois en appuyant sa réponse d'un franc sourire. Non sans mal… Mais au moins je savais où j'allais. Je savais que je n'avais à attendre ni compliments ni louanges et, lorsque je recueillais simplement de vous un hochement de la tête, j'avais le sentiment de me trouver dans le vrai.

– Je suis comme cela, mon petit ! On ne me changera pas… Regardez votre ami Anselme. Il a fini, lui aussi, par se faire à moi… Il n'est pas jusqu'au Macquer à qui je parvienne aujourd'hui à dire quelque fadaise. La vie est ainsi ! On croit détester les gens et puis on finit par s'apercevoir qu'il y a pire, et que ceux qu'on croyait haïr bien fort, ne sont, au fond, pas aussi détestables qu'on le pensait. Après les Macquer et les Hannong, viennent des Montigny et des Parent !

Pierre-Antoine, ravi par le discours du bonhomme, lui prêta son bras à l'instant d'entrer « aux marches ».

Le roi n'était pas venu dans les ateliers depuis leur inauguration douze ans auparavant – il se contentait, lors de ses passages, de demeurer dans son logis, où ces messieurs lui montraient les plus remarquables pièces sorties de fabrication. Entré dans ce premier hangar, il parut effaré du bruit, de la poussière et des fumées.

– C'est toujours comme cela, aussi sale ? Aussi bruyant ? demanda-t-il à Parent, son mouchoir sur le nez.

– Oui, Sire, mais le travail du kaolin que vous verrez tout à l'heure limite considérablement le nombre des poudres et des préparations.

La Borde avait souri de la question du roi :

– Sire, osa-t-il, vous auriez fait ici un bien mauvais ouvrier, délicat comme vous êtes !

Louis XV ne fit qu'en rire. Il s'efforça par la suite de paraître plus courageux, d'aller au plus près des machines et des opérateurs. Pour la première fois il vit le kaolin, le prit même à pleines mains dans l'une des maies où il était entreposé. Il tourna aussi la manivelle d'une baratteuse.

– Ça moule-t'y ? s'amusa La Borde en le voyant faire.

– Ainsi, vous vouliez me le voler, ce kaolin, paraît-il, et avant même que je vous aie autorisé à en acheter ? répliqua tout à trac Louis XV.

Tout en disant ces mots, il eut un regard appuyé du côté des frères Hocquart dont un rapport de police lui avait révélé la présence à Saint-Yrieix, aux premiers jours du printemps. Les deux jeunes gens qui étaient impressionnables et se trouvaient, pour la première fois, directement exposés au regard de leur monarque, piquèrent du nez, mais La Borde fit front pour eux :

– Saine émulation, vous le disiez vous-même, tout à l'heure, Sire !

– J'ai la haute main à présent sur les gisements de Saint-Yrieix…

– Vous m'en laisserez bien encore quelques pincées, gémit par feinte le fermier général.

– Si vous êtes sage, La Borde, si vous êtes sage… Mais, attention, j'ai donné l'ordre à ces messieurs de trouver en France d'autres carrières et d'autres mines que celles du Limousin, et celles-là, mon cher, vous n'y toucherez pas !

La visite achevée, au bout de deux heures, par celle des ateliers de peinture, tous redescendirent dans la grande salle d'exposition où avait été servie une magnifique collation. Le fermier général avait tenu à la voir agrémentée de saute-bouchon de Champagne dont il avait fait apporter, dans ses carrosses, une dizaine de flacons cravatés de blanc et posés dans des seaux d'argent remplis de glace. Tandis que la foule entrait, des valets s'affairaient encore à « sabler » de sucre les coupes de cristal.

Le roi ne put cacher un instant de trouble lorsqu'il pénétra dans cette vaste pièce. Face à son médaillon de profil, se trouvait encore celui de Mme de Pompadour*. De tous les lieux où il vivait, il avait fait bannir non seulement l'image mais encore jusqu'aux plus petits souvenirs de l'ancienne favorite, or il ne s'était pas souvenu qu'il la retrouverait là. Décidément, on ne pouvait pas frémir pour la légère et futile Du Barry en ayant sous les yeux le portrait de l'impérieuse Jeanne Antoinette, dont tout l'effort, pendant vingt ans, n'était allé qu'à inspirer à son « bon ami » des actions dignes d'un grand roi.

Presque ébloui à la vue du port altier de la marquise, n'osant pas y fixer franchement son regard, mais ne pouvant pas non plus l'en détacher, il porta un toste qu'elle aurait pu en tout point inspirer :

– Messieurs ! Nous voici à quatre mois tout juste de la grande vente de porcelaines qui se fait traditionnellement, dans mes appartements, à Versailles. Je tiens à ce que la moitié des pièces qui y seront présentées cette année soient faites en pâte dure, afin que l'Europe entière sache que nous avons réussi dans notre entreprise et dans notre engagement de créer en France une porcelaine égalant en solidité et en beauté celle de la Chine ou du Japon !

Boileau, qui était patriote et qui aimait entendre le roi parler en roi, fut celui qui donna le signal des applaudissements et des vivats.

* Il ne sera retiré que sous Louis XVI pour être remplacé par les armes de France, qui sont toujours en place.

CHAPITRE SEPTIÈME

Le médaillon à la figure triste

– Il faut fêter cela dignement ! s'était écrié Pierre-Antoine en rapprochant sa coupe de celle d'Anselme, à l'instant précis où Boileau, à la stupéfaction générale, s'était mis à ovationner le discours de Louis XV.

Les deux jeunes gens, entremêlant leurs doigts pour sceller leur pacte, décidèrent aussitôt d'organiser une « partie de campagne ».

Depuis un demi-siècle à Paris, dès lors qu'on voulait recevoir beaucoup d'amis tout en les dépaysant, la mode était de les rassembler dans les baraquements de planches de la foire Saint-Laurent, qui se tenait chaque année, du 27 juin au 27 septembre, dans les faubourgs, par-delà les portes Saint-Martin et Saint-Denis. Ces féeries champêtres étaient un divertissement à la réussite assurée. Les invités y accouraient de partout, déguisés en bergers, laitiers ou moissonneurs, faux paysans qui envahissaient en désordre une nature de fantaisie, composée de cascades, sous-bois, ruisseaux, précipices, réalisés en carton ou brossés sur des toiles, agrémentées çà et là de chèvrefeuille et de glycine.

– Avec tout ce que nous comptons parmi nous de peintres et de musiciens, le succès est assuré ! s'était enthousiasmée Briséis dès que les deux complices, revenus en ville, lui eurent fait part de leur projet.

Anselme à Sèvres et Pierre-Antoine à Vaux travaillant

chacun de leur côté à leur porcelaine, Mathieu et Blanchot, accaparés du matin au soir par les malades et les sourds-muets, le succès de l'entreprise reposa essentiellement sur les femmes, c'est-à-dire Briséis, Angèle, Félicité et Éléonore, qui employèrent plusieurs journées, aidées de Mmes Courtois et Floquet, à faufiler et à coudre des costumes de sergette et de crépon, à tresser des couronnes et des guirlandes de papier. Aux premiers soirs de septembre, tous ensemble, sous la direction de Mathieu, ils répétaient la partie musicale, des chansons à boire et des airs joyeux, glanés çà et là dans les « caveaux bachiques et chantants », mais aussi des ritournelles, à peine plus sérieuses, tirées des opéras-comiques à la mode.

La fête eut lieu le premier samedi de septembre, dans une lumière dorée balayée du souffle doux et miellé d'une soirée déjà automnale.

Passé le faubourg Saint-Martin s'ouvrait la route de La Villette, tout au long de laquelle des maisons et des couvents aux façades crépies de blanc des carmes alignaient d'interminables murs de clôture mangés de lierre. De là, on pouvait observer les coteaux de Belleville et de Ménilmontant noirs de monde. C'était le temps des vendanges, des vendanges précoces, à Paris comme partout en France, dans la croyance bien ancrée qu'un raisin trop mûr donnerait un vin qui ne tiendrait pas et tournerait aux premières chaleurs.

Lorsque Anselme, Pierre-Antoine, Blanchot et Mathieu descendirent du fiacre dans lequel ils s'étaient entassés, des petits pâtissiers, des commis de rôtisseurs et de cabaretiers, chez qui ils avaient commandé toutes les ressources de bouche de leur gala, s'affairaient encore à garnir les longues tables disposées en fer à cheval. Elles étaient constituées de simples tréteaux, recouvertes de nappes blanches décorées de gros bouquets de fleurs des champs et jonchées de pétales de dahlias qui, vus de loin, ressemblaient à des dragées jetées à profusion.

Au même moment, les invités arrivaient par groupes compacts, venus à pied des différents quartiers de la ville, tous habillés de leurs vêtements les plus frais. Chacun des familiers de la rue Montorgueil avait convié ses amis : Blanchot, trois ou quatre de ses collègues, jeunes médecins comme lui mais aussi quelques carabins de la Charité, ses disciples – il était dans la première année où les professeurs lui confiaient des étudiants pour les faire travailler ; Mathieu amenait avec lui des musiciens de Saint-Louis et de Saint-Roch, des chantres dont certains étaient étudiants à l'Académie royale de musique et de danse ; il y avait aussi trois garçons et deux filles, parmi les plus âgés des élèves de l'abbé de l'Épée, chapeautés par Angèle et que la joie de se trouver en société rendaient audacieux au point d'aller trouver les autres jeunes gens pour leur écrire, à la mine de plomb, sur des bouts de papier, ce qu'ils voulaient leur dire. Pierre-Antoine était suivi de presque tout ce qui était en âge de se réjouir dans les manufactures de Vaux et de Vincennes, depuis les ouvriers jusqu'aux contremaîtres, jeunes gens tous plus jeunes que lui et sur lesquels il exerçait une sorte de fascination. Anselme, enfin, principale puissance invitante, avait fait venir une soixantaine de peintres, doreurs, sculpteurs, anseurs, répareurs de la Manufacture royale, apprentis, compagnons et parfois maîtres dans des métiers qu'ils avaient appris avant d'entrer à Sèvres. Unir ainsi les deux fabriques concurrentes dans une même réjouissance, c'était bien, comme le remarqua plaisamment Pierre-Antoine, « complaire aux vœux secrets de Sa Majesté ».

Pour affronter cette avalanche de garçons dont le mollet était déjà tendu à l'idée de danser jusqu'au lever du jour et dont les yeux s'écarquillaient au spectacle de l'abondance répandue sur les buffets, les dames et demoiselles avaient rameuté toutes les filles qu'elles connaissaient. Briséis, des amies du beau monde qui lui ressemblaient, naturelles, franches et assez libres pour que plusieurs d'entre elles aient déjà, à dix reprises, en les enjôlant, su résister à des pères ou à des frères qui tentaient de les marier. Toutes avaient un intérêt marqué pour les arts, les unes sculptant, peignant, fréquentant quelquefois l'académie de Saint-Luc, les autres sachant utiliser leur voix ou jouant déjà suffisamment bien d'un instrument pour s'y risquer en public. Félicité et Éléonore, sa sœur, étaient là en tête de leurs amies. Éléonore, qui avait entrepris depuis deux ans de faire l'école gratuitement aux enfants pauvres de la paroisse Saint-Eustache, s'était fait accompagner d'une dizaine de ces petites institutrices bénévoles dont plusieurs s'étaient costumées avec la robe de sergette grise et le tablier blanc dans lesquels elles faisaient la classe.

Des musiciens amateurs, élèves de Mathieu, garçons et filles, auxquels étaient venus s'adjoindre deux violonistes et un hautboïste de l'Opéra-Comique avaient pris place, dès le début de la fête, dans de gros nuages de carton empilés sur la petite estrade qui devait tenir lieu de scène. Il allait leur revenir d'accompagner les premiers vaux-de-villes, chansons gaies et faciles à retenir qui depuis plus d'un siècle couraient Paris.

L'un des refrains les plus connus de ce genre était un fameux chant bachique que l'on reprenait sur l'air de *Nous nous marierons dimanche,* en appuyant un hoquet à la fin de la strophe :

Pour le coup, Mathurin
Aura, parbleu, menti.
Je n'ai bu que chopine
Et je ne suis pas gris…

Briséis, plantée à l'entrée de la salle, un panier pendu à son bras, en distribuait le texte et la musique aux invités qui, à mesure qu'ils arrivaient, étaient priés d'aller prendre place devant l'orchestre.

Anselme, ressortant d'une tente qui tenait lieu de vestiaire, était apparu habillé en meunier, avec un bonnet à panse, des bas rayés de bleu et des habits blancs. Il se tenait au premier rang, chantant plus fort que les autres, de sa belle voix puissante, grave et gaillarde de gars du Limousin. Les filles, en particulier les petites amies institutrices d'Éléonore Floquet, portaient toutes leurs regards sur ce veuf de trente ans dont la belle apparence et l'expression légèrement mélancolique disaient la droiture et le cœur sensible. Éléonore, essoufflée, rougie, les yeux brûlants, était la seule à s'être rapprochée de lui, ainsi qu'elle commençait d'oser le faire depuis quelque temps, toujours, cependant, avec beaucoup de réserve et sans vouloir le donner à paraître. Elle devait pour cela surmonter une terrible timidité, des joues qui s'empourpraient dès qu'elle ouvrait la bouche, une voix qui ne redevenait fluide qu'après plusieurs phrases heurtées d'interruptions et de silences. Elle venait d'avoir dix-huit ans, et Anselme, accaparé par son travail et les drames qu'il avait vécus, ne l'avait presque pas vue grandir. Elle était ce soir-là travestie en laitière, c'est-à-dire « court vêtue », comme dans la fable de Perrette, montrant ses jambes blanches, imperceptiblement nacrées de rose, fraîcheur de carnation que l'on retrouvait sur ses épaules découvertes, son cou long et gracile et ses joues dont les pommettes avaient le soyeux de la peau de la pêche rendant les premiers signes de maturité. Ses yeux pers se pailletaient de l'éclat de mille pierres rares. Son petit nez court et mutin faisait joliment saillir ses narines dont les bords relevés dessinaient deux amandes. Ses cheveux souples et fins, d'une belle nuance de châtain, étaient coiffés à plat au-dessus de la tête et séparés sur les côtés en deux grands plis bouffants qui ombraient ses tempes. C'était la fameuse « coiffure à l'antique » que commençait à mettre à la mode Mme Du Barry, le nouvel astre des élégances. Éléonore la portait à ravir.

Anselme, qui suivait la musique avec l'application dont il était coutumier en toutes choses, fut brusquement distrait en la voyant paraître et il la trouva si belle qu'il cessa de chanter. Il la regardait ainsi pour la première fois, autrement que comme une enfant, et il se prit à lui sourire si niaisement qu'elle en devint écarlate.

Briséis venait de monter sur l'estrade pour insuffler une nouvelle cadence à l'ensemble des chanteurs. Agglutinés par petits groupes hétéroclites pour dépasser à présent la centaine, ceux-ci n'étaient plus en accord. D'un geste impérieux, drapée dans un long *kyton,* dont les petits plis auraient pu la faire passer pour la prêtresse des mystères d'Éleusis, elle parvint sans effort à couler tout ce monde dans un même rythme, impressionnant par son autorité ceux qui ne la connaissaient pas encore. Tout en s'appliquant à diriger la musique et les chants du mouvement de ses bras nus et souples qui paraissaient danser dans l'air, elle cherchait vainement à reconnaître dans la foule Pierre-Antoine qui, depuis qu'il était arrivé, n'était pas encore ressorti de la petite baraque de planche et de toile dans laquelle il avait disparu pour se changer.

Mathieu se tenait au clavecin qu'Anselme avait fait transporter de la rue Montorgueil. Il composait un personnage mi-pirate, mi-bandit : il avait posé un bandeau couleur de feu sur l'un de ses yeux morts et fait dessiner autour de l'autre un grand cercle de charbon, ressemblant à l'œil au beurre noir d'un homme de sac et de corde, prompt à faire le coup de poing. Il avait passé un sabre de bois dans une grande ceinture de flanelle écarlate et portait une culotte sans bas, ses pieds nus chaussés de spartiates de cuir. Angèle, à côté de lui, tournait à son intention les pages d'une partition imaginaire, mimant les gestes et les expressions d'une lectrice de musique, tâche qu'en vérité elle accomplissait à demi : ses progrès quotidiens lui permettaient à présent de balbutier quelques syllabes. C'était une idée de Mathieu que de vouloir ainsi se moquer publiquement de leur mutisme et de leur cécité, comme s'il avait voulu témoigner à la face de tous que le bonheur leur donnait la force de rendre leurs infirmités risibles. Angèle, avec sa noire et farouche beauté, semblable à une Gitane, était d'ailleurs fort convaincante en compagne de vaurien. Elle n'avait jamais été si captivante que ce soir-là. Sa brassière était une mosaïque de bouts de tissus criards, sa robe noire, ample et sans forme, s'ornait d'une sorte de cartouchière en bandoulière.

Blanchot, au premier rang, s'était fait la tête d'un Merlin à chapeau pointu, enveloppé dans une toge bleue semée d'étoiles d'or. Félicité, à ses côtés, qui se savait depuis peu enceinte, était une sorte de fée friponne, parée d'atours couleur de ciel et de nuage.

Brusquement, une ombre passa en sautillant derrière Briséis. C'était le grand docteur à la barbe noire et à la perruque de jais surmontée d'un béret à la polonaise garni de perles – l'Allemand qui avait assisté, assis entre Anselme et Millot, à la séance de l'Académie des sciences où Macquer avait dévoilé à ses collègues l'existence des terres de Saint-Yrieix. Il se profila à trois reprises derrière les musiciens. Accompagnant son jeu de gestes outrés et saccadés, il fit d'abord semblant de s'être perdu, puis il revint résolument se camper devant la rampe des chandelles pour abandonner son étrange couvre-chef, puis sa barbe qui n'était accrochée derrière sa nuque que par un ruban avec sa chevelure postiche, enfin sa grosse veste à brandebourgs. Sous l'un de ces déguisements dont il raffolait, Pierre-

Antoine, puisque c'était lui, salua l'assistance en riant aux éclats.

Briséis, qui n'avait pu s'empêcher à son tour de pouffer à la vue de ces facéties, retrouva un peu de sérieux pour reprendre le vaux-de-ville final :

Je vais dès demain
En avoir tout plein
Et le mettre sur ma manche.
Pour me baisser
Je m'penche.
Nous nous verrons
Et nous jouerons
Dimanche.
C'est tout mon désir
Pour moi quel plaisir
D'aller prendre ma revanche…

Lorsque la dernière note de ce chant eut été poussée dans une terrible cacophonie ponctuée d'un éclat de rire général, Anselme bondit sur la petite scène. Après les longs applaudissements que se décernèrent mutuellement les convives, ravis de commencer leur soirée avec tant d'entrain, il imposa silence pour prononcer quelques mots :

– Mes amis, nous célébrons ce soir la porcelaine mais aussi l'amitié. Cela fera bientôt dix ans que beaucoup d'entre nous sont les acteurs ou les témoins de l'aventure du kaolin qui illustre l'un des grands défis posés à l'intelligence dans notre temps… L'homme moderne, éduqué selon les principes de l'*Émile* – ce beau livre qui vient d'être injustement condamné – et façonné par l'*Encyclopédie* à l'exercice de l'esprit critique, aura bientôt pour religion nouvelle la foi dans le progrès illimité de la science. La porcelaine de kaolin, par son plein accord avec la nature, par le moindre coût de sa mise en œuvre qui la rendra accessible au plus grand nombre, par la facilité de sa production qui permettra bientôt d'ouvrir des ateliers dans toutes les provinces, est la vraie fille de ces temps nouveaux et exaltants. Elle participera forcément demain au progrès continuel de la félicité du genre humain.

Il déchaîna une immense ovation qui se noya très vite dans les accents du traditionnel branle qui, à la Cour tout comme dans le plus petit village, inaugurait tout bal digne de ce nom.

Ce fut alors une pétarade de souliers à bouts ferrés frappant en cadence le plancher de bois. Le petit orchestre, composé de cinq pupitres – trois violons et deux hautbois du Poitou qui piaulaient lestement –, tenus chacun par cinq à six titulaires qui se relayaient sans discontinuer, commença à dérouler ses cadences endiablées.

Le vin, la limonade pour les plus sages, les petits pâtés farcis à la viande ou aux légumes, les cochonnailles, la volaille froide servie accompagnée de mayonnaise – dont la vogue, depuis son invention sur le vaisseau du duc de Richelieu, aux Baléares, à la prise de Port-Mahón, dix ans auparavant, ne se démentait pas –, les choux à la crème, le tout artistement présenté et offert à profusion, furent attaqués en même temps et dans un désordre énergique.

La nuit tombait doucement, l'air se faisait plus léger. À l'extérieur, dans les allées de la foire, des petits garçons délurés, se penchant avec leurs torches au-dessus de grandes vasques de pierre, versaient et enflammaient de la poix dont les hautes flammes ourlées de noir, jaillissant d'un coup, conféraient peu à peu à l'impeccable alignement des baraques et des chapiteaux des allures de campement barbare.

Au-dedans, trois énormes grappes de lanternes de fort papier huilé que des valets habiles venaient de suspendre au moyen de longues gaffes au centre de la salle où l'on dansait avaient brusquement recréé le luxe inouï du jour en plein milieu des ténèbres, faisant papilloter tous les regards. Les filles, parées, la chevelure fleurie, étrangement dévêtues, puisqu'elles avaient rabattu leurs châles sur leur taille pour montrer leurs épaules blanches que la lueur des lampions rosissait, venaient étinceler dans ce cercle de lumière, emportées par les tournoiements du bal. Les mouvements de tous ces jeunes corps souples et soyeux, alternativement graciles ou musclés, donnaient une idée de force, d'ardeur et de sauvagerie, se ramassant et se concentrant sous cette flaque de lumière et étirant à l'infini, comme en les rejetant, sur les grandes toiles peintes, l'ombre de ceux qui ne dansaient pas.

Quelques invités, s'éloignant par petits groupes d'où fusaient de grands rires, mais aussi des couples, plus discrètement retirés, s'égaillaient sur l'herbe et allaient profiter de la caresse de la lune et du souffle encore tiède qui roulait des senteurs de miel, de fleurs fanées et de vendanges.

Anselme allait de l'un à l'autre pour parler et se faire présenter ceux qu'il ne connaissait pas. Il serrait des mains timides, embrassait des jeunes filles essoufflées et heureuses. Pierre-Antoine passait et repassait dans le public, déguisé tour à tour en mamamouchi, en jésuite, en Persan ou en tire-laine, sautillant d'un pied sur l'autre ou contrefaisant un clampin, avant de se lancer dans les figures désordonnées et la gigue convulsive d'un homme pris de boisson. Il était de toutes les danses, avec Briséis mais aussi avec les autres, les novices timides et empruntées dont c'était le premier bal et qu'il abandonnait, comme frappées du tonnerre, après les avoir fait tourner dans tous les recoins de la salle.

Il avait un peu bu et cet état, chez lui, se traduisait toujours par des débordements de sentimentalité.

– Anselme, notre amitié est magnifique !... confia-t-il, en s'écroulant sur son vieux complice au terme d'une de ses lestes pirouettes. Elle résiste aux rivalités, aux jalousies et à la zizanie que pourrait susciter entre nous la seule maîtresse que nous partageons : Madame Porcelaine... Nous commençons nos trente ans comme nous avons commencé nos vingt ans, dans une même fraternité...

– Tu m'en as pourtant fait voir de belles, avec tes vaisselles de fermier général ! se fâcha Anselme en riant.

– Nos pâtes à kaolin s'enrichiront mutuellement... C'est ainsi qu'en ont décidé nos maîtres, La Borde et son ami, le roi !... N'est-ce pas suffisamment clair pour toi ?

– Une seule chose est évidente dans mon esprit, c'est qu'il faut que tu sois vengé de l'ingratitude de ces messieurs de Sèvres... De Parent en particulier, si méprisant et si rude avec toi. N'oublie pas qu'il agissait dans l'ombre pour que l'on ne donne pas suite à tes travaux.

– Tu m'as amplement soutenu et nous n'avons jamais cessé d'être complices, en dépit de tout ce que les gens malintentionnés pouvaient dire... En dépit des apparences, toi à Sèvres, moi à Vaux, nous ne courons pas deux lièvres mais un seul, par des chemins à peine différents... Or ce lièvre, aujourd'hui, mon cher, nous l'avons à portée de fusil... Et je te prie de croire que, cette fois, nous ne le laisserons pas s'enfuir et qu'un peu de l'argent de la nouvelle porcelaine tombera forcément dans notre escarcelle !

Anselme, qui n'était pas totalement convaincu par ce discours mais qui en approuvait la franchise, gomma dans un sourire sa moue dubitative, et le Strasbourgeois, toujours aussi vif, s'éclipsa en riant, songeant sans nul doute à quelque nouveau tour.

Resté seul, le père d'Adèle s'éloigna du buffet, répondant toujours aussi aimablement aux sourires et aux questions des invités. Des petits peintres de Sèvres, venus avec leurs carnets à dessin en poche, lui montrèrent les fleurs, les arabesques et les motifs qu'ils venaient d'imaginer. Il prit le temps de bien les regarder et de tourner les pages, suggérant çà et là quelques modifications, ébauchant même quelques nouveaux contours à la mine de plomb, louant généralement leur travail.

Éléonore, qui le cherchait depuis un moment, s'approcha tandis qu'il se trouvait toujours pris dans un essaim de ces petits artistes vêtus d'une chemise blanche ouverte et coiffés d'un tricorne de ras noir tombant sur leurs cheveux longs.

Dès qu'il l'eut remarquée, il s'excusa auprès de ces garçons et la rejoignit.

– Anselme, lui dit-elle en s'embarrassant, je suis si heureuse d'être ici, ce soir, pour l'une de mes premières sorties de demoiselle !

– Je te trouve ravissante, lui dit-il… Et c'est exact que te voilà devenue une vraie jeune femme !…

Ses mots étaient hachés. Le compliment n'était pas son fort. Il n'avait pas, comme Pierre-Antoine, l'art de débiter des chatteries et cette propension à la badinerie et aux sourires qui charment. Et elle, dont les pommettes paraissaient être à vif, était incapable d'aligner devant lui dix mots de suite sans se troubler.

– Je suis heureux, moi aussi, poursuivit-il après un silence. Cette fête est magnifique, et la jeunesse qui s'y trouve augure bien de la félicité des jours qui s'ouvrent…

– Vous dites toujours si bien les choses ! murmura-t-elle en faisant grand effort sur elle-même pour soutenir la hauteur de sa voix devenue à peine audible… Vous avez beaucoup souffert et pourtant vous avez su rester optimiste et confiant… On se sent rassuré lorsque l'on est près de vous !

Elle s'interrompit brusquement, étonnée de sa propre audace. Un nouvel afflux de rouge balaya son visage, comme une vague.

– Excusez-moi… Excusez ma liberté ! balbutia-t-elle.

Il lui sourit et se pencha vers elle pour la baiser au front. À cet instant, une boîte jetée sur la petite scène produisit une forte pétarade, avant de lâcher d'épaisses volutes de fumée rouge. Tous les regards se tournèrent de ce côté-ci, tandis que s'amplifiait le roulement sinistre d'un tambour.

Une fois les vapeurs du fumigène dissipées, l'on vit paraître un personnage qui dissimulait son visage en levant au-dessus de sa tête, à l'aide de son coude replié, une ample cape noire qui l'enveloppait tout entier.

Anselme, arrêté dans son mouvement, à l'instant où ses lèvres allaient se poser entre les sourcils d'Éléonore, comprit que Pierre-Antoine s'apprêtait à rejouer la plus accomplie de ses récentes supercheries.

– Je sais ce qu'il va faire… Et il va oser le faire devant tout ce vaste public ! s'écria-t-il… Quel diable de garçon, tout de même !

L'excitation et la crainte mêlées de voir se réaliser une chose qu'il regardait comme presque inconcevable le tenaient en haleine. Il serra, sans se rendre compte de sa force, le poignet d'Éléonore à qui l'étonnement et la douleur faisaient soudain écarquiller les yeux.

Le personnage qui venait de bondir sur la petite scène abaissa lentement son bras. L'on vit apparaître d'abord une grande tignasse couleur de filasse, aplatie en deux touffes par une casquette à grande visière telle qu'en portent les chasseurs de renards, puis des lunettes que la lueur des chandelles de la rampe zébrait d'un reflet bleuté. Une figure se dessina dans le contre-jour encore très incertain. Elle était blafarde, comme poudrée de farine, parsemée de mouches noires dont la plus grosse cloutait la commissure des lèvres. L'homme portait une culotte de basin, des bottes jaunes à revers noirs et il était mannequiné dans une veste à haut col par-dessus laquelle moussait un jabot que piquait un énorme cabochon rouge, imitant le rubis.

C'était Camouti. Camouti miraculeusement revenu de Parme où il n'était d'ailleurs jamais allé. La défroque de ce supposé médecin de Parme n'avait fait que permettre à Pierre-Antoine, sans que Macquer puisse s'en douter, d'être présent pour le compte de La Borde, avec l'assentiment du roi, à l'instant de la découverte du kaolin de Saint-Yrieix.

– Le magicien Moustica ! annonça Pierre-Antoine en exécutant, sous les rires, les premiers pas d'une danse bondissante et grotesque.

Il attendit un nouveau roulement de caisse produit, hors de la vue du public, par un complice, puis, sitôt après, tout en continuant à se trémousser, il se débarrassa de sa perruque, de ses lunettes, de sa redingote, pour apparaître en chemise, avec aux lèvres un insolent sourire qui craquela rapidement sa face de Pierrot, restée enduite d'une épaisse couche de plâtre.

Cette ultime facétie du médecin de Parme, rendue possible par l'absence à la fête de Macquer et de Millot, qui auraient été les seuls à pouvoir s'en émouvoir, resta le secret bien gardé des deux complices, et le clin d'œil qu'ils s'adressèrent l'un à l'autre fut la seule bravade qu'ils risquèrent au nez de tous leurs amis.

L'affaire Camouti était en effet un secret d'État qu'il importait de garder enfoui pour ne pas troubler les consciences : Anselme, comme le lui avait promis Pierre-Antoine, avait été informé de l'étrange pacte de La Borde et de Louis XV, quelques jours seulement avant son départ pour Bordeaux, directement de la bouche de Melchior François Parent. Il avait, à cette occasion, reçu l'instruction de favoriser, dans toute la mesure du possible, la mission du faux docteur Camouti, dont il avait appris, par la même occasion, que le rôle serait tenu par Hannong.

Deux événements imprévus avaient tout compliqué : l'espèce de passion dont s'était piqué Macquer pour ce faux médecin ; et le coup de folie qui, un certain soir, avait poussé Pierre-Antoine à rapporter à l'archevêque de Bordeaux la ruse grossière de Macquer qui s'était mis à vanter les faibles terres de Laurède pour mieux faire dire à Villaris son secret.

Le Strasbourgeois avait agi impulsivement, dans l'exaltation de la discussion et du vin, parce qu'il avait regardé cette « roublardise » comme une atteinte à « l'honneur de la science ». Bourrelé de remords, tout aussitôt, pensant même avoir fait échouer la mission dont l'avaient chargé La Borde et le roi, il était parti s'enfermer désespéré sur son îlot.

Anselme avait su le retrouver, se souvenant à point nommé de la petite pendule de vermeil à laquelle son ami tenait tant qu'il l'avait apportée sur ses genoux en arrivant de Strasbourg et qui représentait précisément le phare de Cordouan. Rentrés tous deux à Bordeaux à bride abattue, ils n'avaient rencontré aucune difficulté par la suite pour persuader l'archevêque et Villaris qu'ils avaient tout à gagner à ne pas déplaire à Louis XV, tant en sa qualité de maître de Sèvres, qu'en celle, plus inattendue et plus insolite, de compétiteur de son ami La Borde.

La colère et l'incompréhension de Millot lorsqu'il avait reconnu Pierre-Antoine sous son déguisement, peu après son apparition à Dax, avait démontré que le caprice du roi et de son puissant valet de chambre pouvait ne pas être du goût de tout le monde ; en particulier de l'auteur du *Dictionnaire* qui n'aurait pas manqué d'être mortifié s'il s'était su berné à ce point par son

« cher docteur » et par son roi. L'extraordinaire dans l'affaire était que Macquer, habituellement des plus méfiants et détestant depuis toujours le plus jeune fils de Paul Hannong, se fût, si fortement et si déraisonnablement, entiché de Camouti.

Il lui arrivait d'ailleurs encore souvent, lorsqu'il se trouvait seul avec Anselme, de regretter de n'en avoir pas de nouvelles.

– Qui sait ce que devient Camouti ? lui demandait-il parfois avec un brin de tristesse dans la voix.

– C'était un plaisant personnage en effet, bien mystérieux cependant… répliquait en ce cas Anselme tout en s'attachant à ne pas se distraire de son ouvrage pour ne pas montrer qu'il souriait. Était-il seulement de Parme comme il le prétendait ?… Était-il vraiment médecin ?

– Oh ! pour ça, oui, sans doute, car il savait quantité de choses… De Parme ? poursuivait le savant en paraissant s'échapper dans un songe, sans doute aussi !… Je n'ai jamais voulu vérifier pour n'être pas déçu, mais, Dieu, que cet homme était drôle, l'un des plus cocasses personnages que j'aie jamais rencontrés !… L'un des seuls dont je regrette de n'être pas devenu l'ami !

Le « magicien Moustica », au terme de sa dernière facétie, sauta sur le parquet pour prendre Anselme dans ses bras.

Il exultait comme un garnement satisfait d'un mauvais tour :

– Voilà ce que je voulais célébrer avec toi, lui glissa-t-il à l'oreille. Ainsi tous ceux qui nous sont chers n'auront vu que les haillons de la farce, et leur âme innocente n'en aura pas été choquée !

Et, aussitôt, il posa un doigt sur sa bouche, entrant dans le bal qui se déchaînait de nouveau, dans une nouvelle pétarade de souliers et dans la montée des cris joyeux produits par les premières étincelles de l'ivresse.

Le lendemain de cette fête, Anselme passa la fin de son dimanche rue Montorgueil, en compagnie de sa fille.

Installé à son bureau devant un plan de réaménagement des ateliers de couverte de Sèvres, en prévision de l'introduction des premières fabrications de la nouvelle porcelaine, il déplaçait des petits papiers découpés à la même échelle qui marquaient l'emplacement des établis, des fours et surtout des meules. La couverte pour surfaces dures, mise au point en même temps que la pâte à kaolin par Pierre-Antoine en 1763, était difficile à réaliser et sa technique bouleversait l'organisation du travail et des moyens jusque-là mis en œuvre. Dans le cas de l'ancienne couverte, il suffisait de mélanger à sec diverses poudres : de l'oxyde de plomb, du sable, du silex calciné, de la potasse et du carbonate de sodium, d'en fondre le mélange dans un creuset et d'appliquer sur le biscuit, à l'aide d'un pinceau, le produit ainsi obtenu et dilué dans l'eau. La couverte à kaolin en revanche, dans la première formule qui allait être appliquée pendant dix ans, se faisait avec 12 % de craie, 44 % de sable et 44 % de tessons brisés de porcelaine dure. Toute la difficulté résidait dans le broyage en une fine poudre de ces tessons plus résistants que du silex. Il avait donc fallu imaginer de nouvelles machines extrêmement résistantes, constituées de tambours de bois cerclés de fer, à l'intérieur hérissé de pierres dures et de lames aiguisées. Il s'agissait à présent de leur trouver une place dans les ateliers.

Adèle, à côté de son père, assise à une table adaptée à sa petite taille, travaillait et tirait la langue en s'appliquant. Elle recopiait des lettres de l'alphabet que lui avait préparées Angèle.

– Voilà des *a* bien formés ! se réjouit-elle dès qu'elle eut terminé, en se levant pour faire admirer son cahier.

Voyez, mon papa, ces boucles qui ressemblent à l'oreille de vos tasses de porcelaine !

Anselme fit monter la fillette sur ses genoux et examina son travail en affectant un air de grand sérieux :

– Ce *a,* avec sa longue queue, ressemble aussi pas mal à un rat, répondit-il en dessinant au bout de la ligne une lettre plus aplatie avec une sorte de museau qui ressemblait effectivement à celui d'un rongeur… On peut même, enchaîna-t-il, lui ajouter une moustache et des yeux !

– Quelle vilaine bête, papa ! s'effraya la fillette.

– Oui, mais si je lui mets des lunettes, de gros souliers, un châle et un bonnet de laine, tu lui trouveras tout d'un coup la mine d'un aimable grand-père.

Le chimiste qui s'entendait à crayonner transforma son méchant animal en un petit héros des contes à dormir debout de Mmes d'Aulnoy ou de Lintot, alors à la mode, et dont la fillette était friande.

– Voilà le roi des rats ! dit-il en brandissant son chef-d'œuvre.

Adèle, restée sérieuse, parce qu'elle s'était mise, ainsi qu'elle faisait souvent, à contempler le grand portrait de sa mère, demanda :

– Mais, ma maman, avait-elle peur des rats ?

– Ta maman était très courageuse, sa vie n'a pas été facile, répliqua Anselme décontenancé par la question. Elle était orpheline, avec deux frères plus jeunes dont elle a dû s'occuper presque seule… Mais, malgré tout son courage, je crois bien, pour te dire vrai, qu'elle n'aimait pas les rats…

– Elle n'avait donc ni maman ni papa ?

– Elle ne les a connus que pendant très peu de temps… Ensuite, les trois enfants sont allés à l'hôpital de la Charité où ils ont appris chacun un métier. Là, heureusement pour ta mère, il y a eu l'abbé Chabas qui lui a enseigné le dessin…

– Il faudra un jour que j'aille remercier cet abbé…
– Il est mort depuis longtemps, hélas, mais que voulais-tu lui dire ?
– Que, grâce à lui, j'ai maman avec moi, sur le mur… Que je peux lui parler tous les matins.
– Et que lui dis-tu ?
– Que je l'aime et que je sais qu'elle m'aime dans le ciel. D'ailleurs, elle me parle souvent elle aussi.
– Et que te dit-elle ? demanda Anselme d'une voix blanche.
– Elle me répète souvent qu'elle est contente de moi… Ce n'est pas comme l'autre dame !
– L'autre dame ?
– Oui, celle qui se trouve dans le plus bas tiroir de ce meuble !
– Une dame, dans ce meuble ! s'amusa Anselme qui ne voyait pas à quoi sa fille faisait allusion.
– Oui, celle-là, je ne l'aime pas !
– Qu'a-t-elle fait pour mériter ta colère ?
– Elle a la figure triste… Elle me paraît méchante. Je sens qu'elle veut me faire des misères… Elle est comme ce rat avant que vous lui ayez mis des lunettes et un bonnet !
– Eh bien ! Nous lui dessinerons quelque chose pour la rendre plus gentille, repartit Anselme.

Il pensait que sa fille avait sans doute retrouvé quelque croquis de la petite académie, le portrait d'un modèle fait par Briséis, Angèle ou peut-être par Fanny elle-même.

Il finit par lui demander de lui montrer cette dame à la figure triste.

La fillette alla jusqu'à la commode dont elle tira vers elle les deux poignées les plus basses avec difficulté, suffisamment cependant pour y glisser la main et prendre un médaillon qui pendait à un ruban de velours rouge fané.

– La voilà ! dit-elle en venant presque jeter ce petit portrait sur le bureau de son père.

Anselme blêmit d'un coup. C'était la petite miniature représentant Lucile, celle qu'elle lui avait remise, dix ans auparavant, au soir de leur séparation, au bord de la Dordogne.

– Non, non ! protesta-t-il aussitôt, cette dame est gentille... Elle ne peut pas te vouloir de mal !

– Qui est-ce ?

– Une de mes très bonnes amies, du temps où j'étais en Limousin.

– Une amie de votre pays des montagnes ?

– Oui, de Bort dont je te parle quelquefois, répondit-il d'une voix toujours blanche et sans pouvoir détacher son regard du médaillon.

– Ce pays que vous m'emmènerez voir quand je serai grande ?

– Quand j'aurai moins de travail, je te le promets !

– Et qu'est-elle devenue, votre amie ?

– Je n'en sais rien !

– Elle doit s'ennuyer, là-bas...

Il y eut un silence pendant lequel Anselme chercha à recouvrer ses esprits. Adèle détaillait toujours le visage de Lucile :

– Alors, je l'aime, dit-elle enfin, juste avant de poser le petit portrait sur un coin du bureau. Elle n'est pas méchante comme je le croyais.

Comme son père s'était remis à griffonner sur son plan pour cacher son trouble, elle revint à sa petite table et continua à s'appliquer. Elle ne songeait déjà plus à tout ce qu'elle venait de dire, tandis qu'Anselme, entré dans un violent tourment intérieur, ne pouvait plus détacher ses yeux des traits de celle qu'il avait aimée autrefois.

Il avait dans sa jeunesse admiré cette miniature comme un chef-d'œuvre ; il se rendait bien compte à présent de la facture grossière et maladroite de ce travail d'un modeste artisan, mais elle le fascinait de nouveau. Il n'y avait pas d'explication rationnelle à cela puisque cet amour de jeunesse était mort et bien mort, piétiné, estimait-il, par celle-là même qu'il avait adorée.

À ce moment précis, la porte du vestibule d'entrée s'ouvrit. On entendit marcher ; des pas de chat, perceptibles seulement par un léger craquement sur le parquet. C'était Éléonore, gênée, rouge de pudeur et de timidité, qui s'était enhardie à entrer seule, ce qu'elle n'avait encore jamais osé faire.

La fête de la veille à la foire Saint-Laurent et surtout le compliment que lui avait fait Anselme sur sa beauté l'avaient bouleversée. Pour la première fois, cet homme à qui elle trouvait dans le regard plus de douceur qu'à nul autre et qu'elle admirait en secret depuis longtemps, sans jamais avoir osé jusque-là véritablement lui parler, avait fait attention à elle.

Elle avait songé toute la nuit, sans pouvoir fermer l'œil, à cet instant dans lequel il ne s'était rien dit ni presque rien passé, si peu démonstratif, si fugitif et si bref qu'on pouvait même douter qu'il eût existé. C'était plus fort que tout ce qu'elle avait vécu jusque-là, une paralysie de nature à lui faire oublier tous les baisers chastes et toutes les paroles mielleuses dont l'avaient accablée ses petits amoureux d'un jour. Un être avait subjugué son attention, une flèche avait pénétré son cœur, celle-là même qu'elle n'avait imaginée jusque-là que comme une invention de romancier, une joliesse de poète, celle qui avait touché le cœur de Clélie ou de la princesse de Clèves et dont, depuis quelques heures, elle éprouvait à son tour l'ardente brûlure.

Voilà ce qui, en si peu de temps, lui avait donné cette assurance nouvelle.

– Anselme… Adèle, vous êtes là ?… Je n'entends aucun bruit !

– Oui, entre ! annonça Anselme en quittant son bureau. Nous parlions de choses graves et de choses futiles… Adèle a souvent des pensées qui me troublent… Ce sont des idées de grande personne.

La fillette s'était elle aussi levée pour courir se jeter dans les bras d'Éléonore qu'elle aimait tendrement.

– Léonore, Léonore ! – car c'est ainsi qu'elle l'appelait. Papa m'a dessiné un rat qui est très drôle.

Elle vint jusqu'au bureau de son père ouvrir son cahier pour le montrer à la jeune fille, alors qu'Anselme, par un réflexe instinctif, enfouissait le médaillon représentant Lucile sous le grand plan des ateliers de Sèvres, qu'il couvrait, depuis le début de la matinée, d'annotations et de chiffres.

Éléonore s'extasia et, comme elle savait bien dessiner elle aussi, elle posa à côté du petit rat à lunettes un gros chat tigré, pourvu d'un collier à clochette, qu'elle coiffa d'un tricorne galonné.

– Il va le manger ! s'effraya Adèle.

– Non, mon matou est pacifique et le sérieux de ton petit animal l'impressionne… Il se contentera de le regarder.

– Tant pis pour lui s'il bouge ! s'amusa la fillette.

Éléonore l'emporta alors dans ses bras pour la déshabiller et la mettre en robe de chambre.

Anselme, qui ne parvenait plus à fixer son attention, s'approcha de la chambre. Appuyé au chambranle de la porte, il contempla longtemps, en s'attendrissant, sa petite voisine, dont la fraîcheur depuis quelques heures commençait à le troubler, tandis qu'elle s'appliquait à peigner sa fille.

CHAPITRE HUITIÈME

Le secrétaire à colonnes

Eustache, le plus jeune des Masson, avait dû quitter Mauriac avec son ami Pierre Flamarens, alors jésuite novice, dans l'été de 1763, au moment où le collège s'apprêtait à fermer ses portes. Il avait passé presque deux années à circuler sans but entre Bort, Saint-Flour et Aurillac.

Pendant ces longs mois, les deux garçons avaient vécu des cours particuliers que parvenait à dénicher Flamarens et de la pension de 45 livres par trimestre que les deux aînés des Masson assuraient à leur cadet. Sur cette petite pension, Eustache devait réserver en premier lieu le montant du prix des livres et des fournitures qui lui étaient indispensables pour continuer à s'instruire seul.

L'ancien professeur et son élève avaient ainsi subsisté de presque rien. Mais lorsque Flamarens, après avoir fait péniblement ânonner quelque gros cancre, fils de notaire ou de marchand du pays, touchait un peu plus d'argent qu'à l'ordinaire, ils avaient chaque fois gardé de quoi pouvoir s'offrir un gala dans le meilleur cabaret du lieu où ils avaient alors fixé leur résidence.

Plusieurs mois d'une vie sans faste mais fertile s'écoulèrent, soutenue par la force de l'amitié, mais surtout par l'extraordinaire appétit qu'avaient pour la connaissance ces jeunes gens transformés en chevaliers errants, avec une curiosité toujours en éveil et un goût qui ne faiblissait jamais pour les jeux de l'esprit. L'instable Flamarens, devenu presque étranger à l'idée de Dieu, après avoir été, comme tous ses confrères, réduit à l'état laïque par décision royale, était devenu pour Eustache, la question de la foi mise à part, ce qu'avait été autrefois le vieux Vayssière pour Anselme, c'est-à-dire un père et un guide spirituel.

À la fin de 1764, ils eurent connaissance du projet de création d'un Collège royal à Rodez et ils décidèrent tout aussitôt de s'y établir. Ces établissements se constituaient alors un peu partout en France, à l'initiative des municipalités des villes les plus importantes qui voyaient avec effroi leur jeunesse menacée d'être privée d'enseignement du fait de la dispersion des jésuites. Leur direction fut confiée en catastrophe à divers ordres enseignants comme les frères prêcheurs, plus connus sous le nom de dominicains, les doctrinaires, les barnabites, religieux aux talents pédagogiques inégaux, mais tous impatients de prendre une revanche, ruminée de longue date, sur les disciples de saint Ignace qui, durant plus de deux siècles, avaient monopolisé l'éducation de l'élite masculine du royaume.

Ces collèges, presque tous installés dans les bâtiments délaissés par les jésuites, devaient également, compte tenu de la disette de professeurs compétents, reprendre une bonne moitié des maîtres exerçant dans les établissements fermés à l'été de 1763. L'édit de novembre 1764, qui proscrivait définitivement la Compagnie de Jésus, tout en autorisant ses anciens membres à demeurer en France sous condition d'y vivre en « simples particuliers » et de se comporter « en bons et fidèles sujets », facilita grandement cette transition. Un gros contingent des maîtres des nouveaux collèges fut de la sorte constitué d'anciens membres de la compagnie dissoute.

L'ouverture de l'enseignement aux sciences, déjà largement perceptible du temps des jésuites, fut renforcée et s'accompagna d'un engouement nouveau pour les beaux-arts. À Rodez, il y eut, dès 1765, un enseignement de dessin, de sculpture, de « rudiments d'architecture d'après Vitruve et Palladio » et, pour la musique, de solfège, de chant, d'harmonie, de clavecin et d'orgue. Lors de cette même rentrée, un maître d'escrime et un maître à danser furent attachés aux grandes classes. Eustache, qui, dans sa petite enfance, avait reçu ses premières leçons de solfège grâce à Mathieu, put approfondir la pratique de la flûte qu'il avait commencée à Mauriac. Pour le dessin qu'il pratiquait avec un génie intuitif, il progressa à pas de géant, fréquentant assidûment la classe de perspective tenue au collège par un ancien jésuite du nom de Valentin, que ses malheurs récents avaient rendu adepte du doute philosophique. Il se rendait également dans la petite académie qu'une demoiselle Bancal, bourgeoise de la cité, tenait tous les jeudis, dans une tour du rempart, la tour Maje, poussant la libéralité jusqu'à fournir gratis à ceux qui venaient chez elle le papier, les couleurs et les fusains.

Mais ce fut surtout le cabinet de sciences et d'histoire naturelle, hérité des anciens jésuites et sans cesse enrichi par des dons et legs de vieux savants ou de familles patriciennes locales, l'un des plus riches du Midi, qui tint d'emblée le jeune Masson dans une sorte de frénésie. Il s'y trouvait une lunette astronomique qui permettait de discerner parfaitement les anneaux de Saturne ; il y avait aussi le squelette d'un homme que les élèves avaient baptisé Hector, celui d'un ours et même la tête d'un hippopotame. La collection de minerais était également remarquable. Des amateurs de raretés, en liaison avec les sociétés savantes de Suède et de Russie, y avaient fait venir d'impressionnants blocs de porphyre et de lapis.

Le succès du nouvel établissement, qui dépassait, par la renommée de ses professeurs et l'importance de ses moyens, tout ce que l'on pouvait trouver alentour, fut immédiat, drainant la jeunesse depuis l'Auvergne, le Quercy, la Margeride et les Cévennes, l'Albigeois et même les confins du Toulousain. Eustache, qui était d'un naturel enthousiaste et ne pouvait concevoir, malgré les lettres de ses frères, l'abondance et la surenchère de merveilles contenues dans une ville comme Paris, croyait, dans son innocence, avoir touché là au paradis.

Rodez avait gardé un aspect médiéval. La démolition des remparts, décidée vingt ans auparavant, n'avait été qu'à demi exécutée. Quelques portes détruites avaient été remplacées par des pilastres surmontés de grosses boules de pierre, mais la muraille elle-même était encore aux trois quarts debout : de loin, campée sur son éminence, la cité avait des allures de place forte bombardée. À l'intérieur de cette enceinte ruinée coexistaient deux entités bien distinctes, deux pouvoirs, l'un et l'autre sur la défensive, car laminés par les empiétements de l'absolutisme royal. Deux villes en somme, restant séparées par un mur et des portes, toujours bien en place, même si elles n'étaient plus fermées le soir : la Cité de l'évêque, autour de sa cathédrale, avec sa grande place, ses couvents, son tribunal, ses juges, ses procureurs, ses gardes et ses huissiers ; le Bourg des marchands, autour de l'église Saint-Amans, avec lui aussi sa propre place, sa justice, ses jurandes, ses échoppes, ses grands marchés et ses foires, tout particulièrement celle des ânes, à la mi-carême, qui faisait accourir les chalands depuis l'Espagne.

Dans l'été de 1765, les deux garçons avaient emménagé dans un vaste grenier perché au-dessus du chevet de la cathédrale. L'ancien jésuite y avait d'abord vécu, comme auparavant en Auvergne, des cours donnés à des fils de bourgeois que lui avaient procurés ses amis des sociétés philosophiques et savantes qu'il avait commencé de fréquenter dès son arrivée dans la ville. Comme ses connaissances étaient étendues, il enseignait aussi bien les mathématiques que l'algèbre ou la physique, le latin, l'espagnol et le grec. Quelques mois après cette installation, lors de la première rentrée du nouveau collège, sur intervention d'un régent, comme lui ancien jésuite réduit à l'état de « particulier », il obtint de pouvoir donner trois cours d'algèbre par semaine dans les classes terminales de l'établissement.

Eustache obtint une bourse de 200 livres, toujours par la protection d'un ancien révérend père. Cette somme lui permit tout juste de payer les droits de sa première inscription au collège, en quatrième année de grammaire ; du coup, l'ordinaire qu'il partagea avec son compagnon, à cette époque, fut-il plus souvent de pain noir et de raves que de belles miches blanches accompagnant pâtés et saucissons, ainsi qu'ils s'y étaient accoutumés tous deux, malgré leur pauvreté, pendant longtemps à Mauriac. Pour la Noël de 1766, le jeune Masson eut la surprise de recevoir de ses frères une lettre de change de 80 livres. Cela le remit dans son assiette : il put acheter des culottes neuves, des chemises, une veste, un manteau. Tout ce qu'il portait depuis son entrée en classe d'humanités, en octobre, tombait en lambeaux, et, pis, le gênait aux entournures – il était alors dans sa plus grande pousse, celle des quinze ans.

Il put aussi prendre un abonnement chez le libraire Carrère. Les livres lui faisaient cruellement défaut, depuis son arrivée à Rodez, malgré les sept mille volumes de la bibliothèque du collège héritée des jésuites, en particulier les dernières publications et les nouveautés venues de Paris. Cette librairie, située dans la ville de l'évêque, formait une sorte de bastion des idées du temps. Pierre Carrère, le libraire, héritier d'une vieille lignée établie dans la ville en 1624, était un homme bienveillant, plus amoureux des livres que désireux d'en faire le commerce. Il avait installé dans son arrière-boutique une grande table où ses amis pouvaient venir gratuitement prendre connaissance des nouveautés de Paris et de Hollande, qui lui parvenaient dans des ballots de toile gommée par les diligences de Paris et de Toulouse. Comme Daval à Mauriac, il réussissait à Rodez le prodige de faire lire Diderot, Rousseau, d'Holbach, Helvétius, d'Alembert et Voltaire, un mois après que leurs ouvrages avaient été connus et commentés dans les salons de la capitale. La fin de l'année 1766 coïncidait justement avec la sortie du treizième des dix-sept volumes prévus de l'*Encyclopédie* et du septième tome de planches dont le nombre définitif, en 1772, devait être de onze. Quelques amateurs, la plupart vieux garçons, avaient constitué à Rodez une espèce de tontine pour souscrire à l'ouvrage qu'il avait été prévu de laisser en dépôt dans la librairie. On n'approchait des vingt in-folio de cuir rouge déjà reçus, placés dans un meuble construit spécialement pour accueillir toute la collection, qu'avec respect et presque en esquissant une génuflexion. On en tournait les pages avec lenteur, après avoir pris la précaution d'enfiler des gants de fine peau d'agneau.

Flamarens, que son amour des idées nouvelles rendait des plus assidus chez Carrère, n'en revenait toujours pas de pouvoir toucher chaque jour l'*Encyclopédie*. Il en savait par cœur le *Discours préliminaire,* cette présentation de ce que Diderot lui-même avait nommé « le tableau général des efforts de l'esprit humain dans tous les genres ». Il était pris de frissons dès qu'il s'approchait des vingt volumes, aussi se fit-il rapidement dans la ville le principal laudateur d'un ouvrage que les autorités ecclésiastiques avaient déjà dénoncé, par des défenses imprimées ou du haut de la chaire, comme d'essence diabolique.

L'ancien jésuite, déjà suspect au collège pour ses idées avancées, se trouva insensiblement en butte à ses régents et, à la Saint-Remi de 1768, lors de la quatrième rentrée des classes du nouveau collège, ses cours d'algèbre ne lui furent pas renouvelés. Dans le même temps, une sournoise campagne menée auprès des parents des élèves qu'il avait en ville le priva de cours particuliers et de ressources. Les deux amis durent à nouveau resserrer leurs dépenses, se contenter des soupes épaisses que l'on débitait pour quelques sols dans les cabarets et quelquefois, le dimanche, d'un *mortayrol,* ce bouilli à base d'œufs, de volaille, de mouton et d'épices longuement et savamment mijotés, qui était le plat traditionnel de Rodez, hérité des temps gothiques et pour la confection duquel les plus fameux traiteurs de la ville entraient, depuis toujours, dans une terrible rivalité.

Eustache, en l'aidant désormais à subsister, avait le sentiment de rendre à Flamarens un peu de tout ce qu'il avait fait pour lui autrefois à Mauriac. L'obligation dans laquelle il se trouvait d'être désormais partout et toujours le meilleur, s'il voulait continuer à mériter la bourse lui permettant de demeurer au collège, lui donnait le sentiment d'une responsabilité accrue. L'ancien jésuite, dont presque toutes les journées se passaient en lectures, avait entrepris la rédaction d'un *Complément à l'« Émile »,* ouvrage pédagogique dans lequel il s'efforçait de repenser, afin de les rendre plus applicables, les utopiques préceptes éducatifs qui avaient causé le malheur et la fuite en Angleterre de Rousseau.

Dans ses pires moments de disette, Eustache n'avait jamais envisagé d'implorer le secours de ses frères. Le plus jeune des Masson s'imaginait que ses aînés, malgré les constantes bonnes nouvelles qu'ils lui donnaient de leur situation à Paris, y vivaient toujours dans un état proche de la misère. Il avait mis un point d'honneur à ne jamais les solliciter au-delà des 45 livres trimestrielles qu'ils lui versaient. Et bien que ceux-ci lui aient constamment demandé s'il avait besoin de plus, il les avait rassurés ; par une espèce de bravade digne de la fierté d'un rude montagnard, il leur avait même soutenu qu'avec ce qu'ils lui faisaient parvenir il avait engrangé du superflu.

Les lettres d'Eustache à ses frères étaient redevenues régulières dans l'été de 1765, après qu'il se fut installé à Rodez. Elles s'étaient faites plus longues à partir du printemps de 1766, lorsqu'ils avaient communié ensemble, à distance, dans la douleur de la mort de Fanny. Le jeune Masson, qui écrivait bien et drôlement, avait su communiquer son enthousiasme à Anselme et l'aider à retrouver de l'énergie après son malheur.

Grâce aux nouvelles reçues de Paris, Eustache mettait déjà un pied dans la capitale, où ses frères avaient prévu de le faire venir en août 1770, sa deuxième classe de philosophie achevée. Ils tenaient ainsi à ce qu'il aille jusqu'au bout du cycle le plus complet des études qui puisse alors se faire dans un collège – quatre années de grammaire, une d'humanités, une de rhétorique, deux de philosophie.

Eustache mettait toute son application et sa confiance dans la préparation d'un avenir qu'il prévoyait lumineux, mesurant sa chance d'avoir dans la capitale deux grands frères qui lui débroussaillaient le chemin.

Les courriers par lesquels Mathieu lui avait raconté sa rencontre avec Rousseau l'avaient bouleversé et, depuis le début de l'année 1769, il suivait haletant le peu qu'Anselme pouvait confier à la poste au sujet de la recherche du kaolin.

Cette affaire était devenue pour lui comme une nouvelle quête du Graal, et il importunait Flamarens pour battre la campagne le dimanche, sur le causse, autour de Rodez, à la recherche de minerais inconnus. Il avait surtout avec son maître de sciences, le chanoine Antérieu, qui le tenait en affection, des discussions interminables sur la nature du sous-sol dans toute la province. Ce vieux prêtre aimable lui montrait régulièrement, accompagnant ses démonstrations de commentaires intarissables, une collection complète de roches prélevées dans toute la généralité de Guyenne, constituée vers 1720 par un jésuite du nom de Garrigoux, conservée dans le cabinet de sciences du collège et rangée dans deux grandes armoires spécialement conçues pour la contenir.

Le 25 août 1769, jour de la Saint-Louis, avait eu lieu la traditionnelle remise des prix, qu'Eustache s'était empressé de raconter à ses frères :

> Rodez, le 25 août,
>
> Mes bien chers frères, mes très chères Angèle et Adèle,
>
> Ce sera donc bientôt ma cinquième et dernière rentrée au Collège royal. J'espère y briller tout autant que cette année, puisque je viens de rafler tous les premiers prix à l'exception de celui de musique, par la faute de Mathieu dont le secours me manque cruellement dans cette matière.
>
> Flamarens poursuit ses écritures et ses études sans véritable but. Il est un peu notre Marmontel, en butte à toutes sortes de fanatismes. Son amertume grandissante m'inquiète, mais j'essaie de le soutenir autant qu'il m'est possible.
>
> Du fait de cette humeur morose, nous n'avons pas arrêté de programme, ainsi que nous le faisions les années passées, pour ces vacances de septembre. Peut-être tout de même irons-nous faire un saut jusqu'à Albi, où l'on annonce le retour imminent du fameux cardinal de Bernis, parti au début de cette année à Rome participer à

l'élection du nouveau pape Clément. Il se dit même ici que c'est lui qui a « fait le pape ».
Je compte donc essentiellement lire en profitant de mon abonnement chez Carrère.
J'attends avec impatience le compte rendu complet des essais du kaolin à l'Académie et je précise à Anselme, qui me le demandait dans sa dernière lettre, que la collection de minéraux du collège, établie par le révérend père Garrigoux, au début de ce siècle, est complète pour les généralités de haute et basse Guyenne avec un relevé systématique par sénéchaussées. Je pense toutefois n'être pas assez bien vu, en dépit de l'amitié du père Antérieu, pour pouvoir expérimenter moi-même sur ces pierres.
Votre affectionné Eustache qui vous embrasse tous.

Il fut tout étonné de recevoir le 12 septembre, par retour de la poste, cette réponse d'Anselme :

Paris, le 6 septembre,

Petit frère,
Nous venons de fêter avant-hier dignement, à la foire Saint-Laurent, avec tous nos amis, la découverte du kaolin de Saint-Yrieix. Il n'y avait que toi qui manquais à cette réjouissance.
Boileau et Macquer m'accordent trois semaines de vacances. Je vais te surprendre. J'arrive à Rodez. Je prends la route dans trois jours. Je viens examiner les cailloux du révérend père Garrigoux. J'accours surtout pour te voir, toi que je n'ai pas pu serrer dans mes bras depuis neuf ans.
Macquer me pousse à ce voyage, depuis que je lui ai parlé de tes deux armoires de minéraux. Ces messieurs de Sèvres, se conformant aux désirs du roi et du ministre Bertin, veulent par sécurité trouver d'autres sources d'approvisionnement que celle du Limousin. J'arrive donc en ministre plénipotentiaire, chargé d'un ordre

officiel pour ausculter et même expérimenter les collections de ton collège ; voir les gens du roi, les ingénieurs des Ponts et les subdélégués de l'intendant sur place.
Je n'aurai que dix jours à passer dans ta ville. Il faudra être efficaces. Voilà de quoi employer utilement la fin de tes vacances et, pour ma part, profiter du relâchement de l'activité qui se fait toujours en septembre à Sèvres. Cela laissera tout de même du temps pour les confidences que nous avons à nous faire depuis si longtemps ; quant à Adèle, elle ne manquera pas d'affection pendant ces quelques semaines d'absence. Je n'ai même pas eu à m'en assurer, tant toutes les femmes que j'ai autour de moi lui sont dévouées.
Ton Anselme.

L'adjoint chimiste de Sèvres voyagea par la diligence jusqu'à Cahors, louant ensuite une petite chaise qui fit grande impression sur les bourgeois de la ville de Rodez lorsqu'elle traversa à vive allure le champ de foire pour venir s'immobiliser devant l'auberge de l'Ale que son cocher, un jeune homme débrouillard du nom de Baptiste, lui avait recommandée.

Depuis six jours, l'aîné des Masson, qui traversait la France pour la seconde fois en quelques mois, avait retrouvé les tristes bourgs gris de sa jeunesse, les routes défoncées et poudreuses, les enfants sortis pieds nus de leurs masures au bruit de son équipage, les paysans en guenilles.

Il retrouva Eustache qui l'attendait depuis deux jours, depuis qu'il avait reçu sa lettre, un livre à la main, devant la maison des messageries. Ce fut un choc : Anselme fut immédiatement frappé du mélange, dans ce grand et beau gaillard de dix-huit ans, à la taille vigoureuse et bien prise, d'un visage qui alliait sa propre mâle énergie à la finesse des traits de Mathieu. Sa chevelure, s'échappant en de grosses mèches épaisses dont les pointes chatoyaient dans la lumière comme les rayons d'un soleil sombre, mariait également la noirceur du poil dru et bien planté du chimiste au châtain tirant sur le blond soyeux du musicien. Dans son regard, dans sa voix, dans son maintien, se voyaient aussi les marques de ce curieux compromis et de l'alliance en lui des principaux caractères physiques et moraux de ses deux aînés : à la fois détermination et douceur, rudesse et politesse, sûreté de soi et modestie.

Ils se jetèrent dans les bras l'un de l'autre en pleurant, s'escrimant à se donner de rudes bourrades pour calmer leur émotion.

– Je ne peux plus t'appeler petit frère !

– Et moi, je n'arrive pas à te reconnaître dans cet habit couleur du ciel... On dirait qu'un ministre du roi vient d'entrer dans Rodez !

Ils firent un tour dans les venelles avoisinantes, bras dessus, bras dessous, pour finir de sécher leurs larmes, puis allèrent à l'auberge.

– Nous sommes fiers de toi et de ton application à l'étude... De ton sang-froid aussi pendant tous les mois d'incertitude et d'errance que tu as endurés avant d'arriver ici.

– Tu verras Flamarens tout à l'heure, je lui dois tout !

– Est-il toujours aussi désespéré ?

– Toujours ! La haine contre lui des gens bien intentionnés et des dévots ne se relâche pas !

– Et toi, comment te sens-tu ?

– Moi, je souffre beaucoup moins de tout cela. Je suis absorbé par l'étude et j'ai quelques amis qui ont appris à penser librement – Prosper Alfaric, qui se prétend descendant de cathares mal convertis ; Pierre Malrieu, à qui trois oncles curés, qui se chargent de son éducation, viennent de couper les vivres. J'ai aussi quelques maîtres qui m'aiment, comme le chanoine Antérieu, le professeur de sciences, ou le vieux père Bonald qui enseigne la littérature. Enfin j'ai M. Carrère, le libraire, qui me réserve toujours la primeur de toutes ses nouveautés.

– Alors, tu es heureux ?

– Heureux, comment pourrais-je ne pas l'être ? Surtout à l'idée que dans un an je serai avec vous à Paris !

Ils parlèrent ainsi d'abondance, tandis qu'Anselme rangeait ses affaires dans l'armoire de sa chambre ; une pauvre chambre d'auberge comme il y en avait partout en province, qui représentait pourtant ce qu'il y avait de plus confortable dans la ville, avec son lit défoncé garni de draps de chanvre bien rêches, ses murs chaulés, sa cuvette de terre, ses rideaux de grosse laine poussiéreux.

Une heure plus tard, le voyageur fit connaissance de Flamarens dans le grenier que celui-ci partageait avec Eustache. Il fut tout de suite impressionné par la maigreur de l'ancien novice, sa mauvaise mine, la pauvreté de ce logis dans lequel il n'y avait aucun moyen de se chauffer et où plusieurs des vitres de l'unique fenêtre avaient été remplacées par des morceaux de carton. C'était une caverne sombre et pleine de courants d'air.

Voulant faire bonne figure, Eustache s'appliquait à crâner. Répondant aux questions de son aîné dont il percevait l'effarement, il lui montrait en riant les grosses couvertures qu'il avait fabriquées lui-même, achetant de la laine crue et l'enfournant dans des sacs de toile.

– Crois-tu vraiment que nous étions mieux chauffés à Bort ? demandait-il à Anselme par manière de forfanterie.

– Peut-être, mais nous nous tenions tout le jour, pour travailler ou pour lire, dans la cuisine où maman veillait à ce qu'il y eût du feu en permanence… Elle bassinait nos lits… Et nous n'avions jamais froid !

Flamarens, réfugié dans un coin de la pièce, comme

un oiseau malade, presque invisible dans l'obscurité, suivait l'espèce d'inspection à laquelle se livrait Anselme avec un air craintif et sans ouvrir la bouche.

– C'est ici que je travaille ! dit-il brusquement… Ce lieu est propice à la réflexion. L'été, lorsque je me penche à la fenêtre, je surplombe le chevet de la cathédrale. J'ai alors l'impression d'être sur l'étrave d'un immense bateau qui s'avance pour fracasser notre pauvre havre !

Eustache eut alors l'idée de montrer à son frère le gros manuscrit auquel l'ancien novice venait de mettre le point final : son *Complément à l'« Émile »*. Anselme, s'approchant de la fenêtre, en lut l'introduction, consciencieusement, avec lenteur, levant à la fin un regard humide et émerveillé.

– C'est magnifique ! dit-il avec transport… Jean-Jacques serait content !

Flamarens ne répondit pas ; il était contrarié qu'Eustache, sans prendre son avis, ait montré ces pages qu'il avait été seul autorisé à lire jusqu'à présent.

Le Parisien prit alors place sur le seul siège en état dans le logis, une vieille chaise de paille bancale. Il fit un terrible effort pour ne pas trop montrer le mélange de répulsion et de compassion qui, depuis qu'il avait monté l'escalier misérable et à demi écroulé des deux garçons, lui étreignait le cœur. Il se sentait coupable de n'avoir pas deviné ni anticipé leur misère, d'avoir prêté foi aux forfanteries de son cadet ; d'avoir pu croire – avec une espèce de négligence qu'il regardait à présent comme le comble de l'égoïsme – que, même à Rodez, on pouvait vivre avec 15 livres par mois.

Il n'était que 6 heures du soir, mais il voulut s'échapper de cet endroit qui l'oppressait et qui excitait ses remords :

– Allons souper ! Allons fêter nos retrouvailles !

Après une nuit agitée de mauvais rêves durant laquelle il n'avait dormi que par épisodes, Anselme retrouva Eustache à 8 heures, pour déjeuner, à l'auberge de l'Ale.

– Frérot ! pourquoi ne pas m'avoir dit que tu étais aussi malheureux ?

– Malheureux, moi ! Je t'ai déjà répondu… Serais-je plus sage que toi, ou ton séjour à Paris t'aurait-il à ce point ramolli ?… Crois-tu vraiment qu'un beau logis, bien chauffé rend à coup sûr plus satisfait de la vie ?… Quant à moi, je me moque des beaux habits – celui que je porte tous les jours, c'est le libraire Carrère qui me l'a donné ; il était à son fils, mort à vingt ans de fièvres, l'année où je suis arrivé dans cette ville… Je t'assure aussi qu'ici je n'ai jamais souffert du froid plus qu'à Bort ou à Mauriac… J'aime la vie, j'y mords à pleines dents !… Flamarens lui seul est vraiment malheureux, non à cause de sa pauvreté, mais de la persécution qu'il subit.

Anselme n'en croyait rien :

– Taratata ! Je sais une chose, c'est que tu passeras cette dernière année au chaud ! Flamarens aussi… Il finira par mourir s'il ne se nourrit pas mieux !

– Il n'a plus d'appétit. Tu as bien vu qu'à l'auberge, hier soir, il n'a fait que grappiller.

– Toi, en tout cas, tu as dévoré !

Eustache éclata de rire :

– Eh bien oui ! Cela faisait huit jours que je n'avais pas mangé de viande… Alors tu parles !

– Tu es plus endurant et plus têtu que Mathieu et moi réunis ! s'exclama Anselme en prenant son frère dans ses bras.

L'après-midi, sur les indications de M. Broussy, le propriétaire de l'auberge de l'Ale, Anselme trouva un logis plus spacieux dans une tour de l'ancien rempart dont il acquitta le loyer d'avance pour une année. Deux petites fenêtres donnaient sur le beau jardin de l'évêché et il y avait au fond d'une petite souillarde attenante à l'unique pièce qui occupait tout l'étage une cheminée qui tirait bien. L'ancien novice refusa d'abord de quitter son grenier. Il s'installa dans un coin plein d'ombre sur son grabat et ne bougea plus. Anselme et Eustache, empruntant une carriole à bras, s'occupèrent le soir même du modeste déménagement, et ce n'est que lorsqu'il n'y eut plus ni lit, ni chaise, ni livres, ni papiers, que Flamarens consentit à bouger à son tour.

La même comédie se joua pour le vestiaire. Eustache se décida le premier à accepter le secours d'Anselme et il revint tout fier de chez le fripier où, en dépit de ses protestations de la veille de vouloir demeurer presque aussi nu que le vieux Job, il put dénicher pour quelques livres deux habits et un manteau à sa taille. Paré d'un justaucorps vert, d'une chemise de batiste à petit jabot de dentelle, d'un gilet de casimir blanc et d'un tricorne de ras noir, il avait l'air d'un petit monsieur, ressemblant tout d'un coup à l'un de ces fils de famille riche du collège, mais avec une aisance, une élégance et, pour employer un mot à la mode, un fion insurpassables.

– Voilà un jeune homme qui fera des ravages à la Cour ! s'exclama Anselme après l'avoir fait tourner trois fois sur lui-même, au seuil de la boutique du marchand d'habits, pour l'admirer dans la lumière du jour.

Flamarens mit trois jours à se faire à ces frivolités et à quitter son air réprobateur. Il consentit enfin à se laisser accompagner par Anselme pour se vêtir décemment et à retrouver le goût des bombances d'autrefois. Il se remit également à parler et commença à éblouir Anselme de ses vastes connaissances et de sa constante finesse.

Le chanoine Antérieu, le professeur de sciences d'Eustache, était un homme d'agréable compagnie, toujours de bonne humeur, aimant la vie, le bon vin, le tabac et les livres. Il vivait hors du collège, dans sa belle maison de la rue Penavayre où il avait l'air de ne manquer de rien. C'était un imposant vieillard à cheveux blancs, taillé comme un hercule, avec deux petits yeux qui faisaient une sorte d'accent circonflexe, tombant de part et d'autre d'un nez taillé en forme de serpe et tordu à son extrémité comme s'il avait reçu un coup.

Il accueillit les jeunes gens chez lui, de bon matin, joyeux de revoir Flamarens qui se cachait depuis trop longtemps et de découvrir un savant de la qualité d'Anselme. Il leur fit d'abord servir par sa sœur, qui tenait chez lui l'office de gouvernante, une roborative soupe au fromage, à son avis cuite à point, ainsi qu'il l'expérimenta lui-même en plantant la louche bien droite au milieu de la soupière. Il versa lui-même pour l'accompagner un petit vin de Marcillac bien frais. D'emblée, la conversation fut enjouée, savante et plaisante à la fois, et ce n'est que lorsque tout fut avalé, la bouteille entièrement vidée, que le chanoine consentit à accompagner Anselme voir la collection du révérend père Garrigoux.

Dès qu'ils furent dans la rue, Antérieu expliqua à son hôte, sidéré de ce gala matinal :

– Les choses de conséquence, en Rouergue, ne se font que le ventre bien plein !

Le collège, déserté par ses maîtres et ses élèves en vacances, était alors livré au bruyant sabbat des ouvriers, peintres, menuisiers et couvreurs, mais, par miracle, le cabinet attenant à la classe de sciences, sous les toits, où se trouvait conservée la fameuse collection de minéraux, échappait à ce tapage.

Le contenu des deux armoires du révérend père Garrigoux apparut à Anselme d'emblée exceptionnel. Son frère n'avait pas menti, il était même en deçà de la vérité : sept mille quatre cent quarante-quatre échantillons de roches, classés par lieu de prélèvement, mais affublés des noms les plus fantaisistes, comme

« pierre à fusil », « pierre de lune », « caillou de Sainte-Marguerite » ou « gravier du bon Dieu »…

– La collecte semble exhaustive, estima Antérieu, mais, en 1720, on avait bien peu de connaissances en minéralogie.

– Aucune ! s'amusa Anselme.

– Comment cela ? s'étonna Antérieu.

– Le mot n'existait pas… Il n'a que vingt ans !

Trois matinées passées à recenser le contenu de ces deux grandes armoires convainquirent Anselme de l'intérêt de pousser plus loin l'inventaire de ce trésor. Il prit langue avec M. Delmas, le préfet du collège, ainsi qu'avec le subdélégué de l'intendant de Montauban et l'ingénieur des Ponts. Il s'agissait d'obtenir d'eux les autorisations nécessaires aux investigations dans la collection elle-même, mais aussi aux fouilles qui pourraient s'avérer utiles sur le lieu de ces prélèvements, en complément des observations physiques et chimiques pratiquées sur les échantillons eux-mêmes, qu'ils soient en quantité insuffisante, ou qu'il existe un risque sérieux de destruction à les éprouver.

Dès le surlendemain de l'arrivée du Parisien, les après-midi furent consacrés à des promenades. Les jeunes gens s'entassaient à trois dans la petite chaise, toujours conduite par l'indispensable Baptiste, et partaient en excursion. Ils visitèrent ainsi Villefranche, le trou de Bozouls, Espalion et même Albi, où ils restèrent deux jours. Albi où le cardinal de Bernis n'était pas revenu d'Italie, ayant entre-temps reçu du roi la proposition de devenir ambassadeur de France à Rome.

Ces vacances imprévues, ces longues courses à vive allure dans les recoins les plus reculés et les plus pittoresques de la province enchantèrent les frères Masson, heureux de s'être retrouvés, et ranimèrent complètement l'énergie défaillante de Flamarens.

Trois jours avant le départ d'Anselme, le 28 septembre, ils allèrent à Conques, abbaye à peu près délaissée de ses moines, posée sur les flancs d'une gorge étroite tapissée de verdure, avec toute la majesté qu'avait dû avoir, au début des temps, l'arche de Noé échouée sur le mont Ararat.

Anselme avait mûri un plan qu'il comptait dévoiler ce jour-là à ses deux compagnons de route.

Longtemps ils errèrent seuls dans l'abbaye, fascinés par la longue figure de sainte Foy, idole d'or et de pierres précieuses, prisonnière de grilles hérissées de piques et de pointes acérées. Redescendant vers le paisible cloître, à l'heure où le soleil s'abaissait, ils s'assirent sur une grande plaque de schiste brisée qui devait être l'ancien couvercle d'un tombeau.

– Que dirais-tu, Pierre, d'être le premier provincial à travailler pour la Manufacture de Sèvres ? demanda tout à trac Anselme à Flamarens.

L'ancien novice se mit à sourire innocemment, comme s'il n'avait pas compris la question.

– Je songe à te confier une mission d'une année, qui ne t'occupera que pendant tes matinées et qui permettrait d'explorer de façon complète et exhaustive le contenu des deux armoires du collège.

– Comment peux-tu imaginer que ces messieurs les régents me laisseront revenir chez eux ! railla l'ancien jésuite… Ils m'ont chassé en impie !

– Et que fais-tu de l'autorité du roi, dont j'ai là les ordres dans ma poche ? répliqua Anselme en montrant les lettres de Bertin revêtues du sceau ministériel.

– Cela ne les désarmera pas !

– C'est mon affaire !… Mais, toi, que dis-tu de ma proposition ?

– J'ai à écrire !

Eustache s'entremit :

– Pierre, fais-le pour moi ! C'est une œuvre utile pour

la science et tu conserveras tous tes après-midi pour tes travaux personnels.

L'ancien novice était tout d'un coup redevenu grave, comme aux premiers jours de l'arrivée d'Anselme. Dans son âme torturée, l'idée que le Parisien n'avait trouvé que ce moyen pour lui faire honorablement une charité déguisée venait de s'insinuer.

– Je ne connais…

– Tu en connais suffisamment ! trancha Anselme pour couper court à ses protestations. D'ailleurs, je vais t'écrire noir sur blanc le mode opératoire des essais physiques et chimiques. Ce travail fera le bonheur de toutes les générations futures ; il est dans le droit fil des conceptions de l'*Encyclopédie* que nous vénérons l'un et l'autre.

Flamarens se tut. Anselme considéra que cela valait acceptation.

Le lendemain, Anselme retourna seul au collège où il exposa son projet au préfet Delmas et à deux des régents qui, immédiatement, poussèrent des hauts cris, décuplés par ceux qu'articula bientôt M. Sabouret, l'official du diocèse, père doctrinaire d'un fanatisme tout médiéval, survenu inopinément.

– Nous avons chassé cet athée pour protéger la jeunesse de notre ville ! hurla cet homme dont le crâne rasé ne laissait qu'une fine couronne de cheveux noirs. Il ne reviendra pas par la petite porte !

– J'ai avec moi des ordres du ministre qui me donnent pouvoir d'organiser, comme je l'entends, c'est-à-dire au mieux des intérêts du roi, la recension des collections qui sont ici.

– Le ministre n'est pas le maître de la discipline de cette maison et il n'a pas pu vous prescrire de confier ces travaux de chimie à un esprit satanique !

– M. Bertin veut un relevé scientifique. Il m'en a fait

le maître d'œuvre et je ne vois personne de plus capable d'y parvenir que Pierre Flamarens !

– Trouvez qui vous voulez, mais pas lui !

– Eh bien, messieurs, j'irai porter mes plaintes à l'évêque en personne !

– Il ne vous entendra pas !

Anselme ressortit de là furieux. C'était, songea-t-il, dans un registre encore plus abrupt et moins policé – sans doute à cause de la rudesse native du Rouergue –, la réédition de l'obscurantisme auquel se heurtait, à Paris, dans le même temps, le pauvre Marmontel, rappelé violemment à l'ordre par la Sorbonne et par l'archevêque de Beaumont.

Monsieur de Rodez, Charles-Maurice d'Antibes de Grimaldi, était un homme que la naissance, la vie, l'amitié, l'affection et la santé même avaient toujours favorisé. À quarante-huit ans, il avait encore l'air d'un enfant. Rose et poupin, aimable, rieur, n'imaginant pas une seconde que l'existence puisse avoir des aspérités. Il avait bien quelquefois des peines mais elles étaient légères, et ses joies ne pétillaient et ne duraient pas plus que des étincelles. Rien ne lui était vraiment à charge, rien ne le passionnait non plus véritablement. Il ne faisait jamais de grands choix mais il avait de petites préférences : il était plus heureux à Antibes qu'à Rodez, plus à l'aise dans un salon qu'officiant sur son trône dans la cathédrale, il préférait lire les petits romans à la mode que les encycliques du pape. Il détestait les criailleries des théologiens, le fanatisme des ascètes et la rustrerie des moines. Pur produit de l'éducation des jésuites, il avait déploré secrètement leur proscription et n'avait accueilli les doctrinaires venus les remplacer, dont Sabouret – dans le registre fanatique – était l'archétype, qu'avec beaucoup de réticence et un dégoût qu'il avait toujours eu du mal à dissimuler. Il n'avait à peu près qu'une seule règle de conduite : ne jamais se mettre dans le cas le déplaire aux ministres ou au roi, qui pourrait un jour le faire archevêque ou le proposer au pape pour la barrette de cardinal.

Il reçut aimablement Anselme et, impressionné de ses lettres de créance ministérielles, lui annonça d'entrée qu'il ne voyait pas ce qui pourrait s'opposer au retour au collège d'un professeur « dont la mission nouvelle ne serait plus d'enseigner mais d'accomplir des travaux pour le roi ».

Par rouerie, mais aussi parce qu'il avait immédiatement reconnu dans son visiteur un homme des temps nouveaux, il ajouta n'avoir jamais été informé du cas de Flamarens ; précisant aussitôt que s'il avait eu à donner son avis, il aurait forcément soutenu un esprit novateur, qui plus est un défenseur de l'*Encyclopédie*.

– J'en suis moi-même l'un des modestes souscripteurs depuis le premier jour ! appuya-t-il sur le ton de la confidence en menant Anselme dans un cabinet attenant à son vaste bureau où tous les volumes publiés jusque-là se trouvaient cachés à l'abri des regards.

Grimaldi, se répandant chattement et mielleusement, garda le Parisien près de lui pendant une heure encore. Il voulait absolument savoir comment son collègue Lussan, l'archevêque de Bordeaux, avait pu si bien faire sa cour au roi avec son kaolin ; une question surtout lui brûlait les lèvres :

– Du kaolin, pensez-vous qu'il s'en puisse trouver dans mon diocèse ?

– Ce n'est pas impossible, mais il faut laisser travailler M. Flamarens. Lui seul, au bout du compte, pourra nous le dire vraiment !

– Béni soit M. Flamarens !

Voici comment l'ancien novice, nullement demandeur d'une bénédiction épiscopale, sc trouva engagé à son tour dans l'arcane de la porcelaine.

Son retour public au collège, lors de la rentrée du 1er octobre, fut son triomphe. Il s'était cru chassé par une aversion générale et il fut tout étonné, entrant dans la cour principale en compagnie des deux frères Masson, de recevoir un accueil chaleureux de la plupart des professeurs et des élèves – surtout les anciens jésuites et les garçons des classes de rhétorique et de philosophie qui avaient connu ses déboires. Ils s'étaient mis sur deux rangs pour lui faire une haie d'honneur. Il y eut même une discrète ovation lorsqu'il entra dans la salle des actes qu'il eut la modestie de vouloir faire cesser aussitôt en portant son index à ses lèvres pour réclamer le silence.

Le nouvel « adjoint chimiste vacataire » de la Manufacture de Sèvres, aux appointements de 50 livres par mois – ainsi que le précisait la lettre qu'Anselme lui avait remise le matin même –, tenait par-dessus tout à ne choquer personne.

Le chanoine Antérieu était aux anges. Il embrassa le Parisien, promoteur de ce miracle qu'était le retour de Flamarens au collège, parmi l'élite intellectuelle de la ville dont il n'aurait jamais dû être retranché :

– Le souffle de la tolérance sur cette ville et grâce à vous !... Vous venez de démontrer – ce que je crois depuis longtemps – que le cœur de la plupart des hommes est porté aux bienfaits et qu'il n'est corrompu que par une poignée d'esprits rétrogrades, haineux du genre humain.

Parlant ainsi, il toisa du regard Sabouret qu'il méprisait depuis toujours et qui, figé sur le seuil de la salle, avec des yeux révulsés, flanqué des deux ou trois doctrinaires connus pour les plus obscurantistes de leur communauté, affectait un air de grand scandale.

Les grandes routes du Rouergue en 1769 n'avaient que vingt ans d'âge. Elles étaient l'œuvre de l'intendant

Lescalopier qui, avec l'aide des ingénieurs des Ponts et Chaussées, avait su se jouer habilement des difficultés d'un terrain accidenté, épousant, quand il le pouvait, le tracé des dorsales, aménageant des levées tout au long des rivières, faisant réaliser ces ouvrages au moindre coût par l'utilisation sans scrupule du système honni de la corvée. Il avait de la sorte contribué à ouvrir la province au moyen de trois grandes routes, l'une de Montauban à Millau, l'autre d'Albi à l'Aubrac par Rodez ; la troisième, allant d'Albi à Aurillac, passait par Villefranche et Figeac.

Anselme, pour rejoindre Cahors, où il devait se trouver le 4 octobre au matin pour attraper la diligence de Paris, avait donc le choix entre emprunter la première route jusqu'à Montauban, ce qui paraissait être la solution la plus rapide, ou remonter jusqu'à Figeac puis suivre ensuite la vallée du Célé puis celle du Lot pour atteindre le chef-lieu du Quercy. Son choix était pratiquement fait. Il allait se porter sur la solution qui était de passer par Montauban, lorsque Eustache, qui le regardait le cœur gros compulsant encore une fois sa carte, lui dit :

– Je n'ai pas encore eu l'occasion de te le dire, mais je sais depuis peu que Lucile...

– Lucile ! dit Anselme, le visage brusquement changé.

– Oui, Lucile... Elle vit à Figeac !

– Comment le sais-tu ? demanda le chimiste en agrippant le poignet de son frère comme s'il avait voulu le briser.

– Mme Catugier me l'a écrit dans une lettre au dernier printemps, en me demandant expressément de ne pas t'en parler... Lucile a épousé Delolm, il y a cinq ans, après la mort de sa mère, presque aussitôt suivie de celle de sa sœur Marthe. Delolm venait d'acheter une charge d'avoué à Figeac. Elle l'y a suivi.

Anselme regarda de nouveau sa carte, sa décision définitivement prise :

– Je ne connais pas cette ville. Voilà l'occasion d'y faire un tour… Mais, pour l'heure, frérot, allons prendre, avec ton ami Flamarens, notre dernier souper ensemble… La tristesse en est bannie, puisque nous nous retrouvons à Paris dans dix mois !

Le lendemain, en milieu d'après-midi, après être parti de Rodez bien avant l'aube dans sa petite chaise noire, toujours conduite par l'habile Baptiste, Anselme parvint à Figeac par le faubourg du Pin qui, avec ses canaux, ses petits ponts en dos-d'âne, les quais étroits de ses tanneries, avait quelque chose d'une Venise rustique.

Ayant laissé son équipage sur la place aux Herbes, il gagna à pied la rue Porte-Garine, traversant un îlot de maisons anciennes, uniformément construites en pierre jusqu'à l'attique et surmontées d'auvents à claire-voie, en bois et brique, à usage de greniers à blé et à châtaignes qui, dans le pays, se nomment communément des soleils. Il se fit désigner la maison de Lucile par un garçonnet, pieds nus, qui venait de sauter le mur d'un jardin en emportant une grappe de raisin dans son chapeau de paille.

Il faisait chaud. C'était l'heure de la méridienne, tous les volets étaient tirés et les rues alentour désertes. Le voyageur, dans ce silence et cette solitude, marchait d'un pas lent.

Il fit au dernier moment un détour par la rue des Tourneurs. Son cœur se mit à cogner lorsqu'il remarqua l'auvent de tuiles et la treille de glycine que lui avait décrits son petit voleur de raisin.

Il hésita quelques secondes avant de soulever le marteau, puis, encore une fois, avant de le laisser retomber.

Un son creux résonna alors à l'intérieur de la maison comme dans un sépulcre, puis il se passa encore un long moment avant qu'une vieille femme vienne entrebâiller la porte.

– Mme Delolm est-elle là ? lui demanda Anselme avant de donner son nom.

La bonne femme, qui portait un châle de grosse laine malgré la chaleur et des galoches à semelles de bois dont le dessus de cuir était gravé d'une image de saint Joseph, resta impassible, dévisageant le visiteur sans avoir l'air de le comprendre.

Anselme réalisa soudain qu'elle était sourde. Il tira de sa poche le petit carnet et la mine de plomb qu'il avait toujours sur lui et écrivit son nom.

La vieille hocha la tête et lui fit signe d'attendre avant de refermer la porte puis de revenir presque aussitôt pour le prier d'entrer. Elle lui fit traverser deux salons plongés dans la pénombre et qui sentaient bon l'encaustique, et le mena jusqu'au jardin auquel on accédait par un petit escalier de pierre à double volée de quatre marches.

Lucile se trouvait là, l'anse d'un panier d'osier passée à son bras, coupant de sa main libre les roses fanées qui tapissaient tout un mur crépi à la chaux. Il ne la vit tout d'abord que de dos. Elle portait une robe légère, grise à petites rayures bleues, dont les manches s'arrêtaient au-dessus du coude. Elle était coiffée d'un grand chapeau de toile fine orné de deux rubans couleur azur, cousus ensemble pour former une sorte de cœur.

Il resta en arrêt sur la dernière marche tandis qu'elle continuait de couper des fleurs dont les pétales s'éparpillaient dans l'allée à peine les avait-elle touchées.

L'identité de son visiteur venait de lui être révélée par le petit mot que lui avait remis sa vieille servante et, tétanisée par l'émotion, elle ne savait pas encore quelle contenance adopter. Lorsqu'elle se retourna, au bout d'un long moment de silence, un moment qu'ils devaient sans nul doute l'un comme l'autre redouter d'interrompre, son courage l'abandonna : son panier lui glissa des doigts et elle fit trois pas vers une chaise de fer pour s'y laisser couler.

– Anselme ! murmura-t-elle d'une voix de mourante.

– Lucile ! lui répondit-il en venant s'agenouiller près d'elle.

– Anselme, toi ici… Dix ans après !

– Oui mais maintenant que je te retrouve, c'est comme si c'était tout à l'heure.

Il y eut un nouveau silence, puis un soupir qu'ils exhalèrent ensemble tout comme s'ils lisaient une partition. Quelques secondes s'écoulèrent, interminables, sans un mot ni un souffle.

Insensiblement, la tendresse des anciens jours lui revenait au cœur et il cherchait ses yeux d'un regard appuyé.

– Vis-tu à Figeac depuis longtemps ? finit-il par lui demander.

– Depuis cinq ans… Après la mort de ma mère, puis celle de ma sœur, j'étais bien seule. J'ai épousé Delolm qui me faisait la cour depuis toujours, comme tu sais. Il venait d'acheter une charge d'avoué dans cette ville… Delolm est vraiment bon. Il n'a toujours cherché qu'à me rendre heureuse… Et puis, venir ici, c'était aussi pourvoir m'échapper de Bort où je n'avais pas que de bons souvenirs.

– C'est vrai que nous nous moquions injustement de ce pauvre garçon, répliqua Anselme en forçant un sourire. Souviens-toi de sa figure effarée lorsqu'il nous observait le soir, à l'heure de nos rendez-vous, au bord de la Dordogne.

– Oui, dit-elle doucement, nous lui avons causé bien du tourment.

– Le chagrin, Lucile, a été notre lot à tous.

Elle fronça les sourcils comme si elle réprouvait brusquement ses paroles :

– Toi, Anselme, tout ce que tu as entrepris s'est déroulé selon tes désirs… Te voici à présent quelqu'un… Le roi connaît ton nom… J'ai su par Mme Catugier les étapes de ta fortune… J'ai communié dans ta gloire et tes souffrances… Je sais aussi que tu es le père d'une petite Adèle…

– Mais, toi, il y a bien aussi quelques joies dans ta vie ?

– Moi ! mais j'ai à peu près tout ce que peut désirer une femme : la paix, la possibilité de se passer quelques caprices et, par-dessus tout, l'amitié d'un mari…

– Mais, des enfants… Des enfants, en as-tu ?

– La joie de la maternité me sera toujours refusée… Tu vois… Il ne fallait pas…

– Il ne fallait pas… Quoi ?

– En m'épousant, tu te serais privé de ce bonheur.

– Qu'en sais-tu ?

– J'ai au moins la moitié de la réponse…

– Tu n'en as pas la certitude !

– Laisse cela, mon ami ! lui dit-elle en lui faisant signe de prendre la chaise qui se trouvait de l'autre côté de la table de fer à laquelle elle s'était accoudée.

– As-tu soif ?

– De l'eau, simplement de l'eau, comme autrefois à la fontaine de la Cadène… Sauf que nous n'aurons plus notre grosse cuillère de bois.

Elle agita une clochette rendant un son terriblement aigrelet qui réussit le prodige de faire paraître presque aussitôt la vieille servante en haut de l'escalier.

– Comment entend-elle cela puisqu'elle est sourde comme un pot ? s'étonna Anselme.

– Elle ne connaît que cette cloche, sans doute parce que les vibrations en sont particulières.

Lucile parla par signes à la vieille qui se nommait Octavie. Anselme écarquilla les yeux :

– Sais-tu que tu intéresserais diablement Mathieu ?… Comment diantre as-tu inventé ce langage ?

– Oh ! ce n'est qu'une question de patience… Quand on n'a rien à faire comme moi, quand les jours sont longs, interminables, on n'y a que peu de mérite. Il suffit d'observer, de réfléchir tant soit peu pour trouver aux petits problèmes quotidiens des solutions simples et évidentes, si simples même parfois qu'on n'oserait presque pas en parler ni les concevoir si l'on vivait dans une société brillante où le désir de n'énoncer que des idées nobles et originales ne fait que compliquer les choses... Avec Octavie, je forme avec mon index et mon pouce le cercle d'un verre imaginaire et je le porte à mes lèvres pour lui signifier que j'ai soif. Voilà tout !

– Tu es sage ! lui dit-il en lui prenant une main pardessus la table.

Il resta à nouveau un long moment sans parler, promenant son regard sur le petit jardin, se pénétrant de l'odeur des roses et des glycines mêlée à celle de foin séché. Voilà donc ce qu'était à présent tout son univers, un petit enclos perdu au bout du monde, dans un bourg de province où les grands événements et les grandes révolutions de l'esprit qui sont à Paris ne lui parvenaient qu'assourdis et tamisés. C'était une vie qui s'abîmait dans des petitesses continuelles et dans la détresse de la solitude. Il observait ce calme, cette régularité, ce silence qu'il avait connus enfant, mais qui à présent l'effrayaient.

Il la contempla longuement. Pour cacher son trouble, elle s'affairait à détacher un à un les pétales des fleurs dont elle avait rempli le fond de son panier, sans doute pour préparer quelque vinaigre rosat ou pot-pourri, ces raffinements des choses éteintes que l'on ne trouve qu'en province. Elle se montrait à lui de profil. Il la trouva inchangée. Elle avait le même front haut et bombé, le même nez mutin dont il avait si souvent épousé la courbure de ses lèvres, la même jolie bouche. Ses fossettes mignonnes s'étaient légèrement enfoncées, ses joues étaient à peine moins rebondies, mais gardaient cette petite pointe de rose aux pommettes et, cet après-midi-là, une flaque d'or dont le soleil caressait les méplats. Le regard était toujours aussi sérieux, mais l'attitude, le geste, cette façon qu'elle avait de baisser les yeux sans pudibonderie et même avec le demi-sourire de ceux qui se sentent observés, conservaient la grâce mutine qui avait autrefois capté ses premiers émois. Rien de tout cela ne sentait la résignation ou la tristesse.

Voyant qu'il demeurait pensif et silencieux, devinant ses pensées et ne voulant surtout pas qu'il songeât à la plaindre, elle releva la tête et se mit à lui sourire franchement.

– Que fais-tu à Figeac ? demanda-t-elle.

Il raconta son voyage à Rodez, ses retrouvailles avec Eustache.

– Eustache ! répéta-t-elle. Je ne me souviens que d'un enfant...

Elle s'arrêta, le considéra soudain d'un regard suppliant :

– Reste pour souper et dormir ici ce soir. Ta diligence n'arrive qu'après-demain... Jean-Baptiste est à Maurs pour une adjudication. Il sera de retour en fin d'après-midi.

Elle le vit hésiter à accepter son invitation :

– Ne me prive pas d'une grande joie... D'ailleurs, Delolm aussi sera heureux de te revoir. Il me parle quelquefois de toi.

Il la fixa avec un air de surprise.

– Oui, reprit-elle en soutenant son regard, il me demande si je ne te regrette pas... Si je n'aurais pas préféré être ta femme plutôt que la sienne.

Anselme éprouva un frisson, médusé par l'audace de ces paroles, mais il parvint à le contracter dans un simple plissement des lèvres.

– Le pauvre homme, il est si peu sûr de lui... poursuivit-elle avec cette même franchise dont elle savait parfaitement la cruauté. Il sera aujourd'hui encore, en facc de toi, comme un enfant intimidé.

– Je ne veux pas le blesser !

– Oh ! tu ne le blesseras pas… Ce sera même peut-être la première fois qu'il se sentira confiant, se voyant à mon côté face à toi, ayant réussi à accomplir ce dont il n'aurait jamais osé rêver à dix-huit ans.

Il se tut, baissant la tête, tandis qu'elle entreprenait, avec un air de grand calme et une sorte de détermination farouche, de percer puis d'aligner sur un fil de soie les plus beaux des pétales pour en faire des colliers.

– Et toi, Lucile, toi qui ne vivais que dans les livres et dans les rêveries, que fais-tu dans cette ville de tes longues journées ?

Tout ce qu'elle lui expliqua alors tendait à montrer qu'elle n'était pas à plaindre : elle était abonnée chez les deux libraires de la ville, recevait le *Mercure,* avait des amis nombreux et fidèles. Elle tenait même chez elle, tous les mois, une manière de salon où venaient des habitués, des savants, des érudits, des antiquaires et des collectionneurs qui faisaient le voyage jusque chez elle, parfois depuis Aurillac ou Cahors. Ils s'entretinrent alors des auteurs à la mode. Il lui donna des nouvelles de Marmontel, l'enfant du pays, puis il lui parla longuement de Sèvres, de ses travaux, de ses peines, de ses joies, d'Adèle surtout, avec une liberté et un naturel, qui, chez cet être volontiers secret et réservé, étaient proprement stupéfiants.

Le chant d'un rouge-gorge vint brusquement interrompre le doux babil des deux anciens amants, heureux de s'être retrouvés. Et, à cet instant, presque inexplicablement, les yeux d'Anselme s'embuèrent.

– Lucile ! lui dit-il en lui serrant la main plus fort. Pourquoi m'as-tu abandonné ?

Contre toute attente, elle éclata de rire.

– Anselme ! gronda-t-elle, atténuant le ton de reproche de sa voix en posant son autre main par-dessus la sienne. C'est toi qui me demandes cela ? Mais c'est toi qui m'as laissée sans nouvelles !

– Moi ! s'écria-t-il, élevant brusquement le ton alors qu'il n'avait jusque-là que chuchoté… Mais, Lucile, je t'ai écrit cinq fois au moins, sans jamais recevoir de réponse !

Elle continua de se moquer en haussant les épaules.

– Tu ne me crois donc pas ? dit-il en dégageant sa main.

– Je n'ai reçu aucune de tes lettres, je puis te le jurer… Cinq lettres perdues, Anselme, ce serait trop de malchance… Trop de malchance vraiment pour que je te croie.

– Je les ai toutes postées avec Mathieu, il pourra te le confirmer.

Elle croisa son regard qu'il n'abaissait pas.

– Mon Dieu ! s'exclama-t-elle, redevenant d'un coup sérieuse et pâlissant… Tu m'as donc écrit !

– Cinq fois !… Cinq fois au moins, Lucile !

Il lui reprit les deux mains :

– Et tu n'en as pas reçu une seule ?

– Aucune !

– C'est affreux ! Et tu as imaginé que je t'avais oubliée ?

– Que pouvais-je conclure d'autre ? Crois-tu qu'il m'a été facile de concevoir et d'accepter que tu ne songeais plus à moi ?… Dix fois moi aussi, j'ai voulu venir à Paris…

– Que ne l'as-tu fait ?

– Où serais-je allée ? Pouvais-je savoir où tu habitais ?… Il était bien convenu que tu écrirais le premier pour me dire ton adresse.

– Je l'ai fait, Lucile !… Je l'ai fait !

Le silence se fit de nouveau, interminable.

– Lucile, finit par articuler faiblement Anselme, quel épouvantable gâchis !

– Anselme, ne dis rien !… C'est la fatalité qui en a voulu ainsi.

Il se leva brusquement pour aller seul au fond du jardin cacher des larmes. Lucile, pendant ce temps, demeura prostrée, continuant d'enfiler d'un geste mécanique ses pétales de roses sur le fil de soie. Elle, si forte, découvrait soudain les espaces sans lumière et sans air qui sont au-delà de la douleur.

Il s'écoula encore quelques longues minutes, rompues seulement par les bruits venant de la rue qui retrouvait à cet instant une modeste activité après la sieste : le cri des charretons qui tiraient leurs bœufs, le crissement des roues cerclées de fer et d'une voiture sur le pavé, les chants joyeux des enfants qui s'en revenaient de l'école.

Voyant qu'il ne bougeait pas, elle alla vers lui et lui prêta son bras.

– Mon bon ami, lui murmura-t-elle en se penchant à son oreille, il faut faire contre mauvaise fortune bon cœur… Ne plus rien dire, puisqu'il n'y a plus rien à dire. Parle-moi plutôt de ta porcelaine ! Et, d'abord, comment se présente-t-elle ?

Il tourna son visage. Il souriait faiblement, admirant son courage.

Il tira de la poche de son gilet un petit paquet bleu, entouré d'une faveur de soie noire.

– En voilà, lui dit-il. C'est pour toi !

Elle défit précautionneusement le nœud, roula le petit ruban de soie, puis, avec les ciseaux dont elle s'était servie pour étêter ses rosiers, elle découpa le papier, avant d'ouvrir la boîte et de découvrir un petit brûle-parfum de pâte dure blanche, orné d'une simple grecque d'or.

– C'est magnifique ! s'écria-t-elle avec une joie d'enfant en joignant les deux mains comme pour mieux s'extasier.

– Tu seras ainsi l'une des premières en France à posséder une pièce sortie de Sèvres dans la nouvelle matière que nous ne présenterons au roi que dans un peu plus de deux mois, juste après Noël.

Elle éleva la petite pièce au-dessus de ses yeux pour l'admirer dans la lumière, et le soleil d'automne fit chatoyer la glaçure. Anselme en profita pour s'emparer de son poignet :

– Lucile…

– Non, ne dis pas autre chose, Anselme !… Je vais te faire visiter ma maison. Ainsi, quand tu seras dans ton laboratoire, à Sèvres, tu pourras quelquefois imaginer ce lieu où quelqu'un pense souvent à toi.

Elle se jeta proprement dans l'escalier pour lui cacher son émotion. Il la suivit.

L'intérieur de Lucile était pareil à celui de presque toutes les maisons bourgeoises de province, d'un honnête confort, sans apparat, un mobilier rangé avec soin, exhalant une agréable odeur de pot-pourri et de savon : des commodes et des armoires de noyer, des râteliers chargés de vaisselle d'étain, des chaudrons et des bassinoires de cuivre, pendus aux murs et impeccablement lustrés, des placards pleins de linge propre dont la senteur fraîche et nette s'exhalait au travers des portes ; des chaises et des fauteuils, fabriqués dans le style affadi par les honnêtes ébénistes du pays qui était à peu près celui de la Cour au début du règne, recouverts de paille ou de tapisserie au petit point. Telle était l'arène, semblable à tant d'autres en France, des longues heures passées dans l'ennui et les bâillements. Anselme en eut d'abord le cœur serré. « Comme elle est courageuse ! Comme elle sait bien mentir ! Sa vie ici n'est qu'un désert ! » pensa-t-il. Il avait le sentiment de pénétrer dans un tombeau, à l'intérieur duquel s'épanouirait un lys solitaire.

Elle continuait de marcher devant lui, détournant parfois subrepticement la tête pour contempler son effarement, mais continuant à lui sourire.

Elle tira brusquement d'une poche de sa robe une clef dorée et ouvrit une porte qui se trouvait tout au fond d'un couloir, au premier étage de la maison.

– Voilà mon petit coin de paradis ! annonça-t-elle avant d'entrer.

C'était une grande pièce claire dont les deux fenêtres sans rideaux donnaient sur le jardin et où, à la différence de tous les lieux qu'ils venaient de traverser, régnait le plus effarant des désordres. Partout, des piles de livres et de revues en équilibre instable, un tableau sur un chevalet qui n'était qu'à moitié brossé, une multitude de toiles rangées sur chant et appuyées contre le mur, un lit défait où elle restait des heures entières à lire, une épinette et, par terre, des partitions de musique.

– Voici mon antre. Jean-Baptiste lui-même n'en a jamais passé le seuil. Ce sera là notre secret !

Il la contempla en s'attendrissant. Celle qu'il avait distinguée autrefois comme l'esprit le moins conventionnel et le plus libre qu'il ait pu connaître dans sa jeunesse austère était vraiment digne de son admiration. Même sous l'éteignoir de son mariage et de son existence sans joie, elle avait veillé à entretenir la flamme de cette fantaisie et à garder sa fraîcheur et sa liberté.

Il porta longuement son regard sur tout ce capharnaüm plein des œuvres de l'intelligence. Il s'arrêta soudain sur un meuble qui lui était familier, le secrétaire à colonnes de l'abbé Vayssière.

– Il est là, lui aussi !

C'était un joli meuble de poirier, un meuble de château, dont l'abbé, on l'a dit tout au début de ce récit, avait hérité d'une douairière qui avait été sa pénitente. Il en avait lui-même ensuite fait don à Lucile, qui était sa nièce préférée. Anselme s'en approcha cérémonieusement : sur l'abattant de ce secrétaire, dans la chambre de l'abbé, il avait appris ses déclinaisons latines, résolu ses premiers problèmes de trigonométrie et d'algèbre. Il l'ouvrit, caressa la surface de cuir de l'écritoire, toujours marquée de trois ou quatre taches d'encre auxquelles, enfant, il s'efforçait de donner la signification de figures ;

l'une ressemblant à quelque tête d'ours, l'autre à la figure d'une affreuse sorcière.

– Ces taches étaient déjà là lorsque j'avais huit ans ! dit-il en riant.

Par jeu, il prit une feuille de papier, ouvrit l'encrier et se mit à tracer quelques lettres à l'aide d'une plume. Ce petit mot qu'il tendit bientôt à Lucile disait ceci :

Ce 2 octobre 1769, à Figeac,

Je suis heureux de me trouver ici, dans ton jardin secret. De t'avoir retrouvée et d'avoir pu constater que, sous l'assaut des ans, nous sommes restés les mêmes, en tout point, toujours et encore, dignes l'un de l'autre.

Anselme.

– Voilà notre autre secret, dit-il en reprenant la feuille des mains de Lucile. Et maintenant nous allons le confier au tiroir caché de ce meuble !

– Un tiroir caché ? reprit-elle étonnée.

– Comment, tu ne sais pas cela ? Ce bon abbé en faisait pourtant son divertissement le plus constant avec les enfants qui venaient le voir.

– Il ne me l'a jamais montré. Sans doute m'estimait-il trop sérieuse pour cela !

– Moi, je le sais, depuis toujours, dit-il sur un ton de feinte suffisance.

Il chercha dans sa poche son porte-mine d'acier et en appuya la pointe sur le petit clou qui se trouvait dissimulé à la base d'un chapiteau d'acanthe sculpté dans l'ivoire. Une feuillure de bois de rose constituée par le fût cannelé de la petite colonne bascula d'un coup et un paquet de lettres, ficelé d'un ruban rose, tomba sur l'abattant.

Mû par un terrible pressentiment, Anselme blêmit. Puis, s'étant emparé de ce paquet, il poussa un cri :

– Mes lettres, mes lettres envoyées de Paris. Tu les as donc reçues !

Lucile, sous le coup d'une émotion trop forte, s'évanouit.

Il la rattrapa à temps et l'allongea sur le lit défait où elle revint rapidement à elle.

Allant à la fenêtre la plus proche pour l'ouvrir en grand, il reprit le paquet de lettres qu'il examina rapidement sans l'ouvrir. D'un côté, c'était l'adresse de Lucile à Bort, qu'il avait tracée de sa main, de l'autre côté il y avait un papier plié en quatre comme un bulletin de devinette dans un jeu d'enfant. D'une écriture tremblée et immature étaient écrits ces trois mots : « Pour ma sœur. »

Croyant déjà percer l'épouvantable fin mot de cette énigme, il déplia nerveusement ce billet. Il le parcourut en tremblant :

> Lucile, si un jour tu trouves ces lignes, tu sauras que c'est moi qui ai volé ces lettres pour t'empêcher de revoir Anselme. Je l'aime moi aussi. Je n'aurais jamais supporté l'idée qu'il ne soit qu'à toi.
> Marthe.

Il revint vers Lucile tandis que des larmes roulaient sur ses joues.

– Comment peux-tu me soupçonner d'une telle noirceur ? lui demanda-t-elle avec des yeux suppliants.

– Je ne te soupçonne pas… Tu es un cœur ! Nous sommes les amants les plus malheureux de la terre !

Elle avait frissonné à ce mot d'« amants ». Il lui montra le petit billet de Marthe.

Elle renversa son cou blanc qui se gonfla d'un soupir. Son calme tandis qu'ils tournoyaient tous les deux dans ce gouffre d'horreur était stupéfiant.

– La pauvre ! murmura-t-elle. Elle a porté sa vie comme un fardeau. Elle était si farouche, si coléreuse que le bonheur des autres lui était insupportable.

– Mais comment a-t-elle fait pour te voler toutes ces lettres ?

– C'était elle que je laissais descendre dans la rue, dès que l'on entendait la crécelle du facteur. C'était sa joie !

– Je n'ai pas ta mansuétude, Lucile. Marthe a bouleversé notre existence et nous en porterons toujours la douleur et la cicatrice.

– Anselme ! murmura-t-elle en s'accrochant à son bras, parce qu'il s'était assis sur le coin de son lit pour lui permettre de mieux lire les épouvantables aveux de sa sœur. Les souvenirs mélancoliques que je conserve de notre amour suffisent à colorer ma vie.

Ils pleurèrent à nouveau en s'étreignant et ils restèrent ainsi, un long moment, serrés l'un contre l'autre, déplorant amèrement ce coup du sort qui les désespérait tous deux. Ils ne parlaient plus, perdus dans leurs pensées.

Vers 5 heures, Anselme se prépara à partir.

– Lucile, lui dit-il dans le vestibule de la maison, je préfère ne pas voir Delolm ce soir. Je quitte la ville, je pars pour Cahors. Trop d'émotion aujourd'hui... Mais je te promets de revenir dans quelques mois avec Adèle à qui je désire montrer le pays de son père. En attendant, je t'écrirai. Je sais que mes lettres n'auront désormais plus aucune raison de se perdre.

Ayant porté son index à sa bouche, il lui caressa les lèvres du bout du doigt, puis il ouvrit lui-même la porte et sortit dans la rue d'un pas rapide sans se retourner.

CHAPITRE NEUVIÈME

« Vous emportez la première manche !… »

Le dimanche 29 décembre 1769, jour de la Saint-Thomas, dans le salon aux Salles neuves du palais de Versailles, avait lieu l'habituelle présentation des porcelaines au roi. Pour la première fois, le tiers de ces pièces étaient de pâte dure, faite du kaolin provenant des carrières de Saint-Yrieix.

Dix ans moins deux jours s'étaient écoulés depuis que Mme de Pompadour avait promis de réussir à maîtriser en France, en une décennie, le secret des céramiques de Chine et de Saxe. La marquise avait eu le mauvais goût de disparaître dans l'intervalle, laissant le champ libre à ses nombreux détracteurs, circonstance qui avait considérablement compliqué, au moment le plus délicat, l'aboutissement de son grand œuvre, sans toutefois le compromettre.

Le roi apparaissait désormais comme le grand vainqueur de l'affaire. Il avait su relever deux défis successifs : celui lancé par sa bonne amie de faire à Sèvres une porcelaine dure ; mais également celui, beaucoup plus risqué – la redoutable surenchère dont avait su le persuader son ministre Bertin –, de la faire toute française, avec des matériaux tirés exclusivement du sous-sol du royaume.

Ces messieurs de Sèvres étaient là au complet pour partager la part de gloire qui leur revenait naturellement : Boileau, essoufflé et suant à grosses gouttes ; Macquer, rayonnant et heureux, ce qui faisait oublier d'un coup les dix années de colère et de morgue qui, au travers de terribles tourments, avaient été le moteur de son énergie. Il y avait aussi Montigny, toujours tiré à quatre épingles comme le petit marquis qu'il était, Millot, prêt à craquer dans le seul habit qu'il eût encore de mettable mais trop étroit, Deleviston, Marmet, Bachelier, Genest. Enfin, dominant tous ces messieurs d'une tête, Anselme, légèrement hâlé pour s'être fréquemment exposé au soleil tout au long de sa récente chevauchée en Rouergue, le seul à ne pas paraître transporté de se trouver là.

Ils s'entretenaient, osant à peine chuchoter, impressionnés d'être dans le saint des saints de la vieille monarchie, lorsque, soudain, un homme tout chamarré d'or parut dans l'encadrement d'une porte qui, au même moment, derrière lui, comme par magie, s'ouvrait à deux battants :

– Le Roi ! cria cet officier en faisant se détourner d'un même mouvement toutes les têtes de son côté.

Louis XV parut, entouré de ses trois petits-fils, le dauphin, Provence et Artois. La mort avait éclairci les rangs dans sa famille, et le roi, qui, comme nombre de ses ancêtres, avait une sensibilité vive mais des chagrins extrêmement brefs, s'était vite fait aux nouvelles têtes qui gravitaient autour de lui. Il était même assez satisfait d'avoir vu renouveler ses anciens attachements par de la jeunesse – à part ses quatre filles non mariées, il ne lu restait plus pour toute descendance, en France, que trois petits-fils et deux petites-filles qui avaient entre cinq et dix ans ; à Parme, il avait également trois autres petits enfants du même âge, qu'il ne connaîtrait jamais, mai dont il suivait minutieusement l'éducation par ses lettre hebdomadaires. C'était un vent de fraîcheur qui lui convenait et semblait tout accordé à la passion nouvelle qu'il nourrissait pour la comtesse Du Barry, de trente-trois ans sa cadette.

Autour du monarque, ce matin-là, sa maison, ses ministres, quelques familiers dont La Borde, dans un désordre qui n'était qu'apparence, puisque chacun marchait à un rang strictement réglé, mais avec cette allure naturelle et relâchée qui, depuis le règne de la marquise de Pompadour, était devenue la marque obligée de la grâce courtisane en France.

Immédiatement derrière le maître, comme toujours, le premier gentilhomme d'année, l'increvable maréchal de Richelieu. À côté de lui, le capitaine des gardes en quartier. Le cortège royal étant sur le chemin de la messe qui suivait traditionnellement le plus solennel des deux conseils d'État hebdomadaires, celui tenu le dimanche, le grand aumônier, revêtu de son camail, entra, suivi des aumôniers, des chantres et des confesseurs. Venant exceptionnellement, ce jour-là, après la « prêtraille », le grand chambellan, le grand maître de la garde-robe, le colonel des cent-suisses, le grand écuyer, le premier écuyer, le grand pannetier, le grand veneur, le grand fauconnier, le grand louvetier, le grand prévôt, le capitaine des gardes de la porte, le capitaine des gendarmes de la garde, le capitaine des chevau-légers… Derrière, enfin, la « ministraille », regardée de haut par tous ces grands dignitaires : le chancelier de France, puis Bertin, pour qui cette exposition de porcelaines était une consécration, M. de Praslin et, fermant la marche, l'air accablé et fatigué, Choiseul, qui supportait à lui seul, depuis plus de dix ans, tout le poids de la politique, des défaites habilement masquées, des banqueroutes évitées de justesse, en un mot de l'inéluctable décadence en marche… Choiseul que le roi, peu constant dans ses engouements, ne supportait visiblement plus depuis longtemps.

Le vaste salon, dans lequel pendant une heure ne s'étaient tenus que ces messieurs de Sèvres, accompagnés de quelques amateurs priés à la vente dont le nombre allait à vingt à peine, se trouva bientôt plein à n'y plus pouvoir faire tomber une épingle.

Chacun suivait des yeux Louis XV qui se déplaçait entre les vitrines dans une espèce de halo. Toucher le roi était un crime, aussi fallait-il, même dans la pire bousculade, comme ce matin-là, qu'il fût laissé entièrement libre de ses mouvements. C'était d'ailleurs le grand art de ce prince, entré dans ses soixante ans, détestant la foule et les contraintes, que de parvenir à se comporter au milieu de mille personnes comme s'il avait été seul.

Il soupesait les assiettes, les tasses, les chocolatières, les passait à ses petits-fils, appelait près de lui Bertin pour avoir une explication ou un chiffre, les tendait pour finir à La Borde qu'il ne quittait pas des yeux, épiant même chaque expression de son visage. Le dauphin, gros garçon de quatorze ans dont on venait d'annoncer le mariage avec l'archiduchesse Marie-Antoinette d'Autriche, passionné des techniques, friand de toutes sortes de détails, notait sur un carnet tout ce que lui disait le ministre d'État, le seul homme aujourd'hui, plus que jamais, dans le Conseil, à être tourné selon le goût de son grand-père.

Bertin mena les jeunes princes et le roi près d'une petite table volante, installée dans l'embrasure d'une fenêtre, sur laquelle brûlait un réchaud de cuivre alimenté à l'esprit-de-vin.

– Venez là, mes enfants, annonça joyeusement le roi aux trois « fils de France » puisque tel était aussi leur titre. Ces messieurs vont nous faire la démonstration des prodiges du kaolin !

Montigny devait être l'opérateur de la démonstration. Il posa donc à même la plaque du réchaud une tasse que l'on avait décorée d'un petit bouquet de lys à l'intention du monarque.

Le second chimiste, plus accoutumé au grand monde qu'un Macquer, agrémentait son expérience de paroles avantageuses. Il commença par se faire valoir en disant que c'était à son initiative que toutes les productions de Sèvres de 1769 – année de passage dans le ciel d'une grande comète –, celles de pâte tendre comme de pâte dure, se trouvaient discrètement marquées en bleu d'un petit astre chevelu, puis il discourut cinq ou six minutes sur la qualité des nouvelles porcelaines en kaolin, leur résistance à la chaleur, aux acides ou au gel.

Tout en parlant de la sorte, il promenait sa petite tasse sur la flamme.

Mais au beau milieu de ce discours plein d'emphase, on entendit comme un coup de fusil qui fit immédiatement se tordre de rire le jeune comte d'Artois.

La tasse venait de se casser en deux.

– Charles ! gronda le roi en ayant peine à dissimuler qu'il riait lui aussi.

Puis, se tournant vers ces messieurs de Sèvres, qui se regardaient les uns les autres atterrés, et s'efforçant de poursuivre sur ton plein de reproche :

– Messieurs ! Messieurs !… Qu'est-ce là, enfin ?

Ayant rappelé près de lui Bertin, qui paraissait très contrarié, il donna le signal de gagner la chapelle et l'on entendit bientôt le frappement des pieds des gardes du corps annonçant le retour du cortège dans la partie publique des appartements où, de part et d'autre de l'enfilade des salons, ménageant au centre un couloir pour laisser s'écouler le cortège, se massait la grande foule des courtisans.

Le regard noir que le ministre d'État leur avait jeté par-dessus l'épaule de son maître en quittant la salle – à Montigny en particulier – les avait tous remplis d'effroi, tous, sauf Macquer, qui riait sous cape.

– D'où vient cette tasse ? demanda le premier chimiste au marquis, son adjoint, dès qu'ils furent de nouveau seuls.

– Je l'ai apportée avec moi, répondit Montigny qui avait beaucoup rabattu de sa superbe.

– Où est-elle restée cette nuit ?

– Dans la malle de mon carrosse !

– Mais n'avez-vous donc pas remarqué qu'il gelait ce matin, monsieur ?

– Si fait !

– Notre porcelaine est solide mais pas au point de passer de la glace à la fusion en quelques heures ! Renouvelez l'expérience tout à l'heure devant le roi avec une céramique qui sera restée toute cette nuit à la température de cette pièce… Cette tasse de beau bleu, par exemple, poursuivit-il en allant chercher dans une vitrine une pièce d'un service de couleur bleu du Roy.

Montigny obéit et, sans pouvoir dissimuler un air soucieux, recommença la préparation de son matériel.

Un peu avant 1 heure, il se fit de nouveau un terrible tumulte à l'autre bout de l'appartement. Les violons de la petite bande s'époumonaient en se rapprochant du salon, couverts par les frappements des pieds des gardes et le gros roulement des conversations, autorisées par l'étiquette lorsqu'on se trouvait à « marcher avec le roi ».

Louis XV reparut, comme porté par le vol d'or et de soie que faisaient tout autour de lui les tabards, les uniformes et les chapes des officiers et des prêtres. Il avait au coin des lèvres cet air de moquerie qui lui était habituel et le faisait souvent passer pour méprisant.

– Alors, messieurs, lança-t-il, aurons-nous cette fois plus de chance ?

Montigny découvrit de nouveau la flamme de son petit réchaud. Sa main trembla imperceptiblement quand il approcha la tasse de la plaque de cuivre qui avait recommencé à bleuir sous l'effet de la chaleur.

Au même moment, Boileau rentra les épaules, persuadé qu'on entendrait bientôt une autre détonation, Bertin tendit son cou de bœuf, Parent croisait les doigts. Seuls Macquer et Anselme, à peu près sûrs de leur fait, conservaient un grand calme.

L'esprit-de-vin se consumait. Un grand silence plein de tension succéda à l'énorme tumulte provoqué par cette foule où personne n'avait jamais eu à subir la contrainte de devoir modérer l'expression de ses émotions. Le plus jeune des princes, qui ne souhaitait rien tant qu'une nouvelle explosion bien sonore, fut le seul à ne pas savoir se contenir. Il imita d'un bruit sec de la langue le bruit d'une pétarade.

– Artois ! s'emporta le roi.

Deux minutes… Trois minutes… Six minutes. La fine fleur de la Cour continuait à observer la tasse de porcelaine bleue léchée sur ses flancs par la flamme qui rougissait.

– Cette tasse, s'écria soudain Richelieu, c'est la nouvelle salamandre des rois de France !

Louis XV opina. Un sourire étrange passa même sur ses lèvres tandis qu'il se tournait pour croiser le regard de La Borde :

– Oui, monsieur le Maréchal, et j'en suis d'autant plus fier qu'hier au soir, tout précisément, il a été procédé en ma présencc à l'essai d'une pièce sortie de la manufacture de mon excellent ami et plus redoutable concurrent en matière de porcelaine, M. de La Borde, ici présent…

Le roi, qui éprouvait visiblement de la peine à contenir sa joie, parvint cependant à terminer sa phrase du ton détaché qui seyait à celui qui, en toutes circonstances, se devait d'être un arbitre impartial :

– Or, la tasse et la soucoupe de M. de La Borde n'ont pas résisté à l'épreuve du feu. Elles se sont irrémédiablement fendues… Force est de constater, mon ami, que je suis entré en loyale compétition avec vous et que, grâce à ces messieurs de Sèvres, je l'emporte !...

– Vous emportez la première manche, Sire ! répliqua aussitôt l'heureux fermier général en se dépliant dans une révérence si gracieuse qu'elle fit passer l'audace de son propos.

Bertin, qui se tenait à trois pas de La Borde, avait peine à cacher sa colère. Il n'était pas difficile du reste de deviner les pensées de l'ancien lieutenant général de police qui n'avait jamais su se faire aux manières polies et hypocrites de la Cour : « Ces fermiers généraux, pensait-il presque à voix haute, ça ne respecte rien !... En d'autres temps, ce faquin de La Borde aurait été, sans aucune forme de procès, jeté à la Bastille pour avoir osé défier la majesté royale. »

Mais voyant le roi sourire niaisement à son collecteur d'impôts, sa fureur se transforma en abattement.

Louis XV, qui se tenait toujours admirablement droit, haussa encore le cou pour le dégager totalement de ses épaules, retrouvant cette pose romaine, admirable de grandeur, que lui avait donnée Bouchardon dans la grande statue équestre dressée à Paris, au bout du parc des Tuileries. Il prit la tasse bleue qui était encore chaude, puis hésita un instant, se raclant la gorge, comme chaque fois qu'il devait dire quelque chose d'un peu solennel ou de grave :

– Messieurs, je suis content de vous !... annonça-t-il en couvrant de son regard les hommes de Sèvres. Vive la France qui, grâce à vous, vient d'obtenir la seule chose qui lui manquait encore pour être tout à fait ce pays béni des dieux que décrivaient les géographes de l'Antiquité... Ce bleu est admirable !

– C'est votre bleu, Sire, c'est le bleu du Roy, s'empressa Montigny en s'inclinant.

– Admirablc en vérité, mais il mérite un nom... Tout ne peut pas être au roi. Ne serait-il pas bien nommé si nous le nommions « bleu de Sèvres* », car en vérité, messieurs, c'est là votre chef-d'œuvre !

Il chercha l'approbation du regard de Bertin, comme chaque fois qu'il s'apprêtait à engager une dépense et, cette fois au moins, il ne le vit pas froncer les sourcils.

– Je vous passe commande pour mes châteaux de deux services de deux cent trente pièces dans la nouvelle matière. Les princes d'Europe sauront bientôt, lorsqu'ils auront dîné à ma table, qu'il n'est pas de porcelaine aussi blanche, aussi solide, aussi bien sculptée et peinte que celle de Sèvres !

Là-dessus, accueilli de nouveau par la petite bande de ses violons, il sortit pour gagner le salon du Grand Couvert où, comme tous les dimanches, il devait manger, devant trois cents personnes, en compagnie de ses filles et de ses petits-enfants.

Anselme, qui devait revenir à Paris dans la voiture de Macquer, retenu jusqu'à midi en compagnie de Boileau par le ministre, profita de cette attente pour faire quelques pas dans le parc du château ravagé par l'hiver. Cela lui rappela aussitôt sa première visite, bientôt dix ans auparavant, avec son frère, tandis qu'ils se rendaient à leur premier rendez-vous avec Marmontel. Les charmilles aux feuillages rouillés, découvrant les murs magnifiquement appareillés des rampes et les troncs alignés des bosquets, montraient le squelette, invisible aux beaux jours, du bel ordonnancement du parc. Tout cela s'accordait bien à la mélancolie qui l'étreignait depuis qu'il avait revu Lucile et percé le terrible secret de leur séparation.

La veille, en compagnie de Mathieu, il avait accompli un pénible devoir. Il était allé chez Diderot, rue Taranne,

* Il faudra en réalité encore quelques années avant que le « beau bleu » ou « bleu du Roy » soit appelé couramment « bleu de Sèvres ».

à Saint-Germain-des-Prés. Cette visite dont il se promettait merveille depuis dix ans avait malheureusement pour objet d'annoncer à l'homme de l'*Encyclopédie* la disparition de l'abbé Chappe, mort au cours d'un tremblement de terre, au début de juillet, en Californie. Ils en avaient reçu la nouvelle la veille par Marmontel, et le poète les avait priés d'aller le dire de vive voix à l'auteur des *Salons,* qui était sentimental et émotif, et dont on savait qu'il avait la peur panique d'apprendre le décès de ses proches ou de ses amis par les gazettes ou par une lettre.

Les deux frères avaient été reçus sitôt après s'être présentés à Sophie Volland – de son véritable prénom Louise Henriette –, muse et maîtresse du grand homme, et lui avoir annoncé le triste objet de leur visite.

Diderot était à son bureau, ayant sans doute retrouvé, tant il paraissait usé, l'espèce de cafetan décrit dans ses jolis *Regrets sur ma vieille robe de chambre* qu'il venait de publier au début de l'année. C'était comme chez Marmontel ou chez Rousseau, ces gens de rien, les amuseurs et les maîtres à penser des puissants et des riches : un mélange de choses approximatives et sublimes faisait leur univers. Aux murs, des tableaux de Greuze et de Boucher avec, entre eux, attachées par des punaises, deux ou trois grossières gravures auxquelles il tenait. Un mobilier à la mode avec des marqueteries rutilantes, serties de bronzes étincelants et, à côté de cela, une vieille table de bois blanc sur laquelle il aimait poser ses papiers. Sur une chaise, à côté de pauvres savates usées, se trouvait sa nouvelle robe de chambre à revers de soie, jamais utilisée : tout autour de lui, donc, le compromis du désir de changement – celui de ses amis et de Sophie – avec son entêtement à ne rien innover.

Diderot était un homme de haute stature, au cheveu court, sévère au premier abord mais dont le bon regard et la bienveillance adoucissaient l'expression dès qu'il se mettait à parler. Derrière lui, sur une longue crédence, son œuvre principale, celle qu'il avait presque fini de porter jusqu'au bout, au milieu des orages, alors que d'Alembert avait abandonné : l'*Encyclopédie*. Il n'y manquait plus que deux volumes d'articles et un volume de planches. Une telle œuvre aurait dû suffire à la gloire éternelle d'un homme, et pourtant Diderot continuait à travailler comme un forcené, multipliant ses correspondances aux quatre coins de l'Europe, ses commentaires sur la peinture et la sculpture, ses ouvrages philosophiques ou théâtraux, s'exprimant dans un style si simple et si direct qu'il allait défier le temps, passant, sous tous les cieux et dans tous les temps, toujours directement des lèvres à l'âme. Pas un pan de l'activité intellectuelle de son époque n'était étranger à sa curiosité.

Anselme, que sa réserve et son sérieux rendaient peu impressionnables, tremblait cependant d'émotion en s'asseyant sur la confortable chaise recouverte de soie que Diderot venait de lui désigner, à côté du vieux fauteuil dont quelques sangles arrachées traînaient sur le plancher et dans lequel il prenait place lui-même tous les après-midi, quand il avait fini d'écrire.

– Alors, vous venez m'annoncer la mort de ce pauvre Chappe, murmura l'homme des *Salons,* très ému et très pâle.

– Oui, mais nous n'avons aucun détail. Nous l'avions vu partir au début de cette année avec un tel sentiment de malaise et de contrariété que c'était déjà en soi un mauvais présage.

– Oui, oui, la tsarine… J'ai fait ce que j'ai pu pour la calmer mais elle continue d'écrire contre lui. Elle appelle son livre l'*Antidote*… Notre seule consolation, c'est que Chappe ne verra pas cela… Ces rois et ces empereurs sont terribles. Parce qu'ils ont reçu le pouvoir en naissant, ils s'imaginent être capables de mener les consciences ou d'énoncer les vérités de la science… Catherine est l'une des pires à ce jeu-là. Elle fait la bonne fille, mais c'est une lionne. Je l'admire pour son intelligence mais je me défie de ses caresses.

– Que trouve-t-elle à redire au *Voyage* de l'abbé ?

– Allez savoir ! On m'a dit qu'elle estimait que Chappe rabaissait par trop son pays. C'est bien la preuve qu'elle est elle-même en train de changer. Cette femme, qui se permet tous les jours de dire au roi de France ce qu'il faut qu'il fasse de ses jésuites, n'admet pas que l'on dépeigne les routes défoncées de son immense empire, la misère de ses paysans, la crasse et l'ignorance de ses popes qui ne font qu'abrutir son peuple… Chappe, quoique dans des termes plus choisis que les miens, a eu le tort de dire tout ce qu'il a vu. Cela restera sa gloire que d'avoir su, malgré sa faible santé et sa frilosité, énoncer ces vérités ; et la tsarine, toute tsarine qu'elle est, n'y pourra rien changer !

Ils parlèrent ensuite de la Russie, puis des jésuites dont Diderot avait été l'élève reconnaissant, et ce fut bien vite Mathieu lui-même qui aborda le grand sujet de la *Lettre sur les aveugles,* impatient de dire enfin directement à son auteur, ainsi qu'il l'avait confié à plusieurs de ses amis, pourquoi il ne partageait pas toutes ses conclusions.

Diderot l'écouta attentivement et, lorsqu'il eut fini, lui prit les mains :

– C'est la première fois qu'un aveugle me parle avec tant de chaleur et d'à-propos de ma *Lettre* !… Cela me démontre que j'étais bien prétentieux d'écrire sur une chose que je ne connaissais pas pour ne pas l'avoir éprouvée moi-même… Contre la religion, je l'avoue, j'en ai fait un peu trop. L'idée de Dieu est légitime ; en revanche, l'intolérance et le fanatisme ne le sont pas.

– Irez-vous un jour jusqu'en Russie ? demanda Anselme.

– J'espère bien ne pas y être obligé, car imiter Descartes avec Christine à Stockholm, jouer les chiens savants, souffrir les mêmes caprices et peut-être les mêmes crises d'hémorroïdes. Ah, non !... Dieu merci, Catherine a Falconet ! C'est un paquet d'épingles, et, pourtant, elle trouve le moyen de lui mener la vie dure.

L'écrivain interrogea ses visiteurs. La science d'Anselme l'intéressait. C'était à d'Holbach qu'il avait demandé l'article *Minéralogie* pour l'*Encyclopédie*, d'Holbach dont il s'était éloigné depuis.

– Ah ! dit-il, si je vous avais connu il y a dix ans, mon jeune ami, c'est à vous que j'aurais demandé d'écrire cela... D'Holbach construit le monde physique sur le principe de l'attraction universelle et le monde moral sur son intérêt bien compris. Je ne travaille plus avec de tels gens. L'existence est trop courte !

Il s'enquit ensuite auprès d'Anselme des particularités de la peinture sur porcelaine, prenant d'abondantes notes sur un cahier qu'il avait posé sur ses genoux.

– Revenez, mes enfants, revenez quand vous voudrez ! avait-il conclu avec chaleur en raccompagnant les deux frères à sa porte au bout de trois bonnes heures de conversation. Vous venez de le constater, ce n'est pas ici, comme chez Voltaire, un théâtre... C'est un petit coin en désordre où l'on parle sans censure et à bâtons rompus !

Anselme et Mathieu étaient rentrés à pied rue Montorgueil, sans dire un mot, passant la Seine dans les terribles bourrasques d'un vent glacé qui ne paraissait pas les incommoder, aussi impressionnés que s'ils avaient vu l'Arche d'alliance au fond du Temple.

Lorsque Anselme eut retrouvé Macquer ressorti avec un grand sourire de son entretien avec le ministre après l'épreuve réussie de sa porcelaine devant Louis XV, ils montèrent en voiture. Le retour à Paris dissipa quelque peu les tristes pensées qui l'assaillaient depuis qu'il s'était pris de nouveau à songer à Lucile.

Dès qu'ils furent confortablement installés, le premier chimiste de Sèvres, revoyant l'expression de Montigny à l'instant où sa tasse bleue s'était fendue en deux devant toute la Cour, ne se tenait plus de rire. Il imitait la voix flûtée et précieuse du marquis : « Notre porcelaine à kaolin est la plus blanche, la plus translucide, la plus sonore, la plus résistante... » Et, clac !... Voilà qui servira de leçon à ce mirliflore !

Puis il repartait d'un grand rire, imitant de nouveau le bruit d'une pétarade.

– Quand même ! Nous avons fait un grand pas aujourd'hui, estima Anselme.

– Ne vous bercez pas d'illusion, mon petit, tout cela n'est rien... Des petits tours de laboratoire, des expériences de collège... Mais tout reste à faire ! Passer au stade industriel, étendre la gamme des couleurs, qui, pour le moment, ne nous permet pas d'avoir le réalisme des peintures de chevalet, améliorer la transparence des pâtes qui, à ce jour, reste bien meilleure à Meissen... Tout cela, je le ferai avec vous.

– J'y compte bien ! opina Anselme.

Et Macquer le combla aussitôt de joie, en ajoutant :

– Ah ! si Camouti pouvait voir ça !

La petite voiture filait alors au-dessus des étangs de Ville-d'Avray. La route se rétrécissait vers l'horizon, entre deux grands talus de neige que les paysans des environs avaient dû venir pelleter, astreints jour et nuit par les corvées à dégager le passage du roi et de ses ministres vers la capitale. Pour la première fois, depuis qu'il avait quitté le Limousin et l'Auvergne dix ans auparavant, Anselme se retrouvait plongé dans un vrai paysage d'hiver. Dans l'engourdissement provoqué par la fatigue et les émotions d'une journée chargée d'événements, il revit brusquement, comme sorties de sa mémoire à grands coups de fouet, deux ou trois images saisissantes sur lesquelles la neige avait déposé son empreinte : l'enterrement de sa mère, dans le petit cimetière de Bort, sous les flocons, dont ce serait dans trois jours le dixième anniversaire, les adieux faits à Lucile, dans ces mêmes jours, au bord de la Dordogne, dans un vaste paysage borné par des sommets blanchis. Enfin, dans un demi-sommeil, troisième image, qui l'intrigua beaucoup plus que les deux autres, parce qu'elle ne se raccordait pas à ses souvenirs : il vit cette même Lucile, dont il connaissait maintenant la fidélité malheureuse, errer seule, pieds nus, dans un paysage de banquises et de glaciers.

Il éprouva un frisson, eut un geste brusque comme pour chasser un cauchemar, puis il se rassura en entendant Macquer chantonner de joie.

Arrivé rue Saint-Sauveur, il l'accompagna jusque devant sa porte.

– Alors ! c'est dit, vous ne voulez pas souper avec nous ? demanda une nouvelle fois Anselme au premier chimiste.

– Non, je vous remercie... D'ailleurs que feriez-vous de deux vieux bonnets de nuit comme mon frère et moi-même ?... Pour nous, ce sera un bon bouillon de poule et au lit ! Mais demain, à 3 heures, puisque c'est jour de repos pour tout le monde en prévision du jour de l'An et si vous le voulez bien, nous vous attendons pour le café, la partie de whist et les petits cadeaux !

Anselme laissa l'auteur du *Dictionnaire* rentrer chez lui et il fit à pied, passant au milieu des monticules de neige sale qui fondait, les quelques pas qui le séparaient de la rue Montorgueil.

Il retrouva la maison en ébullition. Pierre-Antoine, arrivé depuis le début de l'après-midi, montait des blancs en neige. Briséis, Éléonore et Angèle s'activaient autour de lui en tablier. Seule Félicité, dont le ventre s'était arrondi, se trouvait dispensée d'ouvrage. Elle se tenait assise sur un coffre, au bout de la table, et lisait les recettes à haute voix en veillant aux proportions.

– Voici le héros de Versailles ! persifla Hannong en le voyant paraître. Comment était Sa Majesté aujourd'hui ? Aimable ? Rieuse ? Absente ? Taciturne ? Charmeuse ?... Toujours parfaite sans doute dans son rôle de « Monsieur la France » !

– Le roi a d'abord ri jaune mais ensuite il s'est montré d'excellente humeur !

Et Anselme de raconter en s'amusant l'incident qui avait tant mortifié Montigny.

– Cela lui fait les pieds à ce gandin ! estima Pierre-Antoine... Il faut bien quelquefois que l'insolente chance de ceux qui recueillent tout en naissant tourne un peu !

– Angèle ! demanda Anselme par signes, où est Mathieu ?

– Chez l'abbé de l'Épée, pour le goûter de fin d'année des pensionnaires et des maîtres ! répondit la jeune femme, en partie à l'aide de ses doigts mais aussi en prononçant les mots « épée » et « goûter » d'une voix rauque.

– Tu as reçu une lettre, annonça Briséis. Je suis descendue ce matin la chercher à ta place.

– Une lettre ? s'étonna le chimiste.

– Je l'ai posée sur ton bureau.

Anselme s'y rendit aussitôt, mais Adèle fit irruption hors de sa chambre pour se jeter dans ses jambes.

– Papa ! lui cria-t-elle. Est-ce que j'aurai un an de plus dans deux jours puisque nous changerons d'année ?

– Non ! tu ne changeras d'année que le 27 avril, qui est le jour de ton anniversaire.

– Alors Mme Courtois se trompe... C'est elle qui dit qu'en 1770 j'aurai quatre ans !

Elle repartit sur-le-champ, sous le regard amusé de son père, pour aller tirer le tablier de la bonne femme et lui en remontrer.

Parvenu dans sa chambre, Anselme retira d'abord sa perruque. Il ne se faisait qu'avec beaucoup de peine à ces écheveaux de filasse qui amusaient tant sa fille. Il délaça également ses souliers, car l'on n'est pas né dans le rude confort des galoches et des sabots sans souffrir ensuite des brodequins luxueux que l'on doit arborer dans le monde.

Il étala ses jambes sur le bureau, repoussant quelques-uns des documents qui s'y trouvaient en pile pour être plus à son aise. Dans ce désordre qui n'était qu'apparent, il conservait toujours à portée de main des essais de peinture de Fanny dont il ne se séparait jamais. Il les caressa en s'attendrissant, savourant son bonheur de l'instant. Dans ces derniers jours de l'année, moments plus favorables que les autres pour procéder aux bilans d'une existence et en tirer les leçons, il se sentait comblé : il avait retrouvé son plus jeune frère à Rodez et l'avait laissé à l'abri et plein de promesses de succès, il venait à Versailles de participer à une journée qui ferait date dans l'histoire de la porcelaine, Mathieu avait pleinement trouvé sa voie, Adèle grandissait heureuse. Il ne lui manquait vraiment que l'amour de Fanny et, pour Éléonore, qui rougissait toujours autant lorsqu'il paraissait devant elle mais qui le remplissait d'un sentiment d'allégresse inexplicable, il se sentait à présent capable d'affection. Après tant de malheurs, il connaissait trop le prix d'un cœur dévoué.

Sortant de son heureuse torpeur, après avoir fermé les yeux un moment, il se décida à prendre la lettre que Briséis avait posée devant son encrier.

Sa main se mit à trembler lorsqu'il reconnut l'écriture de Lucile. Dans le court bilan qu'il venait de faire de sa situation présente, il n'avait même pas évoqué le souvenir de cette jeune femme dont il avait osé un court instant, découvrant les lettres cachées dans le secrétaire à colonnes, suspecter la bonne foi.

Victime comme lui d'un destin affreux, elle était désormais loin de lui, mariée, inaccessible pour toujours. Dix fois par jour au moins, depuis la terrible entrevue de Figeac au début d'octobre, il songeait à leur désastre, repoussant aussitôt cette pensée.

Elle ne serait jamais plus là, c'était impossible. Ils avaient été arrachés l'un à l'autre. Quel terrible gâchis... Il doutait désormais de son aptitude à être de nouveau pleinement heureux.

Il lut d'un trait la missive qu'il venait de décacheter nerveusement :

> Figeac, le 17 décembre,
>
> Très cher Anselme,
>
> Tu es reparti de chez moi, après notre terrible découverte, il y a deux mois et demi tout juste. Tu imagines sans peine dans quel état je me trouvais après ton départ, mais je ne pouvais imaginer quel nouveau coup terrible le destin s'apprêtait à m'asséner avant qu'il ne soit nuit. J'étais toujours dans mon jardin, deux heures après que tu m'eus quitté, pensive, lorsque brusquement mon homme de charge, Isidore, s'est posté comme un fou sur le perron du petit escalier :
>
> Madame ! Madame ! criait-il, il est arrivé un terrible malheur... Monsieur... Sa voiture a versé à la sortie de Maurs... Il est mort !
>
> Oui, Anselme, le sort me jouait un nouveau tour cruel : l'accident était arrivé au début de l'après-midi et Delolm, sans que nous le sachions, était déjà mort quand tu es reparu devant moi et que nous avons découvert ensemble la funeste circonstance qui nous avait ôtés l'un à l'autre. Que penser encore d'une telle moquerie du

sort ? Rien qui ne soit hors de simples spéculations puisque nous avons à présent chacun nos vies et nos attachements. Avouons du moins que ces réflexions peuvent osciller du grand éclat de rire à l'amertume.

Voilà, Anselme, tout ce que je voulais te dire, deux mois après l'événement. Il y aura dans nos vies désormais l'extraordinaire complicité de l'art du contretemps, servi par des circonstances sortant de l'ordinaire.

C'est par là que nous sommes vraiment ces héros que nous rêvions d'être, lorsque nous parlions ensemble des contes et des romans de l'enfance.

Écris-moi, j'aimerais avoir avec toi, à présent que je n'ai plus personne, un échange de lettres qui devrait tout à l'ancienne amitié.

Lucile.

Il recommença sa lecture, pesant chaque mot, du début jusqu'à la fin. Sa gorge se serra. Il tremblait comme s'il était pris de fièvre.

Il dégrafa son col, rejeta sa tête en arrière, s'abîma dans des pensées confuses tandis que la pièce dans laquelle il se trouvait sombrait dans l'obscurité : ne devrait-il pas tout de suite courir jusqu'à Figeac ?… Il y serait le 6 janvier. Il la serrerait dans ses bras. Tout recommencerait là où le fil avait été injustement coupé dix ans auparavant.

Combien de temps resta-t-il ainsi, presque sans bouger ?

Quelques notes égrenées sur le clavecin par Mathieu qui venait de rentrer, puis un rai de lumière balayant doucement les murs de sa chambre le tirèrent de cette prostration. Il y eut des éclats de rire et des cris venus de la cuisine où tous les participants à ce premier souper des fêtes de fin d'année continuaient de s'affairer. Adèle s'approchait à pas feutrés, croyant que son père dormait. Elle était suivie d'Éléonore.

– Ce n’est que nous, Anselme. Adèle voulait te lire le petit poème qu’elle vient d’apprendre pour la nouvelle année.

– Entrez ! Entrez ! dit-il en se redressant brusquement et en glissant la lettre de Lucile sous sa chemise.

Gironde, le 17 août 2005

Cinq mois après ces événements, la nouvelle dauphine, Marie-Antoinette d'Autriche, arrivait à Versailles. Elle allait à son tour peser sur les destinées de la Manufacture. Ce sera l'objet du deuxième tome de l'histoire des frères Masson : La Fille de Sèvres (1769-1789).

Courte histoire de la porcelaine tendre française jusqu'en 1759

La véritable porcelaine dure, sonore, translucide, imperméable, résistant à la chaleur, vient de Chine où elle a commencé d'être fondue, très certainement, dès le IIe siècle avant notre ère. Elle provient de l'assemblage de deux ou trois qualités de roches des plus communes : une argile extrêmement réfractaire, le kaolin, qui forme le squelette de la matière, un pétunsé fondant, associant le plus souvent du feldspath et du quartz, qui en constitue la chair.

Ce secret de Chine restera bien gardé et ne sera retrouvé en Europe que par le plus grand des hasards, en Saxe, en 1709, par l'arcaniste Johann Friedrich Böttger. Sa découverte sera à l'origine de la création de la fameuse manufacture de Meissen. Entre-temps, et tandis que se poursuivaient en Europe les importations de vaisselle de Chine et du Japon, notamment grâce aux diverses compagnies européennes des Indes, des céramistes de talent – en premier lieu des Italiens et des Français – étaient parvenus à imiter la porcelaine d'Orient, au moins quant à son aspect, en particulier sa brillance et sa blancheur. Cette céramique, dite artificielle, obtenue par des mélanges de terres – des frittes – n'était toutefois ni résistante ni sonore.

Avec les porcelaines dites tendres, la France, au XVIIIe siècle, devait toucher à une sorte de perfection.

Cette porcelaine artificielle avait eu ses débuts à Florence, en 1568, quand le chimiste Bernardo Buontalenti était parvenu à fondre une qualité de céramique qui créait de façon saisissante, si on ne la touchait ni ne la rayait à l'aide d'une pointe de métal, l'illusion des pâtes à kaolin chinoises. La composition orientale y était remplacée par une fritte proche de celle qui est utilisée pour le verre ; mélange de nitres, de sels marins, de soudes, de gypses et de sables. Ces frittes dont la composition devait varier dans le temps, d'une manufacture et d'un pays à l'autre, comportaient cependant toujours trois éléments : du sable, un fondant alcalin et un fondant terreux, autrement dit un élément réfractaire et deux éléments vitrifiables dont la vertu était d'abaisser la température de fusion de la silice contenue dans le sable.

En France, au début du règne de Louis XIII, Claude Révérend, importateur de faïences de Delft à Paris, avait obtenu du roi « la permission de contrefaire les porcelaines aussi belles, et plus, que celles qui viennent des Indes orientales », mais ses travaux étaient restés des travaux de laboratoire. Le premier fabricant de porcelaines artificielles françaises dont on connaisse précisément la production est un faïencier de Rouen, Edme Poterat, titulaire d'un privilège royal en date de 1644.

Les princes sont des voleurs, c'est bien connu. Monsieur, frère de Louis XIV, à Saint-Cloud, en 1695, avec les Chicanneau, père et fils, et le prince de Condé, à Chantilly, à partir de 1725, plus brillamment encore, grâce à un homme de génie, Sicaire Cirou, avaient copié la porcelaine de Rouen et étaient parvenus à en faire le commerce. Le duc de Villeroy et le duc du Maine, à leur suite, à Mennecy et à Sceaux, les avaient imités, gagnant à leur tour beaucoup d'argent.

À Saint-Cloud, les Chicanneau, venus de chez les

Poterat, avaient été les premiers à sortir des pièces en grand nombre – quatre à cinq mille pièces par an –, quantité nécessaire pour contrôler tous les paramètres d'un processus et rendre les performances répétitives. Ils avaient ainsi acquis la maîtrise des cuissons et su améliorer empiriquement et continûment la qualité des frittes, sur la base des trois mêmes éléments invariables, obtenus presque toujours par mélange de sable, de soude et de craie, auxquels s'ajoutaient, selon le cas, du salpêtre, du sel, ainsi que de la soude d'Alicante, matière nouvelle et rare provenant de la calcination de végétaux marins. Mais ils avaient surtout mis au point un glacis alcalin et plombeux, magnifique, capable de boire les couleurs et de les emprisonner dans une pellicule transparente pour les faire chanter à la lumière, en particulier, dans les salons à la mode, grâce à l'éclat des flambeaux et des girandoles. L'une des premières raisons de l'engouement du public pour cette porcelaine française artificielle, c'est justement sa faculté de réfléchir et de multiplier à l'infini le tressautement des flammes des chandelles et de magnifier ainsi, dans les palais princiers ou les demeures des riches bourgeois, la féerie de la nuit. Saint-Cloud, vers 1730, grâce à son vernis plombeux, surpassa tout ce qui s'était fait jusque-là, y compris en Saxe, en matière de peinture sur céramique. Ses décors coréens, avec leurs variantes « à la grenade », « à la haie », « à la gerbe », « à la caille », furent immédiatement recherchés dans toute l'Europe.

Chantilly, sous l'impulsion de Cirou, améliora ensuite la plastification des frittes par l'adjonction d'étain, de colle de peau de lapin et de savon noir, tout en développant de façon spectaculaire la variété des formes et la délicatesse du décor, avec les motifs « à la brindille » et « à l'épi » qui devinrent vite tout aussi appréciés que ceux de Saint-Cloud. Mais, en 1740, aucune manufacture française n'avait encore su trouver le secret de faire des fonds tout à fait blancs. Ils tiraient tous irrémédiablement sur l'ivoire quand ce n'était pas sur le jaune.

En 1738, trois transfuges de Chantilly, les frères Robert et Gilles Dubois, l'un sculpteur, l'autre tourneur, ainsi qu'un touche-à-tout de génie, Claude Humbert Gérin, financièrement aidés par l'intendant Philibert Orry de Fulvy, demi-frère de Jean Henri Louis Orry de Vignery, le contrôleur général des Finances, établirent leurs ateliers à Vincennes. Ils s'installèrent dans l'une des huit tours du vieux château de Saint Louis – la tour du Diable – ainsi que dans quelques baraques alentour qu'ils s'étaient plus ou moins appropriées.

L'âme de ce trio était Gérin. Il avait lu tout ce qui s'était écrit jusque-là sur la porcelaine, en particulier les lettres du révérend père d'Entrecolles, jésuite français, parti en Chine vers 1710, qui révélait l'étymologie du mot kaolin – *kao*/haut, *ling*/colline – et fournissait la première description détaillée du processus de fabrication de la porcelaine orientale. C'est en interprétant malencontreusement un passage d'un texte de ce religieux, qui comparait l'une des couleurs destinées à peindre le kaolin à l'alun, que Gérin allait rendre exceptionnelles les productions de Vincennes. Un jour qu'il venait d'être soigné d'une blessure par l'application de sels d'alun de potasse, que l'on utilisait alors couramment comme cicatrisant, il se souvint des lettres du père d'Entrecolles. Frappé d'une intuition, il se releva de sa couche pour monter dans la calotte de la tour du Diable où il avait l'habitude de malaxer ses mélanges. Il décida d'appliquer à la fritte elle-même ce que d'Entrecolles n'avait observé que dans le cas du traitement pictural. Il incorpora à ses sables et à ses craies quelques grains de ce sel qu'il venait de subtiliser à son médecin. L'alun, qui se présente sous la forme d'une poudre cristallisée grise, a la propriété de produire, lorsqu'on le chauffe, une espèce de neige d'une pureté immaculée. Gérin n'en crut pas ses yeux : la plaquette qu'il tira de son four conservait pleinement, après cuisson, cette caractéristique. Vincennes venait de trouver le moyen d'imiter parfaitement l'une des principales caractéristiques de la pâte à kaolin : l'absolue blancheur.

Malheureusement, les frères Dubois, qui, après le coup de génie de Gérin, tenaient leur fortune pour assurée, étaient paniers percés et adeptes de la dive bouteille, à tel point qu'en 1741, un homme rusé, l'un de leurs assistants, François Gravant, profitant d'une de leurs saouleries plus prolongée qu'à l'ordinaire, s'était emparé de tous leurs secrets pour les livrer en détail à M. de Fulvy, le bailleur de fonds de la fabrique. Telle devait être l'origine peu glorieuse de la première grande manufacture de Vincennes, dite « Manufacture de porcelaines façon de Saxe et du Japon ». Orry de Fulvy évinça les frères Dubois et devint ainsi le seul maître à bord. Personnage parfaitement détestable, spéculateur saisi par le démon du jeu, il fut aussi et surtout le génie visionnaire de la porcelaine française – il avait pris ce goût pour les céramiques d'Orient en étant pendant plus de dix ans le commissaire du roi auprès de la Compagnie des Indes. C'est par lui que tous les développements de Sèvres allaient êtrc bientôt rendus possibles.

Dès 1741, il réorganisa les ateliers, améliora la qualité des pâtes et du décor. Pourtant, le véritable essor de Vincennes commença lorsqu'en 1745, en quelques semaines, Jeanne Antoinette Poisson devint maîtresse du roi puis marquise de Pompadour. Élevée dans le luxe et l'amour de la beauté par l'« oncle » Tournehem, elle raffolait depuis toujours des porcelaines et apporta aussitôt à Fulvy un soutien qui ne se démentira jamais.

Le 24 juillet 1745, une compagnie dirigée, à titre de prête-nom, par un certain Charles Adam – qui n'était en réalité que le valet de chambre de Fulvy – fut fondée. L'actionnaire principal, l'inspirateur, l'animateur, la cheville ouvrière était Fulvy lui-même, toujours à l'affût d'une information ou d'un « coup » pour pousser ses affaires. Apprenant, par exemple, à la fin de cette même année que son demi-frère, Vignery, allait être renvoyé des Finances par le roi, il obtint de lui, à quelques heures de son départ, et avec la complicité active de la marquise, cette chose incroyable qu'un privilège réservât aux productions de Vincennes l'usage exclusif de l'or et de la gamme complète des couleurs ; les autres manufactures françaises étant dès lors réduites à ne faire usage dans leur décor que du bleu. Mieux, il revendit à prix d'or à sa compagnie cet extravagant cadeau qu'il venait d'obtenir gratis et utilisa aussitôt cet afflux d'argent pour perfectionner ses installations.

La prodigieuse réussite de Vincennes entre 1745 et 1751 fit largement oublier les tricheries de Fulvy qui, d'ailleurs, se ruina allégrement et sans remède pour sa porcelaine. Pendant ces six années, ce fut un labeur frénétique, ponctué de terribles colères, de coups de folie, d'expériences hasardeuses et d'échecs cuisants, mais, au bout du compte, de fabuleuses avancées techniques et décoratives hissèrent la Manufacture au premier rang européen.

Grâce au retour de Claude Humbert Gérin, qui avait quitté Vincennes entre 1741 et 1746, Fulvy mit au point en 1749 le « four à passage », four en forme de tunnel, allumé le matin, éteint le soir, qui améliorait considérablement la cuisson des glacis, plus communément appelés à Vincennes « couvertes ». Il fit également des pas de géant dans la maîtrise de la dorure qui permettait de pasticher l'orfèvrerie et, avec l'aide d'un moine, le frère Hippolyte Lefort, trouva le moyen de réduire le précieux métal à différentes tailles de grains selon qu'il devait être plaqué ou sculpté. Pour mieux concurrencer Meissen, qui avait fait des fleurs peintes sur porcelaine, fixées sur des tiges de laiton, un article que l'on vendait jusqu'en Amérique, il créa à Vincennes une « fleurisserie », confiée en 1748 à Mme Gravant. Il engagea une vingtaine de jeunes femmes dans cet atelier, expérience qui sera interrompue en 1753, après sa mort, « la présence de personnes du sexe dans les ateliers n'étant pas, de l'avis de Boileau, le directeur de la Manufacture, compatible avec la bonne exécution des travaux ». Les rares femmes qui continuèrent de travailler à Vincennes puis à Sèvres, après cela, le firent désormais chez elles, apportant et reprenant chaque jour, en dépit des risques de casse, les ouvrages délicats de peinture ou de brunissage.

Sur l'intervention de Mme de Pompadour, Fulvy obtint que le roi lui dépêche ses meilleurs artistes : l'orfèvre Jacques Duplessis, pour les formes, et le sculpteur Jean-Jacques Bachelier. Il reçut aussi les conseils éclairés du bronzier Caffieri et du sculpteur Houdon.

Mais le plus remarquable réside dans le développement de la couleur. Avec l'aide du chimiste Caillet et des émailleurs Matthieu, Ballot et Liot, Vincennes mit au point une palette qui, en quelques années, allait s'imposer dans toute l'Europe comme insurpassable. La Chine et le Japon ne connaissaient que cinq couleurs dont quatre transparentes. Or, d'emblée, décidant qu'il se devait d'offrir à ses artistes les mêmes ressources qu'aux peintres de chevalet, Fulvy décida que sa gamme devrait comporter cinquante tons différents. Ce nombre n'avait rien de fortuit. Il correspondait à la quantité de teintes maîtrisées en 1740 par les émailleurs, avec cette différence capitale que ces derniers pouvaient travailler par couches, cuisson après cuisson, pour vitrifier leurs couleurs, alors que, en matière de porcelaine, il fallait pouvoir tout cuire d'un seul coup. Cette mise au point des couleurs à partir des émaux – les couleurs à Vincennes s'appellent d'ailleurs « émaux » – était un travail de titan qui allait mobiliser plus de la moitié des sommes considérables demandées aux actionnaires pour soutenir l'investissement dans la manufacture. On accorda ainsi un véritable pactole au peintre Taunay pour lui acheter le secret, qu'il tenait de son père, des carmins, des rouges et des violets. En 1749, Vincennes sortait les premières qualités de bleu : le bleu lapis ou bleu de M. de Gagny, bleu d'un aspect irrégulier, qui sera définitivement au point en 1752 ; le bleu du Roy ou beau bleu, futur bleu de Sèvres, d'une surface unie, suivra de quelques mois. Les principaux fruits du travail de Fulvy tombèrent juste après sa mort : jaune jonquille en 1752, bleu céleste – ainsi nommé par référence au Céleste Empire –, dit aussi bleu turquoise, puis, avec l'aide du chimiste Hellot, vert pomme en 1756 et rose Pompadour en 1757.

Tout était donc lancé lorsque ce grand homme de la porcelaine, mégalomane, génie et bandit par passion de la céramique, mourut en 1751, laissant sa société au plus haut de la technique mais dans un gouffre financier.

Le 16 juin 1751, un mois après ce décès, c'est en catastrophe que Louis XV dut intervenir et entrer dans le capital pour éviter la banqueroute. Devenu actionnaire majoritaire, il chargea l'intendant des Finances, Dominique Barberie de Courteilles, d'un rapport sur l'administration de la compagnie ainsi que de l'amélioration de sa gestion et demanda à Jean Hellot, directeur de l'Académie des sciences, de venir seconder le chimiste Caillet pour éprouver les pâtes et les émaux, en améliorer la qualité et fixer par écrit les formules et processus. Le rapport que rédigea Hellot à cette occasion, remis au roi le 7 octobre 1751, fixait l'état des techniques de la porcelaine artificielle mais il s'ouvrait aussi, par quelques intuitions géniales, sur une possibilité de prochains développements en France de porcelaines naturelles à base de kaolin. Ce texte allait longtemps constituer l'une des bibles de Sèvres. Parallèlement, le roi nomma à la tête de la fabrique un nouveau directeur en la personne de Boileau, homme du sérail, natif de l'Artois et passé en treize ans des modestes fonctions de garde-magasin à celles d'inspecteur. Enfin, il confirma l'équipe d'artistes de renom déjà placés de connivence avec Mme de Pompadour auprès de Fulvy : Jean-Jacques Bachelier, à la tête des ateliers de décoration, l'orfèvre Jacques Duplessis, artiste d'origine italienne, à l'étude des formes des pièces, le peintre Hendrik Van Hulst, à la direction des ateliers de peinture.

En 1753, la compagnie Charles Adam changea de prête-nom, devint la compagnie Élie Brichard et reçut le titre de Manufacture royale. Cette même année, Louis XV et Mme de Pompadour décidèrent du transfert des ateliers de Vincennes à Sèvres, dans un magnifique bâtiment spécialement élevé à cet usage, sur le fief de la Guyarde, situé au pied de la colline de Bellevue dont la favorite avait fait son séjour préféré. Là, depuis les longues et belles terrasses sur lesquelles était hissé ce château construit pour elle, manifeste de la sûreté de son goût, elle pouvait contempler Paris qu'elle aimait pour y être née et y avoir passé sa jeunesse. La Manufacture, inaugurée en avril 1757 après le complet déménagement des installations de Vincennes, se trouvait mitoyenne de son parc et, par là, placée ostensiblement sous sa tutelle. Elle pouvait, avec ses équipages, toujours prêts à s'envoler pour satisfaire sa perpétuelle envie de bouger, s'y rendre, par une route en lacets, en moins de cinq minutes.

L'influence directe de la marquise de Pompadour sur la nouvelle Manufacture royale à partir de 1751 allait être aussi déterminante que celle d'Orry de Fulvy au cours des six années précédentes. Elle donna aux productions de Sèvres l'incomparable cachet du grand goût, fixant les formes et les genres, depuis les délicats biscuits représentant des pâtres et des petites laitières dans la manière de François Boucher, les grandes pièces d'apparat revêtues de lapis ou de bleu du Roy, serties de bronzes dorés, jusqu'aux services de table délicats, décorés de fleurs et de petites scènes en camaïeu. Elle posa ainsi son empreinte sur l'une des dernières grandes créations de l'esprit à trouver son programme et son impulsion dans la vieille monarchie.

Mais l'œuvre de Sèvres, tout comme au même moment le luxe de la Cour avec ses bals, son théâtre des Petits Cabinets, ses chasses éblouissantes, ses bergeries galantes, avait son terrible revers : l'accumulation abyssale des déficits. La porcelaine était si chère à produire qu'elle dilapidait les fortunes, tant celle de ses acheteurs que celle de ses fabricants. À Meissen, l'Électeur appelait sa fabrique la « cuvette à hémorragie de la Saxe », et le roi de France qui venait de voler au secours de Vincennes était menacé de voir bientôt sa porcelaine lui coûter plus cher que sa marine.

Dans l'été de 1759, Élie Brichard fut dans l'impossibilité de payer les salaires de ses ouvriers alors que les actifs, essentiellement des stocks, étaient, au même moment, évalués à la somme considérable de 760 950 livres. Un arrêt du Conseil, le 16 septembre, dut le mettre à l'abri des poursuites de ses créanciers, tout en posant le principe d'une future direction en régie de la Manufacture pour le compte du roi. Très vite, la seule solution possible s'avéra être la prise de contrôle complète de la compagnie par Louis XV. Et de fait, le dimanche 17 février 1760, au traditionnel

Conseil d'En Haut qui se tenait avant la grand-messe, le roi annonça qu'il rachetait toutes les parts de Sèvres. Les actionnaires – qui faisaient au passage une excellente affaire – étaient remboursés de leurs mises de fonds, avec un intérêt de 5 %.

La Manufacture, explicitement invitée à réaliser de toute urgence des bénéfices, recevait, jusqu'à l'atteinte de cet équilibre, une dotation annuelle de 96 000 livres.

Dans cette surenchère de la beauté artificielle, la France avait incomparablement plus brillé que tout autre pays. Il faut dire que la marquise, virtuose dans la mise en scène de ces féeries pour l'œil et l'odorat, recevait au même moment son « bon ami » le roi dans la « serre de porcelaine » de son château de Bellevue, petite pièce entièrement garnie de poteries peintes de fleurs où l'illusion d'un jardin des délices était renforcée par l'emploi subtil de parfums délicats et en particulier de la jacinthe blanche qu'elle affectionnait.

Cette supériorité de l'aspect des porcelaines « artificielles » sur les « naturelles » était même apparue comme une évidence, en 1750, lors de l'échange de vaisselles opéré entre les deux écoles rivales, entre Louis XV et Auguste III, électeur de Saxe et roi de Pologne, à l'occasion du mariage de Marie-Josèphe, fille de ce dernier, avec le dauphin de France. Les porcelainiers de Saxe avaient dû convenir que la « façon » de Vincennes, si l'on ne s'arrêtait qu'à l'impression visuelle et point du tout à la dureté, surclassait ce que donnaient à voir au premier coup d'œil les lourdes productions de Meissen. L'incomparable doigté des peintres et des sculpteurs français s'employait magnifiquement sur les pâtes tendres. Leurs chefs-d'œuvre s'enveloppaient d'un glacis plus léger et transparent qu'un nuage – toujours le fameux « vernis plombeux » mis au point à Chantilly dès 1740 –, la finesse et la pureté de leurs fonds étaient incomparables, la richesse de leurs couleurs réalisait tout ce dont les céramistes d'Europe avaient rêvé depuis la Renaissance. Ils avaient si bien fait qu'en 1760 l'essentiel de la clientèle huppée d'Europe venait en France acheter des pièces tendres mais d'une grande délicatesse, plutôt qu'en Saxe où se trouvaient des productions répondant certes en tout point aux critères physiques de la porcelaine chinoise mais d'une facture incontestablement plus grossière. Meissen avait manqué d'imagination dans le décor, oscillant entre la copie du style chinois, le goût terriblement bourgeois des *Zwiebelmuster* – motifs à décors d'oignons –, la manière qui s'essayait à marier les styles orientaux à ceux d'Occident de Johann Gregor Herold et celle, monumentale et démesurée, de Johann Joachim Kändler qui avait réalisé en 1737 l'énorme *Glockenspiel* – carillon de porcelaine –, et longtemps rêvé, sans succès, de dresser sur une place de Dresde la statue équestre en kaolin d'Auguste le Fort.

L'art supplantait donc la prouesse technique. En somme, la France avait rattrapé et même dépassé par de la « poudre aux yeux » le terrible handicap qu'elle avait de ne toujours pas connaître en 1760 le secret de Saxe, application d'un génie national qui n'est jamais si à son aise que dans la brillance et l'illusion, belle démonstration également d'une inépuisable capacité d'en imposer à tous par de l'audace, de la morgue et de la vantardise.

Et pourtant les gens les plus avisés sentaient bien qu'il y avait dans cette supériorité conquise par une espèce de supercherie une boursouflure appelée à ne pas durer, comme un rideau de fumée qui devait immanquablement se dissiper un jour. Comment en effet continuer d'admettre très longtemps qu'une manufacture moderne de porcelaine ne puisse pas offrir des pièces telles que des chocolatières, des théières, des pots à oille, des saucières, appelées à se trouver en contact avec les liquides chauds qui correspondaient aux nouvelles modes du goût et de l'hygiène, comme le café, le thé ou le chocolat ? Dans la porcelaine tendre, destinée à contenir des potages ou des infusions, il fallait en effet placer un récipient de fer-blanc, de cuivre ou d'étain pour protéger la céramique. Comment également, selon les nouveaux préceptes des économistes, soutenir indéfiniment un processus de fabrication hors de prix – multiplicité des ingrédients de la fritte, cuissons successives de plusieurs jours – contre un procédé qui, suivant le peu qu'on connaissait de Meissen, était simple et économique : un minéral cuit à grand feu, en deux ou trois heures à peine, sans presque aucun rebut ? Comment imaginer aussi que la France ne possédât toujours pas ce dont un autre pays d'Europe, et nullement l'un des plus puissants, jouissait seul depuis plus d'un demi-siècle ? Enfin et surtout, nouvelle gageure ancrée dans l'esprit du temps, alors que les écrits de Jean-Jacques Rousseau commençaient à circuler, comment accepter que l'« artificiel » continuât plus longtemps à surpasser le « naturel » ?

Il y avait là un « traçassin » d'honneur, doublé d'un péché contre la modernité dont la France portait depuis toujours l'étendard en Europe.

Le royaume de Louis XV se devait absolument de posséder et d'exploiter à son tour le secret des Chinois.

Chronologie des faits historiques qui constituent la trame de ce roman (1759-1769)

1760 *Janvier :* Louis XV rencontre Boileau, directeur de Sèvres, sur sa route et lui montre le plat de porcelaine dure fabriqué à Frankenthal, par Paul Hannong, dans lequel il vient de faire cuire des « œufs au miroir ».

– *17 février :* Louis XV devient l'actionnaire unique de la Manufacture de Sèvres.

– *Mars :* Préparation du questionnaire à Paul Hannong sur sa porcelaine dure.

– *25 avril :* Réponse de Paul Hannong reçue à Sèvres.

– *30 mai :* Mort de Paul Hannong. Ses fils, Joseph et Pierre-Antoine, lui succèdent.

– *Octobre :* Voyage de Boileau, Courteilles et Millot à Strasbourg et Frankenthal.

– *14 décembre :* Lettre de Courteilles au ministre Bertin sur sa mauvaise impression de Frankenthal.

– *21 décembre :* Les frères Hannong s'engagent devant notaire à ne pas vendre leur secret séparément.

1761 *29 juillet :* Pierre-Antoine Hannong, par acte passé devant maître Vivien, vend le secret de son père.

– *27 août :* Les créanciers de Pierre-Antoine Hannong saisissent l'*Ameister* de Strasbourg aux fins de confisquer ses biens. Boileau écrit à Hannong pour hâter son départ pour la Bavière.

– *Septembre :* Voyage de Pierre-Antoine Hannong en Bavière, aux mines d'Obernzell et à Passau.
– *5 septembre :* Les créanciers de Pierre-Antoine Hannong détruisent un chargement de kaolin en partance pour Sèvres.
– *15 septembre :* Expédition des premières terres de Bavière à Sèvres par Hannong.
– *Décembre :* Pierre-Antoine écrit à Deis : « ... je m'ennuie extrêmement à Sèvres. »

1762 *1er février :* Joseph Hannong vend son usine de Frankenthal à l'Électeur palatin.
– *16 février :* Pierre-Antoine Hannong fond la première pièce de porcelaine dure à Sèvres.

1763 *28 avril :* Lettre de Macquer proposant un « procédé » sans kaolin.
– *1er septembre :* Pierre-Antoine Hannong remet à Boileau le descriptif écrit de sa formule.
– *Décembre :* Bertin abandonne les Finances mais garde Sèvres dans son département de ministre d'État.

1764 *14 mai :* Rapport de police sur les agissements troubles de Lassia et Hannong.
– *2 août :* Retour à Sèvres de l'arcaniste Daniel Busch qui prétend connaître le secret de Meissen.

1765 *4 février :* Bertin fait envoyer par son commis Parent des échantillons de kaolin de Saxe dans toute la France.
– *25 avril :* Sèvres n'offre que 4 000 livres à Pierre-Antoine Hannong pour ses services.
– *18 mai :* Perquisition de l'exempt Buhot au domicile d'Hannong, rue de la Poterie.
– *20 juin :* Louis XV accorde une rente annuelle de 1 200 livres à Pierre-Antoine Hannong.

– *30 juillet :* Bail consenti par le marquis de Voyer, gouverneur de Vincennes, à Pierre-Antoine Hannong pour occuper les anciens bâtiments de la manufacture de porcelaine.
– *Octobre :* Pierre-Antoine Hannong s'associe à Vincennes avec Des Aubiers. Joseph Hannong reprend à Strasbourg une activité de porcelainier.
– *Novembre :* Mémoire du comte de Lauraguais réclamant contre Guettard l'antériorité de la découverte d'une porcelaine à base des terres de Monperthuis, près d'Alençon.
– *Fin d'année :* Le chirurgien Darnet observe pour la première fois le kaolin de Saint-Yrieix, mais sans le reconnaître.

1766 *5 avril :* La Société d'agriculture du Limousin, mise en présence du kaolin, ne le reconnaît pas. Turgot assiste pourtant à la séance.
– *Avril :* Mort de Jean Hellot, premier chimiste de Sèvres.
– *Mai :* Macquer devient premier chimiste. Montigny, fils de Trudaine, entre à Sèvres.
– *Été :* Jean-Baptiste Darnet remet des échantillons de la terre du Clos-des-Barres à Villaris.
– *12 juillet :* Macquer dépose à l'Académie le détail de son « procédé » sans kaolin, dans une enveloppe qui devra rester fermée pendant deux siècles.

1767 *Été :* Pierre-Antoine Hannong construit des fours à Vaux pour le financier La Borde.
– *Septembre :* Arrivée à Sèvres de Picot, venu de la faïencerie de Woesp en Hollande.

1768 *Février :* L'archevêque de Bordeaux, Louis-Jacques d'Audibert de Lussan, remet à Macquer un peu de kaolin de Saint-Yrieix. Macquer fond une

statuette de Bacchus avec le minerai de Saint-Yrieix dont il ne connaît pas l'origine.
- *Avril :* Fuite en Angleterre de Des Aubiers, directeur de Vincennes ; La Borde et Pierre-Antoine Hannong s'emparent de la manufacture de Vincennes après sa déconfiture.
- *Juillet :* Terrible impatience de Millot qui veut partir seul chercher le kaolin.
- *20 août :* Lettre de Bertin à Farges, intendant de Bordeaux, sur la rupture de ses négociations avec Villaris et Lussan.
- *23 août :* Macquer et Millot partent pour Bordeaux à la recherche du kaolin.
- *Septembre :* Macquer découvre un minerai entre Dax et Puyoô qu'il va présenter comme un kaolin. Il lie connaissance avec le mystérieux docteur Camouti, se prétendant médecin de Parme.
- *28 octobre :* Macquer est mené à Saint-Yrieix par Villaris. Camouti est du voyage.
- *5 novembre :* Macquer annonce à son frère la découverte du kaolin français.

1769 *2 février :* Guettard propose à Sèvres son four circulaire.
- *3 avril :* L'innocent Darnet signale à Villaris des mouvements suspects sur la terre du Clos-des-Barres : « Je crains que ce n'est point de la porcelaine qu'ils veulent faire mais ce que vous savez… »
- *5 mai :* Le roi, par l'entremise de Villaris, acquiert le droit d'extraction des terres du Clos-des-Barres à Saint-Yrieix.
- *17 juin :* Annonce à l'Académie des sciences de la découverte du kaolin.
- *13 août :* La Borde réclame un privilège pour Vaux.
- *29 décembre :* Présentation à Louis XV des premières pièces de porcelaine dure de Sèvres. À cette

occasion, le roi révèle que l'expérience qu'il a faite lui-même sur la résistance au feu des pièces produites par La Borde n'a pas été concluante. Sèvres l'emporte donc provisoirement sur Vaux et Vincennes, les deux manufactures dirigées par Pierre-Antoine Hannong pour le compte de La Borde.

1967 *13 mars :* Ouverture à l'Académie des sciences de l'enveloppe déposée par Macquer, deux cents ans et huit mois auparavant.

Table

PREMIÈRE PARTIE

Le secret des Chinois

(décembre 1759-avril 1764)

SECONDE PARTIE

La terre du Limousin

(avril 1764-décembre 1769)

DU MÊME AUTEUR

Biographies et Essais

Les Bâtards d'Henri IV : les Vendômes
Prix des Trois Couronnes
Perrin, 1994

Trois Gouttes de vinaigre dans les Saintes Huiles
ou la Vie tumultueuse de Guiscard-La Bourlie
Perrin, 1997

Le Cardinal de Bernis ou la Belle Ambition
Perrin, 2000

Henri IV ou le Règne de la tolérance
(avec Jacques Thibau)
Gallimard, 2001

Madame de Maintenon ou le Prix de la réputation
Perrin, 2003

Romans

La Fougère et les Lys :
1. Le Marquis des éperviers
Balland, 1988
et « Pocket » n° 3179
2. Le Camp des enfants de Dieu
Balland, 1989
et « Pocket » n° 3426
3. Le Secret des Bourbons
Balland, 1991
et « Pocket » n° 3983

Gilles. La musique au temps du Roi-Soleil
Gallimard Jeunesse, 1999

Les Enfarinés
Éditions du Rouergue, 2000

Au nom de la Pompadour

(avec Pierre Lepère)
Flammarion, 2001

Beaux livres

Paris, fêtes et lumières

(photographies de Winnie Denker et Jean-Paul Desprat)
Images-Magie / Jean-Paul Mengès, 1991

RÉALISATION : PAO ÉDITIONS DU SEUIL
IMPRIMERIE : BRODARD ET TAUPIN À LA FLÈCHE
DÉPÔT LÉGAL : JUIN 2007. N° 94558 (42030)
IMPRIMÉ EN FRANCE